KB238729

독서교육론

독서교육론

이만수 저

한국학술정보㈜

책을 내면서

　정보사회 다음에 오는 사회는 꿈의 사회가 된다고 한다. 정보사회가 정보와 지식이 가치를 갖는 사회라면 꿈의 사회는 이미지가 가치를 갖는 사회이다. 이미지는 상상력과 창의성에서 나온다. 상상력과 창의성은 독서에서 나오는 것이다. 미래사회는 생각이 특별하며, 상상력이 풍부한 사람이 주인공이 되는 사회가 될 것이다.

　미래사회에서는 많은 지식과 정보를 분석하여 활용할 수 있는 새로운 정보를 만들어 내는 창의력이 중요하다. 이러한 창의적인 능력은 독서에서 얻을 수 있다. 독서는 미래사회의 경쟁력을 키우는 마스터 키이다.

　게이츠(A. I. Gates)도 "읽기의 성공과 지능지수 사이에는 아주 높은 상관관계가 있다."고 주장하였다. 독서 능력과 지능적 요인과는 밀접한 관계가 있다는 말이다. 그러므로 독서 능력의 습득은 곧 지능을 높게 한다고 할 수 있다.

　독서와 학력은 깊은 관계가 있다. 또한 독서와 지능과의 관계도 마찬가지이다. 학업 성적이 우수한 학생들을 조사해 보면 기의 다 어릴 때부터 책을 많이 읽었다는 사실이다.

　책은 우리 인간의 삶을 풍성하게 해주는 지식의 창고이다. 책이란 인류 문명의 발자취이며 인간의 값진 모든 것을 한데 집약시켜 놓은 보물창고이다. 책은 인간의 발명품 가운데 가장 위대한 것이다. 인류 역사에서 책이라는 것이 없었더라면 아마도 과거를 모르는 암흑시대의 연속이었을 것이다.

　책으로써가 아니면 인류 문명의 발자취를 후대에 전할 수가 없는 것이다. 오늘날 인류 문명이 이루어진 것은 모두 책을 통해서였다고 해도 과언이 아니다. 그만큼 책의 효용성은 다른 무엇과 비길 만한 것이 없다.

　책 읽기를 위해 일정한 시간을 투자하는 것은 왜 중요하다. 무엇보다도 독서는 누구나 누릴 수 있는 고상한 기쁨이다. 옛 어른들은 낮에는 밭 갈고 저녁에는 책을 읽었으며, 불빛이 없으면 반딧불 밑에서라도 독서하였다. 항상 책을 읽고 좋은 생각을 하여야만 좋은 일을 할 수 있다고 믿었던 것이다. 책은 '천의 얼굴'을 가진 '희망의 마법사'이자 '성공 제조기'이다.

　이 저술은 그동안 독서교육론 과목을 강의한 강의록과 학회지에 실은 논문, 그리고 틈틈이 쓴 글을 모아 집필하였다. 연구 시간과 능력이 부족하여 미흡한 점이 한두 곳이 아니다. 점차 수정·보완하여 다듬기로 하고 출판하였다. 선배, 후배, 후학들의 질책 있으시기 바란다.

본서는 모두 4장으로 구성하였다. 1장 독서론, 2장 독서교육론, 3장 독서운동론, 4장 도서관교육론이다.

끝으로 본서가 나오기까지 언제나 든든한 버팀목이 되어준 사랑하는 아내 홍현숙 여사와 정보통신대학교에서 박사학위논문에 구슬땀을 흘리고 있는 큰딸 지연과 중국 상해 복단대학교에서 박사과정에 수학하고 있는 작은 딸 지나, 그리고 대진대학교 문헌정보학과 제자들과 참고한 관계문헌에서 받은 은혜에 대하여 저자 여러분들에게 감사드리며, 여러 가지 어려움을 무릅쓰고 출판을 기꺼이 허락하여 주신 한국학술정보(주) 사장님과 관계자 여러분들에게 감사드린다.

2008년 4월

왕방산 아래 서재에서

谷泉 李 萬 洙

목 차

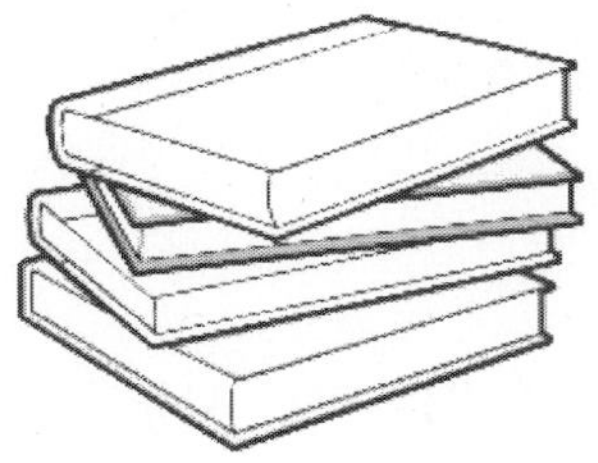

1장 독서론

🔳 독서란 무엇인가

1.1 독서의 정의

독서의 개념은 학자의 시각과 입장에 따라 다르다. '문자나 문장을 읽는 것'이라는 개념에서 '저자의 사상과 감정의 의미를 해득하는 것'이라는 개념에 이르기까지 다양하다.

일반적으로 학자들은 기호 해독, 의미, 커뮤니케이션 형태[1] 등 3가지 측면의 견해로 제시하고 있다.

첫째, 기호 해독(code cracking)의 측면에서 살펴보면 엘코닌(D. B. Elkonin)[2]은 "말의 소리 형태를 문자 기호 형식에 따라 개조해 놓은 것"이라고 정의하였다. 그리고 프리에스(C. C. Fries)[3]는 "청각적 기호로부터 시각적 기호로의 전이(transfer)로 이루어지는 것"이라 하고, 베네츠키(R. L. venezky)[4]는 "서사(書寫) 기호를 독자가 의미를 끌어낼 수 있는 언어 형태로 바꾸어 놓은 것"이라고 정의하였다.

둘째, 의미(meaning)의 측면에서 살펴보면 카터(H. L. J. Carter)와 맥기스(D. J. McGinnis)는 "인쇄화된 기호를 해석하는 과정"이라 정의하고, 틴커(M. A. Tinker)와 맥큘로우(C. M. McCullough)는 "독자가 이미 소유하고 있는 개념들의 조작을 통한 의미의 구축"이라 하였다. 그리고 깁슨(E. J. Gibson)과 레빈(H. Levin)은 "텍스트에서 의미를 얻는 것"이라 정의하였다.

셋째, 커뮤니케이션 형태 측면에서 살펴보면 아우스트(H. Aust)는 "작가와 독자 간의 상호 관계에 따른 커뮤니케이션 형태"라고 정의하였다.

---

1) 손정표, 신독서지도방법론, 대구: 태일사, 2003. p.13.

2) D. B. Elkonin, Further Remarks on the Psychological bases of the Initial Teaching of Reading, *Sovetskaia Pedagogika*, pp.14－23(Downing and leong, ibid. 재인용).

3) C. C. Fries, *Linguistics and Reading*(new York: Holt, 1963)(johnDowning and Che Kan leong, *Psychology of Reading*(New York: Macmillan, 1982), p.2에서 재인용).

4) R. L. venezky, Theoretical and Experimental bases for teaching reading(Hague: mouton, 1976), p.6.

여러 학자들의 견해를 종합하여 보면 독서란 "문자로 나타낸 저자의 사상과 감정의 표상(表象)을 읽을 자료, 독자의 지식, 독서력의 상호 작용에 의하여 독자의 마음속에 깊이 재구성하는 과정"이다.

독서한다는 것은 의미를 지니고 있는 문장이나 글을 이해하면서 읽어 가는 것이다.

栗谷 선생은 "배우는 자는 이 마음을 항상 보존하여 사건과 물건만을 따르지 말고 궁리하여 옳고 그른 것을 밝힌 다음에 마땅히 행할 길을 깨달은 바 그대로 나아가야 할 것이다. 사람의 살아가는 도(道)는 궁리(窮理)보다 앞서는 것이 없고 궁리는 책을 읽는 것보다 앞서는 것이 없다."[5]라고 하며 독서의 중요성을 제시하였다.

또한 주자(朱子)는 권학편(勸學編)에서 "인간이 학문을 하는 것은 궁리하는 데 있고, 궁리하는 길은 독서에 있으므로, 독서와 배운다는 것은 제2의 경험(간접경험)이다.[6]"라고 하였다.

독서란 단순히 '책을 읽는 것'이 아니라, '글을 읽고 그 글 속에 담겨 있는 내용을 이해하고 파악하는 것'이다.

1.2 독서의 목적

우리의 생활은 많은 지식이 요구된다. 오늘날 개인이나 국가의 경쟁력은 정보력에 있다 하여도 과언이 아니다. 그러므로 필요한 정보를 어디에서, 어느 정도를, 얼마나 신속하게 입수할 수 있느냐가 성패의 관건이 되는 것이다. 우리들은 일상생활에서 부딪치는 문제들을 해결하기 위하여 독서라는 수단을 활용한다. 독서의 목적 중의 하나가 바로 부딪치는 생활 과제를 해결하는 데 있는 것이다.

독서의 목적은 읽는 이에 따라 ① 지식을 얻기 위한 학습 독서(기능 독서) ② 마음의 양식을 얻고 정서적인 욕구를 충족시켜 주는 교양 독서(사색 독서) ③ 여가 선용이나 즐기기 위한 독서(오락 독서) ④ 생활 정보를 얻기 위한 독서(생활 정보 독서) 등으로 나눌 수 있다.

또한 아래와 같이 크게 세 가지로 나누기도 한다.

첫째 정서적 목적이다. 상상력을 키울 수 있는 것, 글쓰기 능력을 신장시킬 수 있는

---

5) 격몽요결, 제4장 독서장.
6) 讀書及學者第二事.

것, 인간과 자연과 사회를 이해할 수 있는 것 등이다.

둘째 실용적 목적이다. 새로운 지식과 정보 습득을 위한 목적을 말한다. 교과 학습의 발달과 심화, 논리 추리력을 키울 수 있는 것, 과학적 사고를 신장시킬 수 있는 것, 역사 이해를 위한 것, 국제 이해를 도와주는 것 등이다.

셋째 도구적 목적이다. 교양과 인격 형성을 위한 목적을 말한다. 성장 발달 수준에 알맞은 것, 교양 인성 심성 등을 신장시킬 수 있는 것, 도덕성을 신장시킬 수 있는 것, 대인 관계를 신장시킬 수 있는 것, 사회생활을 도와주는 것, 환경 이해를 돕는 것 등이다.

우리는 책을 통해서 지식과 학문을 닦는다. 우리는 책을 읽음으로써 새로운 사실을 새롭게 깨닫게 된다. 독서를 통해서 지식과 학문을 배우게 되고 발견하게 된다. 책은 새로운 것들을 가르쳐 주는 정다운 벗도 되고 스승도 되는 것이다.

독서하면 교양을 얻고 수양을 쌓을 수 있다. 우리의 마음을 닦고, 무게 있고 깊이 있는 사람으로 가꾸어 나가는 일이 곧 책을 읽는 목적이 된다. 책을 읽으면 나도 모르게 교양도 얻고 수양도 쌓게 되는 것이다.

독서하면 생활이 즐겁고 보람 있게 된다. 우리의 생활을 더욱 즐겁고 보람 있게 보내는 일이 여가 선용이다. 독서는 정말 중요한 여가 선용의 길인 것이다.

독서의 목적은 지식과 학문, 교양과 수양, 여가 선용에 있다고 할 수 있다.

일반적으로 독서의 목적은 ① 교양을 위하여 ② 연구를 위하여 ③ 생활 정보와 수단을 얻기 위하여 ④ 오락을 위하여 ⑤ 사고능력을 기르기 위하여 ⑥ 자유스러운 커뮤니케이션을 위함에 있다.[7]

1.3 독서의 유형

독서의 유형은 크게 이해(理解)의 독서, 감상(鑑賞)의 독서, 비판(批判)의 독서, 창조(創造)의 독서로 나눌 수 있다.

이해의 독서는 국어 시간에 밑줄을 그으며 주제를 잡고, 낱말 뜻을 알아보고, 작품을 분석하는 방법의 독서를 말한다. 이해의 독서는 정보를 파악하는 데 초점을 두어 지식은 증가시키나, 글쓰기에는 별 도움이 되지 않는다.

---

7) 손정표, 전게서. p.19.

감상의 독서는 작품의 줄거리나 표현의 재미를 맛보며 읽는 방법을 말한다. 흔히 심심할 때 소파(긴 안락의자)에 누워 재미로 읽는 방식이 이 유형에 속한다. 감상의 독서는 이해의 독서보다 작품을 쓰는 데 도움이 된다. 글을 쓰고 싶다는 충동을 불러일으키며, 마음에 드는 전개 방식이나 표현을 자기 작품을 쓸 때 이용할 수 있기 때문이다.

비판의 독서는 작품을 읽으면서, 테마와 등장인물의 관계를 따지고, 작중 인물이 그런 상황에서 그런 행동을 할 수 있는가, 앞뒤 단락이 인과적으로 연결되었는가, 각 문장에 동원한 어휘들이 등장인물의 성격과 상황을 표현하는 데 적절한 것인가, 말하려는 의미만이 아니라 뉘앙스까지 전달되고 있는가 등을 따지며 읽는 방식을 말한다.

비판의 독서 방법으로 읽으면 자기 글을 쓸 때 적용할 수 있어 앞의 두 방식보다는 훨씬 도움이 된다. 그러나 일정한 분석 능력을 갖추어야만 가능한 방법이며, 독서의 재미가 반감된다는 것이 단점이다.

마지막 유형인 창조의 독서는 비판의 독서 연장선에서 이뤄지는 것으로서, 현재 읽고 있는 내용을 제재로 삼아 머릿속에서 또 다른 작품을 쓰며 읽는 방식을 말한다. 작품을 읽으면서 또 하나의 이야기를 만들어 나가는 방법을 말한다.

창조의 독서 방식으로 읽으면 그 작품을 끝까지 읽기 어렵다는 것이 약점이다. 그러나 작품을 쓰는 데에는 매우 좋은 방법이다.

해리스(A. J. harris)가 구분한 독서 유형과 독서 전개 목적은 다음과 같다.[8]

1) 발달적 독서: 독서 학습 자체가 주목적으로 읽기 기술 향상을 위주로 하는 독서를 말한다. 읽기 기술과 독해 기술 발달에 목적이 있다.
2) 기능적 독서: 정보 습득이나 학습 증진이 주목적으로 사서교사가 가장 중요하게 가르쳐야 될 부분이다.
필요한 독서 자료 및 정보의 탐색 능력, 정보를 위한 독서 자료의 이해력, 필요한 독서 자료의 선택력, 독서 내용의 입체적 구성력 발달에 목적이 있다.
3) 오락적 독서: 여가 선용이 주목적으로 흥미 위주의 독서를 말한다. 독서 흥미의 발달, 독서 흥미의 개선, 문학적 감상과 비평의 발달에 목적이 있다.

---

8) 손정표, 전계서, pp.20－22.

1.4 독서 방법

독서 방법은 연령, 수준 등 독자의 환경이나 독서의 목적, 또는 글의 종류에 따라 다르다. 기능이나 전략적으로 나누기도 하는데, 낭독, 속독, 음독, 정독 등과 텍스트 중심, 독자 중심, 그리고 사회적 상호 작용 중심 등이다.

독서는 먼저 자기 주도적인 활동으로, 적극적인 태도로 읽어야 한다. 또한 생활 속에서 자연스럽고, 자발적인 독서가 되어야 한다. 그러나 중요한 것은 흥미이다. 책 읽기에서 흥미는 동기부여의 원천이 된다. 유아 때 독서의 경험은 중요하다. 유아기 때, 부모가 부드러운 음성으로 읽어주던 책 읽기 경험은 유아에게 ‘독서는 즐거운 것’으로 인식하게 해준다.

주자어류(朱子語類)에는 독서법이라는 것이 있다.

성현의 말씀은 모름지기 언제나 눈에 갖다 놓고, 입에서 그르게 하고, 마음에서 돌데 해야 한다고 가르치고 있다.9) 또한 ‘조금씩 보면서 숙독(熟讀)하고, 반복하며 체험하는 것이 좋다’고 하였다.

『주자서당은 어떻게 글을 배웠나』라는 책에서 읽은 것을 소개하면 다음과 같다.

“독서는 모름지기 마음을 하나로 집중해야 한다. 이 한 구절을 읽으면 우선 이 한 구절을 이해하고, 이 한 장을 읽으면 우선 이 한 장을 이해해야 한다.

독서하다 난해한 곳을 만나면 우선 모름지기 마음을 비우고, 그 의도를 깊이 탐구해야 한다.

글을 볼 때는 모름지기 마음을 고요하게 하고, 생각을 너그럽게 하고, 글에 푹 빠져서 반복하기를 오래 하면 저절로 깨달을 수 있게 된다.

한 권의 책을 얻으면 모름지기 곧바로 읽고, 곧바로 생각하고, 곧바로 행해야 한다.

독서(讀書)는 곧 ‘일을 처리하는 것’이다. 무릇 일을 처리할 때는 ‘시(是)’가 있고 ‘비(非)’가 있으며 ‘득(得)’이 있고 ‘실(失)’이 있다. 일을 잘 처리한다는 것은 그 경중을 헤아리는 것에 지나지 않을 뿐이다. 독서하여 그 바른 이치를 강론하고 연구하여 그 시비(是非)를 판별하는 것은 일에 임하여 그 이치에 나아가려는 것이다.

독서할 때는 모름지기 철저하게 내용을 끝까지 파고들어야 한다. 이것은 사람이 밥을 먹을 때 잘게 씹어야 비로소 삼킬 수 있고, 그런 뒤에나 몸에 보탬이 되는 것과 마

---

9) 聖賢之言, 須常將來眼頭過, 口頭轉, 心頭運, 同上.

찬가지이다." 독서는 입으로, 눈으로, 마음으로 읽어야 할 것이다.

책을 읽게 하는 방법 10가지를 소개하면 다음과 같다.

1) 아주 어릴 때부터 책과 친하게 한다.
2) 책 속에 담겨진 내용을 바르게 파악하게 한다.
3) 나의 생활과 관계를 지으며 읽게 한다.
4) 옳고 그름을 파악하면서 읽게 한다.
5) 매일 조금씩 계속해서 읽게 한다.
6) 책 속에 담긴 내용을 맛보면서 읽게 한다.
7) 여러 종류의 책을 고루 읽도록 한다.
8) 책 내용을 본받아 마음을 굳게 갖도록 지도한다.
9) 책에 따라 읽는 방법을 바르게 알게 한다.
10) 바른 자세로 알맞은 밝기에서 읽도록 지도한다.

책은 전달하려는 정보와 지식의 특성에 따라 전달하는 방식이 다르다. 그 정보와 지식을 이해하여 내 것으로 만들려면 책에 따라 각기 알맞은 방법으로 읽어야 한다.

티머 J. 애들러(외)는 그의 저서 『독서의 기술』에서 책을 읽는 방법을 안내하였다. 그는 철학자이며 저술가이며 교수이다.
『독서의 기술』은 총 4부 15장으로 되어 있다. 원명은 'How to read a book'이다. 저자는 이 책에서는 책을 읽는 방법을 제시하고 있다. 그는 그의 저서에서 독서하는 방법을 단계별로 다음과 같이 설명하였다.[10][11]

제1단계: 무엇에 관한 책인지 알아낸다.

① 종류와 주제에 따라 책을 분류한다.
② 전체 내용이 무엇에 관한 것인지 최대한 간결하게 이야기한다.

---

10) 티머 J. 애들러(외), 『독서의 기술』, 서울: 범우사, 1986.
11) http://blog.naver.com/sunnyleekim?Redirect=Log&logNo=150030185553[인용 2008. 4.30]

③ 주요 부분을 순서와 연관성에 따라 나열하고 전체적인 윤곽을 그린다.
④ 저자가 풀어나가려는 문제를 분명하게 파악한다.

제2단계: 내용을 해석한다.

⑤ 중요한 키워드를 저자가 어떤 의미로 사용하고 있는지 파악한다.
⑥ 가장 중요한 문장을 통해 저자가 제시하는 주요 명제를 파악한다.
⑦ 저자의 논증을 문장과의 연관 속에서 구성하거나 찾아낸다.
⑧ 저자가 풀어낸 문제와 그렇지 못한 문제를 구분하고 풀지 못한 문제를 저자도
   알고 있는지 파악한다.

제3단계: 지식을 잘 전달하고 있는지 비평한다.

⑨ 책을 파악하고 해석하기 전까지 비평하지 않는다.
⑩ 반대한다고 트집을 잡거나 따지지 않는다.
⑪ 어떤 비평을 하든지 지식의 차원에서 하는 비평인지 개인적인 견해를 이야기하는
   것인지 명확히 구분하고 그 비평에 대한 근거를 제시한다.
⑫ 저자가 잘 알지 못하는 부분을 제시한다.
⑬ 저자가 잘못 알고 있는 부분을 제시한다.
⑭ 저자가 논리적이지 못한 부분을 제시한다.
⑮ 저자가 분석한 내용이나 설명이 불완전한 부분을 제시한다.

미국의 심리학자 로빈슨 교수는 제2차 세계대전 당시 미군 특수훈련을 위해 이른바 SQ3R이라는 학습 방법을 고안하였다.

SQ3R이란 훑어보기(Survey), 질문하기(Question), 자세히 읽기(Read), 되새기기(Recite), 다시 보기(Review)를 말한다.

■ 1단계 훑어보기(Survey): 훑어보기란 가장 빠른 속도로 전반적인 내용을 읽는 것을 말한다. 이 단계에서는 우선 목차를 보고 어떤 내용인지 어떤 순서로 내용이 전개되는지 전반적인 내용을 알아보고, 장별로 소제목을 살펴본 후 교과서의 그림이나 표를 살

펴본다.

■ 2단계 질문하기(Question): 질문하기에서는 큰 제목이나 작은 제목을 빠르게 훑어보면서 의문점을 제기해 본다. 의문점을 제기하면 공부에 대한 집중력이 강화되고 핵심 또한 빠르게 찾아낼 수 있다.

■ 3단계 자세히 읽기(Read): 이 단계에서는 자세히 읽어가며 2단계에서 제기한 의문에 대한 답을 찾아낸다. 이때에는 천천히 여러 번 읽어서 핵심을 파악할 수 있도록 한다.

■ 4단계 되새기기(Recite): 이 단계에서는 책을 덮고 자신이 이해한 것을 바탕으로 다시 한번 되새겨본다. 소제목이나 키워드를 종이에 쓴 후, 이를 토대로 공부한 내용을 되새겨보고, 기억이 잘 나지 않는다면 다시 책을 펴고 해당 부분을 확인하도록 한다. 우리의 뇌는 한 번 봤다고 다 기억할 정도로 똑똑하지 않기 때문이다.

■ 5단계 다시 보기(Review): 이 단계에서는 복습을 한다. 복습하기 가장 좋은 시간은 공부하고 난 후 아홉 시간이 지난 시점이다. 아침에 공부한 내용을 저녁에 다시 보고, 어젯밤에 공부했던 내용을 오늘 아침에 다시 보는 것이 좋다고 한다.[12]

SQ3R 학습 방법을 독서 방법으로 활용하면 좋은 성과가 있을 것이다.

(1) S/Survey: 조사활동 즉 자료를 훑어보거나 그림을 살펴보거나, 글 속의 한두 문장을 읽거나, 목차를 보고, 어떤 내용이 있나, 살펴보는 것입니다.

(2) Q/Question: 질문 설정 즉 대강 훑어본 자료를 토대로 학습 목표가 될 수 있는 질문을 만들어 보는 것입니다.

(3) R/Read: 실제 독서 즉 질문 설정에서 생각하고 있던 질문을 찾으면서 읽고, 다시 읽은 내용을 중심으로 새로운 질문을 설정하면서 탐구적으로 독서하는 것입니다.

(4) R/Recite: 암송 즉 읽은 자료의 내용을 독자 자신이 되새겨 보는 것이다.

(5) R/Review: 복습 또는 학습 확인 즉 학습의 결과를 강화하기 위하여 읽기 자료를 다시 한번 공부하는 것이다.

일반적으로 독서하는 방법을 정리하면 다음과 같다.

(1) 음독(音讀) — 소리를 내서 읽는 방법으로 시나 동요 같은 짧은 음운으로 된 글

---

12) http://blog.naver.com/sereno88?Redirect=Log&logNo=50022153824[인용 2008.4.30]

을 읽을 때에 효과적이다. 보통 문장을 읽을 때의 독서 방법으로 소리 내어 읽는 것(vocal reading)이다.

(2) 낭독(朗讀) — 문장을 소리 내어 읽는 것(oral reading)이다. 문학작품을 소리 내어 읽을 때 효과적이다.

(3) 묵독(黙讀) — 소리 내지 않고 읽는 것이다. 소리를 내지 않고 눈과 마음속으로 읽는 방법으로 언어적 사고력, 창조력, 사고력, 상상력이 길러진다. 논리적인 글, 학습과 관련된 글, 동화나 소설 전기, 역사물을 읽는 좋은 방법이다.

(4) 목독(目讀) — 소리 내지 않고, 눈으로 읽는 것이다.

(5) 순독(脣讀) — 소리 내지 않고, 입술로 읽는 것이다.

(6) 속독(速讀) — 책을 빨리 읽는 방법이다. 취미나 재미 위주로 가벼운 마음으로 빨리 읽는 것이다. 긴 소설이나 명작의 글을 읽을 때 무엇보다 필요한 것을 요점만 빨리 가려 읽는 방법을 말한다.

(7) 정독(精讀) — 세밀하게 내용을 검토하면서 읽는 것이다. 전문 서적을 읽을 때 적합하다. 천천히 글에 담긴 뜻을 생각하면서 읽는 방법이다.

(8) 다독(多讀) — 많이 읽는 것이다. 많은 량의 독서를 말한다. 여러 가지 다양한 책을 많이 읽는 방법으로 지식과 교양을 얻기 위한 독서이다.

(9) 미독(味讀) — 음미하며 읽는 것이다.

(10) 통독(通讀) — 처음부터 끝까지 읽어 내려가는 것을 말한다.
글을 처음부터 끝까지 죽 내리읽는 방법으로 대개 소설류, 전기류, 긴 역사책, 수필 같은 글을 읽는 데 적합하다.

(11) 적독(摘讀) — 필요한 부문만 뽑아서 읽는 것을 말한다. 띄엄띄엄 가려서 읽는 것이다.

(12) 발췌독(拔萃讀) — 필요한 부문만을 골라 읽는 것을 말한다. 학문 연구나 수험 준비에 적합하다.

(13) 선독(選讀) — 골라서 읽는 것이다.

(14) 윤독(輪讀) — 여러 사람이 차례대로 돌아가며 읽는 것을 말한다.

(15) 난독(亂讀) — 난삽하게 함부로 읽는 것을 말한다.

(16) 남독(濫讀) — 난독과 같은 방법이다.

(17) 숙독(熟讀) — 익숙해지도록 자세히 읽는 것을 말한다.

(18) 색독(色讀) — 글의 참뜻은 헤아리지 않고, 문자 그대로만 해석하여, 책의 겉표

지 색을 알 정도로만 읽는다는 의미이다. 피상적인 독서를 말한다.

(19) 체독(體讀) ― 속뜻을 음미하여 표현된 이상의 의미를 몸으로 느끼면서 읽는 것을 말한다.

(20) 지독(遲獨) ― 더디게 읽는 것, 천천히 읽는 방법을 말한다. 읽고자 하는 부분을 천천히 그리고 골똘히 읽는 방법을 말한다.

(21) 봉독(奉讀) ― 남의 글을 받들어 읽음, 종교적으로 경전을 읽을 때 쓰는 말이다.

(22) 합독(合讀) ― 같은 목소리 동시에 읽는 방법을 말한다.

참고문헌

(1) 격몽요결, 제4장 독서장.

(2) 손정표, 신독서지도방법론, 대구: 태일사, 2003. p.13.

(3) 티머 J. 애들러(외),『독서의 기술』, 서울: 범우사, 1986.

(4) C. C. Fries, Linguistics and Reading(New York: Holt, 1963)(johnDowning and Che Kan leong, Psychology of Reading(New York: Macmillan, 1982), p.2에서 재인용).

(5) D. B. Elkonin, Further Remarks on the Psychological bases of the Initial Teaching of Reading, Sovetskaia Pedagogika, pp.14−23(Downing and leong, ibid. 재인용).

(6) R. L. venezky, Theoretical and Experimental bases for teaching reading(Hague: mouton, 1976), p.6.

(7) http://blog.naver.com/sereno88?Redirect=Log&logNo=50022153824[인용 2008.4.30]

(8) http://blog.naver.com/sunnyleekim?Redirect=Log&logNo=150030185553[인용 2008. 4.30]

② 디지털 시대의 책 읽기

2.1 독서는 중요하다.

　오늘날은 지식사회이다. 지식사회에서 필요한 지식과 정보를 획득하는 가장 효율적인 방법은 독서이다. 독서란 글자 그대로 '책을 읽는다.', '글을 읽는다.'는 뜻으로 독자가 책 속의 저자와 만나서 의사를 소통하고 의미를 재구성하는 과정이다. 또한 글의 의미를 파악하는 지적 작용이다. 다시 말하면 독서란 글이나 책을 읽는 행위인 것이다.

　글이나 책은 일종의 매체이다. 책은 저자가 어떤 의도를 가지고 만들어낸 의미나 정보를 지닌 매체이다. 책은 글자로만 이루어진 것은 아니기 때문에 글자라는 말보다는 기호라는 말을 쓰는 것이 좋을 듯싶다. 우리가 독서한다는 것은 책만 읽는 것은 아니라 신문이나 팸플릿으로도 독서한다. 책보다 넓은 의미를 지닌 말이 텍스트인데, 독서란 기호나 텍스트와의 상호 작용인 것이다. 상호 작용은 곧 느낌이나 의미의 전달로 곧 독서 행위이다.

　인터넷이 21세기 정보사회를 이끌어 간다 하여도 그것을 움직이는 주체는 사람이다. 즉 첨단기술을 개발하는 아이디어는 인간의 두뇌에서 나오는 것이다. 그러므로 결국 디지털 세계에서도 핵심은 창의력이다. 창의력의 기반에는 지적인 체험이 필요하고, 그 지적인 체험을 쌓는 지름길이 바로 '독서'인 것이다. 그러므로 독서는 중요하다.

　독서는 언어 발달을 가져온다. 독서는 경험을 확대시킨다. 독서는 사고력을 신장시킨다. 독서는 정보와 지식을 획득하게 한다. 독서는 즐거움을 준다. 독서는 정서를 함양시킨다. 독서는 청소년들의 성격 형성에 영향을 미친다. 독서는 바람직한 인간상을 형성시킨다. 독서는 치료적 가치를 지닌다. 그러므로 독서는 더욱 중요하다.

2.2 읽으면 행복하다.

　어느 신문사에서는 '행복한 책 읽기' 독서감상문대회를 개최하였다. 제목이 맘에 든다. 행복한 책 읽기 즉 읽으면 행복하다는 뜻이다. 세상에 행복한 단어만큼 멋있는 단어가 있을까? 사랑? 축복? 참살이? 모두가 좋은 단어이나 그래도 내겐 행복이 좋다. 책을 읽으면 행복하다. 책 속에 행복이 있다. 인생의 철학이 있다. 삶의 지혜가 있다. 독서하면 상식과 교양이 풍부해지고, 독해 능력도 뛰어나게 되고, 공부도 잘하게 된다.

한국교육개발원은 최근 보고서에서 고등학교 1·2학년 중에서 성적이 상위 10% 이내에 들어가는 학생들의 특징을 다섯 가지로 분류하였다. 이를 구체적으로 보면 "어려서부터 독서를 좋아했다. 공부는 스스로 자기 주도적으로 한다. 학원보다는 도서관이나 집에서 혼자 조용히 공부한다. 공부하는 것이 매우 즐겁다. 문학작품 읽기와 신문 읽기를 즐긴다." 등이다.

이 결과를 한마디로 요약하면, 공부 잘하는 학생들은 '공부의 노예'가 아니라 '공부의 지배자'들이란 점이다. 특히 한국교육개발원의 분석에서 눈길을 끄는 것은 독서와 관련된 특징이 대부분이라는 점이다.

'읽으면 행복합니다.'라는 표어가 있다. 우리 자녀들이 행복해지도록, 행복지수가 높아지도록 독서교육을 해야 한다. 남아수독오거서(男兒須讀五車書)라는 말이 있는데, 책을 많이 읽어야 한다는 말이다. 다시 말하면 "사람 노릇 잘하려면 많은 책을 읽어야 한다."라는 말이다. 영국의 철학자 베이컨은 "토론은 부드러운 사람을 만들고, 글쓰기는 정확한 사람을 만들며, 독서는 완전한 사람을 만든다."고 하였다.

책 읽고 있는 모습을 보면 아름답다. "책을 읽는 사람이, 책을 읽지 않은 사람을 지배한다."는 말이 있다. 이 말을 "내 자녀가 책을 읽으면, 책을 읽지 않은 다른 자녀보다 공부를 잘할 것이요. 앞으로 더 행복하게 살 것이다."라고, 고쳐서 생각하면 어떨까? 아마 우리 아이에게 독서를 꼭 시켜야 되겠구나 하는 생각이 들 것이다. 왜냐하면 책을 읽으면 공부도 잘하고, 행복지수가 올라가니까요.

누구나 책을 읽고 있는 자녀의 모습이 보고 싶을 것이다. 그런 모습을 보면 아마도 마음이 흐뭇하고 기분이 좋을 것이다. 독서하고 있는 모습을 보면서, 희망찬 자녀의 앞날을 생각했기 때문일 것이다. 독서하는 모습은 아름답다. 연구실에서 책을 읽고 있는 교수는 학생을 감동시킨다. 책을 읽고 있는 사장은 사원에게 애사심을 갖게 하고 성취동기를 촉진시킨다. 독서하면 아름답다. 읽으면 행복하다.

2.3 p-book에서 e-book으로

책은 우리 인간의 삶을 풍성하게 해주는 지식의 창고이다. 책이란 인류 문명의 발자취이며 인간의 값진 모든 것을 한데 집약시켜 놓은 보물창고이다. 책은 인간의 발명품 가운데 가장 위대한 것이다. 인류 역사에서 책이라는 것이 없었더라면 아마도 과거를 모르는 암흑시대의 연속이었을 것이다. 컴퓨터와 영상매체가 발달하면서 이제 활자매체의 시대는 종말을 고했다고 말하는 이들도 있다. 그러나 활자로 인쇄되어 나오는 책의 효용 가치는 결코 줄어들지 않고 있다. 책으로써가 아니면 인류 문명의 발자취를 후대에 전할 수가 없는 것이다. 오늘날 인류 문명이 이루어진 것은 모두 책을 통해서였다고 해도 과언이 아니다. 그만큼 책의 효용성은 다른 무엇과 비길 만한 것이 없다.

책 읽기를 위해 일정한 시간을 투자하는 것은 왜 중요하다. 무엇보다도 독서는 누구나 누릴 수 있는 고상한 기쁨이다. 옛 어른들은 낮에는 밭 갈고 저녁에는 책을 읽었으며, 불빛이 없으면 반딧불 밑에서라도 독서하였다. 항상 책을 읽고 좋은 생각을 하여야만 좋은 일을 할 수 있다고 믿었던 것이다. 책은 '천의 얼굴'을 가진 '희망의 마법사'이자 '성공 제조기'이다. 21세기가 인터넷, 컴퓨터 게임, TV 등 온통 디지털과 인터넷 세상으로 변해도 종이 책은 결코 사라지지 않을 것이다. 종이 책은 우리와 가까이 오래도록 있어왔기 때문이다.

디지털 시대의 책은 e-book이다. e-book은 전자도서이다. 기존의 종이 서적과는 달리 컴퓨터 파일 형태의 출판물을 전용뷰어(viewer)를 통해 컴퓨터나 전용단말기로 읽는 디지털 출판물을 말한다. e-book은 인터넷을 통해 다운로드를 하는 것은 물론 전용뷰어를 통해 PC나 단말기, 개인용 정보단말기(PDA)로 볼 수 있는 디지털 출판 영역이다.

E-Book의 장점은 첫째 저렴한 가격이다. 둘째 키워드로 검색이 가능하며 파일 백업으로 자료의 손실을 방지할 수 있다. 셋째 원하는 작품을 인쇄할 수 있으며 휴대 독서기에 저장하여 간편하게 소지할 수 있다.

e-book은 판매에 대한 걱정은 하지 않아도 좋다. 인터넷의 보편화로 구매하는 사람들이 날로 늘어나고 있기 때문이다. 오늘날은 e-book의 생산이 점점 늘어가고 있다.

2.4 디지털 시대의 책 읽기

디지털 시대는 독서의 역할이 매우 중요하다. 많은 양의 지식과 정보를 선택하여 활용하는 능력이 요구되기 때문이다. 디지털 시대는 정보의 종류와 양이 급격하게 증가한다. 독서를 통하여 정보 활용능력을 배양하지 않으면 홍수처럼 쏟아지는 정보의 바다에 빠질 수밖에 없다. 정보를 선택하고 활용하는 능력과 지식을 창조하는 능력은 독서를 통해 키워진다. 영상매체가 중심이 되는 디지털 시대는 주로 직관과 느낌을 강화하는 반면에 논리와 분석력은 약화된다. 영상 중심의 매체 환경은 상상력과 지적 활동을 빼앗아 갈 수도 있는 것이다. 독서는 인간의 상상력을 자극하고 지적 활동을 왕성하게 하는 데 가장 효과적이다. 디지털 환경에 효율적으로 적응할 수 있는 적응력과 창의력은 바로 독서를 통해 가장 효과적으로 얻을 수 있는 것이다.

디지털 시대의 중심은 인터넷이다. 인터넷이 이제는 일상적 삶과 긴밀한 관계를 갖게 되었다. 인터넷이 제공하는 영역은 텍스트뿐만 아니라 음악, 게임, 오락, 그림을 비롯한 미술 등 다양한 정보이다. 종래에는 문자정보는 책이나 인쇄매체로, 음악이나 영상은 비디오나 CD로 듣고 볼 수 있었지만 오늘날은 인터넷으로 정보의 속성과 종류에 관계없이 디지털 정보로 저장하고 인출할 수 있게 되었다.

아날로그 시대의 책 읽기 방식에 익숙한 사람들은 주로 순차적 책 읽기에 익숙한 사람들이다. 군데군데 뛰어넘어서 필요한 부분만 골라서 읽을 수 있지만 여전히 언어적 정보가 순차적으로 배열돼 있기 때문에 인터넷에 링크된 상태로 연결돼 있는 텍스트 읽기 방식에 익숙하지 않다. 디지털 텍스트와 멀티미디어 학습 자원이 네트워크에 실려 있어도 프린트 아웃해서 책상에 앉아서 읽어보는 방식은 아날로그 시대의 대표적 학습 방식이다. 이들에게 학습은 곧 '읽으면서 학습'하는 방식을 의미한다. 인터넷에 링크되어 있는 정보를 전통적인 읽기방식으로 소화해 내기에는 여전히 낯설 수밖에 없다.

디지털 시대는 지식정보와 같은 무형의 실체가 네트워크를 통해 유통되는 시대이다. 아날로그 정보는 일단 생산되면 시간의 흐름과 더불어 생성된 정보가 정보를 필요로 하는 사람의 목적과 관심에 따라 쉽게 변화되기 어려운 반면에 디지털 정보는 정보 활용 주체의 목적과 관심에 따라 원하는 방향으로 자유자재로 변형이 가능하다.

디지털 정보는 아날로그 정보에 비해 양적 변화수준을 뛰어넘어 질적 속성의 변형이, 그것도 복제비용이 거의 들지 않는 상태에서 가능하다.

　　현대 사람들은 책 읽기를 소홀히 하고 있다. 디지털 시대라서 그런지 바쁘다. 학생도, 교사도, 아버지도, 어머니도 바쁘다. 누구나 바쁘다. 모두 바쁘다. 바쁘다는 핑계로 독서하지 않는다. 그러나 열심히 독서하고 회사를 경영하는 CEO가 있다. 독서를 통하여 회사의 경쟁력을 높이는 사장이다. 이른바 독서경영을 하는 CEO를 말한다. 사장이 독서하고 사원들에게 독서 환경을 만들어 독서하게 한다. 독서하면 인센티브를 준다. 독서 이력을 승진, 승급, 연봉에도 참작한다. 우리는 책을 읽어야 한다. 그리하면 창의력이 높아진다. 우리 모두 독서하자.

❸ 독서문화 무엇이 문제인가

3.1 독서문화 향기를 퍼뜨리자

독서백편의자현(讀書百遍意自見)이라는 말이 있다. 이 말은 중국 후한 말기 대신을 지내고, 임금님의 글공부 상대인 황문시랑(黃門侍郞)을 지낸 동우(童遇)가 한 말이다. 그 뜻은 '백 번만 읽으면 뜻은 자연히 알게 된다. 즉 무엇이든 끈기 있게 반복하면 진리를 터득한다는 뜻'이다. 위지(魏志) 13권을 보면 "동우는 가르치기를 즐겨 하지 아니하며 말하기를 '반드시 먼저 백 번을 읽으라.' 하였고 '글을 백 번 읽으면 뜻이 절로 나타난다.'"고 말했다는 기록이 있다.

독서는 자기 교육의 방법이요, 문화 창달의 수단이며, 학생들에게 필수적인 기능이다. 독서는 지식과 정보를 획득하는 바탕이자 사고력의 원천이기 때문이다.

'KBS의 TV 책을 말하다'와 'MBC의 느낌표, 책 책 책을 읽읍시다'라는 프로그램은 독서를 고양시키는 향기이다. 인터넷 설문조사에 의하면 책을 소개하는 독서관련 TV나 라디오 프로그램이 일반 독자들이 책을 구입할 때 상당히 영향을 미치고 있다고 한 것을 보면 그 프로그램은 확실한 독서문화 향기이리라.

우리는 4월 도서관 주간이나, 9월 독서의 달은 말할 것도 없고, 언제나 국민들이 책과 가까이할 수 있는 독서 환경을 만들어야 할 것이다. 어린이를 위한 어린이도서관, 학생들을 위한 학교도서관, 지역 주민들을 위한 공공도서관을 많이 건립하여 독서문화 향기를 퍼뜨리자. 공원에서, 지하철에서, 정류장에서, 백화점에서, 은행에서, 교회에서, 사찰에서, 공연장에서 사람이 모이는 곳이면 어디서나 독서할 수 있는 환경을 만들어 독서문화 향기를 퍼뜨리자. 친구는 친구에게, 동료는 동료에게, 이웃은 이웃에게 독서문화 향기를 퍼뜨리자. 부모는 자녀에게, 스승은 제자에게, 사장은 사원에게 독서문화 향기를 퍼뜨리자. 마을마다, 고장마다, 도시에서, 시골에서 책 읽는 소리가 들리게 하자. 책 읽는 사람은 아름답다.

3.2 독서는 중요하다.

독서란 글을 읽는 것이다. 독서는 책을 읽는 것이라고도 할 수 있지만, 책 속에 있는 글을 읽는 것이다. 그러므로 한 권의 책을 읽는 것뿐만 아니라, 짧은 한 편의 글을 읽는 것도 독서라고 할 수 있다.

글을 읽는 것은 일차적으로는 쓰인 글자, 인쇄된 글자를 판독하는 것이다. 그렇지만 단순히 글자를 판독할 수 있다고 하여 언제나 뜻을 자동적으로 이해하게 된다고 할 수 없다. 다시 말하면 독서에서 중요한 것은 글을 읽고 그 글 속에 담겨 있는 내용을 이해하고 파악하는 것이다.

일반적으로 독서 능력이 부족한 학생은 독서가 글 속의 의미를 파악하는 일이라는 것을 인식하지 못하는 경우가 많다. 글자 하나하나는 정확하게 잘 읽으나, 그 글 속에 어떤 내용이 씌어 있는지, 그 내용은 어떻게 전개되고 있는지 잘 모른다. 그러므로 독서할 때는 정신을 집중하여, 내용을 파악하도록 노력하면서 글을 읽어야 하는 것이다. 독서를 할 때는 왜 읽는지? 목적은 무엇인지? 의식하면서 읽어야 한다.

내가 지금 무엇을, 왜 읽는지 스스로 물어 보고, 그 목적을 확인할 필요가 있는 것이다. 그리하면 책을 읽고자 하는 동기나 욕구를 자극하기도 한다.

독서는 언어 발달을 가져온다. 언어의 발달이란 단순히 단어의 수를 많이 안다는 뜻만이 아니라, 그런 단어의 개념들이 담고 있는 지식을 풍부하고 깊게 아는 것을 뜻하며, 그것을 바탕으로 언어를 부릴 줄 아는 능력을 갖게 됨을 뜻한다.

독서는 경험을 확대시킨다. 독서는 개인이 직접 경험할 수 없는 미지의 세계로 안내해 주며 공간과 시간을 무한정으로 확대하여 대리경험을 시켜 준다. 독서는 독자를 수천 년 전의 과거로 안내하기도 하고 또 미래의 세계로 인도하기도 한다. 사람들과 대화도 하고, 행동도 하고, 감정을 서로 주고받기도 한다. 또한 사회의 가치 규범과 문화를 습득하고, 공동체적 삶의 질서 속에 개인과 주체적인 삶을 연관시키기도 하는데, 이를 통해 독자는 폭넓고 깊이 있는 삶을 간접적으로 체험할 수 있다.

독서는 사고력을 신장시킨다. 독서를 통하여 조용하고 내면적인 사고를 할 수 있다. 사람은 타인의 말을 듣고 생각하기도 하고, 상호 대화를 교환하는 데서도 생각하고, 또 관찰하면서 생각하기도 한다. 그뿐만 아니라 행동하면서도 생각한다. 이렇게 인간은 여러 가지의 생각을 하지만 독서를 통해서 사고한다는 것은 보다 조용하면서도 내면적인 것이라고 할 수 있다. 독서에 심취하여 몇 번씩 반복하면서 뜻을 음미하고 글 속에 자기의 몸을 던지고 깊이 사색한다. 이것은 오직 자기 혼자만의 고독의 사고가 되는 것이다.

독서는 정보와 지식을 획득하게 한다. 독서는 현대 사회를 살아가는 데 없어서는 안 될 정보 획득의 수단으로서, 다른 무엇보다 실용적인 가치를 지닌다. 또한 독서는 정보 획득 이외에도 지식 습득이란 더 본질적인 기능을 가지고 있다. 인간은 자신이 발견한 지식을 문자로 기록하여 후대에 책으로 전승하여 왔기 때문에, 선대의 사상, 과학기술, 역사, 문화 등을 알기 위해서는 독서에 의존할 수밖에 없다.

독서는 즐거움을 준다. 독서가 우리에게 주는 즐거움이 오락적 수준의 즐거움일 수도 있지만, 독서에서 얻게 되는 진정한 즐거움은 깨달음에 있다. 독서하는 사람은 독서를 함으로써 무엇인가를 생각하게 되며 또 무엇인가를 얻게 된다.

독서는 정서를 함양시킨다. 문학작품은 우리가 일상생활에서 느낄 수 있는 희로애락의 정서보다 훨씬 응축된 감동을 불러일으켜 준다. 문학작품은 작가가 인간의 삶과 사회에 대한 인식 내용을 구체적인 현상을 통해 표현한 것이다.

독서는 청소년들의 성격 형성에 지대한 영향을 미친다. 특히, 육체적, 정신적 성장의 시기에 있는 청소년들에게 미치는 독서의 영향력은 지대하다.

독서는 바람직한 인간상을 형성시킨다. 독서는 바람직한 인간성을 형성하는 데 크게 이바지한다. 독서를 통하여 지식을 얻고 정서를 함양하며 진정한 삶의 가치를 인식함으로써 훌륭한 인격을 갖추고 성숙한 삶을 살아가는 바람직한 인간성을 형성하는 데 독서는 크게 이바지한다.

독서는 치료적 가치를 지닌다. 독서는 책 속의 인물이나 사건에 대해 독자자신을 동일시하고, 그를 통해 자신의 억압된 감정이나 부정적인 기억을 소산시키는 작용을 통해 개인적 통찰을 이루도록 한다. 이러한 원리를 이용한 상담심리 분야가 독서치료이다. 독서치료는 아동이나 성인이 발달적, 임상적으로 겪는 정서, 심리, 행동 문제를 치유하거나, 스스로 건전한 자아와 가치관을 형성하여 정상적인 발달 과업을 성취하도록 돕기 위해 책 읽기를 이용한다.

3.3 읽으면 행복하다.

유네스코가 제정한 4월 23일 세계 책의 날 맞이하여 중앙일보는 올해로 2회째를 맞는 '행복한 책 읽기' 중앙독서감상문대회를 개최하였다. 제목이 맘에 든다. 행복한 책 읽기 즉 읽으면 행복하다는 뜻이다. 세상에 행복한 단어만큼 멋있는 단어가 있을까? 사랑? 축복? 참살이? 모두가 좋은 단어이나 그래도 내겐 행복이 좋다. 책을 읽으면 행복하다. 책 속에 행복이 있다. 인생의 철학이 있다. 삶의 지혜가 있다. 독서하면 상식과 교양이 풍부해지고, 독해 능력도 뛰어나게 되고, 공부도 잘하게 된다.

공부 잘하는 학생들의 5가지 특징을 한국교육개발원은 최근 보고서에서 고등학교 1·2학년 중에서 성적이 상위 10% 이내에 들어가는 학생들의 특징을 다섯 가지로 분류하였다. 이를 구체적으로 보면 어려서부터 독서를 좋아했다. 공부는 스스로 자기 주도적으로 한다. 학원보다는 도서관이나 집에서 혼자 조용히 공부한다. 공부하는 것이 매우 즐겁다. 문학작품 읽기와 신문 읽기를 즐긴다. 등이다. 이 결과를 한마디로 요약하면, 공부 잘하는 학생들은 '공부의 노예'가 아니라 '공부의 지배자'들이란 점이다. 특히 한국교육개발원의 분석에서 눈길을 끄는 것은 독서와 관련된 특징이 대부분이라는 점이다.

'읽으면 행복합니다.'라는 표어가 있다. 우리 자녀들이 행복해지도록, 행복지수가 높아지도록 독서교육을 해야 한다. 남아수독오거서라는 말이 있는데, 책을 많이 읽어야 한다는 말이다. 다시 말하면 "사람 노릇 잘하려면 많은 책을 읽어야 한다."라는 말이다. 영국의 철학자 베이컨은 "토론은 부드러운 사람을 만들고, 글쓰기는 정확한 사람을 만들며, 독서는 완전한 사람을 만든다."고 하였다.

책 읽고 있는 모습을 보면 아름답다. "책을 읽는 사람이, 책을 읽지 않은 사람을 지배한다."는 말이 있다. 이 말을 "내 자녀가 책을 읽으면, 책을 읽지 않은 다른 자녀보다 공부를 잘할 것이요. 앞으로 더 행복하게 살 것이다."라고, 고쳐서 생각하면 어떨까? 아마 우리 아이에게 독서를 꼭 시켜야 되겠구나 하는 생각이 들 것이다. 왜냐하면 책을 읽으면 공부도 잘하고, 행복지수가 올라가니까요. 누구나 책을 읽고 있는 자녀의 모습이 보고 싶을 것이다. 그런 모습을 보면 아마도 마음이 흐뭇하고 기분이 좋을 것이다. 독서하고 있는 모습을 보면서, 희망찬 자녀의 앞날을 생각했기 때문일 것이다. 독서하는 모습은 아름답다. 연구실에서 책을 읽고 있는 교수는 학생을 감동시킨다. 책을 읽고 있는 사장은 사원에게 애사심을 갖게 하고 성취동기를 촉진시킨다. 독서하면 아름답다. 읽으면 행복하다.

3.4 독서문화 이것이 문제이다.

우리나라 청소년들은 책을 읽지 않는다. 우리 학생들이 책을 읽지 않는 가장 큰 이유는 아마도 입시 공부에 쫓기어 시간이 없기 때문일 것이다. 초등학교에서조차 수업의 양 때문에 책을 읽을 시간이 없다고 하니 그 실태를 미루어 짐작할 수 있겠다. 교육인적자원부에서는 독서활동을 내신점수에 반영하여 2008년 대학입시에 반영한다고 한다. 제도를 통해서 독서해야 하는 현실이 문제이다. 학생들이 자율적으로 지식과 교양을 위하여 독서하는 풍토를 만들어야겠다. 스스로 독서문화를 창조하는 분위기를 만들어야 한다.

독서하려고 하여도 읽고 싶은 책을 쉽게 얻을 수 없다. 학교도서관에 학생들이 읽을 만한 책이 많지 않다. 많이 개선되고 있지만 아직까지도 오래되고 재미없는 책들이 소장되어 있는 도서관이 많다. 학교도서관은 독서의 장소가 아니라 입시공부의 장소로 생각하는 경향이 있다.

수준에 맞게 읽을 책이 부족하다. 특히 중학생 수준에 맞는 책은 드물다. 초등학생은 동화책, 고등학생은 성인 문학을 읽을 수도 있지만, 학생들이 수준에 맞고 재미있는 책이 부족한 현실이다. 독서감상문을 억지로 쓰게 하는 것은 독서가 힘들고 재미없는 것으로 느끼게 한다.

학교에서 체계적인 독서교육이 없다. 독서 선진국인 미국이나, 프랑스, 독일, 일본과 같이 학교에서 독서교육을 해야 한다. 다행히 우리나라의 경우 2002년도부터 시작된 새 교육과정에 권장 도서 목록을 제시하여 독서교육을 하고 있다. 세부적으로 독서발표회를 운영하고 그 결과를 성적에 반영토록 하고 있다. 독서교육을 위해서 학교도서관을 점차적으로 건립하고 있으니 다행스럽다. 2001년도 미국의 통계에 따르면 12세에서 18세에 이르는 청소년들의 50% 이상이 독서를 즐긴다고 한다. 또한 이들의 68% 이상이 독서가 지루하다거나 낡은 방식이라고 생각하지 않는다. 그들은 1년에 10권 이상의 책을 읽는 것으로 답하고 있다. 미국은 어릴 때부터 독서문화가 정착되어 있음을 알 수 있다.

우리나라에도 대학입시에서 논술고사를 실시함으로써 학생들의 독서량이 늘어나고 작문실력이 향상되었다. 그러나 학생들에게 논술을 따로 공부하게 함으로써 수십 종의 논술참고서가 쏟아져 나오게 되었다. 이러한 현상은 오히려 독서력 증진보다는 시험대비에 치우치게 되고 학생들의 자유로운 감성이나 논리적 사고에 오히려 부작용만 가중시킨 꼴이 되지 않았을까 걱정스럽다. 이제 초·중·고등학교는 물론이고 대학에서도 독서교육이 중요한 항목으로 받아들여지게 되었다.

참으로 좋은 현상이다. 독서교육 전문가가 함께 고민하면서 청소년들을 위한 새로운 독서문화를 만들어 가야 하겠다. 공원에서, 지하철에서, 버스에서, 캠퍼스에서 어디서나 책을 들고 읽고 있는 사람을 볼 수 있는 문화가 만들어져야 하겠다. 서점에 들러 책을 고르는 모습이 아름답게 보이는 청소년문화를 만들자.

3.4.1 독서의 중요성을 모른다.

독서는 중요하다. IQ와 EQ가 높아진다. 빌 게이츠는 "오늘날 나를 있게 한 것은 우리 마을 도서관이었다."라고 하였다. 어릴 때부터 도서관을 이용하며 꿈을 끼웠고, 독서를 통해서 얻은 아이디어로 마이크로소프트 회사를 창립하고, 세계적인 컴퓨터 프로그램 전문가, 최고의 갑부가 된 것이다. 빌게이츠는 하루에 1시간 이상 책을 읽었다고 한다. 독서가 중요한 하나의 이유는 독서와 학력의 관계 때문이다. 독서 능력과 학업성취는 어떤 관계가 있을까? 이영석 교수의 연구에 의하면 빠르고 정확한 독서 능력을 갖춘 학생은 많은 양의 정보나 지식을 보다 효과적으로 획득하고 있고, 반대로 독서 능력이 부족하거나 결여된 학생은 글을 읽는 속도, 어휘력이 부족하기 때문에 전부 읽었다 하더라도 그 내용을 정확히 파악하지 못하는 경우를 많이 볼 수 있다고 하였다. 위티(P. A. Witty)와 코펠(D. Kopel)은 독서 능력과 지능과의 관계를 "지능과 독서 능력과의 관계는 정비례적이다. 개인의 지적 행동의 기준은 사회적인 가치와 활동 가운데 나타난다. 그리하여 독서를 연락 수단으로 이용하는 사회에서는 이 능력의 습득을 중시하고 이것을 지능이라 하는 개념 가운데 포함시키고 있다. 따라서 독서는 지적 행동의 하나의 형태라 할 수 있으므로 정확한 독서 테스트는 적당한 지능 테스트와 밀접한 일치를 나타내고 있다." 하고 있다. 또한 게이츠(A. I. Gates)도 "읽기의 성공과 지능지수 사이에는 아주 높은 상관관계가 있다."고 지적하고 있다. 이처럼 독서 능력의 발달과 지능적 요인과는 밀접한 관계가 있는 것이다.

서양의 학자에 의하면 학습부진의 20% 정도는 독서력 문제에서 기인한다고 주장하였다. 여러 학자들의 연구를 종합하면 학업성취와 성격발달에 독서가 많은 영향을 준다는 사실이다. 수학 영재도 책 읽는 습관을 통해 길러진다는 연구결과가 있다. 한국교육개발원 연구팀이 역대 국제수학올림피아드 참가자 27명(남 23명·여 4명)을 대상으로 조사한 결과를 보면, 83%의 학생들이 '어려서부터 책 읽기를 좋아했다'고 응답했다. 그리고 학생들의 집에 평균 250권의 책을 갖고 있으며, 백과사전과 사전류 등 참고할 만한 도서를 갖추고 있었다고 한다.

한국의 대표적인 IT 기업인으로 컴퓨터 바이러스 백신 전문가인 안철수 박사는 어렸을 때부터 독서광으로, 도서관에서 읽은 책을 통하여 꿈을 키웠다. 그는 어려서부터 걸어 다니면서도 책을 읽는 책벌레라는 별명을 갖고 있었다. 국내에서 제일가는 기업의 창업자인 고 이병철 회장은 해마다 정초에 일본에 가서 기업경영과 하이테크(고도 기술)에 관한 책을 사서 읽고, 이른바 동경 구상을 하였다고 한다. 오늘날 그 기업이 세계적인 기업이 된 것은 바로 이병철 회장의 독서에 기인한 것이라 생각한다.

미국에는 독서가 얼마나 중요한 것인가를 보여주는 연구결과가 있다. 미국교육과학연구소는 2002년 '미국의 리더는 어떻게 만들어 지는가'라는 보고서를 발표하였다. 이 보고서에 따르면 미국 사회를 이끌어 가는 리더들 대부분은 초등학교 때 세계명작 등 좋은 책을 많이 읽은 독서광이란 공통점을 가지고 있다. 이에 반해 범죄자들 대부분은 거의 책을 읽지 않았거나 읽었다고 해도 교육적으로 가치가 없는 불량서적을 읽은 것으로 조사되었다. 그리고 '초등학교 시절에 읽은 책의 양과 질이 그 사람의 인생의 방향과 질을 결정한다.'는 결론으로 초등학교 독서교육의 중요성을 강조하였다.

독서는 중요하다. 사람은 책을 만들고, 책은 사람을 만든다. 교보문고 창립자 고 신용호 회장님의 말씀이다. 책 속에 길이 있다. 책은 말없는 스승이다. 무릇 책을 읽을 때는 반드시 책상을 잘 정돈하고, 마음가짐을 깨끗하고 단정하게 하고, 책을 가져다가 가지런히 놓고는 몸을 바른 자세로 책을 대하고, 자세하게 글자를 보며, 자세하고 분명하게 읽어야 한다. 독서는 마음의 양식이다.

3.4.2 독서를 하지 않는다.

2004년 국민 독서실태 조사에 의하면 우리나라 성인들은 1년에 평균 11권의 책을 읽고, 성인들 중에서 76.3%는 1년 동안 적어도 한 권 이상의 일반 도서를 읽은 것으로 나타났다.

그러나 우리나라 성인들의 연평균 독서량은 2002년보다 1.0권 늘어난 11.0권으로 조사돼 지난 10년간 최고를 기록한 셈이다. 이것은 책을 읽지 않는 비독서인구가 2002년 28.0%에서 2004년 23.7%로 감소하였고, 독서인구의 연간 독서량도 2002년 평균 13.9권에서 2004년 14.4권으로 늘어났기 때문으로 해석된다. 한편 학생들의 한 학기 독서량은 초등학생 19.4권, 중학생 9.5권, 고등학생 6.3권으로 나타나, 2002년에 비해 초등학생과 고등학생은 감소하였으나 중학생은 오히려 증가한 것이다.

성인들의 독서율은 76.3%로 나타나 2002년보다 4.3%가 늘었고, 학생의 한 학기 독서율은 89.0%이며 상급학교에 진학할수록 독서율이 감소하는 것으로 사실 이것이 문제이다.

독서 시간의 경우 성인은 평일에 37분, 주말은 27분으로 2002년보다 평일은 6분이 늘어난 반면 주말은 2분 줄어든 것으로 조사되었다. 학생들은 평일에 47분, 주말은 49분으로 큰 차이가 없고, 다만 전체적으로 지난 90년대 중반 이후 독서 시간이 계속 줄어들고 있는 것으로 조사되었다.

성인들이 독서하는 주된 목적은 '새로운 지식 즉 정보 습득'이 30.4%로 가장 많았고, '교양함양/인격형성'과 '마음의 위로/평안'을 얻기 위함도 각각 18.6%, 12.5%로 나타났다. 그러나 '독서가 즐겁고 습관화되어서'라는 응답은 4.7%에 불과하여 독서하는 그 자체를 즐기는 성인은 많지 않음을 보여주고 있다.

성인들이 평소 즐겨 읽는 분야는 일반소설 22.2%, 수필·명상 7.8%, 추리소설 6.4% 등 문학이 42.5%로 가장 많았고, 실용·취미 22.6%, 교양 15.5% 순으로 나타났다.

반면에 중·고등학생들은 일반소설에 대한 선호도가 가장 높았으나 만화, 무협·판타지 소설, 추리소설, 연예·오락 순으로 나타났다.

성인들의 공공도서관 이용률(적어도 1년에 한 번 이상 이용)은 24.7%로 2002년(17.3%)보다 상당한 증가세를 보여주었다. 그러나 공공도서관이 발전한 유럽 15개국의 평균치 29.8%보다는 낮은 수치를 보여주었다.

독서 장려방안에 대한 의견은 '공공도서관 증설 및 구비도서 확충'과 '대중매체의 책 관련 정보 제공 확대' 등 사회적 독서 환경 개선이 필요하다는 의견이 58.6%로 절반 이상을 차지하였다. 또한 '학교 독서교육의 활성화' 등 학교의 독서 환경 개선이 필요하다는 의견이 18.9%, '양서출판 지원', '독서진흥 관련 정부예산 확대', '독서관련 전문 인력 양성’ 등 독서 장려를 위한 정부의 정책적 지원 노력이 필요하다는 의견이 22.3%로 조사되었다.

그리고 독서 장려를 위하여 출판사, 정부, 학교 등에 바라는 점을 자유롭게 물은 결과, ‘출판사’에 바라는 점은 ‘도서가격 인하’, ‘양서출판의 활성화’, ‘다양한 종류의 도서출판’, ‘재미있는 출판’ 등이었으며 정부에 대해서는 ‘도서관 증설 및 활성화’, ‘독서 캠페인 강화’, ‘학교도서관/학급문고의 활성화’, ‘독서분위기 조성’, ‘교사의 적극적인 독서지도’, ‘독서관련 행사 개최’ 등을 주문하였다.

3.4.3 독서에 관한 행사를 모른다.

독서 및 독서진흥법에는 매년 9월을 독서의 달로 정하고 국가, 지방자치단체, 공공단체, 독서관련 단체 및 직장 등에서는 실정에 따라 각종 행사를 하게 되어 있다.

4월 23일 ‘세계 책의 날’을 앞두고 독서진흥운동이 다채롭게 펼쳐지고 있다. 책읽는 사회만들기국민운동은 지난 4월 1일 서울 중랑구 보건소에서 ‘북스타트 운동’ 선포식을 가졌다. 북스타트는 1992년 영국에서 출범, 현재 미국 일본 캐나다 등지로 보급된 시민운동인데, 생후 1년 미만의 영아와 부모가 예방접종을 위해 보건소에 오면, 책 선물과 회원카드를 만들어 주어 ‘책 장난감’과 함께 자연스럽게 평생 독서 습관을 익히게 되는 운동이다. ‘세계 책의 날’은 UNESCO가 도서보급과 독서를 통한 세계인들의 이해·관용·대화 촉진을 기치로 1995년 제28차 총회에서 매년 4월 23일을 ‘세계 책과 저작권의 날’로 정하면서 시작되었다. 이와 같이 우리나라 초등학교도서관에서도 1학년 입학생들에게 책을 선물하고, 독서하는 방법이 들어 있는 가방을 선물하여 자연스럽게 책과 도서관과 친하게 지내고, 어릴 때부터 독서하는 습관을 길러주면 어떨까? 생각해 본다.

책과 독서, 그리고 도서관에 관한 기념행사가 있다. 4월 12일부터 18일까지 한 주간이 도서관주간이다. 2005년 올해는 41회째나 되는 도서관주간이다.

어떤 어린이 신문에는 ‘엄마, 아빠 손잡고 도서관을 찾읍시다.’라는 기사가 있었다. 제40회 도서관 주간(12－18일)을 맞아 다양한 행사가 전국 도서관에서 펼쳐진다는 기사와 함께 국립중앙도서관은 독서문화를 높이기 위해 문화관광부 추천 도서전을 18일까지 1층 전시실에서 갖는다. 그리고 서울어린이도서관의 경우, 어린이 글짓기 교실·책 만들기 교실·어머니 독서 세미나 등 13 가지 프로그램을 이 기간 동안 마련한다는 기사를 본 적이 있다.

해마다 6월 초에 개최되는 서울국제도서전이 있다. 지난 6월 4일 - 9일까지 서울의 코엑스 태평양관에서 개최되었다. 2005년은 48회를 맞이한다.

서울국제도서전에 가면 신기한 책도 있다. 세계에서 가장 오래된 책도 있다. 작은 책도 있다. 어린이도서 코너에는 사람들이 제일 많다.

매년 9월 독서의 달은 도서관 및 독서진흥법에 의하여 반드시 실시하여야 하는 국가적 행사이다. 공공도서관에서는 독서의 달에 가족문학의 밤, 학생 시화전 개최, 책 바꿔 가기 장터 운영, 독후감 공모와 시상, 자녀 독서지도 특강, 다독자 및 모범이용자 시상 등 다양한 행사를 한다.

매년 10월 11일은 책의 날이다. 이날은 팔만대장경이 완성된 날이다. 대한출판문화협회가 각계의 의견을 모아 제정한 날이다. 책의 날은 찬란한 우리 출판문화의 전통을 다시 한번 내외에 널리 알리고, 세계사의 주역으로 나서기 위한 각오를 새롭게 다짐하는 날이라고 보면 된다. 학생들은, 발렌타인데이, 화이트데이는 아는데, 책의 날은 모른다. 이와 같은 책과 독서, 도서관에 관한 행사를 알고 지도하면 좋을 것이다.

3.4 독서교육이 문제이다.

독서교육은 계획적인 독서를 통해 유익한 지식과 정보를 얻어 이를 종합하고 가공하는 능력을 기름으로써, 21세기 지식기반 사회, 경쟁과 협력의 세계화 시대를 이끌어갈 신지식인을 육성하는 데 필수적인 교육이다. 이런 관점에서 독서교육은 국어 교육이라는 고정관념을 탈피하고 인성교육과 가치관 함양이라는 교양적인 차원을 넘어서서, 전 교과 교육에 걸친 기본 학습력 신장을 위한 교육으로 진흥시켜 나가야 한다.

학교에서의 독서교육은 교과 교육은 물론 특기·적성 교육과 연계되어 이루어져야 하며, 모든 교과에 걸쳐 자기 주도적 학습 능력 신장에 기여하고 교과 학습의 내실을 기하고 계획적인 독서교육 프로그램을 통해 인성을 함양하고 사고력과 창의력을 기르며 올바른 가치관을 함양하도록 해야 한다. 독서교육은 21세기 지식기반 사회가 요구하는 인성과 창의성을 지닌 신지식인을 육성하기 위한 '교육비전 2002: 새 학교문화 창조' 계획이 지향하는 기본 정신을 구현할 수 있는 중요한 교육 활동이라 할 수 있다.

7차 교육과정의 목표는 21세기의 세계화·정보화 시대를 주도할 자율적이고 창의적인 한국인 육성이다. 구체적인 목표로는 건전한 인성과 창의성을 함양하는 기초·기본 교육을 충실히 하고, 세계화·정보화에 적응할 수 있는 자기 주도적 능력을 신장시키며, 학생의 적성, 능력, 진로에 적합한 학습자 중심 교육의 실천과 지역 및 학교의 교육과정 편성·운영의 자율성 확대이다.

독서는 EQ(감성지능)를 높이는 데에 매우 효과적인 방법이다. 책은 저자나 주인공이 되는 간접 경험의 보고(寶庫)이다. 어린 시절에 좋은 책을 많이 읽었다는 것은 인류의 스승들을 자신의 스승으로 모신 것과 같으며, 이미 어린 시절에 절반의 성공을 거둔 것과 다름없다고 말할 수 있다. 또한 독서는 인간의 내적 가치관을 결정하는 큰길이다. 독서는 지식의 보고이다. 배우는 일은 끝이 없으며, 인간이 존재하는 한 항상 배우며 살아가는 것이다. 이것이 바로 평생교육이 필요하게 된다. 평생교육의 최선의 방법은 독서이다. 이 독서로 많은 지식을 일생 동안 획득하는 것이다. 그러므로 독서는 우리들의 지식을 축적하는 보고이다. 우리는 '언제', '어디서'나 독서하는 생활을 습관화하여 교양을 쌓고, 인격을 형성하여 바람직한 인간이 되어 가는 것이다. 독서는 수양의 비결이다. 인간의 정신세계는 지적 충족만으로는 살찔 수가 없다. 반드시 덕성의 함양이 있어야 한다. 덕성을 갖추지 못한 지식은 인류 사회의 독소가 되는 것이다. 그러므로 건전한 철학을 지닌 윤리의 근본은 독서를 통해서 취하는 것이 기본 양식이다. 독서는 취미의 화원이다. 즐거움이 없는 인간은 오아시스가 없는 사막과 같다고 할 수 있다. 그러므로 즐거움을 가질 수 있는 것은 건전한 삶을 영위하는 지름길이다.

독서는 성공의 첩경이다. 인간의 성공은 근면, 인내, 노력이 필수 조건이지만, 전문적 지식과 기술의 연마 없이는 성공을 기약할 수 없는 것이다. 모든 업무에 종사하는 사람은 쉬지 않고 새로운 지식과 정보를 얻어서 창의성을 발휘해야 그 개인이나 기업이 성장 발전할 것이다. 그러므로 공공도서관은 지역주민의 독서의 생활화를 위하여 독서 계획을 수립하고 실시하며, 강연회, 전시회, 독서회, 기타 문화 활동 및 평생교육을 주최하고 장려해야 할 것이다.

공공도서관은 지역주민들의 교양, 연구, 정보 획득, 오락, 사고능력 함양, 커뮤니케이션 증진을 위해서 독서문화 수준을 향상시키는 부단한 활동을 해야 할 것이다. 또한 공공도서관 활동의 개발은 먼저 독서 프로그램의 개발로 주민들이 관심 주제에 쉽게 접근할 수 있는 독서회를 조직하여 육성시키는 것이 좋을 것이다.

3.5 독서교육 환경이 문제이다.

독서 환경은 사서와 자료, 그리고 시설이다. 학교에서는 학교도서관이요, 사회에서는 공공도서관이며, 대학에서는 대학도서관이다. 또한 직장에서는 전문도서관이다.

독서 환경 중에서 무엇보다 중요한 것은 공공도서관이다. 지역사회에서는 공공도서관이 중요하다. 우리나라는 선진 외국에 비하여 공공도서관 수가 적다.

특히 청소년을 위한 독서교육 환경은 사서교사이다. 교사의 질이 곧 교육의 질이다. 지식기반 사회에서 교육의 경쟁력은 인적자원이 좌우하며, 교사 개개인의 직무수행 핵심역량이 바로 교육의 질이다. 학교도서관의 운영에 있어서 교장선생님의 역할이 중요하다. 사서교사의 열의가 중요하다. 이용자의 자세가 중요하다.

사서교사가 중요하다. 사서교사는 사서이자 교사이다. 학교도서관 운영 전문가이자 정보 활용교육 담당자, 독서교육 전문가이다. 그리고 다양한 매체를 운용하는 미디어전문가이다. 사서교사가 열성을 가지고 학교도서관을 운영하고, 도서관교육을 하며 교과교사와 같이 협력수업을 진행해야 한다. 독서교육도 계획적으로 해야 한다.

독서 환경은 자료가 중요하다. 학교도서관 자료를 교육자료라고 한다. 교육자료에는 도서자료와 비도서자료가 있다. 도서자료라 함은 종이에 인쇄된 책을 말한다. 비도서자료는 책이 아닌 자료 즉 괘도, 지도나 비디오테이프, 녹음테이프, 슬라이드, 필름, CD, CD-ROM, e-book 등 시청각자료를 말한다. 학교도서관 자료는 교원과 학생의 교수-학습활동에 필요한 자료이다. 교과서의 내용을 보충해 줄 수 있는 교과학습 자료 그리고 교양학습 자료, 참고도서, 정기간행물, 독서 권장 도서 등을 골고루 갖추고, 교사들을 위한 교사용 참고자료를 구비해야 한다.

도서관자료는 내용적인 면도 중요하고, 표현적인 면, 구성적인 면, 형태적인 면, 서지적인 면도 중요하다. 특히 내용적으로 건전성도 중요하지만 장정, 제본, 활자와 인쇄, 용지 등 형태적인 면도 매우 중요하다.

독서 환경은 시설이 중요하다.

학교도서관은 학교 건물의 중심부에 설치해야 좋으며, 통풍과 채광이 잘되는 남향을 택하여 자연 채광을 충분히 받고, 난방 효과를 거둘 수 있는 곳에 설치하는 것이 좋다. 학교도서관 공간은 학교규모에 탄력적으로 운용하되 대개 교실 2-4칸(268㎡) 기준으로 확보하면 좋겠다. 관리 면이나 협소한 공간을 참작하여 권장할 만한 공간은 교실 2

칸 정도이다. 이미 존재하는 학교의 다양한 학교 시설 즉 시청각실, 컴퓨터실, 자료실 등을 통폐합하여 다기능 복합시설인 학교도서관, 즉 교수-학습정보 센터, 교수-학습 지원 센터를 만들면 더욱 좋다. 내부 공간 구성은 개가식, 개방형으로 하고, 학생들이 이동하는 동선을 고려하여 on-off line 시설의 균형을 유지할 수 있도록 해야 한다. 학교도서관에는 도서관용 탁자와 의자, 서가, 신문가, 잡지가, PC, PC용 탁자, 슬라이 드 프로젝트, OHP 등 시청각 기자재가 있어야 한다. 학교도서관 시설은 이용자 중심 으로, 이용자가 이용하기에 편리하도록 설치되어야 한다.

3.6 독서의 상업화가 문제이다.

최근에 우리나라는 책 읽기 붐이 일어나고 있다. 7차 교육과정에다가, 학교도서관 정 책, 2008년의 대학입시에 독서활동 반영 등이 동기를 부여하고 있다. 무슨 이유든지 간에 책 읽기 붐은 바람직하다고 할 수 있다. 문제는 이러한 책 읽기 붐이 우리 독서 문화 환경에 어떻게 기여할 것인가이다. 또한 이러한 독서 붐이 상업적으로 이용되어 이득을 챙기려는 일부 사교육업체가 문제이다.

학교교육에서 독서의 중요성이 증대하고, 언론과 시민단체의 독서운동이 독서의 가 치를 높여 독서에 대한 사회적 욕구는 증대하고 있으나, 학교나 도서관 등 독서를 담 당하는 기관에서는 증가하고 있는 학생이나 시민들의 독서 욕구에 부응하지 못하고 있 는 것이 현실이다. 공적 기관에서 독서 욕구를 채우지 못하는 사이에 이 틈을 타서 사 적 기관에서 독서시장을 형성하게 된 것이다. 이런 독서시장은 독서의 사교육화를 부 채질하고 있다. 그 결과 독서의 가치를 왜곡하는 등 여러 가지 부작용을 낳을 우려가 많다.

독서관련 사교육업체는 도서를 대여해 주고 방문하여 독서지도를 해주는 아동도서대 여업과 가맹점 사업을 통한 유사 독서지도학원을 들 수 있다. 전자는 가정을 정기적으 로 방문하여 도서를 대여하는 가정방문독서 프로그램이 특징이며, 후자는 독서교육 담 당 인력양성과 어린이 독서클럽이라는 독서지도학원 운영이다. 이들은 독서 과외 활동 을 위한 중요 거점으로 활용되고 있어 바로 사교육 증가의 원이 되기기도 한다.

독서의 상업화 중의 하나의 문제는 독서지도사 및 독서치료사 양산으로 생기는 독서의 사교육화이다. 우리나라의 독서지도사 및 독서치료사 자격은 국가에서 부여하는 국가자격이 아니라 민간단체를 중심으로 부여되는 민간자격이다. 독서지도사가 부각되고 있는 것은 수학능력시험과 논술고사의 도입 이후 독서의 중요성이 강조되면서이다. 특히 제7차 교육과정의 핵심인 자기 주도적 학습이 독서를 통해 이루어지고 있기 때문이다.

현재 독서지도사를 양성하고 있는 기관은 대학의 부속기관인 평생교육원이나 사회교육원, 언론사나 백화점 부설의 문화센터, 민간단체, 여성 취업을 지원하는 YWCA 산하 여성인력개발센터 등이다. 그리고 최근에는 사이버독서지도사 양성과정도 개설되고 있는 등 점점 확산되는 추세이다.

독서 사교육화가 초래하는 사회적 부작용이 문제가 되고 있다.

첫째는 독서의 가치가 왜곡되고 있다. 독서교육은 아이들이 책을 읽으면서 스스로 생각하는 힘을 길러가게 해야 하며, 평생 책과 가까이 지낼 수 있도록 준비하는 것이어야 하는데, 독서를 학습성적을 향상시키는 도구, 명문대학을 가기 위한 방편으로 삼고 있는 것이 현실이다. 사교육기관에서 진행되고 있는 독서교육 프로그램은 대부분이 수학능력 시험이나 대입 논술 대비의 형태로 진행되고 있다. 다시 말하면 시험을 위한 프로그램, 글쓰기 능력의 훈련 차원으로 잘못 교육되고 있는 것이다.

둘째는 독서지도사가 양산되고 있다. 현재 대학의 부속기관인 평생교육원이나 사회교육원, 언론사나 백화점 부설의 문화센터, 민간단체, 여성 취업을 지원하는 YWCA 산하 여성인력개발센터 등에서 배출된 독서지도사 수는 2004년 현재 2만 명이 훨씬 넘었다고 한다. 문제는 수에도 있지만 더욱 문제가 되는 것은 교육이다. 교육은 쉽게 되는 것이 아니다. 6개월 내지 1년 과정의 짧은 기간에 이루어지는 사교육을 통해서 취득된 자격으로 교육을 한다는 것이 과연 올바른 일인가는 깊이 생각해 볼 필요가 있다. 물론 개인차에 따라 훌륭한 교육을 담당할 수 있지만 자격을 검증하는 절차에 따라 공인된 제도가 필요하다고 본다.

셋째는 독서교육의 편중 현상이 일어나고 있다. 다른 교육도 마찬가지이지만 자녀 독서지도에 열의가 있고, 경제적 여유가 있는 가정의 자녀들은 독서교육 혜택을 받고 그렇지 못한 가정의 자녀들은 독서교육을 받을 기회가 부족하게 되는 것이다. 바로 독서 과외가 문제이다.

특정 지역이나 부유한 가정에서 실시되고 있는 독서 열풍, 즉 학원이나 개인교습을 통해서 이루어지는 독서 과외가 문제이다.

그러므로 독서교육의 사교육화를 다음과 같이 가능한 한 줄이려는 노력을 해야 한다.

첫째 학교의 사서교사가 독서교육을 전담해야 한다. 초등학교부터 독서교육을 해야 한다. 초등학교부터 학교도서관을 설치해야 한다. 학교도서관에 사서교사를 정식으로 배치해야 한다. 학교도서관에 도서를 비롯한 교육자료를 충분히 마련해야 한다. 독서교과목을 교과과정에 채택하여 독립된 수업시간에 독서교육을 해야 한다.

둘째 공공도서관에서 독서교육을 강화해야 한다. 공공도서관의 기능은 정보제공, 문화 활동, 평생교육이다. 거기에다 독서활동을 하나 더 추가해야 한다. 공공도서관에 어린이도서실을 만들고 사서교사를 배치해야 한다. 정기적으로 독서교육을 해야 한다. 독서교육 프로그램을 개발하여 공공도서관에 보급해야 한다. 독서회를 조직하여 활성화해야 한다.

셋째 문헌정보학과에서 독서교육을 강화해야 한다. 현재 문헌정보학과 교과과정에 독서교육을 하는 학과가 대부분이지만 아직도 개설하지 않은 대학이 있는 것으로 알고 있다. 있다고 하여도 제대로 교육되지 못하고 있는 실정이다. 독서교육을 강화해야 하겠다. 그리하여 사서들이 독서교육 전문성을 갖추고 현장에 배출될 수 있는 노력을 대학에서 해야 한다. 독서교육의 질은 사서교사의 질 이상도 아니고 이하도 아니다.

3.7 결론

독서는 자기 교육의 방법이며 문화 창달의 수단이다. 독서는 지식과 정보를 획득하는 바탕이며 사고력의 원천이기 때문에 학생들에게 필수적인 기능이다.

독서는 언어 발달을 가져온다. 독서는 경험을 확대시킨다. 독서는 사고력을 신장시킨다. 독서를 통하여 조용하고 내면적인 사고를 할 수 있다. 독서는 정보와 지식을 획득하게 한다. 독서는 즐거움을 준다. 독서는 정서를 함양시킨다. 독서는 청소년들의 성격 형성에 지대한 영향을 미친다. 독서는 바람직한 인간상을 형성시킨다. 독서는 치료적 가치를 지닌다. 책 읽는 사람은 아름답다. 독서는 중요하다. 읽으면 행복하다.

독서문화의 문제점은 독서의 중요성을 모르고, 독서를 하지 않는 데 있다. 그리고 독서에 관한 행사를 모른다. 독서교육과 독서교육 환경, 독서의 상업화가 문제이다. 독서

문화 진작을 위해서 학교에서는 사서교사가 독서교육을 전담해야 한다. 공공도서관에서 독서교육을 강화해야 한다. 문헌정보학과에서 독서교육을 강화해야 한다. 독서교육의 질은 사서교사의 질 이상도 아니고 이하도 아니다.

▟ 세종대왕의 독서론

4.1 서론

책은 우리 인간의 삶을 풍성하게 해주는 지식의 창고이다. 책이란 인류 문명의 발자취이며 인간의 값진 모든 것을 한데 집약시켜 놓은 보물창고이다. 책은 인간의 발명품 가운데 가장 위대한 것이다. 인류 역사에서 책이라는 것이 없었더라면 아마도 과거를 모르는 암흑시대의 연속이었을 것이다. 컴퓨터와 영상매체가 발달하면서 이제 활자매체의 시대는 종말을 고했다고 말하는 이들도 있다. 그러나 활자로 인쇄되어 나오는 책의 효용 가치는 결코 줄어들지 않고 있다. 책으로써가 아니면 인류 문명의 발자취를 후대에 전할 수가 없는 것이다. 오늘날 인류 문명이 이루어진 것은 모두 책을 통해서였다고 해도 과언이 아니다. 그만큼 책의 효용성은 다른 무엇과 비길 만한 것이 없다.

책 읽기를 위해 일정한 시간을 투자하는 것은 중요하다. 무엇보다도 독서는 누구나 누릴 수 있는 고상한 기쁨이다. 옛 어른들은 낮에는 밭 갈고 저녁에는 책을 읽었으며, 불빛이 없으면 반딧불 밑에서라도 독서하였다. 항상 책을 읽고 좋은 생각을 하여야만 좋은 일을 할 수 있다고 믿었던 것이다. 책은 '천의 얼굴'을 가진 '희망의 마법사'이자 '성공 제조기'이다.

선각자들은 무슨 책을 얼마 어떻게 읽었을까? 조선 전기 사대부들은 천자문(千字文), 사서(四書)와 오경(五經), 성리학(性理學) 서적, 그리고 자치통감(資治通鑑) 같은 史書를 읽으면서 입신양명과 국가적 이익추구라는 실리적인 독서를 하였으며,[1] 조선 후기 실학파들의 독서관은 입신출세주의적, 호학주의적, 문제지향적 독서관이었다[2]고 한다.

역사에 한 획을 그었던 많은 위인들은 책을 사랑하고 읽었다. 전쟁터에서도 끊임없이 독서를 했다는 나폴레옹은 황제가 되기 전 한 달 동안 이집트 원정을 나서면서 1,000여 권의 책을 싣고 떠났다고 한다. 미국의 링컨 대통령은 책 읽는 것을 싫어 아버지 몰래 책을 주머니에 숨겨 넣고 틈틈이 읽을 정도였으며, 세종대왕은 지나친 독서

---

1) 남태우 · 김중권 공저, 『한국의 독서문화사』, 대구: 태일사, 2004. p.69.
2) 남태우 · 김중권 공저, 상게서, p.72.

로 눈병이 난 와중에도 독서를 끊지 못했다. 에디슨은 미국 미시간 주 디트로이트시의 도서관 장서를 모두 읽어 낼 정도였다. 세계에서 '가장 돈 많은 사람' 빌 게이츠 마이크로소프트사 회장도 "하버드대 졸업장보다 독서하는 습관이 더 소중하다"고 말하는 독서광이다. 미국 최고의 명문 예일 대학 출신인 영화배우 조디 포스터, 프린스턴 대학 출신인 'X 파일'의 주인공 데이비드 듀코브니 등도 미국 할리우드에서 알아주는 책벌레이다.

시대와 공간을 초월해 성공한 사람들에게 책은 '과거의 훌륭한 사람들과 대화하는 것3)'이었다. 지금도 책은 가난과 절망에 빠진 소녀들에게 '오프라 윈프리'의 꿈을 주고, 원치 않는 어려움으로 살아가고 있는 청소년들을 '링컨'이나 '빌 게이츠'와 같은 사람으로 성장케 하고 있는 것이다. 그러므로 선각자들의 독서에 대하여 알아볼 필요가 있는 것이다.

본 단원에서는 문헌연구를 통하여 선각자 중에서 조선시대에 문화의 꽃을 피운 세종대왕이 어릴 때부터 임금으로서 재임 중에 이룩한 사가독서, 집현전, 출판, 한글창제 등 독서문화에 관련된 업적을 정리하였다.

4.2 세종대왕의 업적

4.2.1 세종대왕의 업적

세종대왕은 1397년 태조 6년에 태어나 1450년 세종 32년에 승하하였다. 조선 제4대 왕으로 재위 기간은 1418년부터 1450년이다. 이름은 도(裪)이며 자는 원정(元正)이다. 시호는 장헌(莊憲)이며 능은 영릉(英陵)이다. 태종의 셋째 아들로 어머니는 원경왕후 민씨이다. 비는 심온(沈溫)의 딸 소헌왕후(昭憲王后)이다. 1408년 태종 8년에 충녕군(忠寧君)에 봉해지고 1413년에는 충녕대군에 진봉되었다. 1418년 6월 큰형 양녕대군이 세자의 자리에서 쫓겨나자 그 대신 세자에 책봉되어 태종의 양위를 받아 즉위하였다.

세종대왕은 우리 역사에서뿐 아니라, 세계 인류 역사에서도 드물게 보는 위인이다. 천성이 어질고 부지런하였으며, 학문을 좋아하고 취미와 재능이 여러 방면에 통하지

---

3) http://bookleader.com.ne.kr/2002word.htm[인용 2005. 1. 3]
    좋은 책을 읽는다는 것은 과거의 훌륭한 사람들과 대화하는 것이다.데카르트).

않음이 없었다. 서화에도 뛰어났다. 정사를 보살피면서 독서와 사색에 머리 쓰기를 쉬지 않았으며, 의지가 굳어서 옳다고 생각한 일은 어떠한 반대가 있더라도 기어코 실행하였다. 널리 국민을 사랑하고, 국민의 어려운 생활에 깊은 관심을 가져, 국민을 본위로 한 왕도정치를 베풀었다.

1420년 집현전을 설치, 1421년 도성을 개축하는 한편, 1426년 나이가 젊고 재주 있는 문신을 뽑아 사가독서하게 했고, 이듬해 태배법을 철폐, 1433년 최윤덕을 북변에 보내어 파저강의 야인을 정벌, 1437년 김종서로 하여금 두만강 방면에 6진을 설치하게 했다. 이 밖에 수재, 한발로 기근에 허덕이는 백성을 구휼, 태조의 『경제육전』을 따라 『속육전』 및 『육전등록』을 편찬, 도천법을 설치하여 숨은 인재의 등용에 진력했고, 『농사직설』을 편찬 반포하게 하여 농업 발전에 공헌했다. 『훈민정음』 28자를 제정하여 반포하는 한편 정음청을 두어 유교 전적, 음운서 등의 국문 출간을 담당하게 했으며, 학문의 장려에 힘쓰면서 『효행록』, 『삼강행실』, 『오례의』, 『자치통감훈의』, 『치평요람』, 『용비어천가』, 『고려사』, 『역대 병요』, 『동국정운』, 『석보상절』, 『월인천강지곡』, 『의방유취』 등 각종 서적을 편찬하게 했다. 서적의 간행에 따라 활자, 인쇄술의 개량, 경자자, 갑인자, 병진자 등의 동활자가 주조되고 국문 활자도 널리 사용되었다. 또한 박연에게 명하여 아악기를 개조하여 고래의 아악, 당악, 향악의 모든 악기, 악곡, 악보 등을 종합 정리하게 했으며, '정대업', '보태평' 등 저명한 악곡을 제작하게 하였다. 농사와 밀접한 관계가 있는 대간의, 소간의, 혼의, 혼상, 일구, 앙부일구, 자격루, 누호, 일성정시의 등 천문 기계를 제작하게 했으며, 고금의 천문도를 참작하여 새 천문도를 만들게 하였다. 『칠정산내편』, 『칠정산외편』 등 역서를 짓게 했고, 측우기를 제작하게 하여 세계 최초로 우량을 측정하게 했다. 농잠에 관한 서적의 간행, 환곡법의 철저한 실시, 조선통보의 주조, 공법의 제정에 의한 전세제도의 확립 등으로 경제생활 향상에 진력했다. 유학을 장려하는 한편 불교에 대해서 초년에는 종래의 5교, 양종을 '선, 교'의 2종으로 통합 정비하는 등 억압 정책을 썼으나 만년에는 불교를 장려했다. 한편 무비에도 힘써 6진뿐 아니라 압록강 방면에 4군을 설치했고, 군사 훈련, 무기 제조, 성진 수축, 병선 개량, 병서 간행 등에도 힘썼다. 또한 일본에 대해서는 세견선을 허락하는 등으로 회유책을 쓰고, 1419년 비인현에 왜구가 침입하자 도체찰사 이종무를 시켜 그 소굴 쓰시마 도를 정벌하게 했으나 다시 본래의 평화주의로 돌아가 쓰시마 도 사람들을 위해 삼포를 개항했다. 재위 32년간에 내정, 외치, 문화 등에 크게 기여하여 우리나라 역대 군주 가운데서 가장 찬란한 업적을 남겼다.

세종조는 민족의 역사에서 가장 훌륭한 유교 정치, 찬란한 문화가 이룩된 시대이다. 정치적으로 안정되어 정치, 경제, 사회, 문화 등 전반적인 기틀을 잡은 시기였다. 집현전을 통하여 많은 인재를 길렀고, 유교 정치의 기반이 되는 의례, 제도를 정비하였으며, 나아가 겨레 문화를 높이는 데에 기본이 된 훈민정음의 창제, 방대한 편찬 사업, 농업과 과학기술의 발전, 의술과 음악 및 법제의 정리, 국토의 확장 등 수많은 업적으로 나라의 기틀을 확고히 하였다. 4)

세종대왕은 이조 오백 년을 통틀어 가장 훌륭한 임금으로 일컬어지고 있다. 그 스스로 뛰어난 발명가이자 모범적인 독서가였다. 측우기를 발명한 것이나 이천, 장영실 같은 학자들로 하여금 해시계, 물시계, 혼천의 등을 개발하게 하는 한편 정음청을 두어 훈민정음을 창제한 것이나 집현전을 열어 독서와 학문을 장려한 사례 등은 재임 당시 '지식정보왕국'을 건설했다 해도 과언이 아니다. 이 모두가 남다른 학구열과 탐구심에 바탕에 둔 지도자로서의 사명감과 리더십이 없었다면 불가능한 업적이라 하겠는데, 오늘 우리 경영자들이 앞장서 이끌고 있는 '독서경영'의 취지 또한 조선시대 이래 계속된 사가독서(賜暇讀書)의 그것과 궤를 같이하고 있다고 본다.5)

4.2.2 세종대왕과 집현전

세종은 왕위에 오른 후 집현전을 설치하였다. 이것은 세종의 책 사랑, 독서 사랑의 결과가 아닌가 생각된다.

집현전은 세종대왕의 명으로 1420년에 설립된 왕립 연구기관이었다. 그 기관이 존재한 36년 동안 그곳에 속한 학자들은 한국의 영원한 유산으로 입증된 수많은 중요한 문화적 업적들을 이루었다. 이 기관에 앞서서 설립된 비슷한 기관들이 중국에도 한나라까지 거슬러 올라가서 존재했지만, 집현전이라는 명칭은 당나라 황제인 현종(재위 712－756)의 통치 기간 중인 724년에 다양한 문학, 철학, 역사 문헌을 수집하고, 만들고 보관하는 일을 맡은 황립 기관에 붙여진 이름으로 처음 사용되었다.

한국에서 집현전이라는 명칭의 사용은 고려조 인종(재위 1122－1146)의 통치 기간

---

4) http://www.hangeul.or.kr/50.htm[인용 2004.12.30]
  http://100.naver.com/100.php?where=100&id=93122[인용 2005.1.3]
5) 김원환, "CEO, 당신부터 독서하시오," 제노믹스코리아 대표.
  http://www.dotori.pe.kr/good/good35.htm[인용 2004.12.30]

중인 1136년부터이다. 그러나 이 이름을 가진 기관이 부각하게 된 때는 세종 재위기인 15세기였다.

집현전은 궁궐 내의 위치에 있었으며 그것에 지대한 관심을 기울였던 세종대왕이 친히 관장하였다. 문과에 급제한 가장 재능 있는 관리들 가운데 세종이 친히 선택한 사람들이었던 집현전의 학자들은 엘리트 집단을 형성하였다.

집현전이 존재했던 36년 동안 총 약 90명의 관리들이 그곳에서 일하였으며 서거정, 성삼문, 신숙주, 양성지, 정인지 같은 유명한 사람들이 포함되어 있었다.

집현전에 부여된 임무는 학문적 작업부터 정치적 자문에 응하는 일에 이르기까지 광범위했다. 집현전의 임무 중에는 경연의 감독, 궁정 사관으로서의 임무, 왕의 서류, 특히 외교에 관한 서류의 초안을 돕는 일, 과거 중국의 의식이나 제도의 조사, 과거의 시행, 명나라에 사신으로 가는 임무, 풍수에 관해 자문에 응하는 임무, 여러 분야에 걸친 책과 문헌의 수집, 국가에 중대한 것으로 간주되는 책의 편찬 등이 있었다. 이 중 마지막 임무가 특히 주목할 만하다. 집현전 학자들에 의하여 이루어진 수 십 가지의 편찬사업 중에는 농업, 유교사상, 역사, 지리, 법률, 언어학 및 의학에 대한 것들이 있었다.6)

집현전의 가장 큰 업적은 훈민정음(訓民正音)의 창제이며, 그 밖에 편찬사업과 고제연구는 세종 때의 황금시대를 이룩하는 원동력이 되었다. 집현전은 비록 36년이라는 짧은 기간 동안 존속되었던 기관이지만, 그 학사들은 세조-성종 때에 정치적·문화적으로 선진그룹을 형성하여 크게 활약하였고, 『경국대전』 편찬 등과 같은 당시의 제도확립과 조선왕조 사회의 유교화에 이바지하였다는 점에 그 역사적 의의가 있다.

4.2.3 세종대왕과 서적 출판

세종대왕은 국가가 부강해지기 위해서는 많은 백성들이 책을 읽어야 한다고 생각하였다. 많은 책을 만들기 위해서는 인쇄활자를 개발할 필요가 생긴 것이다. 더군다나 "정치를 잘하려면 널리 책을 읽어 이치를 깨닫고 마음을 바로잡아야 치국과 평천하의 효과를 나타낼 수 있다. 구리로 글자를 만들어 서적을 편찬하여 널리 배포하면 많은 이로움이 있을 것"이라는 아버지 태종의 뜻에 따라 어려움을 무릅쓰고 계미자, 경사자,

---

6) http://school.kerinet.re.kr/union/unicamp/%C7%D1%B1%DB−%C1%FD%C7%F6%C0%FC.htm[인용 2004.12.30]

갑인자 등을 만들어 출판 중흥에 이룩하였다.

세종대왕은 집현전을 설치하고 학자들로 하여금 책을 편찬하거나 주해사업과 의례제도의 정리를 하게 하였다. 이때 편찬된 놀라운 책들 중 대표적인 것들이 『치평요람(治平要覽)』, 『자치통감훈의(資治通鑑訓義)』, 『역대병요(歷代兵要)』, 『고려사』 『고려사절요』, 『태종실록』 『세종실록』 등의 사서편찬·주해사업과 『효행록(孝行錄)』, 『삼강행실(三綱行實)』 등의 유교윤리서 편찬, 『오례의주상정(五禮儀注詳定)』, 『세종조상정의주찬록(世宗朝詳定儀注撰錄)』 등의 의례제도의 정리사업, 『운회언역(韻會諺譯)』, 『용비어천가주해(龍飛御天歌註解)』, 『훈민정음해례(訓民正音解例)』, 『동국정운(東國正韻)』 등의 훈민정음 관련 서적이다.7)

특히 『삼강행실도』는 백성들의 마음과 행실을 바르게 하기 위해서 편찬하였고, 부모에게 효도하는 마음을 일깨우기 위해서 역대 효자들의 언행을 기록한 『효행록』을 편찬하였다. 또한 농사짓는 방법을 익혀 실생활에 도움을 주기 위해서 『농사직설』을 편찬하였다고 한다. 그리고 53명의 학자가 3년여에 걸쳐 완성한 『자치통감훈의』는 세종대왕도 밤늦게까지 손수 교정을 보았다는 기록이 있다.8)

4.2.4 세종대왕과 한글 창제

한글은 한국 고유 문자이다. 세종 25년(1443)에 창제되고 1446년에 반포된 문자 훈민정음(訓民正音)의 현대적 명칭이다.

'백성을 가르치는 바른 소리'라는 뜻의 훈민정음은 언문(諺文)·언서(諺書)·반절(反切)·암글·아햇글·가갸글·국서(國書)·국문(國文)·조선글 등 여러 명칭으로 불렸다. 특히 언문은 '상말을 적는 상스러운 글자'라는 뜻으로 한자·한문에 대하여 한글을 낮추어 부르는 속칭으로 널리 쓰였다. 그러다가 근대화 과정에서 민족의식 각성과 더불어 국문(國文)이라고 부르다가 한글로 통일되었다. 한글이라는 이름은 주시경(周時經)에 의해 만들어져 1913년부터 쓰이기 시작하여, 27년 한글사에서 펴낸 『한글』 잡지로부터 널리 퍼졌다. 한글이란 말의 뜻은 '한(韓)나라의 글' '큰 글' '세상에서 으뜸가는 글'이란 의미로, 세종대왕이 '정음'이라 부른 정신과 통한다.9)

---

7) http://kr.100.yahoo.com/result.html?pk=18479700[인용 2004.12.30]

8) 교보문고, "백독백습으로 이룩한 15세기 지식경영사회," 『사람과 책』, p.12-13.

9) http://kr.100.yahoo.com/result.html?pk.=20373300[인용 2004.12.29]

훈민정음의 제자원리(制字原理)는 중국 음운학 지식을 바탕으로 중세 국어를 우선 음절단위로 파악하고, 다시 이를 초성(初聲, 첫소리, 닿소리)·중성(中聲, 가운뎃소리, 홀소리)·종성(終聲, 끝소리, 닿소리)의 3단위로 분석하여 이들을 기준으로 만들었다.

세종대왕이 책을 사랑하고 독서를 주요하게 여긴 것의 결정체가 민족문화의 최대 걸작이라고 하는 '한글창제'라 할 수 있다. 세종 임금은 한글이 만들어짐으로써 어리석은 백성도 쉽게 글을 배울 수 있게 되고 책을 읽을 수 있게 되어 기뻐하였다. 또한 중국 문화에 대하여 주체성과 독창성을 가지고 조선의 독특한 문화로 발달시켰으며 백성을 귀하게 여기는 인간존중 사상을 확산시켰다고 할 수 있다. 책의 문화가 발달하고 융성할 때 나라가 부강해진다. 세종대왕의 책 사랑과 지식욕구 즉 독서관이 조선을 문화중흥의 사회로 만든 것이다.

4.3 세종대왕의 독서론

4.3.1 세종대왕의 어린 시절 독서

양녕은 서예에 뛰어났다. 숭례문(남대문)의 현판에 쓰인 '숭례문' 석자가 바로 양녕의 글씨이다. 세종은 양녕을 시기라도 하듯 신하들에게 이런 말을 했다고 전한다. "글을 읽는 것은 임금에게 유익하나 글씨를 쓰고 글 짓는 것 따위의 일은 유의할 필요가 없다(讀書有益 如寫字製作 人君不必留意也)"

세종은 글을 읽는 데만 열중했다. 한 책을 반드시 백 번 읽었다 하니 이른바 백독주의(百讀主義)였다. 그러나 『좌전(左傳)』이나 『초사(楚詞)』 같은 책에 이르러서는 백 번에 백 번을 더해 이백독을 했다고 한다. 일찍이 세종이 어려서 몸이 불편한데도 글 읽기를 멈추지 않아 병이 점점 심해지자 태종은 내시에게 세종의 거처에 있는 책을 모조리 거두어들이라고 명했다. 그때 내시는 병풍 뒤에 『구소수간(歐蘇手簡)』이란 책 한 권이 남아 있는 것을 모르고 물러났다. 그래서 세종은 남은 이 책 한 권을 몰래 천백 번을 읽었다는 것이다.[10]

---

10) 박성수, "양녕대군 풍운아인가 처세의 달인인가," 역사인물 재조명, http://my.dreamwiz.com/ dynasty4/history/know/%BF%EB%C0%C7%B4%AB%B9%B0/%BE%E7%B3%E7%B4%EB%B1%B A.html[인용 2004.12.30]

세종은 어릴 때부터 책에 관심이 많았다고 한다. 어린 시절 독서 방법은 百讀百習이었다. 즉 '100번 읽고 100번 쓴다.'는 뜻이다. 아버지 태종은 독서를 좋아하는 것을 보고 재능을 인정하여 많은 책을 선물하고 읽게 하였다. 태종이 준 책은 『사서삼경(四書三經)』을 비롯하여 역사, 정치, 법, 음악, 과학 등 다양한 책이었다.

태종은 가끔 세종에게 시험 삼아 질문을 하였는데 언제나 능숙하게 대답하여 놀라움을 금치 못하였다고 한다. 세종의 독서 방법은 책 속에 있는 지식을 완전히 습득하기 위한 방법이다. 세종은 어릴 때부터 책을 가까이하고 독서를 통하여 성군의 길을 닦은 것이다.

4.3.2 세종대왕과 사가독서

조선시대에 유능한 젊은 문신들에게 휴가를 주어 독서에 전념할 수 있도록 한 제도이다. 세종은 집현전 소속의 젊은 문신들에게 휴가를 주어 집에서 독서에 몰두할 수 있도록 했는데, 이를 사가독서제(賜暇讀書制)라 한다.11) 다시 말하면 인재를 육성하고 문풍을 일으킬 목적으로 양반관료 지식인 가운데 총명하고 젊은 문신들을 뽑아 여가를 주고, 국비를 주어 독서에 전념케 하는 시스템이다.12) 즉 일종의 '장기독서휴가제'라 할 수 있다.

사가독서제도가 처음으로 실시된 것은 1426년인데, 왕은 권채, 신석견, 남수문 등 3명을 선발하여 공무에 임하지 말고 연구에만 몰두하게 하였다. 42년에는 신숙주(申叔舟) 등 6명에게 휴가를 주어 진관사에서 글을 읽게 하였는데, 이를 상사독서(上寺讀書)라 한다.

사가독서제에 선발된 문신에게 주어지는 기한은 최단기인 경우 1개월에서 3개월 정도였으며 최장기인 경우는 달수를 표시하지 않고 '장가(長暇)' 운운한 것으로 보면 특별한 사명을 띤 자에게는 무기한의 장기휴가를 준 것 같다.

1차의 사가독서에 선발되는 인원은 보통 6명 정도였는데, 1773년(영조 49)까지 총 48차에 걸쳐 320명이 선발되었다. 그 뒤에 이 제도는 폐지되기도 하고 부활되기도 하다가 정조 때 규장각의 설립과 함께 폐지되었다.

---

http://www.donga.com/docs/magazine/new_donga/9803/nd98030200.html[인용 2004.12.30]

11) http://kr.100.yahoo.com/result.html?pk=14409600[인용. 2004.12.30]

12) 남태우 · 김중권 공저, 전게서, p.70.

사가독서제도는 세종대왕 때 집현전(集賢殿)을 설치한 이후부터 시행되어 중간에 한 때 정파(停罷)된 일은 있으나 인조 대까지 약 200년간 시행된 연소문신을 위한 연구제도로서 문풍진작(文風振作)의 일환을 담당하고 있었다. 그 장소는 세종 때에는 자택(自宅), 공가(空家), 산사(山寺)로서 전심 연구케 하였으나 성종 때 용산 폐사 즉 남호의 독서당이 세워지면서 상설기구화하였다. 그러나 연산군 때에는 폐지되고 중종 초에는 정업원을 빌려 권설(權設)하였다가 한강 두모포 월송암(月松菴) 서쪽 즉 동호로 옮겨 연구하게 하였다. 그러나 임진왜란으로 이것이 소각된 이후 광해군 때에는 한강별영을 수리하여 독서당으로 이용하였으나 인조 때 내우외환(內憂外患)으로 인하여 정파된 뒤는 그 기능과 역할은 사실상 중지되고 말았다.

독서당의 당선인원은 문한(文翰)과 문병(文柄)을 장악하여 국가 중요사의 우이(牛耳)를 쥐고 있었으며 그 운영은 국비로 지변(支辯)하되 역대 왕의 특별 배려로서의 부정기적인 하사품에 따라 보조될 수 있었다. 독서당원 수는 세종 8년(1426)부터 3명을 선발한 것을 비롯하여 영조 49년(1773)까지 대략 350여 년간에 48차에 걸쳐 모두 320명이 선발되었다. 매번별 인원수는 가장 적을 때로서 선조 18년(1585)의 이호민(李好閔) 1명이 선발된 경우가 있었고, 가장 많을 때로서 중종 12년(1517)과 광해군 즉위년(1608)과 광해군 8년(1616)의 12명의 경우가 있었으나 6명 내외 정도가 가장 많아서 전체 선발 횟수의 약 70%를 차지하고 있었다. 이러한 독서당의 기능은 정조조에 세워진 규장각(奎章閣)으로 넘겨진다고 볼 수 있다.[13]

4.3.3 세종대왕의 독서론

세종은 배우고 연구하는 경영자였다. 삶이 배우고 연구하는 과정에서 시작해서 배우고 연구하는 과정에서 끝나는 것이라는 인식을 그는 철저히 했다고 볼 수 있다.

세종의 학구열은 그에게 부여된 국가경영에 대한 인식과 더불어 독보적인 경영 철학으로 자연스럽게 연결되었다. 그러한 연구와 학습을 통해 세종이 추진한 각종 사업들은 최적의 상태를 유지할 수 있었다.

배움에 임해 그는 "무엇보다도 독서하는 것이 제일 유익하다."고 생각했다. 이러한

---

13) 이현희(李炫熙) '규장각의 도서관적 기능과 역할,' 『도서관』, 10월호(통권 제139호) 국립중앙도서관, 1969.
　　http://seoul600.visitseoul.net/seoul−history/sidaesa/txt/3−8−5−4.html[인용2004.12.29)

그의 배움의 자세는 자신은 물론 신하들이 지켜야 할 원칙으로 자리 잡았다. 그는 신하들에게 어떤 일을 시키거나, 어떤 기분이 들게 하려면, 스스로 그리해야 한다는 것을 잘 알고 있었다. 지속적으로 공부하고 연구하며, 현장을 점검한 이유도 바로 이 때문이다.

"항상 배우라. 항시 손을 놓고 있지 말아라" 세종대왕이 궁중에 있으면서 "손을 거두고 한가히 있을 때가 없었다."는 말은 바로 세종대왕 스스로 끊임없는 노력을 통해 그 자신이 경영의 고수(高手)가 되고자 했다는 것을 의미한다. CEO로서 자기 임무를 알고 한 치의 '해이함'도 없이 부단하게 노력했다. 그는 정말로 부지런했고, 매사에 열심이었다. 오죽했으면 『실록』도 이렇게 전할 정도이겠는가!

"임금으로 즉위해서는, 이른 새벽에 옷을 입고 날이 밝으면 조회를 받고, 다음에 정사를 살피고, 그 다음에 윤대하고, 그 다음에 경연에 나갔는데, 일찍부터 조금도 해이감이 없었다."14)

"부지런하라. 그것이 시간 관리에 성공하는 길이다." 세종이 이렇게 하루 일과를 시작하는 시간이라면, 아마 새벽 5시경부터일 것이다. 더구나 한밤중까지 책을 보며 경영에 몰두했으니, 그의 노력이 어느 정도였는지는 가히 짐작하고도 남는다. 그는 각종 프로젝트의 진행 상황, 국제 정세 등에 관한 자료를 참고하면서 실로 많은 고심을 했다. 그리하여 세상 돌아가는 형국을 제때에, 바로 알고자, 변화하는 세상에 맞춰 '중국어' 공부도 별도로 해나갔던 것이다.

이것은 학문을 현실 경영에 활용하는 수단으로 삼았다는 걸 의미한다. 실질적으로 국익에 도움이 될 수 있는 경영을 위해 세종은 자기 능력을 배가시키기 위한 실용적인 공부에 결코 소홀하지 않았다. "근신에게 이르기를 '내가 한어(漢語)의 역서(譯書)를 배우는 것은 다른 것이 아니다. 명나라 사신과 서로 접할 때에 미리 그 말을 알면 그 대답할 말을 혹 빨리 생각하여 준비할 수 있기 때문이다' 하시었다."15)

이처럼 항시 공부했고, 또 언제나 국가 경영상 제기될 수 있는 문제들에 대해 준비했다. 이와 더불어 팀원들을 리드해 나갈 수 있는 최상의 방법은 그들의 역할을 분명히 하고, 그들이 능력을 발휘할 수 있도록 하는 데 있었다. 그리하여 세종대왕은 자신 또한 그 일을 완수하기 위해 노력하고 있다는 것을 보여주고자 했다. 그것은 참여로 나타났다. 이렇듯 세종대왕은 자기 혁신과 노력에서 한 치도 부족함이 없었다. 부족한 정도가 아니라, 오히려 타의 추종을 불허하는 집념을 보였다. 이처럼 CEO가 스스로

14) 『세종실록』 32년 2월 17일.
15) 『세종실록』 5년 12월 23일.

배우고 실천해 나가는데 따라오지 않을 신하들이란 결코 없었다. 이것이 그의 '무적의 두뇌 집단'을 움직이게 한 힘의 한 요소였음은 누구도 부정하지 못할 것이다.16)

4.4 결론

책은 우리 인간의 삶을 풍성하게 해주는 지식의 창고이다. 책이란 인류 문명의 발자취이며 인간의 값진 모든 것을 한데 집약시켜 놓은 보물창고이다. 책은 인간의 발명품 가운데 가장 위대한 것이다. 오늘날 인류 문명이 이루어진 것은 모두 책을 통해서였다고 해도 과언이 아니다. 그만큼 책의 효용성은 다른 무엇과 비길 만한 것이 없다. 책 읽기를 위해 일정한 시간을 투자하는 것은 왜 중요하다. 무엇보다도 독서는 누구나 누릴 수 있는 고상한 기쁨이다. 옛 어른들은 낮에는 밭 갈고 저녁에는 책을 읽었으며, 불빛이 없으면 반딧불 밑에서라도 독서하였다. 항상 책을 읽고 좋은 생각을 하여야만, 좋은 일을 할 수 있다고 믿었던 것이다. 책은 '천의 얼굴'을 가진 '희망의 마법사'이자 '성공 제조기'이다.

세종대왕은 지나친 독서로 눈병이 난 와중에도 독서를 끊지 못했다. 세종대왕은 배우고 연구하는 경영자였다. 삶이 배우고 연구하는 과정에서 시작해서 배우고 연구하는 과정에서 끝나는 것이라는 인식을 그는 철저히 했다고 볼 수 있다.

세종대왕의 학구열은 그에게 부여된 국가경영에 대한 인식과 더불어 독보적인 경영 철학으로 자연스럽게 연결되었다. 그러한 연구와 학습을 통해 세종이 추진한 각종 사업들은 최적의 상태를 유지할 수 있었다. 배움에 임해 그는 "무엇보다도 독서하는 것이 제일 유익하다."고 생각했다.

조선시대에 문화의 꽃을 피운 임금 중의 한 분이신 세종대왕이 어릴 때부터 임금으로서 재임 중에 독서문화에 많은 업적을 다음과 같이 남겼다.

첫째 세종대왕은 어릴 때부터 책을 사랑하고 백독백습이라는 독서 방법을 활용하였다.

둘째, 세종대왕은 집현전을 설립하여 학문과 정치적 자문에 응하게 하였다.

셋째, 세종대왕은 집현전 소속의 젊은 문신들에게 휴가를 주어 집에서 독서에 몰두할 수 있도록 사가독서제를 실행하였다.

---

16) http://blog.empas.com/goalst/2639089[인용 2004.12.30]

넷째, 세종대왕이 책을 사랑하고 독서를 주요하게 여겨 민족문화의 최대 걸작인 한글을 창제하였다.

다섯째, 세종대왕은 '인쇄활자'를 개발하여 많은 서적을 편찬하고 배포하였다.

참고문헌

교보문고, "백독백습으로 이룩한 15세기 지식경영사회,"『사람과 책』, p.12－13.

남태우 · 김중권 공저.『한국의 독서문화사』, 대구: 태일사, 2004. p.70.

박성수, "양녕대군 풍운아인가 처세의 달인인가," 역사인물 재조명,

http://www.hangeul.or.kr/50.htm[인용 2004.12.30]

『세종실록』 32년 2월 17일.

『세종실록』 5년 12월 23일.

이현희(李炫熙), "규장각의 도서관적 기능과 역할,"『도서관』, 10월호(통권 제139호) 국립중앙도서관, 1969.

http://blog.empas.com/goalst/2639089[인용 2004.12.30]

http://bookleader.com.ne.kr/2002word.htm[인용 2005. 1. 3]

http://100.naver.com/100.php?where=100&id=93122[인용 2005. 1. 3]

http://kr.100.yahoo.com/result.html?pk=14409600[인용. 2004.12.30]

http://kr.100.yahoo.com/result.html?pk=18479700[인용 2004.12.30]

http://my.dreamwiz.com/dynasty4/history/know/%BF%EB%C0%C7%B4%AB%B9%B0/%BE%E7%B3%E7%B4%EB%B1%BA.html[인용 2004.12.30]

http://seoul600.visitseoul.net/seoul－history/sidaesa/txt/3－8－5－4.html[인용 2004.12.29]

http://school.kerinet.re.kr/union/unicamp/%C7%D1%B1%DB－%C1%FD%C7%F6%C0%FC.htm[인용 2004.12.30]

http://www.donga.com/docs/magazine/new_donga/9803/nd98030200.html[인용 2004.12.30]

5 다산 정약용의 독서론

5.1 서론

오늘날은 지식기반 사회이다. 지식기반 사회에서 필요한 지식과 정보를 획득하는 가장 효율적인 방법은 독서이다. 독서는 언어 발달을 가져오고, 독서는 경험을 확대시킨다. 독서는 사고력을 신장시키고, 독서는 즐거움을 준다. 독서는 청소년들의 성격 형성에 영향을 미치고, 독서는 바람직한 인간상을 형성시킨다. 그러므로 독서는 중요하다.

'사람은 책을 만들고, 책은 사람을 만든다.' 교보문고 창립자 고 신용호 회장님의 말씀이다. 책 속에 길이 있다. 책은 말없는 스승이다. 독서는 마음의 양식이다.

책 읽기의 중요성은 아무리 강조하여도 지나침이 없다. 독서의 중요성은 어느 나라를 막론하고 옛날부터 강조되어 왔다. 중국 당나라 시대의 유명한 시인 두보는 남아수독오거서(男兒須讀五車書, 사람은 많은 양의 책을 읽어야 한다)는 말로 독서의 중요성을 강조하였다. 미국의 유명한 대통령인 링컨은 남북전쟁 승리 축하 파티에서 "나는 지금 두 사람의 여성에게 감사를 드립니다. 한 분은 나에게 책 읽기의 습관을 붙여주신 나의 계모이시고, 또 한 분은 『톰 아저씨의 오두막』을 써서 나에게 흑인의 슬픔을 일깨워 주신 스토우 부인이십니다."라고 연설하였다고 한다.[1]

이러한 연설로 미루어 볼 때, 링컨이 훌륭한 대통령이 될 수 있었던 것은 어릴 때부터 책과 가까이할 수 있는 환경과 독서가 아닌가 생각해 본다.

"책을 보면 사람의 생각이 바뀝니다. 제가 열 마디 하는 것보다 자신이 책을 읽어서 바꾸는 것이 더 바람직합니다."[2]라고 차중근 유한양행 사장은 독서의 중요성을 강조하였다.

7차 교육과정의 핵심은 자기 주도적 학습이다. 자기 주도적 학습[3]은 '개인이 스스로의 학습 욕구를 진단하고, 학습 목표를 설정하며, 목표를 달성하기 위하여 인적·물적

---

1) http://blog.naver.com/teenteen71/50012673741[2007.1.22], 독서의 중요성과 효과, 박요한.

2) 차중근, 유한양행 사장, mbn tv, 2006.5.29.

3) http://cafe.naver.com/t100allshool.cafe?iframe_url=/ArticleRead.nhn%3Farticleid=201[2007.1.22]

자원을 탐색하고, 적절한 학습 전략을 시행하며, 스스로 학습의 성과를 평가하는 과정이다.' 독서는 이러한 자기 주도적 학습을 가능하게 하는 방법 중 가장 좋은 방법의 한 가지이다. 그러므로 독서는 중요한다.

독서교육에 관한 이론뿐만 아니라 실천적 독서교육에 평생을 바쳐 성공을 거두었으며, 세계 최초의 엄마의 독서지도사 개념을 도입한 대학 교수이자 교육연구가인 버니스 E, 컬리넌은 "책을 읽는 어린이들은 자신감에 차 있고 활달하며 자기 세계에 대한 책임감을 갖고 있다. 그리고 자기 자신에 관한 사고를 펼쳐나가는 데 있어 다른 사람의 도움을 필요로 하지 않는다. 그들은 알고 싶어 하는 게 무엇인지 스스로 발견해 낸다."라고 독서효과에 대하여 주장하였다.

책을 많이 읽어 훌륭하게 된 사람이 있다. 백독백습 세종대왕, 동경구상으로 유명한 독서광 고 이병철 회장, 책벌레 안철수 박사, 독서 습관 강조하는 빌 게이츠, 다독가 빌 클린턴 대통령, 신간을 다 읽는 독서광 리 콴유 수상, 다독가 나폴레옹, 독서로 인생이 바뀐 오프라 윈프리, 기타 독서광 줄리어스 시저, 베토벤, 설교의 제왕 스펄전 목사 등이 있다.

그러므로 이와 같이 독서를 통하여 우리들에게 교훈을 주는 선각자들에 대한 연구가 필요한 것이다.

본 단원에서는 독서 선각자 중에서 다산의 생애와 저서, 그의 독서 방법에 대하여 문헌을 통하여 조사하여 정리하였다.

5.2 다산의 생애

다산은 정약용의 호이다. 그는 조선 후기의 실학자이며 문신이다. 그는 1762년 음력 6월 16일에, 서울 근교의 경기도 광주군 마현(남양주시 조안면 능내리)에서 진주 목사 정재원과 어머니 해남윤씨 사이에서 4남 2녀 중 4남으로 태어나 1836년 2월 22일 향리에서 별세하였다.

자는 미용, 송보이며, 호는 다산 외에도 삼미, 여유당, 사암, 자하도인, 탁옹, 태수, 문암일인, 철마산초로 무려 7개나 된다. 시호는 문도이다.

다산은 13세 때 풍천홍씨와 결혼하여 6남 3녀를 두었으나 4남 2녀는 요절하고 학연/

학유와 서랑 윤참모가 있을 뿐이다. 그의 일생은 대체로 3기로 나눌 수 있다.

제1기는 벼슬살이하던 득의의 시절이요, 제2기는 귀양살이 하던 환난시절이요, 제3기는 향리로 돌아와 유유자적(悠悠自適)⁴⁾하던 시절이다.

다산은 14세에 호조좌랑으로 등용되는 부친을 따라 서울에 와서, 16세에 성호의 글을 읽고 실학에 심취하게 되었다. 서울에서 살기 시작하면서 다산은 성호학파의 여러 선배들과 교유하게 된다. 서학에 관심이 많았던 이승훈(李承薰: 1756~1801)과 이벽(李檗: 1754~1786)과 이가환(李家煥: 1742~1801)은 모두 다산의 가까운 인척들이었다. 여덟 살이나 많았지만 벗이라고 부르며 가장 가깝게 지내던 사람인 이벽은 큰형인 약현(若鉉)의 처남이었다.

23세에는 이벽으로부터 기독교 서적과 서양 근대의 문물에 접하였다. 다산은 28세에 과거에 급제하여 벼슬길에 올라 사헌부 지평이 되었으며, 경기도 암행어사 등을 역임하면서 탐관오리를 척결하여 백성들로부터 사랑과 존경을 받았다. 그러나 반대파의 시기와 불평의 대상이 되기도 하였다.

다산은 정조가 승하한 후 천주교 박해를 위한 신유사옥(辛酉邪獄)으로 전라도 강진에 유배되어 1818년 귀양살이에서 풀려날 때까지 오직 독서와 집필에 몰두하여 경서에 대한 새로운 해석을 한 주석서, 정치와 경제에 대한 개혁을 구상한 『牧民心書』, 『欽欽新書』, 『經世遺表』를 비롯한 500여 권이나 되는 불후의 저술을 남겼다.

다산은 18년간의 전남 강진에서의 유배 생활에서 자기가 경험한 관료 생활을 거울삼아 당시 사회현실을 비판하고 사회체제의 전면적 개혁을 구상하였다고 한다. 또한 그는 당시 현실과는 동떨어진 정통 주자학에 반대하고, 나아가 문제의 중심을 윤리, 도덕 중심의 문제로부터 정치, 경제 등 국민의 복리증진을 위한 실제 생활의 문제로 전환할 것을 주장하였다.

다산의 일생을 출생과 가족관계, 성장기/청년기, 벼슬시절, 유배시절, 만년으로 나누어 요약하면 다음과 같다.⁵⁾

다산 정약용은 1762년(조선 후기) 한강 변 마현 마을에서 태어났다. 정씨 집안은 8대 연속 홍문관 학사를 배출한 적이 있는 집안이었고, 외가는 학문과 예술의 집안이었다. 형제들은 학문적 재주가 있어 실학과 서학(천주교)에 일찍 눈을 떴으나 꽉 막힌 시대와 당쟁에 희생되고 말았다.

---

4) 속세를 떠나 아무 속박 없이 조용하고 편안하게 삶.

5) http://www.edasan.org/menu2/main.php?mode=content1[2007.1.23 인용]

다산은 어려서부터 학문에 힘썼다. 22세에 성균관에 들어가 정조의 총애를 받기 시작하였다. 실학의 대가 성호 이익(星湖 李瀷, 1681~1763)의 글을 접하고서 학문의 뜻을 굳게 하였다. 처음으로 천주교를 접하기도 하였다.

다산은 28세에 대과에 합격하여 벼슬길이 시작되었다. 학문과 행정에서 정조의 신임을 얻으며 측근으로 활동했다. 규장각 초계문신(抄啓文臣)6)으로서의 활동, 수원화성의 설계, 암행어사로서의 활약, 곡산부사 임기 중 지방행정관으로서의 치적 등으로 장차 정조가 중용할 것이 예상됐다. 그러나 정적들은 다산의 성장과 그에 대한 정조의 총애에 위기감을 느끼며 천주교를 빌미로 그를 제거하고자 하였다.

다산은 정조가 붕어(崩御)하자 정적들에 의해 사지에 내몰리게 되었으나, 겨우 목숨을 건져 18년간의 긴 유배생활에 들어갔다. 다산은 자신의 운명에 결코 좌절하지 않고 시대의 아픔을 학문적 업적으로 승화시켰다. 경학과 경세학 등 여러 방면의 학문 연구에 힘써서 500권이 넘는 책을 저술했다. 그의 저술은 당시 조선사회의 시대적 모순을 극복하여 나라를 새롭게 하고 민(民)을 살리기 위한 것이었다.

18년의 귀양살이를 마치고 고향에 돌아와 18년을 살았다. 자신의 저술을 수정하고 보완했다. 자찬묘지명을 지어 자신의 삶을 정리하였다. 자신의 사상과 학문을 훗날 인정해 주길 기대하였다

5.3 다산의 저서

다산의 저서는 500여 권이나 된다고 한다. 국회전자도서관에서 통합 일반검색에서 저자명 부문에서 정약용이라는 키워드를 넣어 검색된 것은 도서 114권, 학술지 5건, 비도서자료 6건 모두 125건이다.

5.3.1 도서

검색된 도서를 연도순으로 분류하여 제시하면 다음과 같다.

---

6) 조선 후기에 규장각에 특별히 마련된 교육 및 연구과정을 밟던 문신들.

(1) 다산 정약용이 유배지에서 보낸 편지와 교훈: 세상의 모든 아들딸들에게 보내는 사랑의 편지/정약용의 글, 민족문화추진회 편역. 문장, 2006.

(2) 목민심서정설: 공직을 올바르게 살아가는 만고불변의 관료정신/정약용 저, 이영례 편역. 동양서적, 2006.

(3) (나라의 길잡이)목민심서/정약용 저/양광식 편저. 문사고전연구소, 2006.

(4) 목민심서 경구/정약용 저/양광식 필사. 문사고전연구소, 2006.

(5) 다산 정약용: 유학과 서학의 창조적 종합자/정약용 저. 금장태. 살림출판사, 2005.

(6) 목민심서: 마음으로 읽는 다산 정신/정약용 지음, 장승희 풀어씀. 풀빛, 2005.

(7) 아언각비. 이담속찬/정약용 저/역주. 현대실학사, 2005.

(8) (정선)목민심서/정약용 지음/다산연구회 편역. 창비, 2005.

(9) 자식교육 마음이 먼저다: 조선을 대표하는 3인의 자녀교육법/이황, 이이, 정약용 지음/고전문학연구회 편. 거송미디어, 2005.

(10) 목민심서정섬, 상하/정약용 저, 정해염 편역 주. 현대실학사, 2004.

(11) 역주 경세유표, 1-3/정약용 찬/정해염 역주. 현대문학사, 2005.

(12)경세유표, 원문/정약용 찬, 정해염 교주. 현대실학사, 2004.

(13) 다산 산문선/정약용 지음, 구인환 엮음. 신원문화사. 2004.

(14) 고전 읽기의 즐거움: 한국고전산책/정약용 외 지음/신승운 외 옮김. 솔출판사, 2004.

(15) 다산의 강진유배 18년, 中: 보정산방과 이학래 가/정약용 원저, 양광식 편역, 문사고전연구소 편. 문사고전연구소, 2004.

(16) 압해정씨가승/정약용 편찬, 정갑진, 정해염 역주. 현대실학사. 2003.

(17) (삶따라 자취 따라)다산 정약용: 다산선행 탄신 236주년을 기념하며/윤동환 지음. 다산기념사업회, 2002.

(18) 다산의 경학세계/정약용 저, 실시학사경학연구회 편. 한길사, 2002.

(19) 다산서간정선/정약용, 정약전 공저, 정해염 편역주. 현대실학사, 2002.

(20) 역주 매씨서평/정약용 저, 이지형 역주. 문학과 지성사, 2002.

(21) 유배지에서 보낸 편지/정약용 저/박석우 편역. 창작과비평사, 2002.

(22) 다산시정선 상/정약용 저, 박석무, 정해염 공편 역주, 현대실학사, 2001.

(23) 목민심서/정약용 저/김기태 역. 청목사, 2001.

(24) 뜬 세상의 아름다움/정약용 저, 박무영 역. 태학사, 2001.

(25) 임진왜란과 병자호란/정약용 저, 정해염 역주. 현대실학사, 2001.

(26) 아방강역고: 한국고대 중세역사지리지/정약용 저, 정해염 역주. 현대실학사, 2001.

(27) 목민심서/정약용 저/이민수 역. 범우사, 2000.

(28) 다산과 석천의 경학 논쟁/정약용, 申綽 공저. 실시학사경학연구회 편역, 한길사, 2000.

(29) 다산과 대산, 연천의 경학 논쟁/정약용, 金邁淳. 洪奭周 공저. 실시학사경학연구회 편역, 한길사, 2000.

(30) 흠흠신서 원문/정약용 저, 박석무 정해염 역주. 현대실학사, 1999.

(31) 역주 欽欽新書, 1−3/정약용 저, 박석무, 정해염 역주. 현대실학사, 1999.

(32) 白蓮社志/騎漁慈宏, 白下謹學 편찬, 정약용 감정, 양광식 역. 강진문헌연구회, 1998.

(33) 목민심서, 1−2/정약용 저, 민족문화추진회 편. 솔출판사, 1998.

(34) 한국무역대계, 31−40/한미문화사, 1998.

(35) 경세유표, Ⅰ−Ⅲ/정약용 저/이익성 역. 한길사, 1997.

(36) (국역)다산시문선: 색인, X/정약용 저, 임승표 편. 민족문화추진회, 1996.

(37) (삶의 지해를 터득하는)이야기 목민심서/정약용 저, 이인철 편역. 고려원미디어, 1996.

(38) 다산연설선집/정약용 저, 박석무, 정해염 공편 역. 현대실학사, 1996.

(39) 다산문학선집/정약용 저, 박석무, 정해염 공편 역. 현대실학사, 1996.

(40) 다산과 문산의 인성논쟁/정약용, 李裁毅 공저. 실시학사경학연구회 편역, 한길사, 1996.

(41) 아방강역고/장지연 저/이민수 편역. 범우사, 1995.

(42) 정체전중변: 조선후기 예송에 대한 다산의 인식/정약용 저. 실시학사경학연구회 편역. 한길사, 1995.

(43) (국역)다산시문집, Ⅰ−Ⅲ/정약용 저. 민족문화추진회 편, 한양출판, 1994.

(44) 다산 정약용 산문집/정약용 저/허경진 역. 한양출판, 1994.

(45) (역주)다산 맹자요의/정약용 저, 이지형 역주. 현대실학사, 1994.

(46) 목민심서/정약용 저, 趙洙翼 역해. 일신서적출판사, 1994.

(47) 다산 정약용 시선집/정약용 저. 진명문화사, 1994.

(48) (역주) 목민심서, 2/정약용 지음, 다산연구회 편역, 창작과 비평사, 1993.

(49) (역주) 목민심서, 6/정약용 지음, 다산연구회 편역, 창작과 비평사, 1993.

(50) (역주) 목민심서, 3/정약용 지음, 다산연구회 편역, 창작과 비평사, 1993.

(51) (역주) 목민심서, 4/정약용 지음, 다산연구회 편역, 창작과 비평사, 1993.

(52) 목민심서/정약용 저/남만성 역주. 삼중당, 1993.

(53) 유배지에서 보낸 편지/정약용 저/박석무 편역. 창작과 비평사, 1993.

(54) 한국사상대전집, 34-36. 양우당, 1991.

(55) 정다산 시문선: 경세제민의 작품을 중심으로/정약용 저, 김지용 역주. 교문사, 1991.

(56) 한국사상대전집, 10-11. 양우당, 1991.

(57) 정약용 작품집, 1/정약용 저, 리철화, 류 수 공역. 문예출판사, 1990.

(58) 다산산문선/정약용 저, 박석무 역주, 창작과 비평사. 1989.

(59) 여유당전서, 제11책-20책/정약용 저. 경인문화사, 1989.

(60) 여유당전서, 제1책-10책/정약용 저. 경인문화사, 1989.

(61) 목민심서/정약용 저/이민수 역. 범우사, 1988.

(62) 목민심서/정약용 저/이민수 역. 범우사, 1988.

(63) 흠흠신서, 1-3/정약용 저. 법제처 편. 법제처, 1987.

(64) (국역)정다산 문선/정약용, 이재호 저. 여강출판사, 1987.

(65) (국역)다산 시문집, V-IX/정약 저, 민족문화추진회, 1986.

(66) (국역)여유당전집/정약용 전주 호남학연구소 역, 전주대학교출판부, 1986.

(67) 여유당전집, 제16책-제20책/정약용 저. 여강출판사, 1985.

(68) (역주) 목민심서, VI/정약용 저, 다산연구회편. 창작과 비평사, 1985.

(69) 유배지에 보낸 편지/정약용 저, 박석무 역. 시인사, 1985.

(70) 여유당전집, 제11책-제15책/정약용 저. 여강출판사, 1985.

(71) 여유당전집, 제21책/정약용 저. 여강출판사, 1985.

(72) (역주) 목민심서, I-V/정약용 저, 다산연구회 편. 창작과 비평사, 1985.

(73) (역주) 목민심서/정약용 저, 조영제 역. 맥밀란, 1985.

(74) 여유당전집, 제1책-제5책/정약용 저. 여강출판사, 1985.

(75) 여유당전집, 제6책-제10책/정약용 저. 여강출판사, 1985.

(76) 목민심서 상중/정약용, 강주진 역. 박영사,

(77) 한국명저선집, 10－11. 신화사, 1983.

(78) 목민심서, 11: 진황/정약용 저, 이정섭 역. 민족문화추진회, 1982.

(79) 목민심서, 5:호전(상)/정약용 저, 김동주 역. 민족문화추진회, 1982.

(80) 목민심서, 1－4, 8－9/정약용 저, 이정섭 역. 민족문화추진회, 1981.

(81) 유형지의 애가: 다산 정약용 시선집/정약용 저, 김상홍 공편 역. 단대출판부,
      1981.

(82) 다산시선/정약용저: 송재소 역주. 창작과 비평사, 1981.

(83) 목민심서, 3, 4/정약용 저. 민족문화추진회, 1977.

(84) 한국의 실학사상, 삼성출판사, 1977.

(85) (국역) 경세유표, Ⅰ－Ⅳ/정약용 저, 이익성 역. 민족문화추진회, 1977.

(86) 雅言覺非/정약용 저, 김종근 역주. 일지사, 1976.

(87) 세계사상전집, 1－5 삼성출판사, 1976.

(88) (정해) 목민심서, 상하 /정약용 저, 민태식 역주. 문선각, 1975.

(89) 다산학 提要, 1/정약용 저, 이을호 역. 대양서적, 1975.

(90) 與猶堂全書 補遺/정약용 저. 다산학회 편, 다산학회, 1974.

(91) 與猶堂全書 補遺, 1－5/정약용 저. 다산학회 편, 경인문화사, 1974.

(92) 목민심서/정약용 저, 원창규 역. 성일문화사, 1973.

(93) 목민심서/정약용 저, 이을호 역주. 현암사, 1972.

(94) 다산논총/정약용 저, 이익성 역. 을유문화사, 1972.

(95) 목민심서/정약용 저, 이을호 역주. 현암사, 1972.

(96) 다산시문서 목민심서/정약용 저, 김지용, 남만성 공역. 대양서적, 1972.

(97) 與猶堂全書 補遺, 1－3/정약용 저. 다산학회 편, 경인문화사, 1969.

(98) 與猶堂全書 補遺/정약용 저. 다산학회 편, 경인문화사, 1969.

(99) (국역)목민심서, 1－3/정약용 저. 민족문화추진회, 1969.

(100) 정다산 전서 년보/정약용, 정미용 공저. 문헌편찬위원회출판부, 1961.

(101) 정다산 전서 상중/정약용 저. 문헌편찬위원회 편, 문헌편찬위원회, 1961.

(102) 다산 정약용의 생애와 저작 년보/조선민주주의 인민공화국 과학원력사연구소
       중세사연구실 편. 조선민주주의인민공화국 과학원, 1956.

(103) 목민심서/정약용 저, 원창규 역. 신지사, 1956.

(104) 與猶堂全書, 책 1-76/정약용(조선) 저. 정인보, 안재홍 共校, 신조선사, 1934.

(105) 동남소사, 상하/정약용(조선) 편저. 삼진옥석판인쇄소, 1927.

(106) 雅言覺非, 全/정약용(조선) 저, 최남선 편. 조선광문회, 1912.

(107) 흠흠신서, 책 1-4/정약용(조선) 저, 현공염. 1907.

(108) 大韓疆域考, 상하/정약용 저, 장지연(조선) 증보. 발행처 불명, 1903.

(109) 朝鮮疆域誌, 책 1/정약용 저. 장지연(조선) 증보. 발행처 불명, 1903.

(110) 목민심서, 책 1-4/정약용(조선) 저, 梁在薰, 김우식 校 역. 조선광문회, 1902.

(111) 牧民心書正文, 全 1-4/정약용(조선) 저, 梁在薰, 김우식 校 역. 박문사, 1902.

(112) 흠흠신서, 책 1-4/정약용(조선) 저, 광문사. 1901.

(113) 耳談續纂/정약용 저, 양재건 역. 광문사, 1900.

(114) 麻科會通/정약용 저. 발행처 불명.

5.3.2 국내학술지

(1) 성리학의 전거를 뒤 흔든 저서, '역주매씨서평'/정약용 저, 이지형 역<서평. 이봉
규 평. 서평문화 제49집(2003봄), pp.87-92, 한국간행물윤리위원회. 2003.

(2) 陶山私淑錄/정약용 저, 이원강 역. 退溪學報 23(1979.9), pp.15-56, 퇴계학연구
원, 1979.

(3) 목민심서/정약용 저. 國稅 7.10(1973.10), pp.172-179. 세우회, 1973.

(4) 목민심서: 고전의 발자취/정약용 저. 중앙행정 4.2(1972.2), pp.137-139. 중앙행
정협회, 1972.

5.3.3 비도서자료

(1) 與猶堂全書[컴퓨터파일]/정약용 저. 민족문화추진회, 2004.

(2) 與猶堂全書[컴퓨터파일]/정약용 저. 민족문화추진회, 2003.

(3) (digital 譯註)牧民心書[컴퓨터파일]/정약용 저, 다산연구회 역주. 동방미디어,
2003.

(4) (digital 譯註)經世遺表[컴퓨터파일]/정약용: 북한 사회과학원 민족고전연구소 번

역, 동방미디어, 2003.

(5) 與猶堂全書[컴퓨터파일]/정약용 저. 민족문화추진회, 2002.

(6) 與猶堂全書[컴퓨터파일]/정약용 저. 민족문화추진회, 2001.

5.4 다산의 독서론

다산 정약용(1762-1836)은 조선 후기의 실학자로서 학문과 사상적 업적을 많이 남겼다. 특히 다산은 당시의 지치고 쇠약해진 사회를 개혁하려고 했던 경세치용(經世致用)[7]의 사상가로서뿐만 아니라, 그 시대의 문제를 해결하기 위해 진지한 학문적 대결을 했던 유가적인 독서가로도 이해할 필요가 있다. 다산은 네 살 때 천자문을 배운 이래 열 살에 벌써 경서, 사서 등 고문을 열심히 공부했던 선비로서 유배지에서조차 다산초당의 동쪽과 서쪽에 따로 공부할 집을 짓고 수천 권의 책을 쌓아 두고 독서를 하고 책을 쓰며 지냈다[8]고 한다.

5.4.1 다산의 독서 목적

공부할 때에는 먼저 경전에 대한 공부를 하여 밑바탕을 확고하게 한 후에 옛날의 역사책을 섭렵하여 정치의 득실과 잘 다스려지고 못 다스려지는 이유의 근원을 알아야 하며, 또 반드시 실용의 학문에 뜻을 두어서 옛 사람들이 나라를 다스리고 세상을 구했던 글들을 즐겨 읽어야 한다. 이런 마음을 늘 갖고 있으면서 만민을 윤택하게 하고 만물을 번성하게 자라게 해야겠다는 뜻을 가진 뒤에 라야 비로소 올바른 독서 군자가 될 것이다.[9]

이글은 다산이 강진에 귀양 가 있던 때 두 아들에게 보낸 편지 가운데 일부분이다.

우리는 이 편지 내용을 통하여 다산의 독서 목적은 현재의 학문적인 지식을 습득하

---

7) 학문은 세상을 다스리는 데 실익을 증진하는 것이어야 한다는 유학상(儒學上)의 주장을 말한다.

8) 김영, '정다산의 독서론', 『강원대 논문집』, 제15집, 1981, pp.104 -117.

9) 與猶堂 全書, 第1集, 卷21, 章 4, '奇二兒'
　　必先以經學立著其址, 然後涉獵前史, 知其得失璃亂之源, 又須留心實用之學, 樂觀古人經濟文學,
　　此沁常存, 澤萬民育萬物底意思, 然後方做得讀書君子.

거나 입신출세하는 데 두고 있는 것이 아니라, 자기의 삶에 대한 문제와 역사 현실의 문제를 해결하는 데 두고 있음을 알 수 있다.

5.4.2 다산의 독서 과정

다산이 읽으라고 권한 책들은 대체로 두 계열로 분류할 수 있다. 한 계열은 자기 몸을 갈고 다듬는 데 필요한 책들이고 다른 한 계열은 세상을 바로잡고 백성을 편안하게 하는 데 필요한 책들이다. 먼저 자기의 몸을 닦는 수기(修己)를 위한 책들로는 대학, 논어, 맹자, 중용의 사서(四書)와 시경, 서경, 주역, 예기, 춘추, 악기의 육경(六經)을 들고 있다.

다산은 사람이 천하와 국가를 위해서 일하기 전에 먼저 자기 자신을 수양하는 것이 필요하다고 주장하고, 그러기 위해서는 먼저 수기지학(修己之學)의 요체인 유가경전을 연마해서 밑바탕을 튼튼히 해둬야 한다고 생각하였다. 그리고 자기 자신에 대한 깊은 성찰과 반성을 통한 수행은 사회 활동의 필수적인 전제 조건이며 올바른 사회 참여를 위한 준비 작업이라는 것을 자각하고 있었다.

다산은 또한 세상을 바로잡고 백성을 편안히 하는 데 필요한 책들은 우리 민족이 딛고 서 있는 현실을 이해하기 위한 역사책과 우리나라의 옛 문헌과 문집과 같이 경세치용에 도움이 되는 책을 추천하고 있다.

먼저 역사책으로는 삼국사기, 고려사, 여지승람, 국조보감, 징비록, 연려실기술 등이며, 옛 문헌과 문집 가운데 세상을 경륜하는 데 도움을 줄 수 있는 책으로는 퇴계집, 율곡집, 서애집, 백사집, 이충무공전서, 반계수록, 성호사설, 해동명신록, 조야수언, 일찬, 문헌통고 등을 들고 있다.

다산은 물론 유학의 기본서인 주자전서와 사기 십칠사, 두공부집, 좌전 등과 같은 중국의 중요 서적들도 빠뜨리지 말고 읽어야 한다고 하였다. 그런데 여기에서 우리가 특히 주목해야 할 것은 조선 전기 사대부들은 대개 책이라고 하면 중국책을 중심으로 논하는 데 비해 다산은 우리나라의 역사책과 문헌을 중요시했다는 사실이다.

다산은 양반 사대부들이 우리나라의 문헌과 역사는 무시하고 자기의 박학다식을 자랑하기 위해 맹목적으로 중국의 고사나 시구를 인용하는 당시의 지적 풍토가 큰 병통이고 비루한 문풍이라고 비판하였다.[10)]

다산은 이와 같이 그 당시 조선 현실이라는 주체적 입장에 서서 모든 문제를 객관적으로 인식하려 했기 때문에, "우리나라의 책들을 반드시 기본적으로 읽어야 하며 시를 쓸 때에도 중국의 고사나 시구만 인용하지 말고 우리나라의 역사서나 문집에서 사실을 뽑아내고 그 지방의 특색을 고찰하여 시에 인용해야 좋은 시가 나온다."고 했다.

나는 조선인이기 때문에 즐겨 조선시를 짓겠다고[11] 선언하고 "책을 읽더라도 우리나라의 책을 기본으로 하면서도 선진 문화국의 중요 저작들을 빠뜨리지 말아야 한다."는 다산의 독서관은 오늘날 우리들이 본받아야 할 점이라 생각한다.

5.4.3 다산의 독서 방법

다산은 "훌륭한 독서를 위해서는 책을 읽기 전에 먼저 자기의 문제의식 내지 주견을 확실히 정해야 한다."고 했다. 그렇지 않으면 그야말로 보아도 보이지 않고, 아무리 책을 많이 읽어도 소용이 없다는 것이다. 그러면 이렇게 자기의 근기를 세운 뒤에는 책을 어떻게 읽어야 하는가. 다산은 이 문제에 대한 자기의 생각을 다음과 같이 피력하고 있다.

내가 몇 년 전부터 독서에 대하여 대충 생각해 보았는데 마구잡이로 그냥 읽어 내리기만 하는 것은 하루에 천백 편을 읽어도 오히려 읽지 않는 것과 다를 바가 없다. 무릇 독서라는 것은 도중에 명의를 모르는 글자를 만날 때마다 넓게 고찰하고 세밀하게 연구하여 그 근본 뿌리를 파헤쳐 글 전체를 설명할 수 있어야 한다. 날마다 이런 식으로 한 종류의 책을 읽는다면 곁들여 수백 가지의 책을 뒤적이게 된다. 이렇게 읽어야 읽는 책의 의리를 효연하게 꿰뚫어 알 수 있게 되는 것이니, 이 점 깊이 명심해야 한다.[12]

책을 마구잡이로 그냥 읽어 가는 것은 아무리 많이 읽어도 소용이 없고 오히려 읽지 않는 것과 다를 게 없다는 것이다. 책을 읽어 가다가 중요한 개념이나 모르는 내용이

---

10) 與猶堂 全書, 第1集, 卷 21, '答二兒'
   雖然我邦之人 動用中國故事, 亦是陋品.

11) 與猶堂全書, 第1集, 卷6, 章 34, '老人一快事六首效香山體'
   我是 朝鮮人, 甘作朝鮮詩.

12) 與猶堂全書, 第1集, 卷 21, 章 21, '奇游兒'
   吾自數年來, 頗知讀書, 徒讀雖日千面遍無讀書也, 凡讀書, 每遇一字有名義不曉處, 須博考細究, 得其原根 日以爲常如是, 則讀一種書, 兼得旁窺百種書, 仍可於本書義理曉然貫穿, 此不可不知也.

있으면 여러 가지 서적들을 참고해서 세밀하게 연구함으로써 그 책의 근본 뿌리를 캐
내어야 한다는 것이다.

다산은 독서의 방법으로 책을 닥치는 대로 많이 읽는 남독보다는 책을 깊이 읽고 세
밀하게 읽는 정독을 택했다. 다산은 거기에 머물지 않고 정독의 구체적 방법론까지 제
시하였다. 그것이 바로 초서지법(鈔書之法)이다. 초서(鈔書)란 큰 책에서 중요한 내용
을 뽑아 체계적으로 정리하는 것을 말한다.

다산은 책을 읽을 때 초서하기에 힘써서 게으름이 없도록 해야 한다고 강조하고, 초
서를 할 때에는 우선 자기 자신의 학문에 대한 입장이 뚜렷해야 하며 그래야 판단기준
이 마음에 세워져 취사선택하는 일이 용이하다고 하였다. 자기의 주체적인 입장에서
필요한 곳을 발췌하고 그것을 정리해 두어야 나중에 글을 쓸 때 도움이 된다는 것이
다. 책을 읽을 때 그 요점을 자기 나름대로 정리하고, 그것을 내용에 따라 분류해 두는
것은 학문을 하는 사람들이 해야 할 기본적인 작업인데, 다산은 특히 이런 기본적인
작업을 부지런히 해둘 것을 강조하였고, 이렇게 해서 많은 온축이 있는 다음에 글을
써야 두고두고 읽히는 저서가 될 수 있다고 하였다.

네가 전에 사기를 읽고 스스로 좋다고 생각했다는데 옛날에 고정림(顧亭林)이 사기
(史記)를 읽을 때 본기나 열전편(列傳篇)을 읽으면서 손을 대지 않는 듯 대강 읽고는
연표나 월표편을 읽으면서는 손때가 까맣게 되었다 했으니 그런 것이 제대로 역사책을
읽는 방법이다. 기년아람(紀年兒覽), 대사기(大事記), 역대 연표와 같은 책에서는 반드
시 범례를 상세히 읽어보고 국조보감(國朝寶鑑)에서 뽑아 연표를 만들고 더러는 대사
기나 압해가승(押海家乘)에서 뽑아 연표를 만들어 중국의 연호와 여러 나라들의 임금
들이 자리에 오른 햇수를 자세히 고찰하여 책으로 만들어 놓고 비교해 보면 우리나라
일이나 선조들의 일에 있어서 그 큰 줄거리를 알게 되는 일에도 도움이 되어 시대의
앞과 뒤를 구별하게 된다.13)

제대로 역사책을 읽기 위해서는 여러 가지 역사관계 문헌들에서 사적들의 연대를 뽑
고, 임금의 재위기간을 고찰해서 연표를 만들어 놓아야 한다는 것이다. 그래야만 시대
의 선후 및 우리나라의 역사와 다른 나라의 역사를 비교할 수도 있고, 모르는 연대를
상고할 수도 있다는 것이다.

여기에서 우리는 다산의 실증적인 학문자세를 살펴볼 수 있는데, 이런 치밀한 연구

---

13) 與猶堂全書, 第1集, 卷 21, 章 22, '奇游兒'

를 바탕으로 실증적인 논리를 전개하여 급기야 우리 민족사상 가장 값진 정신적 유산을 남기게 되었던 것이다.

다산은 강진에서 고단한 귀양살이를 하면서도 학연/학유 두 아들에게 편지를 보내 인생을 어떻게 살아야 하고 어떤 책을 읽으며 어떤 내용의 저서를 남겨야 하는지 가르쳤다.

폐족14)으로서 잘 처신하는 방법은 오직 독서하는 일 한 가지밖에 없다는 내용의 서찰에서 자식을 착한 길로, 독서의 길로 인도하는 아버지의 애틋한 정이 무척 진솔하게 나타나 있다. 삶의 깊고 넓은 원리를 터득한 다산의 편지에 두 아들은 감동해 독서에 열중하지 않을 수 없었을 것이다. 학연/학유 두 형제는 아버지의 지도에 따라 몇 대째 이어오는 문장의 전통을 이어 훌륭한 학자이자 문장가로 성장하게 되었다. 다산은 평생을 당파싸움에 시달렸지만 스스로는 결코 당쟁에 빠지지 않았다. 그의 조상이 당쟁의 제물이 되지 않았음을 자랑했고, 그 아들에게도 그런 일에 가담하지 말 것을 당부했다.

유배지에서 1803년 정월 초하루에 보낸 편지를 박석무15)가 해석한 내용 중에서 독서와 공부에 관련된 내용은 다음과 같다.
— 두 아들에게 부치노라 —

"폐족도 성인이나 문장가가 될 수 있다" 새해가 밝았구나. <중략> 나는 소싯적에 새해를 맞을 때 마다 꼭 일 년 동안 공부할 과정을 미리 계획하여 보았다. 예를 들면 무슨 책을 읽고 어떤 글을 뽑아 적어야겠다는 식으로 작정을 해 놓고 꼭 그렇게 실천하곤 했다. <중략> 내가 지금까지 너희들 공부에 대해서 글과 편지로 수없이 권했는데도 너희는 아직 경전이나 예악에 관해 하나도 질문을 해오지 않고 역사책에 관한 논의도 보여주지 않고 있으니 어찌 된 셈이냐? <중략> 지난여름은 앓다가 세월을 허송했다니 10월 이후로는 더 말하지 않겠다만, 그렇더라도 마음속에 조금의 성의만 있다면 아무리 난리 속이라도 반드시 진보할 수 있는 법이다. 너희들은 집에 책이 없느냐? 몸에 재주가 없느냐? 눈이나 귀에 총명이 없느냐? 어째서 스스로 포기하려 하느냐. 영원히 폐족으로 지낼 작정이냐? 너희 처지가 비록 벼슬길은 막혔어도 성인이 되는 일이야 꺼

---

14) 조상이 큰 죄를 짓고 죽어 그 자손이 벼슬을 할 수 없게 됨. 또는 그런 족속.
15) 정약용 저, 박석무 역, 『유배지에서 보낸 편지』, 창작과비평사, 1993.

릴 것이 없지 않느냐. 문장가가 되는 일이나 통식달리(通識達理)16)의 선비가 되는 일은
꺼릴 것이 없지 않느냐.

　* 학유에게 부치노라 —독서는 어떻게 할 것인가—

　네가 열 살 전에는 파리하여 자주 잔병을 앓더니만 요즈음 들으니 힘줄과 뼈마디가 굳
세고 씩씩하며 정신력도 거친 일과 고달픈 일 등을 견딜 만하다니 제일 기쁜 일이구나.

　무릇 남자가 독서하고 행실을 닦으며 집안일을 보살필 때는 응당 거기에 전념해야
하는데 정신력이 없으면 아무 일도 되지 않는다. 정신력이 있어야만 근면하고 민첩할
수 있고 지혜도 생길 수 있고 업적도 세울 수 있다. 진정으로 마음을 견고하게 세워
똑바로 앞을 향해 나아간다면 태산이라도 옮길 수 있다.

　내가 몇 년 전부터 독서에 대하여 깨달은 바가 무척 많은데 마구잡이로 그냥 읽어
내려가기만 한다면 하루에 백 번 천 번을 읽어도 읽지 않는 것과 다를 바가 없다. 무
릇 독서하는 도중에 의미를 모르는 글자를 만나면 그때마다 널리 고찰하고 세밀하게
연구하여 그 근본 뿌리를 파헤쳐 글 전체를 이해할 수 있어야 한다. 날마다 이런 식으
로 책을 읽는다면 수백 가지의 책을 함께 보는 것이 된다.

　이와 같이 다산은 유배지에서 두 아들을 비롯하여 가족 친척, 제자, 지우들에게 편지
를 썼다. 특히, 1801년 신유박해로 강진에서 유배생활을 시작한 다산은 틈만 나면 두
아들에게 편지를 보내 게으름을 질타하면서 학문에 힘쓰라고 독려하였다. 그는 주로
편지로 이런저런 가르침을 내리곤 했다. 근과 검에 대한 것 외에도, '불우한 처지에 있
기에 학문을 하기에 마땅하다'는 내용의 편지도 있고, '글을 쓰려면 마땅히 자신의 개
성이 있는 글을 써야지 중국의 것을 그대로 본떠서는 안 된다'는 글 쓰는 법에 대한
편지도 있다. 또 다산은 두 아들에게 집안이 관직 진출이 봉쇄된 폐족(廢族)임을 끊임
없이 상기시키면서 폐족이 성공할 수 있는 길은 독서와 수양뿐이라고 강조하였다.

　유배 이듬해인 1802년 12월 22일 강진에서 두 아들에게 보낸 편지는 "가문이 망했
기 때문에 오히려 학문하기에는 더 좋은 처지가 됐다"고 하기도 하였다.

　당시 조선의 학문이 과거 때문에 망해 가고 있다고 진단한 다산은 자신의 학문 역시
이 때문에 망쳤다고 고백하면서 두 아들에게는 과거에 신경 쓰지 않고 공부할 수 있으

---

16) 앎과 이치에 통달하다. 벼슬아치가 되지는 못할지라도 앎에 통하고(박학다식), 이치를 깨우
　　치는(이지적인) 선비가 되는 일은 가능하다는 뜻이다.

니 얼마나 좋으냐고 반문하고 있다. 또 한 편지에서 다산은 작은 아들의 주량이 자기보다 많다는 사실을 전하여 듣고는 "어찌 글공부에는 그 아비의 버릇을 이을 줄 모르고 주량만 아비를 훨씬 넘어서느냐"고 나무라기도 하였다.

이러한 다산에게서 독특한 점은 유가와 관련된 중국경전뿐만 아니라 '삼국사기'와 '고려사'를 비롯한 '우리 글'을 읽어야 한다고 강조한 점이다.

이에 다산은 음풍농월(吟風弄月)[17]을 일삼고 중국고사를 빌려 제 것처럼 쓴 시(詩)를 비판하면서 우리 역사를 회고한 유득공의 시를 극찬하고 있다.

그는 여러 차례의 편지에서 다음과 같이 독서와 공부에 대하여 강조하였다.

<독서>

확고한 뜻을 세우고 책을 읽어라.

독서할 때에는 뜻을 분명히 파악해야 한다.

독서는 집안을 일으키는 떳떳한 길이다.

중요한 내용은 기록해 두어라.

<공부>

공부에는 때가 있는 것이다.

공부는 근본이 확실해야 한다.

공부는 계획을 세워 실천해야 한다.

정성을 다하여 공부에 힘쓰라.

정성을 다하는 마음이 공부의 근본이다.

5.5 결론

지식기반 사회에서 필요한 지식과 정보를 획득하는 가장 효율적인 방법은 독서이다. 독서는 언어 발달을 가져오고, 독서는 경험을 확대시킨다. 독서는 사고력을 신장시키고, 독서는 즐거움을 준다. 독서는 청소년들의 성격 형성에 영향을 미치고, 독서는 바람직한 인간상을 형성시킨다. 그러므로 독서는 중요하다.

---

17) 맑은 바람과 밝은 달을 대상으로 시를 짓고 흥취를 자아내어 즐겁게 놂.

"사람은 책을 만들고, 책은 사람을 만든다." 교보문고 창립자 고 신용호 회장님의 말씀이다. 책 속에 길이 있다. 책은 말없는 스승이다. 독서는 마음의 양식이다.

책 읽기의 중요성은 아무리 강조하여도 지나침이 없다. 독서의 중요성은 어느 나라를 막론하고 옛날부터 강조되어 왔다. 책을 많이 읽어 훌륭하게 된 사람이 있다. 백독백습 세종대왕, 동경구상으로 유명한 독서광 고 이병철 회장, 책벌레 안철수 박사, 독서 습관 강조하는 빌 게이츠, 다독가 빌 클린턴 대통령, 신간을 다 읽는 독서광 리 콴유 수상, 다독가 나폴레옹, 독서로 인생이 바뀐 오프라 윈프리, 기타 독서광 쥬리아스 시저, 베토벤, 설교의 제왕 스펄젼 목사 등이 있다.

그러므로 이와 같이 독서를 통하여 우리들에게 교훈을 주는 선각자들에 대한 연구가 필요한 것이다.

다산은 조선 후기의 학자이며 문신이다. 그는 조선 후기의 실학자로서 학문과 사상적 업적을 많이 남겼다. 특히 다산은 당시의 지치고 쇠약해진 사회를 개혁하려고 했던 경세치용(經世致用)의 사상가로서뿐만 아니라, 그 시대의 문제를 해결하기 위해 진지한 학문적 대결을 했던 유가적인 독서가이다.

다산의 저서는 500여 권이나 된다고 한다. 국회전자도서관에서 통합 일반검색에서 저자명 부문에서 정약용이라는 키워드를 넣어 검색된 것은 도서 114권, 학술지 5건, 비도서자료 6건 모두 125건이다.

다산의 독서 목적은 현재의 학문적인 지식을 습득하거나 입신출세하는 데 두고 있는 것이 아니라, 자기의 삶에 대한 문제와 역사 현실의 문제를 해결하는 데 있다고 하였다.

다산은 독서의 방법으로 책을 닥치는 대로 많이 읽는 남독보다는 책을 깊이 읽고 세밀하게 읽는 정독을 택했다. 다산은 거기에 머물지 않고 정독의 구체적 방법론까지 제시하였다. 그것이 바로 초서지법(鈔書之法)이다. 초서(鈔書)란 '큰 책에서 중요한 내용을 뽑아 체계적으로 정리하는 것'을 말한다.

다산은 "확고한 뜻을 세우고 책을 읽어라. 독서할 때에는 뜻을 분명히 파악해야 한다. 독서는 집안을 일으키는 떳떳한 길이다. 중요한 내용은 기록해 두어라." 하고 독서에 대한 견해를 아들에게 보낸 편지에서 피력하였다.

참고문헌

(1) 김영. '정다산의 독서론', 『강원대 논문집』, 제15집, 1981, pp.104－117.

(2) 정약용 저. 박석무 역, 『유배지에서 보낸 편지』, 창장과비평사, 1993.

(3) 차중근. 유한양행 사장, mbn tv, 2006.5.29.

(4) 與猶堂 全書, 第1集, 卷21. 章 4, '奇二兒'

(5) 與猶堂 全書, 第1集, 卷 21. '答二兒'

(6) 與猶堂全書, 第1集, 卷6, 章 34. '老人一快事六首效香山體'

(7) 與猶堂全書, 第1集, 卷 21, 章 21. '奇游兒'

(8) 與猶堂全書, 第1集, 卷 21, 章 22. '奇游兒'

(9) http://blog.naver.com/teenteen71/50012673741[2007.1.22 인용],

(10) http://cafe.naver.com/t100allshool.cafe?iframe_url=/ArticleRead.nhn%3Farticleid
=201[2007.1.22 인용]

(11) http://www.edasan.org/menu2/main.php?mode=content1[2007.1.23 인용]

6 형암 이덕무의 독서론

6.1 서론

독서가 요즈음 중요하다고 자꾸 말하면 바보라 해도 좋을 듯하다. 독서의 중요성을 여러 번 반복하거나 끊임없이 계속하여 말하면 정말 어리석을까?

신문도, 책도, 인터넷도, TV도 온통 독서나 논술이다. 인터넷 창에 독서라는 단어로 검색하면 무수히 많은 자료가 나타난다. 바야흐로 독서의 홍수이다. 읽으면 행복하다. reader가 leader가 된다. 독서하는 사람이 아름답다. 필자가 자주 쓰는 말이다. 형암 이덕무는 자기 자신을 '책만 읽는 바보(멍청이)' 즉 '간서치(看書癡)'라고 불렀다고 한다. 그래서 필자도 독서를 자꾸 말하면 '바보'라고 말해 본 것이다.

정민 교수가 쓰고 도서출판 푸른역사가 펴낸 『미쳐야 미친다』— 조선 지식인의 내면 읽기 —라는 책을 읽고 문득 생각해 보았다. 정민 교수는 "'불광불급(不狂不及)' 미치지(狂) 않으면 미치지(及) 못한다. 세상에 미치지 않고 이룰 수 있는 큰일이란 없다. 학문도 예술도 사랑도 나를 온전히 잊는 몰두 속에서만 빛나는 성취를 이룰 수 있다."[1]고 주장하였다. 그 말은 남이 미치지 못할 경지에 도달하려면 미치지 않고는 안 된다는 뜻이다. 미쳐야 미친다. 미치려면[狂] 미쳐라[及]. 주위 사람들에게 광기(狂氣)로 비칠 만큼, 몰두하지 않고는 결코 남들보다 우뚝한 위치에 설 수 없다는 것이다.

독서는 성공의 초석이다. 책을 많이 읽어 훌륭하게 된 사람이 있다. 백독백습 세종대왕, 동경구상으로 유명한 독서광 고(故) 이병철 회장, 책벌레 안철수 박사, 독서 습관 강조하는 빌 게이츠, 다독가 빌 클린턴 대통령, 신간을 다 읽는 독서광 리 콴유 수상, 다독가 나폴레옹, 독서로 인생이 바뀐 오프라 윈프리, 기타 독서광 줄리어스 시저, 베토벤, 설교의 제왕 스펄젼 목사 등이 있다.

조선 후기 숙종 때에 김득신(1604-1684)이라는 사람이 있었다. 그는 『백이전(伯夷傳)』을 억 번이나 읽었다고, 하여 자기의 서재를 '억만재(億萬齋)'라 이름 하였다.

그는 독서광이었다. 그의 『독수기(讀數記)』가 유명하다. 그는 책을 읽을 때마다 횟수

---

1) 정민, 미쳐야 미친다, 서울: 푸른역사, p.5.

를 빠짐없이 적어두었다. 그는 독수기에 말미에 "내가 책 읽기를 게을리 하지 않았음을 알 것이다. 괴산 취묵당(醉墨堂)에서 쓴다."2)라고 기록하였다.

국가나, 시대, 인종을 초월해서 독서가는 대단히 많다. 그중에서도 조선시대의 독서가가 매우 많다. 사서나, 사서교사, 학생들이나 독서에 관심이 있는 독자들을 위하여, 김득신과 같은 선인들의 독서에 대하여 조사하여 정리할 필요가 있다.

조선시대 독서가 중에서 형암 이덕무의 생애, 저서, 독서에 대하여 소개한다.

문헌, 인터넷, 연구 논문, 백과사전 등 각종 기록물을 조사하여 이론적으로 고찰하였다.

6.2 형암 이덕무의 생애

형암 이덕무는 조선 후기의 실학자이다. 본관은 전주이며, 자 무관(懋官)이다. 호는 형암(炯庵), 아정(雅亭), 청장관(靑莊館), 영처, 동방일사(東方一士)로 다양하다.

정종(定宗)의 별자(別子)3)인 무림군(茂林君)4)의 후손으로 10세손이다. 할아버지 필익(必益)은 강계부사를 지낸 인물이었다. 형암은 아버지인 통덕랑(通德郎)5) 성호(聖浩)와 어머니인 반남 박씨 토산현감 사렴(師濂)의 딸 사이에 서울에서 태어난 아들이다.6) 서얼(庶孼)7) 출신으로 빈한한8) 환경에서 자랐고, 정규교육을 받지 못했으나, 박람강기(博覽强記)9)하고, 시문(詩文)에 능하여 젊어서부터 이름을 떨친 사람이다.

형암은 호리호리한 큰 키에 단아한 모습, 청수(淸秀)한 외모처럼 행동거지에 일정한 법도가 있고 문장과 도학에 잠심(潛心)하여 이욕이나 잡기로 정신을 흩뜨리지 않았으며, 사람 축에 끼지 못하는 서얼로 오직 책 읽는 일만 천명(天命)으로 여겼다고 한다. 하지만 굶주림 속에서도 그는 수만 권의 책을 읽고, 수백 권의 책을 베꼈다. 글자나 사실(史實)에 대한 고증부터 역사와 지리, 초목과 충어(蟲魚)의 생태에 이르기까지 지적

---

2) 정민, 상게서, p.53.
3) 서자(庶子)를 말한다.
4) 정종의 아들.
5) 조선시대에 둔, 정오품 상(上) 문관의 품계. 고종 2년(1865)부터 종친의 품계로도 썼다.
6) http://chang256.new21.net/board/board.php?db=536&no=1975[인용 2008.1.8]
7) 서자와 그 자손.
8) 살림이 가난하여 집안이 쓸쓸한.
9) 여러 가지의 책을 널리 많이 읽고 기억을 잘함.

편력은 실로 방대하고 다양하다. 책으로 천리를 통했고, 고증과 박학의 대가로 인정받았다.

홍대용(洪大容), 박지원(朴趾源), 성대중(成大中) 등과 사귀고 박제가(朴齊家), 유득공(柳得恭), 이서구(李書九) 등과 함께 『건연집(巾衍集)』이라는 시집을 출간하였다. 이 시집이 청나라에까지 전해져서 이른바 사가시인(四家詩人)의 한 사람으로 이름을 날리게 되었다.

그는 경사(經史)[10]에서 기문이서(奇文異書)[11]에 이르기까지 통달하여 박학다재(博學多才)[12]하고 문장이 뛰어났으나 서자였기 때문에 관직에 높이 오르지 못하였다.

정조 2년에(1778년)는 중국에 여행할 기회를 얻어 청나라의 문사들과 교류하고 돌아왔으며, 1779년에 정조(正祖)가 규장각(奎章閣)을 설치하여, 여기에 서얼 출신의 우수한 학자들을 검서관(檢書官)[13]으로 등용할 때 박제가, 유득공, 서이수(徐理修) 등과 함께 수위(首位)로 뽑혔다.

정조의 총애를 받으며 규장각에서 『국조보감(國朝寶鑑)』, 『대전통편(大典通編)』, 『무예도보(武藝圖譜)』, 『규장전운(奎章全韻)』, 『송사전(宋史筌)』 등 여러 서적을 편찬하고 교감하는 데에 참여하였고, 또한 많은 시편(詩篇)도 남겼다.

형암은 문자학(文字學)인 소학(小學), 박물학(博物學)인 명물(名物)에 정통하고, 전장(典章), 풍토(風土), 금석(金石), 서화(書畵)에 두루 통달하여, 박학(博學)적 학풍으로 유명하였다. 그는 명(明)나라와 청(淸)나라의 학문을 깊이 이해하고, 후배들의 청조 고증학 연구의 토대를 마련하였다고 할 수 있다. 그의 사상은 정약용(丁若鏞), 김정희(金正喜), 김정호(金正浩) 등에게 영향을 주었다. 형암은 그림을 잘 그렸고, 글씨에도 능하였다.

---

10) 경사는 경서와 사서를 말한다. 경서: 옛 성현들이 유교의 사상과 교리를 써 놓은 책. 역경, 서경, 시경, 예기, 춘추, 대학, 논어, 맹자, 중용 따위를 통틀어 이른다. 사서: 역사서.

11) 기묘하고 이상한 글과 책.

12) 학식이 넓고 재주가 많음.

13) 규장각의 문서정리와 자료조사 같은 단순한 작업을 하는 사람이다. 책을 교정하는 일을 하였다.

<표 1> 형암 이덕무의 경력 연표

년도	경력	비고
1741년	1741년(영조 17년)에 정종 임금의 후손인 아버지 이성호와 반남 박씨 어머니 사이에 장남으로 태어났다.	
1746년	6세 때 아버지가 십구사략14)을 가르치자 1편도 끝나기 전에 글을 훤히 깨우쳤다.	
1756년	16세 때 동지중추부사 백사굉의 딸 수원 백씨와 결혼하였다.	
1760년	20세 때 남산 아래 장흥방15)에서 살았다. 남산을 자주 오르며 자연의 아름다움을 노래한 시를 많이 지었다.	
1761년	신사년 21세에 북한산성을 유람하였다.	
1763년	계미년 23세, 10월 13일에 3살 된 딸이 사망하였다.	
1764년	갑신년 24세 때 갑신제석기(甲申除夕記)를 썼다.	
1765년	을유년 25세 5월에 어머니가 별세하였다.	
1765년	25세 6월에 아들 광규가 태어났다.	
1766년	병술년 26세 대사동으로 이사하였다. 이때 박지원을 비롯한 백탑파 친구들과 교류하였다. 이때 자신의 문집 『이목구심서』를 지었다.	
1768년	무자년 28세 이름을 명숙(明淑)에서 무관(懋官)으로 고쳤다.	
1769년	기축년 29세 5월에 청장서옥(靑莊書屋)을 마련하였다.	
1770년	경인년 30세 초부(樵夫) 남유두(南有斗)와 조카 광석(光錫)과 함께 남한산성을 유람하였다.	
1771년	신묘년 31세 사촌형 이경무가 황해도 절도사로 있어, 황주와 평양 등 주요 명소를 조카 광석과 연암 박지원 선생과 친구 백동수와 동행하였다.	
1774년	34세 되던 해 가을 증광초시(增廣初試)16)에 합격하였다.	
1775년	35세에 아이들 예절을 가르치기 위해 사소절(士小節)을 완성하였다.	
1776년	원중거(元重擧)가 용문산 아래 집을 짓고 살았는데, 이때 친구들과 함께 배를 타고 용문산에 들어갔다. 이때 지은 글이 협주기(峽舟記)이다.	
1777년	37세에 이만운과 함께 기년아람(紀年兒覽)을 지었다.	
1778년	38세(정조 2년)에 사은 겸 진주사17) 심염조(沈念祖)18)의 서장관으로 북경에 들어가 청나라 학자들과 교유하고 고증학에 관한 책과 그곳의 산천, 도리(道里), 궁실, 초목, 누대, 충어(蟲魚), 조수(鳥獸) 등에 관한 자세한 기록을 가져오는 한편, 서학(西學)을 연구하고 이를 바탕으로 북학(北學)을 제창하였다.	

---

14) 중국의 태고(太古)에서부터 원(元)나라까지의 19사를 요약한 사서(史書).

년도	경 력	비고
1779년	39세(정조 3년)에 규장각 초대 검서관((檢書官)에 기용돼 책 읽는 일에 몰두해 스스로 간서치(看書痴)라 했다.	
1780년	40세, 아들 광규가 동래 정씨에게 장가를 들었다.	
1781년	41세, 내각 검서관이 되고 이어 사도시주부, 사근도찰방, 광흥창 주부, 적성현감이 되었다.	
1782년	42세, 국조보감 감인 낭청의 상당직에 제수되었다.	
1783년	43세, 6월 지리산을 유람하였다. 대묘동(지금의 종묘)으로 이사하였다. 11월 광흥창 주부에 전임되었다.	
1784년	44세, 2월 사용원 주부에 전임되었고, 그해 6월 적성현감으로 임명되었다.	
1785년	45세, 대전통편을 교정하였다.	
1786년	46세, 역대 임금의 치적에 관한 갱장록을 편교 및 감인하였다. 송시열의 문집인 송자대전을 교정하였다.	
1787년	47세, 문원보불을 편교 감인하였다. 적성현감에 계속 유임되었다.	
1788년	48세, 4월 2일 부친의 71세 생신잔치를 벌였다. 8월 5일 손자 이규경이 태어났다.	
1789년	이덕무(李德懋), 박제가(朴齊家), 백동수(白東修) 등이 왕명에 따라 편찬한 무예도보통지를 편찬하였다. 적성현감에 물러나와 와서 별제(瓦署別提)에 임명되었다.	
1790년	50세, 사도시주부로 전임되었다. 왕의 명으로 은애전(銀愛傳)과 김신부부전(金申夫婦傳) 등을 지었다.	
1791년	51세, 2월에 상의원 주부에 전임되었다. 3월에 장원서 별제로 전임하고, 5월에 다시 사용원주부(司饔院主簿)가 되었다.	
1792년	52세, 한양의 아름다운 풍경을 노래한 상시전도라는 그림을 제목으로 시를 지어 임금에게 바쳤는데, 그의 시가 1등을 차지했다.	
1793년	정조 17년, 계축년, 향년 53세에 병이 들어 별세하였다.	

15) 현재 종로구 적선동과 내자동에 걸쳐 있던 마을.

16) 조선시대의 과거시험 중에 문과의 시험은 3년에 한 번 보는 식년시가 원칙이며, 특별시험인 알성시, 증광시, 별시가 있었다.

17) 조선시대에 외교적으로 중국에 알려야 할 일이 발생하였을 때 임시로 파견하던 비정기적 사신.

18) 측우기를 올려놓고 강우량을 측정하던 창덕궁측우대 석의 네 측면에 새겨진 명문(銘文) 즉 측우기의 제작 경위와 그 뜻을 말하고 있는 글을 지었다.

6.3 형암 이덕무의 저서

형암은 유득공(柳得恭), 박제가(朴齊家), 이서구(李書九)와 함께 사가시인(四家詩人)이다. 그들은 조선에서뿐만 아니라 중국에까지 이름을 떨치던 유명한 실학자이다.

사가시(四家詩)는 18세기에서 19세기 전반기에, 걸쳐 활동한 실학자이자 재능 있는 시인들인 이덕무, 유득공, 박제가, 이서구, 즉 이 네 분의 종합시집을 말한다. 형암은 사가시집(四家詩集)인 『건연집』을 내어 문명을 떨쳤다.

형암은 1979년 박제가, 유득공, 서이수(徐理修)와 함께 초대 규장각 외각검서관이 되었다. 『도서집성』, 『국조보감』, 『대전회통』, 『규장전운』 등 많은 서적의 정리와 교감에 종사하였다. 1981년 내각검서관이 되고, 이어 사도시주부, 사근도찰방, 광흥창주부, 적성현감 등을 거쳐 1991년에는 사옹원주부가 되었다.

그는 북학파 실학자 중 이용후생파의 주장과 같이 사회적, 경제적 개혁을 주장하기보다는, 근대사회를 향한 사회의 과도기적 관념체계를 확립하기 위해 고증학적인 방법론에 더 많은 관심을 가졌는데, 그의 사상은 정약용(丁若鏞), 김정희(金正喜), 김정호(金正浩) 등에게 영향을 주었다. 그림을 잘 그렸고 글씨에도 능하였다.

저서에 『앙엽기』, 『관독일기』, 『이목구심서』, 『편서잡고』, 『청비록』, 『기년아람』, 『한죽당섭필』, 『천애지기서』, 『열상방언』, 『예기고』, 『영처잡고』, 『영처문고』, 『영처시고』, 『뇌뢰낙락서』, 『士小節』, 『武藝通知』, 『入燕記』, 『峽舟記』 등이 있다. 다음은 형암이 편찬한 저서에 대한 설명이다.

6.3.1 형암 이덕무의 저서

(1) 앙엽기(盎葉記)[19]

일종의 소론집, 자료집과 성격이 같다고 할 수 있다. 이 책은 소백과사전이라 할 수 있는 것으로, 흥미 있고 참고할 거리가 많이 실려 있다. 잡저에는 역사, 풍속, 서적, 경전 등에 관한 내용이 주로 수록되어 있다.

다음은 앙엽기의 여러 본에는 이런 제목이 없었으나, '주설루본'을 좇아서 추록하였

---

19) http://www.minchu.or.kr/index.jsp?bizName=MK&url=/MK/MK_NODEVIEW.jsp%3Fseojiid=kc_mk_h008%26gunchaid=av026%26muncheid=01%26finid=007[인용 2008.1.8]

다는 앙엽기서(盎葉記序)의 내용이다.

북경 안팎에 있는 여염집과 점포들 사이에 있는 사찰과 궁관들이 천자의 명령으로 특별히 지은 것들만이 아니라, 모두 여러 왕과 부마(駙馬)들과 만(滿)·한족(漢族) 대신들에게 기증한 집들이 있으며, 또 큰 장사꾼들이 반드시 한 채 묘당(廟堂)쯤은 짓고, 자신들을 위한 명복(冥福)을 빌어 천자와 더불어 사치하고 화려함을 경쟁하므로, 천자도 새삼스레 건축을 일삼거나 따로 이궁(離宮)을 두지 않고도, 천자 있는 도성을 사치스럽게 하고 있다.

명의 정통(正統), 천순(天順) 연간에는 황제가 직접 돈을 내어 세운 집이 2백여 군데나 되었는데, 근년에 새로 지은 집들은 흔히들 대궐 안에 있어 외인으로서는 얻어 구경할 수가 없었으나, 다만 우리나라 사신이 이르면 때로 끌어들여 마음대로 구경을 시켰다. 그러나 내가 유람한 곳이란 겨우 백분의 일이나 될까, 때로는 우리 역관들이 억제하기도 하고, 때로는 들어가기 힘든 곳을 문지기와 다투어 가면서 모처럼 들어가면, 바쁘고 총총하며 그저 시간이 부족하였을 뿐이었다. 창건된 역사는 비석 같은 것을 상고하지 않고서는 어느 시대 어느 절인지도 알 길이 없었다.

겨우 빗돌 한 개만 읽는 데도 언뜻 몇 시간씩 보내므로, 자개와 구슬처럼 찬란한 궁궐의 구경도 문틈을 지나가는 말이나 여울에 달리는 배처럼 되고 보니, 오관(五官)이 함께 피로만 해지고, 아울러 사우(四友)가 맥이 풀리어 언제나 꿈에 부적 보는 것만 같고, 눈은 신기루(蜃氣樓)를 본 듯 의아하게 거꾸로 기억이 되며 명승고적은 틀리게 안 것이 많았다.

돌아와서 약간의 기록을 수습해 보니, 어떤 것은 종이쪽이 나비의 날개폭이나 될까 하면 글자는 파리 대가리만큼씩이나 하니, 대체가 그 총망중에 빗돌을 얼른 보고 흘려 베낀 것이다. 드디어 이것을 엮어서 얇은 책 '앙엽기'를 만드니, '앙엽'이란 말은 "옛사람이 감 잎사귀에 글자를 써서 항아리 속에 넣었다가 모아서 기록했다."(출처 미상)는 일을 본받아서 한 것이다.

  (2) **관독일기(觀讀日記)**

관독일기(觀讀日記)는 형암이 1763년 『중용』을 중심으로 자(子), 집(集), 시문(詩文) 등을 읽으면서 자신의 느낌을 기록한 일기체이다. 특히 '예기억(禮記臆)'은 『예기』에 대한 일종의 연구서로서 제가주설(諸家注說) 내지 자의(字義)에 대해 고증하고 비판한

것이다.[20)]

(3) 이목구심서(耳目口心書)

글자 그대로 귀로 들은 것, 눈으로 본 것, 입으로 말한 것, 마음으로 생각한 것을 적은 것이다. 18세기 후반의 사회상 인물, 생활, 신변잡기, 풍속 등에 관한 자신의 생각을 정리하였다. 말 그대로 귀로 듣고 눈으로 보고 입으로 말하고 마음으로 오간 생각을 적은 글을 모은 책이다.[21)] 형암의 해박한 덕서와 지적 편력, 사물에 대한 투철한 관심이 한눈에 들여다보인다. 경이로움으로 읽는 이를 압도한다. 이 책은 당시 박지원과 박제가 등이 여러 번 빌려 가 자기 글에 수도 없이 인용한 책이다.[22)]

(4) 편서잡고(編書雜稿)

송사(宋史) 즉 송나라의 역사를 논술한 책이다. 송사(宋史)를 산정(刪定)[23)] 즉 쓸데없는 글자나 구절을 깎고 다듬어서 글을 잘 정리하여 보전(補傳)한 책이다.

『편서잡고』는 편찬에 관한 일을 수록한 것으로, 그 가운데 송사보전(宋史補傳)이 가치가 있다. 즉 정조가 『송사(宋史)』가 조잡하게 편찬된 것을 유감으로 여겨 신하들에게 산정(刪定)을 명하여 40책을 만들고, 그 보전(補傳)을 이덕무에게 명하여 찬하게 한 것이다.[24)]

(5) 청비록(淸脾錄)

고려와 조선시대까지 시인들의 시문과 그에 대한 저자의 평설(評說)을 덧붙인 것으로 시문학 연구에 자료가 된다. 조선 후기에 형암이 지은 시평집으로 4권 2책인 필사

---

20) http://100.empas.com/dicsearch/pentry.html?s=B&i=188646&v=45[인용 2008.1.9]

21) 정민, 미쳐야 미친다. 서울: 푸른역사, 2004. p.70.

22) 정민, 상게서, p.79.

23) 종이가 없던 옛날에 대나무 쪽 따위에 글씨를 써서 책을 만들었던 데에서 나온 말이다. 산수([刪修)와 같은 단어이다.

24) http://www.koreandb.net/Kodia/KodiaView.asp?ID=3257&Ser=1[인용 2008.1.10]

본이다.

이 책의 명칭을 『청비록』이라 한 것은 당나라 중 관휴(貫休)의 시작품 "천지 사이의 맑은 기운, 시인들 비장에 스며든다."라는 구절에서 유래하였다. 형암이 이러한 맑은 기운을 찾아내어 변증, 소해(疏解), 품평, 기사를 붙인 것이 이 책의 내용이다.

청비록은 역대 고금의 명시를 중심으로 이에 대한 시화와 시평을 시도한 것이다 중국과 우리나라의 시인, 작품을 우선적으로 다루고 일본인의 것까지 언급하고 있는 점이 특색이다. 이것은 그가 여러 차례 중국에 다녀온 경험이 있어서 가까운 거리에서 세계정세를 조망할 수 있는 안목을 소유할 수 있었기 때문이다. 개화되어 발전된 일본인에 대한 인식태도도 전통적인 사대부들이 고수하였던, 종래의 화이관(華夷觀)[25]에서 탈피하여 객관적으로 현실상황을 인식하려고 하였던 주체적 사유방식에서 연유한 것이다.

형암의 비평 양상은 실증주의적 공정성에 입각한 비평정신, 즉 실학정신을 소유하여, 시 자체가 갖는 자율적이고 독자적인 세계에 우선 주목하여 비평하고 도덕적 효용론이나 시인의 인간성과 시작품을 연결, 평가하려는 방식들은 지양하고 있다. 특히, 당대 인물인 박지원, 박제가, 유득공, 이서구 등과 중국의 문인, 학사, 일본의 시인 등에 대한 적극적 평가는 주목할 만하다.

청비록은 청장관전서(靑莊館全書) 권 32~35에 수록되어 있었다. 현재는 낙질부분으로 되어 있다. 1966년 서울대학교 고전간행회에서 『청장관전서』를 재편집할 때에 김두종(金斗鍾) 소장의 단행본 『청비록』을 보충하여 그대로 삽입하였다. 국립중앙도서관에 있다.

≪참고문헌≫ 靑莊館全書(서울大學校古典刊行會, 1966), 국역청장관전서(민족문화추진회, 1983), 淸脾錄의 詩批評樣相(金泳, 李朝後期 漢文學의 再照明, 창작과 비평사, 1983)[26]

(6) **기년아람**(紀年兒覽)

기년아람은 조선 후기 이만운(李萬運)이 어린 학생과 일반 독서인들의 참고를 위해 편찬한 역사책으로, 8권 4책으로 필사본이다. 『기년편람(紀年便覽)』이라고도 한다.

이 책은 이만운이 영조 말년에 편찬한 것을 1777년(정조 1)에 이덕무(李德懋)가 수

---

25) 중국에 대한 관념.

26) http://100.empas.com/dicsearch/pentry.html?s=K&i=262289&v=44[인용 2008.1.6]

정, 보완했고, 그 이듬해에 이만운이 다시 손질한 후 서문을 붙여서 완성시켰다. 뒤에 고종이 이 책을 열람한 뒤 어린이뿐만 아니라 어른들의 경국지학(經國之學: 나라를 다스리는 데 필요한 학문)에도 필요하다고 생각해 『기년편람』이라고 서명을 내렸다. 동시에 당시 좌참찬이던 김세균(金世均)에게 정조 이후의 사실을 부기해 속찬하도록 명했는데, 1877년(고종 14)에 아들 김명진(金明鎭) 대에 이르러 편찬하였다.

편제를 살펴보면 권 1-4는 중국사, 권 5-8은 한국사로 구분되어 있다. 권 1-3은 중국의 고대부터 청대에 이르는 역대 왕조의 순서에 따라 각 제왕의 묘호(廟號) 내지 연호를 배열하였다. 각 왕의 이름과 생몰년·재임연대·능묘 등을 병기한 후에 왕과 관련된 역사 사실을 고실(故實)이라 하여 간략하게 적었으며, 가계가 있을 때에는 고이(故異)라 하여 밝혔고, 각 왕조의 세계도(世系圖)까지도 덧붙이고 있다. 권 4에는 중국 역대의 국도(國都)와 지계(地界)를 자세히 적었다.

권 5부터는 우리나라에 관련된 것으로, 권 5에는 단군 조선에서 고려에 이르는 역대 왕조의 여러 왕을 시대순으로 배열, 관계 사항을 병기하였다. 권 6에는 고대에서 고려에 이르는 지계를, 권 7에는 조선의 여러 기사(紀事)를 적되 선원계통(璿源系統)·왕위계보·주요연표를, 권 8에는 팔도지리지(八道地理志) 등을 구체적으로 서술하고 있다.

그리고 여러 부분에 이덕무가 수정한 '수(修)' 자와 증보했다는 '증(增)' 자가 표기되어 있고, 그 아래에 수정, 증보했다는 관계 기록을 자세히 서술하였다. 또한 우리나라와 중국의 연표·지리·세계(世系)를 알기 쉽고 찾아보기 쉽게 배열해 편찬하였다.

특히, 양국 역사의 기본 지식이 되는 관계 사항들을 비교, 분석해 분야별로 기록하였다. 각 권 뒤에 있는 보편(補編)에는 가야·발해·일본·유구(琉球) 등의 사항도 간략하게 소개되어 있다.

이본 현황은 다음과 같다. 이처럼 역사를 참고하기에 편리하게 체재를 갖추었기 때문에, 비록 사본이기는 하지만 이를 필사한 여러 종류의 사본이 있다. 8권 4책 이외에 이를 다시 초록한 4권 2책, 2권 1책, 1권 1책 등 다양한 이본들이 있다. 그러나 8권 4책 본이 가장 자세하게 기록되어 있다. 국립중앙도서관과 규장각도서·장서각도서에 있다.

≪참고문헌≫ 奎章閣韓國本圖書解題(서울大學校圖書館, 1981)[27]

---

27) http://100.empas.com/dicsearch/pentry.html?s=K&i=236698&v=42[인용 2008.1.7]

(7) 한죽당섭필(寒竹堂涉筆)

한죽당수필(寒竹堂隨筆)이라고도 하는데, 사근역(경남 함양) 찰방 시절의 견문기이다. 부록에 '선고연보'가 수록되어 있다.

형암이 지은 견문기 겸 만록(漫錄)[28]이다. 저자의 유고집 『청장관전서』 제32책에 수록되어 있다. 내용은 저자가 1783년(정조 7) 경상도 함양군 사근역 찰방(沙斤驛察訪)으로 부임하였을 때, 영남지방의 명승·고적과 고금인물·풍속 등에 관하여 기술한 것이다.

이러한 기사 중 '신라의 방언(新羅方言)'이라는 항목에서 '거치(居穉)=섬(苫)', '나락(羅洛)=벼', '청이(請伊)=키[箕]', '사창귀(沙暢歸)=새끼', '정지간(丁支間)=창고(庫)'와 같은 단어를 기록한 것이 있다.[29] ≪참고문헌≫ 靑莊館全書

(8) 천애지기서(天涯知己書)

천애지기라는 말은 "아득히 멀리 떨어진 낯선 하늘 아래에서 자신을 알아주는 벗을 만나다."라는 뜻이다. 이 책은 중국 문사와 주고받은 서간 즉 왕복서간을 수록한 책이다. 다시 말하면 중국인과의 척독(尺牘)[30]과 필담(筆談)[31]을 모은 것이다.[32]

(9) 열상방언(洌上方言)

형암이 수집하여 한역한 속담집이다. 경기 지방의 속담을 모은 책이다.[33] 『청장관전서(靑莊館全書)』 제62권에 서해여언(西海旅言), 윤회매십전(輪回梅十箋), 산해경보(山海經補)와 함께 실려 있다. 총 99편이 거두어져 있는데 매 편마다 6언으로 된 속담구를

---

28) 정한 주제와 형식에 얽매이지 않고 생각나는 대로 쓴 글이다.
　　 만록에서 '만(漫)'자는 멋대로, 마음 내키는 대로, 즐거운 모양, 두루 쓰다 등의 뜻이 있다. 따라서 만록은 멋대로, 마음 내키는 대로, 즐기기 위해서, 두루 쓴 글이라 할 수 있다. 명칭 또한 일정하지 않아 필자가 붙이고 싶은 대로 붙이는 것이 보통이다.
29) http://100.empas.com/dicsearch/pentry.html?s=K&i=1000233&v=46[인용 2008.1.10]
30) 편지. 길이가 한 자가량 되는 글을 적은 널빤지. 척서.
31) 말이 통하지 아니하거나 말을 할 수 없을 때에, 글로 써서 서로 묻고 대답함.
32) http://blog.naver.com/minist9?Redirect=Log&logNo=10018662819[인용 2008.1.11]
33) http://blog.daum.net/printView.html?articlePrint_15130564[인용 2008.1.9]

앞세운 뒤 간략하게 그 뜻을 설명하고 있다.

형암이 우리나라의 속담을 모두 6자로 한역한 위에 압운까지 하려 하였으나 장단이 일정하지 않고, 우리말을 6자로 통일시키고 더구나 운까지 고려하려 한 데서 많은 억지와 무리가 있게 되었다. 그러나 『열상방언』에 수집된 대부분의 속담은 현대인에게도 여전히 유용하고 또 친숙한 것이라는 점에서 속담자료집으로서의 의의가 매우 크다.

≪참고문헌≫ 靑莊館全書, 俗談論(金思燁, 大建出版社, 1953), 俗談辭典(李基文 編, 民衆書館, 1962), 俗談序說(方鍾鉉, 朝鮮文化叢說, 東省社, 1949)[34]

(10) 예기고(禮記考)

예기에 대한 변증을 논술한 책이다. 형암의 시문을 모아 편집한 저술 총서인 『청장관전서』의 71권 중에서 7－8권이 『예기고』이다.

(11) 영처잡고(嬰處雜稿)

어릴 때의 시문을 모은 책이다. 형암의 시문을 모아 편집한 저술 총서인 『청장관전서』의 71권 중에서 5－6권이 『영처잡고』이다.

(12) 영처문고(嬰處文稿)

형암의 시문을 모아 편집한 청장관전서의 71권 중에서 3－4권이 『영처잡고』이다.

이 책에는 형암이 소년시절에 지은 글이 수록되어 있다. 그중에 '무인편(戊寅篇)'은 저자가 18세가 되기까지 독학하던 중 틈틈이 읽은 경서(經書) 속에서 스스로 깨달은 바를 수록한 것이다. '쇄아(瑣雅)'는 고인(古人)의 저서 가운데 중요한 문장만을 뽑아놓은 글로 그의 박식한 면모를 엿볼 수 있다.[35]

---

34) http://100.empas.com/dicsearch/pentry.html?s=K&i=300013&v=47[인용 2008.1.4]

35) http://search.empas.com/search/ok_pvw.html?pt=0&dd=1&ft=2&i=3014798&sn=1218433715&q2=%C6%ED%BC%AD＋%C0%E2%B0%ED&dv=a&w=601d1d1e1f2021&dw=1f&vl=A&vn=3&q=%C6%ED%BC%AD%C0%E2%B0%ED&ou=k.daum.net%2Fqna%2Fview.html%3Fqid%3D0AtZ2[인용 2008.1.8](출처: 다음 백과사전)

(13) 영처시고(嬰處詩稿)

형암의 시문을 모아 편집한 저술 총서인『청장관전서』의 71권 중에서 1－2권이『영처시고』이다.

(14) 뇌뢰낙락서(磊磊落落書)

일종의 중국 인물지이다. 명말유민전(明末遺民傳)이다. 즉 명나라 말기의 망하여 없어진 나라의 백성에 대한 글이다.

이 책은 명나라 말기 유민(遺民)에 관해 여러 기사(記事)를 토대로 발췌하고 일일이 인용 서목을 부기하였다.

(15) 사소절(士小節)[36]

형암이 일상생활에서 선비나 부녀자, 아동의 예절 교육에 도움이 될 만한 내용을 뽑아서 만든 예절 수신서이다. 8권 2책으로 고활자본이다. 형암이 1775년(영조 51)에 쓴 서문이 실려 있다.

목차에는 당시 중인 실학자였던 최성환(崔煥)이 편집한 것으로 되어 있다. 서문에 따르면 저자는 일상 속에서 생활의 규도(規度)를 잃지 않는 것을 중요하게 여겼는데, 이 책은 이러한 문제의식에서 저술되었다. 그는 일상 속에서 소절(小節)[37]을 닦지 않고서는 대의(大義)를 이룰 수 없다고 보았던 것이다. 그는 한당(漢唐)의 유학자들은 도수명물(度數名物)[38]에, 송원(宋元)의 유학자들은 이기심성(理氣心性)에 매몰되어 소절에 밝은 사람이 드물다고 보고, 일상 속에서 소절을 밝히고 실천하기 위해서 본서를 지었다.

본서의 기술이 자신의 가법(家法)을 밝히기 위한 것이라고 겸손히 말하고 있으나 실제로는 당시의 풍속을 경계하려는 목적의식이 반영된 것으로 생각된다. 권 1－5는 사전(士典)으로서 성행(性行)·언어·복식·동지(動止)·근신·교습(敎習)·인륜·교접(交接)·어하(御下)·사물 등이, 권 6·7은 부의(婦儀) 편으로 성행·언어·복식·동지·

---

36) http://100.empas.com/dicsearch/pentry.html?i=151968[인용 2008.1.5]

37) 1. 대수롭지 아니한 예절. 2. 대의에 뜻을 두지 아니한 작은 절조.

38) 명목(名目), 사물(事物), 법식(法式), 수량(數量)을 아울러 이르는 말.

교육·인륜·제사·사물 등이 들어 있다. 권8은 동규(童規) 편으로서 동지·교육·경장(敬長)·사물 등이 수록되었다.

이 책은 성리학이 말폐화(末幣化)의 경향을 드러내던 조선 후기에 일상 속에서 실천할 수 있는 수신의 지침서 구실을 했다. 국립중앙도서관과 장서각 등에 소장되어 있다.

(16) 무예통지(武藝通知)

조선 정조 때에 이덕무(李德懋), 박제가(朴齊家), 백동수(白東修) 등이 왕명에 따라 편찬한 종합무예서로 1790년(정조 14)에 완간되었다. 『무예통지』, 『무예도보』, 『무예보』라고도 한다. 전 4권 4책으로 이루어져 있으며, 목판본이다.

형암은 『장관전서』에서 무예도보통지를 만든 이유와 참고문헌, 경위 등을 자세히 밝히고 있다. 이 문헌에 따르면 『무예도보통지』를 편찬하는 데 『기효신서』와 명나라 모원의(茅元儀 또는茅原儀)[39]가 쓴 병서인 『무비지(武備志)』가 절대적인 모범서가 되고 있다는 것이다.[40]

(17) 입연기(入燕記)

燕行錄[41]으로 연경(燕京) 지금의 북경 기행문을 말한다. 즉 형암이 중국을 다녀와서 보고 느낀 것을 쓴 기행문이다.

'연행록'이란 청의 수도인 연경(燕京: 지금의 베이징[北京])에 다녀온 기록이라는 뜻이다. 원래 사신이 돌아오면 서장관(書狀官)이 임무수행 기록을 등록하여 보고하게 되어 있었다. 이 보고서 외에도 사행에 참가한 사람이 개인적으로 기록한 글들이 상당히 많다. 현재 알려진 것만 해도 100여 종이 넘는다. 이를 총칭하여 '연행록'이라고 한다.[42]

---

39) 茅元儀 또는茅原儀라고 쓰고 있으나 茅元儀가 맞는 것으로 생각된다.

40) http://www.dalmuri.net/~mrmaria/sub4_01_02.htm[인용 2008.1.6] 한겨레신문 1991년 5월 7일자

41) 조선시대에, 사신이나 그 수행원이 중국을 다녀와서 보고 느낀 것을 쓴 기행문을 말한다.

42) http://blog.daum.net/tasofhso/13709479[인용 2008.1.10]

(18) **협주기**(峽舟記)

병신년(1776년) 3월 25일, 지평(砥平)[43]을 갔다. 원중거(元重擧)가 용문산(龍門山) 아래 집을 짓고 살았는데, 이때 형암은 친구들과 함께 배를 타고 용문산에 들어갔다. 이때 지은 글이 '협주기峽舟記'이다.[44]

6.3.2. 국회도서관 소장 형암 이덕무 관련 자료

국회도서관이 소장하고 있는 형암에 관련한 자료 중에서 이덕무로 검색한 단행본, 학위논문, 학술지는 다음과 같다.

<단행본>

(1) 배고픈 새: 이덕무의 시와 산문 모음집/이덕무 글, 김용운 엮음, 거송미디어, 2007.

(2) 무예도보통지주해/正祖 命, 李德懋, 朴齊家 撰, 朴淸正 註解, 東文選, 2007.

(3) 양반가문의 쓴소리: 이덕무 '士小節', 이 시대에 되살려야 할 선비의 작은 예절/ 조성기 지음, 김영사, 2006.

(4) 청장, 키 큰 소나무에게 길을 묻다: 이덕무의 산문집/이덕무 著, 이화형 譯, 국학자료원, 2006.

(5) 아름다운 우리 고전 수필/이덕무 외 지음, 고전문학연구회 편, 거송미디어, 2005.

(6) 조선대세시기, 2/이창희 책임번역 및 해제, 국립민속박물관[편], 국립민속박물관, 2005.

(7) 책에 미친 바보: 이덕무 산문선/이덕무 지음, 권정원 옮김, 미다스북스, 2004.

(8) 미쳐야 미친다: 조선 지식인의 내면 읽기/정민 지음, 푸른역사, 2004.

(9) 우리 선비들은 자연에서 무엇을 깨달았을까/정병헌, 이지영 엮음, 사군자, 2004.

(10) (역주)무예도보통지: 정조대왕 命撰/李德懋, 朴齊家, 白東脩 共編著, 柳永秀, 安

---

43) 경기도 양평지역의 옛 지명. 본래 고구려의 지현현(砥峴縣)이었는데, 신라 경덕왕 때 지평현으로 고쳐 삭주군(朔州郡: 지금의 春川)의 영현으로 삼았다. 1018년(현종 9) 광주(廣州)로 이관시켰고, 1391년(공양왕 3) 철장(鐵場)을 지평군 경계에 설치하고 감무를 두었다.

44) http://kdaq.empas.com/qna/view.html?n=6136892[인용 2008.1.9]

吉源, 金學培 共譯, 장용영, 2003.

(11) 고전소설 비평사론/이문규 著, 새문社, 2002.

(12) 맑은 바람이 그대를 깨우거든: 우리고전 사색노트/이덕무 외 저, 이강엽 편역, 웅진닷컴, 2002.

(13) 한국고전 비평사: 조선후기 편/정대림 저, 태학사, 2001.

(14) 18세기 조선지식인의 문화의식/한국학연구소 편, 한양대학교출판부, 2001.

(15) 한서 이불과 논어 병풍: 이덕무 청언소품/정민 저, 열림원, 2000.

(16) 藏書閣古小說解題/임치균 외저, 韓國精神文化硏究院, 1999.

(17) 朝鮮의 社會와 思想/李成茂 著, 일조각, 1999.

(18) 御定武藝圖譜通志/正祖 命, 李德懋, 朴齊家 撰, 東文選, 1998.

(19) 이덕무의 시문학 연구/류재일 저, 태학사, 1998.

(20) (實演·完譯)무예도보통지/李德懋, 朴齊家 共著, 林東圭 註解, 학민사, 1996.

(21) 사람답게 사는 즐거움: 선비의 예절과 지혜/이덕무 저, 김성동 편, 솔출판사, 1996.

(22) 韓國實學思想論文選集: 補遺篇, 1－22 불함문화사, 1994.

(23) 실학산책, 상하/김아리 편, 서해문집, 1994.

(24) (우리 文化의 뿌리를 찾는)李德懋의 文學硏究: 존재론적 의미의 탐색/李和炯 著, 집문당, 1994.

(25) 朝鮮後期 漢文學의 社會的 意味/金泳 著, 집문당, 1993.

(26) 韓國實學思想論文選集, 十: 實學者, 弗咸文化社, 1991.

(27) 朝鮮後期 實學者의 日本觀 研究/河宇鳳 著, 一志社, 1989.

(28) 韓國思想史學, 1, 2/韓國思想史學會 編, 思社研, 1987.

(29) 朝鮮朝 後期文學과 實學思想/최 철 외저, 정음사, 1987.

(30) (국역)무예도보통지/李德懋, 朴齊家, 白東脩 共著, 金渭顯 譯, 民族文化社, 1984.

(31) 士小節/李德懋 著, 金鍾權 譯, 養賢閣, 1983.

(32) 생활의 예절, 士小節/이덕무 著, 이동희 編, 민족문화추진회, 1981.

(33) 한국명문선, 1－2/민족문화추진회, 1980. 東山.

(34) (국역)청장관전서, ⅩⅡ,ⅩⅢ/李德懋, 민족문화추진회, 1979.

(35) (국역)청장관전서, Ⅸ－ⅩⅠ/李德懋, 민족문화추진회, 1979.

(36) (국역)청장관전서, 1－7/李德懋 著, 민족문화추진회, 1979.

(37) 武藝圖譜通志, 全/李德懋, 朴齊家 共著, 學文閣, 1970.

(38) 禪家龜鑑諺解 外編/休靜 著, 尙文閣, 1969.

(39) (懸吐)士小節/李德懋(朝鮮) 著, 崔성煥 編, 翰南書林, 1916.

(40) (稿本)高等朝鮮語及漢文讀本, 卷三/朝鮮總督府, 朝鮮總督府, 1913.

(41) 高等朝鮮語及漢文讀本, 卷一/朝鮮總督府, 朝鮮總督府, 1913.

(42) 부인의 벗/李德懋 著, 李豊鎬 譯, 石文館, 1908.

(43) 二十一都懷古詩, 全/柳得恭(朝鮮) 撰, 李德懋(朝鮮) 訂,[발행처불명], 1877.

(44) 二十一都懷古詩, 全/柳得恭(朝鮮) 訂, 李德懋(朝鮮) 訂, 翰南書林.

(45) 韓客巾衍集/柳 琴(朝鮮) 抄錄[發行處不明].

(46) 韓客巾衍集, 全/柳琴(朝鮮) 抄錄[발행처불명].

<학위논문>

(1) 아정 이덕무의 '士' 인식과 교육사상/김영호 영남대 교육대학원, 2007, 석사.

(2) 조선시대 문인의 음악담론 연구/전지영 한국학중앙연구원 한국학대학원, 2006, 박사.

(3) 이덕무의 교육사상 연구: '사소절'을 중심으로/강말희, 고려대 교육대학원, 2006, 석사.

(4) 형암 이덕무와 초정 박제가의 독서론 비교연구/정해양, 홍익대 교육대학원, 2006, 석사.

(5) 이덕무 초기 산문의 공안파 수용양상 연구/권정원, 부산대 대학원, 2006, 박사.

(6) 이덕무와 어윤중의 일본관 비교 연구/김지연, 이화여대 교육대학원, 2006, 석사.

(7) 이덕무의 여성교육관 연구/허명숙, 강원대 교육대학원, 2005, 석사.

(8) 불교 사찰학춤의 역사성에 관한 연구: 문헌적 검토를 중심으로/김성수, 동국대 문화예술대학원, 2005, 석사.

(9) 이덕무의 문학 비평에 관한 연구/이학당 성균관대 대학원, 2005, 박사.

(10) 조선후기 가전 연구: 영·정조대 중심으로/허지영 성신여대 대학원, 2005, 석사.

(11) 『풍석고협집』의 평어 연구/김대중, 서울대 대학원, 2005, 석사.

(12) 이덕무 전의 서사방식과 작가의식 연구/홍혜정, 부산대 대학원, 2005, 석사.

(13) 이덕무의 명대 문학 비평에 관한 연구/위홍, 성균관대 대학원, 2005, 석사.

(14) 조선시대 중인층의 독서론에 관한 연구/이성희, 천안대 문헌정보대학원, 2005, 석사.

(15) 조선후기 신운론 수용 연구/김월성, 강원대 대학원, 2004, 박사.

(16) 아정 이덕무『청비록』의 평어 연구/최욱현, 광운대 대학원, 2004, 석사.

(17) 이덕무의 독서론 연구/김윤희, 한국교원대 대학원, 2004, 석사.

(18) 사소절에 나타난 기본생활습관 교육 분석/박혜상, 서울여대 대학원, 2003, 석사.

(19) 이덕무의 교육사상에 관한 연구/박호병, 한남대 교육대학원, 2003, 석사.

(20) 발달지체 아동을 위한 한국전통 교육사상 연구/유재연, 단국대 대학원, 2002, 박사.

(21) 우리나라의 장애관련 속담에 관한 분석적 연구/심홍식, 공주대 특수교육대학원, 2002, 석사.

(22) 청장관 이덕무의 소설론 연구/전이정, 서울시립대 대학원, 2001, 석사.

(23) 아정 이덕무의 아동교육사상:『사소절』의 '동규'편을 중심으로/김정기, 전주대 교육대학원, 2001, 석사.

(24) 이덕무의 시 의식 연구/이원호, 인하대 교육대학원, 2000, 석사.

(25) 연암일파의 회화관 연구: 연암 박지원과 후기사가를 중심으로/이정희, 영남대 대학원, 2000, 석사.

(26) 이덕무 문학론 연구/부은아, 성균관대 교육대학원, 2000, 석사.

(27) 이덕무 시 연구/박영남, 인하대 교육대학원, 2000, 석사.

(28) 조선 정조조 규장각 검서관의 역할/박현욱, 성균관대 대학원, 2000, 석사.

(29) 이덕무의 아동교육사상연구: 사소절을 중심으로/조한미, 한국교원대 교육대학원 2000, 석사.

(30) 한시사가의 초기시 연구:『한객건연집』을 중심으로/이윤숙, 동국대 대학원, 2000,석사.

(31) 성격 및 학습에 대한 雅亭 李德懋의 아동 훈육법: [士小節]을 중심으로/서은주, 嶺南大 大學院, 1999, 석사.

(32) 이덕무의 교육사상 연구/송인호, 關東大 教育大學院, 1999, 석사.

(33) 李德懋의 生涯와 學文傾向/李玉子, 全南大 教育大學院, 1997, 석사.

(34) 이덕무 시의 연구: 그의 시론의 반영을 중심으로/임경희, 世宗大 大學院, 1997, 석사.

(35) '士小節'에 나타난 李德懋의 敎育思想 硏究: 人性敎育과 關聯하여/李明順, 成均館大 儒學大學院, 1996, 석사.

(36) 청장관 이덕무의 척독 연구/權政媛, 釜山大 敎育大學院, 1996, 석사.

(37) 李德懋의 교육사상 연구/金永萬, 江原大 敎育大學院, 1995, 석사.

(38) 한중 竹類假傳의 비교연구/蔡聖淑, 韓國敎員大 大學院, 1995, 석사.

(39) 이덕무의 시평 연구/李守鎭, 世宗大 大學院, 1995, 석사.

(40) 李德懋의 교육사상에 관한 연구: 보통교육사상을 중심으로/金桂眞, 高麗大 大學院, 1995, 박사.

(41) 李德懋의 예절교육사상에 대한 연구:『士小節』을 중심으로/曺秉權, 延世大 敎育大學院, 1995, 석사.

(42) 李德懋 시의 연구/朴玉培, 檀國大 大學院, 1994, 석사.

(43) 18세기 열녀전 연구/이대형, 延世大 大學院, 1994, 석사.

(44) 李德懋의 시문학 연구/鄭淑仁, 中央大 大學院, 1994, 석사.

(45) 雅亭 李德懋의 詩文學 연구: '雅亭遺稿'를 중심으로/文炳喆, 釜山大 大學院, 1994, 석사.

(46) 李德懋 시의 회화적 성격 연구/李貞培, 忠北大 大學院, 1994, 석사.

(47) 李德懋의 傳 연구/朴暎美, 檀國大 大學院, 1994, 석사.

(48) '傳'의 敍述樣式과 소설로의 變容에 관한 연구/李廷珍, 圓光大 大學院, 1993, 박사.

(49) 漢詩四家의 淸代 詩 受容 硏究/李庚秀, 서울大 大學院, 1993, 박사.

(50) 雅亭 李德懋의 文學 硏究/李和炯, 慶熙大 大學院, 1993, 박사.

(51) 李德懋詩話硏究: 淸脾錄을 中心으로/金學敦, 忠南大 大學院, 1993, 석사.

(52) 李德懋의 아동훈육방법에 관한 연구: '士小節'을 중심으로/金明來, 國民大 敎育大學院, 1993, 석사.

(53) 北學派 散文 연구: 燕巖 朴趾源을 중심으로/李鐘珠, 西江大 大學院, 1991, 박사.

(54) 『士小節』 연구: 婦儀編을 중심으로/金鎭百, 啓明大 敎育大學院, 1991, 석사.

(55) 李德懋 詩의 연구/柳在日, 延世大 大學院, 1990, 박사.

(56) 아정 이덕무의 교육사상/이갑희, 中央大 敎育大學院, 1989, 석사.

(57) 朴趾源과 後期四家의 文學思想 硏究/尹基洪, 延世大 大學院, 1989, 박사.

(58) 朝鮮後期 實學者의 日本觀 硏究/河宇鳳, 西江大 大學院, 1989, 박사.

(59) 韓國近代貿易思想硏究/姜龍洙, 慶南大 大學院, 1988, 박사.

(60) 雅亭 李德懋의 敎育思想: 士小節 士典篇을 中心으로/朴英吉, 慶尙大 敎育大學院, 1988, 석사.

(61) 靑莊館 李德懋 詩 硏究/金銀鎬, 公州師範大 敎育大學院, 1988, 석사.

(62) 李德懋의 (淸脾錄)硏究/崔順基, 淑明女大 敎育大學院, 1987, 석사.

(63) 李德懋 詩의 연구/최지영, 高麗大 敎育大學院, 1987, 석사.

(64) 韓國語 語源探究史 硏究: 對象語彙 및 方法論을 中心으로/姜憲圭, 慶熙大 大學院, 1986, 박사.

(65) 이덕무의 知・德・體・兒童 敎育觀에 관한 硏究: 士小節을 중심으로/鄭仁澈, 고려대 교육대학원, 1985, 석사.

(66) 實學者의 女性觀/宋敬淑, 연세대 교육대학원, 1984, 석사.

(67) 이덕무의 文學觀/宋永珠, 국민대 대학원, 1983, 석사.

(68) 靑莊館 이덕무의 文學硏究/李明珍, 이화여대, 1983, 석사.

(69) 李德懋의 교육론과 현대도덕교육/李愛善, 梨花女大 大學院, 1980, 석사.

<학술지>

(1) 청장관 이덕무 문학의 사상적 기반과 公安派 詩論의 수용 양상 연구/金炳國, 2007, 韓國思想과 文化. 제38집(2007년 6월), pp.7-42, 修德文化社.

(2) 李德懋 文集 所載 說話의 理念과 小品文的 性格 硏究/金均泰, 2006, 고전문학과 교육. 제11집(2006. 2), pp.259-296, 한국고전문학교육학회.

(3) <鍾北小選鈸>의 改修와 작자 문제/강국주, 2006, 고전문학연구, 제30집(2006. 12), pp.287-321, 월인.

(4) 이덕무의 '사소절'에 나타난 인성교육 분석/우영효, 2006, 兒童敎育, 제15권 제1호 (2006. 2), pp.109-121, 韓國兒童敎育學會.

(5) 원굉도와 이덕무 문학이론의 同異點 고찰/權政媛, 2006, 東洋漢文學硏究, 제22집 (2006. 2), pp.5-41, 東洋漢文學會.

(6) 조선후기 공안파(公安派) 문예론 수용의 내면 논리: 이덕무의 공안파 논리 수용을 중심으로/남정희, 2006, 語文硏究. 제51권(2006. 8), pp.381-409, 語文硏究學會.

(7) 만명과 조선후기의 소품문 창작배경 연구/具敎賢, 2006, 중국어문학논집, 제39호 (2006. 8), pp.243-266, 中國語文學硏究會.

(8) 李德懋의 思想的 根底와 詩批評/李學堂, 2006, 아시아문화연구, 제11집(2006년 12월), pp.83－119, 경원대학교 아시아문화연구소.

(9) 청장관 이덕무의 교감기사에 대한 고찰/리상용, 2006, 書誌學研究, 제33집(2006. 6), pp.375－394, 書誌學會.

(10) 이덕무의 『耳目口心書』에 대한 고찰/이규필, 2005, 漢文學研究, 제19집(2005), pp.157－185, 啓明漢文學會.

(11) 李德懋의 禮 認識과 그 理念的 志向: '士小節'을 중심으로/장동우, 2005, 韓國實學研究. 제10호(2005. 12), pp.191－217, 民昌社.

(12) 『楓石鼓協集』을 통해 본 18세기 後半 文學批評 研究, 2: 技巧論的 批評/姜玟求 2005 東方漢文學. 제29집(2005. 12), pp.295－321, 東方漢文學會.

(13) 李德懋 法古創新 主張의 形成 過程 小考/李學堂, 2005, 東方漢文學, 제29집 (2005. 12), pp.263－293, 東方漢文學會.

(14) 한문희곡 <東廂記>의 중국희곡 수용과 변용 방식/여세주, 2005, 어문학, 제90집 (2005. 12), pp.233－261, 형설출판사.

(15) 朴齊家의 北學論과 그 역사적 함의/박성순, 2005, 東洋古典研究, 제23집(2005. 12), pp.7－37, 東洋古典學會.

(16) 李璡과의 논쟁을 통해본 아정 이덕무의 문학 비평 의식/李學堂, 2005, 韓國實學研究, 제9호(2005. 6), pp.121－153, 民昌社.

(17) 정조의 『무예도보통지』 편찬 의도와 장용영 강화/김준혁, 2005, 中央史論, 제21집(2005. 6)－특집호, pp.290－315, 韓國中央史學會.

(18) 公安派와 燕巖學派의 文學理論 比較: 童心論를 중심으로/具敎賢, 2005, 中國學論叢. 제19집(2005년 6월), pp.271－288, 韓國中國文化學會.

(19) 李德懋 文學의 形成背景에 대하여: 公安派 受容과 관련하여/權政媛, 2005, 大東漢文學, 제22집(2005. 6), pp.395－437, 大東漢文學會.

(20) 李德懋 初期散文에서 公安派 受容의 實踐樣相: 敍述技法의 特徵的 面貌를 中心으로/權政媛, 2005, 漢文學報, 제13집(2005. 12), pp.353－386, 우리한문학회.

(21) 조선후기 문인의 明·淸 서적 수용과 독서의 경향성 試考/南晶熙, 2005, 한국문화연구, 제8호(2005. 6), pp.61－93, 이화여자대학교한국문화연구원.

(22) 公安派와 燕巖學派의 文學理論 比較,2/具敎賢, 2005, 중국어문학논집, 제33호 (2005. 8), pp.243－264, 中國語文學研究會.

(23) 18, 19세기 문인지식인층의 원예 취미/정 민, 2005, 韓國漢文學硏究, 제35집 (2005. 6), pp.35－77, 韓國漢文學會.

(24) 18세기 새로운 글쓰기의 대응 양상과 의미/박수밀, 2005, 한국언어문화, 제27집 (2005. 6), pp.401－425, 한국언어문화학회.

(25) 朝鮮朝后期詩話評王士禎等淸人詩考/柳晟俊, 2005, 中國硏究, 제35권(2005.6), pp.87－106, 韓國外國語大學校外國學綜合硏究센터,中國硏究所.

(26) 여행자 문학의 관점에서 본 이덕무의 '입연기(入燕記)' 연구/최숙인, 2005, 比較 文學, 제35집(2005. 2), pp.95－126, 韓國比較文學會.

(27) 朴趾源 '주公塔銘'과 李德懋 評의 의미/김종서, 2005, 漢文學報, 제13집(2005. 12), pp.289－328, 우리한문학회.

(28) 李德懋 척독 연구: '내면', 혹은 '사적 자아'의 발견/홍인숙, 2004, 韓國漢文學硏 究 제33집(2004), pp.205－234, 韓國漢文學會.

(29) 炯菴 李德懋의 自然認識과 藝術成就/이학당, 2004, 漢文學報, 제11집(2004. 하반 기), pp.259－296, 우리한문학회.

(30) 조선 후기의 젠더의식에 관한 연구: 이덕무의 『사소절』을 중심으로/유미림, 2004 정신문화연구, 제27권 제2호 통권95호(2004. 여름호), pp.29－58, 韓國精 神文化硏究院.

(31) 英祖代 通信使와 李德懋의 日本 硏究/鄭章植, 2004, 日本文化學報, 제23집(2004. 11), pp.205－229, 韓國日本文化學會.

(32) 철학적 담론을 생산하는 글쓰기, '原'體 散文 一考: 丁範祖와 丁若鏞, 李德懋, 沈魯崇을 중심으로/박동주, 2004, 한국언어문화, 제26집(2004. 12), pp.295－ 318, 한국언어문화학회.

(33) 李德懋의 神韻論 受容과 漢詩의 文藝美/李庚秀, 2004, 韓國漢詩硏究, 제12호 (2004), pp.13－42, 太學社.

(34) 後四家의 詩史的 位相/閔丙秀, 2004, 韓國漢詩硏究, 제12호(2004), pp.5－11, 太 學社.

(35) 이덕무의 '사소절'(士小節)에 관한 연구: 교육학적 해석/박재문, 2004, 道德敎育 硏究, 제16권 1호(2004. 8), pp.159－183, 韓國道德敎育學會.

(36) 18세기 매화시의 세 가지 양상/신익철, 2004, 韓國詩歌硏究, 제15집(2004.2) pp.97－126, 韓國詩歌學會.

(37) 유득공 시의 문예미:『사가시집』에 실린 시를 중심으로/김윤조, 2004, 韓國漢詩
     硏究, 제12호(2004), pp.43－69, 太學社.

(38) 李德懋의 傳에 나타난 서사방식 고찰/홍혜정, 2004, 문창어문논집, 제41집(2004.
     12), pp.201－220, 문창어문학회.

(39) 박지원과 이덕무의 戲文 교환에 대하여: 박지원의『산해경』東荒經 補經과 이
     덕무의 注에 나타난 지식론의 문제와 훈고학의 해학적 전용 방식, 그리고 척독
     교환의 인간학적 의의/沈慶昊, 2003, 韓國漢文學硏究, 제31집(2003. 6), pp.89
     －112, 韓國漢文學會.

(40) 청성(靑城)과 청장관(靑莊館)의 교유,『청성잡기(靑城雜記)』/김영진, 2003, 문헌
     과 해석, 통권22호(2003. 봄), pp.196－219, 문헌과해석사.

(41) 李德懋 小品文의 美學/안대회, 2003, 고전문학연구, 제24집(2003. 12), pp.273－
     307, 月印.

(42) 이덕무 소품문 연구/강 명관, 2002, 고전문학연구, 제22집(2002. 12), pp.257－
     280, 月印.

(43) 조선 후기 淸代 性靈派 작가 소개 小攷 :漢詩四家를 중심으로/申載煥, 2002, 中
     國語文學 제39호 (2002. 6) pp.23－43 嶺南中國語文學會.

(44) 이덕무와 공안파/姜明官, 2002, 민족문학사연구, 제21호(2002.12), pp.159－188,
     민족문학사학회.

(45) 韓國의 敎育思想家,15: 이덕무(李德懋)/學校運營委員會 編, 2002, 학교운영위원
     회, 통권 26호(2002. 5), pp.124－128, 학교운영위원회.

(46) 이덕무의 <사소절>에 나타난 여성인식/최숙인, 2002, 論文集, 제5집(2002.12)
     pp.271－282, 용인송담대학.

(47)『續函海』本『淸脾錄』의 문헌적 면모, 1: 一山本과의 대비를 중심으로/유재일,
     2001 語文硏究 제37권(2001. 12), pp.205－234, 語文硏究學會.

(48) 李德懋의 小說排擊論 硏究/이문규, 2001, 국어교육 105(2001.6), pp.263－292,
     한국국어교육연구회.

(49) 靑莊館 李德懋의 尺牘 硏究/權政媛, 2001, 東洋漢文學硏究, 제15집(2001. 11),
     pp.5－43 東洋漢文學會.

(50) 李德懋의 傳 硏究: 패관소품 문체 실상을 중심으로/김균태, 2001, 韓南語文學,
     25(2001.2), pp.107－135, 韓南大學校國語國文學會.

(51) 韓國의 漢文戲曲 <東廂記>의 作家와 그 世界觀/權純宗, 2001, 고전희곡연구, 제
3집 (2001. 8), pp.183－192, 한국고전희곡학회.

(52) 雅亭 李德懋의 儒敎的 人性敎育論/안경식, 2001, 學生研究 29(2001.2), pp.63－
77, 東亞大學校學生生活研究所.

(53) '사소절(士小節)'을 통한 조선시대 가족윤리 고찰/김순옥, 2000, 대한가정학회지,
145(2000.3), pp.11－24, 대한가정학회.

(54) 『續函海』本『淸脾錄』의 발간 경위 고찰: 이덕무와 청대 문사들과의 교유를 바
탕으로/유재일, 2000, 人文科學論集 제21집(2000. 9), pp.177－196, 淸州大學校
人文科學研究所.

(55) 李德懋가 밀랍으로 만든 輪回梅 이야기/김종서, 2000, 문헌과 해석, 통권12호
(2000. 가을), pp.279－299, 문헌과해석사.

(56) 李卓吾와 李德懋의 文學論 비교 연구/具敎賢, 2000, 중국어문학논집 14(2000.6)
pp.123－138, 中國語文學研究會.

(57) 『淸脾錄』을 통해 본 이덕무의 批評樣相/鄭淑仁, 1999, 語文研究 102('99.6)
pp.99－114, 韓國語文敎育研究會.

(58) 李德懋의 農村詩에 대한 考察/柳在日, 1999, 韓國學論集 33('99.10), pp.5－27,
漢陽大學校韓國學研究所.

(59) 『宋史筌』에 나타난 李德懋의 역사인식/金文植, 1999, 韓國學論集 33('99.10)
pp.29－51, 漢陽大學校韓國學研究所.

(60) 李德懋 文學理論의 思想的 土臺와 그 意味/금동현, 1999, 泰東古典研究
16('99.12) pp.183－213, 翰林大學校附設泰東古典研究所.

(61) '作梁園吟歎枚馬不相待'의 작품 연구/柳在日, 1999, 語文研究, 31('99.6) pp.213
－233, 語文研究學會.

(62) 아정 이덕무의 『사소절(士小節)』에 나타난 전통 가정교육의 현대적 의의: <사전
(士典)> 편을 중심으로/박영관, 1999, 論文集 18('99.8) pp.1－32, 尙志大學校倂
設專門大學.

(63) 李德懋詩學觀 :情感論/徐東日, 1999, 詩話學 제2집(1999. 10), pp.245－251, 東
方詩話學會.

(64) 雅亭 李德懋의 敎育思想/金桂眞, 1999, 韓國思想과文化 제3집(1999. 3), pp.239
－284 修德文化社.

(65) 炯菴 李德懋의 詩文學攷:『영처시고』를 중심으로/金英東, 1999, 東岳語文論集 34('99.2), pp.195－220, 東岳語文學會.

(66) 청 李調元과 조선 李德懋의 『淸脾錄』/朴現圭, 1998, 漢文學研究 제13집(1998. 12) pp.153－169, 啓明漢文學會.

(67) 李德懋의 산문소품 :漢書 이불, 論語 병풍/정 민, 1998, 문헌과 해석, 통권2호 (1998. 봄), pp.132－136, 태학사.

(68) 조선 四家詩 <韓客巾衍集>과 청 李調元 <雨村詩話>와의 원문 수록 관계/朴現圭 1998, 書誌學報, 21('98.3), pp.137－155, 韓國書誌學會.

(69) 진실한 시의 조건, 李德懋의 蘇書齋詩集序/안대회, 1998, 문헌과 해석, 통권4호 (1998. 가을), pp.115－121, 태학사.

(70) 韓國李德懋『淸脾錄』論考/憺杭倫, 1998, 順天鄕人文科學論叢 6('98.8), pp.303－313 순천향대학교 인문과학연구소.

(71) 18세기 후반 『燕行錄』을 통해 본 조선지식인들의 對中國認識/崔韶子, 1997, 國史館論叢 제76집(1997. 10), pp.191－223, 國史編纂委員會.

(72) 炯菴 李德懋의 文學觀考/金英東, 1997, 東岳 語文論集 32('97.12), pp.221－246, 東岳語文學會.

(73) 개방교육 주장한 서얼 출신 교육사상가 雅亭 이덕무/김계진, 1996, 새교육 497('96.3), pp.68－71, 한국교육신문사.

(74) 靑莊館 李德懋의 '入燕記'에 관한 研究/朴文烈, 1996, 國際文化研究 13('96.3) pp.81－104, 淸州大學校國際開發研究院.

(75) 이덕무의 예절 교육 사상에 대한 연구, '士小節'을 중심으로/조병권, 1995, 사학 74('95.9), pp.110－121, 大韓私立中高等學校長會.

(76) 李德懋의 日本研究/鄭章植, 1995, 人文科學論集 14('95.9), pp.97－122, 淸州大學校人文科學研究所.

(77) '東廂記'의 형성과정과 주제의식/심재숙, 1995, 한국극예술연구 제4집(1995. 6) pp.273－296, 한국극예술학회.

(78) 李德懋의 傳 研究/朴暎美, 1994, 漢文學論集 12('94.11), pp.689－719, 단국한문학회.

(79) 炯菴 李德懋의 문학적 성격, 자아실현 의식의 특징적 국면/李和炯, 1993, 國語國文學 109('93.5), pp.267－292, 국어국문학회.

(80) 漢詩四家의 王士禎 受容/李庚秀, 1993, 韓國漢詩研究 제1호(1993), pp.269－311, 새문사.

(81) '청비록'에 나타난 비평의 양상/정대림, 1993, 논문집 제20집(1993.12), pp.13－65 세종대학교.

(82) 『淸脾錄』의 詩話論的 考察/朴守川, 1992, 石堂論叢 18('92.12), pp.83－103, 東亞大學校石堂傳統文化研究所.

(83) 士小節考: 士典篇을 中心으로/羅萬基, 1992, 論文集 1('92.2), pp.55－97, 광주대학교 민족문화예술연구소.

(84) 雅亭의 아동관과 그 교육방안/김태오, 1992, 韓國의哲學 20('92.12), pp.183－198, 慶北大學校退溪研究所.

(85) 영처시고에 관한 연구/노창선, 1992, 論文集 18('92.12), pp.37－49, 淸州專門大學.

(86) 李德懋의 中國體驗과 學問觀/崔博光, 1992, 大東文化研究 27('92.12), pp.49－79, 成均館大學校大東文化研究院.

(87) 炯菴 李德懋의 文學思想, 자연 친화 의식의 새 局面/이화형, 1992, 高凰論集 10('92.6) pp.67－85, 慶熙大學校大學院.

(88) 炯菴 李德懋의 文學論, 中正意識을 中心으로/李和炯, 1992, 語文研究 73('92.3) pp.58－74, 韓國語文敎育研究會.

(89) 아정의 선비관과 그 교육방안/정호표·김태오, 1991, 교육대학원논문집 23('91.12) pp.1－10, 경북대학교교육대학원.

(90) '士小節' 研究/金鎭百, 1991, 漢文學研究 7('91.8), pp.167－212, 啓明大學校啓明漢文學會.

(91) 李德懋의 詩文觀/柳在日, 1991, 열상고전연구 제4집(1991. 4), pp.101－125, 열상고전연구회.

(92) 李德懋의 漢詩研究/金王奎, 1991, 漢文學論集 9('91.11), pp.49－71, 단국한문학회.

(93) 王士禎과 李德懋의 詩論比較 試探/宋永珠, 1990, 人文學研究 28('90.12), pp.94－116, 江原大學校.

(94) 李德懋의 淸代 詩 受容/李庚秀, 1989, 人文學研究 27('89.12), pp.22－53, 江原大學校.

(95) 李達과 李德懋 詩의 對比 研究/崔敬桓, 1988, 서강어문 6('88.12), pp.191－242, 서강어문학회.

(96) 李德懋 文學研究/崔吉容, 1988, 論文集 24('88.2), pp.135－159, 전주교육대학교.

(97) 靑莊館 이덕무의 生涯와 著述/朴文烈, 1987, 人文科學論集 6('87.12), pp.187－
214, 淸州大學校人文科學研究所.

(98) 이덕무의 일본관에 대한 연구/河宇鳳, 1987, 人文論叢 17(1987), pp.159－193,
全北大學校人文科學研究所.

(99) 아정 이덕무의 문학과 사상 연구/최영찬, 1987, 人文論叢 17(1987), pp.117－
134, 全北大學校人文科學研究所.

(100) 이덕무의 문학에 대한 연구/崔三龍, 1987, 人文論叢 17(1987), pp.135－158,
全北大學校人文科學研究所.

(101) 靑莊館詩에 나타난 이미지의 文學史的 位相/李明珍, 1986, 梨花語文論集
8('86.1) pp.377－401, 梨花女子大學校韓國語文學研究所.

(102) 『士小節 』, 이덕무 著/李在崑, 1985, 國會圖書館報 179('85.6), pp.58－65, 國
會圖書館.

(103) 이덕무의 經營理念/金柄夏, 1985, 經營經濟 18('85.1), pp.1－16, 啓明大學校産
業經營研究所.

(104) 이덕무의 [청령국지]에 대하여/하우봉, 1985, 全北史學 9('85.12), pp.149－182,
全北大學校史學會.

(105) 이덕무의 經濟思想/金柄夏, 1984, 經營經濟 17('84.2), pp.81－91, 啓明大學校
産業經營研究所.

(106) 이덕무의 건강관리와 자중의 아동교육연구/김행자, 1984, 硏究報告 7('84.8),
pp.5－33, 建國大學校生活文化研究所.

(107) 이덕무의 경제사상/김병하, 1984, 經營經濟 17('84.2), pp.81－91, 啓明大學校
産業經營研究所.

(108) 이덕무의 讀書論/金 泳, 1983, 東方學志, 36·37('83.9), pp.109－127, 延世大
學校國學研究院.

(109) '관자허전'의 가전적 성격/소재영, 1982, 語文論集 23('82.9), pp.25－38, 고려
대학교국어국문학연구회.

(110) 李德懋의 婦女敎育論: 士小節 婦儀篇을 中心으로/劉奉鎬, 1978, 韓國文化研究
院論叢 32('78.10), pp.453－480, 梨花女子大學校.

(111) 李德懋의 實學思想: 그의 敎育思想을 中心으로/李成茂, 1967, 鄕土서울

31('67.12), pp.91－105, 서울特別市史編纂委員會.

(112) 士小節: 李德懋의 儒敎倫理의 現實化/洪以燮, 1963, 새교육 15,1('63), pp.66－
68, 대한교육협의회.

6.4 형암 이덕무의 독서론

형암 이덕무는 연암 박지원, 담헌 홍대용, 초정 박제가, 영제 유득공 등과 함께 서울
의 도시적 분위기 속에서 늘 함께 시를 짓고 학문을 토론함으로써 사상적으로뿐 만아
니라 인간적으로도 가깝게 지내며 그들과 함께 이용후생학파45)를 이루었다.46) 형암은
벼슬에 대한 욕심을 버리고 책에 파묻혀 한평생을 살았다.

서자 후손인 탓으로 출세가 힘 들자 형암은 일찌감치 관직을 포기하고 읽고 또 읽
고, 독서에만 매진하였다.

6.4.1 독서하는 목적

『청장관전서』의 『이목구비서』를 보면 "사군자가 한가로이 지내면서 할 일도 없을 적
에 독서조차 하지 않는다면 다시 무엇을 하랴. 독서하지 않게 되면 작게는 정신없이
잠이나 자거나 노름이나 하게 되고, 크게는 남을 비방하는 일이나 돈벌이와 여색에 힘쓰
게 된다. 그러니 나는 무엇을 할 것인가. 독서를 할 따름이다.47)"라고 기록되어 있다.

형암은 "선비가 한가할 때 책을 읽지 않으면 쓸데없이 시간을 보내거나 헛된 일을
하게 된다."고 하면서 자기가 할 일은 오직 독서뿐이라고 하였다.

우리나라 학자들 가운데서 형암만큼 책을 좋아한 사람도 드물 것이다. 형암은 책에
대해 지나칠 정도의 관심과 열정을 가지고 있었다. 독서를 너무 좋아해서 눈에 병이
나서 친구들로부터 책 병이 들었다고 놀림을 받기도 하고 간서치(看書痴, 책만 읽는
바보)라고 해도 이를 기쁘게 받아들였다고 한다.

---

45) 조선 후기 실학의 한 분파로 상공업 발달을 중시한 학파.

46) 김영(1983), 「이덕무의 독서론」, 동방학지 제36 · 37집, pp.109－127.

47) 靑莊館全書, 券 49, 「耳目口心書」 士君子閑居無事, 不讀書復何爲, 不然 小則昏睡博奕, 大則
誚謗人物, 經營才色, 嗚乎吾何爲哉, 讀書而已

형암은 스스로를 간서치라 부르며 쓴 자기 이야기 『간서치전』에서, "오로지 책 보는 것만 즐거움으로 여겨, 춥거나 덥거나 주리거나 병들거나 전연 알지 못하였다. 어릴 때부터 스물한 살이 되도록 일찍이 하루도 손에서 옛 책을 놓은 적이 없었다. 그 방은 몹시 좁았지만 동창과 남창과 서창이 있어 해의 방향에 따라 빛을 받으며 글을 읽었다. 지금까지 보지 못했던 책을 보게 되면 문득 기뻐하며 웃었다. 집안사람들은 그가 웃는 것을 보고 기이한 책을 얻은 줄 알았다."[48]

그는 두보(杜甫)의 오언율시를 더욱 좋아해 중얼거리는 것이 마치 병자의 앓는 소리와 같았다. 그러다 심오한 뜻을 깨치면 기쁜 나머지 일어나 방 안을 빙빙 돌곤 했는데, 그 소리가 마치 까마귀가 우는 것 같았다. 때로는 아무 소리도 없이 조용하게 눈을 동그랗게 뜨고 한곳을 응시하기도 하고, 혹은 꿈을 꾸고 있는 것처럼 혼잣말을 중얼거리기도 하였다. 사람들이 그를 '간서치(看書癡)'라 해도 그냥 기쁘게 받아들일 뿐이었다.[49]

형암은 직업이 없었다. 정식 직업이라 부를 만한 것은 39세 되던 해(정조 3년, 1779) 얻은 규장각 검서관(檢書官) 자리였다. 검서관 이전에 그는 직업이 없는 소위 백수였다. 농사를 짓는 농사꾼도 아니었다. 서울 한복판에 사는 그에게는 농사지을 땅이 없었다. 또 몸이 매우 약한 약질이라 농사는 생각조차 하기 힘들었다. 그러면 무엇을 할 것인가. 형암이 할 수 있는 일이란 책을 읽는 것밖에 없었던 것이라고 생각할 수 있다.

형암은 "잘사는 자제들이 고급 종이로 바른 창문에 화려하고 높은 책상을 두고, 그 옆에 비단으로 장정한 서책들을 빽빽하게 진열해 놓고서, 자신은 쓸데없는 이야기를 지껄이고 기침이나 캉캉 뱉다가 한 해가 다 가도록 한 글자도 읽지 않는 것을 보면 매우 유감스럽다."고 하였다. 형암은 좋은 환경 속에서도 독서하지 않는 젊은이를 보고 한탄한 내용이다.

다시 말하면 좋은 서재에 책을 쌓아두면 무엇 하나? 한 해가 다 가도록 한 글자도 읽지 않는다. 부귀한 사람들은 책을 읽지 않는다. 형암도 이런 사람들에게는 결코 호감을 느끼지 못했음을 알 수 있다. 앞의 이야기에 이어 형암은 맹자와 양웅(揚雄)을 인용하였다. "배불리 먹고 따뜻하게 입고 편안히 지낼 뿐, 만약 가르침이 없으면 금수(禽獸)에 가깝다."(맹자) "사람이 배우지 않으면 비록 걱정거리가 없다 한들, 금수가 될 것

---

48) 정민, 전게서, p.35.

49) http://blog.naver.com/sudony?Redirect=Log&logNo=100032184171[인용 2008.1.12]

이다.”(양웅)

형암은 맹자의 ‘가르침’과 양웅의 ‘배움’이 바로 독서라고 말한다. 독서를 하지 않으면 아무리 부귀할지라도 그는 인간이 아니다. 형암에게 독서는 곧 인간이 되는 길이다.

서얼인 형암에게 책 읽기는 모순이다. ‘책을 읽으면 선비이고, 벼슬을 하면 대부(讀書曰士, 從政曰大夫)’란 말이 있듯이, 독서란 곧 관료가 되는 것을 목적으로 한다.

그러나 형암의 독서는 그것이 불가능하였다. 형암은 지적 행위로서의 독서를 하였다. 형암은 다른 목적을 갖지 않는 순수한 독서를 하게 된 것이다. 형암은 오로지 책 읽기 자체에만 몰두한 것이다.

형암이 책을 읽는 목적을 살펴보고 다음과 같이 정리할 수 있다.

1) 여가를 선용하기 위하여 책을 읽는다.

“선비가 한가할 때 책을 읽지 않으면 쓸데없이 시간을 보내거나 헛된 일을 하게 된다. 사군자가 한가로이 지내면서 할 일도 없을 적에 독서조차 하지 않는다면 다시 무엇을 하랴.”라는 말 속에 잘 나타나 있다.

2) 즐기기 위하여 책을 읽는다.

오로지 책 보는 것만 즐거움으로 여겨, 춥거나 덥거나 주리거나 병들거나 전연 알지 못하였다.

3) 독서는 곧 인간이 되는 길이다.

형암은 맹자의 ‘가르침’과 양웅의 ‘배움’이 바로 독서라고 말한다. 독서를 하지 않으면 아무리 부귀할지라도 그는 인간이 아니다. 형암에게 독서는 곧 인간이 되는 길이다. “배불리 먹고 따뜻하게 입고 편안히 지낼 뿐, 만약 가르침이 없으면 금수(禽獸)에 가깝다.”(맹자) “사람이 배우지 않으면 비록 걱정거리가 없다 한들, 금수가 될 것이다.”(양웅)

4) 다른 목적을 갖지 않는 순수한 책 읽기를 하였다.

형암은 오로지 책 읽기 자체에만 몰두한 것이다. 대개 독서는 관료가 되는 것을 목적으로 한다. 하지만 형암은 지적 행위로서의 독서를 하였다.

5) 지식을 얻기 위하여 독서한다.

6.4.2 독서하는 방법

형암은 다독주의 입장이다. 기본적으로 책을 많이 읽어야 한다고 생각하였다. 수만 권의 책을 읽고, 수백 권의 책을 베꼈다. 다시 말하면 '글의 요지를 잘 파악해야 한다.'는 것을 강조하고 있어서 박이정(博而精)[50]의 독서법을 취하고 있다고 생각된다. 그렇기 때문에 그는 책을 읽을 때, 외우는 것보다는 뜻을 이해할 것을 주장하였다.

형암은 독서를 하면서 유익한 점 네 가지를 깨달았다고 한다.

첫째, 굶주린 때에 책을 읽으면 소리가 배에 낭랑하여 그 理致와 旨趣를 잘 맛보게 되어서 배고픔을 느끼지 못하게 된다.

둘째, 차츰 날씨가 추워질 때 읽게 되면 기운이 소리를 따라 유전하여 체내가 편안하여 추위를 잊을 수가 있게 된다.

셋째, 근심, 걱정으로 마음이 괴로울 땐, 눈은 글자에 마음은 이치에 집중시켜 읽으면 천만 가지 생각이 일시에 사라지게 된다.

넷째, 감기를 앓을 때에 책을 읽으면 기운이 통하여 부딪힘이 없게 되어 기침소리가 갑자기 그쳐버리게 된다는 것이다.

이런 유익한 점이 있는 독서를 사람들이 게을리 한다고 하면서 다음과 같이 독서할 것을 거듭 권고하였다.

만약 덥지도 춥지도 않고 배고프지도 않으며, 배부르지도 않고 마음이 화평하여 기쁘고 몸도 건강한데다가 등불이 훤하고 서질(書帙)이 정돈되어 있고 책상과 자리가 깨끗하면 독서할 마음이 저절로 생긴다. 더구나 뜻이 높고 재주가 통달하고 나이가 젊고 건강한 기운을 겸비한 사람으로 독서하지 않으면 다시 무엇을 하겠는가. 무릇 뜻이 나와 같은 사람은 힘쓸지어다.[51]

형암이 스물한 살 때의 이야기이다. 21살 요즈음 학생과 비교해 보면 대학 2학년이다.

대학 2학년인데도 많은 책을 읽었다. 형암은 책에 빠진 사람이었다. 그는 천지간의 책을 다 보고야 말겠다는 생각을 가진 사람이었다. 24세 때 쓴 『갑신제석기(甲申除夕

---

50) 여러 방면(方面)으로 널리 알 뿐 아니라 깊게도 앎. 즉 '나무도 보고 숲도 본다.'는 뜻이다.

51) 靑莊館全書, 券 50, 「耳目口心書」 如其不暖不寒, 不飢不飽, 心地和悅, 體幹康安, 加之以燈紅窓日, 書帙情覈, 几席明潔, 則可不勝其讀矣, 況兼之以志才達, 年少氣健之子, 不讀復何爲哉, 凡吾同志勉之勉之

記)』에서 그는 이렇게 말한다. "여러 성현들이 남기신 경전과 이런저런 믿을 만한 역사책들 속에 푹 잠겨 헤엄치듯 그 책들을 읽어내어 오묘한 이치를 얻어내고야 말리라."

그리고 그 밖의 패관야승(稗官野乘)과 잡가(雜家)의 말을 섭렵한다면, "천지간에 가득한 책을 거의 다 보아낼 수 있을 것이다." 호서가, 독서가는 알 것이다. '천지간의 서적을 다 보겠다'는 말이 얼마나 무모한 욕심인지. 하지만 그 욕심은 정녕 아름답지 않은가. 이렇듯 책탐(冊貪)에 빠진 형암은 그 욕심을 어떻게 다스렸을까. 오직 읽는 것뿐이었다.

나는 세상사에 대해서는 손방이다. 하지만 오직 시서(詩書)를 모으는 일에는 마음을 두고 있다. 그래서 남의 책 수백 권을 빌려 좌우에 가지런히 쌓아두고 있다. 혹 읽을 책을 계속해서 빌리지 못하게 되면, 장부(帳簿)나 달력이라도 싫어할 줄을 모르고 뒤적이며 읽었다(『갑신제석기』).

형암은 장부나 달력이라도 보기를 마지않는다고 하였다. 책을 사랑하는 사람이라면 누구나 어릴 때 경험이 있다. 가장 부러운 것은 부잣집 친구가 아니라 책이 많은 친구였다. 가난한 형암은 책을 살 돈이 없으니, 빌리고 베끼는 것이 책탐을 푸는 거의 유일한 길이었다. 그러기에 책을 빌려주지 않는 사람을 그는 비판하기도 하였다.

만권(萬卷) 장서를 두고도 빌려도 주지 않고 읽지도 않고 햇볕을 쪼이지도 않는 사람이 있다 하자. 빌려주지 않는 것은 어질지 않은 것이요, 읽지 않는 것은 지혜롭지 않은 것이요, 햇볕에 쪼이지 않는 것은 부지런하지 않은 것이다. 사군자(士君子)라면 반드시 책을 읽어야 하는 법이다. 빌려서라도 읽어야 하나니, 책을 묶어놓고 읽지 않는 것을 부끄럽게 여겨야 할 것이다.52)

스스로 책을 읽지 않는 것은 지혜롭지 못한 짓이요, 자신이 읽지 않으면서도 남에게 빌려주지 않는 것은 어질지 못한 짓이다. 그렇지 않은가. 지금 세상도 다를 바 없다. 어떤 사람은 무슨 귀중한 책을 가지고 있노라 자랑하다가 보자고 청하면 난색을 표하고, 유명 도서관에서는 귀중본이 있다고 목록에 밝히고는 '귀중본' 도장을 쾅쾅 찍어 너무 귀중하여 보여줄 수 없다고 한다.

책 빌리고 빌려주는 예의에 관한 기록도 남겨져 있다. 형암의 편지를 보면 책을 빌리고 빌려주는 일이 허다하게 나온다. 이런 형암에게 책을 빌리고 빌려주는 데 대한 예의가 없을 리 없다. 그는 '사소절'에서 책을 빌리는 예의에 대해 일장 설교를 늘어놓

---

52) 세정석담에서

는다.

몇 가지를 보자. 책을 빌려주는 것의 기본 정의다. "남에게 책을 빌려주어 그 사람의 뜻과 사업을 키워주는 것은, 남에게 돈과 재물을 주어 그 곤궁과 굶주림을 구제해주는 것과 같다." 어떤가, 책을 빌려주는 것은 남에게 재물을 주어 곤궁과 굶주림을 구제하는 것과 같으니 이런 자선이 없다.

하지만 남에게 책을 빌려주기를 강요해서는 안 될 것이다. "남의 책이나 시문(詩文), 그림은 보고 난 뒤 빌려주기를 청할 것이며, 주인이 허락하지 않을 경우 억지로 빼앗아 소매 속에 넣고 일어나서는 안 된다." 요즘도 통하는 말이다.

형암은 "남의 책을 빌리면 정하게 읽거나 베끼고 기한 내에 돌려주어라. 기한을 넘기거나 주인이 독촉하는데도 돌려주지 않으면 안 된다. 또 빌린 책을 돌려주지 않고 다시 다른 사람에게 빌려주어서는 안 된다. 지켜야 할 예의는 이것뿐이 아니다. 남이 아직 완성하지 못한 책이나 장정이 안 된 서화를 빌려서는 안 된다. 완성품이 아니기 때문에 원작이 손상될 수 있는 탓이다. 빌려준 사람에게 보답도 해야 한다."고 하였다.

남의 책을 빌렸을 경우, 책 주인이 만약 호고(好古)하는 사람이라면, 그 책의 오류처를 바로잡아 종이쪽지에 따로 써서 그 곁에 붙여두어야 할 것이다. 함부로 책 본문에 마구잡이로 어지러운 글씨로 적어서는 안 될 것이다.

남의 책을 빌렸을 경우, 다 읽은 뒤 다시 먼지를 털어 차례대로 정돈하고 보자기에 싸서 돌려보내야 할 것이다. 법서(法書)를 빌려서 베낄 경우는 다른 책보다 더러워지기 쉬우니, 더욱 마음을 써서 보호해야 할 것이다. 이덕무는 이렇게 책을 빌려 읽고 거창한 지식을 쌓았다.53)

병인년(1746년) 여섯 살 때 처음으로 아버지가 『십구사략』을 가르치자 채 1편도 끝나기 전에 글을 훤히 깨우쳤다.

형암은 새로운 글쓰기를 통해 당대의 글쓰기와 가치 체계에 조용한 의문을 던졌다. 그의 문집에는 시, 기(記), 서(序), 서간과 같은 전통 한문학을 제외하면 아포리즘54) 형식의 짧은 글쓰기가 절반 이상이다. 명, 청대의 소품체를 전폭 활용했다.

그의 글에는 독서일기, 고증, 잠언, 생활 묘사, 자연의 풍광, 동식물의 생태 등 다양한 내용이 담겨 있다. 관행에 비추어볼 때 이런 글은 문사의 글쓰기로 취급받기 어려운 것들이다. 이런 자잘한 글은 경술(經術경서를 연구하는 학문)이나 이념을 담는 문

---

53) http://blog.naver.com/sudony?Redirect=Log&logNo=100032184171.[인용 2008.1.14]
54) 금언, 격언, 경구, 잠언과 같은 깊은 체험적 진리를 간결하고 압축된 형식으로 나타낸 짧은 글.

장, 전범이나 고전의 격식을 갖춘 문장과는 완전히 다른 자리에 놓인다. 자잘한 메모와도 같고, 힘들이지 않은 에세이와도 같은 글들은 한담거리로나 취급될 것들이다. 그럼에도 형암은 이런 글에 주력했다.

1) 다독주의의 입장이다. 기본적으로 책을 많이 읽어야 한다고 주장하였다. 수만 권의 책을 읽고, 수백 권의 책을 베꼈다. 다시 말하면 '글의 요지를 잘 파악해야 한다.'는 것을 강조하고 있어서 박이정(博而精)[55)의 독서법을 취하고 있다고 생각된다. 그렇기 때문에 그는 책을 읽을 때, 외우는 것보다는 뜻을 이해할 것을 주장하였다.

2) 책을 읽을 때, 외우는 것보다는 뜻을 이해하는 것이 좋다.

3) 스스로 책을 읽는다.

스스로 책을 읽지 않는 것은 지혜롭지 못한 짓이요, 자신이 읽지 않으면서도 남에게 빌려주지 않는 것은 어질지 못한 짓이다. 그렇지 않은가. 지금 세상도 다를 바 없다.

4) 책 빌리고 빌려주는 예의에 관한 기록이 있다. 다 읽은 뒤 다시 먼지를 털어 차례대로 정돈하고 보자기에 싸서 돌려보내야 한다. 빌린 책에 함부로 본문에 마구잡이로 어지러운 글씨로 적어서는 안 된다.

5) 사군자(士君子)라면 반드시 책을 읽어야 하는 법이다. 빌려서라도 읽어야 하나니, 책을 묶어놓고 읽지 않는 것을 부끄럽게 여겨야 할 것이다.

6) 자잘한 것을 소재로 하여 짧은 글을 많이 썼다. 글에는 독서일기, 고증, 잠언, 생활 묘사, 자연의 풍광, 동식물의 생태 등 다양한 내용이 담겨 있다.

7) 문집금언, 격언, 금언, 격언, 경구, 잠언과 같은 깊은 체험적 진리를 간결하고 압축된 형식으로 나타낸 짧은 글. 경구, 잠언과 같은 깊은 체험적 진리를 간결하고 압축된 형식으로 나타낸 짧은 글에는 시, 기(記), 서(序), 서간과 같은 전통 한문학을 제외하면 아포리즘 형식의 짧은 글쓰기가 절반 이상이다.

형암의 독서는 학문과 교육을 통해 실학을 이루려고 했던 그의 학문적 자세의 소산으로 본다. 형암의 독서는 조선시대 유학자들의 도학주의적 독서관에서 다산에 이르러 확고해진 문제해결 형태의 독서관으로 이행하고 있던 당시의 독서관을 대표적으로 보여주고 있다고 할 수 있다.

---

55) 여러 방면(方面)으로 널리 알 뿐 아니라 깊게도 앎. 즉 '나무도 보고 숲도 본다.'는 뜻이다.

6.5 결론

형암 이덕무는 조선 후기의 실학자이다. 형암은 자기 자신을 '책만 읽는 바보(멍청이)' 즉 '간서치(看書癡)'라고 불렀다고 한다. 국가나, 시대, 인종을 초월해서 독서가는 대단히 많다. 그중에서도 조선시대의 독서가가 매우 많다. 사서나, 사서교사, 학생들이나 독서에 관심이 있는 독자들을 위하여, 선인들의 독서에 대하여 조사하여 정리할 필요가 있다. 본 연구는 조선시대 독서가 중에서 형암 이덕무의 생애, 저서, 독서에 대하여 소개하는 데 있다. 연구 방법은 책, 인터넷, 연구 논문, 백과사전 등 각종 기록물을 조사하여 이론적으로 고찰하였다.

저서에는 앙엽기, 관독일기, 이목구심서, 편서잡고, 청비록, 기년아람, 한죽당섭필, 천애지기서, 열상방언, 예기고, 영처잡고, 영처문고, 영처시고, 뇌뢰낙락서, 사소절, 무예통지, 입연기, 협주기 등이 있다.

형암의 독서 목적은 1) 여가 선용이다. 2) 즐기기 위하여 읽는다. 3) 인간이 되는 길이기 때문이다. 4) 다른 목적을 갖지 않는 순수한 책 읽기를 하였다.

형암의 독서 방법은 1) 다독주의의 입장이다. 2) 책을 읽을 때, 외우는 것보다는 뜻을 이해하는 것이 좋다. 3) 스스로 책을 읽는다. 4) 책 빌리고 빌려주는 예의에 관한 기록이 있다. 5) 사군자(士君子)라면 반드시 책을 읽어야 하는 법이다. 6) 자잘한 것을 소재로 하여 짧은 글을 많이 썼다. 7) 글에는 독서일기, 고증, 잠언, 생활 묘사, 자연의 풍광, 동식물의 생태 등 다양한 내용이 담겨 있다. 8) 문집에는 시, 기(記), 서(序), 서간과 같은 전통 한문학을 제외하면 아포리즘 형식의 짧은 글쓰기가 절반 이상이다.

형암의 독서는 학문과 교육을 통해 실학을 이루려고 했던 그의 학문적 자세의 소산으로 본다. 형암의 독서는 조선시대 유학자들의 도학주의 형태의 독서관에서 다산에 이르러 확고해진 문제해결 형태의 독서관으로 이행하고 있던 당시의 독서관을 대표적으로 보여주고 있다고 할 수 있다.

참고문헌

(1) 정민, 미쳐야 미친다. 서울: 푸른역사, 2004. p.70.

(2) 靑莊館全書, 券 49,「耳目口心書」士君子閑居無事, 不讀書復何爲, 不然 小則昏睡博奕, 大則誚謗人物, 經營才色, 嗚乎吾何爲哉, 讀書而已

(3) 靑莊館全書, 券 50,「耳目口心書」如其不暖不寒, 不飢不飽, 心地和悅, 體幹康安, 加之以 燈紅窓日, 書帙情嫩, 几席明潔, 則可不勝其讀矣, 況兼之以志才達, 年少氣健之子, 不讀復 何爲哉, 凡吾同志勉之勉之

(4) http://chang256.new21.net/board/board.php?db=536&no=1975[인용 2008.1.8]

(5) http://www.minchu.or.kr/index.jsp?bizName=MK&url=/MK/　　MK_NODEVIEW.jsp%3 Fseojiid=kc_mk_

(6) h008%26gunchaid=av026%26muncheid=01%26finid=007[인용 2008.1.8]

(7) http://100.empas.com/dicsearch/pentry.html?s=B&i=188646&v=45[인용 2008.1.9]

(8) http://www.koreandb.net/Kodia/KodiaView.asp?ID=3257&Ser=1[인용 2008.1.10]

(9) http://100.empas.com/dicsearch/pentry.html?s=K&i=262289&v=44[인용 2008.1.6]

(7) http://100.empas.com/dicsearch/pentry.html?s=K&i=236698&v=42[인용 2008.1.7]

(8) http://100.empas.com/dicsearch/pentry.html?s=K&i=1000233&v=46[인용 2008.1.10]

(9) http://blog.naver.com/minist9?Redirect=Log&logNo=10018662819[인용 2008.1.11]

(10) http://blog.daum.net/printView.html?articlePrint_15130564[인용 2008.1.9]

(11) http://100.empas.com/dicsearch/pentry.html?s=K&i=300013&v=47[인용 2008.1.4](12) http://search.empas.com/search/ok_pvw.html?pt=0&dd=1&ft=2&i=3014798&sn=121843 3715&q2=%C6%ED%BC%AD + %C0%E2%B0%ED&dv=a&w=601d1d1e1f2021&dw= 1f&vl=A&vn=　3&q=%C6%ED%BC%AD%C0%E2%B0%ED&ou=k.daum.net%2　Fqna %2Fview.html%3Fqid%3D0AtZ2[인용 2008.1.8](출처: 다음 백과사전)

(13) http://100.empas.com/dicsearch/pentry.html?i=151968[인용 2008.1.5]

(14) http://www.dalmuri.net/~mrmaria/sub4_01_02.htm[인용 2008.1.6] 한겨레신문 1991년 5월 7일자.

(15) http://blog.daum.net/tasofhso/13709479[인용 2008.1.10]

(16) http://kdq.empas.com/qna/view.html?n=6136892[인용 2008.1.9]

(17) http://blog.naver.com/sudony?Redirect=Log&logNo=100032184171[인용 2008.1.12]

(18) http://blog.naver.com/sudony?Redirect=Log&logNo=100032184171.[인용 2008.1.14]

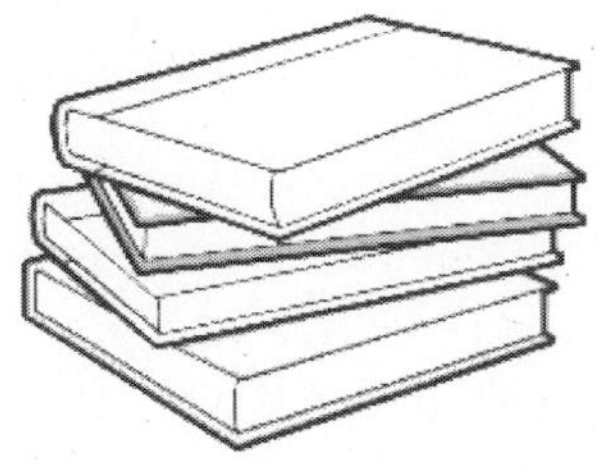

2장 독서교육론

■1 독서교육 어떻게 할 것인가

1.1 서 론

현대의 급격한 사회변화와 다양한 문화, 정보의 홍수 속에서 자신에게 필요한 정보를 신속하고 정확하게 활용해야 하는 지식기반사회에서 정보 활용능력으로서의 독서능력은 평생을 통하여 개발되는 중요한 생활 수단이다.

오늘날은 평생교육이 중요시되는 지식기반사회로 도서관은 우리들에게 정보원이요, 문화활동 공간이요, 자기교육의 장이며, 여가선용의 장이다. 그래서 선진국에서는 도서관을 '문화의 다목적댐'이라고 한다. 특히 학교도서관은 초·중·고등학교에서 교원과 학생의 교수·학습활동을 지원함을 주된 목적으로 하는 도서관을 말한다. 도서관은 교육과 문화활동을 통하여 우리들의 삶의 질을 높여줄 뿐만 아니라, 미래에 대비한 정보 활용능력을 키우고, 평생 동안 자기학습을 할 수 있는 매스터 키(master key)이다. 도서관은 자라나는 청소년들에게 꿈과 희망을 주고 지역사회에서 가장 중요한 평생교육기관이다. 도서관은 정보를 제공해 주는 기관이다. 도서관은 추상적인 사고를 할 수 있는 능력을 제공해 주는 정보의 보고이며, 학습하는 능력을 길러주는 학습의 길잡이이다. 우리는 도서관에서 책을 읽고 사고하며 새로운 아이디어를 창출해 낸다.[1] 그러므로 독서가 중요하다. 독서하는 방법은 어릴 때부터 체계적으로 배워야 한다. 프랑스 등 선진국의 경우처럼 학교에서 정규 교과로 가르쳐야 한다. 다시 말하면 독서교육은 학교에서, 학교도서관에서, 지역사회의 공공도서관에서 이루어져야 할 것이다.

본 연구는 문헌연구로 초등학교 교사들에게 독서교육에 관한 내용을 특강 형식으로 연수 자료로 사용하는 데 목적이 있다.

---

1) 이만수, 『공공도서관길라잡이』, 서울: 한국학술정보(주), 2003, p.34.

1.2 독서란 무엇인가

독서라는 말의 한자를 풀이하면 "책 읽기" 또는 "글 읽기"이다. 학자에 따라 다양하게 정의하고 있지만 종합하면 결국 책 또는 글을 읽는 것이다. 독서는 글의 뜻을 자기의 경험과 비교하여 자신의 것으로 만드는 것이다. 독서는 단순히 남의 지식이나 정보를 받아들이는 데 그치는 것이 아니고 말하기, 읽기, 쓰기, 듣기의 종합적 활동이 포함되는 창조적 과정이다.

독서는 글 전체의 의미를 올바르게 이해하여 인간 내면의 세계에 어떤 변화를 가져오는 행위이다. 그러므로 독서는 글이나 책을 읽고서 마음이나 행동으로 실천하려는 변화를 일으켜야만 바람직한 독서라 할 수 있다.[2] 독서는 '인쇄되어 있는 단어의 의미를 얻기 위하여 기본적으로 해야 하는 일'[3]로 글자에 대한 의미보다는 글 전체에 대한 뜻을 파악하려는 활동이다. 매로우(Mallow)[4]는 독서를 읽고 쓰는 능력을 함축시키는 기술과 저자가 저술한 내용을 독자가 인간 본연의 자세에서 되풀이하는 과정으로 보고, 독서를 생활교육의 도구로 활용하는 방법으로 신문이나 잡지를 읽는 방법과 논문, 교과서를 읽는 방법에 대하여 여러 가지 기술적인 방법을 강조하고 있다. 가네(Gagne)[5]는 '독서가 사회에서 자기의 역할을 발휘하고 삶을 가장 깊이 있게 음미하는 데 중요한 기능을 한다.'고 강조하였다. 그러므로 독서는 인간이 살아가는 데 중요한 도구인 것이다.

인류가 문화를 발전시킬 수 있는 것은 책이 있기 때문이요. 이러한 책을 읽음으로써, 다른 사람이 발전시켜 놓은 문명을 깨달아, 이해하고 자신의 생각을 정리하고, 더하여, 보다 좋은 책이나 좋은 글을 쓸 수도 있는 것이다. 독서는 내가 보지 못한 세계를 보여주고, 내가 느끼지 못한 세계를 느끼게 해주고, 내가 알지 못하는 세계를 알게 해주는 것이다.

옛말에 남아수독오거서(男兒須讀五車書), 즉 '사람은 모름지기 다섯 수레에 실을 수

---

2) Jean E. Spencer. "literacy", 『The Encyclopedia Americana』, 30h ed. New York: Grolier Incorpoated, 1994. Vol.17. p.559.
3) John G. Murphy. "illiteracy", 『The Encyclopedia Americana』, 30h ed. New York: Grolier Incorpoated, 1994. Vol.17. p.775.
4) Jeffry V. Mallow. "Reading science", 『Journal of Reading』, Vol.34, No.34, February, 1991. pp.338－339.
5) Ellen D. Gagne. 『인지심리와 교수－학습』, 이용남 외 공역, 서울: 교육과학사, 1993. p.320.

있을 만큼의 많은 책을 읽어야 한다.'라고 하였다. 글에는 성현들의 깨달음이 담겨 있어서 후손들에게는 가르침이 되는 것이다. 현대판으로 풀이한다면, 글에는 삶에 대한 지식과 정보가 담겨 있어서 자아와 세계의 이해에 도움이 된다는 뜻일 것이다. 그렇기 때문에 독서의 중요성은 아무리 강조해도 지나침이 없는 것이다.

독서의 기능은 대체로 다섯 가지 정도로 제시할 수 있다.

첫째, 독서는 언어발달을 가져온다. 즉 언어를 사용할 줄 아는 능력을 갖게 된다.

둘째, 독서를 통하여 지식을 얻는다. 책을 읽고 간접 경험을 통하여 다양하고 깊이 있는 지식을 얻을 수 있다.

셋째, 독서는 우리에게 교양을 쌓게 한다. 우리는 매일 책을 통하여 인격을 도야하고 깨달음과 지혜를 얻게 된다.

넷째, 독서는 우리에게 즐거움을 준다. 독서에서 얻게 되는 진정한 즐거움은 깨달음에서 오는 희열에 있다.

다섯째, 우리는 독서를 통하여 살아가면서 부딪치는 수많은 문제에 대한 해답을 얻을 수 있다.

프란시스 베이컨[6]은 "토론은 부드러운 사람을 만들고, 글쓰기는 정확한 사람을 만들며, 독서는 완전한 사람을 만든다."고 하였다.

일일 부독서는 구중 생형극(一日不讀書는 口中生荊棘)[7]이라는 말도 있다.

하루라도 독서하지 않으면 입안에 가시가 돋는다는 뜻이다. 그러므로 독서는 중요한 것이다.

1.3 왜, 독서교육인가

독서교육이라고 하면 독서지도란 개념과는 다르게 보아야 옳다고 본다. 독서지도란 개

---

6) 프란시스 베이컨(Francis Bacon, 1561~1626), 영국의 철학자.
7) 推句(추구): 오언절구의 한시, 推句는 중국의 名詩와 우리나라 명현들의 주옥같은 오언절구 및 율시 중에서 뛰어난 시구를 발췌하여 모아 엮은 책. 하루라도 독서를 하지 않으면 입안에 가시가 돋친다.

념이 곧 독서교육이 아니라 독서교육이 이루어지는 과정에서 독서지도가 행하여진다고 볼 수 있다. 다시 말하면 독서교육(reading education)이란 독서지도(reading guidance)의 상위 개념으로 독서에 의한 인간 교육이라 할 수 있다. 다시 말하면 "독서를 통한 인간교육의 실천적 활동"이다.

독서교육은 도서관 이용자들에게 책 읽는 방법, 효과적인 독서법, 책 읽는 자세, 독서 예절, 독서 시간과 장소, 독서위생, 독서계획 세우기, 속독요령, 독서감상문 쓰기, 원고지 쓰는 방법, 책의 선택 방법, 독서행사, 독서회운영, 도서관 이용법 등을 지도하는 것이다. 독서교육은 독서를 통하여 인격을 형성하는 인간교육이며, 독서하는 태도, 지식, 능력, 흥미, 기술, 습관 등의 형성과 그 개발을 지도하는 것이다.8) 또한 독서의 중요성을 인식시키고, 독서 방법을 가르쳐 생활화할 수 있도록 지도하는 것이다.

왜 독서교육이 필요한가?

독서는 자기교육(self education)을 위한 최선의 학습 방법일 뿐만 아니라, 논리적인 사고력 신장의 토양이기 때문에, 학교에서는 보다 의도적인 독서교육을 통하여 책을 즐겨 있는 습관을 길러주고, 좋은 책을 선택할 수 있도록 안내해 주어야 한다.

학생들이 좀 더 사고적이고 비판적, 창의적인 독서활동을 할 수 있도록 하기 위해서는, 탐구적 독서의 접근법인 SQ3R 교육법9)이 있는데, 소개하면 다음과 같다.

(1) S/Survey   조사활동이다. 즉 자료를 훑어보거나 그림을 살펴보거나, 글 속의 한 두 문장을 읽거나, 목차를 보고, 어떤 내용이 있나, 살펴보는 것이다.

(2) Q/Question 질문 설정이다. 즉 대강 훑어본 자료를 토대로 학습목표가 될 수 있는 질문을 만들어 보는 것이다.

(3) R/Read   실제 독서이다. 즉 질문 설정에서 생각하고 있던 질문을 찾으면서 읽고, 다시 읽은 내용을 중심으로 새로운 질문을 설정하면서 탐구적으로 독서하는 것이다.

(4) R/Recite   암송이다. 즉 읽은 자료의 내용을 독자 자신이 되새겨 보는 것이다.

(5) R/Review   복습 또는 학습 확인이다. 즉 학습의 결과를 강화하기 위하여 읽기 자료를 다시 한 번 공부하는 것이다.

---

8) 김효정 외. 『독서교육의 이론과 실제』, 서울: 한국도서관협회, 1997. p.4.
9) 미국의 심리학자 H. M. Robinson 생각해 낸 효과적 학습 방법의 하나.

프랑스의 독서교육을 소개하면 다음과 같다.[10] 프랑스의 경우, 초등학교 1, 2학년 동안에 "독서 학습"이 있다. 이 과정을 통해 어린이는 독서라는 것이 무엇이며, 어떤 것을 읽고 어떻게 읽는가를 배우게 된다. 초등학교 교사는 전적인 재량권을 갖고서 매우 다양한 종류의 독서용 교재들 가운데서, 자신에게 가장 적합하고 교육과정을 가장 잘 따른 교재를 선택하여 사용한다. 초등학교 2학년 수준에서 대략 1주일에 1권을 읽는다. 이때 독서내용은 책과 만화, 그림책 등 다양하다. 이를 위해 각 초등학교는 학교도서관을 운영하고 있고, 공간이 부족한 학교에서는 교실 한쪽을 도서실 코너(학급문고)로 꾸미며 사용하기도 한다.

독서지도를 위한 방법으로 가장 널리 사용되는 것은, '독서카드 만들기'이다. 학생이 책을 읽으면 미리 만들어진 일정한 양식의 독서 카드를 한 장씩 작성하게 된다.

저학년일 경우에는 집에서 책을 읽고 학부모와 함께 독서카드를 작성하지만, 점점 학생 스스로 카드를 작성할 수 있게 된다. 그리고 작성된 카드는 교실에 비치된 자신의 독서카드 함에 넣어둠으로써, 교사는 학생의 독서 상태를 점검할 수 있다.

중학교부터는 주로, 자서전과 수기, 시와 소설 등을 읽는다. 선정된 도서목록의 구체적 내용을 보면, 중세의 문학작품들과 사상가와 프랑스작가의 작품이 들어 있다. 그리고 세르반테스, 헤밍웨이, 톨스토이, 아가사 크리스티를 포함하는 외국의 다양한 장르의 작가가 총망라되어 있어, 중학생이 폭넓은 독서를 하도록 유도한다. (제주극동방송 칼럼)

학생들에게 책을 읽히는 이유는, 살아가는 데 필요한 기초 기능인 상상력, 창의력, 추리력, 비판력, 판단력과 사고력을 길러야 하기 때문이다. 또 하나의 이유는 독서와 학력의 관계 때문이다.

서양의 어떤 학자[11]에 의하면 학습부진의 20% 정도는 독서력 문제에서 기인한다고 주장하였다. 또 어떤 학자는[12] "지능과 독서 능력과의 관계는 정비례적이다."라고 하였다. 여러 학자들의 연구를 종합하면 학업성취와 성격발달에 독서가 많은 영향을 준다는 사실이다. 수학 영재도 책 읽는 습관을 통해 길러진다는 연구결과가 있다. 한국교육개발원 연구팀[13]이 역대 국제수학올림피아드 참가자 27명(남 23명·여 4명)을 대상으

---

10) 독서칼럼 http://column.hosanna.net/sgt

11) H .L. Caswell, "Non-Promotion in the Elementary School", Elementary School Journal, V.33(1933), pp.644-647.

12) Paul A. Witty and David Kopel, Reading and the Educative Process(Boston: Ginn,1939), p.225.

로 조사한 결과를 보면, 83%의 학생들이 '어려서부터 책 읽기를 좋아했다'고 응답하였다. 그리고 학생들의 집에 평균 250권의 책을 갖고 있으며, 백과사전과 사전류 등 참고할 만한 도서를 갖추고 있었다고 한다.

한국의 대표적인 IT 기업인, 컴퓨터 바이러스 백신 전문가, 그는 안철수 박사이다. 그도 역시 어렸을 때부터 독서광으로, 도서관에서 읽은 책을 통하여 꿈을 키웠던 것이다.

그는 어려서부터 걸어 다니면서도 책을 읽는 책벌레라는 별명을 갖고 있었다고 한다.

국내에서 제일가는 기업의 창업자인 故 이병철 회장은 해마다 정초에 일본에 가서 기업경영과 하이테크에 관한 책을 사서 읽고, 이른바 동경 구상을 하였다고 한다. 오늘날 그 기업이 세계적인 기업이 된 것은 바로 이병철 회장의 독서에 기인한 것이라 생각한다.14)

7차 교육과정의 목표는 21세기의 세계화·정보화 시대를 주도할 자율적이고 창의적인 한국인 육성이다. 구체적인 목표로는 건전한 인성과 창의성을 함양하는 기초·기본 교육을 충실히 하고, 세계화·정보화에 적응할 수 있는 자기 주도적 능력을 신장시키며, 학생의 적성, 능력, 진로에 적합한 학습자 중심 교육의 실천과 지역 및 학교의 교육과정 편성·운영의 자율성 확대이다.

특히 강조하는 것은 세계화·정보화에 적응할 수 있는 자기 주도적 능력을 신장시키는 목표이다. 자기 주도적 능력을 신장시킬 수 있는 방법 중의 하나가 자기 주도적 학습(Do-It-Yourself Learning)이다. 학교도서관이 학습자료를 제공하여 학습자 자신이 스스로 선택하고 조직하는 자기 주도적 학습의 장이다. 자기 주도적 학습은 독서교육에서 찾을 수 있다.

21세기 교육은 ① 알기 위한 학습(Learning To Know) ② 행하기 위한 학습(Learning to do) ③ 존재하기 위한 학습(Learning to be) ④ 함께 살아가는 법을 익히는 학습(Learning to live together)15)이 중요하다. 바로 도서관보조학습(LAI/Library Assisted Instruction)이 이러한 교육을 내실화할 수 있는 방법이며 독서를 통한 학습이다.

---

13) 조석희 박사 팀.
14) 공사창립 특집 KBS 스페셜, TV책을 말하다, 1부 그들은 책을 읽었다.(2002. 3. 3. 방영) 중에서
15) Delors, Jacqes, et. al. Learning: The Treasure Within(Paris: UNESCO, 1996).

1.4 독서교육, 어떻게 할 것인가

우리는 책을 읽는 것으로만 만족하는 경우가 있는데, 책을 읽었으면 그 다음에 독서 발표를 해야 한다. 읽으면서 생각한 것을 다른 사람한테 이야기할 때 또 다른 생각이 떠오르기 때문에 더 많은 상상을 하게 되는 것이다. 읽은 책에 대해서 누구한테든지 이야기를 하는 것이 훨씬 좋은 독서법이라 할 수 있다. 혼자 다른 사람에게 이야기하는 것보다는 독서결과를 서로 토론할 때 더 많은 생각이 떠오르게 되는 것이다. 토론 중에 생각한 내용을 이야기하게 되므로 독서토론은 계속될 수 있는 것이다. 그 다음은 정리하는 단계가 되어야 한다. 토론하면서 두서없이 생각나는 대로 이야기했을 때 정리하지 않고 그냥 넘어가서는 안 된다. 이러한 내용을 조리 있게 기록하게 된다면 완전히 자기 사상으로 정리하게 되는 것이다.

독서 교육을 독서 전 교육과 독서 중 교육 그리고 독서 후 교육의 3단계로 나누어 생각할 수 있다.

(1) 독서 전 교육

독서 이전 교육은 독서를 하기 전에 학생들에게 지도해야 하는 내용이다.

먼저 독서 환경을 조성하는 것이다. 학교도서관을 마련한다든지, 학급문고를 마련하는 것이다. 그리고 읽을 책을 준비하는 것이다.

바른 독서 습관을 지도하는 것이다. 도서 선택 지도를 하는 것이다. 아동의 흥미와 능력의 발달에 알맞은 도서를 선택하게 한다. 가능하면 학교에서는 학년과 연령에 따른 권장독서 목록을 만들도록 한다. 책을 읽기 전에 어떤 책인가, 대강의 내용, 저자 등을 알아보고, 서평 또는 추천하는 글 등을 읽어 보도록 한다.

독서에 관심을 갖도록 하는 방법이다. 관심을 갖게 하는 방법은 흥미, 상과 벌, 경쟁과 협동이다.

첫째로 흥미이다. 다시 말하면 재미가 있어야 한다. 책의 내용이 재미있어야 하고, 독서하는 방법이 재미있어야 한다.

둘째로 상과 벌이다. 즉 칭찬과 격려, 꾸중이다. 잘하면 칭찬하고 상장을 주고, 잘못하면 약속한 대로 꾸중하고, 벌을 주는 것이다. 벌에는 덕벌, 지벌, 체벌이 있다. 덕벌은 교실이나 복도, 화장실 청소, 마루바닥 닦기, 운동장 종이 줍기 등 도덕적인 면으로 벌을 가하는 것이다. 지벌은 과제를 부과하는 방법이다. 외우기, 쓰기, 조사해 오기, 탐구해 오기 등 과제를 부과하는 것이다. 체벌은 신체에 물리적인 힘을 가하는 것이다. 가능하면 체벌은 금해야 하지만, 체벌을 할 때에는 미리 약속을 하고, 학생이 인정할 때 효과가 있다. 일반적으로 상이 벌보다 효과적이다.

셋째로 경쟁과 협동이다.

다시 말하면 누가 누가 잘하나, 서로 비교하거나 협동하게 한다. 개인과 개인, 학급과 학급, 학년과 학년을 비교하는 것이다. 협동하여 조사하거나, 협동하여 해결하는 것이다. 일반적으로 협동이 경쟁보다 좋다.

(2) 독서 중 교육

독서 중 교육은 독서하는 독서과정을 지도하는 것이다.

흥미의 지속, 흥미의 질을 관찰해야 한다. 장편인 경우에는 중간에 개별 면담을 통하여 지금까지 읽은 내용에 대한 이해 정도를 파악하고 확실하게 읽고 넘어 가도록 한다. 필요에 따라 독서노트에 줄거리나 요점을 간단하게 메모하도록 하며, 주제가 무엇인가를 파악하도록 한다. 주요 인물의 성격이나 행동, 인간관계, 삶의 방식, 시대적 배경 등을 분석하고, 주제와 관련하여 어떻게 전개되고 있는가를 생각하게 한다. 등장인물의 행동이나 이야기의 전개를 자기의 생활, 의견, 경험, 환경과 결부시켜 사고하며 읽어가도록 한다.

(3) 독서 후 교육

독서 후 교육은 독서감상문 쓰기와 감상문 쓰기 사후지도로 나누어 생각할 수 있다. 독서 후에는 학생에 따라 다르지만 기록이 필요하다. 기록 형식에는 독서카드와 독서노트 쓰기가 한 예인데, 독서 감상문을 쓰기 전의 기초 단계이기도 합니다.

** 독서 카드 **					
0 학년　00 반　00 번　이름: 0 0 0					
저　자	도서명	읽기 시작한 날		다　읽은　날		도서의 종류
		월	일	월	일	

〈표 2〉 초등학교 학생용 독서노트의 예

책　이름	아라비안 나이트　(제목)　아리바바와 40명의 도적		
지은이(엮은 이)	김인수	옮긴이	
출판사	대일출판사	쪽수	1－63쪽
읽기 시작한 날	2003년 5월 5일	읽기 끝마친 날	2003년 5월 10일
등장인물	카심, 아리바바, 모르자나, 도둑 두목		
줄거리	가난한 나무꾼인 동생 아리바바는 어느 날 도둑이 숨겨둔 보물 장소를 발견하고 많은 금화를 몰래 집으로 가져왔다. － 중간　생략 － 주인의 생명을 구해준 모르자나는 아리바바의 아들과 결혼하여 행복하게 살았다.		
느낀 점	나는 이 책을 읽고 욕심부리지 않고, 정직하고, 은혜를 잊지 않는 사람이 되어야겠다고 느꼈다. 그리고 모르자나처럼 남을 돕는 아름답고 용기 있는 마음씨를 가져야겠다고 다짐했다.		
특히 감명받거나 재미있었던 것	아리바바를 죽이려고 하는 도둑들을 꾀를 내어 물리친 모르자나의 영리하고 용감한 행동에 특히 감명받았다.		

학생들에게 독서 감상문을 쓰기 전에

1) 책에 담긴 내용을 바르게 이해하게 지도해야 한다.

2) 나의 생활과 연관시켜 읽고, 줄거리와 느낌을 고루 섞어 쓴다.

3) 느낌과 감동이 가장 강한 것을 뚜렷하게 나타낸다.

4) 여러 형식의 독서 감상문을 고루 써 보도록 한다.

어떤 종류의 책을 읽으면, 대개 어떠한 사실을 찾아내거나, 아니면 감동을 받게 된다.

이러한 내용과 감동과 지식을, 나의 것으로 소화하여 글로 쓰는 것이 독서감상문이다.

독후감 쓰기에 대한 사전 지도가 없이, 책 내용을 내 것으로 완전히 새기지도 못한 채 독후감을 쓰게 해서는 안 되겠다. 독후감을 쓰기 위해 책을 읽어서는 안 된다. 너무 자주 쓰게 하는 것보다는 한 권의 책을 완독한 다음 쓰도록 하는 것이 좋을 것이다.

독후감은 억지로 써서는 아무런 값어치가 없는 것이다. 책을 읽고 난 다음 감동과 감상이 저절로 샘솟듯 우러나와서 자연히 쓰고 싶도록 사전 지도가 충분히 이루어져야 한다. 적어도 한 편의 독후감을 쓰려면 읽은 책의 내용을 내 것으로 받아들이고, 거기 서 건전한 생각을 갖게 한 다음 쓰도록 해야 한다.

동화 속에 나오는 주인공과 서로 이야기를 나누며, 그들의 생각을 마음껏 펴 보도록 해야 한다. 위인전을 읽으면서, 그분은 어떻게 역경을 참고 견디면서 슬기롭게 극복했 으며, 어떤 업적을 남겼는가. 읽는 사람에 따라 같은 내용이지만 느낌이 다르게 마련이 다. 독후감을 쓰면 내용을 다시 음미하게 되고, 독서의 보람을 맛보게 된다. 이러한 발 견(지식), 느낌(감동)을 글로 표현하는 것이 독후감이다. 독후감은 독서를 통한 표현(발 표) 활동 중의 하나가 된다.

독서 감상문에 써야 할 것은
1) 읽은 책의 이름
2) 책을 읽게 된 이유
3) 지은이와 그때의 모습
4) 주인공과 주인공의 업적
5) 전체적인 줄거리의 대강
6) 읽은 후의 느낌
7) 나에게 준 가르침
8) 본받을 점과 나의 생각이다.

독후감이란 글을 읽고 그 책을 통해 느낀 인상이나 감동, 의견 등을 기록하는 글이 다. 그리하여 그 독서 행위의 결과를 잊지 않도록 저장하여 기록하는 글이기도 하다.

독서 감상문 쓰기[16]는 책을 읽고 느낀 점이나 자기의 생각을 정리하여 글로 쓰는

---

16) http://210.218.20.12/yhshin/

훈련이다. 책의 내용과 읽는 과정에서의 감동을 오랫동안 간직하게 하기 위해서는 정직하고 잘 정리된 기록을 남겨 놓아야 한다. 어린 시절에 좋은 책을 읽고 독후감으로 기록하는 습관은 어떤 교육과도 비교할 수 없는 중요한 학습 활동이다. 그 과정에서 깊이 있는 사고력과 논리적 진술 능력이 길러지고 인간다운 품성을 가꾸게 된다. 이는 매우 중요한 인성교육방법이다.

독서 감상문의 형식에는 편지 형식, 주제가 만들기, 독서 감상화, 역할극하기, 이야기 바꾸기, 인터뷰하기, 뒷이야기 꾸미기, 시 형식, 퍼즐 만들기, 기행문 형식, 독서 퀴즈, 조사보고문 형식, 광고로 나타내기, 만화로 나타내기 등이다.

일반적으로 독서 감상문을 쉽게 쓰는 방법을 소개하면 다음과 같다.

1. 제목은 어떻게 쓸까?
(1) 책 이름을 그대로 쓴다.
    피노키오
    피노키오를 읽고
(2) 재미있는 제목을 붙이자.
    사귀고 싶은 네 자매 ― 작은 아씨들을 읽고 ―
    참다운 우정이란 무엇일까? ― 쿠오레를 읽고 ―
    계모라고 다 나쁜 사람일까? ― 장화와 홍련을 읽고 ―

2. 첫머리는 어떻게 쓸까?
(1) 자기의 독서 습관을 쓴다.
(2) 책을 읽게 된 동기를 쓴다.
(3) 중심 내용을 먼저 소개한다.
(4) 여러 가지 사건을 소개한다.
    지은이, 책의 특징, 줄거리, 주인공의 업적, 주위 사람의 이야기 등을 쓴다.

3. 생각과 느낌을 어떻게 담을까?
(1) 중심 이야기에 느낌을 넣자.
(2) 주인공의 훌륭한 점과 나의 행동을 비교하자.

(3) 전체의 내용 중에 하나의 이야기를 중심으로 쓰자.

(4) 인물의 행동, 줄거리, 문제 해결, 실패 또는 성공의 원인 등을 비판해 보자.

(5) 가장 재미있는 이야기에 생각을 넣자.

(6) 내가 주인공이 되었을 때를 상상하여 본다.

4. 끝맺음을 어떻게 쓸까?

(1) 자기의 생각을 정리한다.

(2) 자기의 결심을 밝힌다.

(3) 책을 읽고 깨달은 점을 쓴다.

(4) 글의 내용을 간추려 본다.

독서감상문을 쓰고 난 사후 지도는 다음과 같이 하는 것이 좋다.

(1) 쓴 독서 감상문에 대하여 서로 읽어 보거나, 서로의 의견을 나누고, 다시 생각하
  는 기회를 갖는다.

(2) 동일한 작품을 쓴 몇 개의 감상문을 중심으로 이야기하거나 토론하는 등 집단적
  독서지도를 한다.

(3) 우수한 감상문은 문집을 만들거나, 방송을 하거나, 학급게시판에 게시하거나, 홈
  페이지에 실어 알린다.

(4) 독서감상문을, 잘 쓴 학생들에게 책 선물을 한다.

1.5 결 론

독서는 "책 읽기" 혹은 "글 읽기"이다. 독서는 단순히 남의 지식이나 정보를 받아들
이는 데 그치는 것이 아니다. 말하기, 읽기, 쓰기, 듣기의 종합적 활동이 포함되는 창조
적 과정이다. 독서를 통하여 내가 보지 못한 세계를 볼 수 있고, 내가 느끼지 못한 세
계를 느낄 수 있으며, 내가 알지 못하는 세계를 알 수 있다.

독서 교육을 독서 전 교육과 독서 중 교육 그리고 독서 후 교육의 3단계로 나누어

생각할 수 있다.

학생들에게 책을 읽히는 이유는 우리가 살아가는 데 필요한 기초기능인 상상력, 창의력, 추리력, 비판력, 판단력과 사고력을 길러야 하기 때문이다. 또 하나의 이유는 독서와 학력의 관계 때문이다.

학습부진의 20% 정도는 독서력 문제에서 기인하며, 지능과 독서 능력과의 관계는 정비례한다고 할 수 있다. 그리고 학업성취와 성격발달에 독서가 많은 영향을 준다고 한다.

독서를 좋아하는 학생으로 기르는 방법[17])을 요약하면 다음과 같다.

* 선생님들은 학생들에게 책 읽는 모습을 보여준다.
* 책에서 얻은 정보를 학생과 함께 나눈다.
* 읽고 있는 책에 대해 서로 이야기한다.
* 읽을 것을 항상 가까이 두도록 지도한다.
* 교실에 읽을 것이 넘치게 한다.
* 외출할 때도 항상 책을 가지고 다닌다.
* 여행할 때도 책을 가져간다.
* 책을 상으로 준다.
* 학교도서관 담당 사서에게 독서와 관련된 심부름을 시킨다.
* 잡지나 어린이 신문을 구독한다.
* 일가친척 등 가족에 대한 스크랩북을 만든다.
* 학교도서관, 공공도서관 방문을 습관화한다.
* 서점의 특별 행사를 활용한다.
* TV와 영화로 나온 책을 읽게 한다.
* 방학 중에 독서할 프로그램을 짠다.
* 읽은 책에 대해서 독서카드 또는 독서노트를 작성한다.

---

17) http://ihappy365.com/html/003_mom/dukse_05.htm

참고문헌

(1) 김효정 외.『독서교육의 이론과 실제』, 서울: 한국도서관협회, 1997.

(2) 공사창립 특집 KBS 스페셜, TV책을 말하다, 1부 그들은 책을 읽었다.(2002. 3. 3. 방영) 중에서

(3) 독서칼럼 http://column.hosanna.net/sgt

(4) 이만수,『공공도서관길라잡이』, 서울: 한국학술정보(주), 2003.

(5) Delors, Jacqes, et. al. Learning: The Treasure Within(Paris: UNESCO, 1996).

(6) Ellen D. Gagne.『인지심리와 교수-학습』, 이용남 외 공역, 서울: 교육과학사, 1993.

(7) H .L. Caswell, "Non-Promotion in the Elementary School", Elementary School Journal, V.33(1933).

(8) Jean E. Spencer. "literacy",『The Encyclopedia Americana』, 30h ed. New York: Grolier Incorpoated, 1994. Vol.17.

(9) Jeffry V. Mallow."Reading science",『Journal of Reading』, Vol.34, No.34, February, 1991.

(10) John G. Murphy. "illiteracy",『The Encyclopedia Americana』, 30h ed. New York: Grolier Incorpoated, 1994. Vol.17.

(11) Paul A. Witty and David Kopel, Reading and the Educative Process(Boston: Ginn,1939), p.225.

(12) http://210.218.20.12/yhshin/

(13) http://ihappy365.com/html/003_mom/dukse_05.htm

2 독서하는 교사가 아름답다

2.1 서 론

오늘날은 정보사회요, 지식사회, 지식기반사회이다. 정보가 중요한 가치를 갖는 사회이다. Mobile, DMB 등 Ubiquitous 시대이다.

책도 이른바 p-book에서 e-book, m-book, u-book으로 변화되고 있다.

지식사회에서 책은 보존이나 장식, 전시를 위해 존재하는 것이 아니라 이용되기 위해서 있는 것이다. 어떤 특정한 사람을 위해 있는 것이 아니라 그것을 필요로 하는 사람들을 위해서 존재하는 것이다.

21세기 교육에 있어서 중요한 것은 ① 알기 위한 학습(Learning to Know) ② 행하기 위한 학습(Learning to do) ③ 존재하기 위한 학습(Learning to be) ④ 함께 살아가는 법을 익히는 학습(Learning to live together)[1)]이다

교사는 이러한 학습 방법을 알아야 한다. 교사는 이러한 학습 방법을 익히기 위하여 독서를 통하여 자기교육(self education) 해야 한다. 교사의 자기교육방법 중에서 독서가 가장 효율적이다.

'요즘 어머니는 아버지 역할도 하는데 아버지는 어머니 역할 못해서 문제'이다. 요즈음 대학생이 보는 우리 시대 아버지는 상이다. 즉 '퓨전형' 부모를 원한다고 한다. 우리가 원하는 부모의 모습은 '퓨전'이라고 강조한다.

이와 같이 요즈음 학생들은 퓨전 선생님을 원할지 모른다. 다시 말하면 선생님과 아버지나 어머니, 형님, 누나 역할을 해 주기를 바라는 것이다. 그러므로 지식사회에서 교사는 퓨전교사가 되어야 한다. 더군다나 앞으로 교사를 평가한다니 이래저래 교육자는 어렵고 피곤하다. 그러나 우리는 자기교육 해야 한다.

그러므로 교사가 self education하는 방법으로, 독서의 중요성과, 존경받는 교사상에 대하여 알아보고, 어떤 책을 읽어야 하나를 중심으로 생각해 보자.

---

1) Delors, Jacqes, et. al. Learning: The Treasure Within(Paris: UNESCO, 1996).

2.2 왜, 독서가 중요한가

한양대 정민 교수는 「책 읽는 소리」라는 책을 간행하였다. 내용인 즉 '옛글을 읽는 까닭', '마음속 옛글', '옛글과 오늘'이다. 우리들에게 '우리 조상은 책을 얼마나 읽었을까. 책에서 무엇을 배웠으며, 그들의 책 읽기에서 우리는 무엇을 배울 수 있을까'에 대하여 안내하고 있다. 조선시대의 행복한 가정은 3다 가정이다. 1多는 웃음소리요, 2多는 아기울음소리요, 3多는 책 읽는 소리이다. 독서를 행복한 가정의 조건으로 삼았다. 일본에는 3多가 있다. 1多 공원, 2多 자전거, 3多 책 읽는 사람이다. 일본도 독서를 주요시하고 있음을 알 수 있다.

흔히 말하기를 논술을 잘 쓰려면 3多를 실천해야 한다고 한다. 즉 다독(多讀)/다작(多作)/다상량(多商量)의 구양수[2]가 말한 三多이다. 많이 읽고, 많이 쓰고, 많이 생각해야 좋은 글을 쓸 수 있다는 것이다. 평소 무엇을 읽고 어떻게 생각하고 어떻게 써야 하는지에 대한 학습과 꾸준한 실천이 있다면 좋은 논술문을 작성할 수 있다는 것이다. 논술의 기초는 독서요, 독서토론이요, 글쓰기이다.

지식사회에서 필요한 지식과 정보를 획득하는 가장 효율적인 방법은 독서이다.

독서란 글자 그대로 '책을 읽는다.', '글을 읽는다.'는 뜻으로 독자가 책 속의 저자와 만나서 의사를 소통하고 의미를 재구성하는 과정이다. 또한 글의 의미를 파악하는 지적 작용이다. 다시 말하면 독서란 글이나 책을 읽는 행위인 것이다.

글이나 책은 일종의 매체이다. 책은 저자가 어떤 의도를 가지고 만들어낸 의미나 정보를 지닌 매체이다. 책은 글자로만 이루어진 것은 아니기 때문에 글자라는 말보다는 기호라는 말을 쓰는 것이 좋을 듯싶다. 우리가 독서한다는 것은 책만 읽는 것은 아니라 신문이나 팸플릿으로도 독서한다. 책보다 넓은 의미를 지닌 말이 텍스트인데, 독서란 기호나 텍스트와의 상호 작용인 것이다. 상호 작용은 곧 느낌이나 의미의 전달로 곧 독서 행위이다.

독서는 경험을 확대시킨다. 독서는 사고력을 신장시킨다. 독서는 정보와 지식을 획득하게 한다. 독서는 언어 발달을 가져온다. 독서는 정서를 함양시킨다. 독서는 청소년들의 성격 형성에 영향을 미친다. 독서는 바람직한 인간상을 형성시킨다. 독서는 치료적

---

2) 중국 북송(北宋) 때의 시인·사학자·정치가. 자는 영숙(永叔), 호는 취옹(醉翁), 시호는 문충이다.

가치를 지닌다. 그러므로 독서는 더욱 중요하다. 독서의 중요성을 다음과 같이 정리할 수 있다.

2.2.1 읽으면 행복하다

독서는 즐거움을 준다. 독서가 우리에게 주는 즐거움이 오락적 수준의 즐거움일 수도 있지만, 독서에서 얻게 되는 진정한 즐거움은 깨달음에 있다. 독서하는 사람은 독서를 함으로써 무엇인가를 생각하게 되며 또 무엇인가를 얻게 된다.

'읽으면 행복합니다.'라는 표어가 있다. 우리들은 행복해지도록, 행복지수가 높아지도록 독서해야 한다.

영국의 철학자 베이컨은 "토론은 부드러운 사람을 만들고, 글쓰기는 정확한 사람을 만들며, 독서는 완전한 사람을 만든다."고 하였다.

책 읽고 있는 모습을 보면 아름답다. "책을 읽는 사람이, 책을 읽지 않은 사람을 리드한다."는 말이 있다. 이 말을 "내 자녀가 책을 읽으면, 책을 읽지 않은 다른 자녀보다 공부를 잘할 것이요. 앞으로 더 행복하게 살 것이다."라고, 고쳐서 생각하면 어떨까? 누구나 책을 읽고 있는 자녀의 모습이 보고 싶을 것이다. 그런 모습을 보면 아마도 마음이 흐뭇하고 기분이 좋을 것이다. 독서하고 있는 모습을 보면서, 희망찬 자녀의 앞날을 생각했기 때문일 것이다. 독서하는 모습은 아름답다. 교장실에서 책을 읽고 있는 교장은 교사를 감동시킨다. 책을 읽고 있는 교사는 학생을 감동시킨다. 책을 읽고 있는 사장은 사원에게 성취동기를 촉진시킨다. 독서하면 아름답다. 읽으면 행복하다.

2.2.2 독서하면 창의력이 길러진다

창의력이란 '새로운 것을 만들어 내거나 발견해내는 능력'을 말한다. 창의력은 어떤 문제에 대한 새로운 해결안, 새로운 방법이나 고안, 새로운 예술적 대상이나 형태 등으로 구체화되는 것이다. 애니메이션의 천국이라고 하는 일본의 도에이사는 「디지몬 어드벤쳐」라는 애니메이션을 만들었다. 그 유명한 캐릭터는 어디서 나온 것일까? 스태프들은 어린 시절 책에서 읽은 내용과 지금 읽고 있는 책에서 얻은 아이디어를 바탕으로 그렸다고 말한다. 파리의 디자이너들 또한 다양한 종류의 책을 읽고 또한 후배들에게도 많은 책을 읽어 영감을 얻으라고 권하고 있다.

할리우드에서 활약하고 있는 "타이타닉"을 찍은 제임스 카메룬과 "쥬라기 공원"을 찍은 스티븐 스필버그의 말을 들어보면 "자신들의 상상력은 여러 세기에 걸쳐 축적되고 써진 고전과 어렸을 때 읽었던 동화에서 나온다."고 말하고 있다.

또한 자신이 어렸을 때 상상으로만 생각했던 것을 이렇게 나타내는 데에 기쁨을 느낀다고 한다. 할리우드를 움직이는 동력은 책을 읽는 것. 즉 책을 읽는 사람들이 있어 할리우드가 성장해 가고 또한 "독서는 모든 것의 시작"이라고 하면서 책 읽기의 중요성을 역설하고 있다.

인터넷이 21세기 정보사회를 이끌어 간다 하여도 그것을 움직이는 주체는 사람이다. 즉 첨단기술을 개발하는 아이디어는 인간의 두뇌에서 나오는 것이다. 그러므로 결국 디지털 세계에서도 핵심은 창의력이다. 창의력의 기반에는 지적인 체험이 필요하고, 그 지적인 체험을 쌓는 지름길이 바로 '독서'인 것이다. 독서는 사고력을 신장시킨다. 독서를 통하여 조용하고 내면적인 사고를 할 수 있다. 그러므로 독서는 중요하다.

2.2.3 독서하면 학력이 증진된다

한국교육개발원은 최근 보고서에서 고등학교 1·2학년 중에서 성적이 상위 10% 이내에 들어가는 학생들의 특징을 다섯 가지로 분류하였다. 이를 구체적으로 보면 ① 어려서부터 독서를 좋아했다. ② 공부는 스스로 자기 주도적으로 한다. ③ 학원보다는 도서관이나 집에서 혼자 조용히 공부한다. ④ 공부하는 것이 매우 즐겁다. ⑤ 문학작품 읽기와 신문 읽기를 즐긴다 등이다. 이 결과를 한마디로 요약하면, 공부 잘하는 학생들은 독서를 많이 했다는 사실이다. 즉 독서와 관련된 특징이 대부분이라는 점이다.

독서와 학력은 깊은 관계가 있다. 서양의 어떤 학자[3]에 의하면 학습부진의 20% 정도는 독서력 문제에서 기인한다고 주장하였다. 또 어떤 학자는[4] "지능과 독서 능력과의 관계는 정비례적이다."라고 하였다. 여러 학자들의 연구를 종합하면 학업성취와 지능발달에 독서가 많은 영향을 준다는 사실이다.

수학 영재도 책 읽는 습관을 통해 길러진다는 연구결과가 있다. 한국교육개발원 연

---

3) H .L. Caswell, "Non-Promotion in the Elementary School", Elementary School Journal, V.33(1933), pp.644-647.
4) Paul A. Witty and David Kopel, Reading and the Educative Process(Boston: Ginn,1939), p.225.

구팀[5]이 역대 국제수학올림피아드 참가자 27명(남 23명·여 4명)을 대상으로 조사한 결과를 보면, 83%의 학생들이 '어려서부터 책 읽기를 좋아했다'고 응답했다. 그리고 학생들의 집에 평균 250권의 책을 갖고 있으며, 백과사전과 사전류 등 참고할 만한 도서를 갖추고 있었다고 한다.

2.2.4 독서는 치료의 효과가 있다

독서는 치료적 가치를 지닌다. 독서는 책 속의 인물이나 사건에 대해 독자자신을 동일시하고, 그를 통해 자신의 억압된 감정이나 부정적인 기억을 소산시키는 작용을 통해 개인적 통찰을 이루도록 한다. 이러한 원리를 이용한 상담심리 분야가 독서치료이다. 독서치료는 아동이나 성인이 발달적, 임상적으로 겪는 정서, 심리, 행동 문제를 치유하거나, 스스로 건전한 자아와 가치관을 형성하여 정상적인 발달 과업을 성취하도록 돕기 위해 책 읽기를 이용한다.

"사람은 책을 만들고 책은 사람을 만든다."라는 말이 있다. 책이 사람을 만든다고 하는 것은 책을 읽고 그 내용을 알고 깨달아, 바람직한 사람으로 변화된다는 뜻이 들어 있다고 생각된다. 이 말은 독서치료를 가장 잘 설명하는 짧은 말이다. 고대 그리스의 도시인 테베(Thebes)의 도서관 입구에는 '영혼을 치료하는 곳'[6]이라는 말이 새겨져 있다.[7] 테베의 사람들은 책이 의사소통이나 교육, 치료 등을 통하여 생활을 질적으로 더욱 풍부하게 해준다고 하여 소중하게 여겼던 것이다.[8] 독서는 인간 형성을 위한 교육의 도구이며, 평생 학습사회를 살아가는 우리들에게 필수적인 기능이다. 독서지도를 통해서 개인적 문제를 해결하도록 안내하는 독서치료는 우리나라에서는 주로 교육심리학, 아동학, 문헌정보학에서 다루고 있다.

책 속에 길이 있다. 책은 말없는 스승이다. 무릇 책을 읽을 때는 반드시 책상을 잘 정돈하고, 마음가짐을 깨끗하고 단정하게 하고, 책을 가져다가 가지런히 놓고는 몸을 바른 자세로 책을 대하고, 자세하게 글자를 보며, 자세하고 분명하게 읽어야 한다. 독서는 마음의 양식이다.

---

5) 한국교육개발원 조석희 박사 팀.
6) Healing Place of the Soul.
7) 손정표, 『신독서지도방법론』, 태일사, 1999. p.343.
8) Jim Gumaer, 이재연 외 공역, 『아동상담과 치료』, 1992, 양서원, p.163.

2.2.5 독서하면 Leader가 된다

reader가 leader가 된다는 말이 있다. KBS 공사 창립 특집에서 방영된 '그들은 책을 읽었다'라는 내용에서 등장한 많은 사람들은 어릴 때, 한창 시절에 책을 읽었으며, 지금도 책을 읽고 있다고 했다. 한국의 대표적인 IT 기업가요, 컴퓨터 바이러스 백신 전문가인 안철수 박사도 어렸을 때부터 독서광으로, 도서관에서 읽은 책을 통하여 꿈을 키웠다고 한다. 그는 어려서부터 걸어 다니면서도 책을 읽는 책벌레라는 별명을 갖고 있다. 또한 그는 바쁜 일과 중에도 매일 한 시간씩, 주말에는 두세 시간씩 책을 읽고, 출장 갈 때는 꼭 책을 챙긴다고 한다.

국내에서 제일가는 기업의 창업자인 故 이병철 회장은 해마다 정초에 일본에 가서 기업경영과 하이테크(고도 기술)에 관한 책을 사서 읽고, 이른바 동경 구상을 하였다고 한다. 오늘날 그 기업이 세계적인 기업이 된 것은 바로 이병철 회장의 독서에 기인한 것이라 생각한다.9)

빌 게이츠는 "오늘날 나를 있게 한 것은 우리 마을 도서관이었다."라고 하였다. 어릴 때부터 도서관을 이용하며 꿈을 끼웠고 독서를 통해서 얻은 아이디어로 세계적인 컴퓨터 프로그램 전문가가 된 것이다. 그는 1997년 '게이츠도서관재단'을 설립하고 미국에서 도서관에 기부자 한 사람으로는 최고액인 2천만 달러를 기부하였다.

또한 미국의 토크쇼 진행자, 오프라 윈프리도 책을 읽었다. 그녀는 자신이 불우했던 어린 시절을 이겨낼 수 있었던 것은 책이 없었다면 불가능했을 것이라고 말했다. 위인의 이야기가 담긴 책을 보면서 꿈과 희망을 키우며 흑인이라는 인종적 콤플렉스를 벗어날 수 있었다는 것이다. 북 클럽을 조직해 책 읽는 문화운동을 조성하고, 일주일에 두 번은 유명한 저자를, 자신의 쇼에 출연시키면서 많은 사람들에게 책 읽기의 중요성을 강조하고 있는 오프라 윈프리 그녀의 희망은, 미국을 다시 책 읽는 나라로 만드는 것이었다.

빌 클린턴 전 미국 대통령은 "책이 자신의 인생에 미친 영향은 지대하다."며 대통령 재임시절에는 연간 60~100권, 대통령 재임 이외의 시기에는 연간 200~300권의 책을 읽었다고 밝혔다.

현대 사람들은 책 읽기를 소홀히 하고 있다. 디지털 시대라서 그런지 바쁘다. 학생

---

9) 공사창립 특집 KBS 스페셜, TV책을 말하다, 1부 그들은 책을 읽었다.(2002. 3. 3. 방영) 중
　에서

도, 교사도, 아버지도, 어머니도 바쁘다. 누구나 바쁘다. 모두 바쁘다. 바쁘다는 핑계로 독서하지 않는다. 그러나 열심히 독서하고 회사를 경영하는 CEO가 있다. 독서를 통하여 회사의 경쟁력을 높이는 사장이다. 이른바 독서경영을 하는 CEO를 말한다. 사장이 독서하고 사원들에게 독서 환경을 만들어 독서하게 한다. 독서하면 인센티브를 준다. 독서 이력을 승진, 승급, 연봉에도 참작한다. 우리는 책을 읽어야 한다. 우리 모두 독서하자.

2.3 교사와 독서

2.3.1 학생은 어떤 교사를 좋아하나

(1) 학생을 이해(Understanding)하는 교사

학생들은 자기의 나름대로 신체적, 지적, 사회적, 정서적인 특성, 필요, 욕구를 갖고 있으며, 개별적으로 자신만의 삶과 환경을 갖고 있다. 청소년들은 가정과 가족, 학교생활과 학업, 인생 설계와 진로, 친구와 우정 등 여러 방면에서 고민한다. 또한 부모의 지나친 기대, 상급학교 진학에 대한 중압감, 자존감(self-esteem)의 결핍 등의 제반 문제 등에서 심각하게 갈등하고 있다. 학생들을 이해하는 교사만이 그들을 가르칠 수 있고, 교수의 열매를 얻을 수 있다. 학생들의 발달과정을 이해하고, 그들의 신체적, 지적, 정서적, 사회적 특성과 욕구와 필요를 이해해야만 한다. 또한 학생의 개인적인 갈등과 고민을 알고, 공감하며, 그들을 도울 수 있어야 한다. '위'가 아니라 '아래'에, '교사의 입장'이 아니라 '학생의 입장'에 서는 것이 이해(understanding)하는 것이다.

(2) 학생을 사랑(Love)하는 교사

어린이들은 많은 교사나 부모들로부터 사랑과 관심을 요구하는 시기이다. 청소년기는 스탠리 홀(Stanley Hall)의 표현대로 '질풍노도의 시기'이다. 청소년기는 어른과 아이의 중간기로서 감정의 변화가 심하고, 여러 가지 문제들을 노출시키게 된다. 이 시기는 가장 사랑이 필요한 시기임에도 불구하고, 부모의 관심으로부터 떠나 있으며, 경쟁

교육 아래에서 친구들과 사랑과 비전을 나누지 못하고 있다. 교사는 자기 자녀와 같이 학생들을 사랑해야 한다.

(3) 학생을 격려(Encouragement)하고 칭찬(praise)하는 교사

교육은 학생들이 배우고자 하는 동기부여가 적절히 주어졌을 때 가장 효과적인 결과를 가져온다. 학생들이 교사나 부모로부터 신뢰를 받고, 격려받을 때 놀라운 성취를 얻게 된다. 지능지수(I.Q)보다는 더욱 중요한 것이 성취 의욕(Motivation Quotient)이다. 교사의 격려와 칭찬으로 학생들은 학습에 자신을 얻으며, 자신감 넘치는 사람이 된다. 교사는 그들의 말을 들어주고, 그들의 가치를 인정해 주며, 다른 사람과의 관계를 소중히 여기도록 격려함으로써, 그들을 자신감 넘치는 청소년으로 키울 수 있다. 칭찬은 우리를 행복으로 이끄는 안내자이다. 우리 모두 칭찬하자. 칭찬은 모든 것을 새롭게 하고, 세상을 긍정적으로 보게 하며, 칭찬은 모든 것을 가능케 하며, 칭찬은 모두에게 행복을 안겨준다.

평범하고 하기 쉬운 칭찬부터 시작하자. "칭찬은 고래도 춤추게 한다."는 말이 있는 것처럼 칭찬은 아이뿐만 아니라 어른에게도 '귀로 듣는 보약'과도 같다. 칭찬의 시작은 가장 하기 쉬운 칭찬부터 실천에 옮기는 것이다. 아이가 매번 잘해오던 일이어서 당연히 그러려니 했던 일부터 하나하나 칭찬하는 것이 중요하다. 칭찬을 할 때는 구체적으로 이유를 말해주는 것이 중요하다. 성공한 결과보다는 과정을 칭찬한다. 칭찬리스트, 칭찬노트를 만들어본다. 즉시 칭찬한다. 칭찬에도 적절한 타이밍이 있다. 아이가 칭찬받을 행동을 했을 때 즉시 칭찬을 해주는 것이 가장 좋고 효과도 크다. 스스로 한 일에 대해서는 더욱 많이 칭찬한다.

칭찬을 많이 하려는 이유 중의 하나는 아이가 스스로 할 일을 하게 하려는 데 있다. 그러므로 교사가 아이에게 시키지 않았는데 교사가 원하는 행동을 스스로 알아서 했을 때에는 더욱 많이 칭찬해주는 것이 필요하다. 이는 아이에게 건강한 생각이 자라고 있다는 증거이기도 하므로 최고의 찬사를 해주어도 아깝지 않다.

(4) 스스로 모범(Modeling)을 보이는 교사

교육의 초보는 모범(modeling)이다. 학생들은 교실에서 듣고 배우지만, 그보다도 그들에게 더 큰 영향을 끼치는 것은 교사를 보고 배우는 것이다.

모범적인 교사는 본이 되는 교사이다. 교사의 말과 행동은 학생들에게 바로 전달된다. 그리고 오래오래 기억된다. 저는 초등학교 때 선생님의 모습이 제일 기억이 남는다. 청소 시간이면 창문을 열어주시는 선생님, 아침마다 생수를 떠 오시는 선생님, 가끔 학교도서관에 오셔서 책을 읽으시는 선생님, 운동장에서 축구를 같이 했던 선생님, 모두가 지금도 기억이 난다. 존경받는 선생님은 매사에 학생과 같이 놀아주고 같이 뛰며, 스스로 모범을 보이는 선생님이다.

(5) 잘 가르치는(Effective teaching) 교사

준비(연구)를 많이 하는 교사, 재미있게 수업하는 교사, 적절한 교육매체를 사용하는 교사, 쉽게 가르치는 교사, 학생 중심으로 수업을 전개하는 교사, 시범을 잘 보이는 교사, 정성으로 가르치는 교사가 잘 가르치는 교사이다.

2.3.2 교사는 어떤 책을 읽어야 하나

최근에 많이 읽히고 있는 베스트셀러를 중심으로 교육, 건강, 처세술, 재테크, 아동에 관한 책을 소개하면 다음과 같다.

1) 교육에 관한 책을 읽자

(1) 평범한 10대 수재로 키우기, 정미령 저, 황금가지: 평범한 아이들을 수재로 키우는 방법을 알려주는 책. 한국인 최초로 옥스퍼드대 정 교수가 된 지능계발 연구의 권위자 정미령 교수가 들려주는 자녀를 수재로 키우는 교육법을 담고 있다. 저자는 지난 20년간 아동 지능 계발과 재능 발달을 연구해 온 성과를 바탕으로, 생생한 사례들을 소개하면서 아이를 수재로 키우는 방법을 친절하게 설명하였다. 이 책은 기존의 교육서와는 달리, 아이의 지능과 재능은 오히려 열 살 이후에 가장 잘 발달하며 이 시기에 어떻게 하느냐에 따라 아이가 수재가 될 수 있느냐 없느냐가 결정된다고 주장한다. 이 시기에 부모들이 아이가 수재가 될 수 있도록 아이들 도와 아이의 '시간 재산'을 '투

자’하고 ‘관리’하는 방법을 알려주어야 한다고 강조한다.

　(2) 명강의 노하우 & 노와이, 조벽 저, 해냄출판사: 효과적인 강의를 위해 창안한 ‘새시대 교수법’ 소개서. 강단에 서기 전에 준비할 것들에서부터 학기초반, 중반, 후반의 강의 기술을 체계적으로 설명했다. 아울러 먼저 목소리에 신경써라. 충분히 몸을 움직여라, 강의 진행 방식을 점검하라 등 효과적인 강의법 수정을 위한 응급 처방을 수록했다.

　(3) 우리 아이 인재로 키우는 최성애 조벽교수의 HOPE 자녀교육법, 최성애, 해냄출판사: 부모가 변해야 아이도 산다! 21세기 자녀교육의 새로운 비전과 전략을 제안하는 책이다. 조기유학과 이민이 자녀의 미래를 보장하지 않는다. 저마다 아이들의 소질과 능력이 다르듯 새로운 시대가 요구하는 인재, 자녀의 유형에 따라 키우라고 필자는 역설한다. 목표제시가 필요한 성취형 자녀에서부터 넓은 안목으로 지켜봐야 하는 체제거부형, 성실성을 북돋워줘야 하는 착실형, 소질개발에 관심을 쏟아야 하는 내맘대로형까지 다양한 자녀유형에 따른 교육법이 소개되어 있다. 세계적인 교육자로서의 전문성과 두 아이의 부모로서의 경험을 담아 최성애 조벽교수가 21세기 인재를 키우려는 부모들에게 HOPE자녀교육법으로 새로운 비전과 철학, 전략을 제시한다.

　(4) 아이 안에 숨어 있는 두뇌의 힘을 키워라, 이승헌, 한문화: 뇌의 잠재 능력을 100% 향상시키는 방법을 제시한 책. 이 책은 뇌철학을 바탕으로 부모와 아이에게 두뇌의 힘을 키울 수 있는 7가지 원칙을 제시한다. 그 방법으로는 집중력 트레이닝인 HSP 뇌호흡을 소개한다. 덧붙이자면 HSP는 한국뇌과학연구원에서 이십 년간 뇌 생리학, 뇌 심리학, 뇌 기반 교육을 토대로 연구·개발한 프로그램이다.

　이 책은 단순히 똑똑한 아이로 키우는 방법을 제시하는 것이 아니라 아이들 각각의 기질과 능력을 찾아내 개발하는 데 중점을 두고 있다. 아이의 두뇌 스피드를 존중하는 뇌기반 학습 혁명에 가장 근접한 프로그램과 사례를 보여줌으로써 부모 자신은 물론 자녀를 바라보는 새로운 시각을 제시한다. 이 책의 저자 이승헌 박사는 뇌호흡 창시자로서, 무한대로 개발될 수 있는 ‘두뇌의 비밀’을 연구한다. 이 책은 우리가 미처 알지 못했던 두뇌의 비밀을, 아이의 학습 능력 향상과 연관지어 소개한다. 아이의 잠재 능력 개발을 위해서 반드시 읽어야 할 책이다.

　(5) 현명한 부모들이 꼭 알아야 할 대화법, 신의진 저, 랜덤하우스중앙: 연세대 의대 소아정신과 교수 신의진이 전하는 자녀와의 대화법! 말 잘 듣는 아이를 둔 부모들은 자신의 아이를 ‘말 잘 듣고 착한 아이’라고 자랑한다. 이에 저자는 이러한 아이들이 더

위험할 수 있다고 경고한다.

이 책은 부모들이 몰랐던 대화법의 편견들을 날카롭게 지적하고, 아이와의 대화에 문제가 있는 부모들을 유형별로 분류, 부모들에게 자기 분석이 필요한 이유를 역설한다. 또한, 부모가 아이와 대화한다는 것의 의미가 무엇인지, 왜 아이를 단숨에 바꾸려는 생각을 버려야 하는지, 왜 아이 발달 단계에 맞는 대화가 필요한지를 조목조목 짚어준다. 이 외에도 부모들이 기억해야 할 80:20 대화의 법칙을 알려주는 것은 물론 0세부터 사춘기까지의 연령별 대화법, 아이의 기질별 대화법 등 현명한 부모라면 반드시 알아야 할 실전 대화 기술을 알려준다.

(6) 아이의 인생은 초등학교에 달려 있다, 신의진, 중앙M&B.

초등학생 아이를 둔 부모들을 위한 교육지침서. 초등학교 교육의 중요성을 강조하고, 자녀들의 행복을 위한 교육의 올바른 방향을 제시한다.

(7) 이 시대를 사는 따뜻한 부모들의 이야기 1과2, 이민정, 김영사: 책 1: 효과적인 부모역할 훈련, 부모자녀 대화기법 등에 관한 강사를 하면서 저자가 접한 사례들을 이론과 함께 소개한 책. 두 아들을 키우면서 어떻게 적용될 수 있는지와 그 영향 등을 살폈다. 책 2: 부모와 자식 간에 발생할 수 있는 문제나 갈등을 해결하는 방법을 사례와 함께 밝혔다.

(8) 아이에게 자신감을 주는 말 상처를 주는 말, 가토 다이조 저, 안수경 역, 넥서스 BOOKS: 부모의 말 한 마디로 달라지는 어린이의 심리 변화를 분석한 책!『아이에게 자신감을 주는 말 상처를 주는 말』은 부모가 무심코 내뱉는 말 한 마디 속에 담긴 자녀 교육의 모순과 문제점을 짚어 보고, 이를 해결할 수 있는 대화법과 더 나아가 자신 있는 부모가 되는 법을 알려준다.

이 책은 부모도 체감하지 못했던 말들 속에서, 부모의 불안한 심리 상태를 적나라하게 지적한다. 이는 적잖은 부모들을 당황케 만든다. 오랫동안 자녀교육 심리 상담을 해온 저자 가토 다이조는 이를 꼼꼼히 분석하고, 이에 대해서 심각하게 생각하지 않았던 부모들을 위한 올바른 대화법을 소개한다.

(9) 나는 대한민국의 교사다, 조벽, 해냄출판사: '교수를 가르치는 교수'로 유명한 교수법의 권위자 조벽 박사가 제안하는 새 시대 교육자를 위한 생존 전략. 글로벌 시대, 정보시대, 평생교육시대로 이동하는 현재의 대한민국 교사들에게 미래준비와 자기경영을 위한 효과적인 지침들을 전해주는 책이다. 학교 붕괴와 흔들리는 교권, 사교육비 증가, 조기 유학 등으로 얼룩진 한국의 교육위기 속에서 교육자들이 정체성과 자긍심을

회복하고 선진 교육으로 나아갈 수 있는 길을 모색하고 있다. 명쾌한 논리와 객관적인 분석을 통해 우리 교육의 현실을 비판하며, 대한민국 교육자들이 자신의 역량을 높여 더 큰 희망과 비전을 가질 수 있도록 도와준다.

(10) 동화로 열어가는 상담이야기, 박성희 저, 학지사: 일반 대중들이 알기 쉽게 상담 지식을 대중화하기 위한 작업을 하는 저자의 첫 번째 작품. 저자는 현재 청주교육대학교 부교수로 재직 중이다. 먼저 함께 느끼는 마음으로 달과 공주, 남자와 피리, 공주의 장신구, 수용의 구조, 미혼모와 수행승 등 재미있는 동화 속 이야기와 함께 상담을 풀어나가고, 틀을 새로 짜며 고정관념 깨기, 상담 대화는 이렇게 등의 글을 수록했다.

2) 건강에 관한 책을 읽자

건강을 위해서 지켜야 하는 "1無 2小 3多"라는 말이 있다. 이미 알고 있겠지만 소개하면 1 무는 無煙입니다. 즉 담배를 피우지 않는 것이다. 담배는 건강에 해롭다고 한다. 제일 나쁘다고 한다. 건강을 위해서 담배를 끊는 것이 좋겠다. 2 소는 小食, 小酒이다. 즉 음식도, 술도 적게 먹는 것이다. 적게 먹는 것은 몸에 좋다고 한다. 과식이 문제이다. 과음이 문제이다. 3 다는 多 動, 多 接觸, 多 休息. 즉 많이 움직이고, 많이 만나고, 많이 쉬라는 것이다.

움직이는 것이다. 많이 움직이는 것이다. 걷는 것이 좋다고 한다. 등산이 좋다고 한다. 무리한 등산보다 산림욕하면서 걷는 것이 좋다고 한다. 맑은 공기와 햇빛, 그리고 흙은 우리에게 건강을 준다고 한다. 친구를 만나고, 후배를 만나고, 知人을 만나야 한다. 만나서 대화하고 접촉하는 것이 좋다. 그리고 너무 바쁘니 좀 쉬라는 것이다. 하던 일을 멈추고, 잊어버리고 휴식하는 것이 좋다. 내일을 위하여 충전하는 것이 좋다고 한다.

(1) 10년 일찍 늙는 법, 10년 늦게 늙는 법, 하버드 성인발달연구, 소나무와 숲.: 성공적인 노화란 무엇이며 어떻게 하면 성공적인 노화를 이룰 수 있는지를 소개한다. <하버드대학 성인발달 연구소>가 60~80년 동안 각기 성격을 달리하는 세 집단(하버드 졸업생, 보스턴 빈민, 터먼 천재 여성 등 전체 823명)의 유년기부터 노년에 이르기까지의 삶을 심층적으로 비교 분석한 결과를 토대로 성공적인 노화를 예견할 수 있는 지표를 제시함으로써 행복하고 건강한 노년에 이를 수 있도록 도와준다.

(2) 자연을 닮은 식사 - 건강과 환경을 생각하는 행복한 밥상, 북토피아.

(3) 위대한 밥상, 한영실, 현암사: KBS 인기 프로그램 '비타민'의 출연해 대한민국

밥상 문화를 바꾼 한영실 교수가 소개하는 웰빙 밥상! 지금까지 방송되었던 식품 가운데 간을 보호하는 쑥, 원기를 회복시켜 주는 양파, 다이어트에 좋은 옥수수, 피부 미용에 좋은 앵두 등 현대인이라면 누구나 고민하는 질병을 예방하고 치료할 수 있는 식품 27가지만 모아 엮었다.

(4) 생로병사의 비밀, KBS 제작팀, 가치창조: 인기리에 방영되고 있는 KBS 건강 다큐멘터리 '생로병사의 비밀' 중에서 반신욕 등 시청자들의 반응이 뜨거웠던 주제들만을 모아 홍혜걸 의학전문기자가 엮은 책. 장수, 웰빙, 비만, 질병 등 다양한 분야에 대한 16가지 이야기를 볼 수 있다. 방송으로 보고 지나쳤던 내용들을 다시 책으로 정리해 볼 수 있는 기회가 될 것이다.

(5) 내 몸이 아프지 않고 잘 사는 법, 하비 다이아몬드 저, 김민숙 역, 한언: 저자는 간단하고도 구체적인 체내 노폐물 제거방법과 함께 독소 섭취를 최대한 줄일 수 있는 식사법을 소개한다. 효소가 파괴되지 않은 살아 있는 음식을 먹어야 하는 이유가 무엇이며 가공 처리된 음식 섭취가 불가피한 현대인이 생식을 한 것과 똑같은 효과를 보려면 어떻게 해야 하는지, 또 우리 몸에 좋은 아침식사법은 어떤 것이며 반드시 먹어야 하는 것과 결코 먹어서는 안 되는 것은 무엇인지 등, 이 밖에도 저자는 매우 다채롭고 구체적인 내용들을 선보인다. 더불어 현대인의 필수품이 돼버린 건강보조식품과 누구나 손쉽게 할 수 있지만 잘 모르고 있는 생활 속 운동법, 그리고 질병 없는 삶을 살기 위해 우리가 반드시 주의해야 할 것들은 무엇인지에 대해 매우 자세하게 말해주고 있다.

(6) 누우면 죽고 걸으면 산다 1, 김영길, 사람과 사람: 강원도 방태산에서 80년대 초부터 한약방을 하는 저자는 간염과 간경병, 암으로 시한부 인생을 사는 중환자에게 배낭을 짊어진 채 산속을 걷게 하고, 앉아 있을 힘도 없는데 장작을 패게 한다. 수많은 사례를 통해서 난치병과 각종 성인병 등으로 시달리는 환자가 산속에서 자연친화적으로 살며 병을 고치는 모습을 보여준다. 또한 이 책은 건강식품이 사람을 건강하게 하는 것이 아니라 근본적인 문제는 자신의 내부에 있으며 욕심을 버리고 자기 분수에 맞는 생활을 하는 것을 강조한다.

(7) 암을 이기는 식이요법, 김평자, 아카데미북: 암의 치료와 예방에 도움이 되는 식이요법과 식생활 요령을 알려주는 암 환자와 가족들을 위한 참고서. 25년간 국내 유수의 병원에서 영양사로 일해 온 저자가 수많은 암 환자들을 돌보면서 느낀 문제점과 안타까움이 계기가 되어 집필되었다.

(8) 밥상을 다시 차리자(SBS－TV특강), 김수현, 중앙생활사: 음식이 곧 약이며, 약

이 곧 음식이다. 이 책은 음식에 조금만 신경 쓰면 보약이 필요 없고, 밥 먹는 습관만 잘 들여도 건강을 지킬 수 있음을 강조하며 내 아이, 내 가족의 건강을 어떻게 지킬 것인지를 알려주는 건강서이다. 또한 단순히 잘못된 식생활을 지적하는 데 그치지 않고 음식에 대한 바른 지식과 활용을 담고 있으며, 제대로 된 식탁·건강한 식탁 차리는 법을 알려줌으로써 바른 식사습관을 가질 수 있도록 안내한다.

(9) 한국의 민간요법, 동의학연구소, 일송미디어: 내과, 외과, 산부인과, 소아과, 피부과, 안과, 이비인후과로 나누어 감기, 임신부 요통, 염좌, 산후 두통, 홍역, 백일해, 소아 경풍, 두드러기, 백전풍 등 각 증상별 민간요법을 간략하고 쉽게 기술했다.

(10) 청국장 100세 건강법, 홍영재, 서울문화사: 청국장 식이요법으로 대장암과 신장암을 이겨낸 홍영재 원장이 말하는 청국장의 효능과 난치병 환자들의 건강 식이요법. 자신이 청국장을 먹게 된 사연부터 시작해서 청국장에 들어 있는 각종 영양소와 항암 물질에 대한 소개, 아울러 각종 암과 고혈압, 당뇨 등 난치병으로 고통받던 사람들이 청국장을 접하면서 증상이 호전된 실제 사례가 잘 정리되어 있다.

3) 처세술에 관한 책을 읽자

(1) 사소한 것에 목숨 걸지 마라 1(습관 바꾸기 편), 리처드 칼슨 저, 강정 역, 도솔: 심리학자이자 행복하고 스트레스를 덜 받고 사는 법을 가르치는 카운셀러인 리처드 칼슨의 삶을 재정립하기 위한 자기계발서이다. '사소한 것에 목숨 걸지 않는다.'와 '그건 그저 사소한 것일 뿐이다.'라는 두 가지 전략을 중심으로 자연스럽고 편안한 삶을 위한 수행의 핵심을 100장의 짧은 글로 담았다.

(2) 사소한 것에 목숨 걸지 마라 2(직장인 편), 리처드 칼슨 저, 신혜경 역, 도솔: 우리가 삶에 보다 즐겁게 반응할 수 있도록 도울 구체적인 전략들을 제시한 '사소한 것에 목숨 걸지 마라' 제2탄. 1권에서 '사소한 것에 목숨 걸지 않는다' '그건 그저 사소한 것을 뿐이다.'라는 두 가지 규칙을 통해 스트레스받지 않고 행복하게 사는 법을 가르쳐주었던 그는 100 꼭지의 이야기를 통해 직장에서 부딪치는 사소한 일들에 통찰력과 지혜와 인내 그리고 유머 감각을 가지고 임할 수 있다면 자신뿐 아니라 다른 사람들에게도 보다 나은 하루를 선물하게 된다는 사실을 알려 준다. 아울러 노여워하고 절망하는 시간을 줄이고 창조적이고 생산적인 시간을 가질 수 있도록 삶의 습관을 바꾸는 방법들을 제시한다. 2년 연속 미국 베스트셀러 1위에 오른 책이기도 하다.

(3) 성공하는 사람들의 7가지 습관, 스티븐 코비 저, 김경섭 역, 김영사: 이 책은 성공하는 법을 소개하는 책이지만 기술 위주의 처세술서가 아니라, 원칙을 중심으로 성품에 바탕을 두고 내면에서부터 변화하는 인식의 전환을 요하고 있다. 인생을 바꿀 수도 있는 습관. 이 책은 언뜻 보면 사소한 것 같지만 사실은 내면부터 변화시킬 수 있는 습관의 변화 7가지를 소개하며, 삶에서 가장 소중한 것은 무엇인지 이야기한다. 습관 1 주도적이 되라. 습관 2 끝을 생각하며 시작하라. 습관 3 소중한 것을 먼저 하라. 습관 4 승－승을 생각하라. 습관 5 먼저 이해하고 다음에 이해시켜라. 습관 6 시너지를 내라. 습관 7 끊임없이 쇄신하라.

(4) 생산적 책 읽기 50(어느 독서광의), 안상헌, 북포스: 미래를 위한 자기발전 독서법을 제안하는 책. 저자는 다양한 경험과 생활 속의 독서를 토대로 체득한 효과적인 책 읽기 기술을 알차게 소개하고 있다. 책을 읽는 순간의 감동을 넘어 자기를 보다 생산적으로 만드는 중요한 방법들을 50가지 키워드를 통해 쉽게 알려준다.

1부에는 책을 가까이 할 수 있도록 도와주는 조언들을 담았다. 2부에서는 책 읽기에 실패하는 원인을 알아보고 그에 대한 조언을 전해준다. 3부에서는 깊이 있는 책 읽기를 위한 지름길을 알려주고 있다. 4부에서는 자기만의 독서법을 통한 현실적인 책 읽기를 제안하고 있다.

(5) 공병호의 자기경영노트, 공병호, 21세기북스: 불확실한 시대, 나를 경영하는 사람이 성공한다! 길고 긴 인생의 여정을 슬기롭게 헤쳐 나가기 위한 전략서. 자신에게 주어진 시간을, 지식을, 건강을, 행복을, 그리고 인맥을 어떻게 경영할 것인가. 삶을 지배하는 실천적인 지혜를 구체적으로 제시하고 있다. 1장 지혜로운 삶. 2장 시간경영. 3장 지식경영. 4장 건강경영. 5장 행복경영. 6장 인맥경영.

(6) 나는 이렇게 나이 들고 싶다, 소노 아야코 저, 오경순 역, 리수: 저자가 72년에 발표했던 베스트셀러 <계로록>을 번역한 책. 허용, 납득, 단념, 회귀라는 네 가지 주제를 통해 행복하게 나이 드는 비결을 에세이 형식의 짧은 글에 담았다. 이 책은 고독감과 자괴감에 빠져들지 않고도 얼마든지 타인과의 어우러짐 속에서 멋진 노년을 보낼 수 있음을 말해주며, 이를 위해 경계해야 할 것들에 대해서 구체적으로 알려주고 있다. 원제가 『계로록(戒老錄, 늙음을 경계하는 글)』인 이 책은 일본에서 1972년 작가의 나이 41세 때 첫 출판된 이후 51세와 65세 때 수정·가필하여 출간될 정도로 세대가 바뀌어도 공감할 수 있는 인생에 대한 근본적인 고뇌와 공감을 끌어내는 책이다.

(7) 행복한 내일을 위한 정년 길라잡이, 김미혜 편, 동인: 정년을 퇴직한 노인들의

새로운 삶과 활동, 노후설계에 대한 다양한 방법을 제시한 책이다.

1. 또 하나의 새로운 인생을 위한 정년퇴직. 2. 믿는 구석이 있어야 든든하다. 3. 사업이든 취업이든 다시 일하고 싶다. 4. 함께하는 사람들. 5. 보람되고 건강한 사회생활을 하자. 6. 건강을 지키는 좋은 습관 7. 정신이 건강해야 몸도 건강하다.

(8) 아내의 말 한마디가 남편의 인생을 결정한다, 김학중, 울림사

386세대 목사로 한국기독교 뉴 리더 30인 중의 한 사람이다. 우리의 가슴을 적셔주는 감동적인 이야기와 부부가 함께 행복해지는 비결을 소개했다. 평범한 부부들의 눈물의 이야기, 사랑의 이야기, 화해의 이야기, 포근한 웃음의 이야기들처럼 잃어버렸거나 잊어버렸던 좋은 마음들을 우리 부부들이 다시 찾기를 바라며 우리 주변에 있는 부부들의 소중한 삶의 이야기를 엮었다.

(9) 40대 여성 이제부터가 진짜 인생의 시작이다, 시모쥬 아키코 저, 오희옥 역, 지혜의 나무.:「즐거운 노년, 인생을 자유롭게 즐기자」, 「30대 여성, 자신의 인생을 설계하라」의 저자 시모쥬 아키코의 40대 여성을 위한 진짜인생 지침서이다. 불안과 초조함으로 흔들리는 40대 여성에게 어머니도 아내도 아닌, 한 사람의 인간으로 서기 위해 자신의 진짜 인생을 찾고, 계획하고, 가꾸어가도록 도와주는 책이다.

1. 자녀가 품에서 떠난 뒤에 사는 보람을 찾는 법. 2 서로의 자립을 인정하는 가족의 의미와 삶. 3. 보다 충실한 하루를 만드는 자신의 시간 활용법. 4. 50대·60대를 준비하는 나 만들기·미래 만들기

(10) 살아 있는 동안 꼭 해야 할 49가지, 탄줘잉 편저, 김명은 역, 위즈덤하우스: 가슴 설레는 사랑, 우정, 향수, 자연과의 교감, 그리고 사람의 향기, 모험심 등 일상을 풍요롭게 채워줄 49가지 의미 깊은 일들을 감동적인 이야기와 그림으로 담아낸 따뜻한 에세이집이다. 저자가 들려주는 한 청년의 애절한 사랑, 일상의 소중함을 되새기는 중년 신사, 어머니의 굳은 발을 닦아드리는 청년, 버스 승객에게 아침 인사를 선물하는 버스 기사 이야기들은 바쁘다는 이유로 미뤄두었던 일 – 늙으신 부모님께 전화로 안부를 묻게 하고, 출근길의 옆 사람에게 미소로 인사하게 하고, 소식 끊긴 친구에게 술 한잔 하자고 먼저 전화 걸 용기와 여유를 갖게 한다. 저자는 이 책 전체를 통해 행복은 가까이 있다고, 지금 당장 나의 소중한 사람들에게 사랑한다고 외치라고 말한다.

1. 사랑에 송두리째 걸어보기 2. 소중한 친구 만들기 3. 은사님 찾아뵙기 4. 부모님 발 닦아드리기 5. 영광은 다른 사람에게 돌리기 6. 고향 찾아가기 7. 지금, 가장 행복하다고 외쳐보기 8. 자신을 소중하게 여기기 9. 마음을 열고 대자연과 호흡하기 10. 두

려움에 도전해보기 11. 경쟁자에게 고마워하기 12. 추억이 담긴 물건 간직하기 13. 사람 믿어보기 14. 다른 눈으로 세상 보기 15. 마음을 열고 세상 관찰하기 16. 동창 모임 만들기 17. 낯선 사람에게 말 걸어보기 18. 사랑하는 사람 돌아보기 19. 단 하루, 동심 즐겨보기 20. 동물 친구 사귀기 21. 3주 계획으로 나쁜 습관 고치기 22. 인생의 스승 찾기 23. 큰 소리로 '사랑해'라고 외쳐보기 24. 혼자 떠나보기 25. 남을 돕는 즐거움 찾기 26. 혼자 힘으로 뭔가를 팔아보기 27. 일기와 자서전 쓰기 28. 돈에 대해 진지하게 생각하기 29. 작은 사랑의 추억 만들기 30. 날마다 15분씩 책 읽기 31. 정성이 담긴 선물하기 32. 나만의 취미 만들기 33. 용서하고, 용서받기 34. 어려운 사람들을 위해 기부하기 35. 사랑하는 사람을 위해 요리하기 36. 건강에 투자하기 37. 악기 하나 배워보기 38. 다른 이의 말에 귀 기울이기 39. 고난과 반갑게 악수하기 40. 나무 한 그루 심기 41. 약속 지키기 42. 기회가 있을 때마다 배우기 43. 먼 곳의 친구 사귀어 보기 44. 사소한 것의 위대함 찾아보기 45. 자신에게 상주기 46. 꿈을 설계하고 성취하기 47. 자신의 능력 믿기 48. 세상을 위한 선물 준비하기 49. 잊지 못할 쇼 연출해보기

4) 財-Tech에 관한 책을 읽자

(1) 30대에 꼭 알아야 할 돈 관리법 30가지, 정경애 외, 매일경제신문사: 고령화 시대로 접어들고, 우리나라의 조기 은퇴 풍조와 맞물려 노인들의 빈곤 문제는 날이 갈수록 심각해지고 있다. 하지만, 아직도 우리나라 성인들은 50대부터 천천히 준비해 나간다는 생각을 하고 있다. 저자는 이러한 잘못된 생각을 지적하고, 종합자산관리 현장 종사자로서의 경험과 노하우를 살려 '사례'와 '돈 관리 조언(대안)'을 제시하고 있다. 특히 열심히 일만 할 나이인 30~40대부터 준비하는 노후대비라는 차원과 생활 속의 돈 관리라는 차원에서 접근하고 있다.

(2) 돈 되는 e짠순이 절약테크 따라잡기, 홍경옥 외, 영진.COM.: 실생활 속에서 알고 있으면 유익하고 알찬 실속정보들과, 한편으로는 엉뚱하지만 기발한 삶의 지혜를 담은 책이다. 참된 부모의 역할과 아이들의 창의력, 상상력을 배가시킬 수 있는 육아비법을 제시하였으며, 실제적으로 살림에 보탬이 되는 각종 재활용 방법들을 소개하고 있다.

(3) 월급쟁이의 10억 꿈 아파트로 키운다, 김재언 저, 더난출판사.:

이 책은 집 한 채 살 돈이 전부인 샐러리맨의 성공적인 내 집 마련과 동시에 부동산 투자를 위한 길잡이로, 아파트로 하는 부동산 투자에 대한 기초적인 이론과 실전 투자법, 재테크 방법 등을 담고 있다. 또한 최근 부동산 과열로 인해 개정된 법규 및 대책도 함께 수록하였으며, 실제 투자 때 반드시 알아야 할 주의점 등을 함께 담고 있다.

(4) 나도 재테크 할 수 있다, 한정 저, 대교베텔스만.: 많은 사람들이 재테크를 포기하는 이유를 '돈이 없어서'라고 한다. 최근에는 단돈 10만 원을 가지고도 재테크하는 방법들이 곳곳에서 소개되고 있지만 여전히 일반인들에게 재테크는 목돈이 있어야 할 수 있는 투자다. 이러한 상황에서 이 책은 돈은 모아야 되겠는데 어디서부터 시작해야 될지 막막한 재테크 초보자들을 위해 목표와 방향을 설정해주고 현실적인 전략을 제시해 주고 있다.

(5) 나는 남자보다 적금통장이 좋다, 강서재 저, 위즈덤하우스: KBS 'VJ 특공대'의 메인 방송작가가 싱글 여성들의 일과 돈, 사랑을 주제로 쓴 에세이이다. 인생을 어떻게 살 것인지에 대한 장기적인 계획 없이 명품과 사치를 즐기던 한 평범한 20대 후반 여성이, 무절제와 무계획으로 점철된 자신의 20대를 반성하고 경제적 자립의 소중함을 깨닫기까지의 과정을 치열하게 담은 책이다. 저자만의 톡톡 튀는 감각과 재치가 살아 넘치는 이 책은 단지 돈 1억 원이 아닌 계획성 있는 삶의 중요성을 강조한다. 또한 인생에 대한 진정한 고민과 경제적 자유의 중요성에 관한, 흥미로우면서도 진지한 성찰의 기회를 주고 있다.

(6) 부자 아빠 가난한 아빠 2, 로버트 기요사키 외, 형선호 역, 황금가지: 부자들이 들려주는 돈 관리 방법 7가지. 봉급생활자를 비롯해 사업가, 투자가, 전문직 등의 현금흐름 사분면을 안내해 일곱 단계의 투자가와 세 가지 타입의 투자가를 소개했다. 이를 통해 경제적으로 성공하는 데 필요한 개인적 변화를 이해할 수 있게 이끌어준다.

(7) 부자 아빠 가난한 아빠 4(부자아빠의 자녀교육법), 로버트 기요사키 외, 형선호 역, 황금가지: 「부자 아빠 가난한 아빠」의 저자가 제시하는 정보시대의 자녀교육법이다. 산업시대에는 학교 교육만으로도 충분했다. 하지만 이제는 세상이 변했고, 세상을 지배하는 규칙도 변했다. 정보시대가 초래할 경제적 변화에 아이들이 대처할 수 있도록 교육시켜야 한다. 이 같은 관점에서 진짜 세상에서의 생존기술을 가르칠 것과 아이들의 천재성을 개발할 것 등의 색다른 자녀교육법을 제시한 저서이다.

(8) 나는 아르바이트로 12억 벌었다, 조인호, 위즈덤하우스: 대학 시절 아르바이트로 모은 종자돈 1억 5,000만 원으로 30대에 10억대 자산을 일군 저자의 피와 땀이 서린

인생 이야기. 치열한 절약 정신과 아르바이트 생활기가 담긴 이 책은 맨주먹과 도전정신만으로 자신의 목표와 꿈을 위해 묵묵히 뛰어온 한 젊은이의 열정적 삶을 진솔하게 보여준다. 저자는 이 책에서 자신이 직접 체험한 여러 아르바이트의 특징과 치열한 아르바이트 현장에서 성공할 수 있는 알짜 노하우를 알려준다. 또한 아르바이트가 젊은이들에게 자신의 장점과 능력을 최대한 발휘할 수 있는 직업 탐색의 장이 될 수 있고, 인생의 두둑한 밑천이 되는 경험을 만들어내는 최적의 기회라는 메시지를 전달하고 있다.

(9) 50년 든든한 자산설계(5년만 실천하면), 오종윤 저, 더난출판사: 이 책에서는 아주 쉽게 실천할 수 있는 자산설계 방법을 실제 사례를 들어 방법을 알려준다. 투자를 하면서 반드시 알아야 할 환경에 대한 기본적인 사항과 금융 및 투자상품에 대해 어떻게 접근해야 하는지를 열거한다. 은행, 보험회사, 증권회사 등에는 수많은 금융상품이 있다. 종류만큼 내용도 복잡하다. 금융기관에 종사하는 직원들조차도 세부적인 내용을 정확하게 알고 있는 사람이 드물다. 이 책에서는 금융상품을 선택하는 가장 기본적이고 효과적인 방법을 제시하고 있다. 장기투자와 더불어 중요한 개념은 분산투자다. 투자 원칙에 '계란을 한 바구니에 담지 말라'는 말이 있다. 분산 투자는 장기투자 때 고려해야 할 가장 중요한 요소이다. 투자의 성공 여부는 분산 투자의 성공 여부에 달려 있다고 해도 과언이 아니다.

(10) 부자들의 개인 도서관, 이상건 저, 랜덤하우스중앙: 황금 동굴에 이르는 길은 주식이나 복권, 부동산이 아니라 '지식'이라고 주장한다. 저자가 8년간 재테크 기자 생활을 하면서 얻은 결론 중 하나는 경제적으로 성공한 사람들은 대부분 독서광이었다는 사실이다. 세계 2위의 부자인 워렌 버핏은 하루의 3분의 1을 자료와 책을 읽는 데 쓴다. 세계 제일의 부자인 빌 게이츠의 어릴 적 별명은 책벌레였다. 부자들의 공통적인 특징은 '공부를 열심히 하는 사람들'이다.

큰 성공은 아니더라도 나름대로 자신의 분야에서 어느 정도 자리잡은 사람들의 집에 가보면 그들의 집에는 한결같이 평균적인 사람들보다 책이 많았다고 한다. 물론 '독서=성공'을 의미하지는 않는다고 저자는 주장한다. 그래서 이 책은 부자들이 자본주의 원리를 어떻게 이해하는지부터 정리한다. 그들이 주로 어떤 책을 읽고 공부하는지, 그들의 독서습관과 그들만의 공부방식들을 관찰하고 추적했다.

하지만 이 책의 가장 큰 특징은 그들이 읽는 책을 단수하게 소개하거나 나열하지 않는다는 점이다. 텍스트들을 모두 분석하고 저자가 나름대로 소화하여 '자본주의 사회에서 돈 버는 기본 원리'가 무엇인지 찾아내고 정리해 낸다.

5) 아동에 관한 책을 읽자

(1) 너만의 꿈을 키워라(어린이 리더십), 김성춘 저, 한언: 초등학생용 리더십 지침서! 어린이의 눈높이에 맞춰 자기 자신을 발견하고, 행복을 찾아 나설 수 있도록 안내하는 내용이다. 무엇보다도 우리가 존경하는 리더들의 짧은 일화를 통해 리더들이 가치관을 들여다봄으로써, 자신의 미래를 계획할 수 있도록 꾸몄다.

1부 「내 속의 행복을 만나는 여행」에서는 내가 누구이며, 무엇을 원하는지 찾도록 돕는 글들을 모았다. 2부 「내가 해야 할 일을 찾는 여행」에서는 내가 해야 할 일을 결정하는 데 무엇을 중점으로 생각할 것인지를 곰곰이 생각하게 하는 글들을 모았다. 3부 「행복한 리더가 되는 여행」에서는 자신이 얻은 행복을 주변 사람들과 어떻게 나눌 것인지를 생각하게 하는 글들을 모았다.

(2) 아빠가 전하는 사랑의 편지 50, 김현태 저, 삼성당아이: 아빠가 전해주는 지혜의 글 모음집. 제목처럼 자녀를 향한 아빠의 따뜻한 편지글이 인상적이다. 이 책은 자녀가 좀 더 멋지게 세상을 살아갈 수 있도록 지혜와 용기를 북돋아주는 글 50가지를 담았다.

(3) 말 잘하는 아이가 공부도 잘한다, 이정숙 저, 나무생각: 아이들의 눈높이에 맞춘 대화법을 제시한 책. 말을 잘하면 공부를 잘한다는 믿기 어려운 사실을 사례를 들어 소개한 것은 물론 선진국 아이들의 교육법, 말로 성공한 사람들, 언어 습관의 중요성, 엄마가 도와주면 쉬운 말하기 연습 등을 알려준다.

(4) 10원으로 배우는 경제이야기, 미셸 르뒤크 외, 조용희 역, 영교: 초등학생을 위한 재미있는 어린이 경제이야기. 어린이들이 꼭 알아야 할 경제 상식을 쉽고 재미있게 설명하고 있다.

(5) 내 아이를 변화시키는 좋은 습관, 송훈의 외, 꿈이있는아이들: 아이들의 바른 습관, 좋은 습관 지도를 돕기 위한 책. 초등학교 교사인 저자가 아이들의 일기를 검사하며 칭찬, 충고, 격려의 글을 남겨온 내용을 수록했다.

(6) 생각하는 사과나무(단숨에 읽는 10분 동화), 남미영, 세상모든책: 책 읽기 싫어하는 아이들도 재미있게 읽을 수 있는 동화 모음집. 부제처럼 '10분'이란 시간에 읽을 수 있도록 짧고 간결한 이야기를 담았다. 동시에 삶의 교훈과 지혜를 전해준다. 이 책은 상상력, 용기, 우정, 예의로 주제를 나눈 다음, 각 주제별로 10가지씩 총 40가지의 이

야기를 담았다.

(7) 공부하기 싫을 때 읽는 동화, 박성철, 계림: <비타민 동화>, <희망 반창고>의 저자, 박성철 선생님이 들려주는 따뜻한 동화 모음집! 이 책에는 공부는 잘하고 싶은데 성적이 나빠 고민하는 친구, 도대체 공부를 왜 해야 하는지 모르는 친구들의 마음을 달래주는 따뜻한 동화들이 담겨 있다.

(8) 비타민 동화(선생님이 들려주는 45가지 가슴 뭉클한 이야기), 박성철, 계림: 마음을 맑고 아름답게 해주는 비타민 같은 동화 모음집. 좋은 생각과 깊은 감동을 주는 짧은 글들 속에 서로에 대한 관심과 사람에 대한 사랑만이 병들어 가는 세상을 치료할 수 있는 유일한 약이라는 따뜻한 메시지를 담았다.

(9) 소를 사랑한 아이, 황우석(큰 인물 큰 이야기 1), 조태봉, 김경우, 청개구리: 세계적인 과학자 황우석 박사의 일대기를 동화로 재구성했다. 어린이들에게는 생소한 분야인 복제기술과 줄기세포에 관한 이야기를 알기 쉽게 들려준다. 무엇보다 어린 시절부터 현재 과학자에 이르기까지 성공담을 물 흐르듯이 기록했다.

(10) 한국사(한 권으로 읽는), 송영심, 흰돌: 초등학생 눈높이에 맞춘 역사 교양서이다. 선사시대부터 근대시대까지 한눈에 쏘옥 들어오는 편집으로 알기 쉽게 풀어썼다. 이야기 들려주듯이 설명한 역사 이야기는, 중요 부분은 글자의 색을 다르게 하였다. 또, 관련 자료 사진과 그림을 곁들여 놓았다. 특히, 초등학교 5·6학년 사회 교과서에 나온 역사적 사실을 중점으로 담고 있어, 아이들의 부교재로서도 손색이 없다.

2.4 결 론

21세기 교육에 있어서 중요한 것은 ① 알기 위한 학습(Learning to Know) ② 행하기 위한 학습(Learning to do) ③ 존재하기 위한 학습(Learning to be) ④ 함께 살아가는 법을 익히는 학습(Learning to live together)이다.

교사는 이러한 학습 방법을 알아야 한다. 교사는 이러한 학습 방법을 익히기 위하여 독서를 통하여 자기교육(self education) 해야 한다. 교사의 자기교육방법 중에서 독서가 가장 효율적이다.

독서가 중요하다. 읽으면 행복하고, 독서하면 창의력이 길러지며, 독서하면 학력이 증진된다. 독서는 치료의 효과가 있다. 독서하면 Leader가 되기 때문이다.

　학생은 학생을 이해(Understanding)하는 교사, 학생을 사랑(Love)하는 교사, 생을 격려(Encouragement)하고 칭찬(praise)하는 교사, 스스로 모범(Modeling)을 보이는 교사, 잘 가르치는(Effective teaching) 교사를 좋아한다.

　교사는 교육에 관한 책, 건강에 관한 책, 財－Tech에 관한 책, 처세술에 관한 책, 아동에 관한 책을 읽으면 좋을 것이다.

참고문헌

(1) 공사창립 특집 KBS 스페셜, TV책을 말하다, 1부 그들은 책을 읽었다.(2002. 3. 3. 방영) 중에서

(2) 손정표, 『신독서지도방법론』, 태일사, 1999.

(3) Jim Gumaer, 이재연 외 공역, 『아동상담과 치료』, 1992, 양서원.

(4) Delors, Jacqes, et. al. Learning: The Treasure Within(Paris: UNESCO, 1996).

(5) H .L. Caswell, "Non－Promotion in the Elementary School", Elementary School Journal, V.33(1933).

(6) Paul A. Witty and David Kopel, Reading and the Educative Process(Boston: Ginn, 1939).

③ 독서요법 이론

3.1 서 론

"사람이 책을 만들고 책이 사람을 만든다."[1]라는 말이 있다. 책이 사람을 만든다고 하는 것은 책을 읽고 그 내용을 알고 깨달아, 바람직한 사람으로 변화된다는 뜻이 들어 있다고 생각된다. 이 말은 독서요법을 가장 잘 설명하는 짧은 말이다. 독서는 인간 형성을 위한 교육의 도구이며, 평생 학습사회를 살아가는 우리들에게 필수적인 기능이다.

독서지도를 통해서 개인적 문제를 해결하도록 안내하는 독서요법은 우리나라에서는 주로 교육심리학에서 다루고 있는데, 독서교육을 다루고 있는 문헌정보학에서도 필요하다고 본다. 특히 학교도서관에서 독서교육을 담당하는 사서교사와 어린이도서관 사서나 공공도서관에서 어린이 자료실을 담당하는 사서에게는 필수적인 과목이라 생각한다. 그동안 문헌정보학과에서 전혀 취급하지 않았거나 소홀히 다룬 것은 부인할 수 없다. 그러나 부산대학교 문헌정보학과에서 개설한 '책 읽기를 통한 정신치료 연구실'[2]이나 부산대학교의 평생교육원의 어린이 독서지도자 과정, 연세대학교 사회교육원의 독서지도자 과정(기초 및 심화), 이화여자대학교 평생교육원의 독서교육지도자 전문과정 등은 문헌정보학과 교수들을 중심으로 한 독서요법 과목의 교육의 장으로 바람직하다고 생각한다.

주도적 학습을 강조하는 제7차 교육과정에서 독서교육을 중시하는 오늘날, 학교도서관을 활성화하고 사서교사에 의한 독서지도를 통해서 자기의 문제를 스스로 해결할 수 있도록 해야 할 것이다. 이런 관점에서 볼 때 사서교사를 양성하는 문헌정보학과에서 독서지도 함께 독서요법에 관하여 연구할 필요가 있다고 본다.

본 단원은 문헌정보학과 학생들과 현장 사서와 사서교사들에게 독서지도의 중요성을 인식시키고, 독서요법의 이론을 소개하여 독서요법에 관심을 갖도록 하는 데 있다.

---

1) 신용호(愼鏞虎) 호는 大山, 교보문고 창업자,
2) 김정근, 송영임, "공공도서관은 독서치료의 장이 될 수 있는가", 『독서문화연구』제2호, 대진대학교독서문화연구소, 2003, p.69.

독서요법에 관한 이론을 단행본, 학위논문, 일반논문, 정기간행물기사 등과 인터넷을 통하여 문헌 조사하고, 전문가들과의 인터뷰를 통해서 정리하였다.

3.2 독서요법의 의의

3.2.1 독서요법의 개념

독서요법이란 독서치료와 동일하게 쓰고 있는 용어로, 영어로는 bibliotheraphy로 표현하며, 도서(book, biblion)와 치료(treatment of disease)의 복합어로. "의학과 정신의학에서 도서를 병 치료의 자료로 활용하는 방법"을 의미한다. 다시 말하면 "병을 치료하기 위해 글 읽기를 활용하거나 문제되는 성격·태도 등을 건전한 방향으로 유도하기 위해 글 읽기를 치료 방법으로 하는 모든 활동"이라고 할 수 있다.[3]

독서요법에 대한 다른 용어[4]로는 독서상담, 독서교육, 독서심리, 개인그룹치료, 도서관치료학, 독서예방, 문학치료 등이 있다.

독서요법이 20세기 이후에 체계적인 학문의 한 분야로서, 임상효과를 지닌 치료수단의 하나로서 발전된 것은 미국이다. 루빈은 Samuel McChord Crothers가 1916년 『Atlantic onthly』글에서 처음으로 bibliotherapy라는 용어를 사용하였다고 주장하였다. 그리고 그리스어의 Biblion(book/도서)과 Oepatteid(healing/치료)에서 조합된 이 용어는 1941년 『Doland's Illustrated Medical Dictionary』에 처음으로 그 정의가 수록되었으며, 미국도서관협회는 1966년에 1961년판 『Webster's Third New International Dictionary』에 수록된 정의를 공식적으로 채택하였다.[5] 미국에서 처음으로 환자를 치료하기 위한 일부로서 병원에서 독서를 권장한 사람들 중에는 1815년의 B. Rush 씨와 1853년의 J. Minson Galf 2세가 있는데, 이 두 분의 의사는 독서요법을 치료방법과 대등한 위치에까지 접근시켰다고 한다.[6]

---

3) http://www.gulnara.net/zboard353/view.php3?id=board62&no=1
4) 독서상담/bibliocounceling, 독서교육/biblioeducation, 독서심리/bibliopsychology, 개인그룹 치료/tutorial group therapy, 도서관학 치료학/library therapeutics, 독서예방/biblioprophylaxis, 문학치료/literatherapy.
5) 윤정옥, "독서요법의 이론과 적용", 『도서관』 제53권 1호(1998 봄), p.48.
6) Ruth M. Tews, 이화섭 역, "독서 요법", 『도서관』 제39권5호 (1984. 9·10), p.54.

독서요법은 일반적으로 책을 통해 치료한다는 것이며, 먼 옛날부터 시작된 역사가 긴 치료법이다. 고대 그리스의 도시인 테베(Thebes)의 도서관 입구에는 '영혼을 치료하는 곳'[7]이라는 말이 새겨져 있다.[8] 테베의 사람들은 책이 의사소통이나 교육, 치료 등을 통하여 생활을 질적으로 더욱 풍부하게 해준다고 하여 소중하게 여겼던 것이다.[9] 이처럼 독서요법은 의학계와 도서관계에서 책을 통해 환자의 병을 치료한다는 정의를 공식사용함으로써 학문의 한 영역으로 자리 매김하고 있다. 독서가 '인간의 행동에 영향을 줄 수 있다'는 전제는 인격과 행동 등에 있어 정신적인 문제를 가지고 있는 사람의 치료에 독서효과를 활용할 수 있는 것으로 정신의학에 있어서 작업요법(作業療法)과 음악요법 등과 같은 요법으로, 독서에 있어 정신적인 장애를 제거하고, 그 문제해결을 지도하여 인격적 적응을 정상화하는 것을 목표로 하는 기술이다.[10]

독서요법이란 주로 병원도서관에서, 의사와 독서요법용 도서에 관해 도서관 직원의 협력으로 행할 수 있는 방법으로 정신의학에서의 치료의 보조수단으로 정선된 적절한 도서를 읽히게 하는 치료수단이며, 학교도서관 중심으로 상담교사, 사서교사의 협력으로 진행될 수 있는 방법으로 독서를 통해, 인격문제의 해결, 촉진을 도모할 수 있는 독서지도를 말한다.[11] 이와 같이 독서요법은 책을 도구로 정서적 문제 및 장애를 가진 사람이나 정상적인 사람을 대상으로 예방 및 치료의 효과를 거둘 수 있다.

Hebert(1991), Pardeck(1994), Rosen(1987) 등은 독서치료는 독서 자료를 읽거나 들은 후에 토론이나 역할놀이, 창의적인 문제해결 활동 등 구체적으로 계획된 활동을 함으로써 독서 자료에서 문제에 대한 통찰력을 이끌어 내도록 돕는 것[12]이라고 하였다.

1980~1990년대에 독서요법의 이론과 적용 양면에서 많은 공헌을 하고 있는 존 파르덱과 조엔 파르덱 부부는 독서요법을 간단하게 "치료에 책을 사용하는 기법"이라고 정의하였다. 모리스-밴은 특히 어린이들을 대상으로 한 독서요법을 "읽기를 통한 지도, 즉 어린이들이 독서와 책의 토론을 통하여 성장기의 갈등을 해결할 수 있도록 돕는 것"이라고 정의하였다. 스티브스는 "책과 독서를 통하여 문제를 해결하는 것" 혹은 "책을 갖고 돕는 것"이라고 정의하였다.[13]

---

7) Healing Place of the Soul.
8) 손정표, 『신독서지도방법론』, 태일사, 1999, p.343.
9) Jim Gumaer, 이재연 외 공역, 『아동상담과 치료』, 1992, 양서원, p.163.
10) 圖書館問題研究會編, 『圖書館用語辭典』, 角川書店, 1982, p.416.
11) 草野正名 編著, 『最新 圖書館學辭典』, 學藝圖書株式會社, 1984, p.144.
12) 한국어린이문학교육학회 독서치료 연구회 편, 『독서치료』, 학지사, 2001, p.9.

황의백14)은 독서요법을 "인격적 적응 면에서 문제를 갖고 있는 사람에게 적당한 책을 읽게 함으로써 그 문제를 해결하고 그의 적응력을 정상적으로 키우는, 하나의 가이던스 기술이다."라고 하였다.

독서요법은 책을 통해 사람의 정서적 사회적 정신적 부적응 문제를 치료하고자 하는 임상 상담의 한 분야이다. 수세기 동안 책은 많은 사람들에게 다양한 분야에서 상담자로서 역할을 해왔다. 책을 통하여 독자들은 자아를 발견하고 새로운 역할을 해 온 것이다. 다시 말하면 독자들은 책을 통하여 자신이 생각한 관점을 넘어 서서 다양한 삶과 스타일들을 접하게 되는 것이다. 좋은 작품은 독자들이 직면한 문제들을 다루는 데 도움이 되는 모델들을 제공한다.

웹스터 사전15)은 독서요법을 "직접적인 독서를 통한 개인적 문제의 해결을 안내하는 것", 랜덤 하우스 사전16)에는 "치료에 부수되는 개선책으로서 독서를 사용하는 것"이라고 정의하고 있다. 최근에는 독서요법을 상담가, 심리치료자, 정신과 의사, 그리고 교육가를 포함한 다양한 전문가들이 다양하게 활용하고 있다.

독서요법은 정서적 문제들과 정신적 질환을 가진 사람들을 치료하는 데 문학과 시를 사용하는 것이다. 독서요법은 흔히 사회적 그룹워크와 그룹 치료에 사용되고, 모든 연령에 효과가 있다고 보고되고 있으며, 기관에 있는 사람들뿐만 아니라 외래 환자들과 개인적인 성장과 발전의 수단으로 문학작품을 나누기 원하는 건강한 사람들에게도 효과가 있다고 보고되고 있다.17)

독서요법은 두려움과 죄책감, 혹은 수치심 때문에 토론되지 않을지도 모르는 문제에 관하여 비교적 저항을 받지 않고 이야기하도록 자극하는 데 탁월한 기술이다. 문학작품 속에서 자신과 비슷한 문제를 겪는 인물들을 읽는 것은 문제에 대한 느낌들을 입으로 상담자에게 표현하는 데 도움을 줄 수 있다. 독서요법은 환자들에게 그들과 비슷한 문제를 성공적으로 극복한 작중 인물들을 읽을 때 그들에게 현존하는 문제들을 해결하고 직면하는 데 도움을 줄 수 있다. 예를 들면 신체적으로 장애가 있는 사람은 그러한 신체적 조건을 성공적으로 극복한 사람의 이야기를 통해서 직면한 문제들을 극복할 수

---

13) 윤정옥, 전게서, p.49.
14) 황의백, 『독서요법』, 범우사, 1996, p.21.
15) Webster's Thirteenth Dictionary, 1981.
16) Random House Compact Unabridged Dictionary(New York; Fodor's travel publications, 1996).
17) http://www.bibliotherapy.pe.kr/intro.html

있는 것이다.[18] 독서요법이란 책을 통해서 사람들의 정신적, 정서적인 문제점을 해결하고자 하는 방법이다. 독서요법은 독서지도를 통해서 개인적 문제를 해결하도록 안내하는 것이라고 할 수 있다.

다시 말하면 독서요법은 성격이나 행동에 있어 사회 적응에 문제를 가지고 있는 사람에게 적당한 독서를 제공함으로써 스스로 문제를 해결하고 적응을 정상화할 수 있도록 하는 정신요법의 한 분야로 자기 치료를 돕는 가이던스의 한 기술이다.

3.2.2 독서요법의 목적

독서요법의 목적은 성격이나 행동에 있어 사회 적응에 문제를 가지고 있는 사람에게 독서를 통해서 문제를 해결하도록 하는 데 목적이 있다.

루빈(Rubin)[19]은 1970년대 이전 학자들이 언급한 독서요법의 목적과 기능을 다음과 같이 요약하고 있다. ① 독자가 가져보지 못했거나 재생하고 싶어 할 수도 있는 대리의 경험과 상황을 제공할 수 있다. ② 독자가 감정적 및 지적인 직관을 얻을 수 있게 도울 수 있다. ③ 동일시, 보상 및 발산의 기회를 제공할 수 있다. ④ 자아의 가치를 증대하고 가치관을 확고히 할 수 있다. ⑤ 외부세계와의 연결 및 현실과의 접촉을 자극할 수 있다. ⑥ 독자들에게 새로운 관심거리를 불러일으킬 수 있다.

⑦ 소외감을 없앨 수 있다. ⑧ 문화양식 및 행동양식을 확고히 할 수 있다.

위에 열거된 목적들은 반드시 독서요법에만 해당하는 것은 아니다. 일반적으로 개개인이 자신의 관심과 취향에 따라 독서를 함으로써 그와 같은 목적을 달성할 수 있다. 그러나 독서요법은 인도자가 개인 혹은 그룹의 독서요법 참여자들에게 가장 적합할 것으로 생각되는 방향으로 독서를 인도하는 조직적인 노력을 필요로 한다는 것이 그 특색이라고 할 수 있다.

스티븐스는 독서요법의 잠재능력은 독자가 등장인물과 자신을 동일시함으로써 소속감을 증대하고, 자신감을 높이게 되며, 자신의 동기와 요구에 대한 직관을 갖게 될 수도 있는 것이라고 하였다. 이와 같은 직관은 궁극적으로는 독자의 개인적, 사회적 적응

---

18) Bibliotherapy — A Clinical Approach for Helping Children — By John T. Pardeck and Jean A. Pardeck(Gordon and Breach). pp.1−2.에서 번역.
19) Rubin, Rhea Joyce, Using Bibliotherapy: A Guide to Theory and practice, Phoenix, Arizona: Oryx press, 1978.

을 돕는 역할을 할 수 있다. 또한 보다 중요한 것은 독서요법이 신체적 혹은 감정적 장애를 다룰 수 있도록 돕는 강력한 도구의 역할도 하지만 예방도구의 역할을 할 수 있다는 것이고 성인들보다는 어린이들 혹은 청소년들을 대상으로 했을 경우에 더 효과가 클 수 있다는 것이다. 어린이를 대상으로 하는 독서요법은 성장 단계의 어린이들이 그 대상이라는 점에서 더욱 주의 깊은 접근이 필요하다.

모리스-밴은 어린이를 대상으로 하는 독서요법의 목적은 어린이들이 자아와 타인을 이해하고 자율적이 되어 학교, 가정 및 사회에 적응하도록 하는 것이라고 하였다. 독서요법은 어린이들이 ① 독서 혹은 이야기 듣기를 통해서 인간행태에 관한 직관력을 계발하도록 돕고 ② 사회화의 과정을 돕고 ③ 문제에 대한 해결책을 개발하도록 돕고 ④ 스트레스가 없는 환경을 갖도록 돕고 ⑤ 상상력을 자극하도록 돕고 ⑥ 상황을 현실적으로 직면하도록 격려하고 ⑦ 문제를 의사소통할 수 있는 언어의 사고와 공감대를 얻도록 돕는 것이 그 목적이라고 하였다.[20]

Pardeck 부부[21]는 독서요법의 주된 목표를 ① 문제에 대한 정보를 제공하는 것 ② 문제에 관한 통찰을 제공하는 것 ③ 문제를 토론하도록 자극하는 것 ④ 새로운 가치와 태도에 대해 알리는 것 ⑤ 비슷한 문제들을 경험한 다른 사람들이 있음을 자각하게 하는 것 ⑥ 문제에 대한 해결책을 제시하는 것 등으로 제시하였고, Doll과 Doll과 Doll이[22] 정리한 독서요법의 목적은 ① 책을 읽은 사람에게 자기 자신에 대한 통찰력을 키워준다. ② 정서적 카타르시스를 경험하게 한다. ③ 독자들에게 그들이 겪은 일상적인 문제를 해결하도록 돕는다. ④ 다른 사람 앞에서 행동하거나 그들과 상호 작용하는 데 태도를 변화시킨다. ⑤ 다른 사람과의 관계가 원만하고 만족스럽도록 돕는다. ⑥ 청소년들이 자신의 동료와 헤어지는 특정한 문제에 직면할 때 유용한 정보를 제공한다. ⑦ 독자들에게 독서의 즐거움을 제공한다. 등 7가지이다.

3.2.3 독서요법의 원리

독서 요법은 독자 자신의 내면적 욕구와 깊이 관련된 자료를 읽음으로써 자기와 매

---

20) 윤정옥, 전게서, pp.51-52.
21) John T. Pardeck & Jean A. Pardeck, 『Bibliotherapy-A Clinical Approach for Helping Children』, New York, Gordon & Breach Science, 1993, p.1.
22) Beth Doll & Carol Doll, 『Bibliotherapy with Young people』, Engelood, Colorado, Libraries Unlimited, 1997, pp.7-9.

우 닮은 인간상을 발견할 때 경험하는 '자기인지의 충격'에 의해 시작되는 것이다. 문학작품에서 독자의 악순환을 타파하는 장면이 주어져 그의 의식을 확대하여 이해를 풍부하게 하는 새로운 관계 체계가 형성될 때 생기는 정서적 정도의 강도에 따르는 것으로서, 작품 중의 등장인물에 대한 동일시, 정화, 통찰의 3가지 기본적인 과정을 거치면서 치료가 이루어진다. 독서요법의 원리를 이해하기 위해서는 책을 읽는 동안 독자의 내면세계 속에서 무엇이 일어나고 있는지를 이해해야 하는데, 독서 행위론적 관점, 분석심리적 관점, 서사(narrative)적 관점, 두뇌 생리학적 관점 등 4가지 면에서 생각할 수 있다.23)

(1) 독서 행위론적 관점

독서과정은 인간의 총체적 정신능력과 관련되어 있으며, 독서할 때 신체적 준비도를 포함하여 감각적, 지각적, 연속적, 경험적, 사고적, 학습적, 결합적, 그리고 정서적 측면이 함께 작용한다. 그러므로 책을 한 권 잘 읽어 낸다는 것은 인간의 총체적 정신능력이 건강하게 작동되고 있다고 볼 수 있다. 독서란 단순하게 문자에서 의미를 도출해 내는 해독의 과정이나 단순한 의미 전달에 그치는 행위가 아니라 독자가 자신의 경험을 토대로 글을 분석, 종합, 추론, 판단하는 주체적인 사고과정이라는 점에서 독서치료의 근거를 찾아볼 수 있다.

인간은 정보를 받아들여 생각한 다음 표현하는 정신적 유통의 존재이다. 이 과정을 컴퓨터와 비교해 보면 읽기와 듣기는 입력에 해당하고 쓰기와 말하기, 혹은 실천으로 옮기는 것은 출력에 해당한다. 사람은 입력된 정보를 단순하게 반복하는 것이 아니라 고도의 정신적 능력으로 재구성한다. 이러한 일련의 유통과정을 통하여 정신적, 인격적 능력이 성장하게 되는 것이다. 그런데 어떤 사람이 입력－처리－출력의 과정 중 어떤 한 가지, 혹은 그 이상의 영역에 결함이 발생한다면 심각한 문제에 직면하게 된다. 독서치료 상담자는 이 유통의 전체 과정에 관심을 가지면서 문제 되는 영역에 개입함으로써 치료의 효과를 거두고자 하는 것이다.

최근의 독서요법은 단순히 책을 추천해 주는 정보제공형 독서치료를 넘어서서 읽기, 듣기, 쓰기, 말하기(토론하기)를 통합하는 쪽으로 발전되고 있는데 이는 독서 행위를

---

23) http://www.bibliotherapy.pe.kr/course2.html

총체적 관점에서 보고 접근하는 것이다. 한편 정보제공형 독서는 독서 행위에서 입력의 부분을, 시치료와 글쓰기 치료 등은 출력 영역을 보다 강조한 독서치료임을 알 수 있다. 다음 절에서 논하게 될 분석 심리적 관점은 독서할 때 독자의 내면세계의 역동에 초점을 맞춘다. 이들 다양한 형태의 독서치료의 흐름은 나름대로 장점이 있기 때문에 내담자의 처지와 문제의 종류에 따라 적절하게 배합하여 사용할 필요가 있다.

(2) 분석심리적 관점

책을 읽을 때 독자의 마음속에 어떤 일이 일어나기에 독서가 치료의 효과가 있는 것일까? 이를 설명하는 이론이 분석심리적 관점인데, 다음과 같은 세 가지 원리가 있다.

1) 동일화의 원리/감정이입(empathy)

감정이입[24]이란 자연계와 인간에 대하여 가지는 자신의 감정을 저도 모르게 다시 그 대상과 인간에게 옮겨 넣고 마치 자신과 같은 감정을 가지고 있는 듯이 느끼는 것이다. 예를 들면, 흐르는 시냇물을 보고도, 감정을 느끼는 주체자가 슬플 때는 냇물 소리가 슬프게 느껴져 처량한 소리를 낸다고 하고, 주체자가 기쁠 때는 명랑한 소리를 내며 흘러간다고 느끼는 것을 말한다. 즉 한 독자가 소설의 주인공과 자기를 동일시(同一視)하여 그 주인공이 웃었다는 대목에 이르러서는 자기도 같은 마음에서 따라 웃었다는 것, 또는 무섭게 찡그린 배우의 얼굴을 보면서 관객이 자기도 모르게 얼굴을 찡그리는 것 등은 다 감정이입의 결과이다.

감정이입과 비슷한 개념으로서 공감(共感, sympathy)이라는 말이 있다. 공감은 주로 인간끼리 동류(同類)의식을 가지는 것을 뜻한다. 즉 「햄릿」을 보면서 내가 감정적으로 햄릿이 되는 것이 아니라, 그의 고민을 동정하고 불쌍히 여기는 제3자의 감정이 공감인 것이다. 감정이입이 결합시키는 것이라면 공감은 나란히 서게 하는 것이다.

독자는 공감의 능력이 없으면 작품을 읽을 수 없다. 작중 인물들은 대개 공감 또는 반감(反感)을 사도록 되어 있으며, 그들에게 얼마나 옳게 공감하고, 또 얼마나 바르게 반감을 가지는가가 독자의 질을 결정하는 척도가 될 수 있다. 이로써 미루어보면 공감은 다분히 지적이고 사상적인 것인 반면, 감정이입은 육체적이고 본능적이다. 작품의

---

24) 이상섭, 『문학비평용어사전』, 민음사, 1976.

전달을 위해 위의 두 가지는 다 필요한데, 감정이입에 역점을 두는 작가는 암시성이 강한 말을 골라 구체적이고 세밀한 묘사에 치중할 것이고, 공감에 역점을 두는 작가는 인간 본연의 성격을 부각시키려 할 것이다.

　　2) 카타르시스의 원리

　아리스토텔레스가 그의 『시학(Poetias)』에서 '비극은 어떤 행위를 모방한 것인데……애련과 공포에 의하여 이러한 정서 특유의 정화(카타르시스)를 한다.'라고 비극을 정의한 데서 이 용어가 처음 사용되었다. 그 해석은 여러 가지나 크게 두 가지로 나눌 수 있다. 하나는 정화(淨化, purification)요, 다른 하나는 배설(purgation)의 의미이다. 전자는 종교상의 의식에 있어서 죄의 더러움을 씻고 심신을 깨끗이 한다는 뜻에서 전용되어 감정에서 불순한 부분을 씻어 없앤다는 뜻으로 해석되고, 후자는 의학상의 배설이라는 의미의 은유로 해석된다. 즉 연민과 공포는 인성(人性)의 본연적 경향이지만, 비극적 흥분은 관객의 심리에 쌓이는 이러한 정서를 배출해 감정의 중압에서 해방과 경감의 쾌감을 일으킨다. 한편 정신 분석에서는 마음의 상처나 콤플렉스를 밖으로 발산시켜 치료하는 정신 요법의 일종을 가리킨다.

　손정표[25]는 카타르시스(catharsis)를 "정동해발"(情動解發)이라는 용어로 번역하였는데, 치료적인 면에서 볼 때는 대상자의 내면에 쌓여 있는 욕구 불만이나 심리적 갈등을 언어나 행동으로 표출시켜 충동적 정서나 소극적인 감정을 발산시키는 요법이라고 하였다. 즉 인간의 심리를 분석하는 데 있어서 물리학적인 패러다임을 도입하였는데 인간의 심리적 작용을 에너지의 흐름으로 본다. 즉 도덕적으로 용인되지 않는 감정들은 무의식 속에 꼭꼭 억압하는 데 그것이 꽉 차게 되면 분출할 수밖에 없는데 에너지의 부정적인 분출이 곧 증상이다. 프로이드는 그러한 억압된 감정을 정신 분석적 상담을 통해 의식화(분출=카타르시스)시켜주면 치료가 된다고 보았다.

　독서요법에 있어서의 카타르시스는 책 속의 등장인물의 감정, 사고, 성격, 태도에 대한 감상을 문장으로나 말로 표현시키는 소위 감상의 고백을 말한다. 이러한 등장인물에 대한 감상의 고백은 사실 대상자 자신의 내면적인 정서나 사고, 성격, 태도의 투영, 즉 간접적인 고백이기 때문에 다른 심리요법에서 흔히 볼 수 있는 저항도 받지 않는다. 이뿐만 아니라 글이나 말로 감상을 표현해 나가는 동안 의식적인 억제나 억압이

---

25) 손정표,『신독서지도방법론』, 태일사, 1999, p.345.

점차 약해져 감에 따라 등장인물에 대한 감상이라고 하는 간접적인 표현이 현실 생활 중의 인물에 대한 감상이라고 하는 직접적인 표현 형태로 바뀌어 나가게 된다.

보통 내담자(독자)는 자신의 문제와 함께 수반되는 분노나 극도의 좌절감, 슬픔과 같은 부정적인 감정에 사로잡혀 있기 때문에 자신의 문제를 다른 시각에서나 객관적으로 보는 힘이 약하다. 때문에 일단 카타르시스를 경험하면 그러한 부정적 감정에서 해방되면서 통찰(洞察: insight)이 가능하게 된다. 통찰이란 "자기 자신이나 자기 문제에 대하여 올바른 객관적인 인식을 체득하는 것"26)을 의미한다. 독서치료자는 내담자에게 자신과 비슷한 문제에 봉착한 책 속의 등장인물의 어떻게 그 문제를 생산적으로 해결해 나가는지를 스스로 깨닫도록 도움으로써 통찰이 일어나도록 촉진한다. 카타르시스를 치료적인 면에서 볼 때 대상자의 내면에 쌓여 있는 욕구불만이나 심리적 갈등을 언어나 행동에 의하여 충동적 정서나 소극적인 감정을 발산시키는 것을 말한다. 독서요법에서의 카타르시스는 작품 중 인물의 감정, 사고, 성격, 태도에 대한 감상을 문장으로나 말로 표현시키는 이른바 감상의 고백을 말한다. 이러한 작품 중 인물에 대한 감상의 고백은 대상자 자신의 내면적인 정서나 사고, 성격, 태도의 간접적인 고백이기 때문에 치료가 계속됨에 따라 의식적인 억제나 억압이 점차 약해져서 작중 인물에 대한 감상이라고 하는 간접적인 표현 형태로 바뀌게 되는 것이다.

3) 통찰의 원리

통찰이란 지각상의 재조직화를 의미한다. 그것은 새로운 관계를 깨닫는 것이고 축적된 경험을 통합하는 것이며, 자기의 재정향을 의미한다. 통찰 과정의 첫 요소는 관계의 지각이다. 이것은 지적인 영역과 지각적인 영역에서 흔히 볼 수 있으며, 수수께끼를 푸는 데서 자주 나타난다. 수수께끼를 풀기 위해 다양한 요소들을 살펴보게 되는데, 이 요소들을 새로운 관계에서 갑자기 지각하게 되면서 수수께끼를 풀게 된다. 때때로 이 경험을 "아하!" 경험이라고 부르기도 한다. 이 경험과 함께 돌연 번개처럼 이해할 수 있게 되기 때문이다. 이런 지각은 상담이나 심리 치료에서 오직 내담자(독자)가 정화의 과정을 통하여 방어에서 해방되었을 때에만 가능한 것이다. 지각상의 재조직화는 오로지 이런 감정의 해소 상태에서만 일어날 수 있다. 이 새로운 지각의 자발적인 발달만이 통찰에 이르는 가장 빠른 길이라 할 수 있다.

---

26) 손정표, 상게서, p.345.

통찰 과정에서 두 번째 요소는 자기의 수용이다. 지각의 관점에서 다른 말로 표현하면, 모든 충동의 본질적 관련성에 대한 지각이다. 상담 상황의 수용적 분위기는 내담자(독자)가 매우 쉽게 모든 태도와 충동을 인정하게 해준다. 상담 상황에서는 사회적으로 수용되지 않는 감정이나 이상적 자기와 일치하지 않는 감정을 부정하려는 일반적인 욕구가 없다. 내담자(독자)는 자신이 평소에 생각해 온 대로 자기 자신과 그보다 더 가치가 없고 더 수용하기 어려운 충동 사이의 관계를 깨달을 수 있게 된다. 따라서 내담자는 지금까지 누적되어 온 경험을 통합할 수 있게 되어 훨씬 덜 분할된 사람이 된다. 그리고 훨씬 잘 기능하는 하나의 단위가 되어서 모든 감정과 행동이 다른 모든 감정과 행동을 서로 인정하는 관계를 가지게 된다.

통찰 과정에서 세 번째 요소는 선택이다. 진정한 통찰은 보다 더 만족스러운 목표를 적극적으로 선택하는 것을 포함한다. 신경증 환자는 현재의 만족과 성숙한 행동의 만족 사이의 선택을 분명히 깨닫게 되면 후자를 좋아하는 경향이 있다. 이 선택의 행위를 "창조적 의지"라고 부른다. 만일 이 용어가 면담 상황에 나타나는 어떤 신비로운 새로운 힘을 의미하는 것이라고 한다면, 우리들의 상담에 관한 지식에서 이런 가정을 입증할 만한 것은 하나도 없다. 그러나 이 용어를 내담자(독자)가 자신의 욕구를 만족시키는 둘 혹은 그 이상의 방법에 직면할 때 항상 하는 선택을 의미하는 것으로 한정해서 사용한다면, 이 말에는 상당한 의미가 있다. 또 선택에는 또 다른 면이 있다. 상담에서 통찰은 일반적으로 즉각적이고 일시적인 만족을 주는 목표와 지연되지만 보다 영속적인 만족을 주는 목표 사이의 선택을 포함한다. 자기 이해의 이 세 번째 요인을 이해하면 통찰이란 궁극적으로 내담자(독자)에 의해 얻어지고 성취되어야만 한다는 것과, 교육적인 수단이나 지시적인 방법으로 내담자에게 줄 수 없는 것이라는 결론에 도달하게 된다. 통찰은 어느 누구도 내담자(독자)를 위해서 대신해 줄 수 없는 선택을 포함한다. 만일 상담자(독자)가 이 한계를 충분히 인식하고 주제를 명료하게 해주면서도 선택에 영향을 미치려는 노력을 하지 않으면서 이해하는 태도로 지지해 줄 수만 있다면, 이 선택은 건설적인 것이고, 이러한 선택은 효력을 발휘하도록 적극적인 행동이 취해질 확률을 매우 높여 줄 것이다.

통찰이 발달되어 가면서 또 내담자(독자)가 새로운 목표로 향하게 하는 결정이 이루어지면서, 내담자는 새로운 목표의 방향으로 움직이는 행동을 함으로써 이 결정을 이행하려는 경향을 보인다. 이런 행동은 획득된 통찰이 과연 진정한 통찰 인지의 여부를 검증해 준다. 만일 새로운 방향이 행동에 의해 자발적으로 강화되지 않는다면, 그것은 성격에 깊게 관련되어 있지 않은 것이 분명하다. 실제 상담에서 이런 적극적인 단계는 언제나 변함없이 통찰과 함께 나타난다. 상담자가 이런 적극적 행동의 중요성을 충분히 깨달아야만 하는 이유는 이 행동이 이처럼 점점 증가해 가는 독립성의 의미를 가지고 있기 때문이다. 내담자(독자)는 이 새로운 행동을 새로운 목표를 향한 최초의 움직임으로 분명하게 깨달을 때 상담 관계를 끝내는 것에 대해서 두려움 없이 신중하게 생각하기 시작하고, 또 자신의 독립성에 대한 만족이 증가해 간다는 것을 알게 된다. 이 점은 건설적으로 상담 관계를 종결하는 문제를 고려하도록 한다.

(3) 서사적 관점

독서요법의 원리를 이해하는 데 있어서 서사의 본질을 이해하는 것은 매우 중요하다고 생각한다. "敍事"(narrative)란 이야기를 기술하는 행위와 내용, 그리고 그러한 행위에 의해 쓰인 작품(text)을 통칭하는 개념이다. 책이 치료하는 힘을 갖는 까닭은 책 자체에 마술적인 힘이 있는 것이 아니라 '책'이 서사, 즉 이야기를 담고 있는 매체이기 때문이다. 서사론적인 관점에서 볼 때 인간은 서사적인 존재이다.

즉 인간은 이야기를 만들어 가는 주체로서 존재하며 이야기 듣기를 좋아하고 자신의 이야기를 들려주기 좋아한다.

인간이 서사적인 존재라고 할 때 각자는 자신의 이야기를 만들어간다. 그런데 사람은 똑같은 사건을 똑같은 장소에서 경험해도 각자가 다른 스토리를 주관적으로 구성해 간다. 이러한 이야기를 만들어 가는 능력 때문에 우리의 삶은 통일성과 일관성을 지니게 된다. 즉 어제 경험한 사건과 오늘 경험한 사건, 그리고 미래의 사건의 하나의 맥을 가지고 엮어져 통일된 이야기를 구성할 수 있는 것이다. 그런데 심리 정서적으로 문제가 있는 사람들은 대개 현실과 유리되거나 비현실적인 이야기(narrative)를 만들어간다고 볼 수 있다.

이야기를 담고 있는 매체로서의 책은 서사적 존재인 인간에게 강력한 영향력을 미친다. 특히 문학작품은 다양한 문제에 직면한 다양한 성격의 인물들이 있어 심리 정서적 문제를 지닌 내담자들의 훌륭한 모델이 된다. 독자(내담자)는 문학작품 속에 등장하는 인물들이 어떻게 자신의 이야기를 생산적이고 긍정적으로 구성해 가는지를 관찰함으로써 자신의 이야기를 다시 쓸 수 있는 가능성이 열리게 된다. 이러한 서사의 치료하는 힘을 발견하고 임상치료에 적용하려는 분야가 "narrative－therapy"이다. 문학작품이 비문학적인 텍스트보다 치료의 효과가 크다고 알려져 있는데, 이는 문학작품이 독자의 정서를 터치하고 작품 속에 현실과 흡사한 허구적인 세계를 창조하여 주기 때문이다. 시치료에서는 시가 가진 리듬, 운율, 이미지, 상징성에 주목하는 데 이들이 꿈과 같이 무의식에 가장 가까운 언어이기 때문이라 할 수 있다.

　사람은 누구나 자신의 시어를 가지고 있으며 이를 촉진자가 자유롭게 표현할 수 있도록 도울 때 무의식적으로 억눌려 있던 것들이 의식화되면서 치료가 일어난다.

(4) 두뇌생리학적 관점

　독서의 치료적 효과를 두뇌생리학적 관점에서 깊이 연구한 사람은 글렌 도만(Glenn Doman) 박사[27]이다. 글렌 도만 박사는 평생 동안 중증 뇌 장애자 치료에 헌신해 온 사람으로 읽기를 가르치는 것이 뇌장애 치료에 탁월한 효과가 있음을 발견하였다. 그는 연구를 통해서 인간의 감각경로(시각, 청각, 촉각)와 운동경로(운동, 말하기, 손을 사용하기)와 두뇌의 발달은 서로 밀접한 상관관계에 있음을 밝혀내었다. 그의 이론을 한마디로 요약하면 "기능이 구조를 결정한다."이다. 예컨대 중증 뇌 장애자의 경우 대부분 부모들은 그가 중증 뇌 장애를 지녔기 때문에 지능이 낮고 지능이 낮기 때문에 읽을 수 없다고 가정하고 아이가 독서경험을 할 수 있는 환경 제공을 아예 포기해 버린다. 그러나 안타깝게도 뇌 장애아들은 독서경험을 해 본 적이 없기 때문에 뇌의 구조가 충분히 발달하지 못하고 그렇기 때문에 읽기 능력과 생각하는 힘이 저하된다는 것이다. 다시 말하자면 중증 뇌 장애자들에게도 충분한 독서를 경험할 수 있도록 배려하면 정상적인 아동들과 전혀 다름없이 지능이 발달한다는 사실을 30여 년의 임상적 경험을 통하여 밝혀 낸 것이다. 글렌 도만 박사는 이러한 자신의 경험을 토대로 정상적인 아동들의 지능발달을 위한 프로그램을 개발하여 지금 활발하게 활동 중이다.[28]

---

27)　http://www.iahp.org/
28)　http://www.bibliotherapy.pe.kr/course2.html

3.3 독서요법의 방법

3.3.1 독서요법의 유형

독서의 힘을 통하여 사람의 심리, 정서, 부적응 문제 해결을 돕고자 하는 임상학문으로서 독서요법의 삼대 요소는 상담자, 내담자, 그리고 텍스트(문학작품/self help books)이다. 세 가지 요소들 중 어떤 부분을 강조하는지, 또 독서 행위에서 읽기와 생각하기, 그리고 표현하기 중 어떤 점을 강조하는가에 따라 다음 다섯 가지 흐름이 있다.

첫째, 정보제공형 독서요법으로서 텍스트와 내담자의 상호 작용을 강조하는 유형이다. 본래 미국에서 발전되어 온 독서요법의 역사를 보면 초기에 병원 도서관 사서들이 매우 활발하게 이 분야를 연구했던 것을 알 수 있다. 사서들은 독서가 환자들의 치료에 매우 긍정적인 효과가 있음을 발견하고 책과 환자가 더 잘 상호 작용 될 수 있는 방안을 모색해 왔다. 그 결과 어떤 특정 문제에 적절한 책들을 목록화할 뿐 아니라 치료적 질문이 실린 매뉴얼들이 다수 생산되었다. 내담자와 책의 상호 작용에 초점을 맞춘 정보제공형 독서요법은 문헌정보학을 전공한 사서들이 연구할 수 있는 영역으로 우리나라에서도 계속 발전되리라 본다.

둘째, 상담자와 내담자의 촉진적 관계를 강조하는 상호 작용적 독서요법 유형이 다. 이 유형의 기본적인 가정은 독서요법의 텍스트를 내담자와 상담자의 촉진적 상담 관계에서 사용하는 것이 가장 효과적이라는 것이다. 따라서 책의 선정과 상담의 진행과정 전체를 통해서 상담자의 전문적인 리더십이 강조되고 있다.

셋째, 문학작품 자체를 강조하는 유형인 시치료(poetry therapy)이다. 시치료는 시가 가진 독특한 치료적 요소에 초점을 맞춘다. 시는 이미지, 리듬, 운율 등의 요소들이 있는데 이는 인간의 무의식을 들어가는 문과 같아서 프로이드가 말하는 꿈의 기능과 가장 비슷하다고 본다. 문학에서 시의 창작은 심미성을 강조하지만 시치료에서는 자기 표현의 수단임을 강조한다. 본래 사람은 시적이어서 누구든지 자신의 시어를 표현할 수 있고 쓸 수 있다. 그렇게 하는 가운데 감정적인 카타르시스가 일어나고 문제를 객관화시킬 수 있다는 것이다.

실제로 미국에서는 독서치료사라는 이름이 아닌 시치료사라는 명칭으로 많은 전문가들이 활동하고 있으며 시치료협회(http://www.poetrytherapy.org)가 결성되어 있어 프로그램에 대한 표준을 제시하고 자격관리 및 치료사들을 양성하고 있다.

넷째, 자기조력(self help)적 독서치료 분야이다. 이론적으로 독서요법은 책과 독자의 자발적 상호 작용을 통하여 치료가 일어나는 것이다. 따라서 반드시 상담자의 개입이 있어야만 하는 것은 아니다. 역사 속에서 독서요법이라는 개념을 알지 못했지만 책을 통해서 자기를 치료한 사례는 얼마든지 찾아 볼 수 있다.

다섯째, 독서 행위를 입력(읽기/듣기), 생각하기, 표현하기 등 세 가지 영역으로 나누어 볼 때 표현을 강조하는 독서요법으로서 '글쓰기 치료'이다. 미국에서는 저널 치료(journal therapy)로 알려져 있으며 특히 성인들에게 효과가 있는 것으로 밝혀졌다. 사실 독서치료의 원리는 적절한 자료(텍스트)를 읽고 생각하고 표현하는 순환적 과정을 통해서 생각이 자라게 하는 것이다. 독서요법의 다른 유형에서도 독후 활동으로 다양한 형태의 표현을 장려한다. 내담자의 관심과 발달 수준에 따라 표현 활동 양식이 주의 깊게 선택될 필요가 있다. 그렇기는 하지만 성인들의 경우 글쓰기를 통하여 자신의 과거의 경험들을 통합하고 미래를 계획하는 것은 좋은 치료적 효과가 있다.

독서요법은 내담자와 상담자의 형편과 목적에 따라 위에 다섯 종류의 독서요법을 적절하게 활용하는 것이 바람직할 것으로 생각된다. 이 밖에도 독서 자체에 장애가 있는 이들을 돕고자 하는 독서 장애 클리닉 분야가 있는데 전정재 교수[29]는 대부분의 경우 독서 장애와 심리 정서적 문제는 매우 밀접하게 관련되어 있음을 밝히고 있다. 그렇지만 독서 장애 클리닉은 심리 정서적 문제보다는 읽기 장애 극복에 그 일차적인 관심을 둔다는 점에서 독서치료와 구별된다. 독서 장애와 심리 정서적 문제는 서로 상관관계가 있으나 어느 것이 원인이고 어느 것이 결과인지 밝히는 것은 쉽지 않다고 본다.[30]

(1) 대상에 따른 유형

독서요법의 대상(target)을 누구로 볼 것이냐에 대해서도 여러 의견이 있어왔다. Hart(1977)와 Bernstein(1977)은 책을 읽음으로써 도움을 받는 모든 사람을 그 대상으

---

29) 캘리포니아 주립대학원 교육심리학 및 영어학 정교수. "Growing Reading Clinic" 소장으로 있다. 1976년 전미 여성 대표자상, 1990년 전미 대표 교육자상을 수상했다. 수많은 학부모를 대상으로 자녀 교육 상담을 해온 경험을 바탕으로 미주판 『한국일보』에 "21세기 우리 아이들 어떻게 기를까"라는 제목으로 칼럼을 연재하고 있다.
30) http://www.bibliotherapy.pe.kr/wwwb/board.cgi?db=lecture1

로 하였다. 그러나 대부분의 사람들은 'bibiotherapy'에서 'therapy'라는 단어 때문에 치료의 효과라든지 도움이 필요한 문제점을 가진 사람을 생각하게 된다. 그러한 견해 차이를 명확하게 하기 위해 Pardeccl(1977)은 독서요법의 대상을 다음의 세 가지로 설명하고 있다. 즉 정서적으로 문제를 가지고 있는 사람들, 적응을 잘 못하는 사람들, 성장하고 발달하면서 누구나 가지는 전형적인 요구를 가진 사람들이 그 대상이 될 수 있다고 하였다.

Lack(1975)은 독서요법 활동의 종류와 참여한 어린이의 특성에 따라 발달적(development) 독서요법과 임상적(clinical) 독서요법으로 구분하였다. 그녀는 발달적 독서요법은 어린이가 정상적인 일상의 과업에 대처할 수 있도록 하기 위하여 문학작품을 활용하는 것이라고 하였다. 따라서 읽기자료와 토론 활동이 일반적인 인성 발달을 강조하게 된다. 그러나 임상적 독서요법은 정서적으로나 행동 면에서 심하게 문제를 겪고 있는 사람들을 도와주는 개입의 형태로서 특별한 문제에 초점을 두게 된다.

(2) 상호 작용의 정도에 따른 유형

Gladding[31]은 독서요법 중에 이루어지는 상호 작용의 정도와 유형에 따라 반응적 독서요법(reactive bibliotherapy)과 상호 작용적 독서요법(interactive bibliotherapy)으로 나누고 있다. 반응적 독서요법은 최소한의 상호 작용이 있는 독서치료로, 어린이에게 독서 자료에 대한 과제를 주고 그 과제에 대하여 긍정적인 반응을 주는 정도이다. 그러나 상호 작용적 독서치료는 그 과정 중에서 참여자 개개인이 문학작품들을 읽는 것을 그다지 강조하지는 않는다. 그 대신 치료자는 참여자가 문학작품을 읽은 후 상호 작용을 잘하도록 안내하며, 성장과 치료를 위한 촉매로서 문학작품을 활용하고 작품을 읽은 후의 반응을 창의적으로 쓰게 한다.

(3) 상황에 따른 유형

독서요법 상황이 치료자와 참여자 사이에 일대일로 이루어지는지, 아니면 일대 집단으로 이루어지는지에 따라 그 유형이 나누어질 수 있다. 집단으로 이루어지는 독서치

---

31) Gladding, Samuel T. Gladding, Claire. The ABCs of Bibliotherapy for School Counselors. School Counselor; v.39 n.1 pp.7−13 Sep 1991.

료는 비슷한 정도와 유형의 문제를 가지고 있는 사람들이 모여서 시나 동화 등의 인쇄된 글 혹은 시청각자료를 읽거나 들은 후에 토론을 하는 형태이다. 집단에서 이루어지는 상호 작용의 효과가 널리 알려지면서 요즘에는 거의 집단으로 독서치료를 하고 있는 추세이다.

실제로 나이가 어린 유아나 어린이, 그리고 자기 방어를 많이 하는 참여자들은 일대일로 했을 때 상호 작용의 양이 적다. 그러나 특히 유아의 경우 4~5명의 작은 집단이 모여서 이야기를 나눌 때 상호 작용을 훨씬 많이 한다는 연구결과들은 소집단으로 이루어지는 독서치료의 효과를 입증하고 있음을 알 수 있다.[32]

3.3.2 독서요법의 단계

독서요법에 있어서 상담자와 내담자 사이에 준비단계, 읽을 자료의 선택 단계, 이해를 돕는 단계, 후속조치와 평가 단계로 나누어 다음과 같이 4단계로 구분한다.[33]

(1) 준비단계

이 단계에서의 주목표는 내담자와 상담관계를 형성하고 그가 호소하는 문제의 성격을 파악하는 일이다. 필요하다면 표준화된 검사척도를 사용할 수 있고 상담을 어느 정도 구조화한다. 즉 어느 시간에 몇 번 만날 것인지를 결정하는 것이다.

① 내담자와 먼저 신뢰관계를 형성한다.
② 내담자와 함께 그가 지닌 문제가 무엇인지 명료화한다.
③ 그 문제의 범위와 성격을 진단한다.
④ 기타 필요한 대로 내담자의 상황을 파악한다.

---

32) http://www.gulnara.net/zboard353/view.php3?id=board62&no=11
33) Bath Doll & Caroll Doll, Bibliotherapy with Young People, Libraries Unlimited, 1997, pp.10-11.

(2) 읽을 자료의 선택 단계

독서요법에 있어서 적절한 책을 선정하는 것은 개입의 핵심 부분이다. 그러기 위해 내담자의 심리 정서적 문제 해결을 돕는 책이어야 하고 더불어서 선택된 책이 내담자의 독서연령(Reading Age)을 고려한 것이어야 한다. 너무 쉬운 책은 무시받는 느낌이 들게 하고 너무 어려운 책은 좌절감을 불러일으킬 수 있다. 아동용 읽기능력 척도는 이미 개발되어 있으므로 임상현장에서 활용할 수 있다. 독서연령을 체크할 때는 책을 읽어 낼 수 있는 능력이 어느 정도인가 하는 점뿐 아니라 내담자가 어떤 분야에 관심이 있는지를 고려한다. 예컨대 똑같은 위인전이라도 스포츠를 좋아하는 사람은 운동선수의 전기를, 과학에 흥미 있는 사람은 과학자의 전기를 선호한다고 볼 수 있다.[34]

① 내담자의 관심과 독해력 수준에 맞는 양질의 책을 선택한다.
② 준비단계에서 밝혀진 내담자가 지닌 문제의 성격에 적합한 책을 선택해야 한다.
③ 내담자가 해결하고자 하는 문제에 대한 해결책이 있는 책이어야 한다.
④ 자료를 소개 단계이다.
⑤ 내담자의 관심을 고조시키는 방법으로 책을 소개한다.
⑥ 책에 대한 과도한 부담감이나 건강하지 않은 감정적 반응을 포착하고 조절한다.

(3) 이해를 돕는 단계

독서요법의 몸통과 같은 단계로서 주로 질문을 사용한다. 좋은 질문은 지금까지 보지 못했던 세계로 안내하는 문의 역할을 하는 단계이다. 이 단계에서 독서요법의 4가지 원리가 적용되도록 한다. 즉 동일시의 원리, 카타르시스의 원리, 통찰의 원리, 문제 해결 모델의 원리가 일어나도록 촉진하는 것이다.

① 책의 주요 등장인물이나 문제를 탐구하도록 돕는다.
② 등장인물들을 어떤 특정한 행동으로 이끄는 동기에 특히 관심을 갖도록 돕는다.
③ 책에서 시도되는 문제들과 해결책, 그리고 다른 해결책의 과정을 찾아내도록 돕

---

34) http://bibliotherapy.pe.kr/info.html

는다.
④ 책의 등장인물들이 지닌 문제와 내담자가 지닌 문제 사이의 유사성을 직시하도록
돕는다.

(4) 후속조치와 평가단계

한 가지 간단한 습관을 교정하는 데에도 약 8~12주의 기간이 필요하다고 한다. 문제해결은 시간을 요하는 과정이다. 내담자의 문제가 해결될 수 있도록 격려하고 개입의 문제점을 발견하여 수정해 가는 과정이 필요하다. 특히 내담자가 집에서 책을 읽어오는 경우라면 책의 선정이 적절했는지 세심하게 체크할 필요가 있는데 독서요법의 핵심적 개입이 적절한 도서 선택에 있기 때문이다.

① 내담자가 위의 3단계를 통해 깨달은 바를 실제 행동에 옮길 수 있도록 격려한다.
② 내담자가 성공적으로 수행할 만한 합리적인 행동을 발전시키도록 도운다.
③ 자신이 결심한 바를 실제 행동에 옮겼는지 모니터한다.
④ 결심한 행동이 효과적이 될 때까지 재시도하도록 한다.

3.3.3 독서요법의 방법

독서요법에는 개인을 대상으로 한 치료자와 환자와의 인간관계에 기초를 두고 실시하는 개인 요법과 집단을 대상으로 하여 그 역학에 기초를 두고 실시하는 집단요법이 있다.[35]

(1) 개인요법

환자와 책을 대화시키는 것에 의하여 자기치료를 돕는 방법이다. 여기에는 치료자와 환자와의 면접 혹은 독서기록의 교환, 때로는 양자 병용에 따른 것이 있다. 그것은 치료자와 환자와의 대화에 의하여 치료를 행하는 것이다.

---

35) 황백현, 『독서심리학개론』, 국민독서운동회, 1990, pp.167-170.

독서는 본래 개인적인 것이기 때문에 개별화된 독서지도는 독서요법의 전형적인 방법이다. 보통 개인면접, 독서기록 방법이 있다.

1) 개인면접

책을 읽은 후의 감상을 중심으로 이야기하면서 자기인지를 촉구하고 그 결과 문제해결을 돕는 것을 말한다. 거기에는 치료자와 환자와의 친화감이 충분히 성립되어야 한다.

2) 독서기록 방법

치료자와 환자와의 이야기를 독서 노트나 편지에 의하여 행하는 문서 커뮤니케이션 방법이다. 원거리에 있는 환자나 면접시간이 충분하지 않을 때 적용하는 방법이다. 이 방법은 내성적인 성격으로 말로서는 표현하지 못하는 환자에게 사용함으로써 환자의 내면에 체제화가 되는 점에서 효과가 있다. 그러나 한편으로는 마음에도 없는 작문이 되어버려 치료효과가 충분히 달성되지 못하는 경우도 있다.

(2) 집단요법

치료를 목적으로 하는 집단을 구성하고 그 집단에 대하여 책을 처방하는 방법이다. 여기에는 집단성원을 치료하는 방법과 집단활동에 참가시키는 것에 의하여 치료하는 경우가 있다.

1) 독서회 방식

독서지도를 하는 데 집단적 지도방법의 하나로 독서회가 있다. 이것은 회원조직을 가지고 정기적으로 계속 모여 일정한 책을 중심으로 독서활동을 행하는 것이다. 책은 각자가 따로따로 읽고, 모였을 때 지도자와 함께 토론하는 것이 보통인데 사정에 따라서는 순서를 정해 누군가가 읽어 오고 모임자리에서 그것을 소개하고 토론을 한다든가, 혹은 모임자리에서 차례대로 누군가가 음독(낭독)하고 다른 사람은 들으면서 묵독하고 토론을 하는 등 여러 가지 응용 형식이 있다. 개인적으로 독서시간을 충분히 가질 수 없는 사정이 있다든가, 독서 능력이나 흥미를 갖는 데 결함이 있는 사람이 섞여 있기 때문에 적당한 형식을 선택해야 한다. 이러한 독서법의 특색은 독서의 동기 부여가 쉽다는 점. 자연스럽게 정독하게 된다는 점. 그리고 가장 중요한 것은 읽은 후에 토론으로 이해를 깊이 할 수 있게 된다는 점 등이다. 이런 특색이 집단적 독서요법에 응용되는 것이다. 특히 독서 후의 토론은 자신의 감상을 이야기함으로써 자기 견해를 정리하고, 또 타인의 감상을 듣는 것으로 자기 견해를 수정하거나 명확하게 하거나 해서 자신감을 깊게 하고, 과제해결의 전망을 얻을 수 있다. 때로는 단순히 자기 감상을 서술하는 것만으로도 자신이 가지고 있는 고민이나 욕구 불만을 해소시키는 카타르시스 역할을 하는 경우도 있다. 이것은 개인요법의 경우와는 달리 듣는 사람이 자기 동료라는 안심에서 자유감이 수반되고 감정전이가 쉽게 이루어지기 때문이다. 치료자는 이와 같은 이점을 놓치지 않도록 주의하여야 한다. 지시방식에 따라 환자에게 지적인 정보를 제공하는 것을 목표로 하는 경우에도 치료자가 중심이 되어 텍스트를 강독하는 태도는 금물이다. 어디까지나 동료끼리의 집단적 사고를 기대하는 자세로 필요할 경우 힌트를 주는 데 그치고, 그들이 하는 자기치료를 존중해 주어야 한다. 아니면 치료자 자신의 체험을 이야기하거나, 참고가 되는 다른 자료를 제공하는 것이 좋다. 더욱이 환자의 감정 해방을 목표로 할 경우 치료자는 그들과 함께 웃고, 함께 슬퍼하는 등 각별히 편안한 태도로 임해야 한다. 또한 치료자는 집단의 토론이나, 구성원의 지위 태도, 행동을 관찰하고 깊이 진단할 수 있다. 또 치료경과나 효과를 평가할 수도 있다. 그러나 이러한 진단요법은 사회성에 결함이 있는 사람에게는 적용할 수 없다. 다만 독서능력이 낮은 집단에게는 스토리텔링이나 읽어서 들려주는 방법을 이용해 치료하는 것도 좋은 방법이다.

2) 독서서클 방식

일종의 작업요법으로서 가치를 가지는 것으로 독서회에 의한 치료 효과에 덧붙여 자주적인 서클의 운영이나 활동에의 참가를 통하여 주로 회복기에 있는 환자에게 효과가 있다. 집단독서의 또 한 가지 방식으로 독서서클이 있다. 이것은 동호인이 자주적으로 독서활동을 하는 집단 활동으로서의 성격을 지닌 것이다. 집단요법으로써 이 독서서클을 활용하는 것은 독서의 치료효과와 함께 이런 자주적 서클활동을 통해서 치료하는 데에 의의가 있다. 이는 즉 일종의 작업요법으로서의 가치를 지니고 있는 것이다. 따라서 계획에 의거해서 특정 환자를 골라 독서서클에 참가하도록 지도하고, 자주적인 서클 운영이나 그 외 여러 활동을 통해 치료목적을 달성시키는 것이다. 또한 다른 요법으로 독서서클의 운영은 구성원의 자치능력에 따라서 민주적으로 행해진다. 따라서 책의 처방도 어느 정도 그들이 희망하는 것 가운데서 선정하도록 하고 지도자가 거기에 조언을 해준다. 지나치게 딱딱하지 않은 내용의 읽을거리, 예를 들어 유머소설, 모험소설, 휴머니즘을 테마로 한 소설, 인생론, 수필 등이나 신체적, 정신적 장애를 극복한 픽션이나 전기문, 혹은 인생을 적극적으로 꿋꿋하게 살고자 하는 의욕을 고취시키는 감동소설 등을 자유롭게 선택하는 것이 좋다. 그러나 인생의 어두운 면을 그린 것이나 비극 열정을 자극하는 소설 등은 피해야 한다. 치료 중인 환자를 필요에 따라 참가시키는 것도 의의가 없는 것은 아니다. 운영방법은 독서회 정도면 된다. 모임을 지속시키기 위해서는 운영위원을 선정해 줄 필요가 있으나, 다른 역할이나 모였을 때의 사회자 등은 수시로 교대해서 여러 경험을 해보게 하는 것이 좋다. 회원의 독서감상문을 편집한 신문을 발행하게 하는 것도 좋은 생각이다. 구성원 모두가 반드시 같은 책을 읽을 필요는 없다. 모일 때마다 각자가 읽은 것을 이어서 발표시키고 그것에 대해 토론시키는 것이 좋다. 이 방식의 집단 독서요법은 그 성격상 적응이상자나 비행소년 및 가벼운 신경증 환자 등 주로 회복기의 환자에 대해서 사회적 적응이나 사회 복귀를 위한 활동으로 매우 유효한 방법이다. 신체장애자, 소아마비 환자나 교정기관에 있는 비행소년 등에게 적용할 수 있다. 또한 장기 요양 중에 있는 환자나 신경증 환자 등에게는 요양의 고통이나 불안, 혹은 사회복귀에 대한 공포, 초조함을 없애는 뛰어난 정신 위생으로서의 의미를 지니고 있다. 뿐만 아니라 학교에서는 비행화 예방, 정신 위생이나 성격의 교정 등 문제아를 치료하는 데에 적용할 수 있다. 이런 독서서클 활동의 지도는 독서요법의 계획에 의해 사서가 담당하는 것이 바람직하다. 따라서 이러한 집단활동도 도서관 안에서 행하고, 때로는 도서관 봉사에 참가시키는 것도 바람직한 일이다. 이를 위해 학교 병원이나 교정기관에 이러한 치료지도를 위한 도서관을 설치하여 정비하는 것이 필요하다.[36]

3) 팀에 의한 치료 방식

독서요법은 치료자가 전문가로서의 책임을 가지고 실시하는 것은 말할 필요도 없다. 그러나 독서요법은 독서지도와 정신요법 등 꽤 광범위한 범위의 지식, 기술을 필요로 할 뿐만 아니라 교사, 부모, 의사나 카운셀러 등이 있어야 비로소 충분한 것이 된다.

---

36) http://www.gulnara.net/zboard353/view.php3?id=board62&no=28

따라서 이들 여러 사람의 협력에 의해 저마다의 처지에서 그 책임을 분담하여 치료할
수 있도록 팀을 편성하는 것이 바람직하다.

3.3.4 독서요법의 효과

독서요법의 특성은 문자를 해독할 수 있는 모든 사람을 대상으로 하고, 특히 교육적
으로 인생관과 가치관을 형성하는 시기인 아동과 심리적 갈등을 겪고 있는 사춘기 청
소년은 읽기 심리 요법의 중요한 대상이 되는 것이다. 또한 심리요법의 내용을 가진
글을 자료로 하며, 그에 따라 학업 증진의 효과를 볼 수 있으며 약리적, 생리적 거부
반응이나 부작용이 없으며, 글이나 자료를 통하여 받아들여지는 자기 인지에 따라 과
정과 결과가 이루어지는 것이다.
일반적으로 독서요법의 효과[37]를 다음과 같이 제시할 수 있다.
① 학습이나 치료의 기간이 짧다.
②. 접근하기 쉬운 기술이어서 비전문가가 수행하기에 용이하다.
③ 그럼에도 불구하고 효과가 매우 높다.
④ 문제아뿐만 아니라 발달 단계에 있는 아동 청소년의 올바른 가치관 정립에도 효
　과적이다.
⑤ 문제 심리나 행동을 미연에 방지할 수 있다.
⑥ 정조 교육·성교육·진로교육 등 적용 범위가 매우 넓다.
⑦ 저항감이 적고 약리적 부작용을 염려할 필요가 없다.
⑧ 자신도 모르는 사이에 문제 심리나 행동을 제거할 수 있다.
⑨ 자기 스스로 정서를 순화하고 올바른 가치관을 정립할 수 있다.
⑩ 주인공과 일치를 통해 자신이 겪는 시련에 대해 극복의 용기를 가질 수 있다.
⑪ 인물의 성격과 그에 따른 결과 파악을 통해 건전한 성격을 형성할 수 있다.
⑫ 내재된 문제성까지 제거할 수 있다.
⑬ 글을 읽는 재미를 느껴 학습 태도가 크게 좋아진다.
⑭ 정서 안정과 준법성이 향상된다.
⑮ 글 속에서 사회를 간접 경험함으로써 사회성이 높아진다.

---

37) 정기철, 『읽기교육의 이론과 실제』, 역락, 2000, p.383.

⑯ 인간관계, 특히 가족 구성원 간의 관계가 크게 개선된다.

⑰ 이야기, 어려움을 겪는 사람들의 이야기를 통해 자기 자신을 긍정적으로 바라볼 수 있다. (긍정적인 인생관을 정립한다.)[38]

3.4 독서요법 담당자 및 대상

3.4.1 독서요법 담당자

독서요법에서 환자를 진단하고, 독서재료를 처방하고 교정이나 치료를 진행하는 것은 독서요법 치료자인 전문가의 책임이어야 한다. 즉 이 요법을 실시하는 데는 매우 광범위한 지식이나 기술을 필요로 한다. 지금 단계에서는 이들 지식이나 기술을 완전하게 체득하고, 그것을 충분히 구사할 수 있는 전문가로서의 독서치료사를 바라기란 곤란할 것 같다. 또한 설령 그런 사람이 있다고 해도 가정에서 생활하고 있는 환자를 치료하는 데는 부모나 보호자의 협력이 필요하다.

그리고 학교생활에 문제가 있는 환자의 치료에는 그 학교 교사의 협력이 필요하다. 병원 환자의 독서요법에는 의사나 간호사의 협력이 필요하고, 교정기관에서의 독서 요법에서는 그것에 관련된 지도자의 협력이 필요하다. 이러한 사람들의 협력 없이 독서요법은 그 진가를 발휘할 수 없다.

그래서 독서요법의 효과를 이상적으로 달성하려면 치료 장소의 조건에 따라서 의사, 카운슬러, 교사, 사서, 사회사업가(social worker), 교도관 등이 각자의 전문적 책임하에서 협력할 수 있는 팀을 구성하고, 그 팀 리더의 지휘하에 활동하는 것이 바람직하다. 예를 들어 학교에서는 교의(가능하면 정신의도 포함한다)·카운슬러 교사·사서로 구성할 수 있다. 또한 일반 시설이나 병원 등에서는 주치의·사서·간호사 등의 참가가 바람직하다. 이런 팀 멤버들의 책임에는 다음과 같은 사항이 포함된다.[39]

---

38) http://www.gulnara.net/zboard353/view.php3?id=board62&no=2

39) http://www.gulnara.net/zboard353/view.php3?id=board62&no=29

(1) 팀 리더

독서요법에서 팀 리더는 독서치료사가 담당한다. 그러나 이런 전문가를 구할 수 없는 경우 카운슬러, 교사나 사서, 혹은 의사가 담당할 수 있다. 팀 리더는 독서요법 계획의 책임자로서의 역할을 맡은 사람으로, 팀 멤버의 전문적 협력하에 치료계획의 수립이나 실시를 추진하게 된다.

① 독서요법에 필요한 책을 조직적으로 선택하기 위해 적절한 지시를 해준다.
② 개인이나 집단의 독서요법 계획에 대해 매주 회의를 열어 상담하고 인가를 해준다
③ 사서에게 환자의 병력, 심리상태, 독서습관이나 흥미 등에 관한 정보를 제공해준다.
④ 환자와 면접해서 책을 처방하고 치료를 실시한다.
　 또한 필요에 따라 특정 환자에게 집단 독서요법에서 활동적인 역할을 준다.
⑤ 독서치료사로서의 책임으로 환자를 격려하거나, 독서를 촉진하기 위해 필요한 여러 활동 즉 책의 추천이나 독서의 계기 마련 등의 지도 조언을 한다.
⑥ 독서요법의 계획을 평가하고, 치료효과를 판정하는 등 끊임없이 개선에 노력한다.
⑦ 책이나 환자의 병상 등의 사례연구회를 정기적으로 개최하고 치료수준을 높이도록 한다.

(2) 의사 카운슬러

독서요법을 실시하는 책임자로서 심리요법의 전문가 역할을 맡은 사람이다. 따라서 독서치료사로서의 책임을 다한다.

① 최초의 치료계획에서부터 최후의 평가나 치료완료까지 독서요법 전체에 대해 책임을 진다.
② 환자의 교정이나 치료를 위한 처방전과 거기에 필요한 적절한 책을 지시한다.
③ 교정이나 치료와 관계있는 독서활동에 대해 팀 멤버와 함께 회의를 열고 의견이나 정보를 교환한다.
④ 환자의 흥미, 요구나 독서경향 등을 충분하게 파악한다.
⑤ 도서관을 방문하거나 사서와 함께 환자의 병실을 방문해서 환자를 관찰하고 적절

한 지도 조언을 준다.

⑥ 사서에게 정신 의학이나 심리요법에 관한 전문적 지식이나 기능에 대해 지도한다.

(3) 사 서

사서는 독서나 그 지도 및 책에 대한 전문가로서 책을 선택하거나 실제로 독서요법에 참가하고 독서 환경을 정비하는 역할을 맡는다.

① 독서요법을 위한 책을 선택한다. 가능하면 독서요법에 필요한 책의 목록을 짠다.
② 치료목표에 따라 환자를 위한 독서나 그 지도에 대해 적절한 활동을 한다.
③ 팀에서 뽑은 환자의 개인적인 독서계획을 짜고 지도한다.
④ 집단 독서요법에서 책의 선택, 조직, 지도조언이나 지도자로서의 책임을 다한다.
⑤ 환자의 독서기록이나 독서경향, 습관 등에 대해 팀 멤버에게 보고한다.
⑥ 독서 환경을 정비한다.
⑦ 독서의 동기를 마련하고, 교정지도나 치료가 효과적으로 달성되도록 지도한다.
⑧ 독서를 통해 사회생활에 적응할 수 있도록 한다.

(4) 교사(사서교사)

독서요법에서 교사, 특히 사서교사는 문제아의 조기 발견이나 예방, 혹은 교정지도나 치료에 대한 원조와 그 예후 지도를 맡을 뿐 아니라 독서치료사나 카운슬러와 끊임없이 연락해 적절한 처리나 지도를 행한다.

① 문제아를 조기 발견하여 카운슬러에 연락하고 적절한 처치를 한다.
② 학생의 비행화 예방이나 정신 위생으로서 항상 독서지도를 한다.
③ 문제아의 독서활동을 조성하기 위해 필요한 적절한 지도를 한다.
④ 교정이나 치료 중의 학생을 잘 관찰하고 그 효과가 충분히 달성되도록 교사로서 도와줄 뿐만 아니라 항상 팀 멤버에게 그 관찰 결과를 보고한다.
⑤ 정상적인 상태로 회복된 학생은 재발하지 않도록 특별한 배려를 하고, 더욱 바람직한 인간이 되도록 카운슬러나 사서와 협력하여 적절한 지도를 한다.

(5) 간호사(양호교사)

　병원에서 환자와 접하는 기회가 많으므로 환자의 관찰, 치료효과의 판정 등 전문적
인 간호의 입장에서 그 역할을 다 한다.
　① 간호 활동을 통해서 알게 된 환자의 정신적 문제에 관한 것을 주치 의사나 팀
　　 멤버에게 보고한다.
　② 환자의 관심이나 요구, 독서경향 등에 대해 팀 멤버에게 보고한다.
　③ 사서와 협력해서, 환자의 독서활동이 활발해질 수 있게 한다.
　④ 치료 중에 환자에게 전문적인 도움을 준다.

　이렇게 각각의 전문가가 그 택임을 분담하고, 팀을 구성하고 협력해 독서요법을 진
행하는 것은, 그 교정이나 치료를 보다 한층 효과적으로 성공시키는 열쇠가 된다.
　그것을 위해서는 팀 멤버의 구성에 맞춰 교정이나 치료에 관한 넓은 범위의 전문가
의 참가는 물론이고 팀 멤버가 유기적으로 결합하여 바람직한 인간관계를 확립하도록
하는 것이 중요하다.

3.4.2 독서요법의 대상자

　독서요법은 문자를 해독할 수 있는 모든 사람을 대상으로 한다. 특히 교육적으로 인
생관과 가치관을 형성하는 시기인 아동과 심리적 갈등을 겪고 있는 사춘기 청소년은
읽기 심리 요법의 중요한 대상이 된다.
　독서요법의 관심 대상을 어린이들 혹은 청소년으로 한정할 때, 누가 독서요법의 대상
자가 될 것인가는 독서요법의 목적을 어느 정도까지 확대할 것인가에 따라 결정된다.
　독서요법을 치료의 목적으로만 이용하려 한다면, 이미 어떤 노출된 장애상태로 인정
된 지각, 정서, 신체 혹은 행동장애 등의 문제 및 그와 유사한 문제를 가진 것으로 밝
혀진 어린이들 혹은 청소년들만이 그 대상이 될 것이다.
　독서요법을 죽음, 이혼, 성장기의 신체적, 심리적 갈등 등 일상생활의 어느 단계에서
자의로든 타의로든 부딪히게 되는 경험에서 비롯되는 충격을 극복하는 한편 예방하도
록 도와주는 역할을 하는 것으로 본다면, 그 대상이 되는 어린이들 및 청소년들의 범
위는 매우 확대될 수 있다.

예를 들어 부모의 이혼으로 인하여 심리적 충격을 받고 가정과 학교에서 유리되어 이미 비행의 단계로 나아간 어린이들이 있다면 그 문제의 해결에 초점을 맞추어 독서요법을 실시할 수 있다. 반면에 부모의 이혼을 똑같이 겪더라도 미리 그 심리적 충격을 완화해 줄 수 있는 상담과 독서요법을 병행한다면 예방의 기능을 더 강조할 수 있다. 대상자들의 연령 면에서도 마찬가지 상황이 생긴다. 예를 들어 파르텍 부부가 편성한 독서요법용 추천도서 서목을 보면 '변화하는 역할 모델'이라는 주제의 장에 수록된 92종의 서명 중에 상당수가 2~4세, 4~6세의 연령층에 할애되고 있다. 두세 살 되는 어린이들까지도 독서요법의 대상자가 될 수 있다는 것이다. 실제로 이 같은 어린이들의 집단에서도 감정의 분출 단계를 제외한 이전 단계까지의 독서요법이 적용 가능한 것으로 알려지고 있다.

인디애나 주의 베넷 러닝 센터에서 마련한 Classroom Teacher's Manual for bibliotherpy[40]는 5~6세의 어린이들로부터 고등학생까지 광범한 연령층을 대상으로 독서요법을 시행할 수 있음을 보여준다. 또한 독서요법은 인도자와 어린이(혹은 청소년) 일대일 개인적으로 시행할 수도 있고, 여러 명의 그룹으로 할 수도 있다. 개인지도의 경우 인도자와 대상 어린이가 상호 긴밀한 관계를 이루고, 대상자는 자기의 문제와 필요가 관심의 대상이 된다는 것을 인식하며, 스스로 자아 성장의 필요를 느끼고 개인의 존재가 용납됨을 쉽게 깨달을 수 있다고 한다. 반면에 그룹 독서요법의 경우 서로 관심, 문제, 경험이 같은 대상자들이 함께 함으로써 소속감, 유대감을 갖게 되고, 서로 자극하여 독서를 고무하고 다양한 의견을 나눔으로써 다양성을 인정하게 되며, 상호관계 속에서 자아 인식을 증대시킬 수 있다고 한다. 독서요법의 가장 중요한 요소 중의 하나인 토론은 그룹 상황에서 훨씬 원활하게 이루어질 수 있으므로 궁극적으로는 그룹 인도가 더 효과적이라고 할 수 있다. 그러나 개인의 성향과 문제에 따라 일대일 관계를 더 편안하게 여기는 대상자가 있기도 하므로 융통성 있게 적용할 필요가 있다.[41]

---

40) Classroom Teacher's Manual for Bibliotherapy, Unpublised manuscript. For Wayne, Indiana: Benet Learning Center, 1978.
41) 윤정옥, 전게서, pp.53 - 54.

3.5 결 론

　독서요법이란 독서치료와 같은 용어이다. 독서요법을 독서상담, 독서교육, 독서심리, 개인그룹치료, 도서관학치료, 독서예방, 문학치료 등으로도 표현하기도 한다.

　독서요법은 책을 통해 사람의 정서적 사회적 부적응 문제를 치료하고자 하는 임상상담의 한 분야이다. 즉 정서적 문제들과 정신적 질환을 가지고 있는 사람들을 치료하는 데 문학과 시를 사용하는 것이다. 문학작품 속에서 자신과 비슷한 문제를 겪는 인물들을 통해서 자기의 문제를 해결하고 부적응을 정상화할 수 있는 것이다. 최근에는 독서요법이 상담가, 심리 치료자, 정신과 의사, 교육가 등이 다양하게 활용하고 있다. 독서요법은 성격이나 행동에 있어 사회 적응에 문제를 가지고 있는 사람에게 적당한 독서를 제공함으로써 스스로 문제를 해결하고 적응을 정상화할 수 있도록 하는 정신요법의 한 분야로 자기 치료를 돕는 가이던스의 한 기술이다.

　독서요법의 목적은 성격이나 행동에 있어 사회 적응에 문제를 가지고 있는 사람에게 독서를 통해서 문제를 해결하도록 하는 데 목적이 있다.

　독서요법의 원리는 몇 가지 관점에서 생각할 수 있으나, 분석 심리적 관점에서 동일화, 카타르시스, 통찰의 세 가지 원리를 기본으로 한다.

　독서요법의 유형에는 정보제공형, 상호 작용형, 문학자체 강조형, 자기조력형, 글쓰기형이 있다. 독서요법은 준비단계, 읽을 자료 선택 단계, 이해를 돕는 단계, 후속조치와 평가 단계의 4단계가 있으며, 독서요법은 개인면접, 독서기록의 개인요법과 독서회 방식, 독서써클 방식, 팀에 의한 치료 방법의 집단요법이 있다. 독서요법의 담당자는 팀리더, 의사 카운슬러, 사서, 교사, 간호사(양호교사)이며 대상자는 문자를 해독할 수 있는 모든 사람이다. 특히 교육적으로 인생관과 가치관을 형성하는 시기인 아동과 심리적 갈등을 겪고 있는 사춘기 청소년은 읽기 심리 요법의 중요한 대상이 된다. 독서지도를 통해서 개인적 문제를 해결하도록 안내하는 독서요법은 우리나라에서는 주로 교육심리학에서 다루고 있는데, 독서교육을 다루고 있는 문헌정보학에서도 반드시 필요하다고 본다.

참고문헌

(1) 김정근, 송영임, "공공도서관은 독서치료의 장이 될 수 있는가", ≪독서문화연구≫제2호, 대진대학교독서문화연구소, 2003.

(2) 손정표, 『신독서지도방법론』, 태일사, 1999.

(3) 윤정옥, "독서요법의 이론과 적용", ≪도서관≫ 제53권 1호(1998 봄).

(4) 이상섭, 『문학비평용어사전』, 민음사, 1976.

(5) 정기철, 『읽기교육의 이론과 실제』, 역락, 2000.

(6) 한국어린이문학교육학회 독서치료 연구회 편, 『독서치료』, 학지사, 2001.

(7) 황백현, 『독서심리학개론』, 국민독서운동회, 1990.

(8) 황의백, 『독서요법』, 범우사, 1996.

(9) 圖書館問題研究會編, 『圖書館用語辭典』, 角川書店, 1982.

(10) 草野正名 編著, 『最新 圖書館學辭典』, 學藝圖書株式會社, 1984.

(11) Jim Gumaer, 이재연 외 공역, 『아동상담과 치료』, 1992, 양서원.

(12) Ruth M. Tews, 이화섭 역, "독서 요법", ≪도서관≫ 제39권 5호(1984. 9 · 10).

(13) Bath Doll & Caroll Doll, Bibliotherapy with Young People, Libraries Unlimited, 1997.

(14) Beth Doll & Carol Doll, 『Bibliotherapy with Young people』, Engelood, Colorado, Libraries Unlimited, 1997.

(15) Bibliotherapy – A Clinical Approach for Helping Children – By John T. Pardeck and Jean A. Pardeck(Gordon and Breach). pp.1 – 2에서 번역.

(16) Classroom Teacher's Manual for Bibliotherapy, Unpublised manuscript. For Wayne, Indiana: Benet Learning Center, 1978.

(17) Gladding, Samuel T. Gladding, Claire. The ABCs of Bibliotherapy for School Counselors. School Counselor, v.39, n.1, pp.7 – 13, Sep. 1991.

(18) John T. Pardeck & Jean A. Pardeck, 『Bibliotherapy – A Clinical Approach for Helping Children』, New York, Gordon & Breach Science, 1993.

(19) Random House Compact Unabridged Dictionary(New York, Fodor's travel publications, 1996).

(20) Rubin, Rhea Joyce, Using Bibliotherapy: A Guide to Theory and practice, Phoenix, Arizona: Oryx press, 1978.

(21) Webster's Thirteenth Dictionary, 1981.

(22) http://bibliotherapy.pe.kr/info.html

(23) http://www.gulnara.net/zboard353/view.php3?id＝board62&no＝1

(24) http://www.bibliotherapy.pe.kr/course2.html

(25) http://www.iahp.org/

(26) http://www.bibliotherapy.pe.kr/course2.html

(27) http://www.bibliotherapy.pe.kr/wwwb/board.cgi?db＝lecture1

(28) http://www.gulnara.net/zboard353/view.php3?id＝board62&no＝11

(29) http://www.gulnara.net/zboard353/view.php3?id＝board62&no＝29

(30) http://www.gulnara.net/zboard353/view.php3?id＝board62&no＝2

(31) http://www.gulnara.net/zboard353/view.php3?id＝board62&no＝28

▣ Book sitter 양성

4.1 sitter의 의의

4.1.1 sitter의 의의

영어로 sit라는 단어는 '돌보다', '간호하다'라는 뜻이 있다. 그래서 sitter란 '돌보는 사람', '간호하는 사람'을 말한다. sitter를 우리말로 표현하면 도움을 주는 사람, 즉 '돌보미'라고 쓰는 것이 적절할 것 같다.

미국에서는 구어로 '아이를 보다'를 baby-sit로 표현하고, '환자를 간호하다, 환자를 돌보다'라는 뜻으로 sit up with patient라고도 쓰고 있다.[1]

시터는 국가 공인자격증이나 민간공인자격증은 아직 없고 3~4개 정도의 민간업체가 주관하여 부여하는 민간자격증이 있다. 시터는 '대상을 직접 찾아가 말벗이 되어주거나 도움이 필요한 대상을 돌봐주는 업'이기도 하다.

4.1.2 sitter의 종류

1) 베이비시터(baby sitter)

베이비시터란 고객이 원하는 조건에 맞추어 집 또는 외부에서 아이들(0~12세)을 돌보는 사람을 뜻하며 여성의 사회진출이 늘어남에 따라 최근 선호하는 육아의 한 형태로 자리매김하고 있다. 단순히 아이들을 돌보는 사람이 아니라 부모님을 대신하여 아이들에게 사랑을 전달하는 육아 협력자를 말한다. 즉 부모 없는 동안에 고용되어 아이를 봐주는 사람을 말한다. 또한 어버이의 외출 시 어린이를 대신 돌보는 사람을 말한다. 미국에서는 이미 오랜 역사를 지닌 것으로 특히 고교생이나 대학생에게 좋은 아르바이트가 된다. 소개소도 있고 개인계약도 있으나, 육아의 경험이 적고 사고가 일어났

---

1) http://endic.naver.com/endic.nhn?docid=1055890[인용 2006.04.30]

을 때의 보장에 대한 문제가 있다. 따라서 베이비시터는 육아 경험이 있는, 자질을 갖춘 사람이 요구된다.[2]

베이비시터의 하는 일은 주로 다음과 같다.

(1) 영아기(0~30개월)

① 아이 우유 먹이기 ② 아기 빨래(부분적인 손빨래, 기저귀 제외) ③ 목욕시키기 ④ 동화책 읽어주기 ⑤ 젖병 소독 ⑥ 노래 불러주기 ⑦ 기저귀 갈기 ⑧ 병원가기 ⑨ 산책하기 ⑩ 이유식 만들기 ⑪ 이유식 먹이기 ⑫ 아이방 청소

(2) 유아기(30개월~7세)

① 식사 및 간식 챙겨주기 ② 유치원, 놀이방 등하교시키기 ③ 실내놀이 ④ 야외체험학습 ⑤ 동화구연 ⑥ 학습 관리 ⑦ 샤워시키기 ⑧ 아이용품 정리·정돈 ⑨ 배변훈련

(3) 초등학생(7~12세)

① 식사 및 간식 챙겨주기 ② 학교, 학원 등하교시키기 ③ 학습관리(숙제, 학습지 등) ④ 병원가기 ⑤ 산책하기 ③ 학교준비물 챙기기 ④ 아이용품 정리·정돈

베이비시터 자격증 따기는 cafe.daum.net/babysitter를 참고하기 바란다.

그 외 베이비시터 업체는 참사랑어머니회(http://www.charmlove.co.kr), 아이들세상(http://www.kidworld.co.kr), 고운빛 베이비시터(http://www.babysitter114.com), 캥거루 베이비시터(http://www.babysos.com) 등이다.[3]

2) 실버시터(silver sitter)

노인들을 찾아가 말벗도 돼 주고 일상생활의 도우미 역할을 하는 이들을 실버시터라 부른다. 노인의 식사를 챙겨드리고 병원을 함께 가며 연극·영화를 함께 보고 말벗이 되어 주는 등 정서적인 서비스가 주 업무이다.

---

2) http://100.naver.com/100.nhn?docid＝74576[인용 2006.04.30]
3) http://kin.naver.com/db/detail.php?d1id＝8&dir_id＝802&eid＝
   3L0JPKzXmpZArPzcEkIgN3W1ADxqB3H8[2006.04.29]

실버시터는 노인을 돌보는 사람이다. 실버시터가 되려면 안전관리, 질병건강관리, 노인상담 지식 등을 갖춰야 한다. 다시 말하면 노인들과 상담하고 대화하며 재미있게 지내며 간호해 주는 사람이다.

실버시터 교육 프로그램을 보면 케어복지개론, 케어기술과 영양학, 일반의학과 기본간호, self therapy(자가치료), 노인상담기법, 전신건강론 등이다.[4]

우리나라는 이미 65세 이상 노인 인구의 비율이 전체 인구의 7.6%를 넘어 고령화 사회에 진입하였다. 고령화 사회에 진입하고 있어 노인들을 돌봐주는 실버시터의 필요성은 더욱 커질 것으로 보인다.

3) 학습시터/학습Tutor

7~12세까지의 유치원 및 초등학교 아이를 대상으로 아이들이 스스로 공부하는 습관을 기를 수 있도록 지도해 주시는 선생님을 말한다. 시터(sitter)라는 표현보다는 가리키는 사람(Tutor)이란 표현이 더 정확하기 때문에 Tutor라고 지칭하기도 한다.

학습시터는 대학 재학 및 대졸 이상의 유아교육 및 과외 경력자들로 아이들의 학습을 체계적으로 지원해 줄 수 있는 사람들로 구성되어 있다. 학습시터는 학교의 교과진도에 맞추어 학습지도와 숙제지도, 아이들의 과제물 정리 등을 도와주고, 아이들이 공부에 대한 습관을 가질 수 있도록 대개 하루에 2시간 정도 지도해 준다.

4) 동화시터

아이들의 발달단계에 맞추어 아이들이 좋아하는 동화책을 가지고 놀아주는 동화놀이 전문 시터이다. 동화시터는 다양하고 유익한 동화를 들려주어 언어 발달, 상상력, 사고력을 키워 준다. 그리고 장난감이나 인터넷 게임보다도 책을 좋아하고 읽는 습관을 들 수 있도록 도와준다. 동화시터는 함께 도서관을 방문하여 각종 프로그램에 참여할 수 있도록 도와주는 역할을 하는 사람이다.

---

4) http://kin.naver.com/db/detail.php?d1id=5&dir_id=51903&eid=X6d8uj0lhfrKeBwDV/7bUwyavruu4jxH[2006.04.29]

5) 애완동물시터(pet sitter)

실버·베이비·애완동물시터 산업이 이미 우리나라에 들어와 활기를 띠고 있다. 한국소호진흥협회는 34개 창업 아이템을 유망창업 아이템으로 소개하였다. 외국에서는 애완동물 시터산업이 실버시터·베이비시터와 함께 시터 업종에서 3대 업종으로 자리잡고 있다.

최근 국내에서도 애완동물을 기르는 가정의 수가 점점 늘어가면서 애완동물을 단순한 흥미 위주의 소유물이 아닌 가족의 일원으로 생각하는 경향이 강해지고 점점 동물 애호에 대한 관심이 높아지고 있으나 하지만 동물에 대한 지식부족과 관리 소홀로 자신의 애완동물을 끝까지 기르지 못하거나 애완동물에 관한 여러 가지 문제로 이웃과 트러블을 일으켜 결국은 애완동물 기르기를 포기하는 가정 또한 적지 않다. 이러한 기본적인 사육관리를 직접 댁으로 찾아가 정성껏 지도해 주고 대행해 줄 수 있는 사업이 바로 펫시터 사업이다.

외국에서는 시터 산업 중 애완동물시터 산업이 실버시터·베이비시터와 함께 3대산업으로 자리잡고 있다. 또한 애완동물 종류별로 시터 업종이 호황이며 애완동물에게 주어지는 서비스도 애완동물 관리에 대해 체계적인 교육을 받은 전문 인력이 가정을 방문하여 목욕을 비롯한 기본손질(발톱 깎기, 귀 청소, 브러싱, 몸마사지 등), 미용, 워킹, 목욕, 운송, 치료, 훈련, Pamper(응석 받아주기), 장례 등으로 전문화, 대형화, 프랜차이즈화하는 추세이다.

6) 산모시터

산모시터는 산모의 산후조리 및 신생아 관리를 도와주는 역할을 한다.

기타 시터는 영어시터, 가사시터, 장애인시터, 간병인시터 등 여러 종류가 있다. 현재는 베이비시터 시장이 가장 크다.

4.2 동화 읽어주기와 book sitter

4.2.1 동화 읽어주기

1) 동화 읽어주기의 중요성

동화 읽어주기는 아이의 정서는 물론 인지와 언어능력 향상에 큰 영향을 미친다.

책을 함께 읽는 것은 생각하는 능력을 키워주기 때문에 다른 학습 능력에도 영향을 미친다. 그래서 책 읽기와 전혀 관계없는 과목이라고 생각되는 수업 시간에도 책을 함께 읽으면 효과가 있다. 아이들과 선생님이 책 읽어주기를 통해 의사소통이 잘되고 공통적인 생각이 더 많아지기 때문에 중요한 것이다.

책 읽어주기를 통하여 얻은 책에 대한 관심은 책을 보다 가까이 하게 한다. 책을 많이 읽고, 대화를 나누며 생긴 사고력과 이해력은 아이에게 사회성이 발달되게 한다.

또한 동화 읽어주기 결과는 학습 성과와 밀접한 관계가 있다. 그리고 책 읽어주기의 목표 중에는 책을 통해 생각이 깊고, 타인에 대한 이해가 깊은 사람을 길러내는 것도 있다.

집에서 열심히 책을 읽어준 결과 어떤 아이는 더욱 자신감이 생기고, 언어 표현력이 좋아졌으며, 책에 많은 흥미를 갖게 되었고, 특히 그림책은 친구들과 더 빨리 친해지도록 도와주었다는 결과도 있다.[5] 동화책은 엄마와 친구 그리고 선생님, 누구와도 재미나게 놀 수 있는 최고의 장난감이다.

2) 외국의 동화 읽어주기

미국에서 동화 읽어주기를 아기가 태어나자마자 시작된다. 일단 리듬과 운율이 있는 책을 주로 골라 엄마 목소리를 들려준다 생각하고 책을 읽어주는 것이다. 그리고 한 4~5개월 되었을 때 '잠 훈련'을 시도하는 엄마들은 책 읽어주기를 잠자기 전에 시도한다. 이후에도 계속 잠자기 전 책 읽기는 미국에서 부모의 교육수준이 있다거나, 백인들인 경우 아주 당연한 습관에 속한다고 한다. 낮잠 자기 전에도 마찬가지이다. 동화

---

5) KBS TV 어린이 특집, 동화방정식, 2006년 5월 5일.

읽어주기는 서점, 도서관 그리고 어린이 박물관 등 공공기관에서 일주일에 한두 번씩은 반드시 하는 이벤트이다. 물론 공짜이다. 연령별로 나누어져 있는 경우가 많으며, 한 주제에 관련된 책들을 읽어줄 뿐만 아니라, 대화도 나누고, 인형극도 보여주는 등 다양한 활동이 포함된다.

독일의 아이들은 엄마가 읽어주는 동화책을 들으며 자는 것이 습관이다. 독일 동화책의 그림은 아이들의 시선을 끌 정도로 아름답고, 내용 또한 기발한 것이 많다. 책값이 다소 비싼 편인 독일은 다양한 방법을 통해 독서를 권장한다. 유치원은 그림책 전시회를 자주 열어 전시회에서 시중가보다 싼 가격으로 책을 살 수 있도록 하고, 동네마다 있는 도서관에서는 동극 활동, 아동문학 작가들과 함께 하는 시간을 마련하여 아이들을 참여시킨다. 국제 청소년 도서관에서는 매년 어린이도서 전시회를 개최하여 세계 각국의 도서를 소개하는 행사도 한다.

독서에 대해 흥미를 느끼게 하기 위해서 이야기의 반 정도만 읽어준 후 다음 이야기를 스스로 지어보게 하기도 하는데 이 방법은 아이의 상상력과 어휘력을 발달에 좋다. 독일은 다양한 제도와 방법으로 아이들을 독서를 즐기게 하고 자연스럽게 부모가 되면 가정독서 지도자가 되어 아이에게 책을 읽어주게 되는 것이다.

3) 동화 읽어주는 방법

동화를 그냥 읽어준다면 유아들은 금방 싫증을 느끼고 산만한 분위기가 된다. 그러므로 구연동화나 그림동화, 인형극 형식을 적극 활용해야 한다. 경우에 따라서는 연극적 요소를 활용하여 유아들의 직접 참여를 유도한다. 동화를 들려주기 전에 동화 내용을 사전에 예고해 준다. 동화의 길이는 유아들의 주의 집중시간을 고려하여 조절한다. 이야기 형식을 통하여 유아들에게 바르고 옳은 언어 습관을 키워 준다. 동화 내용을 사전에 충분히 점검하여 음성의 높고 낮음, 빠르고 늦음, 잠시 쉴 곳 등을 체크해서 동화의 분위기를 효과적으로 표현해야 한다. 편안한 표정과 바른 자세를 취하고 유아들의 얼굴을 한 명 한 명 골고루 살펴보면서 읽어준다. 동화 내용에 따른 연극적 몸짓을 사용하고, 틈틈이 질문이나 뒷이야기에 대한 상상을 물어보며 진행하는 것도 좋다.

4.2.2 book sitter

1) book sitter의 의의

북시터란 '책을 읽어주는 사람'[6]을 말한다. '도서관옆신호등'에서는 북시터를 Kids T.D.(키즈 떼데)라고 표현하고 있다.

Kids T.D.는 Kids와 T.D.의 합성어로 Kids는 영어로 어린이를 말하고, T.D.는 영어로 선생님, 불어로는 대학의 시간강사, 스페인어로 Tres Dias의 약어인데 예수님의 부활 전 3일을 가리킨다. 어둠의 3일이 지난 후 빛의 세계로 옮겨가신 3일째가 T.D.이다. 유아들의 형상화되지 않은 내적 세계를 책을 통해 빛의 세계로 이끌어 주신 역할을 담당하는 의미에서 '도서관옆신호등'에서는 전문 선생님을 '키즈 떼데'로 명명한다.[7]

북시터는 부모님이 희망하는 시간에 가정으로 직접 방문하여 아이의 연령에 맞는 유익한 동화책을 목소리 연기, 몸짓 그리고 표정연기 등 재미있는 행위를 통해 아이에게 쉽게 그 내용을 전달해 주는 선생님을 말한다. 단순히 책을 읽어주는 차원이 아닌 눈과 귀로 내용을 전달해 주기 때문에 아직 글자를 읽지 못하는 아이들에게 어렸을 때부터 책을 가까이할 수 있도록 도와준다. 다양하고 유익한 동화를 들려주어 언어 발달, 상상력, 사고력을 키워준다. 장난감이나 인터넷 게임보다도 책을 좋아하고 읽는 습관을 기를 수 있도록 도와준다. 그리고 함께 도서관을 방문하여 각종 프로그램에 참여할 수 있도록 도와주기도 한다.[8] 북시터는 아이의 창의성과 상상력을 키워주며 아이의 언어교육과 감성교육이 동시에 이루어지게 한다. 책을 단순히 읽는 것이 아니라 자신의 생각을 만들어 가고 표현하며 정리하는 습관을 갖게 해준다.

북시터란 '동화책을 읽어주며 아이를 돌보는 사람'을 말한다. 동화시터와 같은 역할을 하는 사람이다.

2) book sitter 교육

북시터는 가정으로 직접 방문하여 아이의 연령에 맞는 유익한 동화책을 목소리 연

---

6) 이현, 조선일보 2005년 4월 10일자.
7) '도서관옆신호등' 관리자 유지용 님의 설명이다.
8) http://www.bumomaum.co.kr/service/s_book.asp[인용 2006.04.26]

기, 몸짓 그리고 표정연기 등 재미있는 행위를 통해 아이에게 쉽게 그 내용을 전달해 주는 선생님을 말한다. 그러므로 교육, 아동심리, 상담, 교수법 등을 이해하고, 동화구연, 스토리텔링 기술이 있어야 한다.

'도서관옆신호등'에서는 책 읽어주는 선생님들과 엄마들을 연결시켜 주고, 도서관 교육법에 대한 다양한 정보를 제공하는 사이트다. 매일 아이와 도서관을 찾기 힘든 엄마들을 위해 생각해 낸 아이디어다.

'도서관옆신호등'에서 말하는 도서관교육법이란 국내외 공공 도서관의 프로그램과 책을 활용하여 아이들의 듣기 능력과 말하기 능력을 함양하여 읽기와 쓰기 능력을 자연스럽게 계발시키는 교육법이다. 소정의 교육을 거친 선생님들이 동화책을 읽어주어 아이들의 관심도는 물론 듣기를 통해 논리적인 말하기로 자연스럽게 이동할 수 있도록 도와준다. 또한 매일의 독서록을 바탕으로 매년 아이들의 독서육아일기가 제공되며 이를 바탕으로 심리 적성 검사를 통해 아이들의 관심도를 체크하여 준다. 공공도서관을 애용하여 사회성은 물론 더불어 사는 하나의 인격체로 거듭남이 도서관교육법의 궁극적인 목표이다.

도서관 방문 교육 서비스란 Kids T.D.가 회원님의 집에서 가장 가까운 도서관에서 책을 읽어주어 듣기능력을 계발시키고 아울러 동화책을 통해 말하기 능력을 함양한다.

동화책을 통해 논리적 사고와 감수성을 계발한다. 일정 기간 수련 후 독서록을 기초로 독서 일기를 제작하고, 이를 바탕으로 심리, 적성테스트를 받아 관심도를 체크한다.

교육 대상은 만 2세부터 7세까지 듣기과정이 필요한 유아와 체계적인 책 읽기와 분석이 필요한 초등학생이다.

Kids T.D. 자격은 유아교육 관련 학과 전문대(2년제) 재학 이상은 4세 이하 아동을 우선 연결해 준다. 어학, 문과, 상경, 이과계열 등 4년제 대학교 재학 이상은 5세 이상 아동을 우선 연결해 준다. 도서관교육법에 관련하여 자체에서 제작한 동영상을 통하여 교육한다. '도서관옆신호등'이라는 독서노트 2권을 제공한다. 도서관 교육법이라는 자체 제작한 안내문을 제공한다. 어린이 권장도서 목록(한글, 영문)을 제공한다.

어르신 일자리 창출을 위한 북시터 교육이므로 프랑스처럼 방과 후 초등학교 저학년을 대상으로 활동할 수 있도록 여건을 마련해야 한다.

그러나 기본적으로 전직 교사나 교육에 종사했던 어르신을 중심으로 간단한 교육을 하여도 북시터가 될 수 있는 교육체제와 내용이어야 할 것이다. 교육 담당기관은 가능하면 독서교육 단체나 독서 전문기관, 초등학교에서 담당하면 더욱 효과적일 것으로 생각된다.

부산광역시 공동모금회 지원사업의 일환으로 인표어린이도서관을 통한 지역사회프로그램 '북시터 파견사업'의 예를 들면 다음과 같다.

저소득 가정에 북시터(책 읽어주는 선생님)를 파견하여 학습능력 향상 및 정서적 지지를 도모하여 가족기능 향상 및 올바른 독서문화 형성을 하고자 한다.

활동기간은 2006년 4월부터 12월까지이다. 자격 요건은 자녀를 둔 부모로서 도서 관련 자격증 소지자이다. 모집 인원은 면접 후 선발 8명이다.

활동 내용은 ① 책사랑 가방 방문 대여 및 독후 활동 제공(주 2회)

② 신나는 토요도서관 활동, 문화공연 및 캠프 ③ 북시터 전문교육(2회) ④ 지역사회 내 올바른 독서문화 정착 활동 등이다.

북시터 활동비를 지급한다. 제출서류는 독서 관련 지도사 자격증 사본 1부, 등본 1부, 이력서 1부이다. <문의: 장선종합사회복지관 사회복지사>[9]

어느 북시터 전문 업체의 동영상 교육 내용을 살펴보면 다음과 같다.[10]

① 도서관 교육법 특강/이　현

② 도서관 교육법 특강(부모/북시터)/이　현

③ 도서관 교육과 미래 3/ 도서관 직접 교육방법/이　현

④ 도서관 교육과 미래 2/ 도서관 교육의 개념과 절차/이　현

⑤ 도서관 교육과 미래 1/ 21C형 인재를 위한 도서관 교육/이　현

⑥ 영어 북시터 교육 / 엄마와 함께하는 영어동화/이 지 영

⑦ 부모 교육 2/ 아이와 대화를 잘 하려면?/백 은 영

⑧ 부모 교육 1/ 부모라는 이름의 자격증/백 은 영

⑨ MBTI의 16가지 유형/주 언 영

⑩ MBTI를 활용한 도서관 학습법/주 언 영

⑪ 미술심리 교육/연령별 그림의 특징과 매체의 특성/김 현 주

3) book sitter 교육과정

북시터는 유아와 초등학교 저학년을 대상으로 동화책을 읽어주며 아이를 돌보는 역

---

9) http://blog.naver.com/readingedu?Redirect＝Log&logNo＝70003247951[인용 2006.05.03]

10) http://kidstd.com/renewal/media/media_service_main.php[인용 2006.05.04]

할을 맡고 있기 때문에 교육, 아동심리, 상담기법, 교수법 등을 이해하고, 동화구연, 스토리텔링 기술이 있어야 한다. 또한 주로 공공도서관을 활용하여 동화책을 읽어주며 돌보는 프로그램이기 때문에 도서관이용에 관한 지식이 있어야 한다.

그러므로 book sitter는 무엇보다 교육을 이해하고, 책과 아이를 좋아하는 사람이라야 하기 때문에 교육, 책, 아이에 관한 내용을 교육해야 할 것이다.

일반적인 북시터의 교육과정(안)을 제시하면 다음과 같다.
① 북시터의 자질과 인성
② 북시터의 업무 내용
③ 영유아교육 개론
④ 독서교육의 실제
⑤ 동화구연과 실제
⑥ 북시터 노트 쓰기
⑦ 도서관의 이해
⑧ 놀이 지도

어르신 일자리 창출을 위한 북시터 교육의 교과과정은 프랑스처럼 방과 후 초등학교 저학년을 대상으로 책을 읽어주기, 재미있는 이야기 해주기, 동화 구연하기, 읽은 책으로 독서토론하기, 재미있게 놀아주기 등의 기법을 교육해야 할 것이다.

4.3 노인 일자리 창출과 북시터

노인 문제를 연구하는 학자들은 일반적으로 65세 이상을 노인으로 규정하고 있다.

보건복지부가 최근에 내놓은 '노인 일자리 마련사업'을 보면, 65살 이상 노인을 대상으로 모두 10만 개의 일자리를 만든다는 목표로, 우선 425억 원의 예산을 들여 3만 5천 개의 일자리를 만들 계획으로 되어 있다. 일자리 유형으로는 거리환경 개선 등 공익형 2만 2750개, 문화재 해설사 등 교육복지형 7천 개, 지하철 택배 등 자립지원형 5250개 등이다.

그러나 '공익형, 자립형' 일자리라고 하지만 내용을 보면 거리청소 등 단순노동이 대부분이고 그것도 기존의 생계 지원용 공공근로와 다를 바가 없는 듯하다. 예산도 노인 1인당 월 20만 원씩 6개월 동안 지급하는 것이 고작이다. 일자리 창출이라기보다는 '용돈 마련해 주기'이며 일자리 수만 부풀린 정책이 아닌가 생각된다.

보건사회연구원 조사로는 65살 이상 노인 약 400만 명 가운데 80~90만 명 정도가 일할 의사를 갖고 있다고 한다. 노인들의 경륜과 경험을 제대로 활용하는 일자리 창출이어야 나라 경제에도 보탬이 되고 본인들의 보람도 극대화할 수 있을 것이다. 본디 좋은 일자리란 1개만 만들어져도 그 파급효과는 상당하다. 지난해부터 시범운영을 하는 노인인력 전문기관을 좀더 활성화하여 일자리 창출 본보기를 개발하는 방안도 생각해 볼 수 있다. 또한 전산화 작업 보조 등 노인들이 경쟁력을 갖고 있는 분야에서 기업과의 연계를 모색하는 일에도 예산과 인력을 아끼지 말아야 한다.

프랑스에서는 2,000여 개 초등학교에서 '읽기와 읽히기'의 할아버지·할머니 자원봉사자들을 받고 있다고 한다. 교실수업 수준과 내용에 맞도록 자원봉사자들이 읽어줄 책을 제공하고, 학생들을 2~3명씩 소규모 그룹으로 나눠 '대화식 독서지도'가 될 수 있도록 준비한다. 학교 측에서는 저학년들에게 책 한 권을 소리 내어 읽어줄 여력과 시간이 없는 교사들을 대신해서 등장한 할아버지·할머니가 고마울 따름이다. '읽기와 읽히기'의 자원봉사자들은 아이들에게 동화책을 읽어주는 데 그치지 않는다. 아이들이 직접 책을 큰 소리로 읽도록 하면서, 표현력과 발표력, 의사소통 능력을 키워준다.

'읽기와 읽히기'를 담당하는 어르신들은 신규 회원으로 가입한 어르신을 전문가로부터 간단한 독서지도 교육을 받게 하고 있다. 천천히 책을 읽으면서 아이들이 따라오는지 확인하고, 어려운 단어는 설명해 주고, 목소리의 톤은 수시로 바꾸며, 때때로 시각자료를 이용하라는 등등의 기본 요령을 익혀 준다. 자원봉사 어르신들은 아이들과 함께 하는 독서시간을 보내며 행복한 생활을 하고 있다.11)

특히 과거에 교육에 관련된 분야에 종사하였거나 교육에 경험이 있는 어르신들을 대상으로 소정의 북시터 교육을 하여 프랑스처럼 초등학교에 파견하여 어르신 일자리 창출을 하면 좋을 듯싶다.

보건복지부는 앞으로도 정부지원 일자리를 매년 3만 개씩 지속적으로 확대해 나갈 계획이지만, 노인들의 일자리 수요(금년 50만 명 추정)를 충족하기에는 절대적으로 부족한 실정이므로 정부지원 일자리 이외에 주유원, 전기검침원, 시험감독관 등 노인적합

---

11) 이만수, 외국의 독서교육-프랑스-, 한우리독서신문, 2005년 3월호(제54호)

일자리를 확대하기 위하여 노력하고 있다.

특히 서초구 관내에는 약 3,000여 기의 묘지가 있으나, 대부분 연고자가 파악되지 않는 무연고 묘지로 방치되어 있다는 점에 착안, 정확한 묘적부 기초 자료를 작성을 위한 '장묘조사도우미'로 노인 일자리 50명을 확보하여 눈길을 끌고 있다. 서초구 관계자는 "최근 평균수명의 연장과 함께 고령사회가 도래함에 따라 충분히 일할 수 있는 능력을 갖추고 있음에도 불구하고 일자리를 구할 수 없는 것이 현실이라며 노인들의 경륜과 경험을 활용할 수 있는 노인일자리 사업을 꾸준히 전개할 계획이다."라고 밝혔다.[12]

독서 관련 단체에서 65세 이상 어르신들에게 book sitter 양성 교육을 하여, 손자손녀들을 돌보듯 책을 읽어주며 무위고(無爲苦)를 덜어 드리는 것이 좋겠다. 또한 국공립 유치원의 유아나 초등학교 학생들을 돌보고 놀아 주며 보람을 찾을 수 있도록 해야 할 것이다. book sitter 양성 교육은 보건복지부나, 지방자치단체(도청, 시청, 구청)의 노인 일자리 창출 사업, 여성인력개발센터, 시도 교육청의 초등학교 방과 후 교육 사업과 주 5일제 수업과 관련한 토요일 활동 사업, 특히 여성 관련 부서의 협조를 얻어 예산을 지원받아 할 수 있을 것으로 사료된다.

하나의 방법으로 지방자치단체에서 운영하는 복지회관의 노인을 위한 프로그램 중에 book sitter 교육을 넣어 독서 관련 단체에서 강사를 파견하면 좋을 것 같다.

4.4 book sitter 활동의 예

다음은 어느 사립 단체의 북시터 활동에 관한 내용이다.

1) 어느 북시터의 일기를 소개하면 다음과 같다.

오늘도 어김없이 OO네로 갑니다. 이른 아침(7시 30분)이지만 8개월 된 OO이를 보려는 마음에 서둘러 집을 나섰습니다. OO이를 만난 지는 20일 정도 됩니다. 처음엔 낯가림이 심했지만 지금은 부모님보다도 나를 더 잘 따르는 OO이가 너무나 사랑스럽답니다. OO이는 먹는 걸 별로 안 좋아하지만, 저는 기어코 먹이려고 애씁니다. 그래서

---

12) http://www.mohw.go.kr/index.jsp[인용 2006.4.27]

인지 처음보다 좀 통통해져서 제 맘이 뿌듯합니다.

OO이는 똑똑해서인지 한번 본 책은 꼭 다시 펼쳐 봅니다. 다른 책이 섞여 있어도 한번 본 책을 다시 펼치며 옹알이를 할 때면 어찌나 예쁜지……. 아이를 예뻐해서 북시터일을 시작했는데 지금은 쉬는 날이 되면 OO이가 눈에 밟혀 빨리 월요일이 되기만을 기다리죠.

OO아 ! 건강하게 예쁘게 자라야 한다. 그러려면 아무거나 잘 먹어야 해요. OO이로 인해 이 이모는 더 젊어진 듯하네. OO이만 봐도 행복해서일까?[13]

2) 어느 유아교육과 학생의 편지글을 소개하면 다음과 같다.

안녕하세요. 저는 유아교육과에 재학 중인 학생입니다.

북시터에 관한 일을 종종 듣곤 했는데, 이제야 제가 직접 동영상을 보게 되었네요.

북시터라는 일이 단순히 '아이들에게 책을 읽어주면 되겠지.'라는 생각을 가지고 있었는데, 동영상을 통하여 개개 유아마다의 연령, 개인차, 문화를 고려하여 접근해야 한다는 것을 다시 한 번 깨닫게 되었습니다. 21C는 단순히 지식을 많이 알고 있는 사람을 필요로 하는 것이 아니라 자신이 가지고 있는 지식을 활용할 줄 알고, 당면한 문제에 다양한 관점에서 접근하여 해결하고, 새로운 지식을 창출해 내는 능력을 지닌 사람이 필요합니다. 그렇기 때문에 창의성 계발이 더욱 중요하다고 여겨집니다. 이러한 창의성 계발을 책을 통하여 유아가 발현될 수 있도록 접근해야 한다. 특히 책이 주는 정보 측면에서 접근하는 것이 아니라 통합적으로 접근해야 한다는 필요성을 많이 느꼈습니다. 유치원 연령의 아이들은 상상하기를 좋아하고 자신의 의사를 놀이를 통해 표현합니다. 저는 책을 통하여 함께 상상의 나래를 펼치도록 돕고, 유아가 막연히 글자만 읽는 책 읽기가 아니라 책을 즐길 줄 알고 좋아할 수 있도록 지원하는 것도 미래에 유아교사가 될 사람으로서 감당해야 할 의무라고 생각합니다. (중략)

동영상 강의는 저에게 유익한 시간이었고, 잘 보았습니다. 아이들과 만나는 게 벌써부터 기대가 되네요.^-^

---

13) http://www.momy.co.kr/?OVRAW＝babysitter&OVKEY＝babysitter&OVMTC＝
   standard[인용 2006.04.25]

3) 북시터의 도서관교육의 예

도서관교육은 가까운 도서관이나 동사무소 또는 다양한 책을 볼 수 있고 읽어줄 수 있는 시설을 갖춘 장소면 어디든 가능하다. 그중에서 가능하면 도서관을 이용하는 것이 가장 바람직하다. 도서관에서 책을 찾고 다양한 정보를 이용하는 것을 익히는 것도 도서관 교육법의 주된 목표이다.

다만 도서관을 이용하기가 어려운 다음의 경우에는 집에서도 북시터를 활용할 수 있다.

(1) 아동이 너무 낯을 가려서 초기에 친해지는 데 시간을 요하는 경우

(2) 아동이 아파서 공공장소에서의 적응이 어려운 경우

(3) 도서관이 너무 멀리 있어서 이용하기가 어려운 경우

(4) 아동이 몸이 아파서 도서관에 갈 수 없는 경우 등

위의 경우에도 가능하면, 도서관을 적어도 1달에 1번 이상은 방문해서 수업하기를 추천한다.

4.5 결 론

Book sitter란 '책을 읽어주는 사람'이다. 북시터란 '동화책을 읽어주며 아이를 돌보는 사람'을 말한다.

북시터는 유아와 초등학교 저학년을 대상으로 동화책을 읽어주며 아이를 돌보는 역할을 맡고 있기 때문에 교육, 아동심리, 상담기법, 교수법 등을 이해하고, 동화구연, 스토리텔링 기술이 있어야 한다. 주로 공공도서관을 활용하여 동화책을 읽어주며 돌보는 프로그램이기 때문에 도서관 이용에 관한 지식이 있어야 한다.

북시터는 무엇보다 교육을 이해하고, 책과 아이를 좋아하는 사람이라야 하기 때문에 교육, 책, 아이에 관한 내용을 교육해야 할 것이다.

독서 관련 단체에서 65세 이상 어르신들에게 book sitter 양성 교육을 하여, 손자손녀들을 돌보듯 책을 읽어주며 무위고(無爲苦)를 덜어 드리는 것이 좋겠다. 또한 국공립 유치원의 유아나 초등학교 학생들을 돌보고 놀아 주며 보람을 찾을 수 있도록 해야

할 것이다. 북시터 양성 교육은 보건복지부나, 지방자치단체(도청, 시청, 구청 등)의 노인 일자리 창출 사업, 시도 교육청의 초등학교 방과 후 교육 사업과 주 5일제 수업과 관련한 토요일 활동 사업, 특히 여성 관련 부서의 협조를 얻어 예산을 지원받아 할 수 있을 것으로 사료된다.

하나의 방법으로 지방자치단체에서 운영하는 복지회관의 노인을 위한 프로그램 중에 북시터 교육을 넣어 독서 관련 단체에서 강사를 파견하면 좋을 것 같다.

5 외국의 독서교육

5.1 서 론

독서는 인간이 성장하는 데 큰 역할을 담당한다. 인간의 성장에 필요한 정신문화는 문자를 통해 계승·전달되며, 독서는 문자를 통해 전달되는 인류의 지혜와 사고를 통해 인류 문화 공동체의 일원으로 성장해 가도록 돕는다. 독서는 경험의 폭을 넓혀주고, 높은 이상을 갖게 하며, 창의적이고 비판적인 사고능력을 길러주어 학습 능력을 높인다. 우리나라는 교육현장에서 독서교육이 충실하게 이루어지지 못하고 있다. 그러나 교육인적자원부에서는 제7차 교육과정의 핵심인 주도적 학습을 위해 독서교육과 학교도서관 활성화 계획을 수립하여 실천하고자 하는 것은 바람직한 일이다. 독서교육의 진흥은 개인적 성장은 물론 국가 발전을 위해서도 더 이상 미루어 둘 수 없는 시급한 과제이다. 그러므로 우리나라의 독서교육 활성화를 위하여 선진 외국의 독서교육에 대한 자료와 연구가 필요하다.

본 단원에서는 미국, 영국, 프랑스, 독일, 일본의 독서교육에 대하여 문헌 조사하고 분석하여 우리나라 독서교육에 시사점을 제시하였다. 그리고 문헌연구와 전문가와의 상담을 통하여 의견을 듣고 조사 분석하였다.

5.2 독서교육의 의의

5.2.1 독서교육의 개념

독서교육이란 영어로는 reading education 또는 reading guidance로 쓰며, 독서에 의한 인간교육[1]이라 할 수 있다. 독서교육이란 독서에 의한 인간교육의 방법론과 그 실천적 접근을 중심으로 하여 독서하는 태도, 지식, 기술, 능력, 흥미, 습관 등의 형성과

---

1) 손정표, 『신독서지도방법론』, 대구: 태일사, 1999. p.89.

개발의 지도2)를 뜻한다. 독서교육을 일반 교육적 입장에서 보면 '각 개인이 자기에 대한 인식을 바탕으로 하여 도서자료를 매체로 자기의 생활을 충실히 하고 사회적 적응을 위한 독서 인격의 형성을 계획적으로 원조하는 교육적인 활동'이며, 교육의 본질을 피교육자의 생활 교육이라는 입장에서 보아 '자기의 인생을 독서로 충실히 하여 현대 사회 생활에 적응할 독서력과 독서에 의한 인격 형성을 구체적, 계획적으로 조성하는 지도'라는 생활지도의 일환이다.3)

독서교육이란 곧 독서행동을 유발시키는 것이다. 학교에서의 독서교육은 학생들이 독서를 중요하게 생각하고, 독서하기를 좋아하고, 독서를 효과적으로 할 수 있도록 지도하는 것이다. 독서교육은 독서 습관 형성이 매우 중요하다.

학교교육에서 독서교육이란 학습독서와 일반적인 생활인으로서의 독서를 말할 수 있는데, 학습독서를 통하여 폭넓게 그리고 계속해서 읽을 수 있는 독서활동을 전개해 갈 수 있는 방법이다. 학습 독서 방법은 어느 교과목이든 교과서를 중심으로 각급 학교의 수준에 맞게 자료를 찾아 읽도록 전개해야 하며, 학교도서관을 육성시켜 훌륭한 교육의 성과를 얻을 수 있다. 즉 한정된 교실이 아니라 도서관을 이용하고, 한 권의 교과서가 아니라 많은 도서관 자료를 읽도록 하고, 그리고 사서교사를 통하여 더 많은 관계 자료를 안내받을 수 있을 것이다. 학습독서를 통한 교육은 교과서로 한정되어 있는 교육의 내용을 폭넓게 전개할 수 있으므로 학생 개인의 능력에 따라 창의력을 향상시킬 수 있다. 이와 같은 학습독서의 교육방법이 초등학교에서 고등학교까지 계속될 때, 사회인으로 활동하면서 모르는 문제가 생겼거나 무슨 일을 시작하려고 할 때 습관적으로 자료를 읽어서 해결하려는 태도를 갖게 되며, 자료를 찾아 읽어 가면서 그 문제를 해결하는 데 창의성을 발휘하게 되는 것이다.

독서교육은 독서하는 태도, 방법, 기술, 지식에 대하여 안내하여 독서흥미를 갖게 하고 독서습관을 형성하게 하여 스스로 독서할 수 있도록 지도하는 것이다.

5.2.2 독서교육의 목적

독서는 한 인간의 평생 과업에 해당하는 일이다. 인간의 성장을 돕는 하나의 과정과 절차로서 의미를 지니는 독서활동은 평생교육 차원에서 다루어져야 하는데, 초·중·

---

2) 阪本一郎 등편, 『신독서지도사전』, 동경: 제일법규, 1981, p.15.
3) 손정표, 상게서, p.90.

고등학교에서 이루어지는 독서교육을 중심으로 목적을 제시하면 다음과 같다.[4]

(1) 독서를 통해 인간의 성장을 도모한다.

인간은 끊임없이 성장하는 존재이다. 교육에서는 인간의 성장을 도모하고 스스로 성장을 실현하는 인간을 육성하는 것을 목표로 한다. 인간의 성장은 두 측면에서 생각할 수 있는데, 하나는 생물학적 존재로서 자연스럽게 이루어지는 육체의 성장과 건강이다. 또 하나는 건강한 삶을 영위한 정신적 성장이다. 이러한 과정에서 독서는 정신의 성장을 촉구하는 에너지원이 된다. 한 개인의 정신적 성장의 기록은 독서와 사색의 기록이라고 해도 좋을 만큼 독서가 정신적 성장에 미치는 영향은 크다고 할 수 있다.

(2) 인간 성장을 도모하는 교육을 유도한다.

독서의 목적이 인간의 성장을 돕는 것이라면, 독서교육은 인간의 성장을 도모하는 교육으로 이루어져야 한다. 인간의 성장에 기능의 습득과 기술의 축적 등이 중요한 역할을 하는 것은 사실이다. 그러나 우리가 도모하는 독서교육에서 지향하는 인간의 성장은 인간의 인격적 성장을 뜻하며, 전인적 인격의 성장을 지향하는 교육이념과도 상통한다.

7차 교육과정에 육성하고자 하는 인간상은 ① 전인적 성장의 기반 위에 개성을 추구하는 사람 ② 기초 능력을 토대로 창의적인 능력을 발휘하는 사람 ③ 폭넓은 교양을 바탕으로 진로를 개척하는 사람 ④ 우리 문화에 대한 이해의 토대 위에 새로운 가치를 창조하는 사람 ⑤ 민주시민의식을 기초로 공동체 발전에 공헌하는 사람이다. 학교교육이 인간의 전인적 성장을 도모하는 방향으로 나아가야 한다고 볼 때, 그러한 방향 설정에 독서교육이 하나의 역할을 할 수 있어야 한다. 독서교육이 인간 성장을 도모하는 학교교육의 방향을 유도하는 준거가 되어야 할 것이다.

---

4) 김남두 외, 초중등학교의 독서 자료 선정을 위한 기초자료 개발 연구, 1999, pp.74－75.

(3) 합리적인 사회에 대한 지향성을 가치로 추구하도록 한다.

인간의 성장 가운데 하나는 남과 더불어 삶을 영위하는 사회화를 통한 성장이다. 그 성장은 자신이 사회적 성격을 획득하여 실제 삶에서 실천되는 것이며, 독서공동체를 형성하여 독서 경험을 통하여 실현되는 것이다. 독서활동은 공동체의식의 공통기반을 마련하는 일이고, 지식국가 혹은 지식기반사회를 지향해 나가는 에토스 형성에 기여하는 것이다.

학교교육에서 독서교육은 경험의 폭을 넓혀 준다. 독서는 간접경험을 넓히는 중요한 수단이고 방법이기 때문이다. 또한 사고의 깊이를 확보해 준다. 사고의 깊이 가운데 풍부한 상상은 필수적이다. 상상력은 구성적 능력이라고도 하는데, 이성과 감성을 다 포괄하는 혹은 그것은 동시에 뛰어넘는 변형의 능력과 구성적 능력이다. 대상의 파악, 비판과 변형, 삶의 비전 구축 등에 상상력은 폭넓게 작용한다. 독서교육은 조화로운 정신능력을 기를 수 있는 것이다. 그리고 독서교육은 높은 이상을 가지도록 한다. 독서를 통해 인간이 이상을 추구하는 존재라는 깨달음을 얻을 수 있다. 독서는 삶의 궁극적 목표에 대한 반성적 사고를 가능하게 한다. 독서는 인간적 삶의 과정이다. 독서활동은 독서 그 자체의 교육을 지향한다. 독서는 인간의 자기실현의 한 방편이다. 독서는 인간의 가소성을 실현하는 방법이 되는 것이다. 특히 문학의 경우 독서 그 자체가 삶의 체험이라는 특성이 강조되어야 한다.

5.2.3 독서교육의 방법

독서교육은 독서를 어떻게 할 것인가에 대한 방법을 가르쳐 주고, 안내하고, 도와주는 활동이다. 독서교육을 하기 위해서는 독서 과정에 대한 이해가 필요하다. 독서란 의미를 재구성하는 하나의 '과정'이라는 점을 생각할 때, 앞으로 독서교육에서 독서의 '과정'을 중요시할 필요가 있다고 생각된다. 독서의 결과보다는 과정을 강조함으로써, 학생들은 독서의 과정에서 자신의 장, 단점을 발견하게 되고 나름의 독서 책략을 사용하고 필요에 따라 수정하는 과정을 통해 나름의 책 읽는 방법을 터득할 수 있다. 또한 책을 읽는 과정에서 끊임없이 자신의 배경 경험에 기초하여 내용을 해석, 추론하는 과정에서 사고력을 키울 수 있다. 그리고 이러한 과정에서 책에 있는 내용을 진정한 의미에서 자기 것으로 만들게 된다.

독서교육에서 과정을 강조하게 되면, 교사는 학생들의 독서 행위에 역동적으로 참여하게 된다. 그동안은 단순히 학생들에게 책을 읽도록 권하고 책을 읽고 난 후에 독후감을 쓰라고 한 것이 독서 지도의 대부분을 차지해 왔다고 생각된다. 이러한 식의 지도는 독서에 대한 그들의 흥미를 떨어뜨리는 역효과를 가져올 수 있다. 교사는 학생들의 독서 과정을 적절히 도와줄 필요가 있다. 독서 전에, 독서 동안에, 독서 후에 교사가 학생들을 도와줄 수 있는 방법을 제시하면 다음과 같다.

① 학생들에게 독서하기 전에 구체적인 안내를 해준다.

책을 읽기 전에 도와줄 일은 우선 책을 읽고 싶은 마음을 갖도록 하는 것이다. 이를 위해 교사는 그 책에 있는 내용을 간단히 소개해 주고, 어떤 점에서 그 책이 재미있는지, 어떤 점에서 읽을 필요가 있는지, 그리고 그 책을 읽은 다른 사람에게 물어보게 하거나 그 책에 대한 소개글 등이 있으면 읽어보게 할 수 있다. 그리고 그 책을 읽는 방법에 대해 이야기해 준다.

독서 전에 독서 분위기를 조성하고, 독서 계획을 세우고 나름의 독서 방법을 생각해 보게 한다. 그리고 독서 방법을 안내해 주며, 읽는 목적을 구체적으로 설정하게 한다. 글의 내용을 미리 예측해 보게 한다.

② 독서 후에는 감상, 체험할 수 있는 기회를 준다.

읽은 후에 할 수 있는 활동은 대단히 많다. 흔히 학교 현장에서는 한 권의 책을 읽고 난 후 똑같이 독후감을 쓰게 하는 경우가 많다. 독후감을 쓰게 하는 것도 필요할 경우가 있지만 자칫 이러한 식의 독후감 쓰기가 책을 싫어하는 요인이 될 수 있다. 읽고 난 후의 활동은 읽은 내용을 다시 한번 되새겨 보고 그 내용을 심화, 이해하게 하며, 읽는 내용을 감상, 체험할 수 있는 기회를 줌으로써 읽은 것을 자기 것으로 만들게 하는 것이 중요하다.

책을 읽고 난 후에는 읽는 것을 기록해 두게 하는 것이 좋다. 독서 기록표는 여러 가지 형태로 각자 만들 수 있는데, 어떤 종류의 책을 읽었는지를 표시하면 된다.

책을 읽은 후에 이렇게 기록해 둠으로써, 성취감을 느낄 수 있고 자기가 어떤 종류의 책을 읽었는지 알 수 있으며, 어느 한쪽 분야의 책만 읽는 것을 줄일 수 있다. 이이외에도 읽은 내용을 정리해 보는 활동으로 '의미 지도 그리기'를 해 보게 할 수 있다. 이 활동은 독서 전에 할 수도 있는데, 읽은 내용을 간단히 그림 형태로 표현해 보게 하는 것이다. 어떤 형태로 그릴 것인가는 글의 종류나 글의 구조에 따라 차이가 있다. 중요한 것은 이러한 의미 지도를 그리는 과정에서 이야기의 전체적 흐름을 체계적으로 파악하고 중요한 내용과 중요하지 않은 내용을 구별하며, 이야기의 전체 내용을 요약하는 과정에서 읽은 글을 보다 깊이 있게 이해하게 하는 것이다.

③ 독서 후에 다음과 같은 활동을 한다.

독서 후 할 만한 활동으로는 질문 만들기, 읽은 내용과 관련하여 퍼즐이나 게임, 퀴즈 만들기, 읽는 내용에 대해 두 사람끼리나 소집단별로 토의하기, 읽은 책을 다른 사람에게 소개하는 글을 쓰고 독서 게시판에 게시하기, 이야기의 주인공(또는 등장인물)에게 편지 쓰기, 이야기의 결말을 다르게 맺어 보기, 다른 장르로 바꾸어 보기(시→이야기, 이야기→시, 희극, 만화 등), 이야기의 내용을 간단히 무언극이나 드라마, 역할놀이 형태로 꾸며 보기, 이야기에서 어떤 장면이나 내용을 그림이나 콜라쥬, 찰흙 모형으로 나타내기, 같은 작가의 다른 책 읽어보기, 이야기의 어떤 내용을 보다 깊이 있게 이해하기, 읽은 이야기의 줄거리를 생각하면서 이와 유사한 이야기를 직접 만들어 보기, 읽는 내용을 다른 사람에게 구연(storytelling)해 보기이다.

④ 과정 중심의 독서 지도를 한다.

과장 중심의 독서지도를 통해 능숙한 독자를 길러 낸다.

독서교육에서 독서란 의미를 재구성하는 하나의 '과정'이다. 그러므로 독서교육에 있어서 과정 중심의 접근을 취할 필요가 있다. 과정을 강조함으로써, 아이들은 계획적으로 글을 읽는 방법을 터득하게 되고, 풍부한 사고 작용을 하게 되며 이러한 과정에서 독서 과정에 젖어 읽은 것을 내면화할 수 있다.

교사는 학생들의 독서 행위에서 방관자의 입장에 서서는 안 된다. 단순히 책을 주고 읽게 한 후, 독후감을 쓰게 하는 것으로 교사가 할 일을 했다고 생각하는 것은 문제가 있다. 나름의 방법을 가지고 아이들의 독서 과정에 보다 역동적으로 참여할 필요가 있다.

독서교육방법은 미국도서관협회[5]에서 제시한 '적자에게 적서를 적기에 제공한다.'는 중심 원리가 중요하다. 또한 독서교육은 독서기술이 무엇보다 중요한데, 특히 독서의

---

5) 阪本一郎 등편, 전게서, p.65. The right book for the right person at the right time

기술은 소리 내어 읽기와 속으로 읽기 같은 '읽는 방법'과 줄거리 읽기와 요점 읽기, 훑어 읽기, 종합하며 읽기, 분석하며 읽기, 관계 읽기, 구조화 읽기 등과 같은 '독해 방법' 그리고 느끼며 읽기, 상상하며 읽기, 추리하며 읽기, 비판하며 읽기, 창의적으로 읽기, 문제 해결하기 등과 같은 '감상의 단계'가 더욱 중요하다.

5.3 외국의 독서교육

미국, 영국, 프랑스, 독일의 독서교육에 대하여 살펴보고 이들 나라의 독서교육 정책으로부터 시사받을 수 있는 점들을 확인해 보기로 한다. 국가에 따라 자료 수집의 정도에 따라 내용들은 차이가 있지만 다음과 같다.

5.3.1 미국의 독서교육

미국의 '독서교육 위원회'(National Commission on Reading)는 1985년에 미국학교에서의 읽기 교육 실태에 관한 보고서를 출간하였는데, 1980년대 중반 이후 읽기 교육에 대한 관심이 더욱 증대하게 되었다. 미국에서는 읽기 교육이 교육개혁에서 가장 중요한 역할을 담당했는데, 독서교육위원회는 학생들에게 주당 적어도 2시간 이상의 자발적인 독서 시간을 갖도록 할 것과, 독서 대상에는 문화유산의 핵심적인 내용을 대표하는 고전과 현대 픽션 및 논픽션을 포함시킬 것을 권고하고 있다.

미국은 독서교육 프로그램의 하나인 개별적 읽기 프로그램(Reading Recovery)방법이 있다. 이 방법의 취지는 1학년 아동 중에서 읽기가 뒤떨어지는 아동들에게 개별적인 조기중재(early intervention) 프로그램을 제공하는 것이다. 개별적 읽기 프로그램은 실패를 반복한 아동들에 대해서 경험과 흥미에 초점을 두고, 읽기와 쓰기를 아동의 눈높이로부터 다시금 시작하여 경험체계를 쌓아 주려는 방식이다. 이 프로그램은 아동이 읽기를 성취하면서 정상적인 수준에 이를 때까지 개별적인 방법으로 프로그램을 지속하는 장기적인 교정 프로그램이라고 할 수 있다. 뉴질랜드의 Maria Clay에 의하여 개발되고 미국 오하이오 주에서 전면적으로 실시되었으며, 현재는 미국의 20개 이상의 주에서 기금을 마련하여 개별적인 지도를 해 주는 프로그램으로 많이 사용되고 있다.

지도방법은 매일 30분씩 5일간 개별지도를 통하여 아동의 읽기 능력에 맞는 읽기 책을 읽어주고 함께 읽으며 쓰기를 도입하여 통합적 언어교육(읽기, 쓰기, 말하기, 듣기를 함께 어우러지게 교육하는 방법)으로 아동들을 지도한다. 미국의 경우, 구체적인 교육 프로그램의 운영은 주 정부 수준에서 계획되는데, 캘리포니아 주의 경우, 1980년대 중반 이후 독서교육과 관련된 다양한 지침서를 주 정부 수준에서 개발하여 소속 학교들에 전파하고 있다.6)

(1) 미국 독서교육의 바탕

미국 학교에서 책 읽기가 교과 과정의 중요한 일부를 이루고, 이것이 우리도 궁극적으로 지향할 바라고 해서 미국의 제도를 곧바로 가져올 수는 없다. 제도만 갖고 될 일이 아니기 때문이다. 우선 교과 과정에서 쓸 수 있는 좋은 아동용 도서가 어느 정도 축적이 되어야 하고, 이런 책들이 공공 도서관이나 학교 도서관에 비치가 되어야 할 것이다. 교과 과정 안에서 많은 책을 읽힐 수 있도록 교과서의 개념도 바뀌어야 할 테고, 선생님들이 학생들에게 읽힐 책을 섭렵하는 재교육 과정도 필요하겠다. 이러한 준비는 돈과 시간이 많이 들겠지만 정부에서 의지만 갖는다면 생각보다 쉽게 시행 단계에 들어갈 수 있으리라고 본다. 더 어려운 문제는 독서교육의 당사자인 아이들을 준비시키는 것이다.

책 읽기가 교과 과정의 의미 있는 일부가 되려면 무엇보다도 아이들이 상당한 양의 책을 빨리 읽을 수 있는 능력을 갖추어야 한다. 미국에서는 영어 한 시간만 놓고 보더라도 만만치 않은 양이라는 점이 눈길을 끈다. 100페이지 남짓의 중학생용 도서이긴 하지만 한 학기 3~40권의 책을 읽어야 수업을 진행할 수 있는 것이다. 어려서부터 책을 읽어 와서 상당한 양의 독서를 빠른 시간에 할 수 있어야 가능한 이야기이다. 그런데 이게 하루 이틀에 될 일이 아닐뿐더러, 아이들 혼자 힘으로 해낼 수 있는 일도 아니다.

여기서 미국 학교의 교과 과정에서 상당한 양의 독서를 소화할 수 있는 바탕은 가정임을 지적할 필요가 있겠다. 우선 미국 학교에서의 독서교육은 가정의 협력을 전제로 한다. 숙제를 하려면 부모와 함께 공립 도서관에 가서 책을 빌려 와야 하고, 또 부모가

---

6) 김남두 외, 전게서, pp.23 - 24.

어떤 참고 문헌을 찾아보면 좋을지 조언을 하기도 하고, 주어진 과제에 대해 함께 생각하는 시간을 갖기도 한다. 여기에 그치는 것이 아니다. 아이들이 책에 친근감을 갖도록, 또 가능한 한 많은 책을 읽도록 미국의 부모가 기울이는 노력은 사실 한국 부모의 교육열을 무색하게 할 정도이다. 책을 읽을 수 있기 이전부터 초등학교 저학년까지는 잠자리에서 책을 읽어주고, 일주일에 한두 번씩 아이들과 공립 도서관에 데리고 가는 것은 당연히 시간을 할애해야 하는 의식(ritual)처럼 되어 있다. 이렇게 생활의 일부가 된 책 읽기가 학교의 교과 과정의 일부로 들어가 있는 것이지, 학교에서 책을 읽히는 것만으로 독서교육이 이루어지는 것은 아니다.

미국 학교에서의 독서교육이 그물망 같은 하부구조 위에 기초하고 있음을 알 수 있다.[7] 미국에서 어린이와 청소년을 위한 독서프로그램은 미국 공공도서관에서 여름방학 동안에 독서 능력을 향상시키기 위해 Vacation Reading Club(VRC) 활동프로그램이 있는데, 이 프로그램은 1940년부터 계속 전개되고 있었는데,[8] 오늘날에는 공공도서관에서 SRP(summer reading Program)이란 독서활동 프로그램으로 개발되어 실시하고 있다.[9]

(2) 미국 학교에서의 독서교육[10]

미국에서는 책 읽기의 중요성이 학교교육에서도 당연한 전제가 되며, 교과 과정의 일부로 자리잡고 있다. 한국에서의 독서교육은 교과 과정 밖에서, 독서를 취미 생활의 일환 정도로 취급하는 가운데, 방학 숙제로 독후감 쓰기를 내주거나, 일 년에 한두 차례 독후감 대회를 열어 잘 쓴 것을 골라 시상하는 것이 보통이다.

독서교육의 목표는 아이가 성장함에 따라 더 많은 책을 읽고 평생 책과 벗할 수 있도록 준비해 주는 것이어야 한다. 학교가 이런 독서교육의 장이 되어야 함을 말할 나위도 없다. 그런데 한국 학생들의 경우에는 초등학교 다닐 때는 어느 정도 책을 읽는

---

7) 김남두 외, 전게서, pp.31-32.
8) Herbert Goldhor and John McCrossan, "An exploratory study of the effect of a public library summer reading club on reading skills", 『The Library Quarterly』, Vol. ⅩⅩⅩⅵ, No.1(January1966). p.17.
9) Herbert Goldhor and John McCrossan, 상게서, pp.14-24.
10) '미국 학교에서의 독서교육'은 김남두 외의 연구인 "초중등학교 독서 자료 선정을 위한 기초자료 개발연구"를 위해 서울대학교 인문대학 영문과 유명숙 교수가 집필한 것을 재인용하였다.

데, 중학교에 들어가면 교과서, 자습서, 문제집 **빼놓고** 책을 접하기 어려운 상황에 놓인다. 학과 공부가 곧 책 읽기인 미국 학교와는 교육 내용이나 효과에서 엄청난 차이가 날 수밖에 없다.

미국 학교에서는 책 읽기가 어떤 식으로 교과 과정의 일부를 이루는가. 학년, 학과 담당 선생님에 따라 차이는 있겠지만, 아예 교과서 없이 학생들이 책을 읽어 오는 것으로 수업이 진행되는 경우가 대부분이다. 대체로 영어 시간, 미국을 기준으로 하면 국어 시간이 책 읽기를 수업의 주요 내용으로 삼는 교과일 터인데, 매주 2~3권의 책을 정해 주고 학생들이 각자 책을 읽고 비교하든 대조하든 A4 용지 3~4페이지 분량의 글을 써오는 과제가 먼저 나가고, 이를 수합한 선생님은 그중에서 몇 편을 골라 읽히고 토의를 하는 것으로 수업 시간을 진행한다. 엄청난 독서량을 전제로 한 수업인 것이다.

교과서를 쓰든 안 쓰든, 책 읽기를 교과 과정의 필수 불가결한 일부로 상정하면, 아이들이 스스로 참고 문헌을 찾아보고, 주어진 주제에 대해 글을 쓰고, 또 수업 시간에 토의하는 과정에서 교과의 내용을 자기 것으로 만들 가능성이 그만큼 높아진다. 반면에 '교과서만 충실히 공부하면 된다.'라는 발상에서 출발하면, 알게 모르게 자발적인 책 읽기를 봉쇄하게 되고, 아이들은 자습서와 문제집에 의지하여 교과서의 내용을 반복 학습하여 시험을 보고, 시험을 위해 외운 내용인 만큼 시험이 끝나면 잊어버린다. 시험이 교육의 목표라면 교과서만 읽혀도 무방하다. 그렇지 않다면 어떤 식으로든 교과 과정 안에서 책을 읽히는 방안을 강구해야 할 것이다.

미국 학교에서 책 읽기와 같이 많은 시간과 노력을 필요로 하는 방식을 고집하는 이유도 언어 능력이 개인의 성취와 사회의 발전에 핵심적인 요소라는 실용적인 이유에 근거해서일 것이다.

미국의 독서교육은 부모를 통한 간접적인 접근 방법에서 효과를 거두고 있으며, 어린이의 여러 환경 요소를 유기적으로 연결시켜 일관되게 실시하는 지도 방침에서 효과를 보고 있고, 사회로부터 많은 재정적 지원을 받고 있다.[11]

5.3.2 영국의 독서교육

영국은 1998년과 1999학년도를 '독서의 해'로 제정하고 범국가적으로 독서 진흥을

---

11) 유사라, "미국어린이 독서교육의 실태", 『어린이와 독서』 제9집, 1988, p.21.

도모하였다. 그 기본 목적은 독서에 대한 국가 전체의 방향을 정함으로써 학생은 물론 국민들 모두의 독서활동을 진흥하는 것이다. 이를 위해 교사는 물론, 학부모, 출판사, 대중매체, 저명인사 등 모든 사람들의 참여 속에 독서 진작 분위기를 조성하고자 노력하였다. 이러한 독서진흥 운동은 1990년대 중반 이후 교육개혁의 핵심적인 방향으로 설정되고 있는 평생학습의 진흥과도 밀접하게 연계되었는데, 영국의 교육부는 지식기반사회에서 국제 경쟁력을 유지하기 위해서는 모든 국민들이 그들의 전 생애 기간을 통해 지속적인 학습의 기회를 가져야 한다는 점을 대단히 강조하였다. 이러한 맥락에서 영국 정부는 국민의 독서 진흥이 곧 평생학습의 기반을 조성하는 데 중요한 역할을 담당할 것으로 본 것이다.

특히, 학생들에 대한 독서교육 진흥의 배경에는 영어 학업성취도의 저하에 대한 우려가 깔려 있었는데, 예를 들어 영국 정부는 11세의 40%가 기대 수준 이하의 영어 학업 성취를 보여주고 있는 것으로 판단하였다. 영국 정부는 특히 독서의 진작을 통한 문장 해득력의 증진이 국가 경제 발전에 기초가 된다는 점을 강조하였다. 다시 말하면, 독서교육 진흥의 목적을 교양의 증진이나 인성의 계발 등 개인발달의 측면보다는, 국가 인력 개발과 같은 사회적 측면에서 강조하고 있는 것이다.

독서의 해 제정에 의한 독서 활성화를 통해 학생들은 다음과 같은 성취를 보여줄 것을 기대하였다.

○ 자신감 있고 즐거운 독서
○ 정보 획득을 위한 독서
○ 더 자주 더 오래 읽기
○ 더 폭넓게 읽기
○ 도전 정신을 주고 관심과 사고의 폭을 넓혀주는 책 읽기
○ 다양한 종류의 책 읽기(픽션, 정보, 책, 잡지, 신문, 인터넷 등)

이러한 범국민적 독서 진흥 사업을 위해 영국 정부가 중점적으로 추진하고 있는 사업은 다음과 같다.

○ 초등학교 교사를 대상으로 한 문학·독서·쓰기 지도에 관한 집중적인 연수
○ 1998년 가을학기부터 초등학교에 독서 시간 배당

○ 도서 구입을 위한 예산 지원(예산: 900만 파운드)

○ 학부모의 참여를 높이기 위한 계획 수립(특히 문장해득력이 떨어지는 부모에 대
   한 지원 포함: family literacy scheme)

○ 부진아를 위한 특별지도(500여 개의 여름학교, 축구 클럽에서의 독서교실 운영 등)

○ 유치원 교육 기회의 제공

○ 출판사, 언론기관, 우체국, 백화점, 민간단체, 소수민족 공동체 등의 참여 유도

특히 이 과정에서 영국 정부는 독서교육의 중요성에 대한 적극적인 홍보활동을 전개
하였으며 또한 독서 진흥 방안에 대해 광범위한 의견을 수렴하고자 노력하였다. 예를
들어, 교육부의 인터넷 홈페이지를 통해 기본 계획을 홍보하고 다양한 의견을 수렴하
였다.[12]

5.3.3 프랑스의 독서교육

프랑스는 다른 어느 나라보다도 자신의 모국어인 프랑스어의 교육을 중요시하는 나
라이다. 프랑스에서 실시되는 독서교육의 실태를 초등과 중등으로 나누어 살펴보면 다
음과 같다.[13]

(1) 초등학교에서의 독서교육

어린이들이 취학 연령에 이르기도 전에 이미 습득되어 있는 말하기 능력과는 달리
지식흡수의 도구가 되는 읽기 학습은 대부분 초등학교에 진학하여 체계적인 접근방법
을 통해 이루어진다. 초등학교 제1사이클(만 5세까지) 동안의 독서교육목표는 아래와
같다.

① 어린이들이 책, 잡지, 신문, 사전, 포스터, 카드 등과 같은 다양한 유형의 인쇄물
을 구별하고 왜 각각 다른 유형들이 사용되는지 이해하기

---

12) 김남두 외, 전게서, pp.35 − 36.
13) 프랑스의 '초 · 중등학교에서의 독서교육'은 김남두 외 전게서, pp.44 − 57의 내용 중에서 이
    화여자대학교 사범대학 불어교육과 한민주 교수가 집필한 내용을 중심으로 재인용하였다.

② 책의 한 쪽이, 그리고 더 나아가 책 한 권의 구성이(제목과 쪽, 목차의 기능 등)
　 어떻게 조직되어 있는지 이해하기
③ 도서실 이용하기(책의 분류를 이해하고 원하는 책이나 만화, 그림책 등을 고르고
　 자료를 모으는 것을 배우기)
④ 교실 독서실을 만드는 데 참여하기
⑤ 이야기, 간단한 정보, 놀이 규칙 등을 이해하기
⑥ 자주 쓰이는 어휘를 식별하기
⑦ 구어체와 문어체 간의 상관관계를 이해하고 단어나 문장 속의 어휘 또는 음절을
　 식별하기 등.

이어 제2사이클의 3년간은(만 5～7세) 글의 의미를 이해한다는 글 읽기의 본질에 보다 접근하는 과정이며 제3사이클(만 8～10세)에서는 필요에 따라 책을 골라 읽고 원하는 자료를 찾을 수 있으며 또한 분량이 좀 많은 책도 읽고서 자신의 의견을 말할 수 있는 정도를 목표로 하고 있다.

따라서 초등학교의 초기 2년, 즉 1, 2학년 동안에는 '독서 학습'이라는 것이 실시되는데 이 과정을 통해 어린이는 독서라는 것이 무엇이며 어떤 것을 읽고 어떻게 읽는가를 배우게 된다. 그리하여 글 읽기에의 취미를 길러주어 독서를 좋아하게끔 유도하는 것이다. 프랑스 교육부는 각 학교에 초등학교의 마지막 학년까지 독서시간을 포함하여 '학교계획'(교육과정의 내용을 바탕으로 각 학교가 나름대로의 필요와 여건에 맞게 구성하는 계획표)을 수립하도록 하고 있다.

초등학교에는 나날이 중요성을 더해 가는 독서교육을 위한 독서용 교재가 있다. 이는 여러 출판사가 교육부의 지침(Instructions officielles)에 맞게 독자적으로 구성하여 판매하는 것이다. 교재선정에 있어서 교육부의 간섭은 없고 또 교육부는 초등학교용 권장 독서목록을 만들지 않으므로 교사는 전적인 재량권을 갖고서 매우 다양한 종류의 독서용 교재들 가운데서 자신에게 가장 적합하고 교육과정을 가장 잘 따른 교재를 선택하여 사용한다.

초등학교 2학년 수준에서 대략 1주일에 1권을 읽도록 유도하고 있으며 이때 독서내용은 전 분야에 걸쳐 이루어지도록 하는데 책뿐만 아니라 만화, 그림책 등 다양하다. 이를 위해 각 초등학교는 도서실을 운영하고 있고 공간이 부족한 학교에서는 따로 도서실은 못 만들더라도 교실 한쪽을 도서실 코너로 꾸며 사용하기도 한다. 각 학교는

독서용 교재를 일괄 구입하여 사용하기도 하지만 다른 한편으로는 정기 구독을 신청할 수 있다. 다양한 주제의 글들이 실려 있는 정기 구독물이 매주 또는 매월 도착함으로써 학생들의 호기심을 불러일으키고 자신이 알지 못했던 다른 분야의 정보를 접하게 됨으로써 새로운 분야에의 관심을 발견하기도 한다. 그리고 교실의 한구석에 학생이 집에서 읽은 책을 가져와서 전시할 수 있게 함으로써 독서를 유도하고 책을 서로 교환해서 읽을 수 있는 기회를 만들기도 한다.

독서지도를 위한 방법으로 가장 널리 사용되는 것은 '독서카드 만들기'이다. 학생이 책을 읽으면 미리 만들어진 일정한 양식의 독서 카드를 한 장씩 작성하게 된다. 먼저 수업시간에 함께 읽은 책을 가지고 독서카드 작성하는 방법을 배운 뒤 수업시간 또는 집에서 읽은 모든 책에 대해 갖은 방식으로 카드를 작성하는 것이다. 저학년일 경우에는 집에서 책을 읽고 학부모와 함께 독서카드를 작성하지만 점점 학생 스스로 카드를 작성할 수 있게 된다. 그리고 작성된 카드는 교실에 비치된 자신의 독서카드 함에 넣어둠으로써 교사는 학생의 독서 상태를 점검할 수 있다. 아래는 서울 방배동 소재 프랑스 학교 초등교사 GAY 씨가 사용하는 독서 카드의 예이다.

독서카드(전면)

성: _______________________________________

이름: _______________________________________

학급: _______________________________________

책이름: _______________________________________

저자: _______________________________________

중요인물(중요인물을 쓰되 그 인물에 가장 어울리는 형용사 2개를 함께 쓸 것)

　　주인공 1: _______________________________________

　　주인공 2: _______________________________________

　　주인공 3: _______________________________________

어디서 일어난 이야기인가: _______________________________________
____

언제 일어난 이야기인가(연대 및 일 년 중 언제) _______________________________________
____

이야기 초에 주인공은 어떠한가: _______________________________________
____

제기되는 문제는 무엇인가: _______________________________________
____

주인공은 어떻게 문제를 해결하는가: _______________________________________
____

도와주는 사람은 있는가, 있다면 누구인가: _______________________________________
____

이야기는 어떻게 끝나는가: _______________________________________
____

독서카드(후면)

개인 의견

    1. 이 책은   __ 아주 마음에 든다.

                  __ 조금 마음에 든다.

                  __ 전혀 마음에 안 든다.

    2. 제일 좋았던 점은:

    3. 가장 싫었던 점은:

    4. 이 책은 ____________________(정신적인 교훈)를 생각나게 했다.

모든 것을 종합하여 이야기 줄거리를 요약하시오(5줄 이내로).

    간단한 그림을 그리시오.

    (이야기의 한 대목, 또는 가장 마음에 들었던 점 등)

(2) 중등학교에서의 독서교육

중학교부터는 교육부에서 해마다 권장 독서목록을 만들어 '교육지침(Instructions officielles)'에 공고한다. 이 목록에 올라 있는 도서를 중심으로 학교와 가정에서 독서교육이 이루어진다. 중학교 과정은 학생들이 각자의 인생진로로 흩어지기 전에 모든 학생에게 공통교육이 실시되는 마지막 단계이므로 언어적으로 교양적으로 동일한 기초지식을 학생들에게 제공할 필요가 있고, 성숙한 나이에 도달한 중학생은 이제 사회생활의 능동적인 참여자로서 자신의 가치관을 조직하고 표현하게 된다.

이런 논지에서 중학교 1학년 독서교육의 목표는 ① 독서에의 취미를 기르고 ② 다양한 장르의 글을 읽으며 ③ 글의 논리적 연관성을 이해하고 ④ 그리스－라틴 및 유대 크리스트교와 같은 프랑스 사회의 원천을 이루는 공통교양의 중심요소를 익히는 것이다. 즉 독서를 통해 글에 나타난 논리적 관계와 함축적 의미를 파악할 수 있는 능력을 기르는 것이라 할 수 있다. 이에 따라 독서 내용은 크게 다섯 가지 분야로 나눌 수 있다.

① 고대의 유산이 들어 있는 글이다. 성경, 호머의 오디세이, 베르길리우스의 아이네이스 등이다. 그러나 이 분야의 독서는 역사과목 교육과정과 중복될 수 있으므로 매우 간략하게 다룬다.
② 장르별 접근: 프랑스 또는 외국의 동화, 우화를 포함한 시, 희곡 발췌문 또는 짧은 프랑스 희곡 등이다.
③ 수준이 있는 청소년 문학을 다룬다.
④ 백과사전이나 각종 교본과 같은 정보 획득용 독서를 한다.
⑤ 책이나 만화, 사진책 등의 그림 텍스트와 동영상 텍스트 등이다.

위의 원칙에 따라 선정된 도서목록을 보면 『알리바바와 40인의 도둑』, 『신드밧드의 모험』과 같은 동화에서부터 위고, 프레베르 등의 시집은 물론 고시니와 우데르조의 공동 만화작품인 『아스테릭스와 클레오파트라』에 이르기까지 매우 다양하다.

(3) 프랑스의 독서교육 진흥책

프랑스에서 독서교육의 진흥을 위해 실시하는 몇 가지 정책을 살펴보면 다음과 같다.

① 독서경진대회: 학생 대상의 경진대회를 통해 작품 쓰기 등을 유도하여 독서에의 관심을 유도한다.
② CRDP(지방교육자료센터)의 정기간행물에 전국에서 수집된 독서교육사례를 소개하여 생각과 방법을 공유하도록 권장한다.

5.3.4 독일의 독서교육

독일 청소년들에게는 언어 면에서의 부족, 즉 모국어의 이해와 표현 능력이 점점 약해지는 현상이 보이고 있다고 한다. 청소년들은 책보다는 만화책과 텔레비전과 가까이 하는 시간이 많기 때문에 교육 관계자들은 이 현상을 변화시켜야 한다는 것과 어린이들과 청소년들이 즐겁게 독서를 할 수 있는 여건을 마련해 주어야 한다는 인식이 높다고 한다. 예를 들면 하나의 방법으로 책의 삽화를 충실히 만들어 책과 친하고 책의 내용을 명백하게 해 주고 있는 것이다.

아직 글을 읽을 줄 모르는 어린이들이 책과 친해지도록 하기 위하여 소도시의 작은 도서관이라도 어린이를 위한 책을 따로 낮은 책상 위에 놓아 주고 어린이들이 그림을 보고 책을 혼자서 고를 수 있는 시설이 갖추어져 있다. 유치원에서는 보모들이 유아들에게 짧은 그림 동화를 자주 읽어주고, 초등학교에 갓 들어간 저학년 학생들에게도 선생님들이 자주 동화를 읽어주며, 독일 부모들도 자녀들에게 책을 많이 읽어준다. 그리고 학교에서는 독서를 하고 싶은 마음을 불러일으키기 위하여 독후감을 그림으로 표현하게 하고, 선생님들이 이야기를 반 정도만 읽어주고 학생들에게 자기 생각대로 이야기를 끝까지 써 보라고 하는 과제를 주기도 한다.[14]

서독에서는 통일 이전부터 이미 국민 독서 생활화 운동의 출발점을 어린이 시절로 보고 7세에서 15세까지의 청소년들이 읽어야 할 필독서를 400책에서 600책까지 발표하는 등 적극적인 독서 권장 활동을 전개하고 있다. 교과서 외에 몇 십 권의 책을 학

---

14) Albercht Huwe, "독일의 독서교육", 『어린이와 독서』 제9집, 1988, pp.46−49.

습에 이용하고 그 밖의 책은 전부 가정에서 독서하고 있다. 다시 말하면 학교에서의 독서교육이 가정으로 연장되어 실시되고 있다는 결론이다. 또한 독일에서의 독서교육은 문학 교육과 직결되어 있다는 것이 특징이다. 문학 교육은 청소년들에게 정신적인 체험과 생활을 심화시키며 청소년들로 하여금 앞으로의 길을 안내해 주는 데 많은 도움이 되기 때문이다. 이러한 독서교육 활동에는 대략 두 가지의 분야가 있다.

첫째는 문학작품을 바르게 이해하고 평가하면서 독서하는 방법을 지도하고 예술에 심취할 수 있는 능력을 향상시키는 것이다.

둘째는 교양적이며 학문적인 책도 읽도록 지도하고 있다. 특히 정보 자료에 대한 이용과 처리에 대한 사항도 많은 관심을 갖고 지도하고 있다.

학교에서의 독서교육방법은 교과서와는 별도로 문학 교육에 도움이 되는 고전 작품과 현대 작품 중에서 선정하며 학교 독서, 개인 독서, 집단 독서 등의 방법으로 지도하지만 학생들에게 동일한 책을 강제로 독서하게 하는 폐단을 피하고 있다. 또한 가정에서 부모가 자기의 자녀들에게 책을 읽어주는 가정 독서 지도가 매우 활발한 것은 부모들이 독서의 중요성에 대한 그들의 체험이 많았기 때문에 가능하다고 할 수 있다. 또 독서를 권장하기 위해 독일의 도서관들은 여러 가지 활동을 하고 있다. 예를 들면 동극 공연을 하고 아동 문학 작가 등을 도서관에 초대해서 소설이나 시를 낭독해 준 뒤 참가자들과 대화도 나누게 한다.

뮌헨에 있는 국제 청소년도서관에서는 매년 성탄절 전에 몇 주 동안 어린이도서 전시회를 개최하는데 이곳에서는 독일 도서뿐만 아니라 우리나라, 일본, 중국 등 세계 각국의 도서를 소개한다.

독일도서관협회에서는 부모들이 자녀를 위하여 좋은 책을 구입하고자 할 때 이를 돕기 위해 추천할 만한 책을 선정해서 각 도서관을 통해 알려준다.

학교 교사들은 학생들이 중학교나 고등학교에 입학할 무렵이면 어느 이야기의 반 정도만 읽어준 다음 학생들에게 자기의 생각대로 이야기를 끝까지 써 보라는 숙제를 내주기도 하는데 이 방법은 학생들에게 상상력과 어휘력을 증진시켜 주고 있다. 학생들이 상급 학년으로 올라가고 글을 잘 읽게 되면 각 학급은 1년에 한 번씩 낭독회를 연다. 이러한 낭독회를 위해서 대다수의 학생들이 많은 책을 읽게 된다는 것은 재론의 여지가 없다.[15]

---

16) http://www.119study.com/non4/start2_4.html?id＝23&id_depth＝23.00000&page＝14&id_num＝23

5.4 외국 독서교육에 대한 논의

외국의 독서교육 실태가 우리나라의 독서교육 발전 방향에 주는 시사점은 다음과 같다.

5.4.1 독서교육과 교과교육의 관계에 대한 시사점

미국의 경우, 독서교육은 특히 국어 교육과 밀접하게 관련을 맺고 있으며, 부분적으로 역사, 지리 등 사회과 교육과 관련을 맺고 있다. 영국의 경우도 국어 교과 중심의 독서교육과 함께 일반 교과들에서도 학생들의 자기 주도적 학습을 통해 많은 양의 책을 접하도록 하고 있다. 독서교육의 활성화는 일차적으로는 국어과 등 교과교육과 관련을 맺도록 하는 것이 더 큰 효과를 거둘 수 있을 것으로 판단된다. 이와 함께 탈교과적 맥락에서의 일반적인 독서를 활성화하기 위한 노력도 필요할 것이다. 교과와의 연계를 위해서는 특히 사회과, 도덕과 등의 과목별로 주요 관련 참고 문헌을 선정하는 작업이 필요할 것이다. 독서교육과 교과별 학업성취도 평가 방식의 연계 방안을 모색하는 데에는 영국, 미국, 프랑스 등에서 실시되는 자격고사 요목을 검토할 필요가 있다. 특히 우리나라에서는 교육인적자원부의 계획이 순조롭게 진행되어 학교도서관 활성화와 사서교사 배치가 되면 학교 독서교육에 대한 역할이 클 것으로 생각된다.

5.4.2 독서교육의 내용에 관한 시사점

미국의 경우, 문학작품 독서를 매우 중요하게 강조하는 반면, 영국의 경우는 독서의 범위를 폭넓게 규정하고 있다. 독서교육의 목적을 사고의 확장, 인성의 계발 등에 두고자 한다면 미국식의 접근이 더 효과적일 것으로 판단된다.

5.4.3 독서교육을 위한 기반의 조성에 관한 시사점

학교만의 힘으로는 독서교육 활성화가 어렵다는 점을 이해하고, 범사회적인 참여를 유도할 수 있는 방안을 모색할 필요가 있을 것이다.

예를 들어 출판사, 신문사, 방송 등의 참여를 유도하는 방안에 대한 검토 또한 학부모의 참여를 유도하기 위한 안내 책자 등을 발간하여 배포하면 도움이 될 것이다. 특히, 각 출판사로 하여금 출판하는 도서의 대상 학년이나 연령을 명기하도록 하고, 번역자나 감수자의 이름을 분명하게 밝히도록 권장하는 것도 필요한 조치로 볼 수 있다. 또한 독서교육에 대한 기반으로서의 공공도서관의 역할이 점점 커지고 있다.

5.5 결 론

외국의 독서교육은 국가, 학교, 가정, 사회교육기관, 도서관, 출판사 등 각종 기관에서 서로 협력하는 가운데 계획적로 이루어지고 있다.

미국은 독서교육위원회를 조직하고, 1985년에 미국 학교에서의 읽기 교육 실태에 관한 보고서를 출간하였는데, 1980년대 중반 이후 읽기 교육에 대한 관심이 더욱 증대하게 되었다. 미국에서는 읽기 교육이 교육개혁에서 가장 중요한 역할을 담당하였다. 독서교육위원회는 학생들에게 주당 적어도 2시간 이상의 자발적인 독서 시간을 갖도록 할 것과, 독서 대상에는 문화유산의 핵심적인 내용을 대표하는 고전과 현대 픽션 및 논픽션을 포함시킬 것을 권고하고 있다. 그리고 미국은 독서교육 프로그램의 하나인 개별적 읽기 프로그램(Reading Recovery)방법이 있다. 이 방법의 취지는 1학년 아동 중에서 읽기가 뒤떨어지는 아동들에게 개별적인 조기중재(early intervention) 프로그램을 제공하는 것이다. 개별적 읽기 프로그램은 실패를 반복한 아동들에 대해서 경험과 흥미에 초점을 두고, 읽기와 쓰기를 아동의 눈높이로부터 다시금 시작하여 경험체계를 쌓아 주려는 방식이다. 지도방법은 매일 30분씩 5일간 개별지도를 통하여 아동의 읽기 능력에 맞는 읽기 책을 읽어주고 함께 읽으며 쓰기를 도입하여 통합적 언어교육으로 아동들을 지도한다.

미국에서는 책 읽기의 중요성이 학교교육에서도 당연한 전제가 되며, 교과 과정의 일부로 자리잡고 있다. 영어 시간, 미국을 기준으로 하면 국어 시간이 책 읽기를 수업의 주요 내용으로 삼는 교과인데, 매주 2~3권의 책을 정해 주고 학생들이 각자 책을 읽고 비교하든 대조하든 A4 용지 3~4 페이지 분량의 글을 써오는 과제가 먼저 나가고, 이를 수합한 선생님은 그중에서 몇 편을 골라 읽히고 토의를 하는 것으로 수업 시간을 진행한다. 엄청난 독서량을 전제로 한 수업인 것이다. 교과서를 쓰든 안 쓰든, 책 읽기를 교과 과정의 필수 불가결한 일부로 상정하면, 아이들이 스스로 참고 문헌을 찾아보고, 주어진 주제에 대해 글을 쓰고, 또 수업 시간에 토의하는 과정에서 교과의 내용을 자기 것으로 만들 가능성이 그만큼 높아진다. 미국 학교에서 책 읽기와 같이 많은 시간과 노력을 필요로 하는 방식을 고수하고 있다.

영국은 1998년과 1999학년도를 '독서의 해'로 제정하고 범국가적으로 독서 진흥을 도모하였다. 독서교육 진흥의 목적을 교양의 증진이나 인성의 계발 등 개인발달의 측면보다는, 국가 인력 개발과 같은 사회적 측면에서 강조하고 있는 것이다.

'독서의 해' 제정에 의한 독서 활성화를 통해 학생들은 다음과 같은 성취를 보여줄 것을 기대하였다. 자신감 있고 즐거운 독서, 정보 획득을 위한 독서, 더 자주 더 오래 읽기, 더 폭넓게 읽기, 도전 정신을 주고 관심과 사고의 폭을 넓혀주는 책 읽기, 다양한 종류의 책 읽기 등이다. 영국에서는 범국민적 독서 진흥 사업을 위해 정부가 중점적으로 추진하고 있는 사업은 다음과 같다. 초등학교 교사를 대상으로 한 문학·독서·쓰기 지도에 관한 집중적인 연수, 1998년 가을학기부터 초등학교에 독서 시간 배당, 도서 구입을 위한 예산 지원, 학부모의 참여를 높이기 위한 계획 수립, 부진아를 위한 특별지도, 유치원 교육 기회의 제공, 출판사·언론기관·우체국·백화점·민간단체·소수민족 공동체 등의 참여 유도이다. 특히 이 과정에서 영국 정부는 독서교육의 중요성에 대한 적극적인 홍보활동을 전개하였으며 또한 독서 진흥 방안에 대해 광범위한 의견을 수렴하고자 노력하였다.

프랑스는 다른 어느 나라보다도 자신의 모국어인 프랑스어의 교육을 중요시하는 나라이다. 초등학교에서의 독서교육은 어린이들이 취학 연령에 이르기도 전에 이미 습득되어 있는 말하기 능력과는 달리 지식흡수의 도구가 되는 읽기 학습은 대부분 초등학교에 진학하여 체계적인 접근방법을 통해 이루어진다.

초등학교의 초기 2년, 즉 1, 2학년 동안에는 '독서 학습'이라는 것이 실시되는데 이 과정을 통해 어린이는 독서라는 것이 무엇이며 어떤 것을 읽고 어떻게 읽는가를 배우게 된다. 그리하여 글 읽기에의 취미를 길러주어 독서를 좋아하게끔 유도하는 것이다. 프랑스 교육부는 각 학교에 초등학교의 마지막 학년까지 독서시간을 포함하여 '학교계획'(교육과정의 내용을 바탕으로 각 학교가 나름대로의 필요와 여건에 맞게 구성하는 계획표)을 수립하도록 하고 있다.

초등학교 2학년 수준에서 대략 1주일에 1권을 읽도록 유도하고 있으며 이때 독서내용은 전 분야에 걸쳐 이루어지도록 하는데 책뿐만 아니라 만화, 그림책 등 다양하다.

이를 위해 각 초등학교는 도서실을 운영하고 있고 공간이 부족한 학교에서는 따로 도서실은 못 만들더라도 교실 한쪽을 도서실 코너로 꾸며 사용하기도 한다.

중학교부터는 교육부에서 해마다 권장 독서목록을 만들어 교육지침에 공고한다. 이 목록에 올라 있는 도서를 중심으로 학교와 가정에서 독서교육이 이루어진다. 중학교 과정은 학생들이 각자의 인생진로로 흩어지기 전에 모든 학생에게 공통교육이 실시되는 마지막 단계이므로 언어적으로 교양적으로 동일한 기초 지식을 학생들에게 제공할 필요가 있고, 성숙한 나이에 도달한 중학생은 이제 사회생활의 능동적인 참여자로서 자신의 가치관을 조직하고 표현하게 된다. 프랑스에서 독서교육의 진흥을 위해 실시하는 정책은 독서경진대회와 지방 교육자료 센터의 정기간행물에 전국에서 수집된 독서교육사례의 소개이다.

독일 청소년들에게는 언어 면에서의 부족, 즉 모국어의 이해와 표현 능력이 점점 약해지는 현상이 보이고 있다고 한다. 청소년들은 책보다는 만화책과 텔레비전과 가까이 하는 시간이 많기 때문에 교육 관계자들은 이 현상을 변화시켜야 한다는 것과 어린이들과 청소년들이 즐겁게 독서를 할 수 있는 여건을 마련해 주어야 한다는 인식이 높다고 한다. 어린이들이 책과 친해지도록 하기 위하여 소도시의 작은 도서관이라도 어린이를 위한 책을 따로 낮은 책상 위에 놓아 주고 어린이들이 그림을 보고 책을 혼자서 고를 수 있는 시설이 갖추어져 있다. 유치원에서는 보모들이 유아들에게 짧은 그림 동화를 자주 읽어주고, 초등학교에 갓 들어간 저학년 학생들에게도 선생님들이 자주 동화를 읽어주며, 독일 부모들도 자녀들에게 책을 많이 읽어준다. 그리고 학교에서는 독서를 하고 싶은 마음을 불러일으키기 위하여 독후감을 그림으로 표현하게 하고, 선생님들이 이야기를 반 정도만 읽어주고 학생들에게 자기 생각대로 이야기를 끝까지 써 보라고 하는 과제를 주기도 한다.

교과서 외에 몇 십 권의 책을 학습에 이용하고 그 밖의 책은 전부 가정에서 독서하고 있다. 다시 말하면 학교에서의 독서교육이 가정으로 연장되어 실시되고 있다는 결론이다. 또한 독일에서의 독서교육은 문학 교육과 직결되어 있다는 것이 특징이다. 문학 교육은 청소년들에게 정신적인 체험과 생활을 심화시키며 청소년들로 하여금 앞으로의 길을 안내해 주는 데 많은 도움이 되기 때문이다. 이러한 독서교육 활동에는 대략 두 가지의 분야가 있다.

첫째는 문학작품을 바르게 이해하고 평가하면서 독서하는 방법을 지도하고 예술에 심취할 수 있는 능력을 향상시키는 것이다.

둘째는 교양적이며 학문적인 책도 읽도록 지도하고 있다. 특히 정보 자료에 대한 이용과 처리에 대한 사항도 많은 관심을 갖고 지도하고 있다.

학교에서의 독서교육방법은 교과서와는 별도로 문학 교육에 도움이 되는 고전 작품과 현대 작품 중에서 선정하며 학교 독서, 개인 독서, 집단 독서 등의 방법으로 지도하지만 학생들에게 동일한 책을 강제로 독서하게 하는 폐단을 피하고 있다. 또한 가정에서 부모가 자기의 자녀들에게 책을 읽어주는 가정 독서 지도가 매우 활발한 것은 부모들이 독서의 중요성에 대한 그들의 체험이 많았기 때문에 가능하다고 할 수 있다.

참고문헌

(1) 김남두 외, 초중등학교의 독서 자료 선정을 위한 기초자료 개발 연구, 1999.

(2) 손정표, 『신독서지도방법론』, 대구: 태일사, 1999.

(3) 유사라, "미국어린이 독서교육의 실태", 『어린이와 독서』 제9집, 1988.

(4) 阪本一郎 등편, 『신독서지도사전』, 동경: 제일법규, 1981.

(5) Albercht Huwe, "독일의 독서교육", 『어린이와 독서』 제9집, 1988.

(6) Herbert Goldhor and John McCrossan, "An exploratory study of the effect of a public library summer reading club on reading skills", 『The Library Quarterly』, Vol. x x x vi, No.1(January 1966).

(7) http://www.119study.com/non4/start2_4.html?id=23&id_depth=23.00000&page=14&id_num=23

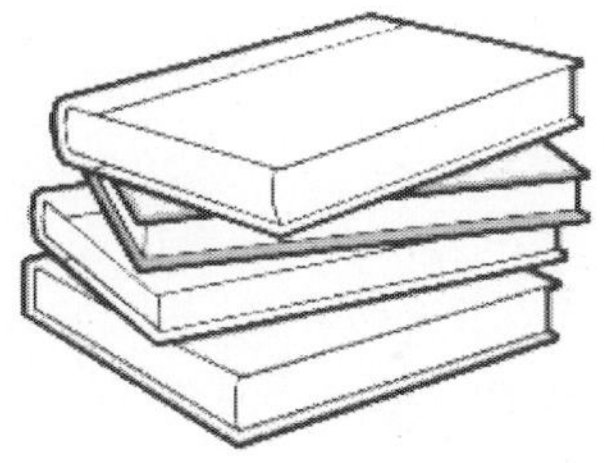

3장 독서운동론

1. 왜 독서운동을 해야 하는가
2. 공공도서관에서의 독서운동
3. 공공도서관의 독서 진흥 방안
4. 공공도서관의 독서회
5. 공공도서관의 문화 활동

1 왜 독서운동을 해야 하는가

1.1 서 론

현대의 급격한 사회변화와 다양한 문화, 정보의 홍수 속에서 자신에게 필요한 정보를 신속하고 정확하게 활용해야 하는 지식사회에서 정보 활용 능력으로서의 독서 능력은 평생을 통하여 개발되는 중요한 생활 수단이다.

오늘날은 평생학습이 중요시되는 지식사회로 도서관(문고)은 지역 주민들의 정보원이요, 문화 활동 공간이요, 자기 교육의 장이며, 여가 선용의 장으로 활용되는 종합적인 사회교육 센터이다. 또한 도서관은 교육과 문화 활동을 통하여 지역 주민들의 삶의 질을 높여줄 뿐만 아니라, 미래에 대비한 정보 활용 능력을 키우고, 평생 자기학습을 할 수 있는 마스터 키(master key)이다.

도서관은 자라나는 청소년들에게 꿈과 희망을 주고 지역 사회에서 가장 중요한 평생교육 기관이다. 또 생활정보를 주고받고 빈곤한 우리의 삶을 살찌우는 문화공간이기도 하다. 그래서 도서관은 '다목적댐'이라고 할 수 있다. 빌게이츠가 "오늘날 나를 있게 한 것은 우리 마을 도서관이었다."라고 한 말에서 우리는 지역 도서관의 중요성을 생각할 수 있다.

도서관의 사서는 정보자료의 조직, 열람과 대출 업무뿐만이 아니라 정보조사 제공과 아울러 자료를 이용하는 방법과 독서교육 등 도서관에 관한 교육을 할 수 있는 능력을 가지고 있어야 한다. 다시 말하면 사서로서뿐만이 아니라 사서교사로서 이용자들을 교육할 수 있는 능력, 즉 가르치는 방법까지도 겸비하고 있어야 한다는 것이다. 21세기 지식사회에서 평생교육이 강조되는 이 시점에서 도서관 사서가 독서교육에 관한 프로그램을 개발하여 지역의 아동과 청소년 그리고 주민들에게 서비스하는 것은 평생교육 기관이라는 도서관의 기능을 수행하는 중요한 하나의 모델이 된다고 할 것이다.

독서는 하나의 창조 과정이다. 오늘날 지식사회에서 독서가 평생·사회교육의 필수적인 영역으로 자리매김하고 있으며, 독서를 통하여 지식과 정보를 얻고, 다양한 문화를 접하며, 부단한 자기계발의 수단으로 활용하고 있다.

우리나라 청소년들은 책을 읽지 않는다. 우리 학생들이 책을 읽지 않는 가장 큰 이유는 아마도 입시 공부에 쫓기어 시간이 없기 때문일 것이다. 초등학교에서조차 수업의 양 때문에 책을 읽을 시간이 없다고 하니 그 실태를 미루어 짐작할 수 있겠다. 교육인적자원부에서는 독서활동을 내신점수에 반영하여 2008년 대학입시에 반영한다고 한다. 제도를 통해서 독서해야 하는 현실이 문제이다. 학생들이 자율적으로 지식과 교양을 위하여 독서하는 풍토를 만들어야겠다. 스스로 독서문화를 창조하는 분위기를 만들어야 한다.

독서하려고 하여도 읽고 싶은 책을 쉽게 얻을 수 없다. 학교도서관에 학생들이 읽을 만한 책이 많지 않다. 많이 개선되고 있지만 아직까지도 오래되고 재미없는 책들이 소장되어 있는 도서관이 많다. 학교도서관을 독서의 장소가 아니라 입시공부의 장소로 생각하는 경향이 있다.

수준에 맞게 읽을 책이 부족하다. 특히 중학생 수준에 맞는 책은 드물다. 초등학생은 동화책, 고등학생은 성인 문학을 읽을 수도 있지만, 학생들의 수준에 맞고 재미있는 책이 부족한 현실이다. 독서감상문을 억지로 쓰게 하는 것은 독서가 힘들고 재미없는 것으로 느끼게 한다.

학교에서 체계적인 독서교육이 없다. 독서 선진국인 미국이나, 프랑스, 독일, 일본과 같이 학교에서 독서교육을 해야 한다. 다행히 우리나라의 경우 2002년도부터 시작된 새 교육과정에 권장도서 목록을 제시하여 독서교육을 하고 있다. 세부적으로 독서발표회를 운영하고 그 결과를 성적에 반영토록 하고 있다. 독서교육을 위해서 학교도서관을 점차적으로 건립하고 있으니 다행스럽다. 2001년도 미국의 통계에 따르면 12세에서 18세에 이르는 청소년들의 50% 이상이 독서를 즐긴다고 한다. 또한 이들의 68% 이상이 독서가 지루하다거나 낡은 방식이라고 생각하지 않는다. 그들은 1년에 10권 이상의 책을 읽는 것으로 답하고 있다. 미국은 어릴 때부터 독서문화가 정착되어 있음을 알 수 있다.

우리나라에도 대학입시에서 논술고사를 실시함으로써 학생들의 독서량이 늘어나고 작문실력이 향상되었다. 그러나 학생들에게 논술을 따로 공부하게 함으로써 수십 종의 논술참고서가 쏟아져 나오게 되었다. 이러한 현상은 오히려 독서력 증진보다는 시험대비에 치우치게 되고 학생들의 자유로운 감성이나 논리적 사고에 오히려 부작용만 가중시킨 꼴이 되지 않았을까 걱정스럽다. 이제 초·중·고등학교는 물론이고 대학에서도 독서교육이 중요한 항목으로 받아들여지게 되었다.

참으로 좋은 현상이다. 독서교육 전문가가 함께 고민하면서 청소년들을 위한 새로운 독서문화를 만들어가야 하겠다. 공원에서, 지하철에서, 버스에서, 캠퍼스에서 어디서나 책을 들고 읽고 있는 사람을 볼 수 있는 문화가 만들어져야 하겠다. 서점에 들려 책을 고르는 모습이 아름답게 보이는 청소년문화를 만들자.

1.2 독서는 중요하다.

오늘날은 지식사회이다. 지식사회에서 필요한 지식과 정보를 획득하는 가장 효율적인 방법은 독서이다. 독서란 글자 그대로 '책을 읽는다.', '글을 읽는다.'는 뜻으로 독자가 책 속의 저자와 만나서 의사를 소통하고 의미를 재구성하는 과정이다. 또한 글의 의미를 파악하는 지적 작용이다. 다시 말하면 독서란 글이나 책을 읽는 행위인 것이다.

글이나 책은 일종의 매체이다. 책은 저자가 어떤 의도를 가지고 만들어낸 의미나 정보를 지닌 매체이다. 책은 글자로만 이루어진 것은 아니기 때문에 글자라는 말보다는 기호라는 말을 쓰는 것이 좋을 듯싶다. 우리가 독서한다는 것은 책만 읽는 것은 아니라 신문이나 팸플릿으로도 독서한다. 책보다 넓은 의미를 지닌 말이 텍스트인데, 독서란 기호나 텍스트와의 상호 작용인 것이다. 상호 작용은 곧 느낌이나 의미의 전달로 곧 독서 행위이다.

인터넷이 21세기 정보사회를 이끌어 간다 하여도 그것을 움직이는 주체는 사람이다. 즉 첨단기술을 개발하는 아이디어는 인간의 두뇌에서 나오는 것이다. 그러므로 결국 디지털 세계에서도 핵심은 창의력이다. 창의력의 기반에는 지적인 체험이 필요하고, 그 지적인 체험을 쌓는 지름길이 바로 '독서'인 것이다. 그러므로 독서는 중요하다.

독서는 언어 발달을 가져온다. 언어의 발달이란 단순히 단어의 수를 많이 안다는 뜻만이 아니라, 그런 단어의 개념들이 담고 있는 지식을 풍부하고 깊게 아는 것을 뜻하며, 그것을 바탕으로 언어를 부릴 줄 아는 능력을 갖게 됨을 뜻한다.

독서는 경험을 확대시킨다. 독서는 개인이 직접 경험할 수 없는 미지의 세계로 안내해 주며 공간과 시간을 무한정으로 확대하여 대리경험을 시켜 준다. 독서는 독자를 수천 년 전의 과거로 안내하기도 하고 또 미래의 세계로 인도하기도 한다. 사람들과 대화도 하고, 행동도 하고, 감정을 서로 주고받기도 한다. 또한 사회의 가치 규범과 문화를 습득하고, 공동체적 삶의 질서 속에 개인과 주체적인 삶을 연관시키기도 하는데, 이를 통해 독자는 폭넓고 깊이 있는 삶을 간접적으로 체험할 수 있다.

독서는 사고력을 신장시킨다. 독서를 통하여 조용하고 내면적인 사고를 할 수 있다. 사람은 타인의 말을 듣고 생각하기도 하고, 상호 대화를 교환하는 데서도 생각하고, 또 관찰하면서 생각하기도 한다. 그뿐만 아니라 행동하면서도 생각한다. 이렇게 인간은 여러 가지의 생각을 하지만 독서를 통해서 사고한다는 것은 보다 조용하면서도 내면적인 것이라고 할 수 있다. 독서에 심취하여 몇 번씩 반복하면서 뜻을 음미하고 글 속에 자기의 몸을 던지고 깊이 사색한다. 이것은 오직 자기 혼자만의 고독의 사고가 되는 것이다.

독서는 정보와 지식을 획득하게 한다. 독서는 현대 사회를 살아가는 데 없어서는 안 될 정보 획득의 수단으로서, 다른 무엇보다 실용적인 가치를 지닌다. 또한 독서는 정보 획득 이외에도 지식 습득이란 더 본질적인 기능을 가지고 있다. 인간은 자신이 발견한 지식을 문자로 기록하여 후대에 책으로 전승하여 왔기 때문에, 선대의 사상, 과학기술, 역사, 문화 등을 알기 위해서는 독서에 의존할 수밖에 없다.

독서는 즐거움을 준다. 독서가 우리에게 주는 즐거움이 오락적 수준의 즐거움일 수도 있지만, 독서에서 얻게 되는 진정한 즐거움은 깨달음에 있다. 독서하는 사람은 독서를 함으로써 무엇인가를 생각하게 되며 또 무엇인가를 얻게 된다.

독서는 정서를 함양시킨다. 문학작품은 우리가 일상생활에서 느낄 수 있는 희로애락의 정서보다 훨씬 응축된 감동을 불러일으켜 준다. 문학작품은 작가가 인간의 삶과 사회에 대한 인식 내용을 구체적인 현상을 통해 표현한 것이다.

독서는 청소년들의 성격 형성에 지대한 영향을 미친다. 특히, 육체적, 정신적 성장의 시기에 있는 청소년들에게 미치는 독서의 영향력은 지대하다.

독서는 바람직한 인간상을 형성시킨다. 독서는 바람직한 인간성을 형성하는 데 크게 이바지한다. 독서를 통하여 지식을 얻고 정서를 함양하며 진정한 삶의 가치를 인식함으로써 훌륭한 인격을 갖추고 성숙한 삶을 살아가는 바람직한 인간성을 형성하는 데 독서는 크게 이바지한다.

독서는 치료적 가치를 지닌다. 독서는 책 속의 인물이나 사건에 대해 독자자신을 동일시하고, 그를 통해 자신의 억압된 감정이나 부정적인 기억을 소산시키는 작용을 통해 개인적 통찰을 이루도록 한다. 이러한 원리를 이용한 상담심리 분야가 독서치료이다. 독서치료는 아동이나 성인이 발달적, 임상적으로 겪는 정서, 심리, 행동 문제를 치유하거나, 스스로 건전한 자아와 가치관을 형성하여 정상적인 발달 과업을 성취하도록 돕기 위해 책 읽기를 이용한다.

"독서는 중요하다. 사람은 책을 만들고, 책은 사람을 만든다." 교보문고 창립자 고 신용호 회장님의 말씀이다. 책 속에 길이 있다. 책은 말없는 스승이다. 무릇 책을 읽을 때는 반드시 책상을 잘 정돈하고, 마음가짐을 깨끗하고 단정하게 하고, 책을 가져다가 가지런히 놓고는 몸을 바른 자세로 책을 대하고, 자세하게 글자를 보며, 자세하고 분명하게 읽어야 한다. 독서는 마음의 양식이다.

1.3 읽으면 행복하다.

유네스코가 제정한 4월 23일 세계 책의 날을 맞이하여 중앙일보는 올해로 2회째를 맞는 '행복한 책 읽기' 중앙독서감상문대회를 개최하였다. 제목이 맘에 든다. 행복한 책 읽기 즉 읽으면 행복하다는 뜻이다. 세상에 행복한 단어만큼 멋있는 단어가 있을까? 사랑? 축복? 참살이? 모두가 좋은 단어이나 그래도 내겐 행복이 좋다. 책을 읽으면 행복하다. 책 속에 행복이 있다. 인생의 철학이 있다. 삶의 지혜가 있다. 독서하면 상식과 교양이 풍부해지고, 독해 능력도 뛰어나게 되고, 공부도 잘하게 된다.

한국교육개발원은 최근 보고서에서 고등학교 1·2학년 중에서 성적이 상위 10% 이내에 들어가는 학생들의 특징을 다섯 가지로 분류하였다.

이를 구체적으로 보면 어려서부터 독서를 좋아했다. 공부는 스스로 자기 주도적으로 한다. 학원보다는 도서관이나 집에서 혼자 조용히 공부한다. 공부하는 것이 매우 즐겁다. 문학작품 읽기와 신문 읽기를 즐긴다. 등이다.

이 결과를 한마디로 요약하면, 공부 잘하는 학생들은 '공부의 노예'가 아니라 '공부의 지배자'들이란 점이다. 특히 한국교육개발원의 분석에서 눈길을 끄는 것은 독서와 관련된 특징이 대부분이라는 점이다.

'읽으면 행복합니다.'라는 표어가 있다. 우리 자녀들이 행복해지도록, 행복지수가 높아지도록 독서교육을 해야 한다. 남아수독오거서(男兒須讀五車書)라는 말이 있는데, 책을 많이 읽어야 한다는 말이다. 다시 말하면 "사람 노릇 잘하려면 많은 책을 읽어야 한다."라는 말이다. 영국의 철학자 베이컨은 "토론은 부드러운 사람을 만들고, 글쓰기는 정확한 사람을 만들며, 독서는 완전한 사람을 만든다."고 하였다.

책 읽고 있는 모습을 보면 아름답다. "책을 읽는 사람이, 책을 읽지 않은 사람을 지배한다."는 말이 있다. 이 말을 "내 자녀가 책을 읽으면, 책을 읽지 않은 다른 자녀보다 공부를 잘할 것이요. 앞으로 더 행복하게 살 것이다."라고, 고쳐서 생각하면 어떨까? 아마 우리 아이에게 독서를 꼭 시켜야 되겠구나 하는 생각이 들 것이다. 왜냐하면 책을 읽으면 공부도 잘하고, 행복지수가 올라가기 때문이다. 누구나 책을 읽고 있는 자녀의 모습이 보고 싶을 것이다. 그런 모습을 보면 아마도 마음이 흐뭇하고 기분이 좋을 것이다. 독서하고 있는 모습을 보면서, 희망찬 자녀의 앞날을 생각했기 때문일 것이다. 독서하는 모습은 아름답다. 연구실에서 책을 읽고 있는 교수는 학생을 감동시킨다. 책을 읽고 있는 사장은 사원에게 애사심을 갖게 하고 성취동기를 촉진시킨다. 독서하면 아름답다. 읽으면 행복하다.

1.4 외국의 독서운동

1) 미 국

시카고에 '앵무새 죽이기' 독서 열풍이 한창일 때가 있었다. 미국 제2의 대도시인 시카고에서 펼쳐지고 있던 독서운동은 '하나의 책, 하나의 시카고(One Book, One Chicago)'라는 내용이었다. 시카고의 공공도서관들이 중심이 되어 펼치는 이 독서 캠페인은 시, 소설, 교양서적 등 여러 서적을 두루 읽도록 권장하는 방식이 아니라 한 권의 책을 집중 소개하는 방식으로 독서 열풍을 일으키는 것이었다. 그 한 권의 책은 1961년 퓰리처상을 수상한 여류작가인 하퍼 리(76)의 소설 「앵무새 죽이기(To Kill a Mockingbird)」였다. 각 도서관은 4천 권 이상 이 소설을 준비해 두고 일반인에게 대출하였고, 대형 서점들은 이 책이 고객의 눈에 잘 띄도록 진열해 두는 것은 물론 독서토론회를 개최하기도 하였으며, 시카고변호사협회는 책의 줄거리를 토대로 모의재판을 열기로 하는 등 시카고 전체에 이 책의 열풍이 불고 있었다.

특히 시카고 시 당국이 앵무새 리본 2만 5천 개를 만들어 책을 읽은 사람들이 이를 달고 다니며 즉석 토론을 벌일 수 있도록 하는 등 적극적인 후원을 하였으며, 시민들도 이에 호응하고 있었다.

공공도서관에서는 주말마다 '앵무새 죽이기' 영화를 상영하고, 시 당국에서는 교사 학부모를 위한 독서 가이드를 제작해 배포하고, 시내 커피숍에서는 독서토론에 참여하는 독자들에게 공짜 커피와 빵을 제공하며, 각종 북 클럽을 중심으로 열띤 독서토론이 벌어지고, 도서관마다 전문가들이 스터디 그룹을 지도하기도 하였다. 또한 대형서점은 물론 시 당국, 심지어 커피숍까지 나서 독서운동을 펼치기도 하였다.

미국의 독서교육은 가정의 협력을 전제로 한다. 숙제를 하려면 부모와 함께 공립도서관에 가서 책을 빌려 와야 한다. 일주일에 한두 번씩 아이들과 공립도서관에 가는 것은 당연한 것으로 생각하고 있다.[1] 미국의 아이들의 책 읽기는 어려서부터 생활의 일부분이다. 영어 한 시간만 놓고 보더라도 한 학기동안 100페이지 정도의 30−40권의 책을 읽어야 수업이 진행된다고 한다.[2]

미국의 공공도서관은 취학 전 어린이부터 초등학교 저학년까지 도서관이용과 함께 '이야기하기'에 대한 프로그램이 다양하게 연구되고 있다.[3]

콜맨(Coleman)[4]은 공공도서관에서는 어린이들의 독서 능력을 향상시키기 위하여 '성인들의 독서지도 능력에 대한 프로그램 개발'을, 케르나한(Kernaghan)은[5] '이야기하기' 프로그램이 적용되기 위해서는 공공도서관에서는 먼저 '부모들에게 이야기 시간을 응용할 수 있는 능력을 기르는 프로그램을 적용'해야 한다고 주장하였다. 미국 공공도서관에서는 여름방학 동안에 어린이들의 독서 능력을 향상시키기 위하여 'Vaction Reading Club(VRC)' 활동 프로그램을 1940년부터 계속하여 전개하고 있다.[6] 오늘날은 여름방학에만 실시되는 SRP(Summer Reading Programs)이란 독서활동 프로그램을 개발하여 실시하고 있다.[7] 미국 공공도서관에서는 SRP프로그램을 홈페이지를 통하여

1) 김남두 외, 초·중등학교의 독서 자료 선정을 위한 기초자료 개발 연구, 1999, p.32.
2) 김남두 외, 상게서, p.31.
3) 김승환, 공공도서관의 독서프로그램 개발에 관한 연구, 상명대학교대학원, 1999, p.5.
4) Jean Ellen Coleman. Literacy education programs in public libraries as a response to a socio−educational need: four case studies(Doctoral Dissertation. Rutgers the state University of New Jersey−New Brunswick, 1996).
5) Barbara G. kernaghan. Infant story hour in a public library: parents, babies, and books(Doctoral Dissertation. University of pennsylvania, 1994).
6) Herbert Goldhor and John McCrossan. "An exploratory study of the effect of a public library summer reading club on reading skills", The Library Quartery, vol. ⅩⅩⅩⅵ, No.(January 1966), p.17.
7) 김승환, 전게서, p.6.

주민들에게 홍보하고 있는데, 특히 San Juan Island Library에서는 Reading is a Picnic 이라는 슬로건하에 대중과 독서가족 중심의 프로그램을 주정부의 지원을 받아 실시하고 있다고 한다.[8]

Ticknor[9] 교수는 공공도서관은 우리가 바라는 자유교육제도의 마지막 보루가 되어야 하며, 또한 공공도서관은 독서에 의한 자아개발을 통하여 그러한 제도의 효과를 계속 증진시키는 데 적합해야 한다고 주장하였다.

2) 프랑스

프랑스는 다른 어느 나라보다도 모국어 교육을 중요시하는 나라이다. 프랑스에서는 독서를 국어를 아름답게 순화시키는 가장 좋은 방법으로 여기며, 독서 환경을 조성하고 독서를 권장하여 체질화시키고 있다.

프랑스 초등교육의 근본목표는 중학교교육을 성공적으로 받을 수 있는 기초지식을 길러주고 스스로 사고할 수 있는 방법을 일깨워 주며 자유의 의미를 알게 하는 것이다.

초등학교의 교과편성을 보면, 프랑스어, 수학, 역사, 지리, 시민교육, 독서교육 등을 중시하는 경향이 있으며 특히 모국어 교육을 강조하고 있다. 초등학교 어린이들은 취학 연령에 이르기도 전에 이미 습득되어 있는 말하기 능력과는 달리 읽기 학습은 대부분 초등학교에 진학하여 체계적으로 공부하게 된다.

초등학교 만 5세까지 동안의 독서교육 목표는 ① 어린이들이 책, 잡지, 신문, 사전, 포스터, 카드 등과 같은 다양한 유형의 인쇄물을 구별하여 알고, 각각 다른 유형들이 왜 사용되는지 알게 한다. ② 책의 제목과 페이지 그리고 목차 등이 어떻게 구성되고 어떻게 조직되어 있는지 알게 한다. ③ 도서실을 이용하는 방법 즉 책의 분류를 이해하고 원하는 책이나 만화, 그림책 등을 고르고 자료를 모으는 것을 배우게 한다. ④ 교실 독서실을 만드는 데 참여하게 한다. ⑤ 이야기나 간단한 정보놀이 규칙 등을 이해하게 한다. ⑥ 자주 쓰이는 어휘를 식별할 수 있는 능력을 기르는 것이다.

다음 만 5-7세까지 3년간은 글의 의미를 이해시키기 위하여 글 읽기 공부를 많이 시킨다. 그리고 다음 만 8-10세까지는 필요에 따라 책을 골라 읽고, 원하는 자료를 찾을 수 있으며, 또한 분량이 좀 많은 책도 읽고 자신의 의견을 말할 수 있게 한다.

---

8) 김승환, 상게서, p.7.
9) http://kulib.korea.ac.kr/~bjp/lec/histo/people/Ticknor.htm[인용 2005.9.24]

프랑스에서는 초등학교의 초기 2년, 즉 우리나라의 1, 2학년에 해당되는 때에는 '독서교육'이 실시된다. 독서교육을 통해 어린이들은 독서라는 것이 무엇이며 어떤 것을 읽고 어떻게 읽는가를 배우게 된다. 바로 이 독서교육이 글 읽기에 취미를 갖게 하고 어릴 때부터 독서를 생활화할 수 있게 해준다.

프랑스 교육부는 각 초등학교를 졸업할 때까지 각 학교 여건에 맞게 독서교육을 포함한 학교계획을 수립하게 한다. 프랑스에서는 초등학교 2학년 수준에서 대략 1주일에 1권을 읽도록 유도하고 있다. 책의 내용은 전 분야에 걸쳐 독서할 수 있도록 골고루 선택하게 하고, 만화, 그림책 등 다양하게 독서할 수 있도록 지도한다. 독서교육을 위해 각 초등학교는 도서관을 운영하고 있다.

독서교육을 위하여 가장 널리 활용되는 방법으로는 '독서카드 만들기'이다. 학생이 책을 읽으면 미리 만들어진 일정한 양식의 독서카드를 한 장씩 작성하게 된다. 학생들은 수업시간에 함께 읽은 책을 가지고 독서카드를 작성하는 방법을 배운다. 그리고 수업시간 또는 가정에서 읽은 모든 책에 대하여 여러 가지 방식으로 카드를 작성한다.

저학년은 처음에는 가정에서 책을 읽고 학부모와 함께 독서카드를 작성한다. 시간이 지나 독서카드 작성에 익숙하게 되면 그 다음에는 점점 학생 스스로 카드를 작성할 수 있게 한다. 그리고 작성된 카드는 교실에 비치된 자신의 독서카드 함에 넣어둠으로써 교사는 학생의 독서 상태를 언제든지 점검할 수 있다.

프랑스에서 독서교육의 진흥을 위해 실시하는 몇 가지 방법을 살펴보면 다음과 같다. ① 취학 전 어린이들에게도 모국어를 깨우치는 데 주력하기 때문에 책과 친근한 친구가 되게 하며 읽는 즐거움을 몸에 배게 한다. ② 초등학교에서는 짧고 아름다운 시나 문장을 암송하게 한다. ③ 날마다 동화책을 읽어주어 독서에 대한 흥미를 유발시킨다. ④ 매일 오후 자유 시간에는 독서 환경을 만들어 주고 어린이들이 자기 마음에 맞는 동화책을 선정하여 읽도록 권장한다. ⑤ 지방교육자료센터의 정기간행물에 전국에서 수집된 독서교육사례를 소개하여 생각과 방법을 공유하도록 권장한다. ⑥ 독서경진대회이다. 학생을 대상으로 하여 경진대회를 개최하며 작품 쓰기 등을 유도하여 독서에 관심을 갖게 한다.

프랑스에서는 2000여 개 초등학교에서 '읽기와 읽히기'의 할아버지·할머니 자원봉사자들을 받고 있다고 한다. 교실수업 수준과 내용에 맞도록 자원봉사자들이 읽어줄 책을 제공하고, 학생들을 2~3명씩 소규모 그룹으로 나눠 '대화식 독서지도'가 될 수 있도록 준비한다. 학교 측에서는 저학년들에게 책 한 권을 소리 내어 읽어줄 여력과 시간이 없는 교사들을 대신해서 등장한 할아버지·할머니가 고마울 따름이다. '읽기와 읽히기'의 자원봉사자들은 아이들에게 동화책을 읽어주는 데 그치지 않는다. 아이들이 직접 책을 큰소리로 읽도록 하면서, 표현력과 발표력, 의사소통 능력을 키워준다.

'읽기와 읽히기'를 담당하는 어르신들은 신규 회원으로 가입한 어르신을 전문가로부터 간단한 독서지도 교육을 받게 하고 있다. 천천히 책을 읽으면서 아이들이 따라오는지 확인하고, 어려운 단어는 설명해 주고, 목소리의 톤은 수시로 바꾸며, 때때로 시각자료를 이용하라는 등등의 기본 요령을 익혀 준다. 자원봉사 어르신들은 아이들과 함께하는 독서시간을 보내며 행복한 생활을 하고 있다.

프랑스의 독서교육은 모국어 교육으로 시작한다. 취학 전부터 말하기 교육을 하고 학교에 들어오면 읽기 학습을 통하여 글 읽기 교육을 시킨다. 아이들이 책을 큰소리로 읽도록 하면서, 표현력과 발표력, 의사소통 능력을 키워줍니다. 그리고 학교도서관을 건립하여 독서 환경을 조성하고 초등학교 초기부터 정규 수업시간에 독서교육을 한다. 초등학교 2학년 수준에서 1주일에 1권정도 읽도록 유도하며 독서카드를 쓰게 한다. 프랑스는 가정과 학교, 사회, 정부, 그리고 교육전문단체가 함께 노력하고 있는 독서교육 강국이다.

1.5 독서운동이란 이런 것이다.

일반적으로 운동이라는 말은 영어로는 movement 혹은 campaign이라 표현한다. 운동이란 '어떤 목적을 달성하기 위하여 여러 방면에 적극적으로 활동하는 일'을 말한다. 우리가 그동안 많이 썼던 용어로는 새마을운동, 자연보호운동, 환경보호운동, 시민운동 등이다.

도서관에 관련한 활동으로 부천시의 책 읽는 도시 선포[10], 도서관운동, 공공도서관운동, 경기도좋은학교도서관만들기운동, 작은도서관운동, 학교도서관살리기운동, 전국양서보내기운동, 좋은책보내기운동, 전국공공도서관에 무료로 책갈피보내기운동, 도서관 콘텐츠 확충과 책읽는사회만들기국민운동,[11] 대중도서관운동, 조선족학교사랑의도서보내기운동, 사이언스북스타트운동, 과학도서보내기운동, 사랑의책모으기운동, 농어촌에

---

10) 부천 뉴스와이어, 2005.9.24.
11) http://www.bookreader.or.kr/[인용 2005.9.24]

사랑의 도서보내기운동,[12) 교회도서관만들기운동,[13) 한국독서학회,[14) 강남대학교한국독
서생활연구회, 대진대학교독서문화연구회,[15) 한국교회독서문화연구회,[16) 독서문화연구
소,[17) 도서관운동연구회,[18) 서울독서교육연구회,[19) 어린이도서연구회,[20) 책고리운동,[21)
새마을문고중앙회,[22) 좋은책 읽기가족모임,[23) 경남정보사회연구소, 간행물로 독서문화
연구,[24) 시민과 도서관(계간 도서관운동),[25) 독서교육정보[26) 등이 있다.

독서운동은 영어로는 a reading movement로 표현하며, 도서관운동 중의 하나인 책
읽기 운동으로 '책에 관심을 갖게 하고 독서를 할 수 있도록 유도하기 위하여 펼치는
일체의 활동'이다.

캠페인(campaign)은 '어떤 정치적이나 사회적인 목적으로 문화단체·노동조합·출판
보도 관계자 등이 조직적이고 계속적으로 벌이는 운동' 즉 '일련의 사회적 운동'을 말
한다.

현대에는 캠페인에 의하여 그 언론성(言論性)이 가장 강력하게 발휘되지만, 여기에는
대중을 계몽하고 교육하는 긍정적인 면과, 합리적인 판단을 그르치게 하고 여론을 동
조하게 하는 부정적인 면이 있다. 캠페인이라는 말은 주로 신문이나 방송 등 언론에서
교통안전 캠페인·환경정화 캠페인 등으로 널리 사용하고 있다.

---

12) http://www.reading.or.kr/index_1.htm[인용 2005.9.24]
13) http://www.jejugidok.com/205/html/file7－5.htm[인용 2005.9.25]
14) http://reading.re.kr/[인용 2005.9.25]
15) 대진대학교 독서문화연구소 독서동아리
16) http://www.bookleader.org/[인용 2005.9.24]
17) http://www.rcri.or.kr/[인용 2005.9.24]
18) http://www.libmove.or.kr5]/[인용 2005.9.25]
19) http://readingchildren.com/main5]/[인용 2005.9.24]
20) http://www.childbook.org/[인용 2005. 9.25]
21) 이 운동은 서울독서교육연구회에서 펼치는 운동으로 책고리는 책을 보관하는 상자란 뜻인
    순수한 우리말이다. 책을 보관하는 곳, 즉 책고리는 도서관을 의미한다. 책고리운동은 자라
    나는 우리 어린이들에게 좋은 독서 환경을 만들어 주기 위한 독서운동, 도서관운동이다
    (readingchildren.com/main/chekgori.php?sub＝about).
22) http://www.saemaul.com/member/[인용 2005.9.25]
23) http://www.readersclub.or.kr/index.htm[인용 2003.9.25]
24) 대진대학교 독서문화구소 발간 학술지 2002년 현재 제2호 발간.
25) 1995년 12월 20일 도서관운동 창간호 발간, 2000년 6월 20일에 제호를 시민과 도서관으로
    변경하여 19호 발간. 2003년 9월에 통권 32호 발간.
    <http://www.libmove.or.kr/intro/intro－2.htm>[인용 2005.9.24]
26) 독서교육연구회에서 발간하는 계간으로 발행하는 뉴스레터와 같은 정보지

　'연말연시 외롭고 쓸쓸한 국군장병이나 교도소에 책을 보내줍시다.'라는 독서캠페인도 독서운동의 일종이다.

　'도서관 콘텐츠 확충과 책읽는사회만들기국민운동'을 주도하는 도정일 문화개혁시민연대 공동대표(경희대 교수, 영문학)는 일간신문 기자와의 인터뷰에서 "시대가 어느 땐데 책을 읽으라니, 고리타분하다고요? 천만에요. 정보화 시대는 책을 안 읽어도 되는 시대를 뜻하는 게 아니에요. 정보화를 주도하는 선진국들이 과연 도서관 건립과 독서권장을 소홀히 할까요? 결코 그렇지 않다는 걸 통계자료가 보여주고 있어요." ―중략―

　"책을 안 읽는 것도 문제지만, 책 읽기를 우습게 아는 사회적 분위기가 더 문제에요. 어쩌면 현대 사회는 사람들이 책맹이 되도록 부추기는지도 모르죠. 그래야 속이기가 쉬울 테니까요. 책맹이 되는 것은 개인적으로나 사회적으로나 대단히 위험한 일입니다. 기본이 허약한 사회는 결국 경박하고 천박한 사회로 도태되고 말아요." ―중략―

　"책을 읽지 않는 사회에서는 결코 창조적인 문화가 생산될 수 없어요. 세계에서 가장 빠른 통신망을 개발하면 뭐 합니까. 그 통신망으로 전달할 콘텐츠가 없는데. 독서야말로 지식산업사회를 준비하는 기본입니다. 결국 도서관 살리기 운동은 곧 나라 살리기 운동과 같지요."라고 주장하였다.

　윤영희는 「일본 어린이도서관에 다녀와서」[27]라는 글에서 다음과 같이 소개하였다.

　"도서관까지 찾아가는 버스 안에서 안내책자를 읽어보며, 가장 보고 싶었던 것이 '이야기의 집'이라는 공간이었다. 어린이도서관 한 모퉁이에 있는 '이야기의 집' 문 앞에는 주마다 오후 2시 30분~3시에 '책 읽어주기' 프로그램을 진행한다는 팻말이 붙어 있다. 마침 간 날이 토요일이라 시간이 되기를 기다렸는데, 유아들을 데리고 온 엄마와 아빠들이 옹기종기 모여들었다. 2시 30분이 되자, 짙은 푸른색 앞치마를 두른 사서가 (이곳 사서들은 대부분 커다란 앞치마를 하고 있다) 와서 '이야기의 집' 문을 드디어 열었다. 아이들은 익숙한 듯 신발을 벗고 안으로 들어갔는데 내부는 폭신한 카펫이 깔려 있어 무척 아늑했고 방음장치가 잘되어 수런수런하는 바깥과는 완전히 차단되어 이야기에 빠져들 수 있었다.

　'책 읽어주기'는 사서 두 사람이 번갈아 가며 그림책을 두 권씩 읽어주었는데, 내가 아는 책은 『목욕은 즐거워』 한 권이었지만, 콧수염을 기른 40대 아저씨 같은 사서가 읽어주는 모습이 인상에 남았다. 유아들을 위한 이런 프로그램 말고도 초등학생들을

---

27) 윤영희, 일본 어린이도서관을 다녀와서, ≪동화읽는 어른≫ 10월호, 1998.

위해서는 '북 토크'라고 하는 독서토론도 이곳에서 한다고 한다." 이와 같은 일본 도서관의 독서활동도 어린이를 위한 독서운동의 하나이다.

우리나라의 대표적인 독서운동으로는 엄대섭이 설립한 마을문고보급회[28]의 마을문고운동이며, 이후에 변경된 새마을문고중앙회의 새마을문고운동이다. 그리고 1993년부터 1997년까지 활발하게 추진했던 독서새물결운동이다. 이 운동은 독서새물결추진위원회에서 '93 출발의 해, '94 발전의 해, '95 확산의 해, '96 성숙의 해, '97 정착의 해로 정하고 5년 동안 『월간 출판문화』 특별부록으로 「독서새물결소식」을 월간으로 발행하는 등 학교, 직장, 도서관을 통하여 활발한 독서운동을 전개하였다. 그 다음 소개할 수 있는 것은 대학생을 중심으로 전개하고 있는 한국독서문화연구회이다. 이 회는 강남대학교 김승환 교수(부총장, 문헌정보학과 교수)를 중심으로 설립된 독서문화운동 모임이다.

대학생활을 건전한 독서생활로 승화시키기 위하여 한국독서생활화연구회(RRR)란 명칭 아래 1984년 4월 10일에 그 첫 모임을 가진 뒤 독서활동을 꾸준히 계속해 왔다. 처음에는 독서를 통하여 자기 자신을 발견하고 대학생활을 풍부하게 하는 값있는 생활이었으나 여기에 만족하지 않고 국민 독서생활화 저변 확대에 대한 계몽과 봉사활동은 물론 도서벽지의 청소년들에게 독서교육과 독서지도를 실시하게 되었다. 그 결과 10년이 지난 오늘 너무나 방대해진 인적자원을 효율적으로 운영하기 위해 RRR과 관계되는 모든 이가 모여 더 거창한 또 하나의 독서활동을 다음과 같이 전개하기 위해 한국독서문화연구회를 설립하게 되었다.[29]

설립 취지 및 목적, 사업은 다음과 같다.

<설립 취지> 자기 발전에 대한 기본은 자기 철학에 있으므로 이 철학적인 사고를 정립시키기 위한 방법을 터득하는 행위가 독서생활에서 그 기틀을 찾을 수 있도록 국가와 사회는 독서에 대한 교육을 체계적으로 실시할 수 있는 최대한의 정책과 실행방법을 연구 실천해야 한다. 왜냐하면 국민들은 독서를 통한 정보의 획득으로 자기 자신을 계발하고 발전시킬 수 있으므로 정보사회에서는 독서가 하나의 도구가 되기 때문이다. 그러므로 국민들의 독서생활화는 국력의 향상이며 사회의 비전이다. 이제 독서문제

---

28) 1961년 2월 1일에 설립하여 1962년 7월 11일 마을문고진흥회로 바뀌었으며, 1968년 1월에 마을문고본부로 변경되었다가 1982년 11월에 새마을문고중앙회란 명칭을 사용하게 되었다 (새마을문고중앙회, 『새마을문고운동 40년사』, 동 중앙회, 2001, p.43.

29) http://www.rrrcamp.org./default2.html[인용 2003.10.5]

를 떠나 살 수 없는 사람들이 모여 독서문화를 체계적으로 연구하고 효율적으로 실행하기 위해 한국독서문화연구회를 발족시킨다.

<설립 목적> 독서를 통하여 자기 자신을 찾고 또 자기 철학을 확립하는 것은 물론 이러한 독서활동을 이 사회에 자극하고 또 적극적으로 실천하는 것이 본 연구회의 설립 목적이다.

<중요 5대 사업>

1) 독서문화연합캠프: 본 연구회 구성원 자신들의 독서활동에 대한 능력을 기르기 위한 자체 연수교육 프로그램으로 독서문화연합 가족캠프를 실시한다.

2) 독서캠프 프로그램연구: 독서교육을 효율적으로 실시하기 위한 독서캠프 프로그램을 단기 및 장기적으로 실시하는 방법으로 대상자에 따른 단계별 교육방법과 독서캠프 이후 계속 지도에 대한 방법을 연구한다.

3) 독서캠프학교 운영 및 봉사활동: 각 계층을 대상으로 독서캠프학교를 운영하고 도서벽지의 청소년들에게 독서학교를 통한 봉사활동과 각 사회단체의 요청에 의한 독서캠프학교 운영을 실시한다.

4) 독서회 조직과 운영: 국민들의 계속적인 독서생활을 도와주기 위하여 각 계층별로 독서회를 조직하여 지원 육성시킨다.

5) 독서문화 연구 활동: 독서문화 발전을 위하여 연구발표, 독서 자료 선정, 독서교육 연수, 독서 자료 개발 등을 연구 실행한다.

책읽는사회만들기국민운동은[30] 정보－지식의 기반 시설과 내용을 확충하여 모든 시민이 평등한 지식 접근의 권리와 기회를 누리는 사회, 돈 없는 시민도 원하면 누구나 책을 읽을 수 있는 사회, 정보 격차와 불평등을 해소하여 시민 각자가 자기 삶의 가치를 스스로 창출할 수 있는 사회를 만들기 위해 책 읽기의 문화를 널리, 그리고 깊게 발전시켜 생각하는 사회, 깨어 있는 사회, 성찰하는 사회, 시민이 기만당하지 않는 사회, 아무도 시민을 바보로 만들 수 없는 사회, 시민의 판단력이 살아 숨 쉬는 사회, 평등하고 정의로운 민주시민사회를 키우기 위해 책 읽기의 문화에서 길러지는 윤리적 감각과 상상력과 정서의 힘으로 사람이 사람으로 사람답게 살 수 있는 따뜻한 가슴을 가진 사람들의 사회, 공존과 관용의 사회를 이루기 위해 여덟 개 시민사회단체들이 모여 2001년 유월에 출발한 시민을 위한 시민의 연대운동이다. 책읽는사회만들기국민운동은

---

30) http://www.bookreader.or.kr/info/info.html[인용 2005.9.25]

아홉 개 시민사회단체들의 연대운동인데 가나다순으로 소개하면 대한출판문화협회, 문화연대, 민족문학작가회의, 민주화를 위한 전국 교수협의회, 어린이도서연구회, 전국교직원노동조합, 학교도서관살리기국민연대, 한국도서관협회, 한국출판인회의이다. 이들 주관단체 외에도 다수의 시민사회단체들이 연대 단체로 참여하고 있다.

경남정보사회연구소[31)는 지역의 도서관운동 및 주민의 평생교육과 정보·문화발전을 위한 연구와 사업을 통하여 살기 좋은 마을을 만들고 건강한 지역사회공동체를 형성해 나가는 것을 목적으로 설립되었다. 경남정보사회연구소의 사업추진 방향은 마을도서관을 통한 공동체 운동의 대중적 확산, 마을문화의 중심으로 정착하기 위한 사회교육센터의 운영활성화, 평생교육 이념에 입각한 시민 사회교육의 활성화, 마을단위 사회교육센터 운영모델 정립과 전국적 확산운동, 주민참여와 자치를 통한 도서관운영과 마을만들기 운동, 차세대 전문인력의 조직화와 시민 자원봉사운동의 전개, 새로운 교육비전에 입각한 마을학교의 안착과 제2의 학교로 일반화, 시민 정보서비스 확대, 정보공개, 기록보존운동, 시민중심의 정보유통망 구성방안 마련 지역 평생교육협의체의 구성과 학점은행제 사회교육 실행을 위한 토대 마련, 민관협력의 강화와 사회교육센터 운영협의체 연대의 강화 개별 사회교육센터의 자립성 강화 등이다.

부천시는 온 가족이 참여하는 도서관 문화 한마당 행사가 열렸다. 작은 도서관운동을 비롯한 도서관 및 독서 활성화의 대표적 도시 중 하나로 꼽히는 부천시와 부천지역 작은도서관협의회는 9월 24일 오후 2시에 시청 앞 잔디 광장에서 '제6회 도서관 문화 한마당 행사'를 개최하였다. '책읽는 부천, 신나는 도서관'이란 주제의 행사는 야외도서관 관람, 책갈피 만들기, 인형극놀이 마당, 캐리커처 그려주기, 마술놀이, 페이스페인팅과 '2005 부천시민 책 릴레이 독후소감문' 전시회, '떴다 흑마왕' 퍼포먼스 공연 등 다양한 문화행사가 개최되었다.

특히 부천시 청사 잔디광장에는 길이 30m, 너비 5m의 천막을 설치해 '현재의 도서관'과 '미래의 도서관(U-Library)'을 임시로 만들어 놓았고, '현재의 도서관'은 실제 도서관과 똑같은 형태로 책을 전시하고 시민들에게 즉석에서 책을 빌려준다. U-도서관은 국내 유수 전자업체나 가구업체의 협찬을 받아 미래첨단 도서관을 가상해 꾸몄으며, 아동용 전자책(e-book)이나 U-Library 홍보용 전자 영상물을 볼 수 있었다. 부대 행사로 책 만들기와 책 속의 주인공을 인형으로 만들기, 마술쇼, 인형극 놀이마당,

---

31) http://kisingo.or.kr/bbs/index.html[인용 2005.9.25]

캐리커처 그려주기, 페이스페인팅, 금관악기 연주, 요들 공연 등 다채로운 행사를 하였다. 지난 7월 26일 시작해 지난 9월 10일 끝난 '책 릴레이' 행사의 독후감상문도 전시되었다. 책 릴레이 행사는 건전 도서 155권을 시민 1550명이 돌려가며 읽은 뒤 책 뒤편에 감상문을 써 놓는 방식으로 진행되었다.

1.6 왜 독서운동을 해야 하는가

1) 법적으로 독서운동을 해야 한다.

국립중앙도서관은 도서관 및 문고의 관리·운영을 지도하여야 하고 국민독서운동을 지도하고 지원하여야 한다. 또한 국립중앙도서관장이 독서의 생활화를 위한 시책을 수립할 때에는 다음 각 호의 사항이 포함되도록 하여야 한다. ① 연령별·직업별·계층별 독서운동 ② 아동 및 청소년을 위한 독서지도활동 ③ 장애인 등을 위한 독서활동 ④ 취약지역 주민을 위한 도서보급 및 독서진흥 ⑤ 문화시설·교육시설 등 관련기관과의 협조이다.

'도서관 및 독서진흥법'이 과거 도서관진흥법과 다른 특징이 있다면 문고의 활성화와 독서진흥이다. 도서관 및 독서진흥법 제7장 제39조에는 중앙행정기관의 장, 시장·군수·자치구의 구청장은 공립문고를 설립하거나 사립문고 설립을 권장하도록 되어 있다. 그리고 문고의 설립자는 독서 자료의 확충과 독서지도의 실시 등 독서진흥을 위하여 노력하도록 명시하고 있다. 또한 제9장 독서진흥 제46조에는 국가 및 지방자치단체는 독서진흥을 위하여 필요한 시책을 강구하여야 하며, 다음 각 호의 방법으로 독서진흥을 위한 시책을 실시하여야 한다. ① 독서진흥을 위한 종합계획의 수립 ② 도서관·문고 등 독서진흥을 위한 시설·설비의 확충 ③ 독서 자료 등의 확보를 위한 산업체 및 지역주민과의 긴밀한 협조에 의한 독서 활성화 등의 업무추진 ④ 기타 독서진흥을 위하여 필요한 조치 등이다. 제47조에는 국가와 지방자치단체는 이 법과 다른 법률이 정하는 바에 의하여 모든 국민에게 독서교육의 기회를 균등하게 제공하기 위하여 노력하여야 하고, 교육인적자원부장관은 고등교육법에 의한 대학을 제외한 각 학교에서 독서교육을 체계적으로 실시하는 데 필요한 교육과정의 편성과 독서 관련 교과용도서의 편찬·발행 등의 조치를 강구하도록 명시하고 있다.

제48조에는 국가는 국민들의 독서의욕을 고취하고 독서의 생활화 등 독서진흥활동에 대한 국민들의 적극적인 참여를 유도하기 위하여 '독서의 달'을 설정하고, 독서진흥에 공적이 있는 자와 독서 실적이 우수한 자 등에게 포상 또는 표창을 수여하거나 장학금을 지급할 수 있도록 되어 있다.

제49조에는 학교 등의 독서진흥 활동에 대하여 제시하고 있는데, 즉 국가와 지방자치단체는 학교 및 직장에 소속된 학생 또는 직원 등의 독서활동을 활성화하기 위하여 학교·직장에 독서모임을 두도록 권장하고, 그 모임의 육성을 위하여 필요한 시책을 강구할 수 있게 되어 있다.

제52조에는 정부는 매년 독서진흥에 관한 시책 및 그 시행결과에 관한 연차보고서를 정기국회 개회 전까지 국회에 제출하도록 되어 있다. 이와 같이 법적으로 독서운동을 해야 하는 것이다.

2) 독서운동은 성공의 초석이다.

"하버드대 졸업장보다 독서하는 습관이 더 중요하다." 엄청난 독서가로 알려진 빌 게이츠가 한 말이다. 그가 세계 최고의 부자가 되고 정보화 시대의 영웅이 된 것은 우연이 아니라 독서의 산물인 셈이다. 싱가포르의 대부로 알려진 리 관유 전 수상은 청년시절 부두에 나가 새로 수입되는 신간 서적을 기다릴 정도로 독서광이었다고 한다. 그는 매일 래플스 도서관에서 밤을 새울 정도로 새로운 정보에 탐닉했다고 하니 오늘의 싱가포르는 독서의 결과인 셈이다. 나폴레옹은 52년 동안 8천 권의 책을 읽었다고 한다. 그가 섭렵한 책의 범위는 역사, 지리, 여행기, 시, 희곡, 미술, 과학, 종교 등 동서고금을 총망라한 것이었다. 그가 이집트 원정을 떠날 때 1,000권의 책을 배에 실었다고 하니 그의 독서습관을 짐작할 만하다. 세계에서 가장 영향력 있는 여성인 오프라 윈프리는 "독서가 내 인생을 바꿨다"고 거침없이 말한다. 어린 시절 뒤틀린 자신의 삶을 바로 세우기 위해 얼마나 독서에 매진했던지 그녀의 전기 작가는 "오프라는 도서관 카드를 소유하는 것을 마치 미국 시민권을 얻는 것처럼 생각했다"고 기록하였다.

인류에 빛을 남긴 위대한 인물들은 다 독서광들이었다. '왔노라, 보았노라, 이겼노라'로 유명한 쥬리아스 시저의 탁월한 문장력과 뛰어난 전략은 독서의 산물이었다. 에디슨의 발명품들도 실험의 결과만은 아니다. 오히려 시립 도서관에서 살다시피 했던 그의 경력의 산물이었다. 베토벤이 청각장애를 극복하고 더 깊고 넓은 음악세계를 구축할 수 있었던 것은 순전히 책의 힘이었다. 설교의 제왕으로 불리는 영국의 찰스 스펄전 목사의 서재에는 3만 권의 책이 있었다고 한다. 그의 감동적인 설교는 성경과 책의 합작품이었다.

3) 독서하면 지능이 높아진다.

독서는 중요하다. IQ와 EQ가 높아진다. 독서가 중요한 이유는 독서와 학력의 관계 때문이다. 독서 능력과 학업 성취는 어떤 관계가 있을까? 이영석 교수의 연구에 의하면 "빠르고 정확한 독서 능력을 갖춘 학생은 많은 양의 정보나 지식을 보다 효과적으로 획득하고 있고, 반대로 독서 능력이 부족하거나 결여된 학생은 글을 읽는 속도, 어휘력이 부족하기 때문에 전부 읽었다 하더라도 그 내용을 정확히 파악하지 못하는 경우를 많이 볼 수 있다."고 하였다.

위티(P. A. Witty)와 코펠(D. Kopel)은 독서 능력과 지능의 관계를 "지능과 독서 능력의 관계는 정비례한다."고 하였다. 개인의 지적 행동의 기준은 사회적인 가치와 활동 가운데 나타나며, 독서 능력의 습득을 중시하고 이것을 지능이라 하는 개념 가운데 포함시키고 있다. 그러므로 독서는 지적 행동의 하나의 형태라 할 수 있으므로 정확한 독서 테스트는 적당한 지능 테스트와 밀접한 일치를 나타낸다고 할 수 있다. 또한 게이츠(A.I.Gates)도 "읽기의 성공과 지능지수 사이에는 아주 높은 상관관계가 있다."고 지적하고 있다. 이처럼 독서 능력의 발달과 지능적 요인은 밀접한 관계가 있는 것이다.

서양의 학자에 의하면 학습부진의 20% 정도는 독서력 문제에서 기인한다고 주장하였다. 여러 학자들의 연구를 종합하면 학업성취와 성격발달에 독서가 많은 영향을 준다는 사실이다. 수학 영재도 책 읽는 습관을 통해 길러진다는 연구결과가 있다. 한국교육개발원 연구팀이 역대 국제수학올림피아드 참가자 27명(남 23명·여 4명)을 대상으로 조사한 결과를 보면, 83%의 학생들이 '어려서부터 책 읽기를 좋아했다'고 응답했다. 그리고 학생들의 집에 평균 250권의 책을 갖고 있으며, 백과사전과 사전류 등 참고할 만한 도서를 갖추고 있었다고 한다.

미국에는 독서가 얼마나 중요한 것인가를 보여주는 연구결과가 있다. 미국교육과학연구소는 2002년 '미국의 리더는 어떻게 만들어지는가'라는 보고서를 발표하였다. 이 보고서에 따르면 미국사회를 이끌어 가는 리더들 대부분은 초등학교 때 세계명작 등 좋은 책을 많이 읽은 독서광이란 공통점을 가지고 있다. 이에 반해 범죄자들 대부분은 거의 책을 읽지 않았거나 읽었다고 해도 교육적으로 가치가 없는 불량서적을 읽은 것으로 조사되었다. 그리고 '초등학교 시절에 읽은 책의 양과 질이 그 사람의 인생의 방향과 질을 결정한다.'는 결론으로 초등학교 독서교육의 중요성을 강조하였다.

4) 독서는 치료적 기능을 가진다.

독서치료는 독서의 힘을 통하여 사람의 심리, 정서, 부적응 문제 해결을 돕고자 하는 임상적 방법이다. 독서치료의 3대 요소는 상담자, 내담자, 텍스트(문학작품)이다. 독서치료에는 다섯 가지 흐름이 있다. 다시 말하면 정보제공형 독서치료, 상담자와 내담자의 촉진적 관계를 강조하는 Interactive Bibliotherpy, 시치료, 자기조력적 독서치료, 그리고 글쓰기 치료가 있다.

첫째, 정보제공형 독서치료로서 텍스트와 내담자의 상호 작용을 강조하는 유형이 있다. 사서들은 독서가 환자들의 치료에 매우 긍정적인 효과가 있음을 발견하고 책과 환자가 더 잘 상호 작용될 수 있는 방안을 모색해 왔다. 그 결과 어떤 특정 문제에 적절한 책들을 목록화할 뿐 아니라 치료적 질문이 실린 매뉴얼을 다수 생산하였다. 내담자와 책의 상호 작용에 초점을 맞춘 정보제공형 독서치료는 문헌정보를 전공한 이들이 탁월하게 공헌할 수 있는 영역이다. 어려운 문제에 봉착했을 때 만난 책 한 권이 한 사람의 운명을 바꿀 수도 있다는 것을 생각할 때에 좋은 정보제공의 중요성을 깨닫게 된다. 우리 실정에 맞는 독서치료용 도서목록 개발이 필요하다.

둘째, 상담자와 내담자의 촉진적 관계를 강조하는 Interactive Bibliotherpy 유형이 있다. 이 유형의 기본적인 가정은 독서치료의 텍스트를 내담자와 상담자의 촉진적 상담 관계에서 사용하는 것이 가장 효과적이라는 것이다. 따라서 책의 선정과 상담의 진행과정 전체를 통해서 상담자의 전문적인 리더십이 강조되고 있다. 독서치료 상담자의 역할은 책과 내담자가 치료적 상호 작용이 활발하게 일어날 수 있도록 개입하는 것이다.

셋째, 문학작품 자체를 강조하는 유형으로 시치료(poetry therapy)가 있다. 시치료는 시가 가진 독특한 치료적 요소에 초점을 맞춘다. 시는 이미지, 리듬, 운율 등의 요소들이 있는데 이는 인간의 무의식을 들어가는 문과 같아서 프로이드가 말하는 꿈의 기능과 가장 비슷하다고 본다. 문학에서 시의 창작은 심미성을 강조하지만 시치료에서는 자기표현의 수단임을 강조한다. 본래 사람은 시적이어서 누구든지 자신의 시어를 표현할 수 있고 쓸 수 있다. 그렇게 하는 가운데 감정적인 카타르시스가 일어나고 문제를 객관화시킬 수 있다는 것이다.

실제로 미국에서는 독서치료사라는 이름이 아닌 시치료사라는 명칭으로 수많은 전문가들이 활동하고 있으며 시치료협회(http://www.poetrytherapy.org)가 결성되어 있어 프로그램에 대한 표준을 제시하고 자격관리 및 치료사들을 양성하고 있다.

넷째, 자기조력(slef help)적 독서치료 분야가 있다. 이론적으로 독서치료는 책과 독자의 자발적 상호 작용을 통하여 치료가 일어나는 것이다. 따라서 반드시 상담자의 개입이 있어야만 하는 것은 아니다. 역사 속에서 독서치료라는 개념을 알지 못했지만 책을 통해서 자기를 치료한 사례는 얼마든지 찾아볼 수 있다.

다섯째, 독서 행위를 입력(읽기/듣기), 생각하기, 표현하기 등 세 가지 영역으로 나누어 볼 때 표현을 강조하는 독서치료로서 '글쓰기 치료'가 있다. 미국에서는 저널 치료[jounal therapy]로 알려져 있으며 특히 성인들에게 효과가 있는 것으로 밝혀졌다. 사실 독서치료의 원리는 적절한 자료(텍스트)를 읽고 생각하고 표현하는 순환적 과정을 통해서 생각이 자라게 하는 것이다. 독서치료의 다른 유형에서도 독후 활동으로 다양한 형태의 표현을 장려한다. 내담자의 관심과 발달 수준에 따라 표현 활동 양식이 주의 깊게 선택될 필요가 있다. 그렇기는 하지만 성인들의 경우 글쓰기를 통하여 자신의 과거의 경험들을 통합하고 미래를 계획하는 것은 좋은 치료적 효과가 있다.

독서치료는 내담자와 상담자의 형편과 그 목적에 따라 위에 다섯 종류의 독서치료는 적절하게 활용하는 것이 바람직할 것으로 생각된다. 이 밖에도 독서 자체에 장애가 있는 이들을 돕고자 하는 독서 장애 클리닉 분야가 있는데 전정재 교수는 대부분의 경우 독서 장애와 심리 정서적 문제는 매우 밀접하게 관련되어 있음을 밝히고 있다. 그렇지만 독서 장애 클리닉은 심리 정서적 문제보다는 읽기 장애 극복에 그 일차적인 관심을 둔다는 점에서 독서치료와 구별된다. 독서 장애와 심리 정서적 문제는 서로 상관관계가 있으나 어느 것이 원인이고 어느 것이 결과인지 밝히는 것은 쉽지 않다고 본다.

5) 독서운동은 도서관(문고)의 중요한 기능이다.

도서관은 정보를 제공하고, 문화활동을 증진시키며, 독서를 진흥시키고, 평생교육을 담당하는 기능이 있다.

특히 국립중앙도서관과 공공도서관은 독서의 생활화를 위한 시책을 수립하고 실시해야 한다. 그리고 학교도서관은 독서지도 및 도서관 이용의 지도 등 독서교육을 수립하여 실시하여야 한다. 또한 공공도서관에는 어린이에게 도서관 봉사를 제공하기 위한 시설을 해야 한다. 독서운동이 도서관의 중요한 기능이다.

1.7 결 론

지식사회에서 독서는 중요하다. 책을 읽으면 행복하다. 독서운동은 독서활동이요, 독서교육이다. 왜 우리는 독서운동을 해야 하는가? 법적으로 독서운동을 해야 한다. 독서운동은 성공의 초석이다. 독서하면 지능이 높아진다. 독서는 치료적 기능을 가진다. 독서운동은 도서관(문고)의 중요한 기능이다.

독서는 언어 발달을 가져온다. 독서는 경험을 확대시킨다. 독서는 사고력을 신장시킨다. 독서는 정보와 지식을 획득하게 한다. 독서는 즐거움을 준다.

독서는 정서를 함양시킨다. 독서는 청소년들의 성격 형성에 영향을 미친다. 독서는 바람직한 인간상을 형성시킨다. 그러므로 독서는 더욱 중요하다.

참고문헌

(1) 김남두 외, 초·중등학교의 독서 자료 선정을 위한 기초자료 개발 연구, 1999. p.32.
(20 김승환, 공공도서관의 독서프로그램 개발에 관한 연구, 상명대학교대학원, 1999. p.5.
(3) 부천 뉴스와이어, 2005. 9. 24.
(4) 새마을문고중앙회, 『새마을문고운동 40년사』, 동 중앙회, 2001, p.43.
(5) 윤영희, 일본 어린이도서관을 다녀와서, 『동화읽는 어른』 10월호, 1998.
(6) Barbara G. kernaghan. Infant story hour in a public library: parents, babies, and books(Doctoral Dissertation. University of pennsylvania, 1994).
(7) Herbert Goldhor and John McCrossan. "An exploratory study of the effect of a public library summer reading club on reading skills", The Library Quartery, vol.xxxvi, No.(January 1966) p.17.
(8) Jean Ellen Coleman. Literacy education programs in public libraries as a response to

a socio－educational need: four case studies(Doctoral Dissertation. Rutgers the state University of New Jersey－New Brunswick, 1996).

(9) http://reading.re.kr/[인용 2005. 9. 25]

(10) http://readingchildren.com/main5]/[인용 2005. 9. 24]

(11) http://kisingo.or.kr/bbs/index.html[인용 2005. 9. 25]

(12) http://www.bookreader.or.kr/info/info.html[인용 2005. 9. 25]

(13) http://www.rrrcamp.org./default2.html[인용 2003. 10. 5]

(14) http://www.libmove.or.kr/intro/intro－2.htm>[인용 2005. 9. 24]

(15) http://www.readersclub.or.kr/index.htm[인용 2003. 9. 25]

(16) http://www.saemaul.com/member/[인용 2005. 9. 25]

(17) http://www.rcri.or.kr/[인용 2005. 9. 24]

(18) http://www.childbook.org/[인용 2005. 9. 25]

(19) http://www.libmove.or.kr5]/[인용 2005. 9. 25]

(20) http://www.bookleader.org/[인용 2005. 9. 24]

(21) http://www.jejugidok.com/205/html/file7－5.htm[인용 2005. 9. 25]

(22) http://www.reading.or.kr/index_1.htm[인용 2005. 9. 24]

(23) http://www.bookreader.or.kr/[인용 2005. 9. 24]

(24) http://kulib.korea.ac.kr/~bjp/lec/histo/people/Ticknor.htm[인용 2005. 9. 24]

② 공공도서관에서의 독서운동

2.1 서 론

현대의 급격한 사회변화와 다양한 문화, 정보의 홍수 속에서 자신에게 필요한 정보를 신속하고 정확하게 활용해야 하는 지식기반사회에서 정보활용력(Information literacy)으로서의 독서능력은 평생을 통하여 개발되는 중요한 생활 수단이다.

오늘날은 평생교육이 중요시되는 지식기반사회로 공공도서관은 지역 주민들의 정보원이요, 문화 활동 공간이요, 자기 교육의 장이며, 여가 선용의 장으로 활용되는 종합적인 사회교육 센터이다. 또한 공공도서관은 교육과 문화 활동을 통하여 지역 주민들의 삶의 질을 높여줄 뿐만 아니라, 미래에 대비한 정보활용 능력을 키우고, 평생 동안 자기학습을 할 수 있는 마스터 키(master key)이다.

공공도서관은 자라나는 청소년들에게 꿈과 희망을 주고 지역 사회에서 가장 중요한 평생교육 기관이다. 또 생활정보를 주고받고 빈곤한 우리의 삶을 살찌우는 문화공간이기도 하다. 그래서 선진국에서는 '문화의 다목적댐'이라고 불린다. 빌게이츠가 "오늘날 나를 있게 한 것은 우리 마을 도서관이었다."라고 한 말에서 우리는 공공도서관의 중요성을 생각할 수 있다.

공공도서관의 사서는 정보자료의 조직, 열람과 대출 업무뿐만이 아니라 정보조사 제공과 아울러 자료를 이용하는 방법과 독서교육 등 도서관에 관한 교육을 할 수 있는 능력을 가지고 있어야 한다. 다시 말하면 사서로서뿐만이 아니라 사서교사로서 이용자들을 교육할 수 있는 능력, 즉 가르치는 방법까지도 겸비하고 있어야 한다는 것이다. 21세기 지식기반사회에서 평생교육이 강조되는 이 시점에서 공공도서관 사서가 독서교육에 관한 프로그램을 개발하여 지역의 아동과 청소년 그리고 주민들에게 서비스하는 것은 평생 교육기관이라는 공공도서관의 기능을 수행하는 중요한 하나의 모델이 된다고 할 것이다. 본 연구의 목적은 공공도서관에서의 독서운동, 어떻게 할 것인가에 대하여 이론적으로 조사하고, 누가, 어떻게 할 것인지를 조사하여 독서운동에 대한 방향을 제시하는 데 있다.

2.2 독서교육과 독서운동

2.2.1 독서교육이란 무엇인가

독서는 글 전체의 의미를 올바르게 이해하는 것을 말한다.[1] 즉 글자를 읽고 그 결과로 인간 내면의 세계에 어떤 변화를 가져오는 행위이다. 그러므로 독서는 글이나 책을 읽고서 마음이나 행동으로 실천하려는 변화를 일으켜야만 바람직한 독서라 할 수 있다.

미국 백과사전(The Encyclopedia Americana)에서는 literacy와 reading을 구별하여 설명하고 있는데, 리터러시는 '이름이나 기호를 부르고 읽고 쓸 수 있으면 되는 정도의 능력인 독해정도'의 뜻이다.[2] 독서는 '인쇄되어 있는 단어의 의미를 얻기 위하여 기본적으로 해야 하는 일[3]'로 글자에 대한 의미보다는 글 전체에 대한 뜻을 파악하려는 활동이다. 매로우(Mallow)[4]는 독서를 읽고 쓰는 능력을 함축시키는 기술과 저자가 저술한 내용을 독자가 인간 본연의 자세에서 되풀이하는 과정으로 보고, 독서를 생활교육의 도구로 활용하는 방법으로 신문이나 잡지를 읽는 방법과 논문, 교과서를 읽는 방법에 대하여 여러 가지 기술적인 방법을 강조하고 있다. 한편 가네(Gagne)[5]는 '독서가 사회에서 자기의 역할을 발휘하고 삶을 가장 깊이 있게 음미하는 데 중요한 기능을 한다.'고 강조하였다. 그러므로 독서는 인간이 살아가는 데 중요한 도구인 것이다.

독서교육이라고 하면 독서지도란 개념과는 다르게 보아야 옳다고 본다. 독서지도란 개념이 곧 독서교육이 아니라 독서교육이 이루어지는 과정에서 독서지도가 행하여진다고 볼 수 있다. 그런데 많은 사람들은 독서교육이나 독서지도 문제를 모두 책 읽는 안내 또는 지도하는 것을 독서교육으로 생각하면서 독서문제를 다루고 있기 때문에 정상적인 독서교육이 전개되지 못하고 있는 것이다. 독서행동은 책을 읽는 것으로만 만족하는 경우가 있는데, 책을 읽었으면 그다음에 독서발표를 해야 한다. 읽으면서 생각한

---

1) 노명완. "독서개념의 현대적 조명", 『독서연구』, 창간호, 1997. pp.63－65.
2) Jean E. Spencer. "literacy", 『The Encyclopedia Americana』, 30h ed. New York: Grolier Incorpoated, 1994. Vol.17. p.559.
3) John G. Murphy. "illiteracy", 『The Encyclopedia Americana』, 30h ed. New York: Grolier Incorpoated, 1994. Vol.17. p.775.
4) Jeffry V. Mallow. "Reading science", 『Journal of Reading』, Vol.34, No.34, February, 1991. pp.338－339.
5) Ellen D. Gagne. 『인지심리와 교수－학습』, 이용남 외 공역, 서울: 교육과학사, 1993. p.320.

것을 다른 사람한테 이야기할 때 또 다른 생각이 떠오르기 때문에 더 많은 상상을 하게 되는 것이다. 읽은 책에 대해서 누구한테든지 이야기를 하는 것이 훨씬 좋은 독서법이라 할 수 있다. 혼자 다른 사람에게 이야기하는 것보다는 독서결과를 서로 토론할 때 더 많은 생각이 떠오르게 되는 것이다. 토론 중에 생각한 내용을 이야기하게 되므로 독서토론은 계속될 수 있는 것이다. 그다음은 정리하는 단계가 되어야 한다. 토론하면서 두서없이 생각나는 대로 이야기했을 때 정리하지 않고 그냥 넘어가서는 안 된다. 이러한 내용을 조리 있게 기록하게 된다면 완전히 자기 사상으로 정리하게 되는 것이다.

독서교육은 도서관 이용자들에게 책 읽는 방법, 효과적인 독서법, 책 읽는 자세, 독서 예절, 독서 시간과 장소, 독서위생, 독서계획 세우기, 속독요령, 독서감상문 쓰기, 원고지 쓰는 방법, 책의 선택 방법, 독서행사, 독서회운영, 도서관 이용법 등을 지도하는 것이다.

독서교육은 독서를 통하여 인격을 형성하는 인간교육이며, 독서하는 태도, 지식, 능력, 흥미, 기술, 습관 등의 형성과 그 개발을 지도하는 것이다.[6] 또한 독서의 중요성을 인식시키고, 독서 방법을 가르쳐 생활화할 수 있도록 지도하는 것이다.

2.2.2 독서운동이란 무엇인가

일반적으로 운동이라는 말은 영어로는 movement 혹은 campaign이라 표현한다. 운동이란 "어떤 목적을 달성하기 위하여 여러 방면에 적극적으로 활동하는 일"을 말한다. 우리가 그동안 많이 썼던 용어로는 새마을운동, 자연보호운동, 환경보호운동 등이다.

도서관에 관련한 활동으로 도서관 운동, 공공도서관 운동, 경기도 좋은 학교도서관 만들기 운동, 작은 도서관 운동, 학교도서관 살리기 운동, 전국양서 보내기 운동, 전국 공공도서관에 무료로 책갈피 보내기 운동, 도서관 콘텐츠 확충과 책읽는 사회만들기 국민운동, 대중도서관 운동, 조선족 학교 사랑의 도서보내기 운동, 사이언스 북 스타트 운동, 과학도서 보내기 운동 등이 있고, 연구모임으로 도서관운동연구회, 간행물로 계간 도서관운동 등이 있다.

독서운동은 영어로는 a reading movement로 표현하며, 도서관 운동 중의 하나인 책 읽기 운동으로 "책에 관심을 갖게 하고 독서를 할 수 있도록 유도하기 위하여 펼치는

---

6) 김효정 외.『독서교육의 이론과 실제』, 서울: 한국도서관협회, 1997. p.4.

일체의 활동"이다.

캠페인(campaign)은 "어떤 정치적이나 사회적인 목적으로 문화단체·노동조합·출판 보도 관계자 등이 조직적이고 계속적으로 벌이는 운동", 즉 '일련의 사회적 운동'을 말한다.

현대에는 캠페인에 의하여 그 언론성(言論性)이 가장 강력하게 발휘되지만, 여기에는 대중을 계몽하고 교육하는 긍정적인 면과, 합리적인 판단을 그르치게 하고 여론을 동조하게 하는 부정적인 면이 있다. 캠페인이라는 말은 주로 신문이나 방송 등 언론에서 교통안전 캠페인·환경정화 캠페인 등으로 널리 사용하고 있다.

"년말년시 외롭고 쓸쓸한 국군장병이나 교도소에 책을 보내줍시다."라는 독서캠페인도 독서운동의 일종이다.

'도서관 콘텐츠 확충과 책읽는 사회 만들기 국민운동'을 주도하는 도정일 문화개혁시민연대 공동대표(경희대 교수·영문학)는 일간신문 기자와의 인터뷰에서 "시대가 어느 땐데 책을 읽으라니, 고리타분하다고요? 천만에요. 정보화시대는 책을 안 읽어도 되는 시대를 뜻하는 게 아니에요. 정보화를 주도하는 선진국들이 과연 도서관 건립과 독서 권장을 소홀히 할까요? 결코 그렇지 않다는 걸 통계자료가 보여주고 있어요." －중략－

"책을 안 읽는 것도 문제지만, 책 읽기를 우습게 아는 사회적 분위기가 더 문제에요. 어쩌면 현대 사회는 사람들이 책맹이 되도록 부추기는지도 모르죠. 그래야 속이기가 쉬울 테니까요. 책맹이 되는 것은 개인적으로나 사회적으로나 대단히 위험한 일입니다. 기본이 허약한 사회는 결국 경박하고 천박한 사회로 도태되고 말아요." －중략－

"책을 읽지 않는 사회에서는 결코 창조적인 문화가 생산될 수 없어요. 세계에서 가장 빠른 통신망을 개발하면 뭐합니까. 그 통신망으로 전달할 콘텐츠가 없는데. 독서야말로 지식 산업사회를 준비하는 기본입니다. 결국 도서관 살리기 운동은 곧 나라 살리기 운동과 같지요."라고 주장하였다.

윤영희는 "일본 어린이 도서관에 다녀와서"[7]라는 글에서 다음과 같이 소개하였다. "도서관까지 찾아가는 버스 안에서 안내책자를 읽어보며, 가장 보고 싶었던 것이 '이야기의 집'이라는 공간이었다. 어린이도서관 한 모퉁이에 있는 '이야기의 집' 문 앞에는 주마다 오후 2시 30분~3시에 '책 읽어 주기' 프로그램을 진행한다는 팻말이 붙어 있다. 마침 간 날이 토요일이라 시간이 되기를 기다렸는데, 유아들을 데리고 온 엄마와

---

7) 윤영희, 일본 어린이 도서관을 다녀와서, 『동화읽는 어른』 10월호, 1998.

아빠들이 옹기종기 모여들었다. 2시 30분이 되자, 짙은 푸른색 앞치마를 두른 사서가 (이곳 사서들은 대부분 커다란 앞치마를 하고 있다) 와서 '이야기의 집' 문을 드디어 열었다. 아이들은 익숙한 듯 신발을 벗고 안으로 들어갔는데 내부는 폭신한 카펫이 깔려 있어 무척 아늑했고 방음장치가 잘 되어 수런수런 거리는 바깥과는 완전히 차단되어 이야기에 빠져들 수 있었다.

'책 읽어 주기'는 사서 두 사람이 번갈아 가며 그림책을 두 권씩 읽어 주었는데, 내가 아는 책은 『목욕은 즐거워』 한 권이었지만, 콧수염을 기른 40대 아저씨 같은 사서가 읽어 주는 모습이 인상에 남았다. 유아들을 위한 이런 프로그램말고도 초등학생들을 위해서는 '북 토크'라고 하는 독서토론도 이곳에서 한다고 한다." 이와 같은 일본도서관의 독서활동도 어린이를 위한 독서운동의 하나이다.

2.2.3 미국 공공도서관의 독서프로그램 연구

미국의 독서교육은 가정의 협력을 전제로 한다. 숙제를 하려면 부모와 함께 공립도서관에 가서 책을 빌려와야 한다. 일주일에 한두 번씩 아이들과 공립도서관에 가는 것은 당연한 것으로 생각하고 있다.8) 미국의 아이들의 책 읽기는 어려서부터 생활의 일부분이다. 영어 한 시간만 놓고 보더라도 한 학기동안 100페이지 정도의 30−40권의 책을 읽어야 수업이 진행된다고 한다.9)

미국의 공공도서관은 취학전 어린이부터 초등학교 저학년까지 도서관이용과 함께 '이야기하기'에 대한 프로그램이 다양하게 연구되고 있다.10)

콜맨(Coleman)11)은 공공도서관에서는 어린이들의 독서능력을 향상시키기 위하여 성인들의 독서지도 능력에 대한 프로그램 개발을, 케르나한(Kernaghan)은12) '이야기하기' 프로그램이 적용되기 위해서는 공공도서관에서는 먼저 부모들에게 이야기 시간을 응용

---

8) 김남두 외, 초·중등학교의 독서자료 선정을 위한 기초자료 개발 연구, 1999. p.32.
9) 김남두 외, 상게서. p.31.
10) 김승환, 공공도서관의 독서프로그램 개발에 관한 연구, 상명대학교대학원, 1999. p.5.
11) Jean Ellen Coleman. Literacy education programs in public libraries as a response to a socio−educational need: four case studies(Doctoral Dissertation. Rutgers the state University of New Jersey−New Brunswick, 1996).
12) Barbara G. kernaghan. Infant story hour in a public library: parents, babies, and books(Doctoral Dissertation. University of pennsylvania, 1994).

할 수 있는 능력을 기르는 프로그램을 적용해야 한다고 주장하였다. 미국 공공도서관에서는 여름 방학 동안에 어린이들의 독서능력을 향상시키기 위하여 'Vaction Reading Club(VRC)' 활동 프로그램을 1940년부터 계속하여 전개하고 있다.13)

오늘날은 여름방학에만 실시되는 SRP(Summer Reading Programs)이란 독서활동 프로그램을 개발하여 실시하고 있다.14) 미국 공공도서관에서는 SRP프로그램을 홈페이지를 통하여 주민들에게 홍보하고 있는데, 특히 San Juan Island Library에서는 Reading is a Picnic이라는 슬로건하에 대중과 독서가족 중심의 프로그램을 주정부의 지원을 받아 실시하고 있다고 한다.15)

Ticknor16) 교수는 공공도서관은 우리가 바라는 자유교육제도의 마지막 보루가 되어야 하며, 또한 공공도서관은 독서에 의한 자아개발을 통하여 그러한 제도의 효과를 계속 증진시키는 데 적합해야 한다고 주장하였다.

2.3 공공도서관에서 독서운동, 어떻게 할 것인가?

미국의 시카고의 공공도서관에서의 독서운동을 소개한 기사17)는 다음과 같다.

엄남석 뉴욕 특파원이 쓴 '시카고에 「앵무새 죽이기」 독서 열풍'이라는 제목의 기사였다.

미국 제2의 대도시인 시카고에서 펼쳐지고 있던 독서 캠페인인 '하나의 책, 하나의 시카고(One Book, One Chicago)'에 관한 내용이었다. 시카고의 공공도서관들이 중심이 되어 펼치는 이 독서 캠페인은 시, 소설, 교양서적 등 여러 서적을 두루 읽도록 권장하는 방식이 아니라 한 권의 책을 집중 소개하는 방식으로 독서 열풍을 일으키는 것이 특징이라고 했다.

그 한 권의 책은 1961년 퓰리처상을 수상한 여류작가인 하퍼 리(76)의 소설 「앵무새

---

13) Herbert Goldhor and John McCrossan. "An exploratory study of the effect of a public library summer reading club on reading skills", The Library Quartery, vol.xxxvi, No. (January 1966). p.17.

14) 김승환, 전게서. p.6.

15) 김승환, 상게서, p.7.

16) http://kulib.korea.ac.kr/~bjp/lec/histo/people/Ticknor.htm.

17) 강영두, 『출판문화』 6월호(통권439호), 대한출판협회, 2002. 6, p20.

죽이기(To Kill a Mockingbird)」이었는데, 각 도서관은 4천 권 이상 이 소설을 준비해두고 일반인에게 대출하고 있으며, 대형서점들은 이 책이 고객의 눈에 잘 띄도록 진열해 두는 것은 물론 독서토론회를 개최하기도 하고, 시카고변호사협회는 책의 줄거리를 토대로 모의재판을 열기로 하는 등 시카고 전체에 이 책의 열풍이 불고 있다는 것이었다.

특히 시카고 시 당국이 앵무새 리본 2만 5천 개를 만들어 책을 읽은 사람들이 이를 달고 다니며 즉석 토론을 벌일 수 있도록 하는 등 적극적인 후원을 하고 있으며, 시민들도 이에 호응하고 있다는 내용이 마음에 와 닿았던 것으로 기억된다. (중략)

'편집자 레터'에 시카고의 "공공도서관에서는 주말마다 '앵무새 죽이기' 영화를 상영하고, (중략) 시 당국은 교사 학부모를 위한 독서 가이드를 제작해 배포하고, 시내 스타벅스 커피숍에서는 독서토론에 참여하는 독자들에게 공짜 커피와 빵을 제공"하며, "각종 북클럽을 중심으로 열띤 독서토론이 벌어지고, 도서관마다 전문가들이 스터디 그룹을 지도하고 있다"고 소개되어 있었기 때문이다. 여기까지 생각이 미치니 시카고가 '9·11 테러' 와중에도 공공도서관과 대형서점은 물론 시 당국, 심지어 커피숍까지 나서 독서 운동을 펼치고 있는 동안 한국의 일부 출판사들은 책과 거리를 둔 독자를 끌어당기기 위해 '사재기'라는 자살골을 넣고 있었다는 사실이 한심스러웠다.(중략)

2.3.1 누가 할 것인가?

1) 도서관장

도서관장은 도서관이라는 조직의 리더이며, CEO이다. 도서관장은 원칙중심의 패러다임을 가져야 한다. 관장은 업무 추진에 있어서 비전을 가지고 공정, 정직, 성실, 봉사, 감사, 해결자, 이용자 중심이라는 원칙을 가지고 있어야 한다. 또한 고정관념을 버리고 발상의 전환을 통한 창조적 마인드를 체득하며, 환경변화의 도전에 창조적 사고로 응전할 수 있는 능력을 소유해야 한다.

지식기반사회에서의 바람직한 리더십이란 일하는 자의 자율적 기능이 강하고, 일하는 이들이 재미있게 일하게 하는 방법으로써 주어진 상황에 적절히 대처하는 힘과 대면하는 사람에 따라 대처하는 힘을 발휘하면서 내가 사라지고 너를 위한 사랑의 행동으로 조직의 목적과 목표를 이루는 것을 말한다.

지식기반사회에서의 도서관장의 역할은 첫째로 대표자로서의 역할, 둘째로 지휘관으로서의 역할, 셋째로 동기 부여자로서의 역할, 넷째 전략적 리더자의 역할로 나누어 생각할 수 있다.

도서관장은 도서관을 이끌면서 도서관을 대표해야 할 역할을 가진다.

도서관장은 도서관의 목표를 달성하기 위해서 계획을 입안하고 실행하며 통제하는 내부관리 기능에 대한 책임을 가진다. 나아가 이러한 활용들을 전체적인 관점에서 통합·조정하여야 하는데 이것을 지휘관 역할이라 한다. 이 통합·조정 역할은 주로 자원 배분 활동을 통해 이루어진다. 즉 한정된 자금, 인력, 시간 등의 자원을 어디에, 무엇을, 얼마나 할당할 것인가를 결정하여 가능한 한 목적을 최대로 달성하도록 하고 나아가 시너지 효과를 얻을 수 있도록 제반 활동을 조정하고 통제하는 것이다.

관장의 이러한 지휘활동을 효과적으로 수행하기 위해서는 치밀한 계획성, 의사결정 능력, 추진력 및 판단력을 가져야 한다. 동시에 자신의 경험과 끊임없는 학습을 토대로 장기적으로 문제를 해결할 수 있는 능력을 배양해야 함은 물론 전문가로서의 지식과 기술 등의 능력을 갖추고 있어야 한다. 공식적 교육을 통한 지식과 동시에 현장의 경험으로 얻은 산지식을 가져야 한다.

도서관장은 조직구성원과 조직 모두의 장기적 성공을 추구하기 위해 구성원들이 최선을 다하도록 동기를 부여하여 도전 의식을 갖도록 하는 책임이 있다. 먼저, 관장은 직원들의 성과에 대한 기대를 높이고, 이를 표현하며, 개개인의 능력에 적합한 과업의 할당 및 목표 설정을 해 줌으로써 구성원의 성과를 향상시킬 수 있다.

다음으로 직원들 개개인의 이질적 욕구를 인정하고 수용하는 개별적 고려를 통해 정서적 지원을 해 주는 분위기를 조성해 준다. 그리고 권한을 위임하는 관장의 행동은 직원을 자신의 과업행위들에 대해 인과관계의 소재를 그 자신으로 하여금 지각하게 한다. 마지막으로 관장의 지적인 자극은 직원들에게 비구조화된 문제를 이해하고 해결책을 탐색하는 데 도움을 준다.[18] 관장이 동기 부여자로서의 역할을 수행하기 위해서는 인간적 기능 또는 대인관계 능력을 특히 필요로 한다. 이것은 청취술, 화술, 갈등관리, 자신 및 타인에 대한 평가 등과 같은 대인관계 측면에서의 기능을 통해 관장이 조직내외의 사람들과 함께 일하고 커뮤니케이션을 원활히 수행하는 리더십을 보여주는 중요한 요소이다.[19]

---

18) 강현희, 상사의 리더십특성이 부하의 내재적 모티베이션에 미치는 영향에 관한 연구, 서울대학교 대학원, 석사학위논문, 1996, p.66.
19) 박인웅, "도서관장의 전략적 리더쉽에 관한 연구", 『한국도서관·정보학회지』제31권 4호

특히 독서담당사서가 독서교육을 잘 할 수 있도록 일정한 기간 동안이라도 본인이 원한다면 같은 직무를 계속할 수 있도록 배려하고, 국립중앙도서관의 독서전문교육을 받을 수 있도록 해야 하며, 또한 각종 사설사회단체 독서교육프로그램에 참가하여 독서지도사 교육을 받게 하는 방법도 좋은 대안이라 생각한다.

2) 담당사서

공공도서관의 업무를 살펴보면 독서와 관련된 프로그램이 많은 부문을 차지하고 있다. 많은 공공도서관에서 관심 있는 사서들의 적극적인 독서지도로 다소의 성과를 거두고 있는 것은 사실이다. 그러나 대다수의 공공도서관에서는 사서들이 독서지도에 인식이 부족하고, 독서관련 업무 담당사서들이 전문성이 부족하며, 체계적인 독서프로그램의 운영이 미숙하여, 소기의 성과를 거두지 못하고 있는 실정으로 생각된다. 아무리 좋은 독서교육 프로그램이 있다고 하여도 그것을 운영하고 지도해 나갈 사서가 전문적인 자질을 갖추고 있지 못하고 있다면 또한 마찬가지이다. 그러므로 사서 자신의 노력은 물론이거니와 상급기관에서는 독서교육 전문가로서 역할을 할 수 있도록 프로그램을 개발하여 사서를 교육해야 할 것이다. 또한 사설 교육기관에 위탁하여 독서지도사 교육을 받게 하거나, 사서교사 자격 소지자를 선발하는 것도 하나의 방법이 될 것이다.

다시 말하면 사서의 전문성 확보를 위한 방안은 개인적으로 전문성을 함양하는 방법과 도서관 자체의 연수 기능을 강화, 국립중앙도서관의 독서지도 전문교육 강화, 사서의 각종 연수에 독서교육 과목 설치, 독서교육연구회 결성 및 활성화 지원 체제 강화, 각종 사회단체 독서교육 프로그램에 적극적으로 참가, 문헌정보학과의 독서교육 과목 설치 및 교육강화 등이다. 공공 도서관의 사서가 도서관 교육 관련 업무를 효율적으로 수행하기 위해서 갖추어야 할 자질은 다음과 같다.[20]

① 교육계획을 수립할 수 있는 능력이 있어야 한다. ② 투철한 사명감과 봉사·희생 정신이 있어야 한다. ③ 문헌정보학에 대한 깊은 이해가 있어야 한다. ④ 도서관교육 방법을 알아야 한다. ⑤ 독후감 쓰기 지도 방법을 알아야 한다. ⑥ 독서회를 조직하고 운영하는 방법을 알아야 한다. ⑦ 유아·아동·학생·청소년을 이해하고 사랑해야 한

(2000. 12.), pp.346-348.

20) 이만수, "공공도서관 사서의 도서관교육 관련 업무", 『문헌정보학논집』제7호, 명지대학교문헌정보학회, 2001. pp.23-82.

다. ⑧ 학부모·성인·노인 등을 이해해야 한다. ⑨ 장애인을 이해하고 사랑하는 마음이 있어야 한다. ⑩ 교수법, 즉 가르치는 방법을 알아야 한다.

2.3.2 어떻게 할 것인가

1) 누구를 대상으로 할 것인가

도서관 이용자인 미취학 어린이, 초등학생, 중·고등학생, 주부, 노인 또한 장애인, 지역사회 주민, 사서 자신을 대상으로 독서운동을 해야 한다.

2) 어떤 방법이 있나

독서운동에 관한 프로그램은 도서관 내부 프로그램과 외부 프로그램으로 나누어 생각할 수 있는데, 대전 유성도서관[21] 독서교육 프로그램은 다음과 같다.

시민평생교육의 기반 구축의 일환으로 학부모 독서지도 강좌(4월~5월, 9월~10월), 동양철학 강좌(매주 금요일), 청소년 상담실 운영(매주 화, 목요일), 독서상담제 운영, 신문활용 교육(방학 중), 독서Clinic 센터 운영(매주 수요일)을 운영하며 독서인구 저변확대의 일환으로 계층별 독서회 조직운영(연중), 독서교실 운영(겨울·여름방학), 일일 도서관 현장교육(4월~5월, 9월~10월), 움직이는 도서관 운영(관내 원거리 초등학교 방문대출), 멀티미디어자료 대출, 자료실 연장운영(4시간 연장운영), '사랑의 책' 바꿔보기 운동(8월~9월), Book 페스티벌 개최(5월), 도서관주간 및 독서의 달 행사(4월/9월), 독서동아리 문집 발간 및 발표회(12월) 등이다.

---

21) http://www.yuseong.daejeon.kr/board/update/library/.

가. 도서관 내부 프로그램

(1) 사서의 자율적 독서

사서들이 자율적으로 문헌정보학에 관련된 전공서적이나 건강, 여행, 관광, 시사 등의 교양서적을 틈틈이 읽는다.

(2) 독서회 운영

우리나라 공공도서관에서는 대부분 독서회를 운영하고 있다. 독서회는 미취학 아동, 초·중·고등학생, 주부, 아버지, 직장인, 사서를 중심으로 운영할 수 있다.

서울·경기지역 공공도서관의 독서회의 명칭, 독서회의 운영 목적, 독서회의 활동, 독서회의 인원에 대하여 조사하면 다음과 같다.

1) 독서회의 명칭

조사대상 공공도서관의 독서회의 명칭은 지명을 딴 독서회는 달구지독서회, 문학골 글마당, 안산 독서회, 강동 독서회(주부)이며, 동식물을 딴 것은 개나리독서회, 반딧불 독서회, 소나무, 솔벗, 해바라기, 상록수이다. 어떤 사물을 딴 것은 동그라미 독서회, 샛별 독서회, 옹달샘 독서회, 징검다리 독서회, 날애 독서회, 샘물 독서회, 초롱 독서회, 질화로 독서회, 해돋이 독서회, 한빛 독서회, 쌈지 독서회, 두레박 독서회, 디딤 독서회, 한가람 독서회이며, 대상을 딴 것은 꿈나무(초등학교 4·5학년), 동화읽는 어른 모임, 사(思)모임독서회, 어머니 독서회, 어린이 독서회, 주부 독서회, 중학생 독서회, 천사 독서회, 청소년 독서회, 대모(주부), 다솜 독서회, 미리내 독서회, 진솔독서회, 한결독서 회(어린이), 한솔독서회, 해밀독서회이다. 인명을 딴 독서회는 안데르센 독서회이며, 글 짓기에 관련된 독서회 명칭은 고전과 명작 독서회, 글벗, 글사랑, 글사랑 독서회, 글사 모 독서회, 책갈피 사랑갈피, 책사랑 독서회, 책을 찾는 사람들(청소년), 글두레, 책시렁 독서회 등이다.

부산반송도서관의 미리내독서회, 대구 듀류도서관의 새싹회, 청수회, 푸른회, 산마로 회, 대구 효목도서관의 꿈나무, 예지회, 서진회, 빛소리회 독서회, 춘천평생교육정보관의 새싹, 글사랑, 해오름, 해담솔, 수향회, 들꽃 등이다.

광주중앙도서관의 초등학교 학생 독서회로 달맞이꽃 독서회, 어머니독서회로 책사랑회, 중앙독서회, 동화읽는 어른모임, 중·고등학생 독서회로 글솜동아리 독서회 등이다.

2) 독서회의 운영 목적

조사대상 공공도서관에서 활동 중인 독서회 운영의 목적은 진취적인 사고와 발표력 신장, 친구 사귐, 즐겁고 유익한 시간 향유, 청소년들의 정서함양, 독서습관 형성, 독서생활화, 건전한 가치관 형성, 여가 선용, 인간관계 형성, 사고력 신장, 효율적인 학습, 독서흥미 진작, 독서의욕 고취, 표현력 신장, 독서 흥미 유발, 독서의 즐거움, 독서인구 저변 확대, 독서분위기 조성, 평생교육기반 조성, 독서토론 문화 활성화, 바람직한 인격 형성, 창의력 개발, 바른 독서태도 형성, 독서문화 정착, 독서정보 교환, 자녀독서지도, 어린이 책 문화 선도에 두고 있다.

3) 독서회의 활동 내용

조사대상 공공도서관의 독서회의 활동 내용은 독서토론, 독후감 작성 및 발표, 작가와의 대화, 작가·작품 또는 특정 주제를 테마로 한 집단 독서, 각종 문화 행사 참가, 독서발표회, 초등학생 자녀를 위한 좋은 도서 선정, 독후감 발표회, 감상문쓰기, 어린이에게 읽힐 좋은 도서 선정, 독서 및 주제 토론, 글짓기, 인기 작가 초빙 작가와의 대화, 백일장, 독후 감상화 그리기, 고적 답사, 어린이 도서 연구, 문학 기행, 저자와의 만남, 양서 소개, 독서 권장, 문집발간, 독서 퀴즈, 독후 감상문 발표, 주제토론, 연극 발표, 독후감 작성법 지도, 사물놀이, 다양한 글쓰기, 독서 이론과 실기 지도, 문화유적지 답사 여행, 문학발표회, 견학, 독서정보 교환, 방학 특강, 전문강사 초빙, 여름방학 캠프, 문학작품 토의, 아동도서 연구 토론, 자원봉사 활동 전개, 야외 독서 토론회, 교양 강좌, 옛이야기, 어린이 책 문화 선도, 문학의 밤 행사, 주부독서회지 발간, 문예창작, 창작 활동, 전문강사의 독서지도, 독서 기행 등이다.

4) 독서회의 활동 인원

조사대상 공공도서관의 독서회의 활동 인원은 어린이 독서회는 15명, 30명, 35명, 약 40명, 청소년 독서회는 15명, 20명, 약 20명, 30명, 35명, 성인 독서회는 15명, 20명, 약 20명, 30명 정도이다.

서울중랑구립정보도서관22)에서는 지역주민들의 독서생활화를 위하여 전문강사와 도서관 사서들의 지도로 독서회를 운영하고 있다.

독서회는 독서활동에 관심을 가진 어린이, 청소년, 주부, 일반성인 등으로 대상으로 월 1−2회 정기모임을 독서토론, 독후감 발표 등을 내용으로 독서회를 구성하여 그 활동을 지원하고 있다. 샛별회 독서회는 초등 1·2학년을 대상으로 매주 1·3주 토요일, 독서여행 독서회는 초등 1·2학년을 대상으로 매주 1·3주 토요일, 꿈나무 독서회는 초등 3·4학년을 대상으로 매주 1·3주 토요일, 독서왕나라 독서회는 초등 3·4학년을 대상으로 매주 1·3주 토요일, 틴에이져 독서회는 초등 5·6학년을 대상으로 매주 1·3주 토요일, 느티나무 독서회는 중학생을 대상으로 매주 3주 일요일, 동화읽는 엄마모임 독서회는 주부를 대상으로 매주 일요일에 운영한다. 또한 어린이 인터넷 도서관을 통하여 담당교사와 활동하는 어린이독서회와 게시판은 다음과 같다.

<표 1> 인터넷 도서관 어린이독서회표 7

학년 반	반 명칭	담당교사	실시 시기	게시판
1학년 A반	다람쥐반	남영주	매달 2·4째주 토요일	http://user.chollian.net/~yjnam
1학년 B반	탑블레이드반	박효주	매달 2, 4째주 토요일	http://myhome.naver.com/loveju82)
2학년 A반	꿈을키우는반	한선경	매달 1, 3째주 토요일	http://myhome.naver.com/mythosk
2학년 B반	무지개교실	김정희	매달 1, 3째주 토요일	http://myhome.naver.com/jounghee16)
3학년 반	봄하늘반	김경희	매달 1, 3째주 토요일	http://myhome.naver.com/bomsky65
4학년 A반	독서왕나라	이강순	매달 2,4째주 토요일	http://myhome.naver.com/jeshome01
4학년 B반	초록나무반	전신미	매달 2, 4째주 토요일	http://my.netian.com/~shinmi0407)
5학년 반	스마일반	백효숙	매달 1, 3째주 토요일	http://cafe43.daum.net/bookpower
6학년 반	책사모회	조미아	매달 1, 3째주 토요일	http://myhome.naver.com/miah100)

22) http://chungnanglib.seoul.kr/culture2.asp.

(3) 도서관주간 행사(4월 12일 - 18일(7일간)

대구시립 효목도서관[23])의 도서관주간 행사의 예를 들면 다음과 같다.

매년 4월 12일부터 4월 18일까지 1주일간을 도서관주간으로 설정하여 다양한 행사를 통하여 지역주민들의 도서관 이용 활성화와 독서생활 진흥 운동을 전개하고 있다.

주요 행사는 ① 모범이용자 시상: 도서관 이용자 중 독서생활에 타의 모범이 되는 모범이용자 약간 명을 시상한다. ② 이용자와 간담회: 도서관 이용자와 직원 간의 간담회로써, 도서관 이용 및 운영 전반에 관한 발전 방안과 건의 사항 등의 의견을 나눈다. ③ 시로 여는 도서관대회: 어린이에게 시(詩)심을 길러 주어 밝고 아름다운 마음을 지니도록 하며, 독서의 생활화를 유도한다. ④ 책의 향기를 더듬어서(좋은 책 도서전시회): 2001년도 독자가 뽑은 올해의 좋은 책과 대한민국 연대별 베스트셀러 전시회를 통해 다시 한 번 그때 그 책들에게 느꼈던 감동을 다시 한 번 맛봄으로써 독서 동기를 유발한다. ⑤ 시각장애인과 함께 두 눈감고 영화보기: 영화로부터 소외되어 온 시각장애인들에게 영화감상의 기회를 제공하고, 일반 시민들에게는 시각장애인들과 영화체험을 함께 나눔으로써 시각장애인 문화에 대한 인식을 넓히고자 한다. ⑥ 추억의 홍콩 영화 포스터전: 시각의 제약으로 보지 못하는 포스터전을 제목, 감독, 주연, 내용 등을 점역하여 설명해 줌으로써 그 시절의 향수를 맛보고, 도서관을 이용하는 모든 지역주민들의 장애인에 대한 공감대를 형성하게 한다.

(4) 독서의 달 행사(9월)

대구광역시립 남부도서관[24])의 예를 들면 다음과 같다. 독서의 행사의 목적은 지역주민들의 독서의욕 고취와 독서생활화로 문화국가 기반을 조성하고 독서를 통한 올바른 가치관과 윤리관 정립으로 '더불어 사는 사회'를 구현하는 데 있다. 주요행사 내용은 ① 가두캠페인 및 도서대출회원증 현장발급: 독서, 도서관홍보 캠페인 및 도서대출회원증 현장발급을 통한 독서인구 저변확대. ② 문화영화 상영. ③ 모범다독자 시상: 우리 도서관 이용자 중 도서관을 모범적으로 이용하고, 특히 독서활동에 힘써 타의 모범이 된 자를 선정, 시상(도서관장상) ④ 이용자와의 좌담회 개최: 도서관 이용자와 직원 간

---

23) http://hyomok.tglnet.or.kr/.
24) http://nbl.or.kr/nambu/.

의 상호의견 교환을 통해, 서로가 이해의 폭을 넓히고 도서관 운영의 발전방안을 모색하여 도서관운영 활성화 기대, 도서관 운영 전반에 대한 이용자 건의사항, 발전방안 등 의견 수렴. ④ 독서정보 따라잡기: 독서퀴즈를 통한 지역주민들의 독서흥미를 유발하여 독서의욕을 증진과 도서관 이용을 유도하며 자료활용도를 높임. 학생 및 일반을 대상으로 정답자 중 추첨을 통해 시상(도서상품권). ⑤ 자녀와 함께하는 동화교실 운영: 어린이들의 감성적인 창의력 개발과 아름답고 순수한 마음을 갖도록 하고, 독서에 대한 흥미 유발, 유아, 초등학생, 학부모를 대상으로 동화구연 지도 및 문화영화 상영(애니메이션). ⑥ 어린이 글짓기대회 개최: 책 읽기 및 쓰기의 생활화로 사고력·창작력·비판력·문장표현능력을 신장시킴. 초등학교 4~6학년생을 대상으로 교육감상, 교육장상, 도서관장상 시상. ⑦ 특별강연회 개최: 명사 초청 강연, 지역사회의 문화공간으로서 지역주민의 교양증진과 자기개발의 기회 제공 등이다.

춘천시립도서관과 남산도서관 그리고 소양정보도서관[25]에서의 2002년도 독서의 달 행사를 소개하면 다음과 같다.

유아 및 초등학교 1·2학년을 대상으로 그림책과 동화책을 읽어주고 관련 독후 활동을 하는 스토리텔링, 초등학생을 대상으로 책을 읽으면서 마음속에 그렸던 책 속의 주인공을 흙으로 빚으면서 느낌을 표현하는 책 속 주인공의 모습을 빚는 활동, 초등학생을 대상으로 이용이 많은 어린이 책에서 관련 문제를 퍼즐형태로 출제하는 독서퍼즐, 집에서 보지 않는 좋은 책을 서로 교환하는 책나눔 행사인 도서알뜰시장, 이용자들이 즐겨찾는 2001년도 잡지를 선착순으로 무료 배부하는 지난 호 잡지 배부, 5~7세 유아를 대상으로 꾸러기 만세 아동극 공연, 책을 많이 읽으신 이용자 중 모범이용자를 선정하여 춘천시장상을 수상하는 다독자 표창(초등, 중등, 고등, 일반, 이동 5개 부문서 3등까지 시상) 예뜰 수채화 회원전, 도서관 사서들이 권하는 책을 어린이책과 일반책으로 나누어 내용과 함께 소개한 도서목록을 배포하는 지난 호 잡지배부, 초등학생을 대상으로 먼 거리로 인해 도서관을 찾기 힘든 외곽의 학교를 방문하여 슬라이드 그림동화 상영, 소양정보도서관 영상음향실에서의 무료영화 상영 등이다.

창녕도서관[26]의 독서의 달 행사 중 색다른 프로그램은 도서서평 소개, 모범 독서인 시상, 독서 형제(자매) 시상, 독서명언 소개 등이다.

---

25) http://www.i－soyang.org/.
26) http://www.chlib.or.kr/.

(5) 어린이 독서주간(5월 첫 주)

5월 첫째 주 어린이날을 전후하여 어린이 독서감상화 그리기 대회, 어린이 글짓기대회, 어린이 독서감상문 쓰기 대회, 어린이 동화구연 대회, 어린이 독서교실, 1일 독서교실, 어린이 동화구연교실(희망자 개별 접수), 어린이 독서운동 교실, 어머니 독서 세미나, 이야기 한마당 잔치[27] 등을 한다.

(6) 백일장

도서관 주간이나 독서의 달에 동시, 생활문 등 백일장을 실시한다.

(7) 독후감 쓰기 대회

도서관 주간이나 독서의 달에 독후감 쓰기 대회를 실시한다.

(8) 독서교육담당자 자체 연수 및 위탁교육

도서관 자체에서 실시하는 직원 연수 시간을 통하거나 사서교육원이나 국립중앙도서관, 대학교의 평생교육원 등에 독서교육담당자를 교육시킨다.

(9) 어린이 도서실 활성화

어린이 도서실 운영을 위한 사서교사 발령이다. 기왕이면 사서교사 자격을 소지한 사서에게 어린이 도서실 운영을 맡기면 좋겠다.
대전시립 한밭도서관의 아동 및 가족열람실의 운영은 모범이 아닌가 생각한다.
유아를 동반한 가족 및 어린이를 대상으로 유아 및 어린이 도서, 신문, 잡지, 성인용 교양 도서 등을 소장하고 있다.
－ 부산 구덕도서관의 어느 사서의 글을 소개하면 다음과 같다.

---

27) http://children.lib.seoul.kr/sub5/index.html#1.

"나는 어린이실 사서다. 오늘도 아이들 속에서 이들의 '독서 허기증'을 채워 줄 독서지도는 어디에서부터 어떻게 진행하여야 할까로 고민한다." ―중략―

며칠 전 근무평정표를 작성하는데 전문가가 되고 싶은 분야를 쓰라는 난이 있었다. 나는 어린이 전문사서라고 썼다. 독서지도에 관한 책도 부지런히 찾아 읽으려고 한다. 재교육도 받고 싶다. ―중략― 나는 아이들을 좋아한다. 그리고 동화책 읽는 것이 즐겁다. 오래도록 어린이와 함께 어린이 사서이고 싶다.

(10) 여름·겨울 독서교실

대구 대봉도서관은 중구 관내 초등학교 10개교를 대상으로 여름·겨울 독서교실을 1주일간 운영한다. 교육내용은 독서법, 독후감작성법, 도서관이용법지도, 각종 특강, 문화영화 상영이다. 수원중앙도서관은 초등학교 4-6학년(학교장 추천)을 대상으로, 여름·겨울 방학중(7일간, 연 2회)에, 원고지 사용법 및 독후감 작성법, 독서법, 동시낭송회, 독후감 작성법, 독서토론, 독후감 발표, 신문활용 교육, 도서관 이용법, 독후감상화 그리기, 도서관자료 찾기, 도서관의 역사 등의 내용을 가르친다.

서울중랑구립정보도서관은 여름·겨울 방학기간에 관내 학생들의 독서습관을 고취시키고 도서관 이용을 통한 각종 지식·정보 습득의 기회를 제공하기 위하여 독서교실을 초등학교 5학년생, 중학교 1학년생을 대상으로 독서법, 독후감상문 쓰기, 도서관 이용법, 한자교실, 동화구연 등의 내용으로 운영하고 있다.

(11) 문집 또는 작품집 만들기

독서회나 여름·겨울독서교실 또는 독서캠프를 마치고 난 후 그동안 모은 독후감이나 글짓기 등의 결과를 문집 또는 작품집으로 출판한다. 공공도서관에서 발행하여 배포하고 있는 문집 또는 작품집의 예는 다음과 같다.

대관령 옛길(강릉평생교육정보관), 작은노래(경기도립성남도서관), 문학골 글마당(서울강서도서관), 글사랑(서대문도서관), 내마음의 뜰(남양주시립 미금도서관), 글꽃 피는 뜰(성주공공도서관), 책사랑(서울송파도서관), 책갈피(서울정독도서관), 달우물(철원도서관) 청독(속초평생교육정보관) 등이다.

(12) 독서신문 만들기

독서회 활동으로 월 1회 독서신문을 만든다.

(13) 현수막 또는 프랑카드 설치하기

도서관 주관이나 독서의 달, 도서관 대회, 각종 행사를 알리는 현수막이나 프랑카드를 도서관 현관이나 가까운 도로에 설치한다.

(14) 독서의 노래 부르기

독서의 노래, 고마운 책[28] 등 독서에 관련된 노래를 지도한다.
다음은 교육부 독서교육연구학교였던 부산 충렬여자중학교에서 제작·보급한 노래이다.

* 독서의 노래
고전(古典)은 예님의 슬기 살아 숨쉬고
신간(新刊)은 오늘의 우리 비춰 보이네.
독서로 얻은 기쁨 눈이 띄이고
또 한 장 넘기면 마음 열리네
스스로 깨달으며 크는 내 모습
책 읽어 행복하다 미래를 연다.

(15) 홈페이지 제작 업그레이드

홈페이지를 제작하여 운영하고, 정보를 제공해 주고 독서에 관한 배너 달기 등 업그레이드하여 홍보한다.

---

28) 윤석중 작, 정세문 곡, 고마운 책, 음악 4(교육부), 1998. p.59.

나. 도서관 외부 프로그램

대구 대봉도서관의 반년간인『서향』, 경기 과천도서관의『과천도서관소식』등과 같
은 뉴스레터 배포, 경기 중원문화정보센터의『정보·문화·평생교육의 미래를 여는 중
원문화정보센터』와 같은 홍보물 배포, 표어·포스터 배포, 현수막 또는 프랑카드 설치,
반상회 참석 도서관 홍보, 홍보용 CD나 비디오제작 배포, 학생 독서캠프, 시민단체 연
계 독서운동, 학교도서관 지원, 이동도서관 운영, 순회문고, 학교어머니교실 독서 특강,
초등학교, 유치원의 일일 교사 참여를 통한 독서지도 방법 교육, 사서 가족 독서운동,
자원봉사자 확보, 주민 도서기증 운동, 개인문고 설치, 도서관 및 독서진흥 조례 제정,
그 외 권장도서목록 및 이용 안내문 배포 등이다. 독서기행, 1일 순회 독서교실, 해변
문고 등이다.

속초평생교육정보관에서는 학교독서반 지원활동으로 관내 중·고등학교 독서반 학생
들을 대상으로 월 2회 독서 지도를 실시하고, 초빙강사 특강, 자료활용법, 독서토론,
영화감상 등의 시간을 마련하여 청소년들의 정신수양과 토론문화 정착에 적극 지원하
고 있다.

춘천평생교육정보관의 주민에게 독서 생활을 유도하기 위한 활동을 소개하면 다음과
같다.

찾아가는 정보관 운영으로 이동도서관 운영, 산업체 및 군부대 16개소를 찾아가는
순회문고 운영, 시각장애인, 지체장애인, 무학인을 위한 장애인문고 운영, 지역주민을
대상으로 동화구연대회, 독서퀴즈대회, 작가와의 만남, 야외독서토론회 등의 도서관 주
간행사, 우수 독후감상문 모집·시상, 독서회전시회, 모범이용자·다독자·독서가족 표
창, 어린이 인형극 공연 등의 독서의 달 행사, 겨울, 여름 방학기간 중 각 6일 정보관
이용법, 도서 선택법, 독후감상문 쓰기 등의 독서에 관한 기초학습의 독서교실, 어린이,
청소년, 어머니, 직장인을 위한 독서회 운영, 춘천시 관내 유치원·초·중·고등학생을
위한 일일 정보관 현장학습 등이다.

2.4 결 론

독서운동은 공공도서관이 주도적으로 전개하면 좋을 것이다. 공공도서관장은 공공도

서관의 CEO로서 사서가 독서운동을 잘 할 수 있도록 배려하고, 독서전문교육을 받을 수 있도록 행·재정 지원을 해야 한다.

독서운동을 효율적으로 전개하기 위해서 갖추어야 할 사서의 자질은 교육계획을 수립할 수 있는 능력, 투철한 사명감과 봉사·희생정신, 문헌정보학에 대한 깊은 이해, 도서관교육 방법 이해, 독후감 쓰기 지도 방법 이해, 독서회를 조직하고 운영하는 방법 이해, 유아·아동·학생·청소년을 이해하고 사랑하는 마음을 갖는 것이다. 학부모·성인·노인 등의 이해, 장애인을 이해하고 사랑하는 마음뿐만 아니라 교수법, 즉 가르치는 방법을 아는 것이다.

공공도서관에서의 독서운동은 도서관장과 사서가 일체가 되어 도서관 내부와 외부 프로그램으로 독서에 관련한 활동을 전개해야 한다.

도서관 내부 활동으로 사서의 자율적 독서, 독서회 운영, 도서관 주간 행사(4월 12일－18일(7일간), 독서의 달 행사(9월), 어린이 독서주간(5월 첫 주), 백일장, 독후감 쓰기 대회, 독서교육담당자 자체 연수, 어린이 도서실 활성화, 여름·겨울 독서교실, 문집 또는 작품집 만들기, 독서신문 만들기, 독서의 노래부르기, 홈페이지 제작 및 업그레이드 등이다. 도서관 외부활동으로 독서교육담당자 위탁교육, 홍보물 배포, 뉴스레터 배포, 표어·포스터 배포, 권장도서목록 및 이용 안내문 배포, 반상회 참석 도서관 홍보, 학생 독서캠프, 시민단체 연계 독서운동, 학교도서관 지원, 이동도서관 운영, 순회문고, 해변문고, 학교어머니교실 독서 특강, 어머니독서회원 독서기행, 초등학교·유치원의 일일 교사 참여를 통한 독서지도 방법 교육, 사서 가족 독서운동, 자원봉사자 확보, 주민 도서기증 운동, 개인문고 설치, 도서관 및 독서진흥 조례 제정 등이다.

참고문헌

(1) 강영두.『출판문화』6월호(통권439호), 대한출판협회, 2002. 6.
(2) 강현희. 상사의 리더십특성이 부하의 내재적 모티베이션에 미치는 영향에 관한 연구, 서울대학교 대학원, 석사학위논문, 1996.
(3) 김남두 외. 초·중등학교의 독서자료 선정을 위한 기초자료 개발 연구, 1999.
(4) 김승환. 공공도서관의 독서프로그램 개발에 관한 연구, 상명대학교대학원, 1999.
(5) 김효정 외.『독서교육의 이론과 실제』, 서울: 한국도서관협회, 1997.

(6) 노명완. "독서개념의 현대적 조명", 『독서연구』, 창간호, 1997.

(7) 박인웅. "도서관장의 전략적 리더쉽에 관한 연구", 『한국도서관 · 정보학회지』 제31권 4호(2000. 12.).

(8) 윤영희. 일본 어린이 도서관을 다녀와서, 『동화읽는 어른』 10월호, 1998.

(9) 이만수. "공공도서관 사서의 도서관교육 관련 업무", 『문헌정보학논집』 제7호, 명지대학교문헌정보학회, 2001.

(10) Barbara G. kernaghan. Infant story hour in a public library: parents, babies, and books(Doctoral Dissertation. University of pennsylvania, 1994).

(11) Ellen D. Gagne. 『인지심리와 교수 – 학습』, 이용남 외 공역, 서울: 교육과학사, 1993.

(12) Jean E. Spencer. "literacy", 『The Encyclopedia Americana』, 30h ed. New York: Grolier Incorpoated, 1994. Vol.17.

(13) Jean Ellen Coleman. Literacy education programs in public libraries as a response to a socio – educational need: four case studies(Doctoral Dissertation. Rutgers the state University of New Jersey – New Brunswick, 1996).

(14) Jeffry V. Mallow. "Reading science", 『Journal of Reading』, Vol.34, No.34, February, 1991.

(15) John G. Murphy. "illiteracy", 『The Encyclopedia Americana』, 30h ed. New York: Grolier Incorpoated, 1994. Vol.17.

(16) Herbert Goldhor and John McCrossan. "An exploratory study of the effect of a public library summer reading club on reading skills", The Library Quartery, vol.xxxvi, No(January 1966).

(17) http://kulib.korea.ac.kr/~bjp/lec/histo/people/Ticknor.htm.

(18) http://www.yuseong.daejeon.kr/board/update/library/.

(19) http://chungnanglib.seoul.kr/culture2.asp.

(20) http://hyomok.tglnet.or.kr/.

(21) http://nbl.or.kr/nambu/.

(22) http://www.i – soyang.org/.

(230 http://www.chlib.or.kr/.

(24) http://children.lib.seoul.kr/sub5/index.html#1.

3 공공도서관의 독서진흥 방안

3.1 왜, 독서가 중요한가

흔히 말하기를 논술을 잘 쓰려면 3다를 실천해야 한다고 한다. 즉 다독(多讀)/다작(多作)/다상량(多商量)의 구양수[1]가 말한 3다이다. 많이 읽고, 많이 쓰고, 많이 생각해야 좋은 글을 쓸 수 있다는 것이다. 평소 무엇을 읽고 어떻게 생각하고 어떻게 써야 하는지에 대한 학습과 꾸준한 실천이 있다면 좋은 논술문을 작성할 수 있다는 것이다. 논술의 기초는 독서요, 독서토론이요, 글쓰기이다.

지식사회에서 필요한 지식과 정보를 획득하는 가장 효율적인 방법은 독서이다. 독서란 글자 그대로 '책을 읽는다.', '글을 읽는다.'는 뜻으로 독자가 책 속의 저자와 만나서 의사를 소통하고 의미를 재구성하는 과정이다. 또한 글의 의미를 파악하는 지적 작용이다. 다시 말하면 독서란 글이나 책을 읽는 행위인 것이다.

글이나 책은 일종의 매체이다. 책은 저자가 어떤 의도를 가지고 만들어 낸 의미나 정보를 지닌 매체이다. 우리가 독서한다는 것은 책만 읽는 것은 아니라 신문이나 팜프렛으로도 독서한다. 책보다 넓은 의미를 지닌 말이 텍스트인데, 독서란 기호나 텍스트와의 상호작용인 것이다. 상호작용은 곧 느낌이나 의미의 전달로 곧 독서 행위이다.

독서는 언어 발달을 가져온다. 독서는 경험을 확대시킨다. 독서는 사고력을 신장시킨다. 독서는 정보와 지식을 획득하게 한다. 독서는 즐거움을 준다. 독서는 정서를 함양시킨다. 독서는 청소년들의 성격형성에 영향을 미친다. 독서는 바람직한 인간상을 형성시킨다. 독서는 치료적 가치를 지닌다. 그러므로 독서는 더욱 중요하다. 독서의 중요성을 다음과 같이 정리할 수 있다.

---

1) 중국 북송(北宋) 때의 시인·사학자·정치가. 자는 영숙(永叔), 호는 취옹(醉翁), 시호는 문충이다.

1) 읽으면 행복하다

독서는 즐거움을 준다. 독서가 우리에게 주는 즐거움이 오락적 수준의 즐거움일 수도 있지만, 독서에서 얻게 되는 진정한 즐거움은 깨달음에 있다. 독서하는 사람은 독서를 함으로써 무엇인가를 생각하게 되며 또 무엇인가를 얻게 된다.

'읽으면 행복합니다.'라는 표어가 있다. 청소년들이 행복해지도록, 행복지수가 높아지도록 독서교육해야 한다.

영국의 철학자 베이컨은 "토론은 부드러운 사람을 만들고, 글쓰기는 정확한 사람을 만들며, 독서는 완전한 사람을 만든다."고 하였다.

책 읽고 있는 모습을 보면 아름답다. "책을 읽는 사람이, 책을 읽지 않은 사람을 리드한다."는 말이 있다. 이 말을 "내 자녀가 책을 읽으면, 책을 읽지 않은 다른 자녀보다 공부를 잘 할 것이요. 앞으로 더 행복하게 살 것이다."라고, 고쳐서 생각하면 어떨까? 누구나 책을 읽고 있는 자녀의 모습이 보고 싶을 것이다. 그런 모습을 보면 아마도 마음이 흐뭇하고 기분이 좋을 것이다. 독서하고 있는 모습을 보면서, 희망찬 자녀의 앞날을 생각했기 때문일 것이다. 독서하는 모습은 아름답다. 연구실에서 책을 읽고 있는 교수는 학생을 감동시킨다. 책을 읽고 있는 사장은 사원에게 애사심을 갖게 하고 성취동기를 촉진시킨다. 독서하면 아름답다. 읽으면 행복하다.

2) 독서하면 창의력이 길러진다

창의력이란 "새로운 것을 만들어 내거나 발견해 내는 능력"을 말한다. 창의력은 어떤 문제에 대한 새로운 해결안, 새로운 방법이나 고안, 새로운 예술적 대상이나 형태 등으로 구체화되는 것이다. 애니메이션의 천국이라고 하는 일본의 도에이사는 「디지몬 어드벤쳐」라는 애니메이션을 만들었다. 그 유명한 캐릭터는 어디서 나온 것일까? 스탭들은 "어린 시절 책에서 읽은 내용과 지금 읽고 있는 책에서 얻은 아이디어를 바탕으로 그렸다."고 말했다. 파리의 디자이너들 또한 "다양한 종류의 책을 읽고 또한 후배들에게도 많은 책을 읽어 영감을 얻으라."고 권하고 있다.

헐리우드에서 활약하고 있는 「타이타닉」을 찍은 제임스 카메룬과 「쥬라기 공원」을 찍은 스티븐 스필버그의 말을 들어보면 "자신들의 상상력은 여러 세기에 걸쳐 축적되고 써진 고전과 어렸을 때 읽었던 동화에서 나온다."고 말하고 있다.

헐리우드를 움직이는 동력은 '책을 읽는 것', 즉 '책을 읽는 사람들'이다.

그리고 그들은 "독서는 모든 것의 시작"이라고 하면서 책 읽기의 중요성을 역설하고 있다.

인터넷이 21세기 정보사회를 이끌어 간다 하여도 그것을 움직이는 주체는 사람이다. 즉 첨단기술을 개발하는 아이디어는 인간의 두뇌에서 나오는 것이다. 그러므로 결국 디지털 세계에서도 핵심은 창의력이다. 창의력의 기반에는 지적인 체험이 필요하고, 그 지적인 체험을 쌓는 지름길이 바로 '독서'인 것이다. 독서는 사고력을 신장시킨다. 독서를 통하여 조용하고 내면적인 사고를 할 수 있다. 그러므로 독서는 중요하다.

3) 독서하면 공부를 잘하게 된다

한국교육개발원은 최근 보고서에서 고등학교 1·2학년 중에서 성적이 상위 10% 이내에 들어가는 학생들의 특징을 다섯 가지로 분류하였다.

이를 구체적으로 보면 ① 어려서부터 독서를 좋아했다. ② 공부는 스스로 자기 주도적으로 한다. ③ 학원보다는 도서관이나 집에서 혼자 조용히 공부한다. ④ 공부하는 것이 매우 즐겁다. ⑤ 문학작품 읽기와 신문 읽기를 즐긴다 등이다. 이 결과를 한마디로 요약하면, 공부 잘하는 학생들은 독서를 많이 했다는 사실이다. 즉 독서와 관련된 특징이 대부분이라는 점이다.

독서와 학력은 깊은 관계가 있다. 서양의 어떤 학자[2]에 의하면 학습부진의 20% 정도는 '독서력 문제'에서 기인한다고 주장하였다. 또 어떤 학자는[3] "지능과 독서능력과의 관계는 정비례적이다."라고 하였다. 여러 학자들의 연구를 종합하면 학업성취와 지능발달에 독서가 많은 영향을 준다는 사실이다.

수학 영재도 책 읽는 습관을 통해 길러진다는 연구결과가 있다. 한국교육개발원 연구팀[4]이 역대 국제수학올림피아드 참가자 27명(남 23명·여 4명)을 대상으로 조사한 결과를 보면, 83%의 학생들이 '어려서부터 책 읽기를 좋아했다'고 응답했다. 그리고 학생들의 집에 평균 250권의 책을 갖고 있으며, 백과사전과 사전류 등 참고할 만한 도

---

2) H. L. Caswell, "Non-Promotion in the Elementary School", Elementary School Journal, V.33(1933), pp.644-647.
3) Paul A. Witty and David Kopel, Reading and the Educative Process(Boston: Ginn, 1939), p.225.
4) 한국교육개발원 조석희 박사팀.

서를 갖추고 있었다고 한다.

4) 독서는 치료의 효과가 있다

독서는 치료적 가치를 지닌다. 독서는 책 속의 인물이나 사건에 대해 독자자신을 동일시하고, 그를 통해 자신의 억압된 감정이나 부정적인 기억을 소산시키는 작용을 통해 개인적 통찰을 이루도록 한다. 이러한 원리를 이용한 상담심리 분야가 독서치료이다. 독서치료는 아동이나 성인이 발달적, 임상적으로 겪는 정서, 심리, 행동 문제를 치유하거나, 스스로 건전한 자아와 가치관을 형성하여 정상적인 발달 과업을 성취하도록 돕기 위해 책 읽기를 이용한다.

"사람이 책을 만들고 책이 사람을 만든다."라는 말이 있다. 책이 사람을 만든다고 하는 것은 책을 읽고 그 내용을 알고 깨달아, 바람직한 사람으로 변화된다는 뜻이 들어 있다고 생각된다. 이 말은 독서치료를 가장 잘 설명하는 짧은 말이다. 고대 그리스의 도시인 테베(Thebes)의 도서관 입구에는 '영혼을 치료하는 곳'[5]이라는 말이 새겨져 있다.[6] 테베의 사람들은 책이 의사소통이나 교육, 치료 등을 통하여 생활을 질적으로 더욱 풍부하게 해 준다고 하여 소중하게 여겼던 것이다.[7] 독서는 인간 형성을 위한 교육의 도구이며, 평생 학습사회를 살아가는 우리들에게 필수적인 기능이다. 독서지도를 통해서 개인적 문제를 해결하도록 안내하는 독서치료는 우리나라에서는 주로 교육심리학, 아동학, 문헌정보학에서 다루고 있다.

책 속에 길이 있다. 책은 말 없는 스승이다. 무릇 책을 읽을 때는 반드시 책상을 잘 정돈하고, 마음가짐을 깨끗하고 단정하게 하고, 책을 가져다가 가지런히 놓고는 몸을 바른 자세로 책을 대하고, 자세하게 글자를 보며, 자세하고 분명하게 읽어야 한다. 독서는 마음의 양식이다.

5) 독서하면 Leader가 된다

reader가 leader가 된다는 말이 있다. KBS 공사 창립 특집에서 방영된 '그들은 책을

---

5) Healing Place of the Soul.
6) 손정표, 『신독서지도방법론』, 태일사, 1999, p.343.
7) Jim Gumaer, 이재연 외 공역, 『아동상담과 치료』, 1992, 양서원, p.163.

읽었다'라는 내용에서 등장한 많은 사람들은 어릴 때, 학창 시절에 책을 읽었으며, 지금도 책을 읽고 있다고 했다. 한국의 대표적인 IT 기업가요, 컴퓨터 바이러스 백신 전문가인 안철수 박사도 어렸을 때부터 독서광으로, 도서관에서 읽은 책을 통하여 꿈을 키웠다고 한다. 그는 어려서부터 걸어 다니면서도 책을 읽는 책벌레라는 별명을 갖고 있다. 국내에서 제일가는 기업의 창업자인 故 이병철 회장은 해마다 정초에 일본에 가서 기업경영과 하이테크(고도 기술)에 관한 책을 사서 읽고, 이른바 동경 구상을 하였다고 한다. 오늘날 그 기업이 세계적인 기업이 된 것은 바로 이병철 회장의 독서에 기인한 것이라 생각한다.[8]

빌 게이츠는 "오늘날 나를 있게 한 것은 우리 마을 도서관이었다."라고 하였다. 어릴 때부터 도서관을 이용하며 꿈을 끼웠고 독서를 통해서 얻은 아이디어로 세계적인 컴퓨터 프로그램 전문가가 된 것이다. 또한 미국의 토크쇼 진행자, 오프라 윈프리도 책을 읽었다. 그녀는 자신이 불우했던 어린 시절을 이겨 낼 수 있었던 것은 책이 없었다면 불가능했을 것이라고 말했다. 위인의 이야기가 담긴 책을 보면서 꿈과 희망을 키우며 흑인이라는 인종적 콤플렉스를 벗어날 수 있었다는 것이다. 북 클럽을 조직해 책 읽는 문화운동을 조성하고, 일주일에 두 번은 유명한 저자를, 자신의 쇼에 출연시키면서 많은 사람들에게 책 읽기의 중요성을 강조하고 있는 오프라 윈프리 그녀의 희망은, 미국을 다시 책 읽는 나라로 만드는 것이었다.

빌 클린턴 전 미국 대통령은 "책이 자신의 인생에 미친 영향은 지대하다."며 대통령 재임시절에는 연간 60-100권, 대통령 재임 이외의 시기에는 연간 200-300권의 책을 읽었다고 밝혔다.

현대 사람들은 책 읽기를 소홀히 하고 있다. 디지털시대라서 그런지 바쁘다. 학생도, 교사도, 아버지도, 어머니도 바쁘다. 누구나 바쁘다. 모두 바쁘다. 바쁘다는 핑계로 독서하지 않는다. 그러나 열심히 독서하고 회사를 경영하는 CEO가 있다. 독서를 통하여 회사의 경쟁력을 높이는 사장이다. 이른바 독서경영을 하는 CEO를 말한다. 사장이 독서하고 사원들에게 독서환경을 만들어 독서하게 한다. 독서하면 인센티브를 준다. 독서 이력을 승진, 승급, 연봉에도 참작한다. 우리는 책을 읽어야 한다. 우리 모두 독서하자.

---

8) 공사창립 특집 KBS 스페셜, TV책을 말하다, 1부 그들은 책을 읽었다. (2002. 3. 3. 방영)
   중에서.

3.2 독서진흥, 어떻게 할 것인가?

3.2.1 도서관장의 철학이 중요하다

도서관장은 도서관이라는 조직의 리더이며, CEO이다. 도서관장은 원칙중심의 패러다임을 가져야 한다. 관장은 업무 추진에 있어서 비전을 가지고 공정, 정직, 성실, 봉사, 감사, 해결자, 이용자 중심이라는 원칙을 가지고 있어야 한다. 또한 고정관념을 버리고 발상의 전환을 통한 창조적 마인드를 체득하며, 새로운 환경변화의 도전에 창조적 사고로 응전할 수 있는 능력을 소유해야 한다.

지식사회에서의 바람직한 리더십 중의 하나는 일하는 자의 자율적 기능을 강화하는 것이다. 집단의 목표나 내부 구조의 유지를 위하여 성원이 자발적으로 집단 활동에 참여하여 이를 달성하도록 유도하는 지도력이다.

지식사회에서의 도서관장의 역할은 첫째로 대표자로서의 역할, 둘째로 지휘관으로서의 역할, 셋째로 동기 부여자로서의 역할, 넷째 전략적 리더자의 역할로 나누어 생각할 수 있다. 도서관장은 도서관을 이끌면서 도서관을 대표해야 할 역할을 가진다.

도서관장은 도서관의 목표를 달성하기 위해서 계획을 입안하고 실행하며 통제하는 내부관리 기능에 대한 책임을 가진다. 나아가 이러한 활용들을 전체적인 관점에서 통합·조정하여야 하는데 이것을 지휘관의 역할이라 한다. 이 통합·조정 역할은 주로 자원 배분 활동을 통해 이루어진다. 즉 한정된 자금, 인력, 시간 등의 자원을 어디에, 무엇을, 얼마나 할당할 것인가를 결정하여 가능한 한 목적을 최대로 달성하도록 하고 나아가 시너지 효과를 얻을 수 있도록 조정하고 통제하는 것이다.

관장의 이러한 지휘활동을 효과적으로 수행하기 위해서는 치밀한 계획성, 의사결정 능력, 추진력 및 판단력을 가져야 한다. 동시에 자신의 경험과 끊임없는 학습을 토대로 장기적으로 문제를 해결할 수 있는 능력을 배양해야 함은 물론 전문가로서의 지식과 기술 등의 능력을 갖추고 있어야 한다. 공식적 교육을 통한 지식과 동시에 현장의 경험으로 얻은 산지식을 가져야 한다.

도서관장은 조직구성원과 조직 모두의 장기적 성공을 추구하기 위해 사서들이 최선을 다하도록 동기를 부여하여 도전 의식을 갖도록 하는 책임이 있다.

먼저, 관장은 직원들의 성과에 대한 기대를 높이고, 개개인의 능력에 적합한 과업의 할당 및 목표 설정을 해 줌으로써 구성원의 성과를 향상시킬 수 있다.

다음으로 직원들 개개인의 이질적 욕구를 인정하고 수용하는 개별적 고려를 통해 정서적 지원을 해 주는 분위기를 조성해 준다. 그리고 권한을 위임하는 관장의 행동은 직원을 자신의 과업행위들에 대해 인과관계의 소재를 그 자신으로 하여금 지각하게 한다. 마지막으로 관장의 지적인 자극은 직원들에게 비구조화된 문제를 이해하고 해결책을 탐색하는 데 도움을 준다.9) 관장이 동기 부여자로서의 역할을 수행하기 위해서는 인간적 기능 또는 대인관계 능력을 특히 필요로 한다. 이것은 청취술, 화술, 갈등관리, 자신 및 타인에 대한 평가 등과 같은 대인관계 측면에서의 기능을 통해 관장이 조직내외의 사람들과 함께 일하고 커뮤니케이션을 원활히 수행하는 리더십을 보여주는 중요한 요소이다.10)

특히 독서담당사서가 독서교육을 잘 할 수 있도록 일정한 기간 동안이라도 본인이 원한다면 같은 직무를 계속할 수 있도록 배려하고, 국립중앙도서관의 독서전문교육을 받을 수 있도록 해야 하며, 또한 각종 사설사회단체 독서교육프로그램 에 참가하여 독서지도사, 논술지도사, 독서치료사 등의 교육을 받게 하는 방법도 좋은 대안이라 생각한다.

3.2.2 담당사서의 노력이 중요하다

공공도서관의 업무를 살펴보면 독서와 관련된 프로그램이 많은 부문을 차지하고 있다. 많은 공공도서관에서 관심 있는 사서들의 적극적인 독서교육으로 많은 성과를 거두고 있는 것은 사실이다. 그러나 독서관련 업무 담당사서들이 전문성이 부족하고, 체계적인 독서프로그램의 운영이 미숙한 점은 부정할 수 없는 것도 사실이다. 아무리 좋은 독서교육 프로그램이 있다고 하여도 그것을 운영하고 지도해 나갈 사서가 전문적인 자질을 갖추고 있지 못하고 있다면, 좋은 성과를 거두기는 힘 드는 것이다. 그러므로 사서 자신의 노력은 물론이거니와 상급기관에서는 독서교육 전문가로서 역할을 할 수 있도록 프로그램을 개발하여 사서를 교육해야 할 것이다. 또한 사설교육기관에 위탁하

---

9) 강현희, 상사의 리더십특성이 부하의 내재적 모티베이션에 미치는 영향에 관한 연구, 서울대학교 대학원, 석사학위논문, 1996, p.66.
10) 박인웅, "도서관장의 전략적 리더쉽에 관한 연구", 『한국도서관 · 정보학회지』 제31권 4호 (2000. 12.), pp.346－348.

여 독서지도사, 독서치료사 등과 같은 독서지도 전문교육을 받게 하거나, 사서교사 자격 소지자를 선발하는 것도 하나의 방법이 될 것이다.

다시 말하면 사서의 전문성 확보를 위한 방안은 개인적으로 전문성을 함양하는 방법과 도서관 자체의 연수 기능을 강화, 국립중앙도서관의 독서지도 전문교육 강화, 사서의 각종 연수에 독서교육 과목 설치, 독서교육연구회 결성 및 활성화 지원 체제 강화, 각종 사회단체 독서교육 프로그램에 적극적으로 참가, 문헌정보학과의 독서교육 과목 설치 및 교육 강화 등이다. 공공 도서관의 사서가 독서진흥 업무를 효율적으로 수행하기 위해서 갖추어야 할 자질은 다음과 같다.

1) 독서교육 계획을 수립할 수 있는 능력이 있어야 한다.
2) 독서감상문, 글쓰기, 논술지도 등 독서교육 방법을 알아야 한다.
3) 독서회 조직과 운영하는 방법을 알아야 한다.
4) 교수법, 즉 가르치는 방법을 알아야 한다.
5) 투철한 사명감과 봉사정신이 있어야 한다.

3.2.3 이런 프로그램이 있다

경기도립성남도서관의 '2004년 주요업무 실적' 중에서 '독서진흥'에 관련된 내용을 소개하면 다음과 같다.[11] 먼저 크게 범시민 독서운동 전개, 독서 풍토 조성, 체계적인 독서교육 실시, 직원교육 실시, 기타 등의 영역으로 나누고 운영하였다.

1) 범시민 독서운동 전개
(1) 관외대출 회원제 운영, (2) 이동도서관 운영,
(3) 순회문고 운영, (4) 시각장애인 재택 봉사
2) 독서 풍토 조성
(1) 도서간 주간 행사
① 작가와의 대화, ② 시낭송회 개최, ③ 독서퍼즐대회, ④ 모범이용자 표창, ⑤ 도서관 홍보 사진전, ⑥ 도서관현장 학습, ⑦ 홍보 가두 캠페인 및 도서관 안내지 배부

---

11) 경기도립성남도서관 2005년도 주요 업무 계획서.

(2) 독서의 달 행사

① 교양강좌, ② 작가와의 대화　* 어린이 대상, * 성인대상, ③ 문학의 밤 개최, ④ 북 아트 전시, ⑤ 독서 퍼즐 대회, ⑥ 권장도서 목록 배포, ⑦ 동화구연 대회 개최, ⑧ 문학 기행: 영월 책박물관 외 3곳, ⑨ 동화 역할극 공연, ⑩ 이동도서관 회원 1일 체험 학습, ⑪ 다독자 표창

(3) 동화구연 운영

(4) 어린이 '다독자' 시상

(5) 스토리텔링 운영

(6) 독서정보 제공

(7) 도서관 소식지 발간

(8) 독서회 운영

* 운영: 8개회(어린이 2, 중학생 1, 주부 5개) * 문집 발간: 작은 노래 9호

3) 체계적인 독서교육 실시

(1) 현장 체험학습 운영 참가, (2) 겨울/여름 독서교실 운영, (3) 독서캠프 운영

4) 직원교육 실시

(1) 분야별 전문 교육

(2) 도서관 관련 세미나 및 각종 대회 참석

5) 기타

(1) 책의 날 행사(10월 11일) (2) 세계책의 날(4월 23일)

(3) 독서주간 및 방학맞이 행사: * 어린이 독서주간(5월 첫 주)

(4) 인형극 공연

(5) 협력문고 운영

(6) 학교도서관 운영 지도

(7) 학생자원 봉사 활동 터전 제공

공공도서관에서 수행할 수 있는 독서진흥에 관한 방법으로 도서관 내부 프로그램과 외부 프로그램으로 나누어 다음과 같이 생각할 수 있다.

가. 도서관 내부 프로그램

1) 자체 연수

2) 각종 독서회 운영

제43회 전국도서관대회에서 발표된 2005 청소년 독서회 우수사례 수상 독서회 명칭은 다음과 같다. 대구광역시립대봉도서관의 태양 독서회, 대벗 독서회, 평택시립도서관의 옹달샘 독서회, 바리모듬 독서회, 삼척평생교육정보관의 책 모아 다섯 수레 독서회, 양산도서관의 글소리 독서회, 책바라기 독서회이다. 광진정보도서관의 어린이 독서회운영을 소개하면 다음과 같다. 새싹반 1, 2/ 꽃잎반 1, 2/ 나무반 1, 2/ 숲속반 1, 2/ 구름반 1, 2/ 하늘반 1, 2로 학년별로 2개 반, 모두 12개 반으로 구성하여 월 2회 모이고, 도서관 사서와 자원 봉사 독서지도사가 각 반을 맡아 지도하고 있다.

3) 도서관 주간 행사(4월 12일 – 18일)

4) 책의 날 행사

(1) 세계 책의 날 행사(4월 23일)

(2) 책의 날 행사(10월 11일) 10월 11일은 한국에서 정한 '책의 날'이다. 이날은 팔만대장경이 완성된 날서, 대한출판문화협회가 각 계의 의견을 모아 1987년에 제정한 날이다. 올해는 제19회 책의 날이다.

5) 9월 독서의 달 행사

6) 어린이 독서주간(5월 첫 주)

7) 글쓰기 및 독후감 쓰기 대회

8) 어린이 도서실 운영 활성화

어느 사서의 글을 소개하면 다음과 같다. –중략– 며칠 전 근무평정표를 작성하는데 전문가가 되고 싶은 분야를 쓰라는 난이 있었다. 나는 어린이 전문사서라고 썼다. 독서지도에 관한 책도 부지런히 찾아 읽으려고 한다. 재교육도 받고 싶다. –중략– 나는 아이들을 좋아한다. 그리고 동화책 읽는 것이 즐겁다. 오래도록 어린이와 함께 어린이 사서이고 싶다.

9) 여름·겨울 독서교실

10) 문집 또는 작품집 만들기

공공도서관에서 발행하여 배포하고 있는 문집 또는 작품집의 예는 다음과 같다.

대관령 옛길(강릉평생교육정보관), 작은 노래(경기도립성남도서관), 문학골 글마당(서울강서도서관), 글사랑(서대문도서관), 내마음의 뜰(남양주시립 미금도서관), 글꽃 피는 뜰(성주공공도서관), 책사랑(서울송파도서관), 책갈피(서울정독도서관), 달우물(철원도서관) 청독(속초평생교육정보관) 등이다.

11) 독서신문 만들기

12) 현수막 또는 프랑카드 설치하기

13) 독서의 노래 부르기

독서의 노래, 고마운 책,12) 새마을문고의 노래13) 등 독서에 관련된 노래를 지도한다. 다음은 교육부 독서교육연구학교 이었던 부산 충렬여자중학교에서 제작·보급한 노래이다.

* 독서의 노래
고전(古典)은 예님의 슬기 살아 숨쉬고
신간(新刊)은 오늘의 우리 비춰 보이네.
독서로 얻은 기쁨 눈이 띄이고
또 한 장 넘기면 마음 열리네
스스로 깨달으며 크는 내 모습
책 읽어 행복하다 미래를 연다.
그리고 대구가톨릭대학교 교수로 재직하고 있는 박대종 신부가 1990년 5월에 대구시립중앙도서관 주관으로 작곡하여 녹음 취입했다는 「독서의 노래」가 있다.14)

14) 홈페이지 제작

나. 도서관 외부 프로그램

사서의 위탁교육, 뉴스레터 배포, 홍보물 배포, 표어·포스터 배포, 현수막 또는 프랑카드 설치, 반상회 참석 도서관 홍보, 홍보용 CD나 비디오제작 배포, 학생 독서캠프, 시민단체 연계 독서운동, 학교도서관 지원, 이동도서관 운영, 순회문고, 학교어머니교실

---

12) 윤석중 작, 정세문 곡, 고마운 책, 음악 4(교육부), 1998. p.59.
13) 김상옥 작사, 김동진 작곡, 새마을문고의 노래, 새마을문고중앙회, 『새마을문고운동 40년사』, 동 중앙회, 2001, p.22(1967년 10월에 보급).
14) http://www.cataegu.ac.kr/amare/college/music_reli/p_4.html[인용 2005. 10. 10.].

독서 특강, 초등학교, 유치원의 일일 교사 참여를 통한 독서지도 방법 교육, 사서 가족 독서운동, 자원봉사자 확보, 주민 도서기증 운동, 개인문고 설치, 도서관 및 독서진흥 조례 제정, 그 외 권장도서목록 및 이용 안내문 배포 등이다. 독서기행, 1일 순회 독서교실, 해변문고 등이다.

3.3 결 론

오늘날은 지식사회이다. 지식사회에서 필요한 지식과 정보를 획득하는 가장 효율적인 방법은 독서이다. 읽으면 행복하다. 독서하면 창의력이 길러진다. 독서하면 공부를 잘하게 된다. 독서는 치료의 효과가 있다. 독서하면 Leader가 된다. 그러므로 독서가 중요하다. 공공도서관의 독서진흥은 관장의 철학이 중요하다. 지식사회에서의 도서관장의 역할은 첫째로 대표자로서의 역할, 둘째로 지휘관으로서의 역할, 셋째로 동기 부여자로서의 역할, 넷째 전략적 리더자의 역할이다.

관장은 도서관을 효과적으로 운영하기 위하여 치밀한 계획성, 의사결정능력, 추진력 및 판단력을 가져야 한다. 동시에 자신의 경험과 끊임없는 학습을 토대로 장기적으로 문제를 해결할 수 있는 능력을 배양해야 함은 물론 전문가로서의 지식과 기술 등의 능력을 갖추고 있어야 한다.

담당사서의 노력이 중요하다. 공공도서관의 사서가 독서진흥 업무를 효율적으로 수행하기 위해서 갖추어야 할 자질은 1) 독서교육 계획을 수립할 수 있는 능력, 2) 독서감상문, 글쓰기, 논술지도 등 독서교육 방법, 3) 독서회 조직과 운영하는 방법, 4) 교수법, 즉 가르치는 방법을 알아야 하고, 5) 투철한 사명감과 봉사정신이 있어야 한다.

도서관 내부 활동으로 자체 연수, 각종 독서회 운영, 도서관 주간 행사, 책의 날 행사, 세계 책의 날 행사, 독서의 달 행사, 어린이 독서주간, 글쓰기 및 독후감쓰기 대회, 어린이도서실 운영 활성화, 여름·겨울 독서교실, 문집 또는 작품집 만들기, 독서신문 만들기, 독서의 노래부르기, 홈페이지 제작 등이다.

도서관 외부 활동으로 독서교육담당자 위탁교육, 홍보물 배포, 뉴스레터 배포, 표어·포스터 배포, 권장도서목록 및 이용 안내문 배포, 반상회 참석 도서관 홍보, 학생 독서캠프, 시민단체 연계 독서운동, 학교도서관 지원, 이동도서관 운영, 순회문고, 해변문고,

학교어머니교실 독서 특강, 어머니독서회원 독서기행, 초등학교·유치원의 일일 교사 참여를 통한 독서지도 방법 교육, 사서 가족 독서운동, 자원봉사자 확보, 주민 도서기증 운동, 개인문고 설치, 도서관 및 독서진흥 조례 제정 등이다.

공공도서관의 독서진흥은 도서관장을 중심으로 담당사서가 이용자를 위한 다양한 프로그램을 개발하여 지속적으로 운영해야 한다.

참고문헌

(1) 강현희, 상사의 리더십특성이 부하의 내재적 모티베이션에 미치는 영향에 관한 연구, 서울대학교 대학원, 석사학위논문, 1996.

(2) 경기도립성남도서관 2005년도 주요 업무 계획서.

(3) 공사창립 특집 KBS 스페셜, TV책을 말하다, 1부 그들은 책을 읽었다. (2002. 3. 3. 방영) 중에서.

(4) 김상옥 작사, 김동진 작곡, 새마을문고의 노래, 새마을문고중앙회, 『새마을문고운동 40년사』, 동 중앙회, 2001, p.22(1967년 10월에 보급).

(5) 박인웅, "도서관장의 전략적 리더쉽에 관한 연구", 『한국도서관·정보학회지』 제31권 4호(2000. 12.).

(6) 손정표, 『신독서지도방법론』, 태일사, 1999.

(7) 윤석중 작, 정세문 곡, 고마운 책, 음악 4(교육부), 1998.

(8) H .L. Caswell, "Non‒Promotion in the Elementary School", Elementary School Journal, V.33(1933).

(9) Jim Gumaer, 이재연 외 공역, 『아동상담과 치료』, 1992, 양서원.
Paul A. Witty and David Kopel, Reading and the Educative Process(Boston: Ginn, 1939).

(10) http://www.cataegu.ac.kr/amare/college/music_reli/p_4.html[인용 2005. 10. 10.].

▣4 공공도서관의 독서회

4.1 서 론

교보문고 창업자 신용호는 "사람이 책을 만들고 책이 사람을 만든다."라고 하였다. 책이 사람을 만든다고 하는 것은 책을 읽고 그 내용을 알고, 깨달아 바람직한 사람으로 변화된다는 뜻이 들어 있다고 생각된다. 독서는 인간 형성을 위한 교육의 도구요, 문화 창달을 위한 수단 중의 하나이다. 독서기능은 공부하는 학생들에게 필수적인 기능이요, 특히 정보사회를 살아가는 현대인들에게 필요한 정보를 활용함으로써 성공적인 삶을 보장받을 수 있게 한다. 또한 개별화와 창의성의 개발이 요구되는 현대에는 더욱더 독서 교육이 중요하다. 독서가 지식과 정보의 바탕이자 사고력의 원천이기 때문입니다.

'책 속에 길이 있다'는 말처럼 한 권의 책이 한 인간의 생애를 바꿀 수도 있으며 인간의 성격 형성에 책만큼 결정적인 영향을 주는 것도 없을 것이다.

좋은 책을 읽는다는 것은 책 속의 위대한 인물들과 만나고, 대화를 나누는 것과 같으며 인간이 만들어 낸 위대한 것 중에 하나가 바로 책이다.

학문과 지식도 책을 통하여 배우고 축적할 수 있으며 책 속에서 인간의 도리와 덕을 배우고 인생과 철학을 깨달을 수 있는 것이다. 그러므로 책 속에서 길을 찾고, 책을 통해 얻은 기본과 원칙을 지키며, 책을 읽고 얻어지는 창의력과 적응력을 바탕으로 새로운 문화를 창조할 수 있는 것이다.

빌 게이츠는 "오늘날 나를 있게 한 것은 우리 마을의 도서관이었다."[1]라고 하였다. 그는 어릴 때부터 자기 고향 마을 도서관에서 독서하며 내일의 꿈을 키워, 오늘의 컴퓨터 황제가 된 것이다. 우리는 이 사실을 통하여 어릴 때의 독서가 얼마나 중요한가를 알 수 있다.

본 단원은 서울시립 공공도서관의 독서회의 명칭, 목적, 활동 내용, 인원, 운영시기, 대상, 발간 문집 등을 알아보았다.

---

1) 한국도서관협회·문화관광부, 제37회 도서관 주간 표어.

연구의 방법은 공공도서관의 독서활동과 독서회에 대하여 문헌을 조사하고, 서울지역 16개 공공도서관과 4개 평생학습관, 1개의 어린이도서관에서 운영하고 있는 독서회를 도서관 홈페이지를 통하여 조사하고 담당사서와의 면담을 통하여 분석하였다.

4.2 공공도서관과 독서활동

4.2.1 공공도서관에서의 독서 활동

공공도서관의 주된 목적은 지역 사회 주민들에게 정보이용·문화활동 및 평생교육을 증진함에 있다.[2] 공공도서관이 이러한 주된 목적을 달성하기 위해서 가장 기본적으로 하여야 할 일이 바로 독서활동이다. 근대 공공도서관은 설립 목적이 주민들에게 독서 생활의 터전을 마련해 주는 것이었고 출발 초기부터 독서를 위한 사회 기관[3]이었으며, 미국도 초기 공공도서관의 설립 의의가 독서에 있었음을[4] 알 수 있다. 공공도서관의 가장 기본적인 활동은 주민들의 독서문화 수준을 향상시키는 활동이다. 지역주민들이 교육을 받고 지식과 정보를 습득하는 과정은 지속성 있는 독서와 밀접하게 관련이 있기 때문에 주민들의 독서활동을 적극적으로 지원해야 할 것이다. 특히 어린이들에게 있어서 도서관 이용경험과 독서경험은 어린이 개인의 발전은 물론이고 공공도서관의 교육적 역할을 장기적으로 이어갈 수 있는 기초가 되며 공공도서관의 사회적 존립 근거를 더욱 공고히 하는 데 필수적인 요소라고 볼 수 있다.[5] 그러므로 공공도서관에서의 독서 모임이 일상생활과 여가 생활과 삶의 한 부분이라는 것을 인식되도록 해야 할 것이다.

독서는 글 전체의 의미를 올바르게 이해하는 것을 말한다.[6] 즉 글자를 읽고 그 결과로 인간 내면의 세계에 어떤 변화를 가져오는 행위이다. 그러므로 독서는 글이나 책을

---

2) 도서관 및 독서 진흥법. 제2조 4항.

3) 윤정기, "지역사회 발전을 위한 공공도서관의 역할", 『도서관』, 제45권 3호(1990. 5. 6.). p.36.

4) 이화섭. 미국 근대 공공도서관 사상에 관한 연구 ― 벤자민 프랭크린을 중심으로.(미간행본 석사학위논문, 한양대학교 교육대학원, 1996). pp.56 − 57.

5) 김종성 외, "공공도서관 어린이 독서교육의 현 단계와 발전 전략", 『한국도서관·정보학회지』 제31권 3호(2000. 9.), p.245.

6) 노명완. "독서개념의 현대적 조명", 『독서연구』, 창간호, 1997. pp.63 − 65.

읽고서 마음이나 행동으로 실천하려는 변화를 일으켜야만 바람직한 독서라 할 수 있다.

  매로우(Mallow)[7]는 독서를 읽고 쓰는 능력을 함축시키는 기술과 저자가 저술한 내용을 독자가 인간 본연의 자세에서 되풀이하는 과정으로 보고, 독서를 생활교육의 도구로 활용하는 방법으로 신문이나 잡지를 읽는 방법과 논문, 교과서를 읽는 방법에 대하여 여러 가지 기술적인 방법을 강조하고 있다. 한편 가네(Gagne)[8]는 '독서가 사회에서 자기의 역할을 발휘하고 삶을 가장 깊이 있게 음미하는 데 중요한 기능을 한다.'고 강조하였다. 그러므로 독서는 인간이 살아가는 데 중요한 도구인 것이다.

  독서는 감성적 지능(EQ)을 높이는 데에 매우 효과적인 방법이다. 책은 저자나 주인공이 되는 간접 경험의 보고(寶庫)이다. 어린 시절에 좋은 책을 많이 읽었다는 것은 인류의 스승들을 자신의 스승으로 모신 것과 같으며, 이미 어린 시절에 절반의 성공을 거둔 것과 다름없다고 말할 수 있다. 또한 독서는 인간의 내적 가치관을 결정하는 큰 길이다. 독서는 지식의 보고이다. 배우는 일은 끝이 없으며, 인간이 존재하는 한 항상 배우며 살아가는 것이다. 이것이 바로 평생교육이 필요하게 된다. 평생교육의 최선의 방법은 독서이다. 이 독서로 많은 지식을 일생동안 획득하는 것이다. 그러므로 독서는 우리들의 지식을 축적하는 보고이다. 우리는 '언제', '어디서'나 독서하는 생활을 습관화하여 교양을 쌓고, 인격을 형성하여 바람직한 인간이 되어 가는 것이다. 독서는 수양의 비결이다. 인간의 정신세계는 지적 충족만으로는 살찔 수가 없다. 반드시 덕성의 함양이 있어야 한다. 덕성을 갖추지 못한 지식은 인류 사회의 독소가 되는 것이다. 그러므로 건전한 철학을 지닌 윤리의 근본은 독서를 통해서 취하는 것이 기본 양식이다. 독서는 취미의 화원이다. 즐거움이 없는 인간은 오아시스가 없는 사막과 같다고 할 수 있다. 그러므로 즐거움을 가질 수 있는 것은 건전한 삶을 영위하는 지름길이다.

  독서는 성공의 첩경이다. 인간의 성공은 근면, 인내, 노력이 필수 조건이지만, 전문적 지식과 기술의 연마 없이는 성공을 기약할 수 없는 것이다. 모든 업무에 종사하는 사람은 쉬지 않고 새로운 지식과 정보를 얻어서 창의성을 발휘해야 그 개인이나 기업이 성장 발전할 것이다. 그러므로 공공도서관은 지역주민의 독서의 생활화를 위하여 독서 계획을 수립하고 실시하며, 강연회, 전시회, 독서회, 기타 문화활동 및 평생교육을 주최하고 장려해야 할 것이다.[9]

---

7) Jeffry V. Mallow. "Reading science", 『Journal of Reading』, Vol.34, No.34, February, 1991. pp.338-339.
8) Ellen D. Gagne. 『인지심리와 교수-학습』, 이용남 외 공역, 서울: 교육과학사, 1993. p.320.

공공도서관은 지역주민들의 교양, 연구, 정보획득, 오락, 사고능력 함양, 커뮤니케이션 증진을 위해서 독서문화 수준을 향상시키는 부단한 활동을 해야 할 것이다.

또한 공공도서관 활동의 개발은 먼저 독서프로그램의 개발로 주민들이 관심 주제에 쉽게 접근할 수 있는 독서회를 조직하여 육성시키는 것이 주가 되어야 한다.[10]

4.2.2 독서회의 조직과 운영

독서회란 "작가, 작품 또는 특정 문제를 주제로 하여 모인 사람들이 집단독서를 통한 인간관계 형성으로부터 그들 상호 간의 사고력을 높이고 여러 가지 당면 문제들을 해결해 나가는 소위 집단 역학에 기초를 둔 모임[11]을 말한다. 독서회는 회원들이 집단으로 독서를 하거나, 독후감을 서로 이야기하여 사고를 확대시켜 주며, 독서 영역을 넓히고 독서의욕을 갖게 해 준다. 독서회를 통하여 독서의욕을 높일 수 있고, 독서하는 태도를 확립하며, 독서흥미를 고취시켜 준다. 또한 독서한 내용을 음미하고 비판하는 능력을 발달시키고, 책에 관한 이해를 깊게 해 주며, 자발적인 도서 습관을 기를 수 있다.

독서회의 조직은 고정 회원제와 자유 참가제의 두 가지 형태가 있으며, 소집단 또는 대집단으로 구성할 수 있으나, 가장 자유스러운 분위기 속에서 기탄없이 토론할 수 있도록 가능한 4-5명 정도의 소집단으로 구성하는 것이 효과를 거둘 수 있다. 공공도서관에서 조직할 수 있는 독서회는 대상, 시기, 명칭에 따라 여러 가지로 나눌 수 있다. 대상에 따라 구분하면 어린이 독서회, 청소년 독서회, 대학생 독서회, 주부독서회, 아버지 독서회, 시기에 따라 구분하면 상치적(常置的) 독서회, 정시적(定時的) 독서회, 수시적(隨時的) 독서회로 나눌 수 있다. 또한 명칭에 따라 구분하면 물망초독서회, 상록수 독서회, 글사랑무리 독서회,[12] 글벗 독서회, 글사랑 독서회, 아우라지 어머니 독서회,[13] 새싹 독서회, 청록 독서회, 일출 독서회, 상록 독서회[14] 등을 예로 들 수 있다.

독서회의 운영은 회원 중심으로 자치적으로 자발적인 활동이 되도록 하는 것이 좋

---

9) 이만수, "공공도서관 사서의 독서교육 업무에 관한 고찰", 『경기도사서연구회지』 제5권 2호 (통권 제19호), 2000. 12, p.11.

10) 김승환, 공공도서관의 독서프로그램개발에 관한 연구, 상명대학교 대학원, 박사학위논문, 1999, p.15.

11) 阪本一郎 等編, 『新讀書指導事典』, (東京: 第一法規, 1981), p.96.

12) http://koreayouth.or.kr/글사랑무리독서회.htm.

13) http://chongson-gun.kangwon.kr/gunbo/200106/010628.htm.

14) http://www.bukbu-lib.taegu.kr/me6_4.html.

다. 독서회는 회의 진행 방식에 따라 같은 도서를 돌아가면서 읽은 후 즉석에서 소감이나 비평을 상호 교환하는 방법인 윤독식(輪讀式) 독서회, 지도자를 중심으로 하여 텍스트 중에 포함된 사상 내용을 연구적으로 파악하든지 한 가지 주제에 대하여 상호 연구·토론하는 방법인 연구식(研究式) 독서회, 회원들이 여러 가지 입장에서 읽었던 도서의 독후감 발표, 등장인물이나 내용 소개, 작가 소개 등 여러 가지 형식으로 발표하는 방법인 발표식(發表式) 독서회[15]가 있다.

김승환[16]은 공공도서관의 표준 독서회를 계층별 조직과 주제별 조직으로 나누고, 또한 지도받아 활동하는 독서회와 자치 활동 독서회로 나누었다.

계층별 조직으로 지도받아 활동하는 독서회로 취학전 어린이 독서회, 초등학교 저학년 독서회, 초등학교 고학년 독서회, 중학생 독서회, 고등학생 독서회, 자치활동 독서회로 대학생 독서회, 주부/어머니 독서회, 아버지 독서회, 직장인 독서회, 노인 독서회로 나누었다.

주제별 조직으로 자치활동 독서회로 창작활동 독서회, 향토문화 연구 독서회, 지역정보 개발 독서회, 독서자료 연구 독서회, 전문지식 습득 독서회 나누었다. 서울시립 동대문도서관의 동화읽는 어머니 독서회인 안데르센 독서회의 규정은 다음과 같다.

안데르센 독서회 규정[17]

1. 독서회의 명칭: 독서회의 명칭은 안데르센 독서회라고 하며 이하 독서회라고 칭한다.

2. 독서회의 목적: 겨레의 희망 어린이 책을 읽는 어머니의 모임으로서 어린이에게 읽힐 좋은 도서를 선정하고, 이를 토론하며 독서에 대한 지식을 축적하여 어린이를 바른 독서의 길로 이끄는 것을 그 목적으로 한다.

3. 독서회의 소속: 독서회는 동대문 도서관 자료봉사과 어린이실에 둔다.

4. 독서회의 정원 및 활동:

1) 독서회의 정원은 15명으로 하며, 정원을 초과하여 가입하고자 하는 인원은 회원 가입절차를 거친 후 대기회원으로 두어, 독서회원의 결원 시 인원을 보충시킨다.

---

15) 阪本一郎 等編, 前揭書, p.78.
16) 김승환, 전게논문, p.38.
17) http://www.hellobobsang.com.ne.kr/.

2) 독서회는 매월 2회 모임을 원칙으로 하며, 매년 1월 두 번째 모임에서 정기총회를 가진다.

3) 독서회는 정기총회에서 임원의 선출, 회칙의 개정, 회계결산보고 등의 주요 안건을 처리한다.

5. 독서회원의 징계: 독서회원이 특별한 이유 없이 독서회에 연속 3회 불참할 시에는 회원의 자격을 정지한다.

6. 독서회의 조직: 독서회는 매년 정기총회에서 다음과 같이 임원을 둘 수 있으며, 임원의 임기는 1년으로 하되, 연임할 수 있다.

1) 회장(1명) – 본 회를 대표하며 독서회가 목적에 충실할 수 있도록 도모함과 동시에 회원관리를 맡는다.

2) 총무(1명) – 회장을 보조하여 독서회의 원활한 활동을 위해 힘쓰며, 회계 업무를 맡는다.

7. 독서회의 회계

1) 독서회의 회비는 1인당 월 5,000원을 원칙으로 하며, 특별한 행사가 있을 시에는 필요에 따라 특별회비를 따로 정한다.

2) 독서회의 회계 연도는 매년 2월부터 다음 해 1월까지로 하며 총무는 정기총회에서 전년도 회계사항을 구두로 공지한다.

8. 회칙의 개정: 본 회의 회칙은 정원 2/3 이상의 찬성으로 개정할 수 있으며, 2001년 2월 1일부터 그 효력을 발생한다.

4.3 서울시립 공공도서관 독서회 조사

1) 서울특별시립 강남도서관[18]

(1) 동그라미 독서회: 어린이를 위한 독서회로, 대상은 초등학교 4, 5학년이다. 매월 넷째 주 토요일 오후 2시 30분에 모인다. 독서회에 참여하여 좋은 책과 올바른 독서교육으로 진취적인 사고와 발표력을 키우는 데 많은 도움이 되며, 또한 좋은 친구들과

---

18) http://gangnam.lib.seoul.kr/.

사귀면서 즐겁고 유익한 시간을 만들 수 있다.

  (2) 청소년 독서회: 청소년들의 정서함양과 올바른 독서습관을 길러 주고 도서관 이용을 권장하여 독서생활화를 통한 건전한 가치관을 심어 주기 위함이다.

  대상은 중·고등학생이며, 모임은 매월 셋째 토 오후 2시부터 3시 30까지이다.

  (3) 질화로 독서회: 책을 좋아하는 모든 여성들의 모임으로 질 높은 여가선용과 양질의 독서생활을 지향한다. 모임은 매월 둘째, 넷째 주 수요일 오전 10시이다.

  (4) 샘물 독서회: 새로움과 변화를 추구하는 여성들과, 책에 관심이 많은 분, 혹은 책을 사랑하는 여성분의 모임이다. 모임은 매월 셋째 화요일 오후 1시 30분이다.

2) 서울특별시립 강동도서관[19]

  독서토론, 독후감 작성 및 발표, 작가와의 대화 등의 내용으로 독서회를 다음과 같이 운영한다.

  (1) 한결독서회: 어린이를 대상으로 매월 첫째 토요일에 모인다.

  (2) 책을 찾는 사람들: 청소년을 대상으로 매월 둘째 일요일에 모인다.

  (3) 강동독서회: 주부를 대상으로 셋째 수요일에 모인다.

3) 서울특별시립 강서도서관[20]

  독서인구 저변확대를 위한 활동으로 운영하는 독서회는 다음과 같다.

  (1) 미리내 독서회: 둘째 주 토요일에 개최한다.

  (2) 해밀 독서회: 첫째, 셋째 주 토요일에 개최하며,『문학골 글마당』문집을 발간한다.

  (3) 글사랑 독서회: 셋째 주 월요일에 개최한다.

  (4) 글벗 독서회: 첫째 주 월요일에 개최한다.

  (5) 동화읽는 어른모임 독서회: 매주 월·화요일에 개최한다.

---

19) http://gangdong.lib.seoul.kr/.
20) http://gangseo.lib.seoul.kr/.

4) 서울특별시립 개포도서관[21)

독서활동에 관심이 있는 지역주민을 대상으로 독서회를 조직하여 작가, 작품 또는
특정 주제를 테마로 한 집단 독서를 통해 체계적인 독서생활 및 독서생활화로 인간관
계 형성과 상호 간의 사고력을 높이는 데 기여하고 있다.
  (1) 꿈나무독서회: 초등학교 4, 5학년을 대상으로 매월 둘째 주 수요일에 개최한다.
  (2) 대모독서회: 주부를 대상으로 매월 셋째 주 목요일에 개최한다.

5) 서울특별시립 고척도서관[22)

  (1) 한빛독서회: 어린이 독서회로 초등학교 5·6학년 어린이를 대상으로 30명의 회
원에게 매월 넷째 토요일에 운영한다.
  (2) 징검다리독서회: 청소년 독서회로 중·고등학교 1~3학년 학생을 대상으로 35명
의 회원에게 매월 셋째 토요일에 운영한다.
  (3) 개나리독서회: 주부 독서회로 관외대출 회원 및 인근주민을 대상으로 20명의 회
원에게 매월 첫째 토요일에 운영한다.

6) 서울특별시립 구로도서관[23)

독서의 생활화를 위하여 꾸러기 독서회(어린이), 상록 독서회(성인)를 조직하여 독서
토론, 독후감 작성 및 발표, 각종 문화 행사 참가 등의 프로그램으로 독서회를 운영하
고 있다.
  (1) 꾸러기 독서회: 초등학교 4-6학년을 대상으로 매월 넷째 주 토요일 15:00에 있
다. 토론 도서는 도서관에서 제공한다.
  (2) 상록 독서회: 일반 성인을 대상으로 매월 첫째 주 일요일 15:00에 있다.
  (3) 독서퀴즈 운영: 어린이실에서는 어려서부터 도서관 이용을 생활화하며 독서 후
활동을 통하여 오랫동안 감동을 남게 하며 우량도서를 읽게 함으로써 어린이 정서순화

---

21) http://gaepo.lib.seoul.kr/.
22) http://www.gocheok.or.kr/.
23) http://kuro.lib.seoul.kr/.

에 도움을 주고자 어린이 독서퀴즈를 운영한다.

구로도서관 어린이실을 이용하는 모든 어린이를 참여 대상으로 한다. 2000년 3월부터 매월 1회 실시하며, 추천도서 및 어린이 교양, 상식 등의 내용으로 한다. 정답은 독서퀴즈 정답지에 기록하여 독서 퀴즈 함에 넣도록 한다. 문제는 담당사서가 매월 첫째 월요일에 출제하고, 매월 마지막 주 금요일 오전 11시에 정답자 중 3명을 추첨하여 게시한다. 추첨은 자료봉사과장 입회하에 어린이실에서 하고, 당첨자는 상품을 지급하며, 기 당첨자는 제외한다.

7) 서울특별시립 남산도서관[24)

(1) 종달새 독서회: 중학생을 대상으로 1·3주 일요일 오후 2시 모인다.

(2) 물망초: 고등학생을 대상으로 매주 토요일 오후 3시에 모인다.

(3) 학생들을 중심으로 한 목월문화제 백일장을 실시하고 입상 작품집인 목월문화제 입상작품집『얼굴 ― 다시금 들여다 볼 수 있기까지 ―』를 발행한다.

8) 서울특별시립 도봉도서관[25)

(1) 주부 독서회: 주부를 대상으로 한 독서회로서 독서토론 및 독서발표회, 초등학생 자녀를 위한 좋은 도서 선정 등을 내용으로 하고 있다

(2) 중학생 독서회: 중학생을 대상으로 체계적인 독서활동을 지도하고 각자의 독서활동 정립으로 독서생활화 및 효율적인 학습을 위하여 다음과 같이 중학생을 대상으로 독서회원을 모집하고 있다. 중학교 1-3학년 학생을 대상으로 15명을 모집하여 매월 둘째 주 토요일 오후 3시에 운영하고 있다.

(3) 초등학교 4·5학년을 중심으로『초록꿈 우리마음』이라는 문집을 발행하기도 하였다.

---

24) http://namsan.lib.seoul.kr/new_home/index6.htm.
25) http://tobong.lib.seoul.kr/.

9) 서울특별시립 동대문도서관[26]

(1) 반딧불 독서회: 청소년 독서회로 중학생을 대상으로 청소년들에게 독서에 대한 흥미와 의욕을 고취시키기 위함이다. 내용은 독서토론 및 독후감 발표회, 감상문 쓰기, 작가와의 대화시간 등이다. 매월 둘째 주 토요일 오후 3시에 모인다.

(2) 다솜 독서회: 주부를 대상으로 한 독서회로서 독서토론 및 독서발표회, 어린이들에게 읽힐 좋은 도서 선정 등을 하고 있다. 매월 첫째 주 수요일에 개최한다. 삶이 건조하신 분 또 다른 삶을 꿈꾸는 분들게 …… 다솜 독서회는 독서를 통해 삶의 질을 높이고자 하는 독서모임이다. 아내로서 어머니로서의 자리를 지키는 동안 정작 우리 자신들을 위한 시간을 갖기가 어렵습니다. 또 막상 무엇부터 시작할지도 망설여지구요. 마음만 있을 뿐 바쁜 일상에서 책 한 권 읽기도 어려운 현실입니다. 그렇지만 혼자가 아닌 이웃과 함께 고민을 나눈다면 조금 쉽지 않을까요? 모임을 통해서 선정된 도서를 함께 읽고 삶에 대한 서로의 생각과 일상의 지혜들을 나누다 보면, 어느새 조금씩 변해 가는 나를 만날 수 있지 않을까요? 우리 도서관에서 다솜 독서회는 1998년 9월에 만들어져 올해로 4년째를 맞았다. 매월 정기모임을 통해 책을 읽고, 토론, 영화감상 등을 하고 있다. 다솜독서회는 함께하겠다는 마음과 더 나은 삶을 꿈꾸는 분이라면 누구나 환영한다. 독서에 관심 있는 여성이면 누구나 환영한다. 혜택은 동대문도서관 장서를 2주 동안 5권 대출이 가능하다.

(3) 안데르센 독서회(동화읽는 어머니 독서회): 매월 첫째, 셋째 주 금요일에 개최한다. 자체 홈페이지를 운영한다(http://www.hellobobsang.com.ne.kr/).

(4) 초롱독서회: 어린이를 대상으로 매월 셋째 주 토요일에 개최한다. 독서회를 통하여 초등학교 5-6학년 어린이들에게 독서흥미 진작과 발표력, 표현력 신장을 위하여 독서 및 주제 토론, 글짓기, 인기작가 초빙 작가와의 대화, 백일장, 독후 감상화 그리기, 고적 답사 등을 실시하고 있다.

10) 서울특별시립 동작도서관[27]

어린이들의 독서흥미유발과 독서생활화를 위해 우리 도서관에서는 어린이 독서회와

---

26) http://www.dpl.or.kr/.
27) http://dongjak.lib.seoul.kr/.

주부독서회를 운영하고 있습니다.

(1) 반딧불 독서회: 매월 셋째 주 수요일 3시에 초등학교 2·3학년에게, 독서토론, 독후감 쓰기, 발표 등 내용으로 개최한다.

(2) 한솔 독서회: 매월 넷째 주 수요일 3시 초등학교 4·5·6학년에게 독서토론, 독후감 쓰기, 발표 등을 내용으로 개최한다.

(3) 어머니 독서회

1) 쌈지독서회 1: 매주 목요일 10시에 지역주민에게 어린이 도서연구 및 독서토론 등을 내용으로 개최한다.

2) 쌈지 독서회 2: 매주 수요일 10시에 지역주민에게 어린이도서연구 및 독서토론 등을 내용으로 개최한다.

11) 서울특별시립 서대문도서관[28]

(1) 안산독서회: 5·6학년 초등학생을 대상으로 독서토론, 독후감 쓰기 등을 통해 독서의 즐거움과 도서관 이용을 생활화하게 한다.

(2) 글사랑 독서회: 주부를 대상으로 일상생활에서 잠시 벗어나 독서토론, 문학기행, 저자와의 만남 등을 통해 독서의 즐거움과 도서관 이용을 생활화하게 한다. 글사랑 독서회는 매월 셋째 주 수요일 오전 10시부터 12시까지 선착순 20명을 모집하여, 독서토론, 독후감 발표, 양서소개 및 독서권장,『글사랑』문집발간 등을 내용으로 운영한다.

12) 서울특별시립 송파도서관[29]

독서 활동에 관심을 가진 어린이, 청소년, 성인, 주부들을 대상으로 계층별 독서회를 구성, 그 활동을 지원하고 있다. 독서회 회원을 위하여 강의실을 마련, 이곳에서 독서토론 및 발표,『책사랑』문집발간 등 다양한 활동을 펼치고 있다.

(1) 소나무 독서회: 초등학교 3학년을 대상으로 첫째, 셋째 수요일 오후 3시에 개최한다.

(2) 반딧불 독서회: 초등학교 4·5학년을 대상으로 둘째, 넷째 수요일 오후 3시에 개

---

28) http://www.seodaemun.or.kr/.
29) http://songpa.lib.seoul.kr/.

최한다.

(3) 솔벗 독서회: 성인을 대상으로 둘째, 넷째 토요일 오전 10시에 개최한다.

(4) 기쁨을 나누는 사람들 독서회: 주부를 대상으로 매주 목요일 오전 10시에 개최한다.

13) 서울특별시립 양천도서관[30]

독서토론과 독서활동으로 회원들 간의 친목을 도모하고 폭넓은 독서생활과 건전한 여가선용은 물론 독서인구 저변확대에 기여하고자 독서회를 운영하고 있다.

(1) 어린이독서회: 매월 첫째 주 토요일, 오후 3시에 새빛 독서회(5·6학년 대상) 약 30명, 샛별독서회(3·4학년 대상) 약 40명이 독서토론, 독서퀴즈, 독후감상문발표, 독후감상화 그리기 등을 하며, 모집은 연초에 공고하고, 독서교실 참가 학생들에게 가입을 권유한다.

(2) 청소년독서회: 매월 셋째 주 토요일, 오후 2시 30분에 해돋이독서회(중·고등학생 대상) 약 20명이 독서토론, 주제토론, 독후감상문 발표 등을 하며, 수시로 접수한다.

(3) 주부독서회: 매월 둘째 주 수요일에 글두레 독서회(주부) 약 20명, 매월 둘째 주 목요일 달구지 독서회(주부) 약 20명이 독서토론, 주제토론 등을 하며, 수시로 접수한다.

14) 서울특별시립 용산도서관[31]

(1) 해바라기 독서회: 어린이를 대상으로 독서인구 저변 확대를 위하여 희망하는 어린이면 누구나 회원으로 가입한 후, 단체로 독서활동을 한다. 시기는 매월 넷째 토요일 오후 3시이다. 내용은 독후감 발표회 및 독서토론, 연극발표 등이다.

(2) 창작시 입상작 모음집 발간, 시에 대한 창작의욕을 높이고 청소년들의 문학적 소질 계발을 도모하기 위하여 매년 창작시를 모집 시상하고, 입상작품을 모아 시집 『두텁바우』를 발간하여 널리 홍보한다.

---

30) http://yangchun.lib.seoul.kr/.
31) http://www.yslib.or.kr/.

15) 서울특별시립 정독도서관[32]

독서회를 조직하여 독서분위기 조성 및 독서토론으로 발표력 및 표현력을 신장시킨다. 독서토론 및 독후감 발표, 주제토론 등의 내용으로 연중 3개 독서회를 운영한다.
(1) 천사 독서회: 초등 4-6학년을 대상으로 매월 2·4주 토요일 오후 2시 30분부터 3시 30분까지이다.
(2) 날애 독서회: 중학교 1-3학년을 대상으로 매월 셋째 토요일이다.
(3) 책갈피: 즉 동화읽는 어른 모임 즉 초등학생 자녀를 둔 학부모를 대상으로 매월 둘째, 넷째 주 목요일 10시부터 12시까지이다.
(4) 종로 동화읽는 어른 모임에서 『책갈피』라는 문집을 발간한다.

16) 서울특별시립 종로도서관[33]

독서회를 조직하여 독서습관 형성 및 토론으로 발표력, 표현력을 신장한다.
(1) 고전과 명작 독서회: 성인을 대상으로 매월 2·4주 목요일 10시에 개최한다.
(2) 진솔독서회: 성인을 대상으로 매월 1·3주 목요일 10시에 개최한다.
(3) 쁜모임 독서회: 청소년을 대상으로 매월 2·4주 토요일 오후 2시에 개최한다.

17) 서울특별시립 고덕평생학습관[34]

독서회를 조직하여 독서토론과 독서활동으로 회원들 간의 친목을 도모하고 건전한 여가 선용을 위하여 다음과 같이 독서회를 운영하고 있다.
(1) 어린이 독서회: 독서토론, 독후감상문 발표, 독후감상화 그리기 등을 활동 내용으로 한다.
① 옹달샘 독서회: 초등학생 5-6학년 대상으로 매월 셋째 토요일, 오후 3시부터 4시까지이다.
② 입시울 독서회: 초등학생 3-4학년 대상으로 매월 셋째 토요일, 오후 3시부터 4

---

32) http://www.lib.seoul.kr/jungdok/.
33) http://jongno.lib.seoul.kr/.
34) http://koduk.lib.seoul.kr/.

시까지이다.

③ 책사랑 독서회: 초등학생 5-6학년 대상으로 매월 첫째 토요일 오후 3시부터 4시까지이다.

(2) 주부 독서회

① 사모 독서회: 매월 둘째 수요일, 오전 10시부터 12시까지 독서토론, 주제토론을 활동 내용으로 한다.

(3) 가족백일장 대회를 개최하며 대회의 운영은 어린이부, 청소년부, 일반부로 구분하여 우수작품을 선정, 시상하며『글밭에 모여 앉아』작품집을 발간한다.

18) 서울특별시립 마포평생학습관[35]

(1) 어린이 독서회: 독서회의 이름은 두레박이다. 두레박 회원은 초등학교 5, 6학년 어린이를 대상으로 한다. 매월 셋째 토요일 오후 3시에 4층 제1강의실에서 독서모임을 갖는다.

회원 가입은 연 2회 겨울, 여름 독서교실이 끝난 후 독서교실 참가 어린이만 신청한다.

(2) 중학생 독서회: 독서회의 이름은 한가람이다. 한가람 회원은 중학생 1, 2, 3학년 학생을 대상으로 한다. 매월 둘째 토요일 오후 3시에 4층 제1강의실에서 독서모임을 갖는다. 회원 가입은 매 학년초 정기모집 및 추가 모집기간에 신청한다.

(3) 고등학생 독서회: 독서회의 이름은 디딤이다. 디딤 회원은 고등학교 1, 2학년을 대상으로 한다. 매월 첫째, 셋째, 다섯째 토요일 오후 2시 30분에 4층 토론실에서 독서모임을 갖는다. 행사는 연합토론, 단합대회, 종합발표회,『디딤』문집발간, 총회를 개최한다. 회원 가입은 수시로 모집한다.

(4) 성인 독서회: 독서회 이름은 디딤이다. 디딤 독서회원은 독서에 관심이 있는 성인을 대상으로 한다. 매월 둘째, 넷째 일요일 오후 3시에 4층 토론실에서 독서토론을 한다. 회원 가입은 수시로 모집한다.

---

35) http://mapo.lib.seoul.kr/intro.html.

19) 서울특별시립 영등포평생학습관[36]

(1) 어린이독서회: 희망하는 초등학생 4-6학년 학생을 대상으로 매월 셋째 토요일 독서모임을 갖으며 독서토론 및 독후감작성법 등을 지도한다.

(2) 청소년독서회: 서울시내 거주 중·고등학생을 대상으로 매주 독서토론 중심으로 운영되고 있으며, 연 1회 글월의 골짜기 행사를 통해 『버팀목』문집발간, 연극공연, 사물놀이 등 다양한 프로그램을 자율적으로 진행한다.

(3) 어머니독서회: 영등포구, 양천구, 강서구 어머니를 대상으로 건전한 독서생활과 평생교육 기반 조성을 위해 월 1회 정기모임을 갖는다.

20) 서울특별시립 중계평생학습관[37]

(1) 꿈나무 독서회: 어린이 독서회로 매달 둘째 주 토요일은 책 읽고 토론하고, 넷째 주 목요일은 다양한 글쓰기로, 오후 3시 배고파 떡볶이든 오뎅이든 먹을 수 있을 때까지. 토론 시간이면 고개숙여 몸을 숨기는 친구, 어눌한 몸짓, 궁색한 답변, 생각을 정리해 보려는 긴 침묵, 툭툭 던지는 질문에 옹골찬 대답 야유, 시인, 싸움으로 이어질 뻔한 흥분 …… 이윽고 찾아드는 상대 의견에 대한 긍정과 자기 정리의 과정을 거치면서 독특한 저만의 색깔로 생각의 결실을 맺어갈 때까지 ……

회원은 초등학교를 거친 4·5·6학년으로, 책 읽기를 좋아하는 친구라면 누구든지 환영한다. 모임은 매월 둘째·넷째 주 토요일 15:30이며, 모임 장소는 사회과학실(2층)이다.

(2) 푸른하늘 독서회: 청소년 독서회로 하늘색처럼 순수하고 맑은 빛, 넓은 바다와도 같은 마음을 간직하자는 취지에서 모이게 된 꿈 많고 할 일 많은 우리들-

이제 초등학교를 막 졸업한 아직은 청소년이라 하기에는 어린 풋내기 중학생 1학년부터 누구든 우리와 같이할 수 있으며, 책에 대한 흥미가 있는 책 읽는 것을 좋아하는 친구들은 누구든지 환영한다. 모임은 매월 셋째 주 일요일 오전 11시 1층 강의실로 오기 바란다.

(3) 여울 독서회: 주부독서회로 독서 및 문예활동에 관심 있는 주부들의 체계적인 이

---

36) http://www.ydpllc.or.kr/.
37) http://junggye.lib.seoul.kr/.

론과 실기를 지도하고, 가끔은 조상의 얼을 찾아 문화유적지로 답사여행도 떠나 본답니다. 활동 내용은 독서토론 및 독후감 발표, 문학발표회, 독서활동을 위한 유적지탐방, 문집 발간(예정)이다. 모임은 격주로 토요일 오전 10시에 사회과학실(2층)에서 개최한다.

21) 서울특별시립 어린이도서관[38]

(1) 사직어린이독서연구회: 가정 독서지도 교실 수료자를 중심으로 매주 월요일 오전 10시부터 12시까지 아동문학토론, 어린이 독서지도 토론, 도서관 자원봉사 등을 내용으로 무료로 운영한다.

(2) 어린이독서회: 초등학교 4-6학년 어린이 중 희망자를 대상으로 매주 수요일 오후 2시 30분부터 4시까지 독서토론, 글짓기, 독서발표, 주제 토론, 견학 등을 내용으로 운영한다.

(3) 어머니 독서회: 주부를 대상으로 매월 3주 목요일 오전 10시부터 12시까지 독서토론회, 독서발표회, 교양강좌 등을 내용으로 무료로 운영한다.

(4) 어린이 도서관에서 1년 동안 활동한 내용과 독서에 관한 논문을 모아 『어린이와 독서』라는 책을 발간하고 있다.

4.4 서울시립 공공도서관 독서회 분석

조사대상 공공도서관의 독서회의 명칭, 독서회의 운영 목적, 독서회의 활동, 독서회의 인원, 독서회의 개최 요일 및 운영 시간, 독서회의 조직 대상, 발간 문집을 조사하여 분석하면 다음과 같다.

1. 독서회의 명칭

조사대상 공공도서관의 독서회의 명칭은 동그라미, 청소년, 질화로, 샘물, 한결, 책을 찾는 사람들, 강동, 미리내, 해밀, 글사랑, 글벗, 동화읽는 어른 모임, 꿈나무, 대모, 한

---

38) http://children.lib.seoul.kr/.

빛, 징검다리, 개나리, 꾸러기, 상록, 종달새, 물망초, 주부, 중학생, 반딧불, 다솜, 안데르센, 초롱, 한솔, 쌈지, 안산, 글사랑, 소나무, 솔벗, 기쁨을 나누는 사람들, 어린이, 청소년, 해바라기, 천사, 날애, 책갈피 사랑갈피, 고전과 명작, 진솔, 쁜모임, 입시울, 책사랑, 사모, 두레박, 한가람, 디딤, 성인, 어머니, 꿈나무, 푸른하늘, 여울, 사직어린이 독서연구회이다.

2. 독서회의 운영 목적

조사대상 공공도서관에서 활동 중인 독서회 운영의 목적은 진취적인 사고와 발표력 신장, 친구 사귐, 즐겁고 유익한 시간 향유, 청소년들의 정서함양, 올바른 독서습관 형성, 독서 생활화, 건전한 가치관 형성, 여가 선용, 인간관계 형성, 사고력 신장, 효율적인 학습, 독서흥미 진작, 독서의욕 고취, 표현력 신장, 독서 흥미 유발, 독서의 즐거움, 독서인구 저변 확대, 독서분위기 조성, 평생교육기반 조성, 독서토론 문화 활성화, 바람직한 인격 형성, 창의력 개발, 바른 독서태도 형성, 독서문화 정착, 독서정보 교환, 자녀독서지도, 어린이 책 문화 선도에 두고 있다.

3. 독서회의 활동 내용

조사대상 공공도서관의 독서회의 활동 내용은 독서토론, 독후감 작성 및 발표, 작가와의 대화, 작가·작품 또는 특정 주제를 테마로 한 집단 독서, 각종 문화 행사 참가, 독서발표회, 초등학생 자녀를 위한 좋은 도서 선정, 독후감 발표회, 감상문쓰기, 어린이에게 읽힐 좋은 도서 선정, 독서 및 주제 토론, 글짓기, 인기 작가 초빙 작가와의 대화, 백일장, 독후 감상화 그리기, 고적 답사, 어린이 도서 연구, 문학 기행, 저자와의 만남, 양서 소개, 독서 권장, 문집발간, 독서 퀴즈, 독후 감상문 발표, 주제토론, 연극 발표, 독후감 작성법 지도, 사물놀이, 다양한 글쓰기, 독서 이론과 실기 지도, 문화유적지 답사 여행, 문학발표회, 견학, 독서정보 교환, 방학 특강, 전문강사 초빙, 여름방학 캠프, 문학작품 토의, 아동도서 연구 토론, 자원봉사 활동 전개, 야외 독서 토론회, 교양 강좌, 옛이야기, 어린이 책 문화 선도, 문학의 밤 행사, 주부독서회지 발간, 문예창작, 창작 활동, 전문강사의 독서지도, 독서 기행 등이다.

4. 독서회의 활동 인원

조사대상 공공도서관의 독서회의 활동 인원은 어린이 독서회는 15명, 30명, 35명, 약 40명, 청소년 독서회는 15명, 20명, 약 20명, 30명, 35명, 성인 독서회는 15명, 20명, 약 20명, 30명 정도이다.

5. 독서회 개최 요일 및 운영 시간

조사대상 공공도서관의 어린이 독서회의 운영 시기는 매월 넷째 주 토요일 오후 2시 30분, 첫째 토요일, 둘째 토요일, 매월 둘째 주 수요일, 매주 넷째 토요일 오후 3시, 매월 셋째 주 토요일, 매월 셋째 주 수요일 오후 3시, 매월 넷째 주 수요일 오후 3시, 매월 첫째·셋째 수요일 오후 3시, 매월 둘째·넷째 수요일 오후 3시, 매월 첫째 주 토요일 오후 3시, 매월 셋째 토요일 오후 3시, 매월 둘째·넷째 주 토요일 오후 3시 30분, 월 1회, 월 정기 모임, 월 1-2회, 매월 둘째 주 토요일 오후 2시, 매주 월요일 오전 10시, 매주 수요일 오후 2시이다.

청소년 독서회의 운영 시기는 매월 셋째 주 토요일, 둘째 일요일, 첫째 토요일, 매월 셋째 토요일 오후 2시, 1·3주 일요일 오후 2시, 매주 토요일 오후 3시, 둘째 주 토요일 오후 3시, 매월 둘째 토요일 오후 3시, 매월 셋째 주 토요일 오후 2시 30분, 매월 넷째 토요일 오후 3시, 매월 2·4주 토요일 오후 2시, 매월 둘째 수요일 오전 10시, 매월 셋째 주 일요일 오전 11시이다.

성인 독서회는 매월 둘째·넷째 수요일 오전 10시, 셋째 화요일 오후 1시 30분, 셋째 수요일, 셋째 월요일, 첫째 주 월요일, 매주 월·화요일, 매월 셋째 월요일, 매월 셋째 주 목요일, 매월 첫째 토요일, 첫째 주 일요일, 첫째 주 일요일 오후 3시, 매월 첫째 수요일, 매월 첫째·셋째 주 금요일, 매주 월요일 오전 10시, 매주 목요일 오전 10시, 매월 셋째 주 수요일 오전 10시, 둘째·넷째 토요일 오전 10시, 매월 둘째 주 수요일, 매월 둘째 주 목요일, 매월 2·4주 목요일 오전 10시, 매월 1·3주 목요일 오전 10시, 격주 토요일 오전 10시, 매월 셋째 주 목요일 오전 10시이다.

어린이 독서회의 운영 시간은 1시간 또는 2시간 정도이며, 청소년 독서회는 1시간 또는 1시간 30분 정도이며, 성인 독서회는 1~2시간 정도이다.

6. 독서회의 조직 대상

독서회의 조직 대상은 크게 보아 그 지역의 초등학생, 중학생, 고등학생, 청소년, 주부, 성인, 학부모, 지역주민, 직장인 등으로 나눌 수 있다.

구체적으로 서술하면 어린이, 청소년, 주부, 초등학교 4·5학년, 어린이 5·6학년, 중·고등학교 1-3학년, 초등학교 4-6학년, 일반성인, 중학생, 고등학생, 중학교 1-3학년, 어머니, 초등학교 2·3학년, 초등학교 4·5·6학년, 지역주민, 성인, 초등학교 3학년, 어린이 3·4학년, 중학교 1-3학년, 학부모(초등학교 학생을 둔), 초등학생 3·4학년, 중·고등학생, 직장인, 초등학교 5학년, 주부·일반독서회, 주부(자녀를 둔), 주부 독서회원, 초등학교 고학년, 중학교 1·2학년, 초등학교 1학년, 초등학교 2학년, 초등학교 3학년, 초등학교 4학년 등이다.

7. 독서회 활동 등을 통하여 발간하는 문집

조사대상 도서관에서 독서회나 기타 독서관련 활동을 통하여 발간하는 문집은 강서도서관『문학골 글마당』, 도봉도서관『초록꿈 우리마음』, 서대문도서관『글사랑』, 송파도서관『책사랑』, 용산도서관『두텁바우』, 정독도서관『책갈피』, 고덕평생학습관『글밭에 모여 앉아』, 마포평생학습관『디딤』, 영등포평생학습관『버팀목』, 어린이 도서관의 『어린이와 독서』가 있으며, 남산도서관의 목월문화제 백일장을 실시하고 입상 작품 모음집인『얼굴 ─ 다시금 들여다 볼 수 있기까지 ─』등이 있다.

4.5 결 론

공공도서관은 지역 주민들에게 정보이용·문화활동 및 평생교육을 증진함에 목적이 있으며, 이러한 목적을 달성하기 위해서 가장 기본적으로 하여야 할 일이 바로 독서활동이다. 근대 공공도서관은 설립 목적은 주민들에게 독서생활의 터전을 마련해 주는 것으로 출발하였다. 서울시립공공도서관에서 운영하고 있는 공공도서관의 독서회에 관하여 조사한 내용을 분석하여 요약하면 다음과 같다.

(1) 서울시립공공도서관의 독서회 명칭은 지명, 인명, 사물, 조직 대상, 글짓기를 딴 독서회가 대부분이다.

(2) 서울시립공공도서관에서 활동 중인 독서회의 목적은 사고력과 발표력 신장, 정서 함양, 독서습관 형성, 독서 생활화, 여가 선용, 인간관계 형성, 효율적인 학습, 독서흥미 진작, 독서의욕 고취, 독서 흥미 유발, 독서인구 저변 확대, 독서분위기 조성, 평생교육 기반 조성, 독서토론 문화 활성화, 바람직한 인격 형성, 창의력 개발, 바른 독서태도 형성, 독서문화 정착, 독서정보 교환, 자녀독서지도, 어린이 책 문화 선도에 두고 있다.

(3) 서울시립공공도서관 독서회의 활동 내용은 독서토론, 독후감 작성 및 발표, 작가와의 대화, 작가·작품 또는 특정 주제를 테마로 한 집단 독서, 각종 문화 행사 참가, 독서발표회, 초등학생 자녀를 위한 좋은 도서 선정, 독후감 발표회, 감상문쓰기, 어린이에게 읽힐 좋은 도서 선정, 독서 및 주제 토론, 글짓기, 인기 작가 초빙 작가와의 대화, 백일장, 독후감상화 그리기, 고적 답사, 어린이 도서 연구, 문학 기행, 양서 소개, 독서권장, 문집발간, 독서 퀴즈, 독후 감상문 발표, 주제토론, 연극 발표, 독후감 작성법 지도, 다양한 글쓰기, 독서 이론과 실기 지도, 문화유적지 답사 여행, 문학발표회, 독서정보 교환, 방학 특강, 전문강사 초빙, 여름방학 캠프, 문학작품 토의, 아동도서 연구 토론, 자원봉사 활동 전개, 야외 독서 토론회, 교양 강좌, 옛이야기, 어린이 책 문화 선도, 문학의 밤 행사, 독서회지 발간, 문예창작 활동, 전문강사의 독서지도, 독서 기행 등이다.

(4) 서울시립공공도서관의 독서회 활동 인원은 어린이, 청소년, 성인 모두가 15명〜30여 명으로 구성되어 있다.

(5) 서울시립공공도서관의 독서회 활동은 매주 또는 매월 1〜2회 정도로, 어린이는 1〜2시간 정도로 화－일까지, 청소년은 1〜2시간 정도로, 수〜일요일까지 활동하고, 성인은 1〜2시간 정도로 주로 일요일을 제외하고 주중에 활동하고 있다.

(6) 서울시립공공도서관 독서회의 조직 대상은 유아, 초등학생, 중학생, 고등학생, 주부, 직장인이다.

(7) 독서회 및 독서관련 활동 등에서 발간하는 문집의 이름은 『문학골 글마당』, 『글사랑』, 『책사랑』, 『두텁바우』, 『책갈피』, 『글밭에 모여 앉아』, 『디딤』, 『버팀목』, 『어린이와 독서』가 있으며, 『목월문화제 입상작품집』 등이 있다.

참고문헌

(1) 김승환, 공공도서관의 독서프로그램개발에 관한 연구, 상명대학교 대학원, 박사학위논문, 1999.

(2) 김종성 외. "공공도서관 어린이 독서교육의 현 단계와 발전 전략", 『한국도서관·정보학회지』 제31권 3호(2000. 9.).

(3) 노명완. "독서개념의 현대적 조명", 『독서연구』, 창간호, 1997.

(4) 도서관 및 독서 진흥법. 제2조 4항.

(5) 윤정기. "지역사회 발전을 위한 공공도서관의 역할", 『도서관』, 제45권 3호(1990. 5. 6.).

(6) 이화섭. 미국 근대 공공도서관 사상에 관한 연구 ― 벤자민 프랭크린을 중심으로(미간행본 석사학위논문, 한양대학교 교육대학원, 1996).

(7) 阪本一郎 等編. 『新讀書指導事典』, (東京: 第一法規, 1981).

(8) 한국도서관협회·문화관광부. 제37회 도서관 주간 표어.

(9) Ellen D. Gagne. 『인지심리와 교수―학습』, 이용남 외 공역, 서울: 교육과학사, 1993.

(10) Jean E. Spencer. "literacy", 『The Encyclopedia Americana』, 30h ed. New York: Grolier Incorpoated, 1994. Vol.17.

(11) Jeffry V. Mallow. "Reading science", 『Journal of Reading』, Vol.34, No.34, February, 1991.

(12) John G. Murphy. "illiteracy", 『The Encyclopedia Americana』, 30h ed. New York: Grolier Incorpoated, 1994. Vol.17.

(13) http://koreayouth.or.kr/글사랑무리독서회.htm.

(14) http://chongson−gun.kangwon.kr/gunbo/200106/010628.htm.

(15) http://www.bukbu−lib.taegu.kr/me6_4.html.

(16) http://gangnam.lib.seoul.kr/.

(17) http://gangdong.lib.seoul.kr/.

(18) http://gangseo.lib.seoul.kr/.

(19) http://gaepo.lib.seoul.kr/.

(20) http://www.gocheok.or.kr/.

(21) http://kuro.lib.seoul.kr/.

(22) http://namsan.lib.seoul.kr/new_home/index6.htm.

(23) http://tobong.lib.seoul.kr/.

(24) http://www.dpl.or.kr/.

(25) http://dongjak.lib.seoul.kr/.

(26) http://www.seodaemun.or.kr/.

(26) http://songpa.lib.seoul.kr/.

(27) http://yangchun.lib.seoul.kr/.

(28) http://www.yslib.or.kr/.

(29) http://www.lib.seoul.kr/jungdok/.

(30) http://jongno.lib.seoul.kr/.

(31) http://koduk.lib.seoul.kr/.

(32) http://mapo.lib.seoul.kr/intro.html.

(34) http://www.ydpllc.or.kr/.

(35) http://junggye.lib.seoul.kr/.

(36) http://children.lib.seoul.kr/.

5 공공도서관의 문화 활동

5.1 서 론

우리나라 공공도서관에서는 대부분이 4가지의 기능을 대체로 잘 수행하고 있다.

공공도서관의 기능은 정보제공, 문화 활동, 평생교육, 독서진흥이다. 도서관법에 명시되어 있는 많은 업무 중에서 중요한 업무 중의 하나가 바로 문화 활동이다.

몇몇 공공도서관에서의 문화 활동의 예를 보면 주로 문화교실, 문화학교 운영이라는 타이틀로 프로그램을 운영하고 있다.

경기도립녹양도서관[1]에서는 2007년 문화학교 운영 프로그램으로 독서논술(일반, 중등, 초등), 교양/취미(일반, 초등), 창의성 계발(초등, 유아), 어학 등 총 23개 강좌, 참석인원 2,901명, 224회로 운영하고 있다. 특히 소외계층이나 특수아동을 위하여 정보소외 계층 대상 방과 후 문화학교를 운영하고 있다.

서울시립도봉도서관[2]에서는 지역문화의 활성화로 도서관의 역할을 증대하기 위하여 시인들이 살고 있는 이 지역의 특성을 살려 매월 1회 '우이시 낭송회'를 개최하고 있다. 이 고장을 문화의 거리, 시의 마을로 만들고자 애쓰고 있는 "우이동 시인들"이 주축이 된 시낭송회는 매월 마지막 토요일 오후 5시부터 시청각실에서 2시간 동안 펼쳐지고 있으며, 매회 저명한 시인을 초청하여 국악과 더불어 30여 명의 참여시인과 함께 시낭송 및 작품세계에 대해 토의하고 동호인이면 누구나 시낭송을 하는 기회를 부여하는 등 다양한 프로그램으로 운영하여 지역주민으로부터 호응을 얻고 있다.

서울구로도서관[3]에서는 문화교실운영을 살펴보면 성인반 3개 강좌 생활기초영어, 사군자, 문인화, 서예이며, 초등반 4개 강좌 NIE교실(2, 3, 4, 5학년), 어린이글씨쓰기(2, 3학년), 어린이기초영어(1, 3학년), 동화구연 등이다.

이러한 점에서 볼 때 공공도서관의 기능 중에서 중요한 위치를 차지하고 있는 문화 활동에 대한 체계적인 연구가 필요한 것이다.

---

1) 경기도도립녹양도서관 2007년 주요 사업 추진실적, 2007년도 도서관운영위원회 정기회의 자료.
2) http://www.dobonglib.go.kr/[인용 2007. 5. 1.].
3) 구로도서관 2007년도 주요업무계획.

본 단원은 공공도서관의 문화 활동 진흥에 대하여 이론적으로 접근하여 포천시 공공도서관의 문화 활동을 현황을 조사하고 분석하여, 도농복합도시에서 운영할 수 있는 공공도서관의 문화활동진흥방안을 제시하였다.

본 단원은 문헌과 홈페이지로 조사하고, 현장 사서와 전화 또는 메일로 인터뷰하였으며, 전문가의 의견을 청취하였다.

5.2 공공도서관의 문화 활동

공공도서관은 이용자에게 정보를 제공하고, 문화 활동의 장을 만들어 주며, 생애를 통하여 교육받을 수 있는 혜택을 주고, 독서를 진흥시키는 기능을 가지고 있다.

공공도서관은 그 지역사회의 특성에 맞게 설립되기 때문에 목적과 기능, 봉사의 내용과 방법, 운영 주체 등이 다양하다. 공공도서관은 지역사회의 주민들이 내는 세금으로 설립되고, 운영되며 주민에게 무료로 제공되고, 남녀노소, 장애인이나 비장애인 등 누구에게도 법에 의하지 않고는 정보를 제한할 수 없다는, 즉 공비의 원칙, 무료의 원칙, 공개의 원칙이라는 3가지 특징을 가지고 있다.

1995년 3월에 확정된 공공도서관 선언(개정)에 나타난 공공도서관의 기능은 ① 독서의 습관화, ② 교육의 지속화, ③ 창조력의 증진, ④ 문화의 진흥, ⑤ 역사의 계승, ⑥ 정보의 배포, ⑦ 준 문맹자의 퇴치와 같은 7개의 항목이다.[4] 위와 같은 의미에서 고찰해 볼 때 공공도서관은 문화의 창달에 기여하고 경제 발전에 필요한 지식과 정보를 제공하며 국민 교육의 기능을 갖고 있다.

특히 중요한 기능은 지역사회의 문화센터 기능이다. 유네스코 공공도서관 선언문의 공공도서관 임무에서 "⑤ 전통 문화 인식, 예술, 과학의 업적이나 혁신에 대한 인식의 촉진, ⑥ 모든 공연 예술의 문화적 표현과 접촉할 수 있게 함, ⑦ 이문화간의 교류를 조장하고 다양한 문화가 공존할 수 있도록 함."[5]이라고 하는 공공도서관의 문화의 진흥 기능을 천명하고 있다.

그리고 영국도서관 협회의 공공도서관 목적에는 "공공도서관은 개인의 적극적인 방

---

4) 현규섭, 「유네스코 공공도서관 선언의 개정과 의의」, 『도서관문화』 37권 2호(통권 297호), 한국도서관협회, 1996, p.10.
5) 현규섭. 앞의 글, p.5.

법으로 예술 활동에 참여할 수 있는 센터이며, 공공도서관의 사서는 문화 행사의 발안자 및 조직자로서의 역할을 담당하고, 공공도서관의 사서가 지방 사회단체 및 문화 단체와 유대를 갖도록 권장한다.”와 같은 내용을 명시하고 있는데 그 속에는 공공도서관의 문화적 기능이 잘 요약되어 있다.

공공도서관은 지역 사회 주민들을 위하여 시설을 개방하고 각종 전시회나 세미나, 영화감상, 발표회 강습회뿐만 아니라 어린이나 노인, 장애자들의 문화 활동을 돕는 프로그램을 개발하고 제공해야 한다. 또한 지역 사회 문화재에 대한 자료를 향토사료관이나 문화원, 박물관, 향교 등 지방 문화에 관련된 기관과 연계하여 열람하며 안내하는 역할을 담당해야 한다.

공공도서관은 지역 사회 주민들이 변화하는 지식기반사회에 능동적으로 대처하여 살아갈 수 있도록 교육 및 문화적 욕구에 필요한 도서관 자료를 체계적으로 정리하여 봉사하고 지역 사회의 전통 문화를 중심으로 각종 문화 행사를 주최하는 지역 사회 문화 센터이다.

5.3 포천시 공공도서관의 문화 활동

5.3.1 문화 활동 현황

포천시에는 대학도서관으로 경복대학 도서관, 대진대학교 도서관, 포천중문의과대학교 도서관, 시립도서관으로 포천시립일동도서관, 포천시립영중꿈나무도서관, 도립도서관으로 경기도립중앙도서관 포천분관, 새마을 도서관으로 관인도서관, 한샘전원교회부설 냉정1리 마을문고, 선단문고,6) 신북문고, 구세군포천도서관 등이 있다. 본 조 본 연구에서는 대학도서관과 새마을 문고는 제외하고 포천시립도서관과 경기도립 도서관을 연구대상으로 하였다.

---

6) http://search.naver.com/search.naver?sm=tab_hty&where=nexearch&query=%C6%F7%C3%B5%B5%B5%BC%AD%B0%FC＋&x=24&y=24[인용 2007. 11. 26.].

1) 포천시립 일동도서관

(1) 개관[7]

포천시립도서관은 2004년 5월 31일에 도서관을 현상 설계 공모하였고, 11월 3일에 도서관 실시 설계를 완료하고, 2005년 3월 21일에 공사를 착공하여 11월 30일에 준공하였다. 2006년 1월 5일에 도서관 공사를 마치고 준공하였다. 1월 10일에 포천시 시립 도서관 운영에 관한 조례가 공포되고, 3월 2일에 경기도 교육감으로 평생학습관으로 지정받았다. 그리고 그해 3월 17일에 개관하였다.

(2) 문화 활동

문화 활동의 추진 목적은 시민들의 독서지수 향상과 시민들에게 다양하고 알찬 교육 문화 프로그램을 제공하여 지역주민의 학습욕구를 충족시키기 위함이다. 그리고 도서관의 정보제공 역할을 충실히 수행함과 더불어 지역 종합문화공간의 선두로서 건전한 여가 선용과 삶의 질 향상에 도서관의 역할을 다 하고자 함에 있다. 문화 활동 추진 방향은 책과 함께하는 다양한 교육을 통하여 유아 및 어린이들에게 책 읽는 분위기를 조성시키고 독서에 대한 흥미를 유발시키도록 도와주는 데 있다. 또한 지역주민들에게 건전한 취미활동과 다양한 문화체험의 공간을 제공하여 문화수준 향상의 기대에 있다. 문화교실의 프로그램으로는 관내 초등학생, 중학생, 학부모를 대상으로 연필인물화 배우기, 부모 역사교실, 엄마와 함께하는 그림책 이야기, 책친구! 생각친구!, 매직 사이언스, 경제야 놀자, 논술과 함께!, 신문으로 신나는 글쓰기, 중학 독서논술교실 등이다.

<2007년 상반기>
① 고전 읽고 문인화 배우기
30명의 주부를 대상으로 일동도서관 세미나실에서 진행하는 프로그램이다.
내용은 선조들의 아름다운 문인화를 배움으로써 한국의 미를 느끼고 여가를 선용할 수 있는 계기를 조성하는 내용이다. 강사는 000(작가, 개인전 1회, 과천정부종합청사 단체전 등 7회 출품)이다. 수강료는 무료이나 준비물은 개인이 부담한다.
② 어머니를 위한 가정 독서지도

---

7) 포천시립 일동도서관의 문화 활동에 대한 내용은 담당사서가 보내준 자료를 편집한 것이다.

20명의 주부를 대상으로 일동도서관 세미나실에서 진행하는 프로그램이다.

내용은 독서교육의 필요성과 중요성을 인식하고 신문 활용교육 방법 등 실질적인 자녀의 올바른 독서지도법을 강의하는 내용이다. 강사는 000(전문 강사)이다. 수강료는 무료이다.

③ 엄마와 함께하는 그림책 이야기

20명의 유치원 및 유아를 대상으로 일동도서관 유아열람실에서 진행하는 프로그램이다. 내용은 유아기부터 독서를 생활화할 수 있도록 재미있게 책을 읽고, 또한 그리고 만들기로 자신의 생각을 표현할 수 있도록 지도하는 내용이다. 강사는 000(동화 읽는 어른모임 포천지부장) 외 4명이다. 수강료는 무료이다.

④ 이야기로 떠나는 세계여행

20명의 초등 1-2학년 학생을 대상으로 하는 프로그램으로 일동도서관 세미나실을 이용하고 있다. 내용은 동화책 속 주인공의 나라로 함께 떠나며 아이들에게 책에 대한 재미와 상상력을 이끌어 주는 책 읽기 강의를 하는 내용이다. 강사는 000(한국지역사회교육협의회 강사)이다. 수강료는 무료이다.

⑤ 발표력 향상능력

20명의 초등 3-4학년을 대상으로 하는 프로그램이다. 장소는 일동도서관 세미나실을 이용하고 있다. 내용은 표현의 기초능력을 향상시키고 효과적인 내용구성과 음성표현 등 표현과 발표력을 향상시켜 리더십 있는 어린이를 육성하는 내용이다. 강사는 000(종로종합복지관 초등 스피치 강사, 신흥대학 강사)이다. 수강료는 무료이다.

⑥ 예쁜 글씨 쓰기

20명의 초등 5-6학년을 대상으로 하는 프로그램이다. 장소는 일동도서관 세미나실을 이용하고 있다. 내용은 예쁜 글씨체와 바른 글씨 쓰기 자세로 교정하여 앞으로의 논술교육에 대비할 수 있도록 지도하는 내용이다. 강사는 000(한국pop디자인협회 교육 강사 및 지부장)이다. 수강료는 무료이다.

⑦ 중학 논술

20명의 중학생을 대상으로 하는 프로그램으로 세미나실을 이용하고 있다. 내용은 어떤 문제에 대한 자신의 생각을 논리적으로 서술하는 기술뿐만 아니라 청소년들이 겪는 사회적 현상들과 끊임없이 소통하고 관계를 맺는 교육을 실시한다.

강사는 000(한국지역사회교육협의회 강사)이다. 수강료는 무료이다.

<2007년 하반기>

① 연필인물화 배우기

성인 20명을 대상으로 하는 프로그램으로 일동도서관 세미나실을 사용하고 있다. 지역주민들의 사랑을 받고 있는 미술교육 강의로 시민들의 교육 수요 충족 및 건전한 여가생활에 일조하고 있는 프로그램이다. 회비는 없고, 재료비는 개인이 준비한다. 강사로는 000(작가, 개인전 1회, 과천정부종합청사 단체전 등 7회 출품)이다.

② 부모 역사교실

학부모 20명을 대상으로 하는 프로그램으로 주로 일동도서관 세미나실을 이용하고 있다. 내용은 과거를 돌아보고 현재를 배울 수 있는 역사 강의를 통해 지역주민의 다양한 지식 요구를 충족시키고 있다. 강사는 000(서울 고덕평생학습관 및 경기도립중앙도서관 포천분관 강사)이다.

③ 엄마와 함께하는 그림책 이야기

일동초등학교 학구 20명의 6-7세 아동을 대상으로 하는 프로그램으로 일동도서관 유아열람실을 이용하고 있다. 내용은 유아기부터 독서를 생활화할 수 있도록 재미있게 책을 읽고, 엄마와 함께 만들기 체험을 함으로써 자신의 생각을 표현할 수 있도록 지도한다. 강사는 000(어린이도서연구회 포천시지회장) 외 4명이다.

④ 책친구! 생각친구!

일동초등학교 학구 20명의 4세 이상 유아를 대상으로 하는 프로그램으로 일동도서관 세미나실을 이용하고 있다. 내용은 그림책을 활용한 동요 부르기, 책만들기 등 다양한 독후활동을 통해 책 읽기의 즐거움을 느끼게 하는 내용이다. 회비는 없고, 교재와 재료비는 25,000원이다. 강사는 000(독서지도사, 포천시립도서관 전문 강사)이다.

⑤ 매직 사이언스

체험하면서 깨우치는 과학교실이다. 일동초등학교 20명의 1-2학년을 대상으로 하는 프로그램으로 일동도서관 세미나실을 이용하고 있다. 내용은 교재와 도구를 활용한 실습을 통해 어린이들이 과학의 원리를 깨우치고 흥미를 갖도록 하여 통합교과교육에 대비코자 한다. 회비는 없고, 교재와 재료비는 30,000원이다. 강사는 000(포천시립도서관 전문 강사)이다.

⑥ 경제야 놀자, 논술과 함께!

일동초등학교 20명의 3-4학년을 대상으로 하는 프로그램으로 일동도서관 세미나실을 이용하고 있다. 내용은 자칫 어렵게 느껴질 수 있는 경제 분야를 논술로 풀어봄으

로써 쉽게 접근할 수 있도록 지도하여 통합논술교과에 적용토록 하는 것이다. 강사는
OOO(독서치료연구소)이다. 수강료는 무료이다.

⑦ 신문으로 신나는 글쓰기

20명의 초등 5-6학년을 대상으로 하는 프로그램으로 일동도서관 세미나실을 이용
하고 있다. 내용은 하루 185-200건의 기사와 18만-20만 자의 활자가 실리는 신문은
자신의 생각을 표현하고 다른 사람의 생각을 이해하기 위한 능력을 기를 수 있는 좋은
교재이다. 신문을 활용하여 글쓰기의 기초를 다지고 생각의 폭을 넓혀 창의적인 어린
이로 자라나도록 교육코자 한다. 강사는 OOO(한국지역사회협의회 글쓰기·독서 책임강
사)이다.

⑧ 중학 독서논술교실

시대적인 배경을 바탕으로 현대단편문학 읽기를 통한 논술교실이다. 20명의 중학교
1학년을 대상으로 하는 프로그램으로 일동도서관 세미나실을 이용하고 있다. 내용은
'감자'(김동인 저), '운수 좋은 날'(현진건 저) 등 현대 단편문학은 학생들이 꼭 읽어야
하는 필독서임에도 불구하고 시대적인 배경에 대한 이해 부족과 생소한 문체 등의 이
유로 쉽게 읽기 어려워하고 있다. 단편소설을 함께 읽는 수업을 진행함으로써 각 작품
에 담겨진 시대성, 주제성, 문학성을 바탕으로 학생들이 좀 더 폭넓은 사고로 작품을
깊이 이해할 수 있는 계기를 제공하고자 하는 내용이다. 강사는 OOO(한국지역사회협의
회 글쓰기·독서 책임강사)이다.

2) 포천시립 영중꿈나무도서관

(1) 개관8)

포천시립 영중꿈나무도서관은 2003년 11월 12일에 포천시립영중꿈나무도서관 건립
이 확정되었다. 2004년 7월 13일에 착공되어, 9월 14일에 준공되었다. 11월 6일에 비
로소 포천시립영중꿈나무도서관이 개관되었다.

(2) 문화 활동

문화 활동의 추진 목적이나 문화 활동 추진 방향은 포천시립 일동도서관과 같다. 문
화 활동의 프로그램으로는 주로 관내 초등학생, 주부를 대상으로 엄마와 함께하는 그

---

8) 포천시립 영중꿈나무도서관의 문화 활동에 대한 내용은 담당사서가 보내준 자료를 편집하였다.

림책 이야기, 종이 접기, 이야기로 떠나는 세상, 영어동화책 읽기, 발표력 향상 능력, 예쁜글씨 쓰기, 책친구! 생각친구!, 매직 사이언스, 경제야 놀자, 논술과 함께!, 역사로 논술 다지기 등이다.

<2007년도 상반기>
① 엄마와 함께하는 그림책 이야기
20명의 유치원 및 유아를 대상으로 영중꿈나무도서관 꿈이랑 책이랑실에서 진행하는 프로그램이다. 내용은 유아기부터 독서를 생활화할 수 있도록 재미있게 책을 읽고, 또한 그리고 만들기로 자신의 생각을 표현할 수 있도록 지도하는 내용이다. 강사는 000 (동화 읽는 어른모임 포천지부장) 외 4명이다. 수강료는 무료이다.
② 종이접기
20명의 초등 1－2학년 학생을 대상으로 영중꿈나무도서관 A/V실에서 진행하는 프로그램이다. 내용은 재미있는 종이접기를 해 보며 창의력과 상상력을 기르는 교육 내용이다. 강사는 000, 수강료는 무료이다.
③ 영어 동화책 읽기
20명의 초등 1－2학년을 대상으로 영중꿈나무도서관 A/V실에서 진행하는 프로그램이다. 내용은 영어 동화책을 반복해서 읽고 들으며 재미있게 영어 표현을 익히는 내용이다. 강사는 000(특기적성 강사, 전 튼튼영어 관리교사)이다. 수강료는 무료이다.
③ 이야기로 떠나는 세계여행
20명의 초등 1－2학년 학생을 대상으로 하는 프로그램으로 영중꿈나무도서관 A/V실을 이용하고 있다. 내용은 동화책 속 주인공의 나라로 함께 떠나며 아이들에게 책에 대한 재미와 상상력을 이끌어 주는 책 읽기 강의를 하는 내용이다. 강사는 000(한국지역사회교육협의회 강사)이다. 수강료는 무료이다.
④ 발표력 향상능력
20명의 초등 3－4학년을 대상으로 하는 프로그램이다. 장소는 영중꿈나무도서관 A/V실을 이용하고 있다. 내용은 표현의 기초능력을 향상시키고 효과적인 내용구성과 음성표현 등 표현과 발표력을 향상시켜 리더십 있는 어린이를 육성하는 내용이다. 강사는 000(종로종합복지관 초등 스피치 강사, 신흥대학 강사)이다. 수강료는 무료이다.
⑤ 예쁜 글씨 쓰기
20명의 초등 5－6학년을 대상으로 하는 프로그램이다. 장소는 영중꿈나무도서관

A/V실을 이용하고 있다. 내용은 예쁜 글씨체와 바른 글씨 쓰기 자세로 교정하여 앞으로의 논술교육에 대비할 수 있도록 지도하는 내용이다. 강사는 OOO(한국pop디자인협회 교육 강사 및 지부장)이다. 수강료는 무료이다.

<2007년도 하반기>

① 엄마와 함께하는 그림책 이야기

20명의 6-7세 아동을 대상으로 영중꿈나무도서관 꿈이랑 책이랑실을 이용하고 있다. 내용은 유아기부터 독서를 생활화할 수 있도록 재미있게 책을 읽고, 엄마와 함께 만들기 체험을 함으로써 자신의 생각을 표현할 수 있도록 지도한다. 강사는 OOO(어린이도서연구회 포천시지회장) 외 4명이다.

② 책친구! 생각친구!

20명의 4세 이상 유아를 대상으로 하는 프로그램으로 영중꿈나무도서관 꿈이랑 책이랑실을 이용하고 있다. 내용은 그림책을 활용한 동요 부르기, 책만들기 등 다양한 독후활동을 통해 책 읽기의 즐거움을 느끼게 하는 내용이다. 회비는 없고, 교재와 재료비는 25,000원이다. 강사는 OOO(독서지도사, 포천시립도서관 전문 강사)이다.

③ 매직 사이언스

이 프로그램은 체험하면서 깨우치는 과학교실이다. 영중초등학교 20명의 1-2학년 학생을 대상으로 영중꿈나무도서관 A/V실을 이용하고 있다. 내용은 교재와 도구를 활용한 실습을 통해 어린이들이 과학의 원리를 깨우치고 흥미를 갖도록 하여 통합교과교육에 대비코자 한다. 회비는 없고, 교재와 재료비는 30,000원이다. 강사는 OOO(포천시립도서관 전문 강사)이다.

④ 경제야 놀자, 논술과 함께!

20명의 3-4학년 학생을 대상으로 하는 프로그램으로 영중꿈나무도서관 A/V실을 이용하고 있다. 내용은 자칫 어렵게 느껴질 수 있는 경제 분야를 논술로 풀어 봄으로써 쉽게 접근할 수 있도록 지도하여 통합논술교과에 적용토록 하는 것이다. 강사는 OOO(독서치료연구소)이다. 수강료는 무료이다.

⑤ 역사로 논술 다지기

20명의 5-6학년 학생을 대상으로 하는 프로그램으로 영중꿈나무도서관 A/V실을 이용하고 있다. 내용은 지나간 역사를 단지 지식만을 전달하는 데 치우지지 않고 사실과 사건을 비판적으로 바라보면서 어린이들에게 역사와 현실을 이해하는 힘을 길러 주게 하는 내용이다. 강사는 000(독서치료연구소 강사)이다.

3) 경기도립 중앙도서관 포천 분관

(1) 개 관

경기도립 중앙도서관 포천 분관은 1989년 7월 12일에 포천군립도서관으로 개관하였고, 1991년 3월 26일에 경기도립포천도서관으로 명칭이 변경되었다(도 조례 2135호). 그리고 1997년 1월 문화관광부로부터 한국문화학교로 지정받았다. 그 후 1998년 11월 20일에 제1회 전국문화기반시설운영평가 공공도서관 부문 우수상(중소도시)을 수상하였다. 그러나 1999년 1월 15일에 경기도립중앙도서관 포천분관으로 명칭이 변경되는 불운을 맞았다. 2001년 4월에는 포천군 평생학습관으로 지정받았고, 2002년 경기도공공도서관 평가에 우수상을 수상하는 등 포천시민을 위하여 많은 봉사를 하고 있다.

(2) 문화 활동

지역주민들에게 평생교육 및 문향향수의 기회를 제공하기 위하여 다양하고 유익한 강좌를 무료로 운영하고 있다.[9] 문화학교의 프로그램으로는 관내 초등학생, 중학생, 학부모를 대상으로 생활도예, 미술(수채화), 꽃꽂이, 동화구연, 영어회화, 한문교실, 추석맞이 예절교육, 부모논술교실, 기초연필화 등이다.[10]

① 추석맞이예절교육

30명의 지역주민을 대상으로 하는 프로그램이다. 내용은 전통예절, 한복, 절, 제례, 제사상 차리는 법 등이다.

② 부모논술교실

30명의 지역주민을 대상으로 하는 프로그램이다. 내용은 논술을 위한 생각, 방법 배우기 등이다.

③ 수채화

희망자 약간 명을 대상으로 하는 프로그램이다. 내용은 수채화 실기이다.

④ 기초연필화

---

9) 포천도서관 안내 팜프렛.
10) 경기도립중앙도서관 편, 경기도 공공도서관 이용 안내, 2000, pp.92−93.

희망자 약간 명을 대상으로 하는 프로그램이다. 내용은 데생이다.

⑤ 생활도예

희망자를 대상으로 일상생활에서 사용할 수 있는 컵, 접시, 화병, 재떨이, 찻잔 등 생활용품을 만든다. 10월 종합전시회에 전시회를 한다. 수강료는 무료이나 재료비는 받는다. 매우 인기 있는 프로그램이다.

⑥ 꽃꽂이

희망자를 대상으로 하는 운영하는 매우 인기 있는 프로그램이다. 꽃꽂이의 이론을 다루고, 시기 및 계절별로 소재를 구사하는 법을 지도한다. 10월 종합전시회에 전시회를 한다. 수강료는 무료이나 재료비는 받는다.

⑦ 동화구연

부모를 대상으로 하는 운영하는 프로그램이다. 젊은 주부들이 많이 참여하고 있다. 연령에 따른 동화구연의 이론 및 실기를 다룬다. 전래 및 창작동화 구연을 통하여 창의력, 발표력, 상상력 고취시키며 발표력을 통한 다양한 어휘력을 신장시킨다.

⑧ 영어회화

부모를 대상으로 하는 운영하는 프로그램이다. 젊은 주부들이 많이 참여하고 있다. 강사는 native teacher가 진행하기 때문에 참여도가 높은 편이다. 수강료가 무료이기 때문에 높은 강사료가 문제이다.

⑨ 한문교실

초등학교 학생을 대상으로 하는 프로그램이다. 주로 4자 성어를 중심으로 가르치고 있다. 겨울 방학 중에 운영한다.

5.3.2 문화 활동 분석

포천시에는 문화 활동이 왕성한 공공도서관으로 포천시립일동도서관, 포천시립영중꿈나무도서관, 경기도립중앙도서관 포천분관이 있다.

포천 소재 공공도서관의 문화 활동의 명칭은 포천시립일동도서관과 포천시립영중꿈나무도서관은 문화교실, 경기도립중앙도서관 포천분관은 문화학교라고 쓰고 있다.

포천은 도시, 농촌, 산촌이 같이 어우러져 있는 작은 복합도시로 공공도서관의 혜택을 받고 있는 시민이 많지 않고, 문화프로그램의 개설 및 내용에 한계가 있다.

문화교실의 내용은 일반적으로 생활교양강좌, 어학강좌, 취미강좌, 미술강좌, 음악강좌, 무용강좌, 건강강좌, 미용강좌 등으로 나눈다.

포천지역 공공도서관의 문화교실 프로그램을 명칭, 대상, 프로그램의 종류, 참여 인원수, 프로그램운영 시설, 강사에 따라 분석하여 보면 다음과 같다.

1) 명 칭

일반적으로 쓰고 있는 명칭은 문화교실, 문화학교인데, 문화교실이라는 용어를 많이 쓰고 있는 편이다. 포천시립일동도서관과 포천시립영중꿈나무도서관은 문화교실, 경기도립중앙도서관 포천분관은 문화학교라고 쓰고 있다.

2) 대 상

지역주민, 부모, 초등학생, 1-2학년, 3-4학년, 4-5학년, 희망자, 중학생, 주부, 성인, 학부모로 표현하고 있다.

포천시립일동도서관과 포천시립영중꿈나무도서관은 초등학교가 가까이 있어 어린이의 이용이 많다. 포천시립일동도서관은 시설이 우수하고, 편리한 편이라 학부모들을 위한 프로그램 운영이 활발하다. 반면에 포천시립영중꿈나무도서관은 어린이를 위한 도서관이므로 초등학생과 학부모를 위한 프로그램이 대부분이다.

경기도립중앙도서관 포천분관은 전통적으로 잘 알려져 있고, 교통이 좋으며 접근성이 뛰어나 초등학생, 중학생, 고등학생, 지역주민들의 이용률이 높은 편이다.

3) 프로그램의 종류

생활교양 강좌로 매직사이언스, 경제야 놀자, 한문교실, 발표력 향상, 역사로 논술다지기, 추석맞이예절교육 등이다. 어학강좌로 영어회화, 영어 동화책 읽기가 있다.

독서관련 강좌로 이야기로 떠나는 세계여행, 예쁜 글씨 쓰기, 중학논술, 엄마와 함께하는 그림책 이야기, 책친구! 생각 친구!, 신문으로 신나는 글쓰기, 중학독서논술교실, 부모논술교실, 논술과 함께! 등이다.

취미강좌로 꽃꽂이, 생활도예가 있고, 미술강좌로 기초연필화, 수채화, 종이접기, 연필인물화 배우기, 고전읽기 문인화 등이다.

4) 참여 인원수

인구가 밀집된 도시에 있는 경기도립중앙도서관 포천분관과 초등학교에 인접된 포천시립일동도서관에는 어린이와 학생, 성인들의 참여 인원이 많은 편이다. 특히 독서관련 프로그램에 참여하는 이용자가 많은 것이 특징이다. 그러나 포천시는 도농복합도시로 도서관을 이용할 만한 시간을 가진 지역주민들이 적어 도서관 프로그램에 참여하는 성인이 많지 않은 편이다.

5) 프로그램운영 시설

포천시립 일동도서관에는 훌륭한 세미나실이 있어 문화교실 프로그램을 잘 운영하고 있다. 포천시립 영중꿈나무도서관에는 A/V실과 꿈이랑 책이랑실을 이용하여 문화교실 프로그램을 운영하고 있다.
경기도립중앙도서관 포천 분관에는 어린이, 유아 문화행사 및 영화상영, 기타 행사를 할 수 있는 50석의 강의실이 있어 문화교실 프로그램을 운영하고 있다.

6) 강 사

도서관에서 실시하는 하는 각종 강좌는 주제가 제일 중요하고, 그다음이 교육을 담당하는 전문 강사이다. 강사가 아무리 학력이 높아도, 교수법이 좋고 재미있어야 한다. 본 연구에서 조사된 강사는 모두 전문 강사이며, 경력이 풍부하고 이름이 있는 강사임을 알 수 있다. 그러나 강사를 제대로 대우하지 않으면 훌륭한 강사를 모시기기 힘든 형편이다.

5.4 결 론

포천시는 인구 16만 5천 정도의 도농복합도시로 2003년에 시로 승격된 작은 도시이다. 그러나 "세계로 열린 행운의 도시"라는 슬로건으로 다양한 행정을 펼쳐 도약적인 발전을 하고 있다.

현재 공공도서관이 시립으로 일동에 1개, 영중에 1개가 설립되어 있고, 신읍동에 오랜 전통을 자랑하는 경기도립중앙도서관 포천 분관이 있다.

인구와 이용자 면을 볼 때 소흘읍에 시립도서관이 반드시 필요하다. 다행인 것은 2007년에 10월에 설계공모가 끝나고, 2008년에 소흘읍에 시립소흘도서관이 건립될 것으로 계획되어 있다.

도농복합도시로서의 포천시 공공도서관의 문화 활동 진흥을 위한 방안을 제시하면 다음과 같다.

1) 포천시에 시립중앙도서관과 시립소흘도서관을 건립하여 문화 활동을 증진시킨다.
2) 문화교실 활성화 종합 중장기 계획을 수립한다.
3) 생활교양 강좌로 건강, 역학, 작명법, 사주풀이, 생활풍수 등과 같은 프로그램을 개발한다.
4) 초등학생, 중학생, 부모를 위한 독서논술 강좌를 강화한다.
5) 도농복합도시에 알맞은 특용작물 재배에 관한 프로그램을 개발한다.
6) 재미있고, 잘 가르치는 전문 강사를 선임한다.
7) 사서교사 자격이 있는 사서를 채용하도록 노력한다.
8) 문화교실을 위한 예산을 확보한다.

참고문헌

(1) 경기도립녹양도서관 2007년 주요 사업 추진실적. 2007년도 도서관운영위원회 정기회의 자료.

(2) 경기도립중앙도서관 편.『경기도 공공도서관 이용 안내』, 2000.

(3) 구로도서관 2007년도 주요업무계획.

(4) 포천도서관 안내 팜프렛.

(5) 포천시립 영중꿈나무도서관 파일 자료.

(6) 포천시립 일동도서관 파일 자료.

(7) 현규섭.「유네스코 공공도서관 선언의 개정과 의의」,『도서관문화』37권 2호(통권 297호), 한국도서관협회, 1996.

(8) http://search.naver.com/search.naver?sm=tab_hty&where=nexearch&query=%C6%F7%C3%B5%B5%B5%BC%AD%B0%FC＋&x=24&y=24[인용 2007. 11. 26.].

(9) http://www.dobonglib.go.kr/[인용 2007. 10. 1.].

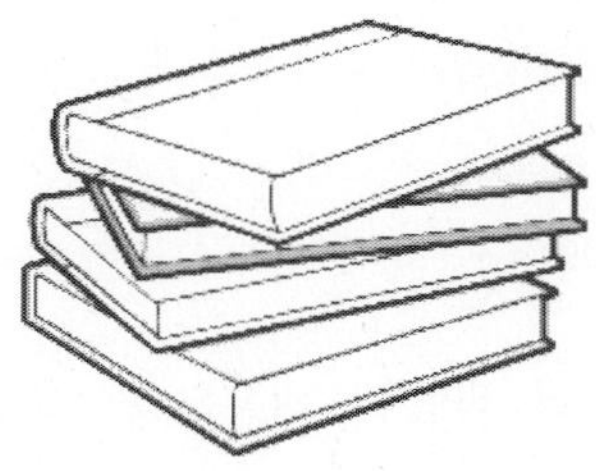

4장　도서관교육

1. 교수 - 학습센터로서의 학교도서관
2. 문헌정보학 교육과 교수미디어 센터
3. 도서관 교육 - 초등학교-
4. 도서관교육 - 중학교-
5. 도서관교육 - 고등학교-

■1 교수 – 학습자료 센터로서의 학교도서관

1.1 서론

이 단원에서는 학문적 이론이나 학술적 내용보다 "학교도서관은 교수 – 학습자료 센터이다.", "그렇게 때문에 교수 – 학습에서 꼭 있어야 하는 필수 시설이다." 또한 "학교도서관 운영에서 교장 선생님의 역할이 매우 중요하다."라는 내용을 제시하고자 한다.

21세기를 정보사회라 한다. 또한 지식사회라고도 한다. 더 나아가 지식기반사회라고 말한다. 이 말은 현대사회에서 가장 중요하게 부각되는 것이 정보와 지식이라는 말과 같은 것이다. 우리에게는 정보와 지식이 필요하다. 가르치는 교사에게도, 배우는 학생에게도 정보와 지식이 필요하다. 가르치는 교사에게는 교육을 위한 정보와 지식이 필요하고, 배우는 학생에게는 교육내용으로서의 정보와 지식이 필요하다. 이러한 정보와 지식은 바로 교육자료, 즉 학습자료 속에 들어 있다.

학교도서관이 학습자료를 수집하여 정리하고, 축적하여 교수 – 학습활동에 활용될 수 있도록 제공해 주는 것이다.

미국의 실용주의 교육학자인 존 듀이(Jhon Dewey)는 그의 저서 『School and Society(학교와 사회)』에서 "학교도서관은 학생들의 실제적인 활동에 대하여 재음미하는 시설"이라고 하였다.[1) 오늘날 학교도서관을 '학교도서관 미디어 센터', 혹은 '학습자원센터', '교수 – 학습 정보센터', '교수 – 학습 지원센터' 등 학습자료 측면에서 정의하고 있다.

학교도서관은 "학습자가 자기의 지식을 계속하여 최신의 것으로 유지시킬 수 있는 방법을 안내해 주는 하나의 교수방법인 문헌유도적 교수법(Book – Oriented Method of Teaching), 도서관적 교수법(Library Method of Instruction)의 장"이다.[2)

7차 교육과정의 목표는 21세기의 세계화 · 정보화시대를 주도할 자율적이고 창의적

---

1) 이만수, 『학교도서관경영론』, 서울: 교학연구사, 1998, p.29.
2) 이만수, 『도서관교육론』 서울: 구미무역, 1997. p.2.

인 한국인 육성이다. 구체적인 목표로는 건전한 인성과 창의성을 함양하는 기초·기본 교육을 충실히 하고, 세계화·정보화에 적응할 수 있는 자기 주도적 능력을 신장시키며, 학생의 적성, 능력, 진로에 적합한 학습자 중심 교육의 실천과 지역 및 학교의 교육과정 편성·운영의 자율성 확대이다.

특히 강조하여 드릴 말씀은 세계화·정보화에 적응할 수 있는 자기 주도적 능력을 신장시키는 목표이다. 자기 주도적 능력을 신장시킬 수 있는 방법 중의 하나가 자기주도적 학습(Do-It-Yourself Learning)이다. 학교도서관이 학습자료를 제공하여 학습자 자신이 스스로 선택하고 조직하는 자기 주도적 학습의 장이다.

21세기 교육은 ① 알기 위한 학습(Learning To Know), ② 행하기 위한 학습(Learning to do), ③ 존재하기 위한 학습(Learning to be), ④ 함께 살아가는 법을 익히는 학습(Learning to live together)[3]이 중요하다. 바로 도서관보조학습(LAI/Library Assisted Instruction)이 이러한 교육을 내실화할 수 있는 방법이라고 생각한다.

1.2 학교도서관이란 무엇인가

도서관 및 독서진흥법[4]에 의하면 학교도서관은 "초·중·고등학교에서 교원과 학생의 교수-학습활동을 지원함을 주된 목적으로 하는 도서관 또는 도서실"이라 하였다. 개정된 도서관법에는 "학교도서관이라 함은 '초·중등교육법' 제2조의 규정에 따른 고등학교 이하의 각급 학교에서 교사와 학생, 직원에게 도서관서비스를 제공하는 것을 주된 목적으로 하는 도서관을 말한다."라고 하였다.

그리고 도서관법 "제37조(설치) '초·중등교육법' 제2조의 규정에 따른 학교에는 학교도서관을 설치하여야 한다. 제38조(업무) 학교도서관은 학생 및 교원 등의 교수-학습활동을 지원하기 위하여 다음 각 호의 업무를 수행한다. 학교교육에 필요한 자료의 수집·정리·보존 및 이용서비스 제공, 학교소장 교육 자료의 통합관리 및 이용 제공, 시청각자료 및 멀티미디어 자료의 개발·제작 및 이용 제공, 정보관리시스템과 통신망을 이용한 정보공유체제의 구축 및 이용 제공, 도서관 이용의 지도 및 독서교육, 협동수업 등을 통한 정보 활용의 교육, 그 밖에 학교도서관으로서 해야 할 기능수행에 필

---

3) Delors, Jacqes, et. al. *Learning: The Treasure Within*(Paris: UNESCO, 1996).
4) 도서관법 및 독서진흥법 제1장 2조 6항.

요한 업무"를 수행해야 한다고 제시하고 있다.

그리고 "도서관법 제39조(지도·감독) 학교도서관은 '초·중등교육법'과 '사립학교법' 및 그 밖의 법률의 규정에 따른 해당 학교의 감독청의 지도·감독을 받는다."라고 하였다.

그러므로 학교도서관은 법적으로 초·중·고등학교에 설치되어야 하며, 업무 면에서 보면 학습자료를 수집하고 개발·이용하도록 해야 하며, 또한 독서지도를 하여야 하고 교사에게는 교수활동, 학생에게는 학습활동을 지원하는 기관이다.

다시 말하면 학교도서관은 교수－학습자료를 통하여 독서분위기를 조성하여 책 읽는 습관과 탐구하는 분위기를 형성해 주는 학교의 핵심적 교육기관이다.

또한 학교도서관은 독서활동의 장(reading center)이다. 학교도서관은 학습활동의 장(study Center)이다. 자료제공의 장(material center)이다. 정보제공의 장(information center)이다. 레크리에이션 장(recreation center)이다.

학교교육에 있어서 학교도서관은 독서교육을 통한 인격도야는 물론, 학생 개개인의 적성과 능력에 맞는 정보자료를 제공함으로써, 21세기 지식기반사회가 요구하는 자율적이고 창의적인 인재를 길러내는 학교교육의 심장부이다.[5] 학교도서관은 학습공동체로서 스스로 공부하는 환경을 만들어 준다. 학생들이 과제 해결에 필요한 자료를 스스로 탐구함으로써, 자율적이고 창의적인 인재를 양성해 준다. 학교도서관은 책, 잡지, 비디오, 인터넷, CD－ROM 등 기존미디어와 뉴미디어가 공존하는 교육시설로서 정보활용 능력을 신장하여 21세기 지식기반사회가 요구하는 정보전문가를 양성해 준다. 한편 학교도서관은 지역사회 정보문화 사랑방이다. 교사와 학생은 물론이고 학부모, 지역사회 주민 등 학교공동체의 모든 구성원들에게 학교도서관을 개방함으로써 지역사회의 정보문화센터가 될 수 있다.

서울 경신고등학교 교육정보도서관 홈페이지[6]에는 "도서관은 정신을 맑게 하고 지혜롭게 하는 곳, 도서관은 독서를 통하여 마음의 양식을 쌓는 곳, 도서관은 수업을 하고 학습자료를 검색하는 곳, 도서관은 정보교육의 기초가 되는 곳, 도서관은 육체와 마음이 편안하게 쉴 수 있는 휴식처가 되는 곳, 도서관은 하나님 말씀을 증거하는 책이 있는 곳, 도서관으로 오세요."라고 기록되어 있다. 학교도서관은 학생들을 지혜롭게 하

---

5) 학교도서관살리기국민연대, 학교도서관을 살립시다! 리프렛, p.2.
6) 현재 홈페이지 공사 중입니다.

는 곳이다. 마음의 양식을 쌓는 것이요, 학습자료와 정보를 검색하는 곳이며, 편안하게 쉴 수 있는 곳이다.

청주 신흥고등학교 도서관 홈페이지[7])에는 "도서관으로 오세요. 행복을 드립니다. 학생들을 매점 대신 도서관으로 오게 하라. 책 읽는 학생이 세상을 바꾼다."라고 기록되어 있다. 참으로 반갑고 흐뭇한 말이다. 도서관에 오면 행복하니까요. 그리고 책을 읽는 사람이 세상을 바꾼다니 미래를 약속하는 얼마나 비전 있는 말이냐? 학교도서관은 학습정보를 제공해 주는 기관이다. 학교도서관은 추상적인 사고를 할 수 있는 능력을 제공해 주는 정보의 보고이며, 학습하는 능력을 길러 주는 학습의 길잡이이다. 우리는 학교도서관에서 책을 읽고 사고하며 새로운 아이디어를 창출해 낸다.

1.3 왜 학교도서관인가

학교도서관은 초·중·고등학교에서 교원과 학생의 교수·학습활동을 지원함을 주된 목적으로 하는 도서관이다. 학교도서관은 선생님에게는 가르치는 활동을 지원하고, 학생들에게는 학습하는 활동을 지원해 준다. 그러므로 학교교육에서 학교도서관은 필수시설이다. 일본 도서관법에는 학교도서관을 "학교교육에 없어서는 아니 될 기초적인 설비"라고 기록하고 있다.[8])

왜 학교도서관이 중요합니까? 학교도서관은 자기주도적 학습의 장이요, 독서교육의 장이며, 협력수업의 장, 평생학습의 장이기 때문이다.

학교도서관이 중요한 이유를 설명하면 다음과 같다.

(1) 자기 주도적 학습(self-directed learning)의 장이다

전통적인 교수-학습 방법을 "교사 중심교육"이라 한다면, 지식기반 사회에서 새롭게 모색되고 있는 교수-학습방법이 '학생 중심적' 교수-학습 방법인 자기주도적 학

---

7) http://tinpan.fortunecity.com/fascination/417/.
8) 이만수, 『학교도서관경영론』, 서울: 교학연구사, 1998. p.25.

습이다. 지식은 교사로부터 수동적으로 학생들에게 옮겨지는 것이 아니라, 자주적 학습을 통해 학생 스스로 구성돼야 한다. 이때 교사는 학습 환경의 구성자로서, 학생으로 하여금 스스로 문제를 인식하게 하고, 능동적으로 해결할 수 있도록 해 주어야 한다는 생각을 근간으로 개발된 학습 방법이 자기주도적 학습(SDL)이다.

자기주도적 학습은 많은 사회교육의 장과 성인학습에 매우 중요한 교육의 기본 원리로 제시되고 있지만, 자기주도 학습이란 참여학습이나 자율학습, 자기학습, 독립학습 등의 개념과 관련된 학교교육에서의 학습 방법이기도 하다. 또한 자기주도적 학습은 다양한 인적·물적 자원과의 상호작용 활동을 포함하는 개념이다.

오늘날 자기주도적 학습력이 교육현장에서 강조되고 있는 이유는 21세기 지식기반사회, 즉 다양하게 변화하는 사회에서 요구하는 능력은 기존의 방식을 수동적으로 답습하는 능력보다는 비판적이고, 창의적으로 사고하고, 자기 주도적으로 변화에 대처하고, 변화를 가치 있게 창출하는 능력이 강조되기 때문이다.

학교 현장에서 자기 주도적 학습력 신장은 학교도서관을 이용하는 것에서 찾을 수 있다. 왜냐하면 학습자 개인의 학습형태나 양식에 맞게 활용할 수 있도록 가공한 정보자료를 학교도서관이 제공하고 있기 때문이다.

일반적으로 학습활동에 있어서 학습자료 활용의 회수나 양은, 적은 것보다는 더 많은 것이 효과적이라 할 수 있다. 그러므로 학교도서관에서 교수－학습 활동에 필요한 각종 학습자료를 제작하고, 제공하며 협력수업에 활용할 수 있도록 하여야 할 것이다.

"경기도 교육청으로부터 열린 교육 시범학교로 지정받은 지산초등학교는, 어린이들에게 창의성을 바탕으로 스스로 공부하는 '자기 주도 학습' 능력을 키워 주기 위해, 모든 교사가 참여해 많은 학습 자료를 새롭게 마련하였다. 특히 '교육 정보실' 등 열린 학습 관련 시설을 늘리는 한편, 다양한 수업 모형 및 학년·학급별 학습 자료 개발에도 많은 노력을 기울였다. 또한 학생 개인별 수준에 맞는 학습 문제를 개발해 DB화했다."9)고 한 기사를 읽은 적이 있다.

이 파주 지산초등학교가 바로 자기 주도적인 학습 활동(individualized learning and self－paced progress)을 존중하는 학습 공동체 실현에 앞장서는 시범학교가 아닌가 생

---

9) 소년 한국일보, 2000년 9월 29일.

각한다.

포천 송우초등학교에서는 학교홈페이지에 자기주도학습 게시판 코너를 설치하여 각자의 프로젝트 학습을 진행시키고 있다.

예를 들면 "① 학습 계획을 세운다. ② 관련 자료를 인터넷에서 찾는다. ③ 찾아낸 사진, 글 등을 게시판에 올려 보관한다. ④ 자료를 종합하여 보고서를 꾸미고 작성된 보고서 파일을 게시판에 올린다.[10]"이다.

이와 같은 방법으로 학교도서관을 이용하여 자기 주도적 학습을 진행한다면, 학습계획을 세우고, 관련 자료를 학교도서관에서 찾아서, 자료를 읽고 조사하여, 게시판에 올려 보관하고, 자료를 종합하여 보고서를 작성하여 파일을 게시판에 올리는 순서로 진행하면 좋을 것 같다.

자기주도적 학습의 시작은 동기의 발견이다. 학습동기는 학습기술, 학습환경과 함께 학습의 세 가지 요건 가운데 하나이다. 동기를 확인했다면 다음은 스스로 계획을 세워야 한다. 학생 스스로 학습시간을 늘리는 등 실현 가능한 수준이 되도록 목표를 세우게 한다. 이런 과정을 되풀이하는 가운데, 자율적인 학습능력이 길러지는 것이다.

자율적인 학습능력을 기르는 구체적 방법으로 독서와 토론, 체험이 중요하다. 특히 초등학생의 경우 이것들은 본격적인 학습을 위한 기초라고 할 수 있는 문제 파악능력과 논리적 사고력을 길러 주는 지름길이 된다.

(2) 독서교육의 장이다

빌 게이츠는 "오늘날 나를 있게 한 것은 우리 마을 도서관이었다."라고 하였다. 어릴 때부터 도서관을 이용하며 꿈을 끼웠고 독서를 통해서 얻은 아이디어로 세계적인 컴퓨터 프로그램 전문가가 된 것이다. 또한 미국의 토크쇼 진행자, 오프라 윈프리도 책을 읽었다. 그녀는 자신이 불우했던 어린 시절을 이겨 낼 수 있었던 것은 책이 없었다면 불가능했을 것이라고 말한다. 위인의 이야기가 담긴 책을 보면서 꿈과 희망을 키우며 흑인이라는 인종적 콤플렉스를 벗어날 수 있었다는 것이다. 북 클럽을 조직해 책 읽는 문화운동을 조성하고, 일주일에 두 번은 유명한 저자를, 자신의 쇼에 출연시키면서 많

---

10) http://211.184.91.66/top.html.

은 사람들에게 책 읽기의 중요성을 강조하고 있는 오프라 윈프리 그녀의 희망은, 미국을 다시 책 읽는 나라로 만드는 것이다.

　헐리우드의 경쟁력은 책에서 비롯되었다. 오늘의 헐리우드를 지탱하고 있는 유명 배우 및 감독들의 이야기이다. 다이하드와 클리프행어를 감독한 레니할린, 타이타닉과 터미네이터 3을 감독한 제임스 카메룬, 트루 라이즈와 블루 스틸 그리고 완다라는 이름의 물고기 등에 출연했던 지성파 여배우 제이미 리 커티스는 책 읽기의 중요성을 강조하였다. 헐리우드 영화배우의 대부격인 헐리우드 명예시장 자니 그랜트는 "하루 일과 중 30-40%의 시간을 책 읽기에 할애하지 않으면 이곳에서 버틸 수가 없다."고 하였다.

　한국의 대표적인 IT 기업인, 한국의 컴퓨터 바이러스 백신 전문가 안철수 박사도 역시 어렸을 때부터 독서광으로, 도서관에서 읽은 책을 통하여 꿈을 키웠다. 삼성그룹의 창업자인 고 이병철 회장은 해마다 정초에 일본에 가서 기업경영과 하이테크에 관한 책을 사서 읽고, 이른바 동경 구상을 하였다고 한다. 오늘날 삼성전자가 세계적인 반도체 기업이 된 것은 바로 고 이병철 회장의 독서에 기인한 것이라 생각한다.11)

　4월 23일 '세계 책의 날'을 앞두고 독서진흥운동이 다채롭게 펼쳐지고 있다. 책읽는 사회만들기국민운동은 지난 4월 1일 서울 중랑구 보건소에서 '북스타트 운동' 선포식을 가졌다. 북스타트는 1992년 영국에서 출범, 현재 미국 일본 캐나다 등지로 보급된 시민운동인데, 생후 1년 미만의 영아와 부모가 예방접종을 위해 보건소에 오면, 책 선물과 회원카드를 만들어 주어 '책 장난감'과 함께 자연스레 평생 독서 습관을 익히게 되는 운동이다. '세계 책의 날'은 UNESCO가 도서보급과 독서를 통한 세계인들의 이해·관용·대화 촉진을 기치로 1995년 제28차 총회에서 매년 4월 23일을 '세계 책과 저작권의 날'로 정하면서 시작되었다.12) 이와 같이 우리나라 초등학교도서관에서도 1학년 입학생들에게 책을 선물하고, 독서하는 방법이 들어 있는 가방을 선물하여 자연스럽게 책과 도서관과 친하게 지내고, 어릴 때부터 독서하는 습관을 길러 주면 어떨까? 생각해 본다.

---

11) 공사창립 특집 KBS 스페셜, TV책을 말하다, 1부 그들은 책을 읽었다. (2002. 3. 3. 방영) 중에서.
12) 문화일보, 2003년 4월 10일.

수학 영재도 책 읽는 습관을 통해 길러진다는 연구결과가 있다. 한국교육개발원 조석희 박사팀이 역대 국제수학올림피아드 참가자 27명(남 23명·여 4명)을 대상으로 조사한 결과를 보면, 83%의 학생들이 '어려서부터 혼자서 책 읽기를 좋아했다'고 응답했다. 집안에 평균 250권의 책을 갖고 있으며, 백과사전과 사전류를 갖추고 있었다. 박영훈 전 여의도 고등학교 수학교사는 "글을 많이 읽은 아이들은 대체로 독해능력이 뛰어나다"며 "수학도 결국 숫자 언어를 이해하고 이것으로 사고하는 능력이 본래의 실력"이라고 말하였다.13)

교육인적자원부 지정 도서실 운영 시범학교인 의정부 부용초등학교 전자도서관의 인터넷 도서실 토마토북 나라에는 "이곳은 우리 학교가 어린이와 가족을 위해 제공하는 인터넷 독서프로그램이다. 세계명작에서 과학, 동화까지 어린이를 위한 재미있는 멀티미디어 전자책과 고학년, 선생님 그리고 학부모님을 위한 다양하고 유익한 전자책을 제공하고 있다. 우리 어린이들이 풍부한 사고력과 아름다운 감성을 키우고 알찬 지식을 습득하는 데 독서보다 좋은 방법은 없다고 본다. 학교가 제공하는 인터넷 독서프로그램을 통해서 어린이들이 책을 좋아하고 즐겨 읽는 습관을 형성하는 데 작은 도움이 되었으면 한다. 우리 학교 인터넷 도서실은 꾸준히 좋은 책으로 업그레이드됩니다."14) 라고 기록되어 있다. 학교도서관은 종이 책뿐만 아니라 전자책(e-book)이나 멀티미디어 책을 통해서 독서하는 독서교육의 장이다. 책 읽는 사람이 세상을 바꿉니다. 읽으면 행복하다.

(3) 협력수업의 장이다

협력수업이란 협동교수15)라는 개념과 문헌정보학의 협동교수프로그램16)이란 개념을 우리 교육현장의 현실에 맞게 재구성한 용어이다.

도서관협력수업이란 '교과 담당교사와 사서교사가 도서관의 자료와 시설 등을 중심

---

13) 한겨레신문, 2001년 11월 4일.
14) http://210.179.244.147/sch/school/index.html.
15) 팀티칭(team-teaching).
16) 협동교수프로그램(co-operative program planning and teaching): 자료탐구학습을 학습 수단화하고 발전시키기 위한 전략으로서 켄 헤이콕(Ken Haycock)이 수년간의 연구와 사서교사로서의 전문적인 경험을 바탕으로 하여 1978년에 처음 사용한 용어이다.

으로 교수학습 과정에 서로 협력하는 것’을 말한다. 즉 일반 교과담당교사의 교과목에 대한 전문적인 주제 배경과 사서교사의 각종 학습자료 및 그 이용에 대한 지식을 결합시켜 학생들의 학습활동을 돕는 활동을 말하는 것이다.

학생들이 교과교사와 사서교사의 학교도서관 협력수업을 통하여 자연스럽게 도서관을 찾게 되고, 이를 통하여 많은 학생들이 책을 가까이하게 될 뿐만 아니라 자신들에게 부여된 자료 탐구과제를 도서관 안의 각종 자료를 통하여 해결하도록 유도하는 개념이다.

협동교수프로그램은 도서관의 자료를 바탕으로 한 탐구학습 활동의 개념에 사서교사의 보다 적극적인 태도와 교육활동에의 참여를 강조하는 학습활동의 전략적 개념으로서 사서교사가 일반교사들과 수업활동을 계획하는 과정에서 맡게 되는 핵심적인 역할에 그 이론적 근거를 둔 용어이다. 다시 말하면 자료탐구 학습을 교수활동에 포함시키고 발전시켜 나가는 과정에서 일반 교과목 담당교사의 교과목에 대한 지식 못지않게 사서교사의 자료전문가로서의 지식과 정보기술이 필요하고 중요하다는 뜻에서 쓰이고 있는 용어로서 일반 교과목 담당교사와 사서교사의 협력관계를 강조하는 것이다.

자료탐구학습은 다양한 형태의 많은 자료를 필요로 하기 때문에 사실 일반교사 혼자서 모든 자료를 찾고 준비하여 수업에 임하기는 어렵고, 또 그렇게 할 경우에 충분한 수업의 효과를 기대하기도 어렵다. 그러나 자료전문가인 사서교사가 자료를 찾고 준비해 준다면 상황은 달라질 수 있다. 즉 일반교사와 사서교사가 긴밀한 협력관계를 갖고 교수과정을 계획한다면 교육목적을 훨씬 효과적으로 달성할 수 있을 것이고, 이 과정에서의 사서교사의 역할은 과거처럼 교과목 담당교사가 요구하는 자료를 단순히 제공하여 주는 것에 그치지 않고 일반교사와 함께 교수과정을 처음부터 계획하는 동반자적인 위치가 된다는 것에 협동교수프로그램의 의미가 있다. 즉 독서담당교사로서 역할을 하는 전문가가 되는 것이다.

또한 협동교수프로그램을 통한 학습과정에서는 교사가 학습과정의 통제자라기보다는 조언자이며 촉진자로서의 역할을 하게 되므로 학생들은 학습과정의 융통성을 누릴 수 있게 되고, 자신의 학습에 책임 있게 임하는 보다 독립적인 학습자가 될 수 있고, 과제해결을 위한 정보탐색 및 이용기술을 훈련받을 수 있게 된다.

또 사서교사는 학교도서관이 교실에서 이루어지는 수업의 지원부서로 머물던 때와는 달리 일반교사들과 항상 접촉하면서 정보를 교환하도록 노력해야 하며, 교사들이 오기를 기다리기보다는 먼저 찾아가서 협동 교수 프로그램의 계획이 이루어질 수 있도록 동기부여를 해 주어야 한다.

　오늘날 지식기반사회는 획일적인 교육방식을 지양하고 개인의 다양성을 중시하는 교육방법의 전환을 요구하고 있다. 이를 위하여 학생 개개인의 자기주도적 학습능력 향상과 개별화 학습의 강화, 개인의 흥미와 적성을 고려한 교육이 필요하다. 다시 말하면 토론학습, 탐구학습, 창의적 문제해결 학습, 학습하는 방법의 학습이나 폭넓은 독서와 다양한 자료가 바탕이 되는 학습, 연구테마 해결학습 등은 모두 학교도서관의 자료가 바탕이 되지 않고는 이루어질 수 없는 교수 및 학습의 방식이다. 이와 같은 관점에서 본다면 다른 어느 때보다도 교육현장에서 학교도서관을 필요로 하는 시점에 와 있다고 할 수 있다. 그러므로 학교도서관은 협력수업의 장인 것이다.

(4) 평생학습의 장이다

　21세기는 평생학습사회이다. "부산광역시 해운대구는 지난해 10월 경기도 부천시, 제주도와 함께 교육인적자원부로부터 평생학습도시[17]로 선정돼 특별교부금 2억 원을 지원받았다. 교육부는 2001년부터 매년 3곳의 도시를 평생학습도시로 선정해 지원하고 있다.[18]"라는 기사가 있다. 새로운 기술과 정보가 빠른 속도로 유통 확산되는 지식기반사회의 속성으로 경제 및 사회 전반에 걸쳐 개인이 대응하기 힘들 만큼 급속한 변화가 현재 진행되고 있다. 이는 청소년기에 표준화된 학교교육을 받은 후, 평생 일자리를 유지하고 일상생활에 별 불편 없이 살아갈 수 있었던 산업사회와 달리 모든 사람이 '요람에서 무덤까지' 평생에 걸쳐 학습해야 살아갈 수 있는 평생학습시대가 도래했음을 의미한다. 오늘날은 평생교육, 평생학습사회이다.

　광주 화정초등학교의 학부모 독서 모임은 "책더미여사"이다. "책과 더불어 미래를 여는 사람들"이라는 말의 약자이다. 책더미여사는 학부모 독서모임으로 자녀독서지도를 돕고, 도서관 도우미 활동과 수준 높은 독서토론을 하고 있는 어머니 모임이다. 2001년에는 광주광역시 교육청은 특별시책으로 독서의 생활화 방안이 수립되어 추진되어 왔는데 동년 12월에는 학부모, 교사 800여 명이 참석하여 "책 읽는 엄마 곁에 책

---

17) 평생학습도시: 지역사회에서 산발적으로 추진 중인 문화·교육·스포츠·복지 교육을 하나의 네트워크로 연결해 총체적으로 관리한다. 남녀노소·세대 구분 없이 지역주민 누구나 시간·장소를 가리지 않고 원하는 것을 배울 수 있는 복지 시스템이다.
18) 중앙일보, 2003년 4월 7일.

읽는 아이"라는 주제로 "광주 책 읽는 어머니 모임" 출범식을 하기도 하였다.[19] 이 후 정기모임을 통해 학교 간의 상호 정보교환과 독서토론지원, 자녀독서지도, 좋은 책 선정으로 건전한 학부모 교육 참여를 유도하기도 하였다고 한다. 학교도서관이 지역주민 문화센터로 자리매김하면 평생교육 차원의 프로그램 개발과 전시 공간 및 모임장소 제공, 지적 호기심 충족과 학교행사 참여로 지역공동체의 정신적 지주 역할을 할 수 있으며, 주 5일 근무제에 맞춰 주말과 휴일에 개방할 수 있는 여건만 된다면 평생교육 차원에서 '가족 책 읽기 운동'을 전개할 수 있으리라 생각된다.

1.4 학교도서관 운영 활성화 논의

(1) 사람이 중요하다

교사의 질이 곧 교육의 질이다.

지식기반 사회에서 교육의 경쟁력은 인적자원이 좌우하며, 교사 개개인의 직무수행 핵심역량이 바로 교육의 질이다.

학교도서관의 운영에 있어서 교장선생님의 역할이 중요합니다. 사서교사의 열의가 중요합니다. 이용자의 자세가 중요하다.

학교도서관이 충실히 운영되기 위해서는 교장선생님의 이해와 열의가 대단히 중요하다. 학교도서관의 필요성과 중요성을 알아야 한다. 학교도서관의 목적과 기능을 알아야 한다. 학교도서관의 비품, 시설 등을 알아야 한다. 특히 학교도서관의 자료선택과 구성 등 학습자료에 대하여 알아야 한다.

특별히 강조하는 것은 교장 선생님 자신이 도서관을 사랑해야 한다. 또한 교장선생님 자신이 책을 사랑하고, 책을 읽는 독서인이어야 하며, 교장 선생님 자신이 학교도서관을 이용하는 이용자가 되어야 한다.

사서교사가 중요하다. 사서교사는 사서이자 교사이다. 학교도서관 운영 전문가이자

---

19) 전삼순, "희망을 심는 학교도서관", 『학교도서관 활성화 종합대책 수립을 위한 공청회』 p.129, 연구자료 RM 2002－15, pp.127－128.

정보 활용교육 담당자, 독서교육 전문가이다. 그리고 다양한 매체를 운용하는 미디어전문가이다. 사서교사가 열성을 가지고 학교도서관을 운영하고, 도서관교육을 하며 교과교사와 같이 협력수업을 진행해야 한다. 독서교육도 계획적으로 해야 한다.

이용자가 중요하다. 도서관교육을 통하여 이용자가 학교도서관을 효과적으로 이용하여 자기주도적 학습을 할 수 있도록 지도해야 한다.

또한 학교도서관의 효율적 운영을 위하여 교사와 학부모가 함께 참여하는 도서관운영위원회를 구성하면 더욱 좋을 것이다.

(2) 자료가 중요하다

학교도서관 자료를 교육자료라고 하다. 교육자료에는 도서자료와 비도서자료가 있다. 도서자료라 함은 종이에 인쇄된 책을 말한다. 비도서자료는 책이 아닌 자료, 즉 괘도, 지도나 비디오테이프, 녹음테이프, 슬라이드, 필름, CD, CD-ROM, e-book 등 시청각자료를 말한다. 학교도서관 자료는 교원과 학생의 교수-학습활동에 필요한 자료이다. 교과서의 내용을 보충해 줄 수 있는 교과학습 자료 그리고 교양학습 자료, 참고도서, 정기간행물, 독서 권장 도서 등을 골고루 갖추고, 교사들을 위한 교사용 참고자료를 구비해야 한다.

도서관자료는 내용적인 면도 중요하고, 표현적인 면, 구성적인 면, 형태적인 면, 서지적인 면도 중요하다. 특히 내용적으로 건전성도 중요하지만 장정, 제본, 활자와 인쇄, 용지 등 형태적인 면도 매우 중요하다.

교육과학기술부는 전국 1,259개 초·중·고 학교도서관의 내부시설 리모델링과 도서 확충을 위해 모두 6백억 원을 지원할 계획이라고 밝혔다.

올해 도서관 개선사업의 지원을 받는 학교들은 지난 2월부터 전국 16개 시·도 교육청별로 진행된 공모에 신청한 2,645개 학교 가운데 심사를 거쳐 선정됐으며 학교당 평균 5천만 원 정도가 지원된다.

지원대상 학교는 경기가 223개교로 가장 많고 서울 139개교, 경북 131개교, 경남 102개교, 전남 100개교, 전북 96개교, 충남 85개교 순이며 학교급 별로는 초등학교 633개, 중학교 339개, 고교 286개, 특수학교 1개 등이다.

교육과학기술부는 2007년까지 3천억 원을 투입, 전국 초·중·고 학교도서관 6,000
개를 현대화해 학습의 중추적 역할을 하는 핵심 학교시설로 바꿔나갈 계획이다.[20]

장서는 새로운 교육과정에 맞게 하고 교육인적자원부 계획대로 적어도 학생 1인당
10권이 되게 하여야 한다.[21] 또한 매년 학교의 운영비 3% 이상을 도서 등 자료구입비로
사용하도록 예산을 편성해야 한다.[22] 그리고 다시 강조하여 말씀드리지만, 학교도서관에
서는 교원과 학생의 교수-학습활동 지원을 위한 학습자료를 충분히 갖추어야 한다.

(3) 시설이 중요하다

학교도서관은 학교 건물의 중심부에 설치해야 좋으며, 통풍과 채광이 잘 되는 남향을
택하여 자연 채광을 충분히 받고, 난방 효과를 거둘 수 있는 곳에 설치하는 것이 좋다.

학교도서관 공간은 학교규모에 탄력적으로 운용하되 대개 교실 2-4칸(268㎡) 기준
으로 확보하면 좋겠다. 관리 면이나 협소한 공간을 참작하여 권장할 만한 공간은 교실
2칸 정도이다. 이미 존재하는 학교의 다양한 학교 시설, 즉 시청각실, 컴퓨터실, 자료
실 등을 통폐합하여 다기능 복합시설인 학교도서관, 즉 교수-학습정보센터, 교수-학
습지원 센터를 만들면 더욱 좋다. 내부 공간 구성은 개가식, 개방형으로 하고, 학생들이
이동하는 동선을 고려하여 on-off line 시설의 균형을 유지할 수 있도록 해야 한다.

학교도서관에는 도서관용 탁자와 의자, 서가, 신문가, 잡지가, PC, PC용 탁자, 슬라
이드 프로젝트, OHP 등 시청각 기자재가 있어야 한다.

학교도서관 시설은 이용자 중심으로, 이용자가 이용하기에 편리하도록 설치되어야 한다.

1.5 결론: 학교도서관은 교수-학습자료 센터이다

학교도서관은 초·중·고등학교에서 교원과 학생의 교수-학습활동을 지원함을 주
된 목적으로 하는 도서관 또는 도서실을 말한다.

---

20) 경향신문, 2003년 4월 8일.
21) 오승현, 『학교도서관 활성화 종합대책 수립을 위한 공청회(연구자료 RM 2002-15)』, "학
　　교도서관 활성화 종합 방안(안)", p.69.
22) 오승현, 상게서, p.76.

학교도서관의 3요소는 자료, 사서교사, 시설입니다. 3요소는 모두 중요하다. 그러나 콘텐츠, 즉 교수-학습자료가 중요하다. 시설을 새롭게 설치하고, 훌륭한 사서교사가 있어도 도서관에 소장된 자료가 가치가 없거나 교수-학습에 활용될 수 없으면 아무 소용이 없다. 현행 교육과정에 적용되고, 수업에 활용될 수 있는 최신의 학습자료를 충분히 구비하는 학교도서관이라야 한다.

학교도서관은 공급자 중심의 단순 정보제공에서, 이용자 중심으로 다양한 자료를 구비하고, 인쇄매체 중심에서 디지털자료를 공유할 수 있는 시스템으로, 네트워크화하여 교수-학습 핵심공간으로 지식/정보를 서비스하는, 명실 공히 교수-학습 자료 센터로서의 역할을 해야 한다. 학교도서관은 교수자료 활용의 지원이나 사용법이나 매체제작을 지도하는 역할도 해야 한다. 그리고 학교도서관에서는 교수-학습에 필요한 자료를 구입하고 정리하여, 교사와 학생들이 원활하게 사용할 수 있도록 최대한의 서비스를 해야 한다.

학교도서관이 교수-학습 자료 센터로서의 훌륭한 기능을 하고 있는 학교가 많지만 우수하다고 판단되는 몇 학교의 도서관을 소개하면 다음과 같다.

송곡여자고등학교 열린도서관, 경신고등학교 교육정보도서관, 청주 신흥고등학교 도서관, 의정부 발곡중학교 도서실, 의정부 부용초등학교 도서실, 포천 유암초등학교 도서실, 파주 지산초등학교 도서실, 광주 화정초등학교 도서관이며, 공공도서관으로 대전 한밭도서관의 아동실은 초등학교 학교도서관의 한 모델이라 할 수 있다.

학교도서관의 권장 모델(안)을 참고하여 만든 영주남부초등학교의 평면도를 소개하면 <그림 1>과 같다.

<그림 1> 학교도서관 평면도(영주남부초등학교)[23]

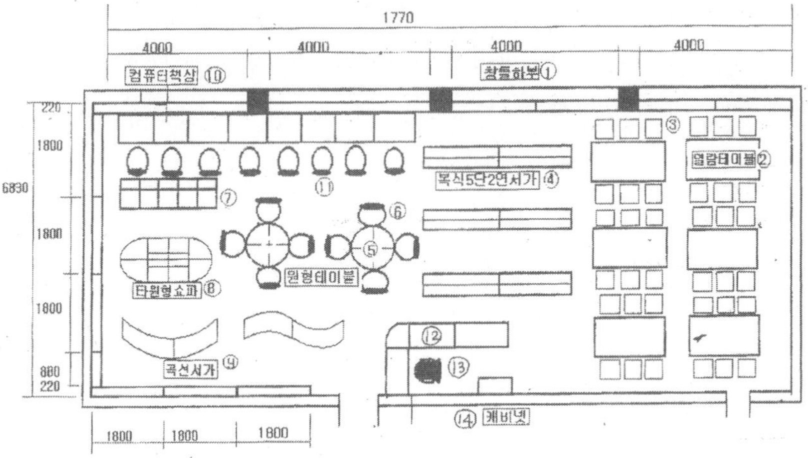

학교도서관은 자기주도적 학습의 장이다. 학교도서관은 교수－학습자료 센터이다.

참고문헌

(1) 경향신문, 2003년 4월 8일.

(2) 공사창립 특집 KBS 스페셜, TV책을 말하다, 1부 그들은 책을 읽었다. (2002. 3. 3. 방영) 중에서.

(3) 도서관 및 독서진흥법.

(4) 문화일보, 2003년 4월 10일.

(5) 소년 한국일보, 2000년 9월 29일.

(6) 오승현, "학교도서관 활성화 종합 방안(안)", 『학교도서관 활성화 종합대책 수립을 위한 공청회(연구자료 RM 2002－15)』.

(7) 이만수, 『학교도서관경영론』, 서울: 교학연구사, 1998.

(8) 이만수, 『도서관교육론』, 서울: 구미무역, 1997.

(9) 전삼순, "희망을 심는 학교도서관", 『학교도서관 활성화 종합대책 수립을 위한 공청회

---

23) http://edu.yeongju－ed.go.kr/NewBoard2/BView.asp?TId=tsub5_s2_1&Page=2&BNo=11&sWord=&ss=0&sc=0&sn=0&BRef=11
(영주남부초등학교 학교도서관 평면도)

(연구자료 RM 2002-15)』.

(10) 중앙일보, 2003년 4월 7일.

(11) 학교도서관살리기국민연대, 학교도서관을 살립시다! 리프렛.

(12) 한겨레신문, 2001년 11월 4일.

(13) 한국교육개발원,『학교도서관 활성화 대책 수립 계획 연구(수탁연구CR 2002-28)』.

(14) Delors, Jacqes, et. al. Learning: The Treasure Within(Paris: UNESCO, 1996).

(15) http://tinpan.fortunecity.com/fascination/417/.

(16) http://210.179.244.147/sch/school/index.html.

(17) http://211.184.91.66/top.html.

(18) http://edu.yeongju-ed.go.kr/NewBoard2/BView.asp?TId=tsub5_s2_1&Page=2&BNo=
11&sWord=&ss=0&sc=0&sn=0&BRef=11.

❷ 문헌정보학 교육과 교수미디어 센터

2.1 서 론

현대 정보사회의 도래와 대학교육 인구의 증가와 함께 습득해야 할 지식의 양과 증가하고 질이 다양해져 대학 교육의 질적 향상과 효율화를 도모할 수 있는 교수방법의 문제가 제기되어 왔다. 주로 강의에 의존하고 있는 교수·학습 체제는 다양한 교수미디어를 활용하는 교수체제로 변화되어야 한다. 이러한 체제로 전환하기 위해서는 다양한 교수미디어를 한곳에 모아 두고 관리하면서 교수와 학생에게 필요한 교수미디어를 제공할 수 있는 교수미디어 센터의 설치와 함께 효율적인 운영이 필요하다. 문헌정보학은 학문의 성격상 이론을 도서관·정보센터의 실무에 적용하여 전문적 업무와 봉사를 할 수 있는 정보 전문가로서의 사서를 양성해야 하기 때문에 실습실에서 이루어지는 실습교육이 중요하다. 내일의 도서관·정보센터를 이끌어 갈 사서 양성을 담당하는 문헌정보학과의 기본 시설인 실습실이 없거나 있다 하더라도, 그 기능이 효과적으로 발휘되지 못하고 있다면 한국의 문헌정보학교육에 있어 심각한 문제가 아닐 수 없다.

오늘날에는 과학이 고도로 발달하여 문자와 영상을 동시에 기록하는 첨단의 전자미디어를 전통적인 인쇄미디어들과 함께 도서관에 소장해야 한다. 또한 그 첨단미디어를 활용하여 이용자에게 봉사할 수 있도록 실습교육을 해야 하기 때문에, 다양한 미디어의 관리를 위한 제도적 장치인 교수미디어 센터가 필요한 것이다.

본 단원에서는 이러한 필요에 따라 정보사회에 부응할 수 있는 사서, 즉 정보전문가 양성을 위하여 실습실의 발전된 모습으로서 교수미디어 센터 안을 제시하였다.

문헌을 통해 문헌정보학과 실습실교육, 문헌정보학 교육을 위한 교수미디어 센터에 관련된 이론을 고찰하고, 정보전문가 양성을 위하여 실습실의 발전된 모습으로서 교수미디어 센터의 안을 제시하였다.

2.2 문헌정보학 교육과 교수미디어 센터

2.2.1 문헌정보학과 실습교육

　문헌정보학은 종래의 도서관학에 정보학적인 이론과 방법을 도입하여 새로운 체계로 전개되는 학문의 명칭[1]으로 도서관에서의 실무 활동에 필요한 전문적인 지식과 기술을 체계적으로 연구하는 학문이다. 도서관에 대한 지식과 기술에 대한 연구를 학문으로 성립시킨 연대는 학자에 따라 다르나 독일의 괴팅겐 대학의 도서관학 강좌 개설과 미국의 콜롬비아 대학의 도서관학교가 창설된 1887년을 도서관학이 성립된 연대로 보는 것이 일반적인 견해이다. 종래의 도서관학은 시설이나 건물로서의 '도서관'을 연구대상으로 하는 학문이 아니라 문헌의 인식, 수집, 정리, 운용에 관한 문제를 연구대상으로 하는 학문이다.[2]

　세라(J. H Shera)[3]는 1950년대와 1960년대 초기에 정보검색 시스템의 설계에 대한 방법을 탐색하는데 과학문헌처리 전문가와 도서관 전문가가 공동으로 참여하여 이를 달성했다고 하였으며, 이것이 정보학이라고 하는 개념을 도출하게 된 것이라고 보았고, 또 그는 정보학을 "커뮤니케이션 현상과 커뮤니케이션의 본질에 관한 연구"라고 하였다.

　테일러(R. S. Taylor)[4]는 정보학을 "정보의 본질과 행태, 정보의 유통을 제어하는 요인 및 최적의 접근성과 유용성을 가지도록 정보를 가공 처리하는 수단을 연구하는 학문이며, 정보의 발생, 수집, 축적, 검색, 해석, 전달, 변환 및 이용에 관련된 지식의 총체를 다룬다."고 하였다. 따라서 정보학은 정보의 능률적인 생산과 전달 및 그 효과적인 이용을 위한 과학적 제어 수단을 연구하는 학문[5]이라 할 수 있다.

　문헌정보학은 전술한 바와 같이 종래의 도서관학과 현대의 정보학이 접목된 형태의 학문으로 시대적 요청에 의하여 새로운 학문으로 태어났다. 문헌정보학은 문헌과 정보

---

1) 정필모.『문헌정보학 원론』, 서울: 구미무역출판부, 1996. p.102.
2) 정필모. 상게서, p.105.
3) Jesse H. Shera.『Introduction to Library Science』, Littleton, Libraries Unlimited, 1976, p.110.
4) R. S. Taylor. "Professional Aspects of Information Science and Technology",『Annual Review of Information Science and Technology』, vol.1, New York, John Wiley & Sons, 1966.
5) 정필모. 전게서, p.117.

의 병립적인 합성어가 아니라, 문헌정보학이라는 새로운 학문 분야로 그 뜻을 이재철[6]은 그의 논문에서 '문헌정보'를 '문헌에 담긴 정보', 즉 '정보를 담은 문헌' 또는 '문헌'이란 말과 '정보'란 말이 합성해서 제3의 새로운 개념을 지닌 용어로 보고 그 개념을 종래 문헌이 지녀 왔던 것보다 외연을 좀 더 넓혀 도서와 비도서에 수록된 정보는 물론 컴퓨터에 기록된 정보까지도 포함하는 해석으로 문헌정보학을 종전의 도서관학보다 훨씬 연구 대상의 범위가 넓은 학문으로 보았다.

문헌정보학은 정보 이용자로 하여금 적절한 정보를 필요한 때에 효과적으로 검색하여 이용할 수 있도록 가장 과학적이고 경제적인 통합 수단과 방법을 연구하는 학문이요, 기록정보의 경제적인 수집, 축적, 검색, 전달, 이용을 위해서 경제적이고 과학적으로 통합하는 학문이라고 할 수 있다. 문헌정보학은 "정보자료의 효과적인 이용을 위한 최선의 조건 조성의 원리 및 그 체계와 과학적 방법을 연구하는 학문"[7]이다. 문헌정보학 교육의 목표가 궁극적으로 정보 이용자의 요구에 만족할 만한 서비스를 제공할 수 있는 자질을 갖춘 사서 또는 정보전문가를 양성하는 것이라고 한다면, 학문적으로 이론적인 측면은 말할 것도 없고 현장 업무에 적응할 수 있도록 해야 한다는 점에서 실습교육의 중요성이 대두된다.

코탐(Keith M. Cottam)[8]은 실습을 통하여 지식을 활용하는 능력을 개발하고 이론과 원리에 대한 이해를 높일 수 있으며, 자기 자신의 전문적인 발전과 토대를 확립하기 위한 전문적인 가치를 이해하고, 그의 지식에 따른 자신의 전문직에 대한 성취도를 평가하고 분석하며 연구할 수 있다고 보았으며, 필요한 원리를 스스로 터득하고 탐지하는 방법을 습득하고 경험할 수 있다고 하였다. 그리고 실무 경험을 쌓음으로써 전문적인 가치를 종합하고 이해하며 그 결과로써 전문인으로서의 긍지를 얻게 되고 호기심, 이론과 실무에 대한 비평적인 접근, 새로운 사상에 대한 수용력과 이들을 시험할 필요성, 새로운 지식이 습득되는 방법론에 대한 관심 및 부단한 연구에 대한 책임 등을 발전시킬 수 있다고 밝혔다. 또한 구본영[9]도 전문직 교육은 이론적인 기반 위에 실습을 적절히 혼합시켜야 하기 때문에 문제가 되고 있으며 전문직 교육은 이론과 실습이라는 이중 성격 때문에 교과과정을 준비하는 데 어려움과 복잡성이 있다고 하였다. 그리고

---

6) 이재철. "문헌정보학 학명에 관한 고찰",『정보관리학회지』, 8. 2, 1990. 12, pp.3－33.
7) 정필모. 전게서, p.124.
8) Keith M. Cottam. "Cooperative Education for Librarianship, Theory into Practice",『Journal of Education for Librarianship』10, fall 1969, pp.97－102.
9) 구본영. "한국에 있어서 사서 실습교육의 실태 조사 연구",『도서관학』10, 1983, pp.3－38.

샌더즈(W. L. Sanders)[10]는 학생들이 현대적인 정보기술에 익숙하도록 하기 위해서는 해당 장비를 활용할 수 있게 하는 것이 필수적이라는 점을 강조하고 있다. 정보사회에서 많은 정보를 신속하고 정확하게 이용할 수 있도록 컴퓨터를 비롯한 정보처리 기기와 시청각 기자재 및 각종의 실습 자료로 구성되는 실습 환경의 확보, 계속적인 지원, 이론과 실습의 균형 잡힌 교육이 필요한 것이다.

문헌정보학이 직업교육에서 비롯하여 발전하였고, 정보와 자료를 통해 이용자에게 봉사를 수행할 전문사서의 배출을 목적으로 하기 때문에 이론과 더불어 실습이 중요한 비중을 차지하여야 하며, 졸업 후 도서관 및 정보관리 현장 업무에 적응하기 위하여서도 실습교육은 중요한 것이다. 그러므로 실습 기자재의 구비는 문헌정보학 교육에 필수적이며 이론과 실습의 균형 잡힌 교육을 위하여 실습실과 컴퓨터를 비롯한 각종 시청각 기자재 등 교수·학습자료가 필요한 것이다.

2.2.2 문헌정보학 교육을 위한 교수미디어 센터

1) 교수미디어 센터의 필요성

오늘날에는 과학 문명의 발달로 문자와 음성·동영상까지 종합적으로 기록할 수 있는 미디어인 CD-ROM의 개발 등 기록미디어가 다양화되었고, 이에 따라 첨단의 기록미디어를 전통적인 인쇄미디어들과 함께 도서관에 소장하여 제공하고, 그 첨단 미디어를 활용하여 이용자에게 봉사할 수 있는 방법을 알아야 한다. 또한 컴퓨터 관련 정보학 과목의 비중이 매우 높아지는 교과과정의 변화로 인하여 다양한 교수미디어를 비치·관리하여, 교수·학습에 효율적으로 활용할 수 있도록 실습실의 교수미디어 센터화에 대한 논의가 활발해지고 있는데, 그 필요성을 정리하면 다음과 같다.

---

10) W. L. Sanders. "The Environment of Library Education", 『In Education Programs in Developing Countries with Special Reference to Reference to Asia(IFLA Publications 20)』, London: L. A., 1982, pp.11-21.

(1) 기록미디어의 다양화

인간의 사상이나 지식, 정보 등은 언어나 문자와 같은 미디어를 통해서 전달되고, 기록미디어에 의해서 전승되어 왔다. 기록미디어를 종류와 형태는 인류의 문화 발전과 더불어 발달되어 왔다. 기록미디어의 발달 과정을 역사적으로 고찰해 보면 서양의 대표적인 형태인 메소포타미아 문화권의 점토판(clay tablet)을 비롯하여 이집트의 파피루스(Papyrus), 퍼가몬(Pergamon)에서 개발된 양피지(Parchment)와 독피지(犢皮紙, Vellum), 동양의 죽간(竹簡), 목독(木牘), 견백(絹帛)과 그 외 수피(樹皮), 귀갑(龜甲), 동물의 뼈 등을 거쳐 AD 105년경에 채륜에 의해 편리하게 사용할 수 있는 종이가 발명되어 20세기 초기까지는 종이를 사용한 도서 형태의 기록미디어가 유일한 전승 미디어로 사용되어 왔다.

인류의 문화와 역사는 종이 위에 기록된 인쇄미디어(printed media)에 의해서 전승되어 오늘에 이르게 되었다. 그러나 20세기 후반에 들어와서 고도의 과학 문명 발달로 첨단 기술이 개발됨에 따라 마이크로필름(Microfilm), 마이크로피쉬(microfiche), 녹음 테이프, 비디오테이프, 광 디스크(CD-ROM)와 같은 경이적인 첨단의 기록미디어가 개발되어 유용하게 사용하고 있는 것이다. 문자와 영상을 동시에 기록하는 비디오테이프가 개발되면서부터 방송 문화의 획기적인 변화와 교육 발전에도 크게 기여하게 되었다. 비디오테이프는 문자와 영상을 동시에 기록하여 제시함으로써 외국어 교육이나 직접 관찰하기 어려운 특수한 장면을 촬영하여 교육을 하는 데 매우 유용하게 활용되고 있다. 특히 CD-ROM은 문자뿐만 아니라 음성, 영상, 애니메이션(Animation)까지도 종합적으로 기록할 수 있고, 수십 권의 백과사전을 1장에 기록할 수 있는 고밀도, 대용량의 획기적인 다중미디어(multimedia)로서 필요한 정보나 지식을 신속하게 검색할 수 있기 때문에 교육 분야는 물론이거니와 다른 분야에서도 유용하게 활용하고 있다. 지금까지 백과사전은 종이 위에 기록하는 인쇄물자료밖에 없었지만 오늘날에는 전자백과사전을 제작하여 일반 도서 형태의 백과사전보다 더욱 신속하고 정확하게 자료를 검색할 수 있게 되었다. 사전뿐만 아니라 조선왕조실록과 같은 방대한 양의 고전도 전자책으로 제작되어 인쇄물 형태의 실록보다 편리하고 유용하게 사용할 수 있게 되었다. 실제로 전자백과사전을 통해서 특정 인물을 검색하여 보면 문자를 통해서 그 인물의 생애와 업적에 대한 기록을 알 수 있고, 그가 생시에 활동했던 당시의 상황을 동영상을 통해서 생생하게 볼 수도 있으며, 그의 음성을 직접 들을 수도 있어 가히 환상적인 미

디어라 할 수 있다. 전자도서는 종이만을 사용하던 출판문화에 획기적인 변혁을 가져
왔다.

전자도서의 형태는 일반 도서 형태의 기록미디어에 비해서 수십 권에 달하는 방대한
양의 정보를 저장할 수 있고, 순식간에 필요한 정보를 불러낼 수 있고, 수천 리 밖의
외국에 있는 자료를 즉시 검색할 수 있는 점 등을 감안해 볼 때 경이적인 기록미디어
임에 틀림없다. 이와 같이 끊임없이 개발되는 첨단의 기록미디어를 전통적인 인쇄미디
어들과 함께 도서관에 소장해야 하고, 그 미디어를 활용할 수 있도록 문헌정보학 교육
을 해야 하며 아울러 그 미디어를 다룰 수 있는 교육을 위한 제도적 장치인 교수미디
어 센터가 필요한 것이다.

(2) 도서관·정보센터 봉사의 변화

인류가 문화를 창조하기 시작한 이래 그들이 이룩한 문화적 기록을 수집하고 축적하
는 작업을 계속해 왔으며, 축적된 정보들은 도서관에 의하여 후세에 계승되어 문화의
지속성과 창조성을 유지·발전시켜 왔다. 오늘날은 정보의 기록이 도서 형태에 그치지
않고 각종 복합미디어에도 기록되어 전달되는 정보사회이다. 정보사회는 정보가 중요
한 경제적 자원으로 인식되어, 고도로 발달된 정보기술을 이용하여 정보를 수집, 처리,
전달하는 행위가 경제적 활동의 중심이 되고, 사회구성원 개개인의 욕구를 충족시키는
데 정보가 핵심적 역할을 하는 사회를 의미한다.[11]

지식·정보 산업의 발전이 국가 발전에 직결되고 지식 산업의 발전이 정보센터의 기
능 활성화에 있다고 볼 때, 정보센터로서의 도서관은 더욱 그 기능과 역할이 중요시되
어야 한다. 오늘날은 출판 미디어로서의 종이가 서서히 전자출판물에 의해 보완되고
있으며, 몇몇 분야는 대체되고 있는데 정보 환경의 변화에 따라 정보사회의 주역으로
도서관의 역할을 다하기 위하여 컴퓨터를 이용하는 정보 기술을 활용하고 있다. 도서
관은 정보시대의 정보 환경을 정확히 파악하여 도전을 수용하고 역동적으로 대처하여
야만 국가 경쟁력 강화의 토대가 되는 정보센터로서의 핵심적인 역할을 수행할 수 있
다. 인간의 정보 전달 수단인 문자와 소리 및 그림이 디지털화되어 정보의 신속한 전
달과 이용이 가능해졌다. 이러한 추세는 전 세계적으로 일어나고 있으며 인간 생활의
모든 면에 영향을 미치고 있는 것이다. 정보환경 중에서도 특히 중요한 특징으로서 정

---

11) 김지화. "정보사회의 특징과 그 문제", 『창원대학교 논문집』 제16권, 1994, p.131.

보기술을 들 수 있다. 도서관에서는 컴퓨터 단말기와 첨단 장비를 사용하여 지역, 국가, 국제 정보센터에 저장된 정보에 접근할 수 있게 되었다. 정보사회가 진전되면 각종 정보가 이용자의 집과 직장에 직접 전달될 수 있고 검색될 수 있도록 도서관이 그 게이트웨이(gateway) 역할을 할 수 있는 것이다. 현대는 전자 커뮤니케이션의 시대이다. 또한 전자기술이 도서관에 도입되어 자료의 소장으로부터 접근과 이용의 개념으로 바뀌고 있고, 그 역할 증대를 요구하고 있다.

정보사회의 전개는 컴퓨터와 뉴미디어 및 통신기술 등을 포함하는 정보기술의 혁명적인 발달에 의해 촉진된 것이다.[12] 특히 광 기록 기술의 급속한 발전은 음성, 문자, 동화상을 포함하는 여러 가지 형태의 멀티미디어, CD-ROM 제품들이 개발되고 보급되어 도서관에서 핵심 소프트웨어로 자리잡고 있다. 또한 PC에 의한 도서관의 환경변화를 지적할 수 있다. PC는 도서관 자동화에서 독립형(stand alone)뿐만 아니라 대형 시스템과 네트워크(network)에서 주요 역할을 계속해서 수행했다. 어떤 도서관 시스템에서는 20%가 터미널로서, 다양한 데이터베이스(DB)에 접근 도구로서 사용할 정도로[13] 워크스테이션(work station)으로서 PC의 개념은 더 확고하게 자리잡고 있다. 버클란드(Michael Buckland)[14]가 지적한 정보기술은 목표가 아니라 수단에 불과하지만 가볍게 여길 수는 없는 문제라는 말과 같이 정보 환경을 무시하고는 도서관이 지닌 본래의 임무와 역할을 원활하게 수행하지 못하는 것이다.

오늘날의 도서관은 정보사회의 도래와 함께 자료관리 기술을 개선시켜 오던 중, 새로운 미디어와 테크놀로지시대로 접어드는 과정에 있다.[15] 정보기술의 발달은 다양한 형태의 지식 집적 형태와 전달 형태를 도서관에서 활용하게 되어 새로운 형태의 정보 봉사를 요구하게 되었다. 이에 따라 도서관은 다양한 미디어 형태로 이용자에게 정보 서비스를 한다. 도서관에 의해 제공되는 서비스는 독서 토론과 저자와의 면담도 있지만, 일반적인 관심사를 알리는 게시판, 정보의 배포를 돕는 참고봉사, 전자 데이터베이스에의 접근, 정보를 광고하기 위한 서비스 디스플레이(service display), 영화 감상을 촉진시키는 영화 축제, 문화성장을 육성하는 예술 쇼(Art Show) 등도 도서관 서비스의

---

12) 한상완. 『정보사회의 전개와 정보이용』, 서울: 구미무역(주)출판부. 1997, p.40.

13) Richard W. Boss. "Information Technology", 『Libraries and Information Services Today』, 1991. p.137.

14) Michael Buckland. 『Redesigning Library Services: a Manifesto』, Chicago,: American Library Association, 1992.

15) 이용남. "우리 도서관 문화의 현주소", 『도서관문화』, 37권 6호, 1996, p.8.

한 형태이다.

오늘날 정보 봉사의 추세는 도서 형태만으로 한정되지는 않다. 전자출판이 일반화됨에 따라 데이터베이스의 구축이 매우 쉬워져 이미 상당수의 서지, 목록, 색인, 초록, 백과사전, 사전, 인명정보원, 통계정보원, 디렉토리 등 대다수의 자료들이 데이터베이스화되어 있다. 현재의 추세대로라면 가까운 시일 내에 상당수의 참고 도서들이 데이터베이스화된 자료로 서비스될 것이며, 도서관은 과거와 같이 정보원이 되는 것이 아니라 정보원과 이용자를 연결시키는 정보중개자(Information broker)의 역할을 수행하게 될 것이다. 기존 자료의 데이터베이스화는 참고도서나 잡지, 신문에 그치지 않고 소설과 같은 문학 작품에도 광범위하게 응용될 가능성이 높다. 레이저 빔, 고품위 텔레비전(HDTV), 레이저 사진술 같은 장치의 사용과 더불어 끊임없이 증가하는 TV의 전자적인 세련미는 여전히 도서관 봉사의 폭넓은 확산을 가져올 것이다. 결국 도서관은 TV와 광섬유를 통해 데이터베이스화된 정보를 전달할 수 있을 것이고, 그런 서비스는 완전한 정보 통신망 구축과 동시에 일반화될 것이다. 도서관은 정보사회가 되면서 폭발적인 정보의 생산, 다양한 이용자의 정보요구에 부응하는 역할을 해야 한다. 이와 같이 정보사회의 도서관에서 봉사할 사서 교육을 위하여 교수미디어 센터는 필요한 것이다.

(3) 교과과정의 변화

우리나라 최초의 도서관학 교육기관인 국립조선도서관학교의 교과과정을 보면 도서관 관리법(2시간), 도서관사(1시간), 도서분류법(2시간), 동서편목법(3시간), 동서편목실습(2시간), 서서편목법(1시간), 서서편목실습(2시간), 서지학(2시간), 인쇄 및 제본법(2시간), 사회교육개론(2시간), 국사(2), 외국사(1), 국어 및 국어사(2시간), 국문 및 국문사(2시간), 한문학(2시간), 문학개론(2시간), 외국어(영·독·불)(4시간)로 모두 17과목(34시간)이다. 실습실에서의 실습이 필요한 과목은 도서분류법, 동서편목법, 동서편목실습, 서서편목법, 서서편목실습의 5개 과목(29.4%), 10시간(29.4%)이다.

미국 '피바디 사범대학 교육사절단'의 권고와 지원으로 1957년 연세대학교에 도서관학 학사 및 석사과정이 설치되고 대학부설기관으로 '한국도서관학당'이 설립되었다. 연세대학교 부설 한국도서관학당 고급사서과정의 교과과정을 보면 분류와 목록법 1(4시간), 참고봉사(3시간), 도서 및 인쇄사(1시간), 도서관사(1), 한국전적 해제(2), 도서관학원론(2시간), 도서관봉사의 조직과 관리(2시간), 분류와 목록법 2(4시간), 주제별 서지(3

시간), 비책자 자료(2시간), 시청각 자료(2시간), 동양전적 해제(2시간), 도서선택(2시간), 도서관 봉사 특강(2시간)으로 모두 14과목 34시간이다. 실습실에서의 실습이 필요한 과목은 분류와 목록법 1(4시간), 분류와 목록법 2(4시간), 비책자 자료(2시간), 시청각 자료(2시간)의 4개 과목(28.6%) 12시간(35.3%)이다. 1960년대에 설립된 중앙대학교의 도서관학과의 교과과정16) 중에서 실습실에서의 실습이 필요한 과목은 분류와 편목(6학점), 특수자료의 조직(2학점), 시청각 자료(2학점), 타자(선택 2학점)로 29개 과목, 92학점 중에서 4개 과목(13.8%), 12학점(13.0%)이다. 그 후 정보사회의 도래와 학과명의 변경으로 개정된 1990년대 중앙대학교 문헌정보학과의 교과과정17)을 보면 현 실습실의 실습보다는 새로운 실습실 개념인 교수미디어 센터에서 실습수업을 해야 하는데, 그 과목으로는 자료조직 연습 Ⅰ·Ⅱ(4학점), 정보처리 연습(2학점), 정보검색론(3학점), 고서정리법(3학점), 과학기술문헌론(3학점), 도서관자동화(3학점), 비도서자료운영론(3학점)으로 32개 과목 98학점 중에서 8개 과목(25%) 21학점(21.4%)이다. 최근의 연세대학교의 교과과정18) 중에서 교수미디어 센터에서 실습수업을 해야 하는 과목을 보면 정보조직론: 분류, 정보조직론: 목록, 정보처리연습, 학술정보네트워크기초, 정보기술론, 서지데이터베이스론, 색인 및 시소러스, 사회과학정보, 텍스트처리론, 데이터베이스시스템, 과학기술정보, 정보조직연습, 정보시스템 구축론, 정보표준화론, 특수자료조직론, 정보검색론, 정보시스템분석, 정보검색 기법론, 지식 구조론으로 37개 과목 중에서 19개 과목(51.4%)이다.

한국대학교육협의회19)의 연구보고 제89-16-71호의 교과과정 모형 편제를 보면 자료조직론, 고서정리법, 색인초록법, 비도서자료, 컴퓨터정보처리법, 정보검색론, 문서관리, 특수매체론, 온라인탐색, 도서관자동화, 시스템분석, 사무자동화, 컴퓨터 프로그래밍, DB관리론, 인공지능, 전산이론, 정보기술 등으로 역시 교수미디어 센터에서 실습수업을 해야 하는 과목의 비중이 높다. 위에서 살펴본 바와 같이 초기의 교과과정은 실습실에서 실습수업이 가능하였지만, 현재의 교과과정은 새로운 개념의 교수미디어 센터에서 실습수업을 해야 하는 컴퓨터 관련 정보학 과목의 비중이 매우 높기 때문에 기존의 실습실의 교수미디어 센터화가 필요한 것이다.

---

16) 정필모. 전게서, p.126.
17) 정필모. 상게서, pp.127-128.
18) http://lis.yonsei.ac.kr/ku-program.html.
19) 한국대학교육협의회. 전게서, 1989, pp.76-77.

2) 교수미디어 센터의 개념 및 기능

교수미디어 센터에 관한 명칭은 교수자원 센터(Instructional Resources Center), 교수
서비스 센터(Instructional Services Center), 학습자원 센터(Learning Resources Center
),[20] 교육미디어 센터(Educational Media Center), 교수미디어 센터(Instructional Media
Center)[21] 등 다양하게 불리어지고 있다. 이들은 명칭이나 운영 방법이 약간 다를 뿐
이지 교수·학습 과정(Teaching·Learning Process)을 좀 더 능률적으로 구성하고 최
대한의 효과를 얻기 위한 활동이며,[22] 학생들의 학습 활동을 효과적으로 촉진시키기
위하여 교수·학습에 필요한 각종 자료, 서비스와 환경적 조건을 통합적으로 제공한
다[23]는 기본 목적은 같다고 볼 수 있다.

미국도서관협회와 미국교육연합회에서는 모든 영역에 걸친 인쇄미디어와 시청각 미
디어, 설비, 미디어전문가의 서비스를 학생과 교사가 쉽게 이용할 수 있도록 한 학교
내의 학습센터[24]라고 정의하였고, 메릴(I. R. Merrill)과 드롭(H. A. Drob)[25]은 일정한
장소에 시설을 설치하여 교과과정과 교수에 관련된 교수 자료의 제작, 획득, 제시, 개
발, 설계, 서비스를 제공하는 곳이라고 하였다. 부스(Phyllis Bush)[26]는 학습 미디어와
시설, 요원을 수용하여 학생과 교사의 연구 조사를 돕는 보조수단이라 주장하였다. 또
한 김용철[27]은 미디어 센터를 도서를 비롯해서 연속간행물, 팜프렛, 리프렛, 지도 등의
비도서자료, 영화 필름, 슬라이드, 녹음테이프, 사진자료 등의 시청각 자료와 이들을 활
용하는 일체의 기재 및 컴퓨터까지를 하나의 조직단위로 포괄하여 이를 교육과 학술연
구에 효과적으로 활용할 수 있도록 봉사하는 종합적인 조직 기구라고 정의하였다. 교

---

20) James W. Brown [et al.] 『Administering Educational Media』, New York: McGraw−Hill,
1972, p.102.
21) Association for Educational Communications and Technology. 『Educational Technology:
A Glossary Terms』, Washington, D. C., 1979, pp.327−329.
22) 유태영. 『교육공학』, 서울: 교육과학사, 1984, pp.420−421.
23) 최지운. 『교육자료』, 서울: 한국고시연구원, 1979, p.384.
24) ALA & NEA. 『Standards for School Media Programs』, Chicago, 1969, p.ⅩⅤ.
25) Irving R. Merrill and Harold A. Drob. 『Criteria for Planning the College and University
Learning Resources Center』, Washington D. C.: AECT, 1977, p.15.
26) Phyllis Bush. "LARC: Access For Multimedia", AECT, ed. 『Professional Development
and Educational Technology』, Washington, D.C.: AECT, 1980, p.63.
27) 김용철. 학교도서관의 Media Center화를 위한 연구, 석사학위논문, 중앙대학교대학원, 1983,
p.1.

수미디어 센터의 구성 체제를 자료 및 인적 자원, 시설 그리고 기기로 구성된 하나의 체제적 접근 모형으로 나타내 보면 <그림2-1>과 같다.28)

<그림2-1> 교수미디어 센터의 구성 체제

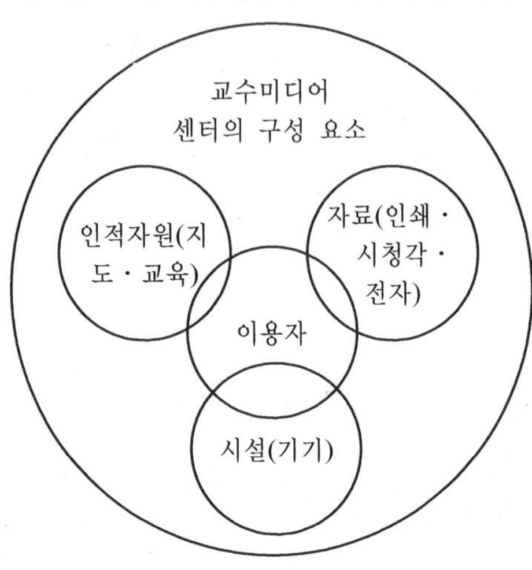

　이러한 개념을 종합해 볼 때 문헌정보학 교수미디어 센터는 문헌정보학교육에서 사서 양성을 위하여 교수미디어를 비치하고 관리하여 교수·학습 활동에 필요한 최적의 환경을 조성해 주는 시설이라고 정의할 수 있다.29)

　교수미디어 센터는 교육목적 달성을 위해 학습자원(Learning resources)을 확보하여 최대한으로 이용하는 시설을 말한다. 트로우(W. C. Trow)30)는 교수미디어 센터를 교수·학습에 필요한 정보와 지식을 얻을 수 있는 곳으로 보고, 인쇄물이나 시청각 교재와 교구 등이 잘 정리되어 필요할 때는 언제나 활용할 수 있도록 관리 및 유지되어야 한다고 주장하였다. 닉켈(M. L. Nickel)31)은 보유한 교수미디어를 활용하는 서비스 측

---

28) 이만수, 문헌정보학 실습실의 교수매체 센터화에 관한 연구, 상명대학교 대학원, 박사학위 논문, 1999. p.26. 교수매체 센터의 구성체제는 힉스(Hicks)와 틸린(Tillin)이 멀티미디어 도서관 운영에서 제시한 구성체제를 참고하여 구안한 것이다(Warren B. Hicks & Alma M. Tillin. 『Managing Multimedia Libraries』, New York: R. R Bowker, 1977, p.26.).
29) 이만수. 교수미디어 센터의 운영에 관한 연구, 석사학위논문, 중앙대학교 신문방송대학원, 1990, p.8.
30) William Clark Trow. 『Teacher and Technology: New Design for Learning』, New York: Meredith Publishing Co., 1963, pp.126-127.
31) Mildred L. Nickel. 『Steps to Service』, Chicago: ALA, 1975, pp.1-3.

면을 강조하면서 교수미디어 센터의 기능을 제시하였고, 최지운[32]은 교수미디어 센터의 기능을 교수·학습의 과정에서 ① 교수미디어 활용을 통한 학습의 개선을 위한 훈련의 제공, ② 수업 및 개별학습과 연구 활동에 필요한 교수자료 제공, ③ 교사와 학생에게 효율적인 학습 장소 제공, ④ 교사와 학생의 교수·학습을 위한 교재 및 용구와 시설 제공이라고 주장하였다.

　문헌정보학 교수미디어 센터와 직접적인 관련이 있는 기능은 <그림 2-2>와 같이 ① 교수·학습시설 제공, ② 교수미디어 제공, ③ 시청각 기기 이용법 지도, ④ 시청각 자료 이용법 지도, ⑤ 교수미디어 개발, ⑥ 컴퓨터 및 정보 이용법 지도, ⑦ 교육정보 제공, ⑧ 교수미디어 제작 기능이라 할 수 있다. 그러므로 문헌정보학 교수미디어 센터는 사서 양성 교육을 위하여 교수·학습 활동에 유용한 교재와 교구의 비치와 관리뿐만 아니라 교수의 수업과 학생의 자율적인 학습 활동의 센터로서 교육의 질적 향상을 위한 서비스 기능을 활발하게 수행할 수 있는 기능과 사서가 도서관 현장에서 각종 미디어를 활용하여 이용자에게 봉사할 수 있도록 교육하기 위한 기능을 포함하여 2가지 기능을 가지고 있다.

<그림2-2> 문헌정보학 교수미디어 센터의 기능

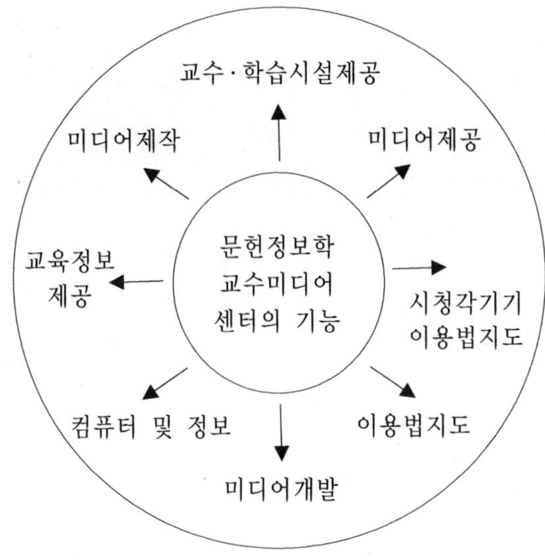

---

32) 최지운. 전게서, p.426.

3) 교수미디어 센터의 운영

(1) 조직

교수미디어 센터의 운영에 영향을 미치는 요인은 경영자의 관심과 정책뿐만 아니라 이용자의 관심, 예산, 시설 등이다. 특히 경영자의 관심은 그 기관의 교수미디어 센터의 운영에 큰 영향을 미치는 요인이 되며, 관심 있는 이용자도 교수미디어 센터를 어떻게 조직하여 운영하느냐에 영향을 미칠 수도 있다. 일반적으로 교수미디어 센터의 조직은 경영자의 경영 철학과 이용자의 요구가 많은 영향을 미친다고 할 수 있다.[33] 또한 교수미디어 센터의 조직과 운영에 직접적 영향을 미치는 요인으로 예산을 들 수 있는데, 그 이유는 수업에 투입되는 많은 교수자료인 교재와 교구를 확보하여 양질의 서비스를 제공하기 위해서는 풍부한 예산이 필요하기 때문이다.[34]

데이비스(H. S. Davis)[35]는 그의 저서에서 일반적인 교수미디어 센터를 독립분산식 조직, 중앙집중식 조직, 독립분산식과 중앙집중식의 장점을 적용하여 운영하는 혼합식 조직의 3가지 형태로 설명하였다. 문헌정보학 교육을 위한 교수미디어 센터의 조직은 데이비스가 제시한 형태의 조직을 참고하여, 각 교과목에 적용되는 교수 방법에 따라 수업을 효율적으로 지원할 수 있도록 학과장의 책임하에 미디어 전문가와 담당조교를 두고 학생들이 직접 참여하는 업무 면을 강조하는 조직이 바람직하다.

문헌정보학 교수미디어 센터는 교수와 학생의 교수·학습활동을 최대한으로 지원할 수 있도록 조직되고, 교수와 학생에게 만족하는 서비스를 제공하기 위해서 교수·학습 자료 즉 교재와 교구, 시설 및 공간이 효율적으로 이용되는 바람직한 조직 구조와 운영 체제가 수립되어야 할 것이다.

(2) 서비스

교수미디어 센터의 서비스 프로그램(Service program)은 요원들에 의해 수행되는 임무 및 활동[36]을 의미한다. 서비스 프로그램은 교수미디어 센터의 성공적인 운영을 위

---

33) William T. Schmid. "Is a Big Media Center a Big Problems?", 『Audio Visual Instruction』, October, 1976. p.12.
34) William T. Schmid. 『Media Center Management』, New York: Hasting House, 1980, p.7.
35) Harold S. Davis. 『Instructional Media Center』, Bloomington: Indiana Univ. Press, 1971, pp.56－59.

해서 가장 중요한 핵심이다.

리세너(James w. Liesener)[37]는 교수미디어 프로그램 운영 모형을 <그림 2~3>과 같이 제시하였다. 그는 교수미디어 센터에 투입되는 자원을 담당 직원과 자료, 기기, 시설이라고 제시하고 그 자원을 기술적으로 운용하면 이용자에게 알맞은 서비스가 산출된다고 설명하였다. 한편 그는 <그림 2-4>와 같이 교수·학습 과정에 대한 서비스가 강조된 교수미디어 프로그램 서비스 모형[38]에서 학습자료를 구입하고 정리하여, 담당직원의 기술적인 봉사에 따른 자료 처리와 미디어 서비스는 교수·학습 프로그램에 활용되어 좋은 학습 결과로 나타나게 된다고 주장하였다.

이러한 교수미디어 프로그램 모형을 문헌정보학 교수미디어 센터에 적용하여 담당자의 자료, 기기, 시설의 적절한 투입과 기술적 봉사에 의한 자료 처리는 교수와 학생들에게 수업과 학습 활동을 활발하게 수행할 수 있게 하며, 또한 사서가 도서관 현장에서 각종 미디어를 활용하여 이용자에게 봉사할 수 있도록 하는 교육 목표 달성에 기여할 수 있을 것이다.

<그림2-3> 교수미디어 프로그램 운영 모형

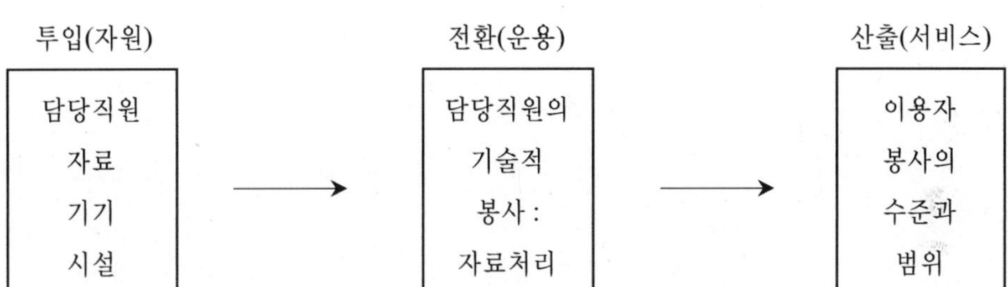

문헌정보학 교수미디어 센터의 서비스는 교수와 학생들에게 직접 관련이 되는 직접 서비스와 직접 관련은 없으나 직접 서비스가 잘 이루어질 수 있도록 활동하는 간접 서비스가 있다. 직접 서비스는 교수미디어 센터에서 교수·학습을 위하여 이루어지는 서비스로 각종 교수자료의 제공 즉 교재와 교구를 이용할 수 있도록 하는 활동이다

---

36) 박은영. 대학미디어 센터의 서비스 프로그램에 관한 연구, 석사학위논문, 이화여자대학 대학원, 1986, p.4.
37) James W. Liesener. "Systematic Planning in School Library Media Programs", 『Planning for Library Services』, New York: Haworth Press, 1992, p.102.
38) James W. Liesener. Ibid., p.103.

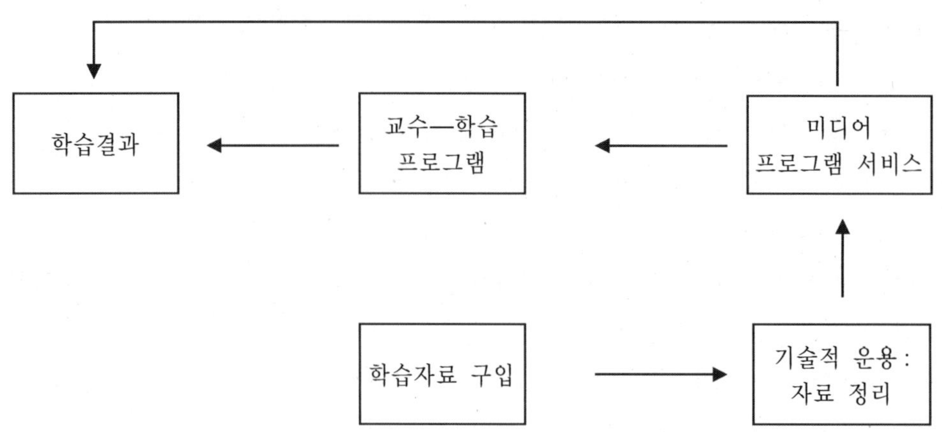

반면에 간접 서비스는 교수미디어의 관리 및 유지 등과 같은 활동이다.[39] 그러므로 이용자들이 편리하게 교수미디어를 이용하도록 하기 위해서는 먼저 간접 서비스가 체계적으로 이루어져야 한다.

메릴(I. R. Merrill)과 드롭(H. A. Drob)[40]은 교수미디어 센터가 제공해야 할 서비스로 교재제작 서비스, 집단학습에 대한 서비스, 개별학습에 대한 서비스, 교수개발 서비스, 교육계획 서비스를 제시하였는데, 문헌정보학 교수미디어 센터에서의 서비스와 관련이 깊은 것은 교재 제작 서비스와 집단학습에 대한 서비스라 할 수 있다. 한편 교수미디어 센터의 서비스 프로그램은 이용자에게 필요하고 원하는 서비스를 제공할 때 효과적이다.

토마슨(N. W. Thomason)[41]이 제시한 효과적인 서비스를 수행하기 위하여 고려해야 할 점 중에서 중요한 것을 소개하면 교수와 학생이 편안하게 센터를 이용할 수 있도록 분위기를 조성하는 것과 교수들에게 시청각 기자재의 사용법을 가르쳐 주는 기회를 마련하는 것이다. 문헌정보학 교수미디어 센터의 기본적이고 핵심적인 서비스는 교수·학습 활동의 지원이라 할 수 있다.

---

39) Alne C. Wisdom. 『Introduction to Library Services for Library Media Technical Assistants』, New York: McGraw－Hill, 1974, p.5.
40) Irving R. Merrill and Harold A. Drob. op. cit., pp.29－33.
41) Nevada W. Thomason. 『The Library Media Specialist in Curriculum Development』, Metuchen: Scarecrow Press, 1977, p.202.

(3) 요원

교수미디어 센터의 효율적인 운영을 위해서는 교수·학습에 필요한 교재·교구에 대한 전문지식을 갖추고 교육목적이나 교과과정, 교수방법 등을 이해하고 있는 요원이 필요하다. 교수미디어 센터가 그 기능을 원활하게 수행하기 위해서는 책임감을 가지고 관리·운영을 할 수 있는 전담요원이 배치되어야 하며, 미디어 프로그램의 효율적인 서비스는 요원의 질과 수에 달려 있다고 할 수도 있다.[42]

미국교육공학협회(AECT)[43]에서는 교수미디어 센터의 요원을 전문직으로 정의하고 직무 수준의 난이도에 따라 전문요원(Media Specialist),[44] 기술요원(Technician), 보조요원(Aide)으로 나누었다. 전문요원의 역할에 대해 키퍼(Robert E. De Kieffer)[45]는 ① 예산계획과 집행, ② 시청각 기자재 평가와 선택, ③ 교재 제작, ④ 교재 활용, ⑤ 교구 활용, ⑥ 이용자 교육, ⑦ 교재·교구의 활용 방법 연구 등을 제시하였다.

데이비스(Davies)[46]는 전문요원이 갖추어야 할 것을 교수 이론과 방법, 교과과정 설정에 대한 지식, 교수미디어 장비의 선정과 조직 그리고 관리하는 데 필요한 지식, 교수 프로그램과 미디어 프로그램의 서비스에 관한 지식, 교수·학습자원을 통합하는 방법에 관한 지식이라고 제시하였는데, 문헌정보학 교수미디어 센터의 요원이 갖추어야 할 자질은 교과에 대한 지식과 교수미디어의 관리 및 서비스에 관한 지식이라고 할 수 있다. 에릭슨(Carlton W. H. Erickson)[47]은 교수미디어 센터에 인격과 자질을 갖춘 디렉터(Director)가 필요함을 강조하였는데, 그중에서 문헌정보학 교수미디어 센터 요원의

---

42) 김유숙. AV Coordinator의 역할에 관한 연구, 석사학위논문, 이화여자대학교 교육대학원, 1980, p.4.
43) 미국교육공학협회 편. 『교육공학』, 김신자 역, 서울: 이화여자대학교 출판부, 1982, pp.41-43.
44) 1. 전문요원(Specialist)에는 코디네이터(Coordinator)나 디렉터(Director), 제너럴리스트(Generalist)로 불리는 사람들이 포함된다(오혜정. 시·군 교육(구)청 자료실의 운영 실태 조사 연구, 석사학위논문, 서울: 이화여자대학교 대학원, 1987, p.16.). 2. 전문요원에는 Coordinator, School Library Media Specialist, Audio Visual Specialist로 나눈다(John T. Gillespie and Daina L. Spirt. 『Administering The School Library Media Center』, New York: R. R. Bowker, 1983, p.101.).
45) Robert E. De Kieffer. 『Audio Visual Instruction』, New York: The Center for Applied Research in Education, 1965, pp.103-104.
46) Ruth Ann Davies. 『The School Library Media Program: Instructional Force Excellence』, New York: R. R. Bowker, 1979, p.22.
47) Carlton W. H. Erickson. 『Administering Instruction Media Programs』, New York: Macmillan, 1968, pp.9-13.

자질에 관련된 것만 제시하면 ① 교수·학습방법을 개선해 나가는 데 관심을 갖는 교육자, ② 미디어 프로그램을 계획하고 발전시키는 실무자, ③ 시청각 교육에 대한 전문적인 지식과 경험을 바탕으로 교재·교구를 평가하고 개발시킬 수 있는 전문가, ④ 시청각 교구에 대한 기술적인 지식의 소유자이다. 전문요원은 교재 제작이나 교구 활용에 대해 전문적인 훈련이나 경험을 쌓고 교수미디어 센터를 운영 관리할 수 있는 능력과 기술을 갖추 고 있는 사람이다. 기술요원은 주로 교재의 제작과 교구 사용 그리고 조작 등의 업무를 중점적으로 수행하는데 그 주요 업무를 다음과 같이 정리할 수 있다. ① 정보와 자료의 처리를 돕는다. ② 교수·학습에 필요한 각종 자료를 제작한다. ③ TV나 PC 등 시스템을 설치한다. ⑤ 교구를 수선하고 유지한다. ⑥ 교구의 사용과 조작 방법에 관하여 안내한다. 보조요원은 주로 교재 처리, 목록과 장부 등 보관, 서신 및 목록 등 각종 기록 타이핑, 교재·교구 정리 및 활용 보조, 교재 배치 및 정리 정돈 등과 같은 사무 및 보조 업무를 수행하게 된다.[48]

일반적으로 요원들이 수행해야 하는 기능은 지원 기능, 교수 기능, 제작 기능, 행정 기능, 교수개발 기능, 전문기능[49]이라 할 수 있는데, 교수미디어 센터 운영의 실제 분야에서 활동하는 요원들은 자신의 업무에 대한 확고한 인식과 사명감을 갖고 있어야 하며 이용자의 요구를 정확하게 파악하고 이용자들이 편리하게 이용할 수 있도록 체계적인 운영을 해야 한다. 교수미디어 센터의 요원은 그 운영에 가장 직접적인 영향을 미치는 요인이기 때문에 적절한 자격을 갖춘 요원 없이는 센터의 교재·교구나 시설이 적절하게 활용될 수 없고, 양질의 서비스를 제공하기 어렵다. 한편 김용철[50]은 미국이나 영국에서는 학교도서관 미디어 센터를 담당할 수 있는 자격기준으로 4년제 대학이나 석사 이상을 요구하고 있다고 했는데, 대학의 문헌정보학 교수미디어 센터의 요원은 전술한 그 이상의 자격을 갖고 있어야 하며, 문헌정보학과 컴퓨터에 관한 지식을 가진 사서이면 더욱 좋다. 또한 문헌정보학 교수미디어 센터에서는 선진국의 교수미디어 센터에서 봉사하고 있는 요원은 모두 두기 어려우나 교수와 학생에게 바람직한 서비스를 하고, 수업 지원을 잘 할 수 있는 기술요원 확보가 우선 되어야 할 것이다.

---

48) James W. Brown, Kenneth D. Norberg and Sara K. Srygley, op. cit., p.390.
49) Dwight F. Burlingane, Dennis C. Fields and Anthony C. Schulzetenberg. 『The College Learning Resource Center』, Littleton, Colorado: Libraries Unlimited, 1978, pp.144－146.
50) 김용철. 전게서. p.7.

(4) 미디어

문헌정보학 교육에는 강의와 토론, 실습 방법, 과제부과 방법, 시청각 방법, 컴퓨터 보조학습(CAI) 등 일반적인 교수법이 모두 적용될 수 있다.[51] 이론과 원리를 가르치기 위해서는 강의 교과서를 기초로 하는 강의법이 있는데, 대학 교육에서 일반적으로 많이 이용되고 있는 전형적인 방법이라 할 수 있다.

윌리암슨(Williamson) 보고서에서는 교과서에 관한 사항을 다루고 있는데 교육 효율을 증가시키기 위해서는 많은 교재가 필요함을 지적하고 있다. 문헌정보학 교수법에서 중요한 위치를 차지하고 있는 것은 실습을 통한 학습이다. 문헌정보학 교육에 있어서 실습을 통한 학습의 목적은 학생들이 도서관이나 정보센터에서 사서로서 봉사하게 될 때 맡을 업무 중에서 실물이나 실제 업무와 접할 수 있는 환경을 제공하는 데 있는데, 자료에 대한 실습이 도서관 현장에서 이루어진다면 기술에 대한 실습은 학과용 실습실을 통하여 이루어진다 할 수 있겠다.[52]

1960년대 이후 교육공학의 발달과 함께 각종 미디어가 교육보조 자료로 사용되고 있으며 시청각 자료와 컴퓨터의 사용은 교육에 새로운 방법을 제시하였다고 볼 수 있다. 문헌정보학 교육에도 바람직한 미디어 센터가 설립되어 미디어 특히 뉴미디어를 활용한 교육이 활발하게 이루어져야 할 것이다. 교수미디어 센터가 효율적인 서비스를 제공하기 위해서는 이용자의 다양한 요구를 충족시킬 수 있는 풍부하고 우수한 양질의 교수미디어가 확보되어야 하며 효과적인 관리나 그 기능 면에서 최대의 효율성을 발휘할 수 있도록 해야 한다.[53] 교수미디어는 교수·학습과정에 있어서 수업 내용을 전달하는 수단으로써 정보를 조직, 제시, 저장하며 적절한 학습 방법을 고무시키기 위하여 사용되는 다양하고 정교한 장치나 방법들을 의미한다.[54]

교수미디어는 과학과 기술의 발달에 따라 수적인 증가와 함께 더욱 정밀한 형태로 개발되고 있다. 최근에는 새로운 미디어가 등장하여 청각미디어, 인쇄(시각)미디어, 투사시각미디어, 방송시각미디어, 영상미디어, 입체시각(촉각)미디어, 청각＋인쇄미디어,

---

51) 장혜란. "미국도서관학 교육의 발전과 현황",『논문집』22, 상명대학교, 1988.
52) Philip A. Metzger. "An Overview of the History of Library Science Teaching Materials",『Library Trends』, V.34, No.3, pp.478.
53) 김윤미. 대학 시청각 센터 요원의 직무 만족에 관한 조사 연구, 석사학위논문, 이화여자대학교 대학원, 1987, 11. p.IX.
54) Alan C. Green. [et al.],『Educational Facilities with New Media』, Washington, D. C.: NEA, 1975, p.A－1.

청각＋투사시각미디어, 청각영상미디어, 운동감각미디어, 컴퓨터미디어[55]로 나누기도 한다. 일반적으로 교수미디어는 교재와 교구로 나눌 수 있는데, 교재는 교수·학습의 자료가 되며 교수·학습내용을 포함하고 있는 교수자료이고 교구는 내용을 제시하기 위한 교수용구를 말한다.[56] 다시 말하면 슬라이드와 비디오테이프, CD－ROM은 교재가 되며 슬라이드 환등기와 비디오, CD－ROM Driver는 교구가 되는 것이다. 교수미디어는 집단수업이나 개별학습 등 어떤 형태의 교수·학습 과정에서도 유용하게 이용될 수 있는데 가장 효율적인 활용은 2가지 이상의 미디어를 통합적으로 활용하는 복합미디어 체제(Multimedia System)라고 할 수 있다. 복합 미디어 체제란 상호 관련된 미디어가 결합된 체제이며 많이 활용되는 것은 녹음과 슬라이드 결합체제, 녹음과 투시자료 결합체제, 환등기와 현미경이 결합된 현미 투영기, 비디오와 텔레비전의 결합체, 투시물 환등기와 실물환등기와 슬라이드 환등기와 축소 확대기와 비디오카메라의 5가지가 결합된 복합전자투영장비(Wolf Visualizer) 등이 있다. 이러한 복합 미디어는 다양한 학습 상황에 있어서 필수적이 될 것이므로 미디어의 복합적인 활용이 가능하도록 시설을 갖추어야 할 것이다.

일반적으로 교수미디어 센터가 갖추어야 할 기본적인 교재는 필수 교재로 ① 표본, ② 슬라이드, ③ 필름스트립, ④ 영화필름, ⑤ 녹음테이프 및 레코드판, ⑥ OHP용 TP 자료, ⑦ VTR, VCR용 비디오테이프, ⑧ 프로그램 학습자료, ⑨ 컴퓨터 소프트웨어 및 코오스웨어(courseware)[57] 등이다. 교재를 선택할 때는 적절성, 확실성, 흥미도, 조직과 균형, 기술적인 질, 가격 등의 기준을 적용시킬 수 있다.[58] 교구는 자료의 내용을 전달하는 교수 용구로 다양하고 충분한 수량이 구비되어야 한다. 적절한 교구의 수량은 활용되는 자료의 양, 센터의 규모 및 수준, 교과과정 운영에 충분한 수량만큼 확보되어야 할 것이다. 교수미디어 센터에 기본적으로 구비되어야 할 교구는 ① 슬라이드 환등기, ② 필름스트립 환등기, ③ 35㎜ · 16㎜ · 8㎜ 필름 영사기, ④ 라디오, 텔레비전 수상기, ⑤ VTR, VCR, ⑥ 녹음기, ⑦ 전축/Record playe,r ⑧ 실물 환등기(Opaqure projector), ⑨ 투시물 환등기(OHP), ⑩ 마이크로컴퓨터 시스템, ⑪ 영사용 스탠드, 테이블, ⑫ 스크린, ⑬ 운반대(Cart), ⑭ 카메라(35㎜, 16㎜, 8㎜ 영화) 등이

---

55) 이명근.『교육 · 훈련공학의 기초』, 서울: 양서원, 1993. p156.
56) 이만수. 전게서, 1990, p.27.
57) 김정규 · 김영수.『교육방법 및 교육공학』, 서울: 형설출판사, 1996. pp.345－346.
58) James W. Brown, Kenneth D. Norberg and Sara K. Srygley, 전게서, pp.170－171.

다.59)

　교수미디어 센터의 비품은 교재와 교구를 수업에 잘 활용할 수 있도록 기능적으로 배치하고 도서관 용품을 전문적으로 제작 판매하는 업체에서 주문·제작하거나 구입해야 하며 디자인도 현대 감각에 맞고 견고하며 녹이 슬지 않는 목재가 좋다.

2.3 문헌정보학 교육을 위한 교수미디어 센터화

2.3.1 교수미디어 센터화에 대한 논의

　문헌정보학 교육에 있어서 실습실에서의 수업은 긍정적인 평가와 더불어 그 중요성이 점점 증가하고 있다. 실습실에서 실습교육을 받아야 할 교과목으로는 도서분류 및 편목, 정보검색, 도서관 자동화 프로그램 조작, PC통신, DB구축, 의학을 포함한 주제별 서지 등 주로 자료조직과 컴퓨터 관련 분야의 과목이라 할 수 있다. 교수미디어 실습실은 정보사회에 적응할 수 있는 시설을 갖추고, 현장의 업무와 관련 있는 내용의 수업을 해야 할 것이다.

　본 연구는 실습실의 명칭, 면적, 수용 인원 등을 제시하고, 하나의 안을 제시하여 실습실의 교수미디어 센터화의 가능성을 높였다. 문헌정보학 교수미디어 센터를 한 학년의 학생 정원 40명～50명을 기준으로 구안하여 제시하면 다음과 같다.

1) 명칭

　'문헌정보학 미디어 센터'라고 명명하고 그 안에 ① 분류·편목 실습실, ② 영상미디어 실습실, ③정보처리 실습실을 둔다.

---

59) 김정규·김영수. 전게서, pp.346.

2) 면적

(1) 분류·편목 실습실: 9m×18m(162㎡: 49.1평)[60]
(2) 영상미디어 실습실: 9m×18m(162㎡: 49.1평)[61]
(3) 정보처리 실습실: 9m×18m(162㎡: 49.1평)[62]

3) 전담 운영자: 미디어 전문가 1명과 전담조교 1명

컴퓨터 관련 수업과 시청각 기기 및 자료를 활용하는 수업이 많음으로 전문적인 기술을 가진 미디어 전문가가 적당하다. 대학평가에서도 수업의 개선을 위하여 다양한 수업을 요구하고 있고 질 높은 교수의 수업을 보조하기 위하여 미디어 전문가가 필요하다.

4) 수용인원: 40~50명

학부제 또는 계열 전공 입학 제도로 인원이 불확실하여 40명~50명을 기준으로 하였다. 모집단위의 구성상 문헌정보학과에 학생들이 선호할 가능성이 높은 대학이 많아 적어도 수용 인원이 늘어나게 될 경우에는 좌석 배치 등 융통성을 발휘하거나 2개 반으로 나누어 실습수업을 교대로 실시할 수 있다.

2.3.2 교수미디어 센터

실습실에 갖추어야 할 교수·학습자료와 비품 그리고 실습실을 이용하여 실습교육을 받아야 할 분야(교과목)에 따라 3개의 실습실로 구분하였다.

---

60) 공주대학교의 교육 정보관 참고.
61) 김용철 외. 학교도서관의 멀티미디어화에 관한 연구, 교육부교육정책과제, 1997, p.109.
62) 공주대학교의 교육 정보관 참고.

1) 분류 · 편목 실습실

분류 · 편목 실습실은 분류와 편목의 실제를 수업하는 장소로, DDC, KDC, 주제별 서지, Index Medicus 등 실습 교육용 도서와 자료 정리 용품, 각종 장비 및 용구를 구비하여 교육하는 교수미디어 센터이다. 분류 및 편목에 필요한 용품과 장비, 용구, 도서, 비품 등을 갖춘다.

2) 영상미디어 실습실

영상미디어 실습실은 비품을 갖추고, 비디오테이프나 오디오 테이프, 슬라이드, 투시화, 실물환등기 같은 시청각 기자재 또는 실습용 교구를 사용하여 수업을 할 수 있는 교수미디어 센터이다. 과학문명의 발달과 첨단 기술의 개발에 의하여 새로운 시청각 기자재와 다양한 교수미디어가 개발되고 있다. 영상미디어 실습실은 종래의 시청각실 개념보다 확장된 개념으로 각종 시청각 기자재와 다양한 미디어를 비치 · 활용하여 보다 구체적인 자료를 제시하여 교육의 효과를 제고할 수 있다.

3) 정보처리 실습실

정보처리 실습실은 컴퓨터를 이용하여 도서관 자동화 프로그램 조작, 정보검색, DB 구축, PC통신 등의 실습을 하며, 컴퓨터 관련 기자재 등을 구비하여 교육하는 교수미디어 센터이다. 정보처리 실습실은 인터넷을 통한 다양한 정보 검색 방법을 체득하게 하고, 정보활용 능력을 길러 준다.

2.4 결론

문헌정보학은 학문의 성격상 이론을 도서관 · 정보센터의 실무에 적용하여 전문적 업무와 봉사를 할 수 있는 정보 전문가로서의 사서를 양성해야 하기 때문에 실습실에서 이루어지는 실습교육이 중요하다. 오늘날에는 과학과 정보통신의 발달로 문자와 음성 ·

동영상까지 종합적으로 기록할 수 있는 첨단의 전자미디어를 전통적인 인쇄미디어들과 함께 도서관에 소장해야 하고, 그 첨단미디어를 활용하여 장차 도서관·정보센터에서 이용자를 위하여 봉사할 수 있도록 교육을 해야 하기 때문에, 다양한 미디어를 관리·운용하여 교수·학습을 지원하는 교수미디어 센터가 필요한 것이다. 21세기 정보사회에 부응할 수 있는 정보전문가인 사서 양성을 위하여 문헌정보학 교과 운영을 충실히 할 수 있는 실습실의 발전된 모습인 교수미디어 센터라는 새로운 안을 제시하면 다음과 같다.

(1) 문헌정보학 교수미디어 센터에는 분류와 편목의 실습수업을 할 수 있는 분류·편목 실습실과 첨단의 미디어나 시청각 기재 또는 실습용 교구를 사용하여 수업을 할 수 있는 영상미디어 실습실, 인터넷을 통한 다양한 정보 검색 방법을 체득하게 하고, 정보활용 능력을 길러 주며, 컴퓨터 관련 정보학 교과 수업을 할 수 있는 정보처리 실습실을 둔다.

(2) 각 실의 면적은 각각 162㎡(49.1평)이며, 수용인원은 40-50명 정도, 전담운영 관리자로 미디어 전문가 1명과 전담 조교 1명을 둔다.

(3) 문헌정보학 교수미디어 센터에 소장해야 할 교수·학습자료는 컴퓨터와 주변기기, 시청각 기재, 도서정리를 위한 용품, 각종 장비 및 용구 등과 같은 교구와, 실습용 교재, 실습용 분류와 편목에 관한 도서, 기타 실습용 도서 및 참고도서 등과 같은 교재이다.

(4) 문헌정보학 교수미디어 센터의 비품으로 실습용 테이블, 서가 등 일반 비품과 CD 보관함 등 각종 자료 보관함을 둔다.

이 연구에서 더 나아가 문헌정보학 교육을 위한 교수미디어 센터의 기준에 대한 연구를 하면 효율적인 교수미디어 센터 운영에 도움이 될 것이다.

참고문헌

(1) 구본영. "한국에 있어서 사서 실습교육의 실태 조사 연구",『도서관학』10, 1983.

(2) 김용철. 학교도서관의 Media Center화를 위한 연구, 석사학위논문, 중앙대학교 대학원, 1983.

(3) ______. 학교도서관의 멀티미디어화에 관한 연구, 교육부 교육정책과제, 1997.

(4) 김유숙. AV Coordinator의 역할에 관한 연구, 석사학위논문, 이화여자대학교 교육대학원, 1980.

(5) 김윤미. 대학 시청각 센터 요원의 직무 만족에 관한 조사 연구, 석사학위논문, 이화여자대학교 대학원, 1987.

(6) 김정규·김영수.『교육방법 및 교육공학』, 서울: 형설출판사, 1996.

(7) 김지화. "정보사회의 특징과 그 문제",『논문집』제16권, 창원대학교, 1994.

(8) 미국교육공학협회 편.『교육공학』, 김신자 역, 서울: 이화여자대학교 출판부, 1982.

(9) 박은영. 대학미디어 센터의 서비스 프로그램에 관한 연구, 석사학위논문, 이화여자대학교 대학원, 1986.

(10) 유태영.『교육공학』, 서울: 교육과학사, 1984.

(11) 이만수. 교수미디어 센터의 운영에 관한 연구, 석사학위논문, 중앙대학교 신문방송대학원, 1990.

(12) ______. 문헌정보학 실습실의 교수매체 센터화에 관한 연구, 박사학위논문, 상명대학교 대학원, 1999.

(13) 이명근.『교육·훈련공학의 기초』, 서울: 양서원, 1993.

(14) 李鳳順. "한국의 도서관교육",『국회도서관보』2, 1965.

(15) 이용남. "우리 도서관 문화의 현주소",『도서관문화』, 37권 6호, 1996.

(16) 이재철. "문헌정보학 학명에 관한 고찰",『정보관리학회지』, 8. 2, 1990.

(17) 장혜란. "미국도서관학 교육의 발전과 현황",『논문집』22, 상명대학교, 1988.

(18) 정필모.『문헌정보학 원론』, 서울: 구미무역 출판부, 1996.

(19) 정태수.『미군정기 한국교육사 자료집(상)』, 서울: 홍지원. 1992.

(20) 최성진.『도서관학통론』, 서울: 아세아문화사, 1993.

(21) 최지운.『교육자료』, 서울: 한국고시연구원, 1979.

(22) 한국대학교육협의회편.『도서관학과 교육프로그램 개발 연구』, 연구보고 제89-16-71호, 서울: 동협의회, 1989.

(23) 한상완.『정보사회의 전개와 정보이용』, 서울: 구미무역(주)출판부, 1997.

(24) ______.『정보조사제공론』, 서울: 구미무역(주)출판부, 1995.

(영문)

(1) ALA & NEA. 『Standards for School Media Programs』, Chicago, 1969.

(2) Association for Educational Communications and Technology, 『Educational Technology: a Glossary Terms』, Washington, D. C., 1979.

(3) Boss, Richard W. "Information Technology", 『Libraries and Information Services Today』, 1991.

(4) Brown, James W. [et al.], 『Administering Educational Media』, New York: McGraw-Hill, 1972.

(5) Buckland, Michael. 『Redesigning Library Services: a Manifesto』, Chicago: American Library Association, 1992.

(6) Burlingane, Dwight F., Fields, Dennis C. and Schulzetenberg, Anthony C. 『The College Learning Resource Center』, Littleton, Colorado: Libraries Unlimited, 1978.

(7) Bush, Phyllis. "LARC: Access for Multimedia", 『Professional Development and Educational Technology』, Washington, D. C.: AECT, 1980.

(8) Cottam, Keith M. "Cooperative Education for Librarianship, Theory into Practice", 『Journal of Education for Librarianship』 10, Fall 1969.

(9) Davis, Ruth Ann. 『The School Library Media Center: a force for Education Excellence』, 2nd. ed., New York: R. R. Bowker, 1974.

(10) Davis, Harold S. 『Instructional Media Center』, Bloomington: Indiana Univ. Press, 1971.

(11) Davies, Ruth Ann. 『The School Library Media Program: Instructional Force Excellence』, New York: R. R. Bowker, 1979.

(12) De Kieffer, Robert E. 『Audio Visual Instruction』, New York: Center for Applied Research in Education, 1965.

(13) Erickson, Carlton W. H. 『Administering Instruction Media Programs』, New York: Macmillan, 1968.

(14) Green,AlanC., [et al.], 『Educational Facilities with New Media』, Washington, D. C.: NEA, 1975.

(15) http://lis.yonsei.ac.kr/ku-program.html.

(16) Liesener, James W. "systematic Planning in School Library Media Programs", 『Planning for Library Services』, New York: Haworth Press, 1992.

(17) Merrill, Irving R. and Drob, Harold A. 『Criteria for Planning the College and

University Learning Resources Center』, Washington D. C.: AECT, 1977.

(18) Metzger, Philip A. "An Overview of the History of Library Science Teaching Materials", 『Library Trends』, V.34, No.3.

(19) Nickel, Mildred L. 『Steps to Service』, Chicago: ALA, 1975.

(20) Sanders, W. L. "The Environment of Library Education", 『in Education Programs in Developing Countries with Special Reference to Asia』(IFLA Publication 20), London: L. A., 1982.

(21) ___________. "Guidelines for Curriculum Development in Information Student", 『Reports and Bibliographies』, Vol.9, No.1, 1980.

(22) Schmid, William T. "Is a Big Media Center a Big Problems?", 『Audio Visual Instruction』, October, 1976.

(23) _______________. 『Media Center Management』, New York: Hasting House, 1980.

(24) Shera, Jesse H. 『Introduction to Library Science』, Littleton, Libraries Unlimited, 1976.

(25) Taylor, R. S. "Professional Aspects of Information Science and Technology", 『Annual Review of Information Science and Technology』, vol.1, New York, John Wiley & Sons, 1966.

(26) Trow, William Clark. 『Teacher and Technology: New Design for Learnig』, New York: Meredith Publishing Co., 1963.

(27) Thomason, Nevada W. 『The Library Media Specialist in Curriculum Development』, Metuchen: Scarecrow Press, 1977.

(28) Wisdom, Alne C. 『Introduction to Library Services for Library Media Technical Assistants』, New York: McGraw－Hill, 1974.

▣ 도서관교육에 관한 고찰
- 초등학교를 중심으로 -

3.1 서론

학교의 수업은 지식의 전달만이 아니라 학생들이 자기 지식을 계속 최신의 것으로 유지시킬 수 있으며, 지식을 얻을 수 있는 능력을 자극하고, 공부하는 방법을 안내하고 자료의 출처를 제시해 주어, 학생 스스로가 자료에 접하여 사실과 지식, 사상을 직접 조사, 분석, 연구하여 문제를 해결하고, 경험하고, 발견하는 문헌유도적 교수방법, 도서관적 교수방법으로 전환되어야 한다. 이러한 수업방법이 채택되려면 학생들이 도서관의 자료를 효과 있게 활용할 수 있어야 하는데 교사는 학생들에게 "자료를 어떻게 찾는가", "찾은 자료는 어떻게 이용하면 좋은가", "어떤 때에 어떤 자료를 이용하면 좋은가" 등과 같은 도서관자료와 도서관 이용에 관한 기본적인 지식과 기술을 지도해야 한다. 그러므로 학교수업의 정당화를 위해서 도서관교육이 절실히 요청된다.

3.1.1 교육과 도서관

우리나라의 교육은 홍익인간의 이념 아래, 모든 국민으로 하여금 인격을 완성하게 하고, 자주적 생활능력과 민주시민으로서의 자질을 갖추게 하여, 민주국가 발전에 봉사하며, 인류공영의 이상실현에 기여하게 함을 목적으로 하고 있다.

지식의 급격한 팽창과 과학의 발달에서 오는 고도산업화, 정보화시대에 능동적으로 대처하고 국제관계의 다양한 변화에 주체적으로 대응하여, 자유민주주의의 굳건한 바탕 위에 조국의 평화적 통일을 현명하게 주도하면서 모든 국민이 쾌적한 환경 속에서 행복한 삶을 누릴 수 있는 터전을 마련하기 위해서 건전한 정신과 튼튼한 몸을 지닌 건강한 사람, 지식과 기술을 익혀 문제를 슬기롭고 합리적으로 해결하는 자주적인 사람, 인간을 존중하고 자연을 아끼며 올바르게 판단하고 협동하는 도덕적인 사람을 기르는 데 목표를 두고 있는 것이다. 학교도서관(도서실)은 이러한 학교 교육목표 달성을 위한 기본 교육시설로 도서관자료(교육자료)를 수집, 정리, 분석, 보존, 축척하여 교원과 학생의 교수－학습활동을 지원함을 주된 목적으로 하는 학교 경영상 없어서는 안될 학교 교육의 심장부이다. 현대의 학교교육은 전인교육을 통하여 학생들의 자의적이고 자발적인 학습과 풍부한 인간성 개발, 창조적인 사고력을 배양하는 데 중점을 두고 있다. 그러나 이와 같은 것은 교사의 부단한 자기 노력과 재교육을 통한 학습방법의 개선이나 학생들에게 학습자료를 제공해 주고, 스스로 공부하는 학습의 역인 학교도서관 발전 없이는 불가능하다고 본다. 미국의 실용주의 교육학자인 John Dewey는 「The School and Society」에서 학교도서관을 다음과 같이 도시하고 "학생들의 실제적인 활동에 대하여 재음미하는 실"1)이라고 하였다.

<그림 Ⅰ> 죤듀이의 '교육의 장' 모형

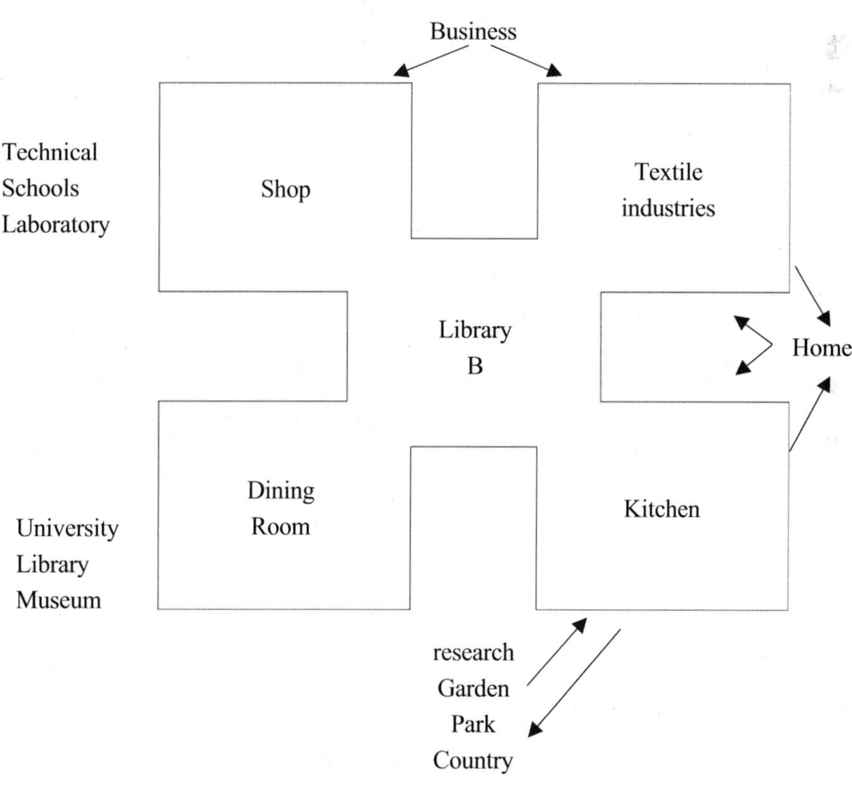

---

1) John Dewey, The School and Society, The university of chicago press, 1953, p.12.

3.1.2 학교도서관과 교육

　교육은 내일의 이 나라를 이끌어 갈 청소년들에게 타고난 소질을 계발하고 자기실현의 길을 개척할 수 있도록 하여 미래 지향적 가치관을 확립시키는 데 역점을 두어야 한다. 우리의 자라나는 청소년들이 조국과 민족을 이해하고 사랑하며, 헌신적 봉사를 하겠다는 굳은 의지를 가질 때, 우리 국가의 장래는 보장될 수 있을 것이다. 오늘의 번영이 교육의 힘을 바탕으로 이룩되었고, 미래의 번영 역시 교육에 의존할 수밖에 없는 것이라면 교육개혁 정책의 일환으로서 학교도서관(도서실)육성에 관심을 돌려야 할 때가 온 것이다. 민족의 역량을 키워가는 국민교육의 중추적이며 초석인 초등교육에서 교육을 뒷받침해야 할 도서관(도서실)이 그 교육적 기능을 발휘하지 못한다는 것은 우리나라 발전을 위해서 생각해야 할 중대한 문제가 아닐 수 없다. 오늘날 우리 사회가 해결해야 할 과제가 많지만 국가 발전과 민족번영을 위한 교육에 과감한 투자가 있어야 하며, 특히 학교교육의 방향을 유도하고 교육과정의 지적관리를 효과적으로 수행하는 학교도서관 육성이 최우선이 되어야 할 것이다. 다행히 문교부가 국회에 제출한 학교도서관 육성발전 계획 자료에 의거하여 초, 중고 학교도서관을 현재의 단순 독서학습의 공간에서 도서관과 시청각실을 겸한 종합교육자료센터로 육성·발전시킨다는 방침 아래 1990년부터 1996년까지 총 2천 9백 62억 원의 예산을 들여 열람실 및 장서를 대폭 확충시키기로 했으며, 그 구체적인 내용은 학생수의 5%수준인 열람석 수를 10%로, 학생 1인당 2~3권에 그치고 있는 장서수를 5권 수준으로 끌어 올린다는 것이다.

　이와 함께 학교도서관이 교사·학생의 교수─학습활동을 지원해 주는 기능을 담당할 수 있도록 도서관과 시청각실을 통합 종합교육자료센터로 운영하기로 한다[2]는 것이다.

　학교도서관이야말로 초·중등교육의 당면과제들을 해결해 줄 수 있는 어린이 교육의 Laboratory(실험장소)로써 선택된 자료 환경을 형성하여 청소년에 문제를 탐색, 발견, 해결하려고 실험·사고, 토론, 발표하여 자발적·자주적으로 새로운 사실을 획득하는 곳[3]으로 초등학교에서 가장 중요한 위치에 있는 것이다.

---

2) 교육신보 1989년 5월 22일자.
3) 김효정. "학교도서관", 한국도서관 발전을 위한 국가정책에 관한 연구, 이대도서관학과 창립 20주년 기념 논문집 별쇄본, 서울, 이대도서관학과, 1980, p.99.

3.1.3 학교도서관의 교육적 기능

"대학도서관은 그 대학의 거울이며 구심점이다"라고 하는 것과 마찬가지로 "학교도서관도 그 학교의 거울이며 구심점"이라고 할 수 있다. 현대교육이 획일적인 집단교육에서 개성을 존중하는 교육으로 전환되고 이해를 주로 하는 교육에서 문제해결교습으로, 전인교육을 통하여 학생들이 자의적이고 자발적인 학습과 풍부한 인간성 개발, 창조적인 사고력을 배양하는 데 중점을 두고 있으므로 능동적이고 자주적인 교육은 교실에서 실시되는 교과서에 의한 한정된 지식의 전달로써는 이루어질 수 없는 것이다. 학교의 수업은 지식의 전달이 아니라 학생들이 지식을 얻을 수 있는 능력을 제공하는 수업, 즉 문헌유도적 교수방법, 도서관적 교수방법으로 전환되어 학생들이 도서관을 이용할 수 있도록 해야 한다. 학교도서관의 기능은 여러 측면에서 이야기할 수 있으나 공통적인 기능[4]을 들면 다음과 같다.

① 학교의 수업(교육)계획을 돕는다
② 수업진행에 활용되는 도서와 비도서 자료들을 수집·정리하고 이용하게 한다.
③ 도서관자료를 이용하는 데 필요한 시설이나 도구를 준비, 제공한다.
④ 학생들이 효과적으로 도서관 시설 및 자료를 사용할 수 있도록 지도해 준다.
⑤ 학생들이 학교를 졸업한 후에도 도서관을 이용할 수 있도록 하는 습관을 기른다.
⑥ 독서를 권장하고 지도한다.
⑦ 교사나 학생들이 연구에 필요한 도서관적 요구를 최대한으로 충족시킨다.
⑧ 지역사회 주민에 대한 봉사를 한다.

학교도서관의 교육적 기능으로는

① 지식과 사상을 보존한다
지식과 사상의 보존은 문화유산의 보존을 뜻한다. 학교도서관은 학생이 지닐 지식과 사상을 보존하는 기능을 가진다. 또한 과거 오랫동안 교육을 통해서 이루어 놓은 훌륭한 교육적 자료, 즉 학교교육에 필요한 지식과 사상을 보존하는 데 중추적인 구실을

---

4) A. L. A., *Personal Organization and Procedure; a manual suggested for use in College and University Libraries*, Chicago, 1952. p.3.

하는 곳이기도 하다.

② 이용자를 교육한다

교사는 학생들에게 도서 및 도서관이용을 잘 할 수 있게 하는 이용자 교육을 해야한다. 자료라고 하는 물리적 대상 그 자체를 보존하는 일이 중요한 것이 아니라 거기에 담겨진 지식과 사상을 학생들에게 이어 주고, 그 토대 위에서 새싹이 트이도록 인도해 주는 이용자 교육이 중요한 것이다. 왜냐하면 현대적 교육이 수업에만 의한 추상적인 전수로 그치는 것이 아니라 학생 스스로가 자료에 접하여 사실과 지식과 사상을 직접 조사·분석·연구하여 문제를 해결하고 경험하고 발견하는 이른바 문헌유도적 교수법을 중시하는 점에서 더욱 그러하다. 학교도서관은 정보자료를 평가·수집·정리·보관하여 그 자료의 이용방법을 교육하고 지도하여 안내해 주고 도와주는 이른바 이용자 교육을 해야 한다.

③ 연구와 조사활동을 돕는다

학생은 배우면서 연구하고 교사는 가르치면서 연구한다. 학생과 교사에게서 연구와 조사활동, 수업을 빼 놓으면 아무 의의가 없을 것이요, 학교의 존재는 그 의미가 없을 것이다. 교사는 강의, 토론, 실험, 실습, 개별지도 등 수업의 방법에 상관없이 최종 성과는 학생들로 하여금 공부하는 마음을 불러일으키고 판단력을 일깨워 주며 배우고자 하는 의욕을 갖게 하는 일이다. 학교도서관은 교사와 학생들에게 보다 능률적으로 조사·연구 활동을 할 수 있도록 자료를 풍부하게 구성하는 한편, 이용할 수 있도록 최대한의 봉사를 해야 한다.

④ 독서지도를 한다

독서능력을 길러 주는 것은 생활경험을 확대하고 좋은 성격을 길러 주는 것 외에도 충실한 학습활동을 할 수 있도록 학습능력을 길러 주는 것이다.

모든 학습은 독서능력에 의존하는 것으로 독서는 학습의 기본적 조건이며 학습의 중요한 위치를 차지한다.

독서능력이 부족한 경우 학습습관, 학습태도, 학습기술이 빈약하게 되고, 학습능력이 저하된다. 또한 독서는 특히 아동의 인격형성에 중요한 역할을 한다.

오늘날 정보화사회에서 현대인들은 독서활동을 통하여 자기생활의 충실과 사회적 활동뿐만 아니라 전문적 지식을 습득하고 있는 것이다. 독서지도는 학교도서관을 통하여 교사가 수행할 임무 중의 하나이다.

⑤ 교육자료센터이다

수업은 학습자에게 학습이 일어날 수 있도록 하는 목적성, 의도성, 계획성을 가진 활동이다. 좋은 수업은 그 목표가 교육과정에 적합하고, 학생들로 하여금 학습이 잘 일어나도록 체계적으로 조정해 주는 수업이다.[5]

수업의 성패는 교사의 철저한 수업연구와 학생의 수업준비로 좌우되며 어떤 자료를 어떻게 제작하여 어느 시기에 투입하느냐에 달려 있다. 특히 초등교육에서는 수업현장에서 자료의 이용은 필수적이다. 저학년일수록 구체물의 자료라야 교육의 성과를 나타낼 수 있는 것이다. 다양한 자료의 이용이 증가되고 있는 오늘날의 교육현장에서 수업을 뒷받침해 줄 수 있는 각종자료, 즉 도서자료, 비도서자료, 시청각기교재를 구비하고 이용하게 하는 기능이 학교도서관이 담당해야 할 교육적 기능이다.

3.2 도서관교육

3.2.1 도서관교육의 의의

학교도서관의 자료를 효과 있게 활용하도록 하기 위해서는 교사는 학생들에게 자료를 어떻게 찾으며, 찾은 자료를 어떻게 이용하는가, 또 어떤 때에 어떠한 자료를 이용하면 좋은가 등과 같은 도서관 자료와 도서관 이용에 관한 기본적인 지식과 기술을 지도해야 한다.

도서관교육이란 이용자의 정보요구로 인한 도서관의 자료와 서비스로 효율적으로 이용할 수 있도록 도서관의 조직구조와 활동내용, 소장 자료의 유형과 이용법 등에 관계되는 지식, 기술 등의 능력을 개발시키기 위하여 실시하는 교육[6]으로서 Library Instruction, Library Lesson, Library Orientation, Library Teaching, Library User

---

5) 이만수, "수업공개방식의 개선 방안", 주임강좌 제5권 제11호('85. 11.), p.55.
6) 숭의여전 도서관학 연구지 편집위원회, "이용자 분석을 통한 도서관 이용지도의 방향", 도서관학 연구지 제14호, p.52.

Education, Teaching use of Library 등의 말을 번역한 말로써 ‘도서관을 통한 교육’과 ‘도서관에 관한 교육’으로 나눌 수 있다.7) 전자는 도서관을 통하여 이룰 수 있는 생활지도, 교육지도, 독서지도, 특별활동 지도들을 말하며, 후자는 도서 및 도서관이용에 대한 올바른 지식, 기능, 태도, 습관 등 이용능력을 개발해 주는 일이다.

오늘날 도서관교육은 일반적으로 도서 및 도서관이용지도(Use of books and Library)를 일컫는 것으로 도서관에 소장되어 있는 여러 가지 자료를 활용함으로써 특정 주제의 지식을 자기 자신의 능력에 따라서 획득하기 위한 기능을 지도하는 것으로서 문제해결이나 조사·연구를 하는 자율적인 학습을 위한 기술이다. 다시 말하면 도서관교육이란 “도서 및 도서관이용의 능력을 지도하는 것”이라 할 수 있다.

3.2.2 도서관교육의 목표

도서관교육은 학생들로 하여금 일생을 통한 학습과 연구의 도구인 도서관과 자료이용의 지식, 기능, 관심, 태도 등을 습득시켜 교과학습을 보다 효과적으로 학습할 수 있도록 하는 데 있으며 그 구체적인 목표는 다음과 같이 정리할 수 있다.

① 각종 도서관자료(도서자료, 비도서자료)를 스스로 유효하게 이용하는 지식, 기술, 태도를 습득시킨다.

② 학습활동에 필요한 각종 도서관자료의 종류와 정리방법을 알고 자기의 목적, 흥미, 관심, 능력 등에 맞도록 자료를 활용하는 기본적인 지식, 기술, 태도를 기른다.

③ 각종 도서관 자료의 물리적 의미와 가치를 이해시켜 이를 애호하고 그 구성·제작을 이해하여 각 자료의 기능을 충분히 활용할 수 있도록 한다.

④ 도서관의 조직, 시설, 운영 등을 이해함으로써 그것을 소중히 하고 협력하면서 가능한 한 도서관에 대한 친근감을 갖도록 한다.

⑤ 도서관 및 도서관 자료를 이용하는 경험을 통하여 민주시민으로서의 태도를 가지고 사회성, 공공심을 육성한다.

---

7) 이만수·한성택, 도서관교육, 구미무역(주)출판부, 1989, p.12.

3.2.3 도서관교육의 방법

도서관 이용자를 위한 도서관의 교육적 기능이 강조되고 있는 추세와 함께 도서관
자료에 대한 효과적인 이용지도의 필요성이 대두되어 여러 가지 방법이 강구되고 있다.

도서관교육 방법의 유형을 살펴보면 다음과 같다.

첫째는 일반교과의 학습과 같이 학년별로 도서관교육 시간을 배정하여 계획적 조직
적으로 지도하는 방법이다. 즉 독립과목으로서의 도서관이용 능력(Library Skill)지도이
다. 도서관 이용법은 단기간의 교육이나 경험으로 습득하기에는 너무 복잡한 지식과
기술이기 때문에 단계적인 이용지도가 필요하다. 그러므로 이용자교육을 본격화하기
위해서라도 한 학기 단위로 도서관 및 문헌이용 안내를 주요한 내용별로 지도계획을
세워 집중 지도하는 방법,8) 즉 교육과정형(curriculum type) 도서관교육이 필요하다.

둘째는 교과활동, 특별활동 등 정규적인 학습 중에 도서관을 이용해야 하는 과제를
낸다든가 하는 방법으로 수업 중에 자연적으로 지도하는 방법 즉 비교육과정형(Non
curriculum type)이다.

셋째는 교내방송, 게시, 안내 팜프렛 배포 등의 방법을 사용하거나 개인교육
(Individual instruction), 즉 도서관 참고봉사의 일환으로 이루어지는 개인 대 개인(person
−to−person)으로 도서관 이용방법을 지도하는 방법인 비교육과정형(Noncurriculum type)
이다.

이러한 몇 가지 유형의 도서관교육을 치밀한 지도계획을 수립하여 학교사정, 학년수
준, 학생들의 도서관 이용도에 맞추어 실시해야 할 것이다.

3.2.4 도서관교육의 내용

도서관교육을 효과적으로 하기 위해서는 그 내용이 학생들의 성장발달에 맞아야 하
며 그 범위와 내용이 조직화되고 도서 및 도서관이용에 대한 올바른 지식, 기능, 태도
를 함양하는 내용으로 구성되어야 하는데 단원별로 요약하여 정리하면 다음과 같다.

단원 1. 학교도서관에 대하여 알아보자.

---

8) 최은주, "대학도서관에서의 이용자 교육에 대한 고찰", 경기대학 논문집(인문과학), 15권 1
호, p.288.

ㅇ 학교도서관의 목적은 무엇인가

ㅇ 학교도서관의 운영·조직은 어떻게 되어 있는가

ㅇ 학교도서관에는 어떤 자료가 있는가

ㅇ 도서관자료는 어떻게 배열되어 있는가

ㅇ 도서관자료는 어떻게 찾는가

ㅇ 도서관자료를 어떻게 이용할 수 있는가

단원 2. 도서와 도서관의 역사에 대하여 알아보자.

ㅇ 종이는 어떻게 만들어져 왔나

ㅇ 책은 어떻게 만들어져 왔나

ㅇ 인쇄술은 어떻게 발달되어 왔나

ㅇ 도서관에는 어떤 종류가 있나

ㅇ 도서관은 어떻게 발달되어 왔나

ㅇ 우리 지역사회에는 어떤 도서관이 있나

단원 3. 도서관에서 지킬 일을 알아보자.

ㅇ 도서관에서 지켜야 하는 규칙은 어떤 것이 있나

ㅇ 도서관자료는 어떻게 취급하나

ㅇ 독서하는 자세와 태도, 습관을 배우자

ㅇ 책을 깨끗하게 보는 방법을 배우자

ㅇ 책을 읽기 전과 후에는 위생생활을 위해 어떻게 해야 하나

단원 4. 책은 어떻게 구성되어 있으며 어떻게 다루면 좋은지 알아보자.

ㅇ 한 권의 책이 되기까지의 과정을 안다

ㅇ 책은 어떻게 다루나

ㅇ 파손된 책을 수리해 보자

ㅇ 문집은 어떻게 만드나

단원 5. 책은 어떻게 선택하면 좋은가

ㅇ 어떤 책이 좋은 책일까

ㅇ 학습에 도움이 되는 책은 어떤 것이 있나

ㅇ 자기에게 알맞은 책은 어떤 것이 있나

단원 6. 책은 어떻게 분류되고 배열되어 있는지 알아보자.

ㅇ 책이 서가에 어떻게 정리되어 있는지 알아보자

○ 한국십진분류표의 100구분을 알아보자

○ 책의 레이블에 있는 분류기호, 도서기호, 권책기호의 뜻을 알자

○ 학급문고를 이용하기 쉽도록 정리해 보자

단원 7. 도서목록의 사용법을 알아보자.

○ 목록의 종류에는 어떤 종류가 있나

○ 카아드 목록 찾는 방법을 알아보자

○ 카아드 목록 기입형식과 그 뜻을 알아보자

○ 조사하고 싶은 주제를 찾아서 읽어보자

단원 8. 사전(말사전, 일사전)의 사용법을 알아보자.

○ 사전의 종류, 내용, 구성, 특징을 알아보자

○ 사전의 이용법을 익히자

○ 학습할 때에 사전을 활용하는 습관과 태도를 갖자

단원 9. 연감, 통계자료의 이용법을 알아보자.

○ 연감, 통계자료의 종류와 내용구성을 알아보자

○ 연감, 통계자료의 활용법을 익히자

단원 10. 신문·잡자의 이용법을 알아보자.

○신문·잡지의 종류와 내용의 구성을 알아보자

○신문·잡지를 읽은 후 기사내용의 이용과 정리방법을 익히자

단원 11. 인포메이션 파일의 활용법을 알아보자.

○ 파일자료의 의의와 가치에 대하여 안다

○ 파일자료의 종류와 특성을 안다

○ 파일자료의 수집과 정리에 대하여 안다

단원 12. 책읽는 방법을 알아보자.

○ 목적에 따른 여러 가지 독서법을 안다

○ 학습을 위한 책과 재미있게 읽을 책을 안다

○ 독서회를 열고 독서감상문을 쓰는 방법을 안다

단원 13. 참고서목 작성법을 알아보자.

○ 읽은 책의 이름을 노트에 기입해 보자

○ 참고서목의 의의를 안다

○ 참고서목 작성법을 안다

ㅇ 학습노트의 기입방법을 안다
단원 14. 시청각자료의 취급과 이용법을 알아보자.
　ㅇ 시청각자료의 종류와 특성을 안다
　ㅇ 시청각 기교재를 조작해 보자
　ㅇ 수업에 필요한 자료를 만들어 보자

3.3 도서관교육 계획의 실제

3.3.1 일반목표

① 여러 가지 도서관자료를 스스로 유효적절하게 이용할 수 있는 지식·기능·태도를 습득시킨다.

② 학습에 필요한 여러 가지 도서관자료를 종류와 정리의 방법을 알게 한다.

③ 학교도서관의 조직·시설운영을 알게 한다.

④ 학교도서관 및 학교도서관 자료를 활용하는 경험을 통하여 바람직한 시민적·사회적 태도를 몸에 배게 한다.

3.3.2 학년목표

ㅇ 1학년

학교도서관은 공부하기에 좋은 곳, 즐거운 곳임을 이해시키고 도서관과 친해지도록 지도한다.

ㅇ 2학년

도서관은 여러 사람이 이용하는 곳으로 스스로 애호하는 태도를 길러서 흥미를 가지고 도서관을 이용하는 습관을 갖게 한다.

ㅇ 3학년

도서관 이용활동을 바탕으로 기초적인 이용능력과 습관을 기르고 도서관의 시설과 자료를 애호하는 태도를 길러 목적을 갖고 이용하게 한다.

○ 4학년

여러 가지 도서관자료의 이용을 통한 학습방법을 익히고 문제해결을 위한 효율적인 도서관 활용이 이루어지도록 지도한다.

○ 5학년

도서관의 의의와 도서관자료의 정리방법을 이해시켜서 학교도서관 운영에 참가하거나 협조할 수 있는 능력과 태도를 기른다.

○ 6학년

도서관의 조직과 기능을 이해시켜서 계획적이고 자주적으로 도서관의 활용이 이루어지게 하고 생활화하게 한다.

3.3.3 단원구성

주제 \ 학년	1	2	3	4	5	6
1. 학교도서관의 의의	우리학교 도서관 구경	우리학교 도서관 견학	우리학교 도서관의 자랑	도서관의 시설과 열람규정	도서관의 운영과 기능	도서관의 운영과 도서위원의 하는 일
2. 도서와 도서관의 역사	책 이야기	여러 가지 책	여러 가지 책	도서관과 책	도서관의 역사	책과 인쇄술, 도서관의 발달
3. 도서관에서 지킬 일	깨끗한 책	책읽는 버릇	책읽는 바른 자세	도서관의 규칙	독서 위생	도서관의 도덕과 위생
4. 책의 구성과 취급법	책읽는 차례	여러 가지 모양의 책	책 다루는 방법	책이 되기까지	책의 구성	활자의 생김새, 간이 제본 기술
5. 책의 선택	내가 좋아하는 책	재미있는 책	좋은 책 고르기	양서와 악서	책의 선택 기준	자료의 입수와 선택
6. 책의 분류와 배열	자기 책의 정돈방법	책의 정리정돈 방법	학급문고 정리와 이용	책의 분류와 정리	책의 장비와 배열	한국십진 분류법에 의한 분류(100구분) 와 정리
7. 목록의 사용법	·	·	·	책의 저자	책의 목록의 사용법	책의 목록과 카드사용법
8. 사전의 이용	·	·	도감의 이용	사전이용 방법	사전 찾기	말사전 일사전의 이용
9. 지도·연감·통계자료이용	·	·	그림지도	지도 읽기	연감·지도의 활용	지도·연감 통계자료의 이용법
10. 신문·잡지의 이용	유익한 만화	유익한 만화읽기	어린이 신문과 잡지	벽신문 만들기	학급신문 만들기	학교신문

주제 \ 학년	1	2	3	4	5	6
11. 인포메이션 파일	그림과 사진 모으기	그림과 사진으로 교실 꾸미기	그림엽서와 사진	파일자료의 정리	클리핑	파일자료수집과 정리 및 이용
12. 책 읽는 방법	그림책 읽기	책읽고 이야기하기	책읽고 이야기하기	책읽고 줄거리 적기	책읽고 느낀점 쓰기	독후감상문과 독서노트
13. 참고서목 작성	재미있는 책이름 대기	재미있는 책이름 적기	읽은 책과 읽을 책 이름적기	수업에 필요한 책이름 적기	도서자료의 서목작성법	참고가 되는 책목록 만들기
14. 시청각 자료의 취급과 이용	종이 극	그림연극 공연	그림연극 만들기	시각자료	시청각 자료	시청각 자료의 특색과 이용

3.3.4 시간운영

교과 \ 학년	1	2	3	4	5	6	계
도덕	2	2	2	2	2	2	12
국어	6	6	8	8	10	12	50
사회	4	4	4	4	4	4	24
특별활동	2	2	2	2	2	2	12
계	14	14	16	16	20	20	98

3.3.5 단원학습의 전개

6학년 과정 단원 12. "독후감상문과 독서노트"를 중심으로 학습지도안을 작성해 본다.

① 단원: 독후감상문과 독서노트

② 목표
◦ 독서노트 쓰는 방법을 알게 한다.
◦ 독후감상문을 쓰는 방법을 알게 한다.
◦ 독서기록과 감상문의 예문을 소개하고 설명하여 독후감상문 쓰기에 자신감을 갖게 한다.

③ 단원설정의 이유

책을 읽은 후에 읽은 책에 대하여 여러 가지 사항, 즉 저자, 서명, 출판지 출판사, 출판년, 주요내용, 느낀 점 등을 간단히 기록해 두게 함으로써 먼 훗날에 자기 자신의 독서력을 알 수 있고, 그 기록 속에서 저자와 등장인물의 사상을 찾아낼 수 있을 뿐만 아니라 독서발표회 때 자료로 활용할 수 있으며 특히 이 독서노트는 보다 훌륭한 독서 발표나 독서감상문을 쓰는 데 좋은 자료가 되는 것이다. 본 단원은 책을 읽고 난 후에 어떠한 방법으로든지 기록을 해두는 습관을 갖도록 지도해야 하며 이 간단한 독서노트 가 발전하여 독후감상문을 쓰도록 유도해야 할 것이다.

④ 지도계획

차　시	지 도 내 용
1차시(본시)	독서노트 기록 방법
2차시	독후감상문 쓰는 방법
3차시	독후감상문 예문 소개
4차시	독후 감상문 쓰기

⑤ 본시 교수－학습의 전개안

ㅇ 목표

읽은 책의 독서노트를 기록하는 방법을 안다.

ㅇ 교수－학습의 전개

단계	지도내용	교수－학습 활동	지도상의 유의점	시간	자료
도입	ㅇ학습목표제시 ㅇ학습동기 유발 및 분위기 조성	ㅇ본시의 학습목표를 학생들에게 제시한다. '읽은 책의 독서노트를 기록하는 방법을 알아보자' ㅇ요즈음 읽고 있는 책은 어떤 것이 있나? ㅇ가장 재미있었던 책은? ㅇ가장 재미있었던 내용은? ㅇ유익했던 내용은?	ㅇ학습자의 입장에서 목표를 진술한다. ㅇ학습목표제시는 쓰거나 단매괘도, 등 다양하게 제시할 수 있다 ㅇ가벼운 질문으로 학습 분위기를 조성한다.	5분	단매괘도

단계	지도내용	교수-학습 활동	지도상의 유의점	시간	자료
전개	°책을 읽고 난 후의 처리 °독서노트 기록하는 방법	°책을 읽은 후에 기록하는 방법은 어떤 것이 있나? ·내용, 느낀 점, 본받을 점을 체계 있게 쓰는 방법(독서감상문) ·책을 읽은 동기, 내용, 결과를 일기처럼 기록하는 방법(독서일기) ·감상화를 그리는 방법(독서감상화) °메모형식 ·책의 이름과 지은이 등을 기록하고, 주제와 줄거리를 간단히 써 두면 좋다 ㉣ 저자, 성명, 출판지, 출판사, 출판년, 페이지, 가격, 청구기호, 출처, 읽은 날, 주제, 줄거리 편지글형식 지은이에게 - 감명 깊었던 일, 재미있었던 이야기, 새로운 각오나 느낀 점, 감사하는 내용 등 주인공에게 - 좋은 점, 나쁜 점, 본받을 점, 등을 칭찬 또는 충고하는 형식 친구에게 - 읽은 내용이나 느낀 점, 감명받은 점 등을 친구에게 편지하는 형식으로 씀 자신에게 - 읽은 내용을 생각하면서 자기자신에게 편지하는 형식으로 씀 유익한 곳 옮겨쓰기 기억해 두고 싶은 곳 옮겨쓰기		30분	독서노트 기록하는 방법의 실예
정리	학습내용 정리 차시예고	위와 같이 독서 후에 기록을 남겨두면 훌륭한 독후감상문을 쓸 수 있고 독후감 발표, 독서토론을 하는데 좋은 자료가 된다. 다음 시간에는 독후감상문 쓰는 방법에 대하여 공부한다.	독서 후에는 반드시 메모하는 습관을 갖도록 지도한다.	5분	원고지 읽을 책 독서노트

° 평가

① 책을 읽고 난 후에 기록해 두는 방법에 대해서 말할 수 있는가?

② 독서노트를 기록하는 방법을 알았는가?

3.4 결론

학교교육에서 중요한 관심은 학생들의 학습력을 신장시키는 일이다. 학습력이란 학생이 스스로의 힘에 의하여 학습을 수행해 나갈 수 있는 능력이라는 점에서 도서관활동 능력까지 포함된다.

도서관교육과 관계가 깊은 학습력은 학습동기, 학습방법, 독서력과 같은 학습자의 특성 또는 능력을 말하는 기초적 학습력이다.

이러한 학습력을 신장시키기 위해서는 학생들의 학습하는 행동방식을 변화시켜야 하는데 그것은 도서관교육을 떠나서는 생각할 수 없는 것이다. 왜냐하면 도서관은 생활중심 교육에서 학문중심, 인간중심 교육을 하기 위한 학습력의 구성 변인의 중요한 요인이기 때문이다.

일선 교수현장에서 아무리 좋은 교수학습방법이 적용되더라도 도서관적 교수방법의 활용 없이는 그 성과를 얻기란 어렵다고 보기 때문에 도서관교육의 중요성이 더욱더 강조되는 것이다.

그러므로 교육현장에서 학습력 신장책의 하나로 실시되는 도서관교육은 초등학교에서 어떠한 계획과 내용으로 어떠한 교수방법으로 시행하여야 하는 것이 바람직한 것인지 연구해야 할 것이다.

도서관교육은 실용지식을 체득시키는 것으로서 학교교육 기간 중에서 실시되어야 함은 물론 장래의 특정한 생활환경에 적응하기 위한 준비교육이기도 하다.

그러므로 초등학교에서 도서관교육은 전술한 바와 같이 정규교과와 같이 독립과정으로 편성되고 교육되어야 하면 지식·이해뿐만 아니라 태도, 기능 등 고등정신 과정과 정의적 목표까지를 동시에 달성할 수 있는 총 종합인 교수방법이 고찰되고 활용되어야 할 것이다.

다시 말하면 도서관교육은 정보를 수집·평가하고 구체적인 지식 전수에서 탈피하여 전이력을 갖는 방법적·이동적인 지식을 배경으로 문제를 분석하고 종합하여 유추·통찰할 수 있는 사고능력의 신장이 도모되는 교수방법의 접근을 통하여 교육효과를 높일 수 있는 것이다.

참고문헌

(1) 교육신보, 1989년 5월 22일자.

(2) 김효정. "학교도서관", 한국도서관 발전을 위한 국가정책에 관한 연구, 이대도서관학과 창립20주년 기념 논문집 별쇄본, 서울, 이대도서관학과, 1980.

(3) 숭의여전 도서관학 연구지 편집위원회, "이용자 분석을 통한 도서관 아용지도의 방향", 도서과학 연구지 제14호.

(4) 이근철, 도서관교육 교수-학습모형 정립에 관한 연구, 도서관 제13권 제5호, 1976.

(5) 이만수, "수업공개방식의 개선방안", 주임강좌, 제5권 제11호.('85. 11.).

(6) 이만수, 김기태, 학교도서관경영론, 서울, 교학연구사, 1988.

(7) 이만수, 한성택 , 도서관교육, 구미무역(주)출판사, 1989.

(8) 최은주, "대학도서관에서의 이용자 교육에 대한 고찰", 경기대학 논문집(인문과학), 15권 1호.

(9) A. L. A., Personal Organization and Procedure; a manual suggested for use in College and University Libraries, Chicago, 1952.

(10) Dewey, John, The school and Society, The University of Chicago press, 1953.

4 도서관교육에 관한 고찰
- 중학교를 중심으로 -

4.1 서론

상급학교 진학을 위하여 학교에서 이루어지고 있는 지식 위주의 주입식 교수방법은 이해력, 적응력, 분별력, 종합력 및 문제해결력 등의 고등정신 기능을 개발시키지 못함은 물론, 바람직한 전인교육을 이룩하는 데 저해요인이 되는 것이다. 그러므로 학교의 교수-학습방법은 학생들에게 지식을 얻을 수 있는 능력을 자극하고, 공부하는 방법을 안내하며, 자료의 출처를 제공해 주어, 학생 스스로가 자료에 접하여 새로운 사실과 지식, 사상을 직접 조사·분별·연구하여 문제를 해결하고, 경험하고, 발견하는 문헌유도적 교수방법(Book oriented method of teaching), 도서관적 교수방법(Library method of Instruction)으로 전환되어야 한다.

이러한 교수-학습방법이 채택되려면 학생들이 도서관에 있는 자료를 효과적으로 활용할 수 있어야 하는데 교사는 학생들에게 '자료를 어떻게 찾는가?', '찾은 자료는 어떻게 이용하는가?', '어떤 때에 어떤 자료를 이용하면 좋은가' 등과 같은 도서관자료와 도서관의 이용에 관한 기본적인 지식과 기능을 지도해야 한다.

그러므로 학생들의 탐구학습이나 자율학습 능력을 개발시키고 나아가 적극적이고 활발한 사고력을 신장시키는 중학교 교육의 정상화를 위해서 도서관교육이 절실히 요청되는 것이다.

4.1.1 교육과 도서관

우리나라의 교육은 홍익인간의 이념 아래, 모든 국민으로 하여금 인격을 도야하고, 자주적 생활능력과 민주시민으로서의 필요한 자질을 갖추게 하여, 인간다운 삶을 영위하게 하고, 민주국가 발전과, 인류공영의 이상을 실현하는 데 이바지하게 함을 목적으로 하고 있다.[1] 이러한 교육 이념을 바탕으로, 이 교육과정이 추구하는 인간상은 다음과 같다. 즉 전인적 성장의 기반 위에 개성을 추구하는 사람, 기초 능력을 토대로 창의적인 능력을 발휘하는 사람, 폭넓은 교양을 바탕으로 진로를 개척하는 사람, 우리 문화에 대한 이해의 토대 위에 새로운 가치를 창조하는 사람, 민주 시민 의식을 기초로 공동체의 발전에 공헌하는 사람을 기르는 데 목표를 두고 있는 것이다. 학교도서관(도서실)은 이러한 학교 교육목표 달성을 위한 기본적인 교육시설로서 도서관자료(교육자료)를 수집, 정리, 분별, 보서, 축적하여 교원과 학생의 교육–학습활동을 지원함을 주된 목적으로 하는 학교교육에 있어서 없어서는 안 될 교육의 필수기관이다.

현대의 교육은 각 개인의 타고난 성장 가능성을 그의 내적 성장력을 원동력으로 하여 가치 있는 방향에서 최대한 실현시키도록 돕는 일을 본질로 하여야 한다.[2] 즉 학습자에게 그 내적 성장력을 키워주는 일, 다시 말하면 자율적 학습능력 혹은 학습을 위한 학습(Learning for Learning)을 극대화시켜 주는 일이 되어야 한다.[3]

그러나 이와 같은 것은 교사의 부단한 자기노력과 연수를 통한 학습방법의 개선이나 학생들에게 학습자료를 제공해 주고, 스스로 공부하는 학습의 장인 학교도서관발전 없이는 불가능하다고 본다.

미국의 실용주의 교육학자인 죤듀이(John Dewey)는 일찍이 그의 저서 「The school and society」에서 도서관을 다음과 같이 도시하고 "학생들의 실제적인 활동에 대하여 재음미하는 실"이라고 하였다.

---

1) 교육과학기술부(교육인적자원부), 초·중등학교 교육과정, 교육인적자원부 고시 제2007–79호.
2) 이영덕, "평생교육 개념에 대한 교육체제 대안 연구", 서울대학교 교육 연구, 1983, 5, 83–1, p.23.
3) 이영덕, 상게서, pp.24–25.

존듀이의 '교육의 장' 모형[4]

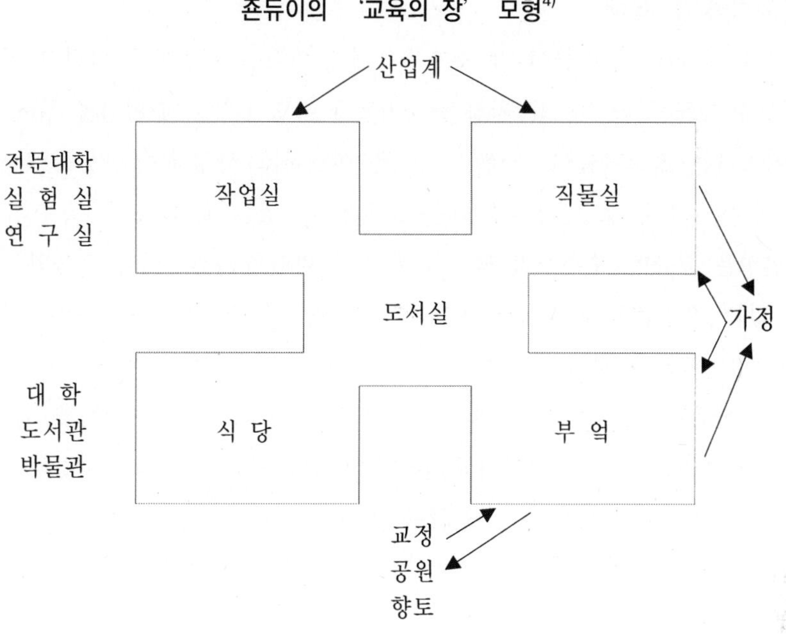

4.1.2 학교도서관과 중등교육

중등학교 교육의 목적이 "건전한 심신을 기르고 개성에 맞는 진로탐색에 필요한 지식과 기술을 습득하게 하며, 공정한 판단력과 자율적 활동 능력을 기르는 데 있고, 사회성원으로서의 역할을 수행하고 원만한 인격을 형성하며, 자신의 진로개척에 필요한 자질을 기른다."라고 명시되어 있지만 학교교육 현장을 들여다볼 때 학교에서 참다운 인간교육의 성취 및 사고력, 창의력, 탐구력 등 고등정신 기능, 그리고 올바른 진로관을 형성시켜 주는 데 만족스런 결과를 얻지 못하고 있는 실정이다. 그 이유는 여러 가지 측면에서 논의될 수 있겠으나 교수-학습과정에서 필수적으로 요청되는 교수자료 및 학습보조자료(Instructional Media) 또는 실험·실습기재 및 시설 등의 부족현상[5]으로 다양하고 적합한 교수-학습방법을 활용할 수 없게 할 뿐만 아니라, 학생들의 탐구학습이나 자율학습 능력을 개발시키고, 적극적이고 활발한 사고력을 신장시키지 못하

---

4) John Dewey, The school and Society, The university of chicago press, chicago, 1953, p.72.
5) 곽병선 외, 초등교육 내실화방안 탐색 기초 연구, 서울: 한국교육개발원, 1982. pp.56-62.

고 있음을 지적할 수 있다.

교육은 장차 이 나라를 이끌어 갈 청소년들에게 타고난 소질을 계발하고 자기실현의 길을 개척할 수 있도록 하여 미래 지향적 가치관을 확립시키는 데 역점을 두어야 한다.

우리의 자라나는 청소년들이 조국과 민족을 이해하고 사랑하며 헌신적 봉사를 하겠다는 굳은 의지를 가질 때, 한국의 미래는 보장될 수 있을 것이다.

오늘의 번영은 교육이 중추적인 역할을 하였고 미래의 번영 역시 교육의 힘에 의존할 수밖에 없는 것이라면 교육개혁 정책의 일환으로서 학교도서관(도서관) 육성에 관심을 돌려야 할 때가 온 것이다.

오늘날 우리사회가 해결해야 할 과제가 많지만 국가발전과 민족번영을 위한 교육에 과감한 투자가 있어야 하며, 특히 학교교육의 방향을 유도하고, 교육과정의 질적 관리를 효과적으로 수행하는 학교도서관 육성이 최우선이 되어야 할 것이다.

도서관 정책이 문화부로 이관되기 전에 당시 문교부가 국회에 제출한 학교도서관 육성발전 계획자료에 의하면 초·중고등학교 도서관을 현재의 단순 독서학습 공간에서 도서관과 시청각실을 겸한 종합교육자료 센터로 육성·발전시킨다는 방침 아래, 1990년부터 1996년까지 총 2천 9백 62억 원의 예산을 들여 열람석 및 장서를 대폭 확충시키기로 했으며, 그 구체적 내용은 학생수의 5%수준인 열람석수를 10%로, 학생 1인당 2~3권에 그치고 있는 장서수를 5권 수준으로 끌어 올린다는 것이다.

이와 함께 학교도서관이 교사·학생의 교수-학습활동을 지원해 주는 기능을 담당할 수 있도록 도서관과 시청각실을 통합 교육자료 센터로 운영하기로 한다[6]는 것이었다. 그러나 이러한 계획도 국회의 무성의와 도서관정책이 문화부로 이관되면서 퇴색되지 않을까 심히 염려되는 바이다. 아무쪼록 학교도서관 운영에 행·재정적 지원을 아끼지 말아야 할 것이다.

다시 말하면 학교도서관이야말로 중등교육의 당면 과제를 해결해 줄 수 있는 청소년 교육의 실험장소(Laboratory)로써 선택된 자료환경을 만들어 청소년에게 스스로 문제를 탐색, 발견, 해결하려고 하는 곳으로 중학교 교육에서 가장 중요한 위치에 있다고 보는 것이다.

---

6) 교육신보 1999년 5월 22일.

4.1.3 학교도서관의 교육적 기능

'대학도서관은 그 대학의 거울이며 구심점이다'라고 하는 것과 마찬가지로 '학교도서관도 그 학교의 거울이며 구심점'이라고 할 수 있다.

오늘날의 교육이 획일적인 집단교육에서 개성을 존중하는 교육으로 전환되고 이해를 주로 하는 학습에서 문제해결학습, 탐구학습으로, 전인교육을 통하여 자발적인 사고력을 배양하는 데 중점을 두고 있으므로 자주적이고 능동적인 학습은 교실에서 실시되는 교과서에 의한 한정된 공간에서의 지식이 전달로서는 이루어지기 어려운 것이다.

학교의 수업은 지식의 전달뿐만 아니라 학생들에게 문제를 해결할 수 있는 방법을 제공하는 수업, 즉 '문헌유도적 교수방법, 도서관적 교수법'으로 전환되어 학생들이 도서관을 자유롭게 이용할 수 있도록 지도해야 한다.

학교도서관 기능은 여러 측면에서 제시할 수 있으나 교원과 학생의 교수－학습활동을 지원함을 주된 목적[7]으로 하고 학교교육에 필요한 자료의 수집·정리·분석·보존·축적 및 그 이용, 독서지도 및 도서관 이용의 지도, 시청각자료의 개발 제작 이용, 기타 학교도서관으로서의 기능수행에 필요한 업무[8]를 하는 것이라고 했다. 한편 학교도서관의 공통적 기능[9]을 들면 다음과 같다.

① 학교의 수업(교육)계획을 돕는다.

② 수업진행에 활용되는 도서와 비도서 자료들을 수집·정리하고 이용하게 한다.

③ 도서관 자료를 이용하는 데 필요한 시설이나 도구를 준비·제공한다.

④ 학생들이 효과적으로 도서관 시설 및 자료를 사용할 수 있도록 지도해 준다.

⑤ 학생들이 학교를 졸업한 후에도 도서관을 이용할 수 있도록 하는 습관을 기른다.

⑥ 독서를 권장하고 지도한다.

⑦ 교사나 학생들이 연구에 필요한 도서관적 요구를 최대한으로 충족시킨다.

⑧ 지역사회 주민에 대한 봉사를 한다.

또한 학교도서관의 교육적 기능으로는 다음과 같이 나누어 생각할 수 있다.

---

7) 도서관진흥법 제1장 2조 5항.
8) 도서관진흥법 제5장 35조.
9) ALA Personel Organization and Procedure a manual suggested for use in college and univ. Libraries, Chicago, 1952, p.3.

(1) 지식과 사상을 보존한다

지식과 사상의 보존은 문화유산의 보존을 뜻한다.

학교도서관은 학생이 추구할 지식과 사상을 보존하는 기능을 갖는다. 오랫동안 교육을 통해서 이루어 놓은 훌륭한 교육적 자료, 즉 학교교육에 필요한 지식과 사상을 보존하는 데 중추적인 구실을 하는 곳이기도 하다.

교육현장에서 요구되는 새로운 지식과 이론과 사상은 학교도서관에 축적되고 문화유산에 의해 구축되는 것이다.

(2) 이용자를 교육한다

교사는 학생들에게 도서 및 도서관이용을 잘 할 수 있게 하는 이용자 교육을 해야 한다. 자료라고 하는 물리적 대상 그 자체를 보존하는 일이 중요한 것이 아니라 거기에 담겨진 지식과 사상을 학생들에게 이어 주고, 그 토대 위에서 새싹이 트이도록 인도해 주는 이용자 교육이 중요한 것이다.

왜냐하면 현대적 교육이 교실 수업에만 의한 추상적인 부수로 그치는 것이 아니라 학생 스스로가 자료에 접하여 사실과 지식과 사상을 직접 조사·분석·연구하여 문제를 해결하고 경험하고 발견하는 이른바 문헌유도적 교수법을 중시하는 점에서 더욱더 그렇게 본다.

학생은 이처럼 스스로 공부하는 자발적인 방법을 통하여 생애에 걸쳐 민주시민이 되어야 하기 때문에 그 의의가 크다. 학교도서관은 정보자료를 평가·수집·정리·보관하여 그 자료의 이용방법을 교육하고 지도하여 안내해 주고 도와주는 이른바 이용자 교육을 해야 한다.

(3) 연구와 조사활동을 돕는다

학생은 배우면서 연구하고 교사는 가르치면서 연구하게 되는 것이다. 학생과 교사에게서 연구와 조사, 수업활동을 빼놓으면 아무 의의가 없을 것이요, 학교의 존재가치가 없을 것이다.

교사는 강의, 토론, 실험, 실습, 개별지도 등 수업의 방법에 상관없이 최종 성과는 학생들로 하여금 공부하는 마음을 불러일으키고 판단력을 일깨워 주며 배우고자 하는 의욕을 갖게 하는 일이다. 학교도서관은 교사와 학생들에게 보다 능률적으로 조사·연구 활동을 할 수 있도록 자료를 풍부하게 구성하는 한편 이용할 수 있도록 최대한의 봉사를 해야 한다.

(4) 독서지도를 한다

독서능력을 길러 주는 것은 생활경험을 확대하고 좋은 성격을 길러 주는 것이요, 충실한 학습활동을 할 수 있도록 학습능력을 길러 주는 것이다. 사실 모든 학습은 독서능력에 의존하는 것으로 독서는 학습의 기본적 조건이며 학습의 중요한 위치를 차지한다. 독서능력이 부족할 경우 학습습관, 학습태도, 학습기술이 빈약하게 되고, 학습능력이 저하된다. 또한 독서는 청소년들의 인격형성에 중요한 역할을 한다. 오늘날 정보화 사회에서 현대인들은 독서활동을 통하여 자기생활의 충실과 사회적 활동뿐만 아니라 전문적 지식을 습득하고 있는 것이다.

독서지도는 학교도서관을 통하여 교사가 수행할 임무요, 학교도서관의 중요한 기능 중의 하나이다.

(5) 교육자료 센터이다

수업이란 바람직한 행동의 변화가 이루어질 것을 기대하면서 교사와 학생 간의 계획된 상호작용[10]이며 학습자에게 학습이 일어날 수 있도록 하는 목적성, 의도성, 계획성을 가진 활동이다.

좋은 수업은 그 목표가 교육과정에 적합하고, 학생들로 하여금 학습이 잘 일어나도록 체계적으로 조정해 주는 수업이다.[11]

수업의 성패는 교사의 철저한 수업연구와 학생의 수업준비로 좌우되며 어떤 자료를 어떻게 제작하며 어느 시기에 투입하느냐에 달려 있다고 본다.

특히 개개 학생의 흥미와 취향, 교육의 목표, 학습속도와 학습방법에 맞는 학습이 가

---

10) 이만수, 한성택, 도서관교육론, 서울: 구미무역(주)출판부, 1999. p.26.
11) 이만수, "수업공개방식의 개선 방안", 주임강조, 제5권 제11호('85. 11.), p.55.

능하도록 하기 위하여 학교도서관에서 교수학습자료를 준비하여야 할 것이다.

다양한 자료의 이용이 증가되고 있는 오늘날의 교육현장에서 수업을 뒷받침해 줄 수 있는 각종자료, 즉 도서자료, 비도서자료, 시청각기교재을 구비하고 이용하게 하는 기능이 교육자료 센터로서의 학교도서관이 담당해야 할 교육적 기능이다.

4.2 도서관교육

4.2.1 도서관교육의 의의

학교도서관의 자료를 효과 있게 활용하도록 하기 위해서는 교사는 학생들에게 자료를 어떻게 찾으며, 찾은 자료를 어떻게 이용하는가, 또 어떤 때에 어떠한 자료를 이용하면 좋은가 등과 같은 도서관 자료와 도서관 이용에 관한 기본적인 지식과 기술을 지도해야 한다.

도서관교육이란 이용자의 정보요구로 인한 도서관의 자료와 서비스로 효율적으로 이용할 수 있도록 도서관의 조직구조와 활동내용, 소장자료의 유형과 이용법 등에 관계되는 지식, 기술 등의 능력을 개발시키기 위하여 실시하는 교육[12]으로서 Library Instruction, Library Lesson, Library Orientation, Library Teaching, Library User Education, Teaching use of Library 등의 말을 번역한 말로써 '도서관을 통한 교육'과 '도서관에 관한 교육'으로 나눌 수 있다. 전자는 도서관을 통하여 이룰 수 있는 생활지도, 교과지도, 독서지도, 특별활동 지도 등을 말하며, 후자는 도서 및 도서관이용에 대한 올바른 지식, 기능, 태도, 습관 등 이용능력을 개발해 주는 일이다.

오늘날 도서관교육은 일반적으로 도서 및 도서관이용지도(Use of books and Library)를 일컫는 것으로 도서관에 소장되어 있는 여러 가지 자료를 활용함으로써 특정 주제의 지식을 자기 자신의 능력에 따라서 획득하기 위한 기능을 지도하는 것으로서 문제해결이나 조사·연구를 하는 자율적인 학습을 위한 기술이다. 몇 개 대학에서는 교양과목으로 문헌자료 이용법(Use of Library and Referece Mateials),[13] 문헌이용

---

12) 숭의여전 도서관학 연구지 편집위원회, "이용자 분석을 통한 도서관 이용지도의 방향", 도서관학 연구지 제14호, p.52.
13) 숙명여자대학교.

법(Scientific Research and the Use of Libraries),[14] 과목을 개설하여 도서관 자료의 탐색과 이용법, Report나 졸업논문의 작성법, 문헌조사 카아드 작성 등을 가르치고 있다.

또한 1995년부터 시행되는 제6차 교육과정 개정 시안을 보면 초등학교에 선택과목으로 '독서'라는 과목이 들어가게 된 것은 획기적인 변화이다. 도서관 교육이란 '도서 및 도서관 이용의 능력을 갖도록 지도하는 것'이라 할 수 있다.

4.2.2 도서관교육의 목표

도서관교육은 학생들로 하여금 일생을 통한 학습과 연구의 도구인 도서관과 자료이용의 지식, 기능, 태도 등을 습득시켜 교과학습을 보다 효과적으로 학습할 수 있도록 하는 데 있으며 그 구체적인 목표는 다음과 같이 정리할 수 있다.

① 도서관자료를 이용하는 지식, 기능, 태도를 습득한다.

② 교수-학습에 필요한 도서관자료의 종류와 정리방법을 안다.

③ 도서관자료의 물리적 의미와 가치를 안다.

④ 도서관의 시설, 비품, 운영을 위한 조직을 이해하고 문화공간으로서의 친근감을 갖는다.

⑤ 도서관 및 도서관 자료를 이용하는 경험을 통하여 민주시민으로서의 태도를 갖는다.

4.2.3 도서관교육의 방법

도서관을 이용하는 학생들이 쉽게 자료에 접근하여 필요한 정보를 찾아낼 수 있도록 다양한 방법으로 도서관 이용교육을 해야 한다. 미국의 유니온-엔티코트 중앙학교구의 토마스 왓슨 초등학교에서 사용하고 있는 4개 영역의 평가를 보면(N. Y. state Education Department, 1972) 정보처리기능, 자아개념, 자아경향성 및 자기통제, 대인관계 등으로 나누어 수업과정의 한 부분으로 이루어지고 있다. 특히 정보처리 기능에는 논리성과 체계성, 분류 및 종합, 조직성, 자료이용, 도서관이용, 도서관에 보고하기, 발표준비, 기록의 정확성의 평가를 '양호함, 발달을 보이고 있음, 발달이 요망됨'으로 나누어 하고 있다.[15]

---

14) 명지대학교.

15) 곽병선, 초중등교육의 질 개선, 한국교육 개발원, 1985. p.83.

또한 프랑스에서도 초등학교에서 「어린이 서가」라는 과목으로 도서실 학습을 하고 있다.[16]

이런 점으로 보아 선진국에서는 다양한 방법으로 도서관교육을 하고 있음을 알 수 있다.

일반적으로 도서관교육의 유형을 살펴보면 다음과 같다.

첫째는 일반교과의 학습과 같이 학년별로 도서관교육 시간을 배정하여 계획적, 조직적으로 지도하는 방법으로 독립과목으로서의 도서관이용능력(Library skill) 지도이다.

도서관 이용방법은 단기간의 교육이나 경험으로 습득하기에는 너무 복잡한 지식과 기능이기 때문에 단계적인 이용지도가 필요하다. 그러므로 이용자교육을 본격화하기 위해서라도 한 학기 단위로 도서관 및 문헌이용 안내를 주요한 내용별로 지도계획을 세워 집중 지도하는 방법,[17] 즉 교육과정형(Curriculum type) 도서관 교육이 필요하다.

둘째는 교과활동, 특별활동 등 정규적인 학습 중에 도서관을 이용하여 해결할 수 있는 과제를 내는 방법으로 수업 중에 자연적으로 지도하는 방법, 즉 비교육과정형(Non Curriculum type)이다.

셋째는 교내방송, 게시, 안내 팜프렛 배포 등의 방법을 사용하거나 개인교육(Individual Instruction), 즉 도서관 참고봉사의 일환으로 이루어지는 개인 대 개인(Person to Person)으로 도서관 이용방법을 지도하는 방법인 비교육과정형(Non Curriculum type)이다.

이러한 몇 가지 유형의 도서관교육을 치밀한 지도계획을 수립하여 학교사정, 학년수준, 학생들의 도서관 이용도에 맞추어 실시해야 할 것이다.

4.2.4 도서관교육의 내용

도서관교육을 효과적으로 하기 위해서는 그 내용이 학생들의 성장발달에 맞아야 하며 그 범위와 내용이 조직화되고 초등학교 도서관교육과 연계하여 도서 및 도서관이용에 대한 올바른 지식, 기능, 태도를 함양하는 내용으로 구성되어야 하는데 단원별로 요약하여 정리하면 다음과 같다.

---

16) 곽병선, 전게서, p.71.
17) 최은주, "대학도서관에서의 이용자 교육에 관한 고찰", 경기대학 논문집(인문과학), 15권 1호, p.228.

단원 1. 도서관에 대하여 알아보자.

◦도서관에는 어떤 종류가 있나.

◦도서관의 운영·조직은 어떻게 되어 있나.

◦도서관에는 어떤 자료가 있나.

단원 2. 도서 및 도서관의 역사에 대하여 알아보자.

◦ 도서관의 종류와 발달에 대하여 안다.

◦ 책은 어떻게 발달되어 왔는가 안다.

단원 3. 책은 어떻게 선택하면 좋을까?

◦ 어떤 책이 좋은 책일까.

◦ 학습과 교양에 도움이 되는 책을 골라보자.

◦ 자기에게 알맞은 책은 어떤 것이 있나.

단원 4. 책은 어떻게 분류되고 배열되어 있는지 알아보자.

◦ 책이 서가에 어떻게 정리되어 있는지 알아보자.

◦ 한국십진분류법의 구성을 알아보자.

◦ 책의 청구기호를 알아보자.

◦ 학습문고를 이용하기 쉽도록 정리해보자.

단원 5. 도서목록의 사용법을 알아보자.

◦ 목록에는 어떤 종류가 있나.

◦ 카아드 목록 찾는 방법을 알아보자.

◦ 카아드 목록 기입형식과 내용을 알아보자.

◦ 조사하고 싶은 주제를 찾아서 읽어보자.

단원 6. 사전, 연감, 통계자료의 이용법을 알아보자.

◦ 사전의 종류와 구성, 특징을 알아보자.

◦ 연감, 통계자료의 종류와 내용, 구성, 특징을 알아보자.

◦ 사전, 연감, 통계자료의 활용법을 익히자.

단원 7. 신문, 잡지, 인포메이션 파일의 이용법을 알아보자.

◦ 신문, 잡지의 종류와 내용의 구성을 알아보자.

◦ 신문, 잡지를 읽은 후 기사내용의 활용과 정리방법을 익히자.

단원 8. 독서하는 방법을 알아보자.

◦ 목적에 따른 여러 가지 독서법을 안다.

◦ 학습을 위한 책과 교양을 위한 책을 안다.

◦ 독서 감상문을 쓴 방법을 안다.

◦ 독서토론회를 열고 발표를 하자.

4.3 도서관교육의 계획

4.3.1 일반 목표

① 도서관자료를 이용할 수 있는 지식, 기능, 태도를 습득시킨다.

② 학습에 필요한 도서관자료의 종류와 정리방법을 알게 한다.

③ 도서관의 조직, 시설, 운영을 알게 한다.

4.3.2 학년 목표

<1학년>

① 우리 학교의 도서관에 대하여 관심을 갖고 도서관 이용 능력과 습관을 기른다.

② 독서의 의의와 필요성을 이해하며 책을 읽고 독후감을 쓸 수 있게 한다.

<2학년>

① 다양한 도서관자료의 활용법을 익히고, 효율적인 도서관 이용방법을 알게 한다.

② 독서토론을 통하여 몰랐던 것을 알고 느낀 점을 이야기할 수 있다.

<3학년>

① 도서관자료의 정리방법을 알게 한다.

② 독서생활을 중요성을 알고, 일생동안 독서를 생활화할 수 있도록 한다.

4.3.3 단원 구성

<1학년>

1. 우리 학교 도서관(2시간)

1.1 우리 학교 도서관의 조직과 운영(1)

1.2 도서 대출과 반납방법(1)

2. 독후감상문과 독서노트(3시간)

2.1 독서노트 기록 방법(1)

2.2 독후감상문과 노트 쓰는 방법(1)

2.3 독후 감상문쓰기(1)

3. 독서의 의의와 필요성(2시간)

3.1 독서의 의의(1)

3.2 독서법(1)

4. 독서생활지도(2시간)

4.1 여름방학 독서계획(1)

4.2 공공도서관의 이용방법(1)

5. 도서 및 도서관의 역사(2시간)

5.1 도서관의 종류와 발달(1)

5.2 도서의 역사(1)

6. 독후감상문 발표(3시간)

6.1 독후감상문 발표방법(1)

6.2 독후감상문 발표(2)

7. 한 학년을 마치면(2시간)

7.1 겨울방학 독서계획(1)

7.2 한 학년을 마치며 종합평가(1)

<2학년>

1. 독서계획 및 도서관이용(2시간)

1.1 지난해의 학교도서관이용(1)

1.2 2학년 과정의 독서계획(1)

2. 독서력개발 방법(3시간)

2.1 눈으로 읽기와 의미 있게 읽기(1)

2.2 문장읽기와 주제읽기(1)

2.3 독서하기(1)

3. 인포메이션 화일자료(2시간)

 3.1 정기간행물(1)

 3.2 클리핑(1)

4. 독서토론(3시간)

 4.1 독서토론의 방법(1)

 4.2 독서토론(2)

5. 참고자료의 활용(2시간)

 5.1 사전의 이용법(1)

 5.2 참고도서의 이용법(1)

6. 한 학년을 마치며(2시간)

 6.1 겨울방학 독서계획(1)

 6.2 한 학년을 마치며 종합평가(1)

 <3학년>

1. 독서계획 및 도서관이용(2시간)

 1.1 지난해의 학교도서관 이용(1)

 1.2 3학년 과정의 독서계획(1)

2. 도서관 자료의 정리(4시간)

 2.1 도서관 자료의 정리(4시간)

 2.2 도서분류 방법(2)

 2.3 목록의 의의와 사용법(1)

3. 방학 중 독서생활(2시간)

 3.1 방학 중 독서과제(1)

 3.2 독서목록의 정리(1)

4. 도서선정(2시간)

 4.1 도서선정방법(1)

 4.2 양서와 적서(1)

5. 평생교육과 독서(2시간)

 5.1 평생교육과 독서생활(1)

5.2 독서생활반성과 졸업 후의 독서계획(1)

4.3.4 시간배당

학 년	1	2	3	계
시 간	16	14	12	42
계	16	14	12	42

4.3.5 단원학습의 전개

중학교 3학년과정 단원 2 '도서관자료의 정리'를 중심으로 교수－학습지도안을 작성해 본다.

① 단원: 도서관자료의 정리
② 목표 • 도서관자료 정리의 중요성을 안다.
　　　　• 도서관자료의 분류방법을 안다.
　　　　• 목록의 의의와 사용법을 안다.
③ 단원설정의 이유

도서관에는 학생들에게 필요한 정보, 즉 교양이나 학교수업 등에 이용되는 많은 문헌자료가 축적되어 있다. 학생들은 도서관에서 그 많은 자료를 어떻게 분류·목록하여 이용자들에게 신속하고 편리하게 이용할 수 있도록 하는가에 대하여 알아야 한다. 도서관자료를 이용자에게 매개하는 자료의 조직화 작업 중에 일차적이고, 가장 중요한 업무가 분류이다. 이용자들의 다종 다양한 정보요구에 필요한 정보를 신속하고 정확하게 제공할 수 있게 하기 위해서는 자료를 질서 있게 정비하고 조직하는 방법을 알아야 한다. 특히 학교도서관 자료 열람방식이 개가식·폐가식 어느 것이든 도서관 자료가 정리되는 원리를 알아야 자료를 효과적으로 이용할 수가 있어 독서생활과 자료이용을 도와줄 수 있으므로 본 단원의 지도가 필요하다.

④ 지도계획

차 시	지 도 내 용
1차시	도서관자료 정리의 의의
2차시(본시)	도서분류 방법
3차시	도서분류의 실제
4차시	목록의 의의와 사용법

⑤ 본시 교수－학습의 전개안

• 목표

한국 십진분류법에 의하여 도서를 분류하는 방법을 안다.

• 교수－학습의 전개

단계	지도내용	교수－학습활동	지도상의 유의점	시간	자료
도입	• 학습 목표제시 • 학습동기유발 및 분위기 조성	• 본시의 학습목표를 학생들에게 제시한다. '한국십진분류법에 의한 도서분류 방법을 알아보자' • 도서관의 많은 책들은 어떻게 정리되어 있을까?	• 학습자의 입장에서 목표를 진술한다. • 학습목표제시는 쓰거나 단매괘도 등 다양한 방법으로 제시할 수 있다. • 가벼운 질문으로 학습 분위기를 조성한다.	5분	단매 괘도
전개	• 도서분류의 의의	• 도서분류란 책을 그 내용의 주제나 형식에 따라 여러 가지로 구분하여 형식에 따라 여러 가지로 구분하여 체계 있게 조직하는 것'을 말한다. • 도서자료를 효과적으로 이용하고 관리할 수 있음. 효과적인 이용 신속한 발견 경제적 제공 효율적인 관리－업무의 신속화 및 간소화.	• 예를 들어 쉽게 설명한다.		

단계	지도내용	교수-학습활동	지도상의 유의점	시간	자료
전개	• 도서분류의 　효과 • 도서분류법 　(주류) 　(강목) · 분류하는 순서	• 한국십진분류법(KDC) 　Korean Decimal 　Classification • KDC의 분류기호 　KDC의 분류표는 다음과 　같이 주류, 강목, 요목, 　세목으로 구성되어 있다. 000총류　100철학 200종교　300사회과학 400순수과학 500기술과학 600예술　　　700어학 800문학　　　900역사 800문학(요목)810한국문학 810한국문학　　811시 820중국문학　　812희곡 830일본문학　　813소설 840영미문학　　814수필 850독일문학　　815연설· 　　　　　　　　　웅변 860불란서문학　816일기· 　　　　　　서간문·기행 870스페인문학　817풍자 890기타문학　　818기록문 　　　　　　학 및 잡록 • 분류하는 순서를 설명한다. ①분류표 선정하기 ②분류표 이해와 표의 적 　용 범위 정하기 ③도서의 내용파악하기 ④분류기호 부여하기 ⑤도서기호 정하기 ⑥청구기호 정하기 • 청구기호는 별치기호, 분 　류기호, 저자기호, 권책기 　호, 복본기호 등으로 구성 　된다. (예) R 별치기호 131 분류기호 동62ㅅ 저자기호 2=3 청구기호 권책기호 복본기호	• 이용자의 입장과 사 　서의 입장에서 생각 　하게 한다. • DDC와 NDC UDC 　도 간단히 설명한다. • KDC의 분류표를 괘 　도로 만들어 제시하 　며 설명한다. (세목) 813 한국소설 813.7 야담. 고담. 813.8 동화 • 분류표를　프린트하 　여 학생들에게 나누 　어 준다.		KDC 분류 표괘도

단계	지도내용	교수－학습활동	지도상의 유의점	시간	자료
전개	• 청구기호 　정하는 법	• 별치기호: R－참고도서 P－정기간행물T－교 과서M－지도 • 분류기호: 031－한국 어로 된 백과사전 • 저자기호: 동62ㅅ－ 누가 지은 무슨 책이 란 기호 동－동아출판사의 '동'자, 62－'아'의 'ㅇ'이 6, 'ㅏ'가 2, • 권책기호: '2'는 세계 대백과사전 중에서 2 번째임. • 복본기호: '=3'은 세 계대백과사전 2번째 권이 3권이나 있는데 3번째 책이다. C.3으 로 나타내기도 함.	• 학생들이 많이 읽는 책을 중심으로 예를 든다.	33분	• 이재철저자기 호5표는 괘도 로 준비하되 다음 시간에 설명한다.
정리	• 학습내용 　종합정리 • 차시예고	• 학생들이 많이 읽는 문학도서로 예를 들고 다시 한 번 설명한다. 월탄 삼국지, 중국고 전문학 선집4, 박종화 저, 어문각, 1982. 823 박75。 4=2 • 다음 시간에 공부할 문제를 제시하고 준 비물을 예고한다.	• 학생들이 얼마나 알 고 있는지 형성평가 를 실시해 본다.	7분	분류할 문학 도서

• 평가

도서분류의 의의를 이해했는가

KDC의 특징을 이해했는가?

도서분류의 순서를 알고 있는가?

분야별로 각기 다른 도서를 분류할 수 있는가?

도서기호를 정할 수 있는가?

청구기호를 정할 수 있는가?

4.4 결론

학교 교육에서 중요한 것은 여러 가지가 있겠으나 가장 중요한 관심은 학습력을 신장시키는 일이다. 학습력이란 학생이 스스로의 힘에 의하여 학습을 수행해 나갈 수 있는 능력이라는 점에서 도서관활동 능력까지 포함된다.

도서관교육과 관계가 깊은 학습력은 학습동기, 학습방법, 독서력과 같은 학습자의 특성 또는 능력을 말하는 기초적 학습력이다. 이러한 학습력을 신장시키기 위해서는 학생들의 학습 행동방식을 변화시켜야 하는데 그것은 도서관교육을 떠나서는 생각할 수 없는 것이다. 왜냐하면 도서관은 생활중심 교육에서 학문중심, 인간중심 교육을 하기 위한 학습력의 구성 변인의 중요한 요인이기 때문이다.

일선 교육현장에서 아무리 좋은 교수학습 방범이 적용되더라도 '도서관적 교수 방법'의 활용 없이는 그 성과를 얻기란 어렵다고 보기 때문에 도서관교육의 중요성이 더욱더 강조되는 것이다.

그러므로 교육현장에서 학습력 신장방법의 하나로 실시되는 도서관교육은 중학교에서 어떠한 계획과 내적으로, 어떠한 교수방법으로 시행하여야 하는 것이 바람직한 것인지 연구되어야 할 것이다.

도서관 교육은 실용지식을 체득시키는 것으로서 학교교육 기간 중에 실시되어야 함은 물론 장래의 특정한 생활환경에 적응하기 위한 준비교육으로 반드시 필요한 교육이다. 제6차 교육과정이 1995년부터 시행하게 되는데 다행히 선택과목으로나마 초등학교에서 '독서'라는 과목으로 채택된다는 것이 매우 획기적인 변화로 생각되지만 중학교에서 정규교과와 같이 독립과정으로 편성되고 교육되어야 하며 지식·이해뿐만 아니라 태도·기능 등 고등정신 과정과 정의적 목표까지를 동시에 달성할 수 있는 종합적인 교수방법이 고안되고 활용되어야 할 것이다.

도서관교육은 정보를 수집·조직·평가하고 구체적 사태에 적용하여 문제를 해결하는 기능뿐만 아니라 사실적이고 구체적인 지식 전수에서 탈피하여 전이력을 갖는 방법적, 구조적인 지식을 배경으로 문제를 분석하고, 종합하여 유추·통제할 수 있고 사고 능력의 신장이 도모되는 교수방법의 접근을 통하여 교육효과를 노릴 수 있는 것이다.

참고문헌

(1) 곽병선. 초중등교육의 질 개선, 한국교육개발원, 1985.

(2) 곽병선 외. 초등교육 내실화 방안 탐색기초연구, 서울: 한국교육개발원, 1982. 교육신보 1989년 5월 22일.

(3) 도서관진흥법.

(4) 문교부. 중학교 교육과정, 1987.

(5) 숭의여전 도서관학 연구지 편집위원회. "이용자 분석을 통한 도서관 이용지도의 방향", 숭의여전 도서관학 연구지, 제14호.

(6) 이만수. "수업공개방식의 개선방안", 주임강좌, 제5권 제11호('85. 11.).

(7) 이만수·한성택. 도서관교육론, 서울: 구미무역(주) 출판부, 1989.

(8) 이영덕. "평생교육 개념에 터한 교육체제 대안 연구", 서울대학교 교육연구, 1983. 5. 83−1.

(9) 최은주. "대학도서관에서의 이용자 교육에 대한 고찰", 경기대학 논문집(인문과학), 15권 1호.

(10) ALA Personel Organization and Procedure a manual suggested for use in college and univ. Libraries, chicago, 1952.

(11) The school and society, Dewey, John.

(12) The University of chicago, 1953.

5 도서관교육에 관한 고찰
- 고등학교를 중심으로 -

5.1 서론

오늘날 한국의 일반계 고등학교에서 이루어지고 있는 교육은 대학 진학을 위한 수학 능력고사 및 본고사를 대비하여 점수 획득을 위한 입시 교육이라 해도 좋을 듯싶다. 이러한 입시 위주의 점수 획득을 위한 획일적이고 집단적·주입식으로 이루어지고 있는 학습방법은 이해력이나 탐구력, 문제해결력, 분석력, 종합력 등의 고등학생 때에 성취해야 하는 학습능력을 개발시키지 못함은 물론이고 전인교육을 하는 데 저해 요인이 된다. 그러므로 고등학교의 교수-학습방법은 입시 위주, 점수 획득의 교육을 지양하고 학생들을 수업의 중심에 높고 학생들 스스로가 학습할 수 있는 자기학습이 가능하도록 해야 하며 학생들에게 공부하는 방법을 안내하며, 정보의 출처를 제공해 주어 학생 스스로가 정보에 접근하여 새로운 사실과 지식, 사상을 직접 분석, 탐구하여 학습하며 지식을 얻을 수 있는 능력을 자극해 주는 도서관적 교수법(Library method of Instruction) 또는 문헌유도적 교수법(Book-oriented method of Teaching)[1]으로 바꾸어야 한다.

이러한 교수-학습 방법이 채택되려면 학생들이 도서관에 있는 자료를 효과적으로 활용할 수 있어야 하는데 사서교사는 학생들에게 도서관의 조직, 시설, 운영에 관한 것을 알게 하고 도서관 자료를 이용할 수 있는 지식, 기능 태도를 습득시켜야 한다. 특히 자기에게 필요한 자료를 어떻게 찾는가? 찾은 자료는 어떻게 이용하는가? 학습 내용과 방법에 따라 어떤 자료를 이용하면 좋은가 등과 같은 도서관 요육을 정규 교과목으로 지도할 필요가 있다.

본 단원에서는 고등학교 학생들에게 탐구학습, 자율학습 능력을 계발시키고 나아가 학문연구의 기본자세를 갖도록 하기 위하여 현 한국 고등학교 교육의 현실을 고려하여 고등학교 도서관교육의 계획안을 수립하고 한 단원을 선정하여 교수-학습지도안 모형

---

1) 이만수, "도서관 교육에 관한 고찰 ── 초등학교를 중심으로 ──", 한국교육논총 제2집, 서울교육대학 초등교육연구소, 1990, p.249.

을 구안하여 제시하였다.

　본 고찰은 대학생들에게 도서관 교육을 강의하면서 느끼고 문제점으로 생각하고 있었던 바를 문헌조사를 통하여 정리하고 고등학교 도서관 교수－학습지도안 모형을 구안하여 제시하였다.

5.2 교육과 도서관

5.2.1 학교도서관과 중등교육

　우리나라의 교육은 홍익인간의 이념 아래, 모든 국민으로 하여금 인격을 도야하고, 자주적 생활능력과 민주시민으로서의 필요한 자질을 갖추게 하여, 인간다운 삶을 영위하게 하고, 민주국가 발전과, 인류공영의 이상을 실현하는 데 이바지하게 함을 목적으로 하고 있다.[2] 이러한 교육 이념을 바탕으로, 이 교육과정이 추구하는 인간상은 다음과 같다. 즉 전인적 성장의 기반 위에 개성을 추구하는 사람, 기초 능력을 토대로 창의적인 능력을 발휘하는 사람, 폭넓은 교양을 바탕으로 진로를 개척하는 사람, 우리 문화에 대한 이해의 토대 위에 새로운 가치를 창조하는 사람, 민주 시민 의식을 기초로 공동체의 발전에 공헌하는 사람을 기르는 데 목표를 두고 있는 것이다.

　학교도서관은 이러한 학교교육 목표달성을 위한 기본 시설로서 교육자료(도서관자료)를 수집, 정리, 분석, 보존, 축적하여 교원과 학생의 교수－학습활동을 지원함을 주된 목적으로 하는 학교교육에 없어서는 안 될 필수기관이다.

　현대 교육은 즐기면서 배우는 형태라야 하며 개인의 타고난 성장 가능성을 그의 내적 성장력을 원동력으로 하여 가치 있는 방향에서 최대한 실현시키도록 돕는 일을 본질로 하여야 한다.[3] 즉 학습자에게 그 내적 성장력을 키워주는 일, 다시 말하면 자율적 학습능력 혹은 학습을 위한 학습(Learning for Learning)을 극대화시켜 주는 일이 되어야 한다.[4] 그러나 이러한 것은 교사의 자기 노력과 연수를 통한 학습방법의 개선

---

2) 교육과학기술부(교육인적자원부), 초·중등학교 교육과정, 교육인적자원부 고시 제2007－79호.
3) 이영덕, "평생교육개념에 대한 교육체제 대안 탐구", 서울대학교 교육연구, 1983, 5. 83－1, p.23.
4) 이영덕, 상게서, pp.24－25.

이나 학습자료를 제공해 주고, 스스로 공부하는 학습의 장인 학교도서관 발전 없이는 불가능한 것이다. 미국의 교육학자 John Dewey는 『The school and Society』에서 학교도서관을 학생들이 실제적인 활동에 대하여 "재음미하는 실"이라고 하였다.5)

고등학교의 교육 목표는 중학교 교육의 성과를 바탕으로, 학생의 적성과 소질에 맞는 진로 개척 능력과 세계 시민으로서의 자질을 함양하는 데 중점을 둔다. 구체적으로 말하면 "① 심신이 건강한 조화로운 인격을 형성하고, 성숙한 자아의식을 가진다. ② 학문과 생활에 필요한 논리적, 비판적, 창의적 사고력과 태도를 익힌다. ③ 다양한 분야의 지식과 기능을 익혀, 적성과 소질에 맞게 진로를 개척하는 능력을 기른다. ④ 우리의 전통과 문화를 세계 속에서 발전시키려는 태도를 가진다. ⑤ 국가 공동체의 형성과 발전을 위해 노력하며, 세계 시민으로서의 의식과 태도를 가진다."라는 목표이다.6)

다시 말하면 일반계 고등학교의 교육목표는 성숙한 자아의식과 조화로운 인격을 형성하는 데 두고 강인한 체력과 의지를 가지게 하는 한편 민주주의 이념을 실현하며 국가사회 발전과 인류의 행복 증진에 기여하는 태도를 기르는 데 두고 있으며 실업계 고등학교의 궁극적인 목표는 학생들에게 취업할 수 있는 기회를 더 많게 하여 주고 직업에 능숙하게 대처할 수 있는 지식 기능의 양성과 기회의 부여, 그리고 신념을 가지고 일에 종사하는 태도를 양성하는 데 있고 과학계 고등학교는 과학과 수학에 뛰어난 학생들에게 적절한 교육을 실시함으로써 적성과 능력을 최대한 개발하게 하여 우수한 과학자가 될 수 있도록 교육하는 데 목표가 있으며, 체육계 고등학교는 체육에 관한 전문교육을 통하여 전문 체육인으로서의 자질을 기르며 예술계 고등학교는 예술에 관한 전문 지식을 통해 예술인으로서의 자질을 기르는 데 목적이 있다. 인생에 있어서 고등학교에 해당하는 시기는 예민한 감수성과 날카로운 지력으로 사물과 인생을 관찰하고 탐구하여 자신의 정체감과 가치관을 추구하고 형성해 나가는 중요한 시기이다. 이러한 발달상의 특징을 보이는 고등학교 학생들에게 절실하고 필요한 교육적 처방은 그들로 하여금 높은 수준의 지적 문화유산인 다양하고 질 높은 양서를 읽게 하는 일이다. 폭넓은 독서야말로 고등학교 학생들이 그들의 지적 발달과 탐구심을 만족시키며, 인생관과 가치관 그리고 자아 정체감을 확립시키고 도서를 좋아하는 사람, 교양이 풍부한 사람, 정보처리를 할 수 있는 사람, 문제를 탐구하는 사람, 가치관을 체득한 사람으로의 이상상으로 육성해 나가는 데 있어 절대적으로 필요하고 귀중한 활동 요소인 것이다.

---

5) John Dewey, The school and Society, The university of chicag press, Chicago, 1953, p.72.
6) 교육과학기술부(교육인적자원부), 초ㆍ중등학교 교육과정, 교육인적자원부 고시 제2007-79호.

그러므로 학교도서관이야말로 각종 교육매체를 개별적으로 이용하여 학습하게 하는 장소로서뿐만 아니라 각종 교육의 매체를 학생의 다양한 학습 능력과 유형에 따라 제공해 주는 학습활동의 중심 장소이며[7] 고등학교 교육의 목표달성을 위하여 정규 교과의 학습 활동뿐만 아니라 취미, 오락 등 과외 활동이나, 여가 선용을 위한 필수 불가결한 교육시설인 것이다.

나. 학교도서관의 교육적 기능

"학교도서관은 학교교육의 심장이다."[8] 또는 "정보사회에서의 학교교육은 학교도서관 미디어 센터에서 이루어져야 한다."는 이 말은 학교도서관이 현대교육에 있어서 차지하는 비중이 얼마나 큰지를 알려주는 말이다.

특히 오늘날과 같은 정보화사회에서는 학교교육의 중심과제인 새로운 학습방법의 개선은 무엇보다 새롭게 등장하고 있는 뉴미디어, 즉 멀티미디어 같은 고도로 발달된 학습자료에 의하지 아니하고는 학습의 효과를 기대할 수 없는 것이다. 그러므로 학교는 훌륭한 규모의 학교도서관 미디어센터를 설치하여 교육목적에 맞는 양질의 다양한 자료를 수집 정리하고 학생들이 자유롭게 이용하여 학습의 효과를 거둘 수 있도록 해야 한다. 이러한 의미에서 "학교도서관 없는 현대교육은 수영장 없이 수영을 가르치는 것과 같다"[9]고 말할 수 있다.

학교의 수업은 지식의 전달뿐만 아니라 학생들에게 문제를 스스로 해결할 수 있는 방법을 제공하는 수업, 즉 '文獻誘導的 敎授法 또는 圖書館的 敎授法으로 전환되어야 하고 학생들이 학교도서관 미디어 센터를 자유롭게 이용하여 정보에 접근할 수 있도록 해야 한다. 학교도서관의 기능은 여러 측면에서 논할 수 있으나 교원과 학생의 교수－학습 활동을 지원함을 주된 목적[10]으로 하고 학교교육에 필요한 자료의 수집·정리·분석·보존·축적 및 이용, 독서지도 및 도서관이용의 지도, 시청각자료의 개발·제작·이용, 기타 학교도서관으로서의 기능 수행에 필요한 업무[11]를 하는 것이라 했다. 또한 학교도서관은 기능은 효율적인 교수학습의 촉진과 함께 학교 교육목적의 효과적인

---

7) 김정소, 학교도서관 매체 센터론, 대구: 계명대학교출판부, 1993. p.14.
8) 이규범, "특집, 학교도서관 무엇이 문제인가 ─새 도서관법 개전에 따른 학교도서관 운영 문제", 새교육, 432호, 한국교원단체총연합회, 1990. 10월호. p.56.
9) 이규범, 상게서, p.56.
10) 도서관 및 독서진흥법 제1장 2조 6항.
11) 도서관 및 독서진흥법 제5장 35조.

달성을 위한 종합교육정보미디어 센터로서의 기능과 신속한 정보자료를 제공하는 기능, 교수-학습활동에 전개에 따른 정보자료 및 매체 활용에 관한 전문적 지도 조언과 지원 기능, 독서교육을 통한 정서순화와 여가 선용 지도기능, 학부모 및 지역사회 주민을 위한 정보자료 봉사기능과 같은 다원적인 정보센터로서의 기능을 가지고 있다

미국에서 제시한 학교도서관의 기능은 다음과 같다.12)

① 학교의 수업(교육) 계획을 돕는다.

② 수업진행에 활용되는 도서와 비도서 자료들을 수집·정리하고 이용하게 한다.

③ 도서관자료를 이용하는 데 필요한 시설이나 도구를 준비 제공한다.

④ 학생들이 효과적으로 도서관 시설 및 자료를 사용할 수 있도록 지도해 준다.

⑤ 학생들이 학교를 졸업한 후에도 도서관을 이용할 수 있도록 습관을 갖는다

⑥ 독서를 권장하고 지도한다.

⑦ 교사나 학생들이 연구에 필요한 도서관적 요구를 최대한으로 충족시킨다.

⑧ 지역사회 주민에 대한 봉사를 한다.

또한 학교도서관의 교육적 기능을 다음과 같이 나누어 생각할 수 있다.

① 교수-학습 활동의 장이다.

현대의 교육은 가르치는 것보다 학습하는 것에 중점을 두고 학생 스스로 자료를 찾아 정보를 발견하며 호기심을 가지고 새로운 문제에 대처하며 탐구할 수 있도록 해야 한다. 또한 교실에서 교사의 설명을 수동적으로 듣기만 할 것이 아니라. 실습실로, 실험실로, 현장으로, 특히 학습자료를 찾아 학교 도서관으로 가야 한다. 학교도서관은 학생들로 하여금 공부하는 마음을 불러일으키고 판단력을 일깨워 주며 학습하고자 하는 의욕을 갖게 하는 곳으로 학습 자체가 즐겁고 유익한 것이라는 점을 몸소 경험할 수 있는 유쾌하고 밝은 학습활동의 공간이다. 학교도서관은 학생들의 학습과 교사들의 연구를 도와주는 교수-학습활동의 장이다.

② 독서활동의 장이다.

독서는 지식의 보고요, 정신생활의 영양분이며, 수양의 비결, 성공의 첩경, 취미의 화

---

12) ALA, Personel Organization and procedure a Manual Suggested for use in College and Univ. Libraries, 1952, p.3.

원이다.13) 독서는 저자와의 대화를 통해서 경험을 확대하고 정보를 얻으며 즐거움과 여유 있는 생활을 안내해 주는 훌륭한 길잡이이다. 또한 독서를 통해서 교양이 풍부한 사람, 정보를 처리할 수 있는 사람, 문제를 잘 탐구하는 사람, 올바른 가치관을 체득한 사람이 길러진다. 그러므로 고등학교 학생들에게는 독서를 생활화할 수 있게 지도해야 하며 독서능력을 신장시켜 주어야 한다.

독서능력을 길러 주는 것은 생활경험을 확대하고 좋은 성격을 길러 주는 것이며 충실한 학습활동을 할 수 있도록 학습능력을 길러 주는 것이다. 사실 모든 학습은 독서능력에 의존하는 것으로 독서는 기본적 조건이며 학습의 중요한 위치를 차지한다. 독서능력이 부족하면 학습습관, 학습태도, 학습기술이 빈약하게 되고 학습능력이 저하될 수 있다. 독서는 청소년들의 인격형성에 중요한 역할을 한다. 오늘날 정보화사회에서 현대인들은 독서활동을 통하여 자기생활의 충실과 사회적 활동뿐만 아니라 전문적 지식을 습득하고 있는 것이다.14) 독서활동은 학교도서관을 통하여 사서교사가 중심이 되어 전개되어야 하며 학생스스로 터득해야 할 중요한 기본 학습활동인 것이다.

학교도서관은 학생들이 스스로 찾아와 즐겁게 생활하는 독서활동의 생활공간이다.

③ 학습자료 제공의 장이다.

수업이란 바람직한 행동의 변화가 일어날 것을 기대하면서 교사와 학생 간의 계획된 상호작용15)이며 학습자에게 학습이 일어날 수 있도록 목적성, 의도성, 계획성을 가진 활동이다.

좋은 수업은 그 목표가 교육과정에 적합하고, 학생들로 하여금 학습이 일어나도록 체계적으로 조정해 주는 수업이다.16) 수업의 성패는 교사의 철저한 수업연구와 학생의 수업준비로 좌우되며 어떤 자료를 어느 시기에 투입하여 어떻게 이용하느냐에 달려 있다. 특히 수업의 내용, 목표, 학습방법에 따라 필요한 자료가 학교도서관 미디어 센터에 구비되어 제공되어야 한다. 다양한 자료의 이용이 증가되고 있는 오늘날 교육현장에서 수업을 뒷받침해 줄 수 있는 각종 자료, 즉 도서자료와 비도서자료, 시청각기교재, 특히 첨단 기교재인 뉴미디어를 구비하고 이용하게 하는 기능이 학습자료 제공의

---

13) 조영희, 독서지도의 효율화 방법론, 전주: 신아출판사, 1993, pp.39 – 40.
14) 이만수, "도서관 교육에 관한 고찰 ― 중학교를 중심으로 ―", 문헌정보학논집 제3호, 1992. pp.225 – 226.
15) 이만수·한성택, 도서관교육론, 서울: 구미무역(주)출판부, 1989. p.126.
16) 이만수, "수업공개 방식의 개선 방안", 주임강좌 제5권, 제11호('85. 11.), p.55.

장으로서의 학교도서관이 담당해야 할 교육적 기능이다.

④ 이용자 교육의 장이다.

많은 종류의 매체와 훌륭한 시설을 갖춘 학교도서관이 있어도 학생과 교사가 이용방법을 몰라 자료와 시설, 기기를 이용하지 못한다면 무용지물이 될 것이다. 그러므로 사서교사는 학생들에게 도서 및 도서관 이용을 잘 할 수 있게 하는 이용자 교육을 해야 한다. 이용자 교육이란 학교도서관 및 타 도서관에 소장된 자료와 정보를 활용하여 특정주제의 지식을 자기 자신의 힘에 따라서 획득하기 위한 기술을 가르치는 것으로 특히 자율적인 학습과 주체적인 학습활동을 할 수 있는 능력을 교육하는 것이다. 왜냐하면 현대적 교육이 교실 수업에만 의존하여 지식의 전수로 그치는 것이 아니라 학생스스로가 자료에 접하여 사실과 지식, 사상을 직접 조사·분석·연구하여 문제를 해결하고 경험하고 발견하는 이른바 문헌유도적 교수법을 중시하는 점에서 더욱더 이용자 교육이 중요하다. 학교도서관은 정보자료를 수집·정리·보관하여 그 자료의 이용방법을 교육하고 지도해 주는 이용자 교육의 장이다.

5.3 도서관 교육

5.3.1 도서관 교육의 의의

도서관이 자료를 효과 있게 활용하여 학습을 되도록 하기 위하여는 학생들에게 자료를 어떻게 찾으며, 찾은 자료를 어떻게 이용하는가 또 어떤 때에 어떠한 자료를 이용하면 좋은가와 같은 도서관 자료와 도서관 이용에 대한 기본적인 지식과 기능을 지도해야 한다. 도서관 교육이란 이용자의 정보요구에 대해서 도서관의 자료와 서비스를 효율적으로 이용할 수 있도록 하기 위하여 도서관의 조직과 구조, 활동내용, 소장자료의 자료의 유형과 이용법에 관계되는 지식, 기술 등의 능력을 개발시키기 위하여 실시하는 교육[17][16] 으로써 미국에서는 Library Instruction, Library Lesson, Library

---

17) 숭의여전 도서관학 연구지 편집위원회, "이용자 분석을 통한 도서관 이용지도의 방향", 숭의여전 도서관학 연구지, 14호, p.52.

Orientation, Library Teaching, Library User Education, Teaching Use of Library 등 다양하게 표현하고 있다. 도서관 교육은 도서관을 통한 교육과 도서관에 관한 교육으로 나눌 수 있는데[18][17] 전자는 도서관을 통하여 이룰 수 있는 생활지도, 교과지도, 독서지도, 특별활동지도 등을 말하며, 후자는 도서 및 이용에 관한 올바른 지식, 기능, 태도, 습관 등 이용능력을 개발해 주는 것이다.

오늘날 도서관교육은 일반적으로 도서 및 도서관 이용에 관한 지도를 일컫는 것으로 도서관에 소장되어 있는 여러 가지 자료를 활용함으로써 특정 주제의 지식을 자기 자신의 능력에 따라서 획득하기 위한 기능을 지도하는 것으로서 문제해결이나 조사 연구를 자율적인 학습을 위한 기술이다. 미국에서는 주에 따라 약간의 차이는 있지만 대부분의 주에서 문헌정보 교육, 즉 도서관 교육을 실시하고 있으며 특히 펜실베이니아 주 교육청의 예를 들면 초등학교, 중학교, 고등학교에 각각 문헌정보 교육과정(Library Media Curriculm)에 따라 30시간 이상의 문헌정보 교육을 하도록 교육과정 규정(Curriculum Regulation)의 5장 5조 7항에 명시하고 있다.[19] 우리나라는 현행 교육과정에 초·중학교의 국어 내용에 학년별 읽기에 대한 사항 속에 독서교육에 관한 내용이 들어 있어 독서지도를 하고 있다. 특히 고등학교 교육과정의 국어과 내용 중 독서의 항목이 있는 것은 획기적인 변화이며 96학년도부터 시행하고 있는 고등학교 교육과정에 독서를 정의하고 있으며 별도 교과목으로 책정된 독서과목의 성격을 "학생들로 하여금 국어 과목의 교육성과를 바탕으로 독서의 본질과 원리를 이해하고, 독서 기능을 체계적으로 습득하여, 독서에 대한 올바른 태도 및 습관을 형성하게 하는 과목이다"라고 규정하고 있다.[20] 우리나라 몇 개 대학에서도 교양선택 과목으로 문헌이용법 또는 문헌자료 이용법이라는 과목을 개설하여 도서관 자료의 탐색과 이용법, Report나 졸업논물의 작성법, 문헌조사 카아드 작성 등을 가르치고 있다.[21]

도서관 교육이란 "도서 및 도서관 이용에 관한 것을 지도하는 것"이라 할 수 있다.

---

18) 이만수·한성택, 전게서, p.126.
19) Pennsylvania State of Dep. of Education, in Section 5. 7, chapter 5 Curriculum regulation.
20) 허병두, "독서교육 활성화를 위한 학교도서관의 역할", 전국도서관대회 주제 발표 논문, 서울: 한국도서관협회, 1994. pp.73−74.
21) 명지대학교, 숙명여자대학교, 서강대학교.

5.3.2 도서관 교육의 목표

도서관 교육은 학생들로 하여금 일생을 통한 학습과 연구의 도구인 도서 및 자료 그리고 도서관에 대한 이용의 지식, 기능, 태도 등을 습득시켜 교과학습을 보다 효과적으로 학습할 수 있도록 하는데 고등학교 학생을 위한 그 구체적인 목표는 다음과 같다.
  1) 도서관자료를 이용하는 지식, 기능 태도를 기른다.
  2) 교수－학습에 필요한 도서관 자료의 정리 방법을 안다.
  3) 도서관 및 자료를 이용하는 경험을 통하여 문화공간으로서 친근감을 갖는다.
  4) 바람직한 독서 습관과 태도를 갖는다.

5.3.3 도서관교육의 유형

도서관을 이용하는 학생들이 쉽게 자료에 접근하여 필요한 정보를 찾아낼 수 있도록 다양한 방법으로 도서관 교육을 해야 한다.
  도서관 교육의 유형에는 크게 교육과정형과 비교육과정형으로 나눌 수 있다.

1) 교육과정형 도서관교육

미국에서 많이 이루어지고 있는 형태로 특별히 시간을 정하여 일반교과의 학습과 같이 학년별로 시간을 설정하여 계획적 의도적으로 지도하는 방식이다.
  도서관 이용방법은 단기간의 교육이나 경험으로 습득하기에는 너무 복잡한 지식과 기능이기 때문에 단계적인 이용지도가 필요하다. 그러므로 이용자 교육을 본격화하기 위해서라도 한 학기 단위로 도서관 및 문헌이용 안내를 주요한 내용별로 지도계획을 세워 지도하는 방법을 채택하여야 할 것이다. 이러한 교육과정형(Curriculum Type) 도서관 교육은 전문적 지식을 갖고 있는 사서교사나 겸임사서교사 또는 실기교사(사서)가 소정의 교육 계획에 따라 지도해야 한다.

2) 비교육과정형 사서교육

현재 우리나라에서 일부 초·중·고등학교에서 이루어지고 있는 형태로 정규적인 학습 중에 도서 및 도서관 이용에 관한 내용을 설명한다든지 도서관을 이용하여 해결할 수 있는 과제를 부과하여 도서관을 찾아가게 하는 방법으로 수업 중에 자연스럽게 지도하는 방법이다. 예를 들면 도덕교과에서는 도서관이용에 대한 예절, 도서 취급에 대한 방법, 국어교과서는 독서 및 글쓰기 지도, 국사과목은 도서관, 책, 인쇄술 등 도서관의 역사에 관한 내용 등을 가르칠 수 있는 것이다. 이러한 비교육과정형(Non Curriculum) 같은 방법을 채택하려면 모든 교과 담당 교사는 도서관교육에 대한 인식을 달리하고 부단한 연수를 통하여 도서관 교육에 관한 대한 지식을 갖도록 노력해야 하며 사서교사와 긴밀한 협조하에 연수를 통하여 도서관 교육이 이루어져야 할 것이다.

3) 홍보형 도서관교육

교내 방송, 학교 , 신문, 학교용 게시판, 도서관 전용게시판, 각종 인쇄물(팜프렛, 리프렛), 홍보용 책자 등을 이용하여 지도하는 방법으로 특별한 부서와 협조하여 이루어지는 비교육과정형 교육 방법이다. 특히 교내 방송과 신문에 고정 시간과 칼럼을 할애받아 우리학교 도서관 안내, 도서관 이용 예절, 신착도서 소개 등의 내용을 계획적으로 제작하여 방송·배포하면 큰 효과가 있을 것이다.

이러한 홍보형 도서관 교육의 형태를 채택하려면 사서교사와 긴밀한 관계를 맺어 계획을 세우고 실시하는 것이 좋다.

4) 개별교육형 도서관 교육

일정한 프로그램을 가지고 5-10명의 소그룹을 대상으로 교육을 실시하는 방법과 학교 도서위원이나 도서관을 찾아오는 이용자들에게 소그룹 또는 개별적으로 참고 봉사하는 한 형태의 비교육과정형 도서관 교육이다.

이 방법은 사서교사와 직접 대면하면서 책과 자료와 특히 도서관에서 경험하면서 실습을 통해 학습하기 때문에 매우 효과적인 방법이 될 수 있다. 사서교사는 계획을 세워 학급도서위원을 중심으로 교육하면서 점차 학급으로 확산시키면 좋을 것이다.

도서관 교육은 학교사정, 학년수준, 학생들의 도서관 이용도에 맞추어 치밀한 계획을 세워서 실시해야 한다.

5.3.4 도서관 교육의 내용

고등학교의 도서관 교육은 중학교 도서관 교육과 연계하여 도서 및 도서관 이용에 대한 올바른 지식, 기능, 태도를 함양하는 내용으로 구성하되 현재 우리나라 교육 현실을 고려하여 실시하여야 한다. 외국의 경우 교육과정에 의하여 정규시간에 가르치고 있는 국가가 많음을 알 수 있다.

미국의 로드아일랜드 주 교육청 교육과정을 보면 문헌정보 교과과정(Library Media Curriculum)에 ① 도서·매체의 선택, ② 도서관 자료의 조직, ③ 도서의 이해, ④ 도서관 예절·규정, ⑤ 도서관 지식·분류체계, ⑥ 목록·참고자료 이용방법, ⑦ 시청각 기기의 이용, ⑧ 연구 기법, ⑨ 도서관 자료의 활용, ⑩ 연구·과제 작성, ⑪ 학생 프로젝트와 같은 문헌정보 프로그램을 발견할 수 있다.

또한 펜실베이니아 주 교육청 교육과정에는 문헌정보 교과과정과 온라인 교과과정이 있는데 문헌정보 교과과정(Library Media Curriculum)에 ① 오리엔테이션(도서관 예절, 도서관 매체, 조직, 도서관 절차), ② 도서관 자료 접근 능력(도서의 이해, 분류, 목록, 정기간행물, 시청각 자료), ③ 참고자료 접근 능력(사전, 백과사전, 특수참고자료, 정부문서), ④ 저작권법 이해·적용(역사적 성격, 법적 측면), ⑤ 정보선택·평가상의 문제해결 능력(정보선택, 정보평가), ⑥ 연구과정의 능력개발(주제선택, 자료선택, 노트 작성문, 개요, 작문, 서지정보), ⑦ 정보의 활용 능력(기기 활용, 소프트웨어의 응용, 정보DB), ⑧ 지역사회 정보이용 능력(도서관, 기타기관), ⑨ 문학 감상 독서능력(문학장르, 질적 우수매체, 도서·도서관 역사)와 같은 내용을 포함하고 있고 한국 도서관 협회 도서관 기준안에는 ① 독서활동과 독서계획, ② 선정도서목록, ③ 도서분류, ④ 도서관과 정보, ⑤ 도서 및 도서관의 역사, ⑥ 독서력 개발 방법, ⑦ 독서생활과 평생교육, ⑧ 독서발표, ⑨ 독서생활의 반성과 같은 내용이 들어 있다.

여러 가지 사례를 종합하여 단위별로 정리하면 다음과 같다.

단원 1. 도서 및 도서관에 대하여 알아보자.

① 정보화사회에서의 도서관의 역할을 안다.

② 도서 및 도서관의 역사를 안다.

단원 2. 도서관 자료의 분류에 대하여 알아보자.

① 도서는 어떻게 분류되어 있는가 안다.

② 한국십진분류법의 구성에 대하여 안다.

③ 도서의 자료는 어떻게 분류하나 안다.

단원 3. 도서목록에 대하여 알아보자.

① 도서목록의 종류를 안다.

② 카아드 목록과 온라인 목록 검색 방법을 안다.

단원 4. 도서관 자료의 이용법을 알아보자.

① 사전의 이용법을 안다.

② 연감 및 각종 통계자료 이용법을 안다.

③ 색인 및 초록의 이용법을 안다.

단원 5. 독서하는 방법을 알아보자.

① 학습을 위한 독서 방법을 안다.

② 독서 감상문 쓰는 방법을 안다.

③ 독서 감상문을 써 보자.

④ 독서 토론회를 열고 발표를 하자.

단원 6. 글쓰기의 방법을 알아보자.

① 주제를 설정할 줄 안다.

② 글의 개요를 작성할 줄 안다.

③ 단계별로 글을 쓸 줄 안다.

④ 글을 실제로 써 보자.

5.4 고등학교 도서관 교육의 계획

가. 일반목표
⑴ 도서관 자료의 활용법을 안다.
⑵ 정보화 사회에서의 도서관의 역할을 알게 된다.
⑶ 고등학교 학생으로서의 독서생활을 할 수 있게 지도한다.

나. 학년목표
(1학년)
⑴ 정보화사회에서의 도서관의 중요성을 알고 효율적인 이용법을 안다.
⑵ 독서 생활의 중요성을 알고 일생동안 독서를 생활화할 수 있도록 한다.
⑶ 글쓰기의 방법을 알고 좋은 글을 쓸 수 있도록 한다.

다. 단원구성
(1학년)
⑴ 도서 및 도서관(2시간)
　　① 정보화 사회의 도서관의 역할(1)
　　② 도서 및 도서관의 역사(1)
⑵ 도서관 자료의 분류(3시간)
　　① 도서의 분류(1)
　　② 한국십진분류법(1)
　　③ 도서외 자료의 분류(1)
⑶ 도서목록(2시간)
　　① 도서목록의 종류(1)
　　② 카아드목록과 온라인 목록 검색(1)
⑷ 도서관 자료의 이용법 (3시간)
　　① 사전의 이용법(1)
　　② 연감 및 각종 통계자료 이용법(1)
　　③ 색인 및 초록의 이용법(1)

⑸ 독서 방법(4시간)

　　① 학습을 위한 독서 방법(1)

　　② 독서 감상문 쓰는 방법(1)

　　③ 독서 감상문 쓰기의 실제(1)

　　④ 독서 토론회(1)

⑹ 글쓰기의 방법(4시간)

　　① 주제 설정(1)

　　② 글의 개요 작성(1)

　　③ 단계별 글쓰기(1)

　　④ 글쓰기의 실제(1)

라. 시간배당

학　　년	1	계
시　　간	18	18
계	18	18

마. 단원 학습의 전개

고등학교 1학년 과정 '단원 6. 글쓰기의 방법'을 중심으로 교수－학습 지도안을 작성해 본다.

1) 단원: 6. 글쓰기의 방법

2) 목표:

① 글의 주제를 설정할 줄 안다.

② 글의 개요를 작성할 줄 안다.

③ 단계별로 글을 쓸 줄 안다.

④ 글쓰기를 한다.

3) 단원 설정 이유

현행 우리나라 국어과목의 교육과정 영역 중에서 상대적으로 소홀히 해 온 영역이 말하기와 쓰기이다. 많은 학생들이 초·중등교육을 받아 왔으면서도 자기의 생각과 느낌을 말로 표현하거나 글로 쓰는 데 어려움을 겪고 있는 것이 현실이다. 그것은 대개 체계적인 지도와 훈련을 받지 못하고 필요에 의해서 말과 글을 써 왔기 때문이다. 특히 사실 생각나는 대로 아무렇게나 글을 쓰게 된다면 제대로 의사소통을 할 수도 없고 이루고자 하는 목표를 제대로 성취할 수 없는 것이다. 정확하고 올바른 글쓰기 능력은 의식적이고 체계적인 훈련과정을 통해서만 얻어질 수 있다. 그런 의미에서 대학입시에서 논술고사를 치르는 것이나 중·고등학교에서 글쓰기 교육을 강화하는 것은 자기의 생각을 정확하고 효과적으로 표현하는 훈련 과정을 통해서 다양한 형태로 겪게 되는 사회적 삶의 과정에 능동적으로 대처할 수 있도록 하기 위한 것이다. 글쓰기는 개인적 차원에서 우리의 삶을 윤택하고 풍요롭게 만들어 주는 계기가 될 뿐 아니라 나아가서는 한 사회의 구성원으로서 권리와 의무를 충실하게 행사하고 여러 국면에 능동적이고 적극적으로 참여할 수 있도록 하는 계기가 된다고 할 수 있을 것이다. 더군다나 한국의 고등학생에게는 대학입시라는 커다란 과제를 안고 있는데 그중에서 하나가 바로 논술고사이다. 논술은 어떤 주어진 문제에 대하여 자신의 입장과 의견을 논리적으로 표현할 수 있는 능력과 합리적이고 독창적인 사고의 능력을 요구하는데 그것은 체계적인 학문을 하는 데 필수적인 것이다. 또 논술과 관련된 공부는 단순히 대학입시에서 좋은 성적을 얻기 위해서뿐만 아니라 한 사회의 구성원으로서 자기의 삶을 유택하게 가꾸고 향상시켜 나아가기 위해서도 반드시 필요한 것이다. 그러므로 고등학교 교육에서 주의와 집중력, 정확하고 치밀한 사고력과 자기 생각을 조리 있고 정확하게 표현할 수 있게 하는 능력을 길러 주는 본 단원의 지도가 필요하다.

4) 지도계획

차 시	지도내용
1차시(본시)	주제설정
2차시	개요작성
3차시	단계별 글쓰기
4차시	글쓰기의 실제

5) 본시교수학습 전개안

가) 목표

글의 주제를 설정할 줄 안다.

나) 교수 학습 전개안

도입 단계: 시간 5분

지도내용:

1. 학습목표 제시

교수－학습활동 －－ ① 본시의 학습목표를 제시한다.

　　　　　　　　　　　　　'주제를 설정할 줄 안다.'

* 학생의 입장에서 목표를 진술한다.

2. 학습동기유발

교수－학습활동－－ ① 어떻게 하면 글을 잘 지을 수 있을까?

　　　　　　　　－－ ② 많이 읽고, 많이 생각하고 많이 써 보아야 한다.

　　　　　　　　－－ ③ 글쓰기로 상을 받은 학생에게 경험을 발표시킨다.

* 가벼운 질문으로 학습 분위기를 조성한다.

전개 단계: 시간 35분. 준비물－단매 괘도(주제문의 예), 신문사설, 참고서에 나온 예
　　　　　문 준비

지도내용:

1. 주제란 무엇인가?

교수－학습활동 －－ ① 한 글을 이루고 있는 중심적인 내용

　　　　　　　　－－ ② 글의 내용 전체를 대표하는 핵심

　　　　　　　　－－ ③ 글의 중심을 이루는 사상이나 내용

　　　　　　　　－－ ④ 글을 이루는 여러 가지 요소들이 일정한 연관성과 질서를
　　　　　　　　　　　　유지하면서 하나의 의미 있는 전체를 이루도록 만들어 주
　　　　　　　　　　　　는 것이다.

2. 주제의 종류

교수－학습활동 －－① 소주제와 대주제

　　　　　　　 －－② 가주제와 참주제

　　　　　　　　　가주제－－범위가 명확하게 한정되지 않고 구체화되지도 않

　　　　　　　　　은 막연한 주제 참주제－－주제의 범위를 명확히 한정하고

　　　　　　　　　구체화시킨 주제

　　　　　　예) "고교생의 과외문제"에 대한 글을 쓸 경우

　　　　　　　　가주제: 고교생의 과외

　　　　　　　　참주제: 많은 돈이 지출되는 고교생 과외

　　　　　　　　　　학교교육의 정상화를 막는 고교생 과외

　　　　　　　　　　학습욕구를 충족시켜 주는 고교생 과외

3. 주제 설정의 유의점

교수－학습활동 －－주어진 주제를 참주제로 발전시키기 위해서 중요하다고 판단한
측면을 선택하고 자기 나름대로의 입장을 정하고 가치 파단을 내린다.

　(유의점)

　　　　　－－ ① 범위를 일정하게 한정

　　　예) 독서에 관해 －－ 독서가 인격에 미치는 영향

　　　　－－ ② 내용을 잘 알고 있는 주제 설정

　　　　－－ ③ 다른 사람에게 관심이 있는 주제

　　　　－－ ④ 참신한 주제

　　　　－－ ⑤ 요구하는 분량에 맞는 주제

4. 주제 설정의 단계

교수－학습활동

　　　　－－ ① 자신이 쓰고 싶은 내용 생각

　　　　－－ ② 주관적으로 체계 있게 조목별로 생각

　　　　　　과거－－현재－－미래

　　　　　　이유－－진행 －－ 결과－－예측

－－ ③ 중심내용을 주관적으로 생각

－－ ④ 생각한 내용을 간략하게 정리

－－ ⑤ 정리한 생각을 주제문 작성

5. 주제문의 작성
교수－학습활동

－－ ① 주제문: 주제를 보다 명확하게 하나의 문장으로 표현한 것

주제에 대한 필자의 신념, 태도 ,의견이 분명히 들어 있다.

－－ ②　주제문의 구실

1) 글의 나아갈 방향을 예고

2) 글의 내용과 길이 조절

3) 글이 주제에서 빗나가는 것을 막음

4) 글 전체의 통일성을 유지

－－ ③ 주제문 작성 시의 유의사항.

1) 완전한 문장으로 진술

2) 의문문의 형태를 피할 것

3) 너무 넓은 범위를 다루지 말 것

4) 두 개의 주제문이 되지 않도록 할 것

5) 나는－－이라고 생각한다.

또는 내 생각으로는 －－다. 등의 구절은 피할 것

6) 모호한 표현은 피할 것

7) 일관성이 없거나 모순되는 표현은 피할 것

8) 비유적인 표현은 피할 것

주제문은 “ －은(과제)－－이다(주장, 의견)”와 같이 간결한 형식이 좋다.

6. 주제문 작성의 예
교수－학습활동

－－ ① 고교생의 과외에 대하여

주　제: 학교교육의 정상화를 막는 과외

주제문: 과외는 고등학교 교육의 정상화를 막는다.

— — ② 소비 풍조에 대하여

주　제: 안정을 해치는 소비풍조

주제문: 경제발전과 물가안정에 나쁜 영향을 주는 과소비

풍조에 대한 대책이 필요하다.

— — ③ 독서에 대하여

주　제: 독서가 인격에 미치는 영향

주제문: 독서는 자라나는 청소년의 인격 형성에 좋은 영향을 미친다.

— — ④ 청소년 범죄에 대하여

주　제: 청소년 범죄의 심각성에 대한 그 해결 방안

주제문: 청소년 범죄를 예방하기 위해서는 문화공간의 확충이 필요

하다.

* 학생들에게 관심이 많은 문제를 중심으로 주제문의 예를 든다.

* 학생들에게 질문하고 발표시키며 토의도 시킨다.

정리 단계: 시간 10분, 준비물: 신문 사설

지도내용:

1. 학습내용 종합정리

교수–학습활동

— — ① 학습한 내용을 종합 정리한다.

— — ② 주제를 설정하고 주제문을 작성해 본다.

* 형성평가를 실시한다.

2. 차시예고

교수–학습활동

— — ① 다음 시간에 학습할 문제를 제시하고 준비물을 예고한다.

학습문제– – – 글의 개요 작성 방법을 알아보자

다) 평가

① 주제란 무엇인가?

② 가주제를 참주제로 설정할 수 있는가?

③ 주제문의 구실을 알고 있는가?

④ 주제문 작성의 유의사항을 알고 있는가?
⑤ 주제문 작성을 할 수 있는가?

5.5 결 론

고등학교 교육에서 신장시켜야 할 능력은 여러 가지가 있지만 그 중의 하나는 스스로 학습할 수 있는 능력인 자율적인 학습력이며 도서관 교육과 관계가 깊은 학습력은 독서능력과, 정보접근·선택·이용능력 등 기초적 학습력이다. 이러한 학습력을 신장시키기 위해서는 관련된 교과담당 교사의 노력이 있어야 하지만 특히 사서교사의 역할이 매우 중요하며 초·중등학교와의 연계성을 가진 교육과정형의 도서관 교육이 이루어져야 한다.

도서관 교육은 도서관을 통한 교육과 도서관에 관한 교육으로써 독서지도와 글쓰기 지도를 포함한 도서 및 도서관 이용에 대한 올바른 지식, 기능, 태도를 함양하는 내용으로 구성하되 우리나라 고등학교 교육의 현실을 고려하여 계획을 세워야 한다. 고등학교의 도서관 교육이 잘 이루어지기 위해서는 교육개혁의 차원에서 관계 당국(교육부, 시·도교육청, 고등학교)의 정책적인 변화 의지에 따라 도서관 및 독서진흥법에 의한 사서교사가 배치되고 학교도서관이 활성화되어야 하며 도서관 교육 교수-학습의 방법에 대한 연구가 요청된다. 이 연구의 일환으로 본 연구에서는 고등학교 도서관 교육의 계획을 수립하고 교수-학습지도안의 모형을 제시하였다.

참고문헌

교육부. 고등학교 교육과정, 1987.
교육부. 교육부고시 제1992-11호, 중학교 교육과정, 교육부, 1992.
교육부. 교육부고시 제1992-19호, 고등학교 교육과정, 교육부, 1992.
김정소. 학교도서관 매체센터론. 대구: 계명대학교 출판부, 1993.
도서관 및 독서진흥법

승의여전 도서관학 연구지 편집위원회. "이용자 분석을 통한 도서관 이용지도의 방향", 승의여전 도서관학 연구지 14호, 1989.

이규범. "특집 학교도서관 무엇이 문제인가 — 새도서관 법 개정에 따른 학교도서관 운영문제", 새교육 432호, 한국교원단체 총연합회, 1990, 10.

이만수. "도서관 교육에 관한 고찰 — 초등학교를 중심으로 —", 한국교육논집 제2집, 서울교육대학 초등교육연구소, 1990.

이만수. "도서관 교육에 관한 고찰 — 중학교를 중심으로 —", 문헌정보학론집 제3호, 명지대학교 문헌정보학과, 1992.

이만수. "수업공개 방식의 개선 방안", 주임강좌 제5권 제11호, 1985.

이만수·한성택. 도서관교육론, 서울: 구미무역(주)출판부, 1989.

이영덕. "평생교육 개년에 대한 교육체제 대안 연구", 서울대학교 교육연구, 1983. 5. 83−1.

조영희. 독서지도의 효율화 방법론, 전주: 신아출판사, 1993.

한국도서관 협회. 한국도서관 기준, 서울: 동협회, 1981.

허병두. "독서교육 활성화를 위한 학교도서관 역할", 전국도서관대회 주제발표 논문, 서울: 한국도서관 협회, 1994.

최은주. "대학도서관에서의 이용자 교육에 관한 고찰", 경기대학 논문집(인문과학) 15권 1호.

ALA, Personel Organization and Procedure a Manual suggested for use in college nd univ.

Dewey, John, The school and society, The university of chicago press, chicago, 1953.

Pennsylvania Dept. of Education, Intergating Infomation Management(1990).

Pennsylvania State of Dept. of Education, In Section 5. 7, Chapter 5 Curriculum Regulation.

Rhode Island Dapt. of Education, Library Media Curriculum, in Rhode Island Curriculum.

찾아보기

· 저자 ·

이만수

(谷泉 李萬洙)

·약 력·

이만수(李萬洙) 1948년 경남 진주 출생
서울교육대학교 초등교육학과(교육학사)
명지대학교 문헌정보학과(도서관학사)
한양대학교 교육대학원 사서교육전공(교육학석사)
중앙대학교 신문방송대학원 영상매체전공(문학석사)
상명대학교 대학원 문헌정보학전공(문학박사)
대진대학교 총장 비서실장
대진대학교 중앙도서관장
한국도서관·정보학회 부회장, 총무, 이사
명지대학교 문헌정보학회장(현)
학교도서관정책포럼 회장(현)
대진대학교 교원인사위원(현)
대진대학교 독서문화연구소장(현)
대진대학교 문헌정보학과 교수(현)
대진대학교 인문과학대학장(현)

·주요논저·

『도서관교육론』
『학교도서관 경영론』
『정보사회의 이해』
『문헌정보학의 이해』
『공공도서관 길라잡이』上, 下
『최신 문헌정보학의 이해』
　외 다수

본 도서는 한국학술정보(주)와 저작자 간에 전송권 및 출판권 계약이 체결된 도서로서, 당사
와의 계약에 의해 이 도서를 구매한 도서관은 대학(동일 캠퍼스) 내에서 정당한 이용권자(재
적학생 및 교직원)에게 전송할 수 있는 권리를 보유하게 됩니다. 그러나 다른 지역으로의 전
송과 정당한 이용권자 이외의 이용은 금지되어 있습니다.

독서교육론

· 초판 인쇄	2008년 5월 10일
· 초판 발행	2008년 5월 24일
· 지 은 이	이만수
· 펴 낸 이	채종준
· 펴 낸 곳	한국학술정보㈜
	경기도 파주시 교하읍 문발리 513-5
	파주출판문화정보산업단지
	전화 031) 908-3181(대표)·팩스 031) 908-3189
	홈페이지 http://www.kstudy.com
	e-mail(출판사업부) publish@kstudy.com
· 등 록	제일산-115호(2000. 6. 19)
· 가 격	33,000원

ISBN 978-89-534-9265-3 93800 (Paper Book)
　　　 978-89-534-9266-0 98800 (e-Book)